El tiempo que nos tocó vivir

EL TIEMPO
QUE NOS
TOCÓ VIVIR

Jorge C. Oliva Espinosa

PLAZA & JANÉS EDITORES, S.A.

Primera edición: septiembre, 1998

© Harald Zeese
© de la presente edición: 1998, Plaza & Janés Editores, S. A.
 Travessera de Gràcia, 47-49. 08021 Barcelona

Printed in Spain – Impreso en España

ISBN: 84-01-01179-5
Depósito legal: B. 38.193 - 1998

Fotocomposición: Lozano Faisano, S. L.

Impreso en Hurope, S. L.
Lima, 3 bis. Barcelona

L 011795

ÍNDICE

Los acontecimientos traen transformaciones, simbiosis, trastrueques, movilizaciones, de bloques humanos y de estratos sociales. Un país nuestro puede cambiar de fisonomía en muy pocos años. En tales conmociones se ven mezclados, entremezclados, los que entendieron y los que no entendieron, los que se adaptaron, y no se adaptaron, los de la praxis y los que permanecieron sentados, los vacilantes, los que marchan y los cogitantes eremitas, los arrastrados, los sectarios y los actuantes por convicción filosófica.

ALEJO CARPENTIER,
Problemática de la actual novela latinoamericana

PRIMER TIEMPO (SIETE DÍAS)

TIEMPO DE CRECER Y DE MORIR

SÁBADOS, MUCHOS SÁBADOS

> Es como si el tiempo diera vueltas en redondo
> y hubiéramos vuelto al principio…
>
> GABRIEL GARCÍA MÁRQUEZ,
> Úrsula Iguarán en *Cien años de soledad*

Todo, todo lo echo a perder. Aun sin proponérmelo, como ahora, todo lo complico y lo enredo más. En lo que yo entro, que yo entre basta para que no salga bien. ¡Qué mala pata tengo! –casi me río, pensando en que lo de la mala pata ahora no es una simple frase, sino una realidad dolorosa, que se hincha con tintes morado-verdosos verdaderamente alarmantes–. Estoy hecho un verdadero desastre, no me puedo mantener en pie. Y este lugar, esta caseta, una caja de maderas podridas más bien, me pone nervioso. Aquí me trajo Guillermo ayer, después del desastre que formamos; ¡que formé yo, qué cará! Y aquí tengo que esperar. ¡Esperar! Esperar horas que se estiran y que ya han traído este día lóbrego y viscoso. Monótono, con una casi-claridad que impide saber si ya es mediodía o atardece. De esta forma, el tiempo casi no fluye entre amodorramientos y expectantes tensas vigilias, en las que ya no sé si sueño o hablo realmente contigo. Es verdad que, a ratos, he inspeccionado el lugar; que, dando tumbos, arrastrándome casi, lo he recorrido y que contra toda recomendación he abierto la puerta trasera que da a un maniguazo; pero tú me has acompañado en todo este febril trajín. Así, sin transición, llega una noche silenciosa, sin preludio de grillos, a los que también deben de haber confundido un día tan gris. De pronto, el chirrido de gomas en frenazo aparatoso que conozco demasiado bien y que rasga, como un agudo y penetrante cuchillo, la noche-tela plomiza. ¡Pronto, apaguemos el quinqué! Ahí están, ahí están esos…

…Dondequiera te veo, dondequiera estás conmigo… Ahora mismo, al otro lado de la lámpara que acabo de apagar, tras tres fallidos y nerviosos soplidos; frente a la mesa, que por poco se vuelca al apoyarme para soplar, estabas tú, soplándola como yo, frente a mí. El aire que inflaba tus carrillos lo has expulsado ruidosamente, sin acertar; y el soplo me ha dado en pleno rostro, derramándome en la memoria la fragancia tibia de tu aliento, en la memoria limpia y torturante de aquellos tiempos en que eras mi novia… Aquel tiempo que nombro en plural y que fue apenas un año. Aquel tiempo tan maravilloso y corto. El que tuvo que terminar, en su maravilla y cortedad, tronchado; cruelmente tronchado, como la vida misma de tantos compañeros míos que conocí antes y murieron después… Antes, ahora, después, siempre entremezclados… ¡Cállate, no digas nada! ¡Después hablaremos! Ahora parece que llegó mi turno. ¡Han dado conmigo! Estoy descubierto, rodeado. Por esos asesinos que se reúnen ruidosamente en la acera, ahí enfrente; como preparándose para el asalto a esta casa de madera, más bien una caseta, en las afueras de Santa Clara, adonde han llegado para acabar conmigo. Y ahora estoy rodeado por esas bestias de amarillo y por ti, por tu recuerdo… Y tengo de nuevo miedo… Sí, miedo… Miedo de morirme y de no verte más. Ni siquiera en sueños, porque ya no tendré sueños… Quizá ya no me quede tiempo y deba ahora recordarte. Recordarte muy fuerte. Por última vez, definitivamente. Y morirme con tu recuerdo. Despedirme al fin de tantas imágenes evocadas, de tanto añorado encuentro. Por última vez recordarte para siempre… Morir, aparte de la muerte, significa perder la esperanza, la última esperanza de volver a verte…

Ahora desaparecerás, tu imagen se va a borrar… y yo iré a caer por algún lado de este cuarto. O a la salida, si me decido a salir antes de que ellos lleguen. O huyendo por el patio, entre la maleza, con la espalda moteada de balazos… Nada más tengo cuatro balas en el cabrón peine… ¡Cuatro miserables balas…! Monto la pistola suavemente, despacio, como en una película que vi de Humphrey Bogart, amortiguando su chasquido metálico…, sin hacer apenas ruido… La diferencia es que ahora, aquí, es de verdad; y después de esto, no voy a salir del cine a eructar una Materva en la caficola de enfrente. Las manos me tiemblan incontroladamente… Me tiemblan tanto como cuando te me declaré por primera vez.

(Si ya ella sabe que estoy arrebatado por ella; si ya he pasado de las indirectas –bien torpes por cierto– y se lo he dicho clarito, en cinco o seis carticas; si ya ella misma se ha dado cuenta de que en las fiestecitas, si ella baila con otro, yo me quedo sin bailar. Y que no es por pena de no saber bailar, que bien patón que soy, sino porque sólo quiero bailar con ella. Pero no, sigue dudando y dándome evasivas, mostrándoseme alternativamente interesada e indiferente, exigente y esquiva. Ayer mismo, por ejemplo, me dijo que podía ir por su casa esta tarde. Me dio su dirección y cuando dijo que me esperaría por la tardecita, a eso de las tres o las cuatro, lo hizo con una sonrisa, una de ésas que sólo ella y nadie más tiene, que es como una clara incitación al beso: pero que a pesar de ser tan evidente te siembra la duda –bien clarita también– de que la insinuación ha sido imaginación tuya y nada más; y así, entre dos posibilidades tan tremendas, de todas formas esa sonrisa te deja lelo. Yo, esta tortura de que aún no sea mi novia, no la resisto más. De hoy no puede pasar. Hoy, cuando vaya por primera vez a su casa –que por algo me dio la dirección–, me le declaro de verdad, sin andarme por las ramas, de todas-todas. Y hoy me dice que sí, que será desde hoy mi novia, o abandono el sitio de la fortaleza y no insisto más. Y ya veré cómo me la trato de quitar de la cabeza; de la cabeza y de acá dentro, donde se me ha metido bien hondo. Pero ya no puedo más y de este sábado no pasa. Vamos a ver, hoy es sábado 17. Según mi horóscopo, ése es mi número de suerte. Porque sus dígitos suman ocho. Igual que este año cincuenta y tres. Cinco y tres son ocho. Claro, que es 1953, cuya suma sería dieciocho, pero si sumo la fecha completa: 17 de enero (que es el mes uno) de 1953, vamos a ver… 17.1.53, eso daría veintisiete. Y veintisiete no da ocho, ni múltiplo de ocho ni un cará. Pero ¿desde cuándo creo yo en esas cosas? ¿Me estaré volviendo supersticioso? ¡Tienes que decidirte Joaquín! ¡No seas ratón! ¡Ya! Para allá voy hecho una bola de decisión.)

¡Me da rabia tener tanto miedo! Además, está el dolor. En las manos, los brazos, las rodillas y el condenado tobillo, que se me jorobó y ahora lo tengo bien hinchado... ¿Y si disparo ahora, así, al bulto? Ahora, que están todos juntos, allí en la acera. ¡No! Con lo nervioso que estoy seguro que fallo. Mejor espero que echen abajo la puerta. Y tengo más chance de llevarme, aunque sea a uno. Bien de cerquita. ¡Domínate, chico...!

¿Dónde estarás hoy, ahora? Tú en carne y huesos. No tu imagen irreal que me acompaña. La que me va a ver morir dentro de poco. La que se acurruca temblando a mi lado, ocupando el menor espacio posible, en un rincón, aquí en el suelo. Temblando también de miedo... ¿Dónde estarás en este instante...? ¡Hoy es sábado! A lo mejor estás en tu club, en un baile, con aquel muchacho «jai»...

¡Coño, y que me maten ahora! ¡Como a tantos! Ser mañana un cadáver más... y tú, bailando y bailando... ¡Shhh...! ¡Ahí vienen! ¡Pero qué torpes son! Con el ruido que meten... Después de todo, nadie los obliga a hacer silencio. Están seguros y gozan su fuerza. Por el momento, son dueños de la ciudad. Pero son brutos. ¡Hay que ver qué brutos son! ¡Y tienen más miedo que yo! ¡Seguro! Ahora han cruzado la calle y están en la acera de acá, no en la de enfrente. Los oigo. Los siento más cerca. Hacen tanto ruido para ahuyentar el miedo... ¡Con tantos hierros y todavía están indecisos! ¡Shhh...! A lo mejor se creen que somos muchos... y no saben que aquí estoy yo solo. Sólo contigo, como siempre...

Acabo de colgar el teléfono y ahora comienza Cristo a padecer, como decía mi abuela. Así que mañana «iremos» al cine, Irene. Al Alameda, ese que queda por allá, por Santa Catalina, pegado a la

Calzada, a la primera tanda. Eso de «iremos» es un decir, Irene. Tú irás con tu madre. Llegarán y entrarán primero; después entraré yo y te iré buscando, buscándolas a ustedes entre las lunetas, con las que tropiezo en la oscuridad. Veré la sonrisa de tu madre, entre cómplice y burlona, en espera de tu desencanto… ¡Cómo sabe esa vieja…! Saludaré. En susurros habrá algún comentario. Y luego será el estar sentado a tu lado. A tu lado en la penumbra. Agarrándote la mano por debajo de mi brazo –para que no se vea–, de este brazo mío que se cruza con el otro sobre mi pecho, en supuesta actitud de tranquila contemplación cinematográfica, que compartimos los dos con idéntica y forzada pose de fingida atención. Mirando, de vez en cuando, tu faz iluminada por la proyección. Unas veces sorprendiendo, sorprendido de ti, tu silueta atenta a la escena, con los pómulos prominentes que tanta gravedad le dan a tu bello rostro; y el contraste de esa naricita respingada con aire de travesura que contemplo en pleno perfil. Y otras veces, encontrándome con tu mirada, luchando en la oscuridad por encontrarse con la mía, que tantas cosas te quiere transmitir. Yo me sentiré en la gloria. Y ése será mi excepcional domingo diferente. Mi «pedacito de domingo». «El pedacito de domingo que usted se merece», como dice Manolo Ortega, anunciando en la tele la cerveza Hatuey –ese tipo se dispara una cerveza en cada noticiario y con qué gusto; no, y de gratis. Pinchar así, es la gloria–. Para mí, la gloria será ir con mi noviecita al cine el domingo. Todo lírico. Sin nada de calentones, ni de «clinches» semifornicantes, como los que refieren mis amigos. Será que ellos van al cine los sábados y con novias diferentes a la mía. En días diferentes, no los domingos; ni acompañados como nosotros, que disfrutamos una pasión diferente. Así sé, previviéndolo desde hoy, que mañana será un domingo distinto, pero igual a los pocos en que, reunidas todas las condiciones, nos encontraremos en un cine de la Víbora o de Santos Suárez. Y como ya sé qué va a pasar, puedo disfrutarlo desde ahora. ¡Y sufrirlo! Porque antes tengo que resolver tremendísimo problema económico. Vamos a ver: ya gasté un medio para telefonearte, me quedan veinte. Eso es para ir esta noche al Liceo Ortodoxo y para tres quilos de cigarros (siempre es mejor comprar tres quilos, que dos. Por tres, te dan cinco cigarros; y por dos, solamente tres). Y para mañana necesito... vamos a ver... ocho quilos para la guagua de ida... me bajo en la Calzada y camino hasta el cine, que queda apenas a una cuadra. ¡Menos mal que no es el cine Santa Catalina, que está allá, por Juan Delgado; o el de Los Ángeles, porque entonces tendría que conseguirme más dinero para guaguas o echar tremendo tacón...! Así que ocho para la guagua... ¿Cuánto costará el cine? Creo que ése vale sesenta. Sesenta y dieciséis son setenta y seis. Más la cajita de chicles, cinco; y tres quilos de cigarros... ¡Coño, casi un peso! ¿Y de dónde voy a sacar yo un peso? ¡Espérate! ¿Y con qué ropa voy a ir? ¡Urgente S.O.S., tengo que ver a Juan! A Johnny the King, mi suministrador de vestuario. El tipo que más elegante viste del grupo. El que mejor baila. Y el más generoso también, pues comparte las «telas» con sus «ambias» más cercanos, que somos Carlos y yo. Y no es que Juan goce de una situación holgada que le permita contar con un ropero decente, no, qué va; él es tan muerto de hambre como cualquiera de nosotros. Lo que pasa es que él la «toma prestada» de la tintorería, en cuya azotea vive y en la que su hermano Reynaldo, que es un chulo profesional, trabaja como cosa excepcional de planchador. Y como los «préstamos» son realizados a espaldas de Reynaldo y sin mediar su consentimiento, en no pocas oportunidades esto le cuesta tremendas broncas con su hermano a Johnny the King. Cuando es descubierto, claro.

Pues sí, tengo que ver hoy mismo a Juan para que me preste un saco. Hoy mismo lavo el pantalón gris, y mañana tempranito lo plancho. Le he visto a Juan un saco de sport que pega con ese pantalón... Pero ¿de dónde saco los 84 centavos...? Hoy tengo que limpiar mis zapatos y darles mucho brillo, para que no se vea que están... ¡Irene! ¡Ay, Irene...! ¡Irene Valverde, mi noviecita! ¡Cómo te amo...!

Ahí viene ese comemierda de Miguelito. ¿Cómo puede ser tan berraco? ¡Hay que venderle! Ese embarca a cualquiera. No sé por qué Juan tuvo que darle vela en lo de nosotros. Y ahora tenemos que despistarlo. ¡Míralo como viene, haciéndose el misterioso!

–¿Y qué, mi socio? ¿Cómo anda la cosa? ¿Qué hay de nuevo?

–Mira, Migue. –Del brazo lo arrastro en mi camino, alejándolo del mostrador–. No hay ninguna «cosa», ni hay nada «nuevo». La ortodoxia está por un repliegue político, desautorizando al grupito de Millo –tomo un tono bajo, persuasivo– y lo de Aureliano es puro bloff… Yo tengo que terminar mi bachillerato y no estoy para que me cojan de carne de cañón. Ni soy político ni nada. En la universidad todo es un revolico y total, ná. Por meterme allí, de refistolero, ahora no soy universitario. Así que allá se queden ellos, que sí terminaron el bachillerato. Yo tengo atravesadas las tres Marías. Las tres ampliaciones: física, matemáticas y química. Ya el año pasado me las poncharon y sólo saqué biología. Por estar comiendo mierda con todo aquello… y te dejo. Me voy. Que estoy apurao, pues ahora tengo que fajarme con los libros.

–Ven acá, Flaco, no te hagas el «guillao»… que yo los «jamo» bien a ustedes. Ahora mismo te vi telefoneando con tremendo misterio. ¡Pónganme en ésa! Seguro que ya ustedes tienen su «conecto».

–Mire, compadre, usted ve misterio dondequiera. Llamaba a mi noviecita. ¿Lo oyó? A mi no-vie-ci-ta-. ¡Y no estoy en ná ni tengo ningún «conecto»! ¿Me oyó bien? Y te dejo, que ya te dije que estoy soplao.

–¡Oye, espérate… no te pongas así!

–¡Chao, Migue! –pero ¡qué tipo! La come a pala. ¿Tú sabes lo que es venirme con eso, ahí mismo, al lado del teléfono, en la mismísima vidriera de «apuntaciones»? ¡Y delante de todo el mundo! No, y con el misterio y el alarde y las poses peliculeras que pone. Hasta para caminar tiene un tumbao, haciéndose el chévere… Me gustaría ver si cuando llegue la «cosa» no se caga en los pantalones. Con tipos como éste no se puede contar para nada. Lo embarcan a uno. Y total ná, pura postalita… Tan postalita y misterioso como el Geordano aquél. ¡Tremendo alardoso! Pero aquél no era comemierda, no. Aquél era un tremendo hijo de puta. ¡A cogerlo a uno de mingo! Y con la mano del gato sacar brasas… ¡Jumhhh! La calle está llena de comemierdas y de hijos de puta. ¡Por eso Batista no se ha caído ya! Geordano, cará…! Si todavía me acuerdo. ¡Qué clase de embarque! En la puerta del cementerio de Colón, en pleno entierro de Rubén, el estudiante de arquitectura; que si era el día propicio, que si ni mandado a hacer. Y toda aquella palabrería del día «D» y la hora «Cero» y todo muy cronometrado, muy al estilo norteamericano. Y nosotros allí, un sábado por la tarde, esperando el camión de las armas. Y aquello lleno de guardias. ¿Esperando las armas? A ésas las vi después en el periódico, cuando reportaron su ocupación. Las vi en el papel. En el papel na má. Porque lo que sí estaba allí era una bola de policías y una pila de comemierdas como nosotros, esperando las armas. ¡Esperando a que nos jodieran! Un sábado por la tarde. Y pensar que por esa mierda, dejé a Irene esperándome…

¡Y hoy, para colmo, es el día de los enamorados! 14 de febrero. No, y para más desgracia, sábado. Día de ir a ver a Irene a su casa. Y 14 de febrero de remate. Sábado 14 de febrero de 1953. ¡Y yo, preso aquí! ¡Y este hijo de puta dándome golpes de todos colores! Y la postal de San Valentín, que me la ha desguabinado toda y que por poco me la hace comer mientras me golpea y me insulta, vociferando… Así, mientras estoy aquí, en este lugar de pesadilla, en el mismísimo «buró» de Orlando Piedra, el BRAC, adonde nos han traído desde la puerta del cementerio, no hago otra cosa que pensar en ella. Y eso me sustrae al lugar y al momento. Me ayuda a aguantar. Pues estoy verdaderamente ausente…

¡Si yo la visito nada más que los sábados, compadre! Los sábados por la tarde. Y esa semana me quedé sin besos. No, y la que me formó. ¡Tremenda bronca! Porque es celosa y sus celos se acrecientan al ocultarle yo mis «actividades». Es celosa, sí. Celosa y dominante ¡Y tiene tremendo carácter…! Sí, me quedé toda una semana sin besos. Porque en la escuela es el ratico del recreo y ya. En el patio, al lado del quiosco donde Herminia vende la merienda. Es ese breve ratico. Es mirarnos, hablar un momento y cambiarnos, dentro de unas libretas, las cartas que nos escribimos la noche anterior. Eso delante de toda la muchachada, que está «a la que se te cayó» y no puedo ni agarrarle una mano. ¡Qué va! Y después, a la salida, en la calle ni se me ocurre. ¿Y si, por desgracia, alguien nos ve y empieza el chisme? La acompaño hasta la parada de la guagua, frente al Palacio Presidencial y ya. Algunas veces, cuando tengo dinero para el viaje, voy con ella en la ruta 14 hasta Santos Suárez. Para ver si por allá, por la calle Cortina, o casi llegando a Goss, que es más solitaria, le puedo dar un beso. Pero eso sí, si es que ha oscurecido bastante; y eso, a la hora que nosotros llegamos allá, sólo pasa en invierno. En estas cosas, Irene se comporta como si estuviéramos haciendo algo muy malo. Y yo no insisto porque la quiero. La quiero mucho. Creo que para siempre… Después de todo, ella es una niña y yo soy su primer noviecito. A despecho de su desarrollo físico y su madurez mental, en los que es toda una mujer, todavía no ha cumplido los quince. Además, está la «sociedad» y la familia, que siguen considerándola una niña sin edad para «esas cosas». Una niña mimada. Una muchachita, apenas con catorce años. Y aunque yo le llevo solamente tres, a mí se me mira distinto: Ya soy un zángano pajizo, con edad para trabajar, de los que se meten en revolicos políticos por ahí en vez de estar estudiando. Yo debo demostrarle, pues, mi madurez y buen juicio. Tener paciencia y no precipitarme. Para que vea que soy «tremendo tipo», con mis diecisiete años de experiencia y con «tremendo camino andado». Ésa es mi técnica con ella, que es también mi primera novia seria. Pues las otras, hasta ahora, han sido pura furrumaya. De las de «un ratico hoy, otro si acaso mañana, y ya». Y con Irene es distinto. Irene es para siempre. Juan dice que a las novias se las lleva recio y no se les demuestra que uno está metío de verdad. Y él tiene más experiencia en esto que yo. Según él, hay que hacerse el duro, llevarles las más de las veces la contraria, embarcarlas de vez en cuando y sembrarles un semillero de dudas. ¡Pero yo la quiero tanto! ¡Y estoy enamorado de ella como un caballo! No, si no hago otra cosa que pensar en ella. Y el día entero me lo paso escribiéndole versos y cartas amelcochadas para entregárselas, como una ofrenda, en el ratico del recreo. En eso de escribir versos, de tanto hacerlo, ya estoy hecho un «bárbaro». Y aunque Carlos, con su empecinado cinismo, diga que a nuestra edad todos escribimos poesías, yo siento que a mí esto me viene de más adentro. Porque lo que siento es realmente poesía. Poesía sentida y vivida. Y sólo algunas veces escrita. Ayer, precisamente, le escribí unos versos que, de seguro, le van a gustar. Ahora, cuando llegue a casa, antes de ponerme a estudiar, se los voy a pasar en limpio para dárselos mañana, en el cine (si es que consigo todo lo que me hace falta y logro ir). Cada vez que le doy un poemita, ella lo pasa en limpio con su letra palmer. Y los tiene todos ordenados por fechas en una de esas carpetas en las que las hojas son sujetas por argollas. ¿Cómo dice ese que le escribí ayer…?

MI NIÑA DE MIELES

Te quiero en un lecho de espumas
en un mar de rosas
con fragilidad de plumas
que rodeen tu figura hermosa.

Te quiero frágil y débil como la espuma
yo quiero ser el viento que muerde las olas
y sentirte mía, en una noche de brumas
a la orilla del mar, a solas…

ese lecho que será de nosotros
te lo llenaré de besos y delicias,
de labios que no han sabido de otros,
del roce sutil las divinas caricias.

Para ti y para mí llevaré una luna,
una luna roja llena de claveles
para hacerte de caricias una cuna
y arrullarte en ella, mi niña de mieles…

Aparte de cursi, está tierno el poemita. Tierno y a la vez, atrevido. A la verdad, que le estoy diciendo que quiero acostarme con ella. Eso no se me habría ocurrido decírselo jamás. No, ni se me ocurre. ¿Por qué seré con ella tan tímido? Si en otras cosas, soy un loco de atrevido. Oye, no puedo evitar ponerme nervioso cuando ella me mira. Y a veces, yo le hablo sin mirarla, porque si la miro, entonces no puedo ni hablar ni pensar y me quedo en blanco. Es rarísimo lo que me pasa con ella. Yo la deseo, pero los sábados, cuando estamos solitos en la terraza y la beso, me parece incorpórea. Como si besara al amor mismo. El otro día me asusté al comprobar que tenía piernas. Sí, así mismo. Me emocioné tanto con el descubrimiento que, de alegría y emoción, me fui llorando por toda la calle San Mariano. Estoy seguro de que nadie comprendería esto, si pudiera contarlo. Pero yo lo guardo, entre mis sentimientos, como una de mis mejores poesías. Las sentidas, las no escritas. La poesía que se vive y no se puede plasmar en palabras… ¿Estaré loco? ¡Claro que estoy enteramente loco! ¡Loco por ella! ¿No hubo una Juana la Loca, loca de amor por Felipe el Hermoso? Pues que entiendo lo que sentía aquella pobre e infeliz reina, dichosa en su locura; entonces me viene bien, así mismo, su epíteto: Joaquín el Loco. Así me dicen los muchachos, más que por mis ideas, por la forma que tengo de expresarlas: y más que por mi comportamiento impulsivo e inesperado, que para diferenciarme del otro Joaquín del grupo, a quien todos llaman Kino, y que tiene un mote más feo que el mío: el Ñángara. Y que no es tan del grupo como yo, porque él es comunista y anda con los suyos, que lo mandan con nosotros a labores de proselitismo. Y está siempre a ver cómo se nos cuela, y capta a alguno de nosotros y le lava el cerebro, como se lo han lavado a él… así, no voy a poder estudiar hoy. Y tengo que hacerlo ahora, para tener la noche libre y poder ir al Liceo a reunirme con los muchachos. Para ver si vamos, por fin, a la Colina, a lo de la práctica de armas en el salón de la FEU. Allí veré a Juan, y aprovecho y le pido el saco para ir mañana al cine con Irene. Y quizá hasta el moro Saud me preste una «estaca» una «astilla». El peso que me hace falta para mañana tener mi «pedacito de domingo que usted se merece». Irene, Irene… Siempre Irene. Decididamente soy obsesivo…

Voy caminando por Goss y doblo por San Mariano, en busca de aquella casa acogedora, tipo chalet nada ostentosa. Vivienda de una familia de clase media, de posición más bien desahogada, sin visibles problemas económicos. Hoy es sábado y voy a visitar, como de costumbre, a mi noviecita. Hay brisa de primavera y los flamboyanes alfombran de flores, aceras y parterres bien cuidados de este reparto de La Habana, donde sólo viven familias decentes y respetables. Ya casi estoy llegando. Ya veo la verja de madera pintada de blanco, el bajo y recortado seto de buganvillas que enmarca un pequeño jardín, el portal encristalado de aquella casa que para mí significa tanto...

Tan distinta a esta casucha de madera, con aspecto de deshabitada, donde voy a morir. Aquí, tan lejos, en las afueras de Santa Clara... el tiempo pierde dimensión y gana sustancia. Se vuelve elástico, se estira hasta abarcar años o se encoge, para escarbar imágenes enterradas para siempre en la memoria. Como un bumerán va para adelante y regresa para atrás. Los segundos se me convierten en minutos. Y los minutos en horas. Floto en el tiempo sin tiempo fijo. Se me confunden el antes, el después y el ahora. Estoy en muchos sábados y en el definitivo. Quizá ya no estoy en ninguno. Ahora sí estoy seguro que la muerte, sobre la que he filosofado tanta mierda, no puede ser tan horrible como esta conciencia de su proximidad. Esta conciencia de sentirla cerca, de verla aproximarse, amenazante, como un perro rabioso que se nos acerca despacio, que nos olisquea la pierna del pantalón, rozándola con espumoso hocico. Y uno siente que la delgada tela es empujada y ya se pega a nuestra carne, y empieza a transmitirnos su sensibilidad, y más que a través de ella, en ella misma, como si fuera parte nuestra, sentimos el roce húmedo y el caliente, olfateante resoplido del animal. Esto de sentirla cerca y que no acaba de llegar. Esta espera angustiosa del brutal mordisco, del minuto final, del minuto terrible. La partícula de tiempo que no acaba de fluir, de tan viscosa. Tan viscosa como la baba de un animal hidrófobo. El instante definitivo se multiplica en cada minuto que pasa y no acaba de llegar. Asombrosamente, me voy serenando. La mano casi no me tiembla, los dolores se fueron al carajo y hasta puedo filosofar. Y los recuerdos vuelven... vuelven por comparación... por contraste...

24

Ya estoy frente a tu casa. De puro júbilo, gozoso, no abro la verja, sino que la salto en limpio brinco de cajón sueco. Floto, más bien que camino, la corta y enlajada vereda del jardín y, con la respiración entrecortada, llego a la puerta y toco el melodioso timbre eléctrico. No tardas en abrir y, segura de que soy yo, ya vienes sonriendo. Con esa manera inigualable que tú tienes de sonreír. Entro raudo y veloz. Cerramos y te arrastro fuera del corredor y de vistas del interior de la casa, hacia la sala, y la emprendo contigo a besos. Tú finges resistirte, divertida, y me recuerdas que hay demasiado e indiscreto silencio. Y que es necesario recobrar la serenidad...

Igual que ahora, claro que por distinta causa... Son horas que se me van como instantáneas visiones de un mundo irremisiblemente perdido. Perdido para siempre. Y que ya no pueden volver y que, sin embargo, deben seguir existiendo, como fueron, en otra dimensión temporal. Quizá por eso estás aquí, a través del tiempo que se desmorona y cae. Y rebota, como elástico, del pasado al presente, del presente al pasado. Todo se transfigura. Todo ahora es distinto. Sólo tu imagen irreal persiste aquí, a mi lado, en esta hora definitiva. Te veo igual, igual que en la terraza aquella, la del fondo de tu casa, donde te di el primer beso. Si hasta te has traído uno de los vestidos que te conozco. Aquel de gingha, el yompi de tirantes anchos y amplia falda rizada. El que tú tenías cuando contabas sólo catorce o quince años. Y ahora ya debes de tener diecisiete... ¿Dónde estarás ahora? ¿Dónde, dónde realmente, este sábado por la noche, mi último sábado?

Con un saco de uniforme de gala, el de verano que es blanco, unos pantalones negros, que parecen alquilados en Benedit, y un lacito –todo fruto de la generosidad sin límites de mi proveedor de vestuario–, me construyo un *dinner-jacket* que, no abriéndolo, jamás descubrirá su naturaleza apócrifa. Me faltaría el fajín de raso enrollado a la cintura, la pechera con botonadura, etc. Pero eso no se ve. Como tampoco se ve el contenido de mis bolsillos. Tu padre ha pagado el precio de mi admisión como invitado: ¡Treinta pesos! Tú lo conseguiste y debes de tener poderes mágicos. Y ahora puedo entrar, como tu acompañante, en el *Baile de las debutantes del Miramar Yatch Club*, donde gentes de mi barrio no pueden ni asomarse. Este baile no es un baile como otros. Es un baile anual, donde presentan en la sociedad a las muchachas que arriban a la edad rosada de los quince. Es decir, a las que «debutan» en la vida social y que forman una nueva promoción en sus salones. Únicamente así, entro en el exclusivo club. Allí madrugo contigo por primera y única vez en todo nuestro año de noviazgo. Pero allí no aparezco como tu novio, sino como tu acompañante. Allí entro, no como socio –que nunca podría serlo–, sino como invitado. Tratando de parecer lo menos deslumbrado posible, lo menos ciscado, el tiempo transcurre más rápido de lo que yo quisiera. Veo la luna ascender sobre una bóveda azul prusia, de sueño. Y es una luna roja, de abril. Una luna, como pocas, grande, baja y roja, como la de mi poesía «*Mi niña de Mieles*». Bailo contigo, yo que no sé bailar. Y el baile es sólo un pretexto adorable para abrazarte en aquella pista de baile, a la luz de las estrellas y de aquella misteriosa y extraña luna roja. Roja como la sangre.

Todo, para mí es nuevo y de primera vez: el estar contigo en un baile y en un sitio como éste; el tenerte abrazada durante tanto tiempo; el permanecer juntos hasta tan tarde. Este ambiente significa, para mí, una experiencia enteramente nueva y desconocida. Soy, por así decirlo, el *Ceniciento* en el palacio de la *Princesa*, como en un cuento trastocado. Alucinadora visión irreal, solamente entrevista en los colores de un celuloide jolibudense. Sí, sólo en películas encantadas, fascinantes comedias musicales de Fred Astaire o Gene Kelly, he visto espectáculos tan elegantes y bonitos, tan llenos de colorido. Con todas las muchachas en vaporosos trajes de baile, con profusión de tules, rasos y encajes. Y los muchachos, todos de *dinner-jacket*, apuestos, aunque entre ellos esté yo, con mi traje de etiqueta falso.

Los camareros, de estricto uniforme –que sospechosamente se parece algo a la aristocrática fórmula de vestir– van y vienen entre las mesas colocadas al aire libre, en un espacio de pulimentado granito extendido junto al mar y que preside una pérgola, donde una orquesta incansable, toda de esmoquin, llena la noche de blues y otros bailables del repertorio norteamericano; entre los que se intercalan, sólo de vez en cuando, y como extranjeros pidiendo permiso, unos pocos mambos y cha-cha-chás. Van y vienen, en nervioso ajetreo, las botellas de White, Red y Black labels, en las circulares y plateadas bandejas que llevan y traen los rápidos, sonrientes y malabáricos uniformados. Todo respira bienestar romántico, desahogo económico, elegante confort. Aquí a nadie se le pudiera ocurrir que yo tengo solamente cuarenta centavos en los bolsillos y que no pertenezco a este mundo. A este mundo, donde estoy como injertado. Compartimos una mesa los cuatro: la elegante y madura pareja que hacen tus padres, y tú y yo; que casi no nos sentamos, para permanecer todo el tiempo posible abrazados al compás de un Glenn Miller un poco tropicalizado o de un Benny Goodman más garrasposo. Noto que algunas parejas, al pasar, te saludan sin detenerse; y aunque no me presentas, respondo a las inquisitivas miradas de la curiosidad con una inclinación de leve, versallesco saludo y una sonrisa que, para esta noche, me he inventado. Como para que no se note mi extranjería en este mundo, donde se me ha concedido visado, gracias a tu amor y a la posición de tu padre. Así, a expensas de tu padre también, pruebo por primera vez el sabor del whisky, que pronto se me sube a la cabeza en una escala de jaiboles de labels –no sé de qué color– *and soda*.

De regreso en el dodge del elegante y distinguido señor Valverde, me dejan en mi casa de madera de Arroyo Apolo. Tus padres son amables y corteses con el *ceniciento*. Me despido con agradecido reconocimiento, tratando que se me enrede lo menos posible la lengua, que noto jabonosa, y ellos, al parecer, graciosa. Cuando giro, dando la espalda al auto, el contraste entre el club, para mí fabuloso, que acabo de dejar y mi mísera vivienda, es demasiado. Y cuando tu padre pisa el arranque, las lágrimas se me salen, como conectadas al acelerador, de vergüenza y de rabia…

Ahora también mis ojos están llorando sin que yo quiera. Pero ¿qué pasa ahí en la acera, que no acaban de entrar? Oigo sus gritos entusiasmados, como chacales que se preparan para un festín. Sus malas palabras, sus imprecaciones groseras. Y, sin embargo, no se acercan, no entran. No veo derrumbarse la endeble puerta que me separa de ellos. La espera angustiosa se me hace insoportable. Repto hasta la desvencijada pared, pues el tobillo se me ha hinchado tremendamente y me impide levantarme. Miro por las rendijas de las tablas mal machihembradas, carcomidas por la humedad y el comején. Y la visión de lo que veo me llega hasta el tuétano del miedo. Hasta lo indecible del espanto. Un violento espasmo gástrico me hace llevar la mano que aprieta la pistola contra mi estómago que, víctima de una gran succión, quiere pegárseme a la espalda. Han sacado de un carro, como fardos, dos cuerpos desarticulados, sin asomo de vida. No responden a ningún estímulo, por violento que éste sea. Los arrojan, pateándolos, sobre el pavimento. Ni siquiera se mueven al caer. Son como peleles inanimados. Los iluminan para hacer más tétrica la escena, los faros de otro carro, situado detrás del primero. Y, al unísono horrísono de una satánica furia desatada, descargan en ráfagas aterradoras sus ametralladoras sobre los cuerpos inanimados…

Los estampidos atronantes de la balacera, invadiendo mi ignorada vigía, hacen retumbar las cuatro paredes de tablas, que parecen venirse abajo. Terrible repercusión la de esta caja de madera, como un sarcófago, que me ensordece en medio de mi espanto. Siento que mi cuerpo y la casa vibran en resonancia. Y las lágrimas se me hielan en el rostro. ¡Han venido hasta aquí para concluir dos crímenes más! No han venido –¡Oh, siempre vanidoso!– por mí. Yo nada significo. Aquéllos son los verdaderos héroes. Aquéllos, que son ahora, esos cuerpos que saltan y se retuercen en danza macabra, al compás de los proyectiles que horadan sus carnes como hambrientos gusanos de fuego; y que ya no sienten. ¡No han venido por mí! Al aterrador impacto de lo que veo, de lo que me entra por los ojos y por todos los poros, sucede, casi instantánea, una loca, incomprensible, egoísta, primitiva e irracional alegría. ¡Estoy riéndome, Dios mío! Los nervios no me dan más. ¡No era por mí! ¡No era conmigo! ¡Apártate, mira para otro lado…! Voy a vomitar… ¡Y me da pena que tú me veas!

Juan

Nosotros somos cinco de familia, el viejo, la vieja, un hermano mayor, yo, que soy el del medio, y mi hermanita, que tiene nueve años y quiere ser soprano. Mi mamá lavaba para varias casas, hasta que se empleó como conserje en una escuela privada, aquí cerca; en el mismo barrio. Mi papá trabaja en la tintorería de los bajos desde que el dueño la abrió. Esto hace un chorro de años, cuando todavía no conocía a mamá. El dueño le permitió a papá vivir en un cuarto de la azotea de la misma tintorería. Así que, cuando los viejos se casaron, papá trajo a mamá a vivir a su cuarto, al que entonces le agregaron una cocina. Luego empezamos a llegar nosotros, y el dueño autorizó a papá el seguir ampliando la vivienda de la azotea hasta completar una sala-comedor y dos cuartos más. Así y todo, como la azotea es grande, todavía queda un gran espacio libre, donde aprendimos a gatear, caminar y correr y que fue nuestro patio de juegos. Allí no había peligro, pues los muros eran altos. En esa azotea que me vio gatear ahora estudio con mis compañeros de aula y hasta un bombillo tenemos en una esquina, para aprovechar las noches en la quema de pestañas.

En casa hay una escandalera constante. Vivimos inmersos en la bulla. Cuando no es la gente son los perros, que son dos, cuál de los dos más escandaloso y ladrador. Y a veces es el coro polífono de perros y gentes, todos juntos, escandalizando en porfiada competencia. Papá es un tipo de berrinches y malas pulgas. Siempre anda enfurruñado, igual que mamá. Los dos hablan a gritos. Con mi viejo no se puede estar bobeando, pues a la menor cosa se explota y entonces es la cólera en persona. Mamá también pelea por todo o por casi todo. Tanto, que ya nosotros no le hacemos caso. Y eso la emberrenchina más. Mi hermanita grita ante la menor causa y cuando no, solfea a voz en cuello, practicando sus agudos y sostenidos con un galillo de pito insoportable, capaz de partirle los tímpanos a un rinoceronte. Y mi hermano mayor… bueno, ése es todo un caso aparte. Él pelea principalmente porque los demás no lo dejan dormir las horas que dedica al sueño, grita porque los demás gritan, porque los perros ladran y porque a veces yo le hago algunas trastadas. Mi hermano «vivía» de dos mujercitas que trabajaban para él en el barrio de Colón. Y aunque continúa en el negocio, por no seguir oyendo las escandaleras de los viejos, por el qué dirán del barrio, se ha puesto a trabajar de planchador en la tintorería, donde, no sin reparos, lo metió el dueño, que le tiene a papá tremenda consideración y lo estima como su «empleado de confianza». Ahora mi hermano trabaja en una pega decente; y como es largo en eso de la planchadera, hace la tarea de dos operarios en la tarde. Las mañanas las duerme, inmerso en las interrupciones de broncas y gritos. Él tiene que dormir, *de todas*, sus mañanas, pues por las noches se viste como un *dandy* y sale a «atender» sus «negocios». Mi hermano tiene tremendas cobas. Una colección de sacos de sport y de zapatos de gamuza, de «Amadeos» de dos tonos, mocasines americanos, vaya, un ropero de película. Su mayor preocupación es la ropa y los perfumes. ¡Y siempre anda…!

Yo no resisto este ambiente de broncas y tirantez constantes, y cuando estoy en la casa, prefiero refugiarme en los extremos de la azotea. Eso cuando estoy, que cuando puedo, cojo calle y me voy con los socios a cualquier parte, por ahí. Tengo dos grandes amigos, aparte de toda la tertulia, que casi nos hemos criado juntos en el mismo barrio. Mis dos grandes socios son Carlos y Joaquín. A Joaquín le dicen Joaquín el Loco, pero de loco no tiene nada, lo que es muy sentimental y algo menor que nosotros; todavía no tiene experiencia. Carlos, todo lo contrario, es el mayor de todos nosotros y cualquiera diría, al oírlo hablar, que es un amargado. Pero ni Joaquín está loco, ni Carlos es el «pomo de vitriolo»* que aparenta ser. Los dos son un par de sentimentales,

* La mala persona. *(N. del E.)*

soñadores con sentimientos de oro. Por eso son mis dos mejores amigos. A veces disfruto los intercambios que establecen ambos en las continuas controversias en que se enfrascan. Parecen los extremos de una novelita rosa; encarnando cada uno la antípoda del otro: el ingenuo y el astuto; el casto y el corrompido; el blando y el duro; el soñador y el práctico. Pero en el fondo yo, que los conozco bien, sé que son iguales. Lo que pasa es que Carlos, aparte de ser más viejo y más bicho, ha sufrido más. Los dos tienen pasión por la lectura y Carlos trata siempre de imponerle al otro sus gustos en cuanto a géneros y autores. Y lo más bonito del caso es que Joaquín le hace caso y se pone a leer enseguida lo que el otro le recomienda. Claro, para estar, la semana siguiente en una buena discutidera, que es para no perdérsela, por las agudezas que se cruzan uno y otro. A mí también me gusta la literatura y la poesía, pero más me atrae la pintura. Ya tengo varias naturalezas muertas y muchos bocetos al creyón. Toda mi producción hasta ahora es a lápiz, porque los materiales de esta afición están fuera de mi alcance. Por lo demás, me gusta también vestirme bien y aprovecho las facilidades cercanas que tengo. Aunque esto, a veces, me trae tremendas consecuencias. Me gusta bailar y le meto a cualquier ritmo. Soy en extremo delgado y como soy alto, parezco más flaco aún. Esto trato de resolverlo *haciendo hierros* en el gimnasio de «la Dependientes». Cuando entre en la universidad –pues voy a estudiar medicina– practicaré todos los deportes que pueda y así llegar a tener una figura atlética. Benito me acompaña, pero por el contrario, lo de él es por rebajar de peso. Mira que yo le digo que mejor haga pista y ejercicios de resistencia. Pero en «la Dependientes» el chino se empeña en las pesas como un condenado. Y eso no lo va a hacer «rebajar».

La medicina me atrae por lo humano de la profesión. Desde que leí la Historia de San Michel, estoy convencido de que seré médico. Además, me gusta el mar. Benito también es mi compañero de aventuras marineras, pues un hermano de él tiene un bote apotalado cerca de la avenida del Puerto, por allí, en el pedazo de Malecón, frente al Anfiteatro. Y a veces lo cogemos y nos ponemos a remar duro. Una vez llegamos hasta el Almendares, bordeando la costa. Benito es un vacilón, con su gordura y su media gaguera, pero esforzado y cojonudo de a verdad. De todos los muchachos, al que no trago es al Mandy ese. Es un empachao y se da aires de superioridad. Total, vive un poquito mejor que los demás, pero no mucho; que el padre tiene que pulirla midiendo fincas por ahí. Pero tienen un cacharro del 50 y son socios del Swiming, que es, en resumidas, el clubecito más baratico de Miramar. Y eso basta para que el «socio» se dé tremenda lija. Nada, que tiene humos de grandeza, siendo tan muerto de hambre, o casi, como el que más. Si fueran, aunque sea de medio pelo, pasarían sus vacaciones en Miami o en Varadero. Y a Miami nunca han ido. Y a Varadero, cuando han ido, ha sido para virar el mismo día. Viajar… a mí me gustaría viajar… pero primero ser médico. Y después recorrer el mundo curando gentes y estudiando las enfermedades de distintos países…

DOMINGOS, POCOS...
ALGUNOS DOMINGOS

> Y acabó Dios en el día séptimo su obra que
> hizo, y reposó...

Génesis. Cap. 2. V. 2

Domingo 22 de febrero, 1953

Paquito el bizco, a quien decimos Pinocho, más por destacarle otro defecto que por disimularle ése, tiene un tío que nunca en su vida trabajó y que se peleó a muerte con el trabajo... y se llamaba Domingo. Quizá por el nombre mismo, o por otras miles de posibles razones, lo cierto es que jamás tiró un chícharo y llegó a viejo sin doblar el lomo. Vaya, que el tío de nuestro amigo tenía explicación para su vagancia en el acta bautismal. En el nombre de este día, en que según la Biblia hasta Dios descansó y no hizo nada. Y la verdad es que los domingos son días así, vagos, haraganes, sin actividad. Yo los tengo catalogados como los peores días de la semana. Quizá porque vienen siempre después del sábado. Y el sábado sí lo disfruto, pues visito a Irene. Pero ¿los domingos...?

Es más, pueden haber lunes distintos a otros lunes; martes que, hasta para diferenciarse de otros martes, son martes trece, viernes distintos a los demás y miércoles, que no sean tan atravesados como otros, que sí te parten la semana en dos. Días de clase en que debo ir a la escuela y no voy. Vaya, que ningún día se parece al otro, aunque se llamen igual. Aunque lunes, miércoles y viernes toque matemáticas en el último turno; siempre hay una

33

jodedera que los distinga, puede ser que hasta la profesora no venga. Pero ¿los domingos? Ésos sí son siempre igualiticos: monótonos y aburridos. Nada, que me caen mal. Aquí, en La Habana Vieja, son los días en que más silenciosas, sucias y abandonadas se ven las calles; despojada de su trajín diario de entresemana, esta parte de la ciudad parece un pueblo fantasma y su silencio huele a muerte y desamparo. Entonces es cuando uno nota los papeles al borde de los contenes y las cajetillas de cigarros vacías y toda la basura que habla de una actividad que hubo, pero que ahora no hay. Falta el tumulto de la calle Muralla, el gentío que entra y sale del Ten-Cent de Obispo, de donde brota, intermitente, un vaho más frío –aunque sea invierno– que deja escapar un puñado de olores mezclados al reflujo del abre-y-cierra de las puertas de cristal, empujadas de aquí para allá, de allá para acá, por multitud de manos que entran y por multitud de manos que salen, presionando presurosas sobre los dos letreros distintos de idéntico inglés: *push* y *pull*. Faltan los agitados procuradores, de traje en pleno verano, las gentes de bufetes, picapleitos enguayaberados, elefánticos notarios, nerviosos abogados y los cientos de oficinistas de compañías de seguros, de bancos y empresas norteamericanas que han copado esta parte de La Habana. Faltan las oleadas de gentes de cuello y corbata, que salen a merendar al barcito de la esquina. No, y si llueve como hoy, entonces sí que los domingos saben a mierda. Entonces ni los borrachitos habituales concurren a este barcito, que entre semana se disfrazó de cafetería y que hoy retorna a su verdadera y oculta identidad de bar sin clientes. Por lo menos, sin estos otros que, cuando no llueve, se «toman» el domingo domingalmente, es decir, con su aburrimiento habitual.

Vamos a ver cómo serán por allá, por Arroyo Apolo, donde mi familia ha decidido mudarse en contra de mi voluntad. Éste seguirá siendo mi barrio. Y lo seguiré frecuentando a diario, menos los domingos. Que para extrañar tantas cosas, me bastará quedarme por allá. Pero parece que no es a mí sólo a quien joden estos días en que termina la semana. En eso, todos los del grupo –¡y mira que somos distintos algunos de nosotros!– parecemos coincidir. Pues sin proponérnoslo, ni buscarnos mutuamente, terminamos reunidos la mayoría en lugares no previamente acordados. Siempre los domingos. Los domingos todos nos sentimos como perdidos, como cortados en lo secuencial diario. En este puñetero día no hace falta el «¡Nos vemos en tal lado a las tantas!» Y concluimos, como arrastrados por una fuerza gravitacional, cayendo igual que las bolas del billar en una misma tronera. ¡Verdad que es como la mesa de un billar! En ella sólo hay seis troneras y un solo mingo, blanco como la nada dominical que golpea a las demás bolas, individualizadas cada una por un color, que somos nosotros. Dispersándonos sobre el verde tapete, sólo en apariencias de trayectorias engañosamente opuestas. Todo para reunirnos al final en el fondo del mismo agujero, que puede ser éste o aquel otro; pero que tiene, como la mesa de aquel juego, únicamente seis posibilidades de variación: el Billar mismo, el de la esquina de Genios y Morro, más a hacer de sapos que a jugar, pues para eso hace falta la peseta; el *Hemiciclo de Carlos*, que es un banco del Parque de los Enamorados, nuestra peña nocturna de entresemana y que, a la luz del séptimo día, no nos sabe igual; el barrio de Colón, aquí pegadito, para aprovechar la escasez de clientes y obtener así mejor trato; la Iglesia del Ángel, tan histórica, a las once, a «campanear» a las jebas beatas; el muro del Malecón, a ver las olas; o, por último, a la casa de Vicentico, que tiene tremenda colección de novelitas de relajo y donde Roly convierte aquello en un verdadero *teatro para hombres solos.* Este Roly es tremendo. Como la casa de Vicen, ese día es para nosotros, porque la madre se la pasa ayudando al padre en la bodega, y allí viven nada más que ellos tres, pues el Roly monta su espectáculo. Y nos lee al grupo atento, una «obrita» que él escenifica con mímicas y gestos, y en la que intercala sus ocurrentes comentarios. ¡Es todo un *show*! estas lecturas, dramatizadas para el grupo por el genial Roly o «vaciladas» a solas por cada cual, terminan siempre en colosales e individuales y solitarias pajas. Porque eso sí, los domingos, aunque Dios descanse, no puede faltar la masturbadera. Cada uno reúne semanalmente sus motivos e impresiones «más estimulantes» y cercanas: el que tuvo dinero y fue el sábado u hoy mismo por la mañana al bayú rememora el palo; si fue al cine con la novia la noche anterior y únicamente hubo un recalentón, pues entonces viene la reconfortante paja dominical. Y si no hubo ni una cosa ni la otra, entonces es la consoladora *manuela*, cantando un «sólo tú» en el baño con los Cinco Latinos. Y ése es el cuadro para la generalidad del grupo, menos para Mandy, que es un vicioso a la *cantúa* y tiene el récord, reconocido por nosotros como mundial, de ser el tipo que «más se haya rallado la yuca» antes de cumplir los dieciocho. Mandy es un reincidente más que cotidiano. Para él, la actividad es, cuando menos, diaria y lo mismo se *castiga* en el baño, que se hace un *abortillo* en pleno cine, que le hace una *ofrenda* a Neptuno desde el mismísimo muro del Malecón. Hasta en eso yo soy distinto. Si participo, como integrante del «respetable público» en las lecturas dramatizadas de Roly, es porque de verdad admiro su arte escénico. ¡Es un verdadero comediante! Este tipo dará tremendo artista y, en el peor de los casos, será un fenomenal lector de tabaquería. ¡Hay que verlo, haciendo murumacas, sin soltar el librito ni dejar de leer! ¿Leer? Para mí, que se los ha aprendido de memoria, el muy cabrón; que para ello tiene oportunidad, pues aparte de ser el más ambia de Vicentico, vive en la casa de al lado y no le hace falta visitarlo para usar de la especial biblioteca de éste, y cuyos ejemplares obtiene de balcón a balcón. Y hasta allí llega su arte. A hacernos creer que lee, lo que acompaña con actuación, cuando en realidad rememora lo que ha leído repetidas y anteriores veces. A mí las lecturas sucias no me atraen ni me hacen falta para elucubrar las tremendas posibilidades del sexo. A *las señoras de Colón o de Pajarito* no las visito porque nunca tengo el dinero necesario para pagar sus servicios; y con Irene no voy al cine los sábados y solos, sino algunos domingos y acompañados por la madre. A mi novia la idealizo y la dejo para espontáneos sueños que sobrevienen involuntariamente, con un realismo lírico, poético, soberbio y total. Porque yo sueño en colores. Colores reales, de la vida misma, plena; no los de estos domingos, monótonos-blancos-grisáceos, todos vagos, sucios e iguales.

Así y todo, hay domingos de excepción: aquellos pocos en que, reunidas todas las condiciones, materiales, económicas, sociales, noviales y otras muchas, podemos vernos en la iglesia. No la del Ángel, sino la de San Juan Bosco, en la Víbora, que es la más cercana a su casa. O que podamos encontrarnos en uno de los cines de su barriada, adonde va ella con su mamá, a la temprana tanda del domingo, que por ser domingo y caerme mal, no deja de jugarme algunas malísimas trastadas. Así, hoy es uno de esos pocos domingos y nos encontraremos en el cine Alameda. Me afano, nervioso y atolondrado, en sacarle filos al pantalón gris, que parece revirarse a cada pase de la condenada plancha esta, que a buena hora no calienta bien...

Domingo, a.m. 11 de enero, 1953

Hoy se cumple un aniversario más del asesinato de Mella en México. Hasta allá fueron a buscarlo los esbirros del tirano Machado. Y hoy es el primer aniversario que conmemoramos bajo otra dictadura: la de Batista. Por eso la universidad no puede quedarse quieta un día como hoy. Mella y la universidad están muy enlazados en la historia. ¡Pero hoy es domingo! Como no hay clases, pocos irán a la inauguración del pequeño monumento que, apenas ayer, se acabó de erigir frente a la Escalinata. Tony López, el escultor que tiene su estudio al lado del cine América, ha donado el busto: una soberbia cabeza en mármol blanco, que se fijará sobre el pequeño pedestal de ladrillos, repellados por los estudiantes mismos, que integran el Comité Diez de Enero. Pero el acto amenaza en convertirse «de cuatro gatos», por ser hoy domingo. Así que, allá vamos nosotros, que no somos universitarios, pero que pronto lo seremos, a hacer bulto.

¡Es del cará! Esto no hay quien lo entienda. Mella fue el fundador de la FEU –la Federación Estudiantil Universitaria–, y aquí debía estar en pleno toda la dirigencia de esa organización estudiantil. Por otra parte, Mella era comunista, y aquí brillan por su ausencia los *ñángaras*. De todas maneras, entre la gente del COMITÉ y otros estudiantes, entre los que estamos nosotros colados, hacemos como cien. El acto es emotivo, pero breve. Enseguida llegan las perseguidoras y los odiosos uniformes azules, torvos, amenazantes. Algunos, los más exaltados, discuten con la esbirrada. ¡No les tenemos miedo! Eso queda bien claro y nos dispersamos despacio, en orden. Hemos cumplido lo que nos habíamos propuesto; y hemos cumplido con Mella, cuyo monumento, modesto pero enhiesto, ha quedado en su isleta en plena calle, frente a la histórica escalinata, como un recordatorio de desafiante rebeldía. No sé, pero presiento que este acto de hoy va a traer cola. Que es de las cosas que no se quedan así...

P.m.

El temprano atardecer de invierno nos ha echado encima una noche fresca, en la que no reparamos; y que no consigue refrescar nuestra acalorada discusión. Aquí todo el mundo le hace *suing* a la historia. Que si fue el 10 de enero, que si fue el 11. Que si la confusión viene porque a Mella lo tirotean como a las diez de la noche, y no muere en el acto, sino en un hospital, como a las dos de la madrugada del ya día 11. Pero se hace claro que lo del monumento se podía haber hecho el sábado 10, que incluso el Comité Gestor de todo aquello se llama Comité Diez de Enero. Otros tercian que el pedestal todavía no estaba concluido el sábado, cuando era de esperar una mayor concurrencia. Pero en ello se ve cierta retranca de la FEU. O por lo menos, de cierta parte de su cúpula, que no acaba de definirse por la única vía que entiende una dictadura, por la tremenda. A la fuerza hay que oponer la fuerza; aquí la política se fue al carajo el mismo 10 de marzo y la mandó para allá, Batista con su cuartelazo. Que hay que fijarse que el COMITÉ no lo formó la FEU, porque ha tenido que surgir casi clandestino. De todas formas –y en eso estamos de total acuerdo–, el monumento se inauguró y el acto se dio. Y ahora Mella está allí, en plena calle, como un desafío a los jenízaros y una advertencia a ciertos *líderes* que será necesario desplazar por gente más decidida. Hoy, 11 de enero de 1953, todos nos sentimos más universitarios, aunque aún no nos hayamos matriculado. Eso es como Irene, que ya la siento mi novia aunque todavía no me le he declarado. ¡Pero lo haré, seguro! ¡De la semana que viene no pasa...!

Domingo 15 de marzo, 1953

¡Qué pena…! ¡Qué pena, caballo…! Ná, salimos del cine; y yo, sin un quilo partío por la mitá para invitar a Irene y a la mamá, aunque sea a un *tropicream* … Pero esa vieja es una fiera. Se las lleva al vuelo, se las sabe todas. Ella no se ha opuesto a «lo nuestro», porque es de verdad inteligente. Nos da nuestro lugar. Para ella, esto son cosas de muchachos, sin importancia. ¡Y si supiera cómo quiero a la hija! Ella espera, pacientemente, que a la niña se le pase. Confía para ello en la mocedad de Irene y en lo escachao que estoy. No estoy, soy. ¿Qué soy? Un jovenzuelo sin presente ni futuro. Flaco, esmirriao y siempre vestido de ajeno. Un verdadero pelagatos. Además, me obliga con la comprensión que me brinda. Debo estar «tranquilito» y aceptar *las fichas* como ella las va ordenando en el juego de nuestro noviazgo. Que para ella es eso, simplemente un juego. Así, con tremenda sonrisa, dice algo de merendar que me petrifica en la misma puerta del cine. Después de comprobar mi desconcierto, sonríe maliciosa, casi divertida, alzando terriblemente sus arqueadas cejas. Mira a Irene, como buscando una respuesta, un «¿no te lo dije?» que entiendo perfectamente, para de inmediato convidarme a merendar «en casa»; y ganarse con ello, en vez de mi roña, mi infinita gratitud.

Pero es otra trampa, que me tiende esta vez mi bolsillo y no ella. Sólo tengo el dinero justo para volver. Y si lo gasto en acompañarlas hasta su casa, tendré que regresar a pie a la mía. Además, en la guagua tendré que pasar por la pena de dejar que el conductor les cobre el pasaje a ellas, y pagar yo, solamente el mío. ¿Cómo salgo de este lío? Si rehuso la invitación, me quedo sin otro pedacito de domingo *extra*. Me pierdo la ocasión, propicia tal vez, de un beso adicional, no previsto para este fin de semana. Si voy, me humillo más en mi ya ostentosa miseria de ropa ajena y bolsillos vacíos:

> *queda más en evidencia*
> *mi falta de solvencia.*

No, si ya hasta los pensamientos me salen rimados. ¿Qué hago, Dios, qué hago…? Rápido como un lince, se me ilumina el coco. ¡Si yo no soy tan bruto ná! Al fin y al cabo, por algo saco las notas casi sin estudiar. O estudiando el día anterior. Claro, con la excepción de las tres «ampliaciones». Que ahí sí me jodieron… Pues sí, como una centella legislo: me disculpo, digo que iré un poco después; pues antes debo cumplir un encargo y comprar unas medicinas para mi madre. Para eso debo llegarme *ahora* a la farmacia de la Víbora, aquí cerquita, la que está frente al paradero. Además, así –¡Qué gentil!– ellas tendrán tiempo de ir preparando la merienda. Sonrío, triunfal (yo llegaré enseguidita, en la guagua de atrás). ¡Me la comí, soy un bárbaro! de esta forma salgo del aprieto y echo a andar, después de despedirme, en sentido contrario, hacia la Calzada de 10 de Octubre. ¡Me espera tremenda infantería!

Cuarenta minutos después, entripao en sudor, bajo mi saco prestado, llego a la, para mí, más bonita y elegante casa de toda la calle San Mariano. A la casa donde, sábado a sábado, me empacho de amor y de besos. A mi paraíso semanal en la tierra. Me abre mi Irene con su inefable sonrisa de anuncio dentífrico. Entro, esta vez victorioso… La voz de tu madre, desde el fondo de la casa, preguntando si ya llegué. ¡Qué elegante y bella es esta señora, a quien yo me doy el lujo de designar, en mis pensamientos, como «la vieja»! ¡Y qué inteligente! Lo tiene todo dispuesto para que tú sirvas la merienda; sólo para nosotros dos. En la terraza del fondo, donde te besé la primera vez. Te manda para la cocina, mientras yo espero, ansioso. Ella, «sólo ha salido a chequear los últimos detalles», me dice, sonriendo; y su sonrisa me hiela. Ella sí que no se tragó mi mentira. Hace algunas preguntas sobre la «enfermedad» de mi madre y las supuestas medicinas que yo iba a buscar… se disculpa y fumando se aleja, discreta, indiferente a mis tartamudeantes respuestas, dejándome solo, completamente desarmado. ¡Qué manera de fumar la de esta mujer! Prende en el cabito del anterior, en sucesión constante de espirales, los aromáticos Camels. Como para disipar una preocupación o enhebrar una maquinación, pero ambas, constantes.

De repente, el sol retrocede. Al crepúsculo agonizante sucede el esplendor de una tarde plena total. La luz recobra fuerzas y aumenta la claridad en aquella terraza amable, íntima, que abandonando el nefasto domingo parece volverse sábado. Eres tú, que regresas con tu sonrisa inefable. Irrumpes en la estancia, que iluminas como nuevo y maravilloso sol. Goloso, con la premura del que aprovecha codicioso la ocasión de estar solos, te atrapo entre mis brazos y me apresuro a besarte. Todo se borra alrededor. El mundo desaparece. El mundo, la casa, la terraza, ya nada existe fuera de ti. Asciendo flotando, ingrávido, en el aire… Te retengo, enloquecido, más tiempo que para el saludo y el ahora vengo. Tu demora provoca una tos de advertencia, que nos llega del interior de la casa, recomendándonos compostura. Debemos merendar, comportarnos, ser formales.

Sobre un carrito-mesa, de aluminio y cristal, está dispuesta la merienda: pan de la «Ward», queso crema y confituras de fresas. Fresas que tú sirves de un pomo de cristal. El amor suplanta milagrosamente mi desaforado apetito. Y desprecio la, para mí extranjera colación: fresas y crema. Yo sólo quiero besos. Me obligas sonriente, ¡ay!, tu sonrisa insistente, que siempre parece insinuar algo, a comer fresas. Fresas que tú sirves con tus manos de pétalos… y que yo, exigente, insisto en morder de tu boca… Poseso, tomo la pluma, pido papel y dejo allí uno de mis primeros versos:

FRESAS

Me trae mi niña que provoca
del Norte frío la más roja fresa
Cual repostera ideal de su boca
la ambrosía y el néctar cuando besa
Y es una fresa olorosa
la de mieles y néctar de amor
La que lleva en la boca, la rosa
que esparce los besos con candor.

Y entre fresas, mieles y rosas
se va riendo mi repostera

hermosa entre hermosas
dejándome que la quiera
Que se quede el Norte frío
con la más roja fresa
Que se funda el joyero con la roca
la joya mejor
Que yo más quiero y ansío
las fresas de su boca
y las joyas y el néctar de su amor...

Comido y escrito, «¡Haz como Blas, que ya te vas!» Vete rapidito, no te vayas a equivocar, que hoy no es sábado, sino domingo. Así que ¡despídete y arranca! Que bastante bien se portó este cabrón día contigo hoy. Además, debes devolverle el saco a Juan lo más temprano posible, no se vaya a buscar otra bronca con Reynaldo.

Domingo 5 de abril, 1953

Hay pleno en el Hemiciclo. Esta noche casi estamos todos. Algunos se sientan sobre el respaldo y ponen los pies, casi aprisionados, en el poco espacio que dejamos en nuestro apelotonamiento. Otros, en busca de mayor libertad, se sientan en el suelo, de frente al banco. Los que quieren robar la tribuna permanecen de pie, llamando la atención del grupo. Hoy nos disputamos la palabra Mandy y yo. Deseo, necesito transmitir a mis socios la impresión de deslumbramiento que ha dejado en mí EL BAILE DE LAS DEBUTANTES. Trato de describirles todo: el ambiente, la música, el lujoso Club, el sabor del whisky, el vestuario de la gente... (¡de película, caballeros!) Es otro mundo el que trato de pintar con palabras e intento meter en los oídos de mis compañeros, para que allí, por encanto, aparezcan las mismas imágenes que atesoro en la memoria. Y Mandy me interrumpe, terciando con otras imágenes de ese mismo mundo, que le vienen de amistades de su papá. El padre de Mandy es agrimensor y conoce a mucho ricachón, cuyas fincas ha medido o deslindado. Algunos domingos –nos cuenta nuestro «pajero» mayor– su padre lo ha llevado de visita a alguna de esas casas, donde su familia –la familia Gutiérrez– es recibida con *todas las de la ley;* y donde al padre le brindan whisky; a la madre, cocteles, y a él galleticas y refrescos. Aún a pesar de los comentarios del anfitrión de que (ya tienes a todo un hombrecito, Gutiérrez). Si hablo de mullidos butacones y sofás kilométricos, él los ha visto forrados de piel de cebra: si digo de pulidos pisos de espejeante granito blanco, él cuenta de pisos de mármol negro: y aunque, lo de las galleticas y refresco, le gana un coral choteo, él describe ufano las vajillas de plata, las pitilleras de ídem y las copas de bacarat. Así, Mandy contrapuntea mis descripciones del Miramar Yatch Club, donde estuve una sola vez, con sus visitas frecuentes a las acaudaladas amistades de su padre, todas de *ringo-rango. De* esta forma, se introduce el tema de don Gabriel. Del doctor Gabriel Martínez-Vélez y Loret de Mola, que no es de los más ricos, pero así y todo tiene una finquita de recreo, con piscina y todo, por allá por Mugalba; y que compensa la no excesiva riqueza pecuniaria con su otra mucho más vasta, la riqueza histórica y su raigal abolengo. ¡Todo un personaje! Quizá por su trayectoria revolucionaria de otros tiempos o por ser menos rico, don Gabriel es más cercano a los Gutiérrez. Además, fue compañero de estudios del viejo Mandy, por lo menos en la Segunda Enseñanza, allá en su natal Camagüey, donde fueron *uña y carne;* hasta que la familia Martínez-Vélez mandara a la universidad, aquí en La Habana, a quien entonces aún no era don Gabriel. En el ámbito universitario de los años treinta, Gabriel, estudiante de derecho, fue miembro del Directorio Estudiantil Universitario, puso bombas, tiró tiros y ayudó a derrocar a Machado. Después no está claro si fue guiterista o abecedario, pero lo cierto es que en la Constituyente del cuarenta salió concejal o representante, no sé, por su Camagüey, donde aún le quedan algunas tierritas, de las que heredó de su familia. Con este personaje histórico son más estrechos los vínculos de la familia de nuestro amigo; y allí no lo tratan como a un niño crecido, sino como a un futuro universitario. Mandy cuenta que, hasta algunas veces, almuerzan con don Gabriel y que allí las visitas son más largas. Y que un día, en que su madre no

43

fue, el Don le dedicó la tarde, enseñándole la finca, mientras su padre revisaba no sé qué documentos de los Martínez-Vélez. Dice Mandy, y ahora nos lo retransmite al grupo, que el Don le «bajó tremendo trucaje» de anécdotas sobre conspiradera y lucha revolucionaria y que, al contarle sobre nosotros, le ofreció reunirse con nuestro pleno y obsequiarnos con sus vivencias y consejos. La posibilidad de reunirnos con alguien que nos antecedió en igual lucha, y que perteneció a una generación, para nosotros, legendaria, y de quien nos sentimos émulos y herederos, nos hace la boca agua a todos. Unánime es el ruego, a la vez que imperativo; y unánime era la designación de Mandy para que coordine la entrevista de nuestro grupo con don Gabriel. Yo, un poco contrariado, porque ha dejado a segundo plano mis vivencias del Miramar, propongo, para joder, ir *ahora mismo*; a lo que Mandy se defiende con la cordura de un caballero, eso no es así, hay que contar primero con el Don y avisarle, y ver qué día él puede recibirnos. Esto le cuesta perder tantos a Mandy, que recula y se atrinchera en la etiqueta de esta gente, frente a cierta suspicacia, que yo avivo interesado. De todas formas, queda acordado y así se hace constar en «actas»: Mandy arreglará la entrevista e iremos cuando él nos avise. Pero para eso hay que esperar a que los Gutiérrez vuelvan otro domingo por la finquita de Mulgoba, que todo lo que nos ha contado sea verdad y que sea capaz de transmitir al viejo revolucionario nuestros deseos…

Todo, implacable, lo argumento con saña, despechado al sentirme despojado del pódium tribunicio. Y son tan fuertes mis objeciones, soltadas todas de golpe, que parece que al fin lo he pulverizado. En eso irrumpe, para salvarlo, Juan, que llega sofocado y que con voz alterada libra a Mandy de la derrota, comunicándonos la espectacular noticia del día: ¡A perderse todo el mundo, caballeros! La colina está que arde, esta mañana cayeron presos una tonga de gentes, entre ellos, el Moro Saud y Kiko Álvarez. En casa del profesor García Bárcenas cargaron con todos. Parece que le iban a meter mano a Columbia…

Domingo 28 de junio, 1953

Yo no sé qué pensar de don Gabriel Martínez-Vélez. Y creo que todos los que fuimos salimos igual. Más confundidos, que deslumbrados como esperábamos salir. Primero, fue la dilación dilatadísima en mandarnos con Mandy el «ya pueden venir, tal día a tal hora». Demorada tanto, que algunos pensamos que lo de Mandy era una paja más y que todo era cuento. Después fueron las limitaciones: «que si no podían ser más de tres, a lo sumo cuatro; que fueran los más serios y que todos fueran blancos, además de buenos estudiantes».

Eso, además de que «la entrevista tendría que ser corta, un domingo por la tarde, debiendo concluir antes de que anocheciera, porque no convenía que vieran a los jóvenes saliendo de su finca de noche, etc., etc., etc. Que lo de los negros excluidos no era por ser él racista, sino porque en su reparto no los admiten, etc., etc., etc.». Después fue el aire de *superman* que se gasta el viejo este. Nos recibió en la terraza emparrada, con su batín de raso, bien aristocrático, que nada tenía que ver con el ambiente clandestino que nosotros esperábamos. ¡Al aire libre! Para una conversación que nosotros creíamos más secreta y comprometida. Y a todas éstas, para llegar allí tuvimos que ser conducidos por una especie rara de mayordomo, guardián-jardinero, que nos recibió y que nos fue a abrir, con escopeta terciada a la espalda y descomunal manojo llavero al cinto, la encadenada puerta de una cerca, segura y alta como la posición del dueño. «Sí, el doctor los espera. Tengan la bondad de acompañarme adonde él los está aguardando.» Y después de esa retórica, fuimos nosotros los que tuvimos que esperarlo más de media hora. Pero lo desconcertante vino luego, cuando, al fin, salió sonriente en su batín, en ristre el gran habano a «atenderlos como ustedes se merecen». Y ni nos mandó a sentar cuando comenzó la actuación, digo la conversación, monólogo más bien, que nosotros habíamos previsto en otro ambiente, no sé, en su despacho o biblioteca, pero en lugar más reservado y propicio al tema que aquel espacio al aire libre. Total, para lo que tenía que decirnos, podía haber escogido el parque Central. Después de exaltar las virtudes de la juventud, *su* capacidad de sacrificio, *su* desinterés, *su* honestidad y heroísmo, aquel señor se extendió en anécdotas de la lucha antimachadista, donde él –¡qué casualidad!– era el protagonista principal. Todo para concluir, derrotista, con un «ya ven ustedes. De nada ha servido tanto sacrificio, tanta sangre derramada, tanta juventud perdida, para total... ¡Nada! Vuelve otro tirano y parece que nada ha cambiado. Que todos aquellos muchachos –amigos todos de él–, perdieron sus vidas de forma inútil», que él se salvó, en muchas ocasiones casi por un pelo; él, el único sobreviviente verdadero, «aparte de Aureliano, que está afuera; de Chivás, que siempre fue un loco; y por supuesto, del señor presidente Prío que, no sé qué le pasó, al poco tiempo ya no era el mismo...».

En fin, que él, solamente él y nadie más que él, era el único sobreviviente íntegro de su generación, aquella gloriosa generación del treinta. El único revolucionario auténtico y vivo que quedaba en Cuba. Un verdadero ejemplar... de museo. Y *él*, porque había sido joven e idealista también, nos entendía perfectamente, porque «aunque no seguía siendo joven, sí conservaba intactos sus ideales, que eran los mismos nuestros». (¿De dónde habrá sacado que nos conocía tan bien?) Por eso, *él* –decía sentencioso– era el más indicado y facultado para aconsejarnos lo que debíamos hacer por el momento, e incluso, llegada la hora, volvería a recobrar sus idos ímpetus, ponerse a la cabeza de nuestro grupo y conducirnos seguro, como uno más de nosotros, decididamente al éxito. ¿Y qué era lo que había que hacer por el momento? Pues *tener cordura y evitar ser instrumentos de mezquinos intereses políticos*. Después nos dimos cuenta de que cada uno de nosotros sacó una conclusión distinta de mensaje tan sugerente y ambiguo como un horóscopo. Pero lo que sí entendimos sin lugar a confusión, de forma clara y unánime, fue cuando *nos señaló la hora de irnos,* dando por terminada la espectacular entrevista y la sarta de sus sabios consejos. Como bolas de billar dominguero al ser chocadas por el mingo, nos dispersamos en distintas direcciones, sobre el verde tapete de la terminal de ómnibus de Santiago de las Vegas...

Domingo 19 de julio, 1953

Los exámenes han concluido. Y de los cuatro o cinco que terminamos o terminábamos el quinto año, sólo Juan y Carlos irán a la universidad, a estudiar medicina. A Mandy, su padre lo manda a los Estados Unidos a un *Jay scul* o a un *cólech*, de no sé qué carajo; Benito va a empezar, otra vez, su cuarto año; y yo, debo seguir cargando con las tres Marías, mis tres Ampliaciones que, volví a suspender y que debo volver a matricular, pero ahora, en el curso nocturno del instituto –si consigo trabajo– y si no, en el diurno, pero de todas formas, como alumno del plan oficial y no de enseñanza incorporada, como hasta ahora. Roly, en cambio terminó y dice, que para él los libros murieron, que no estudia más, pero que no sabe qué va a hacer, siendo el único de nosotros, que no tiene un plan definido para el próximo curso; pues, hasta Vicentico, que tampoco sigue, sabe que no seguirá para poder ayudar a su padre en la bodega. Pinocho, de espectador, pues ni estudia ni trabaja, piensa meterse a mensajero de botica o conseguirse alguna pincha similar, «pa ir tirando», hasta que se saque la lotería o se vaya «pal norte».

Y así, mutuamente informados de nuestros inmediatos planes futuros, con la firme promesa que estos finales distintos, no habrán de desunirnos, tirando algunos, piedras al mar, desde el muro del Malecón habanero, vemos expirar otro infeliz domingo…

Domingo 26 de julio, 1953

¡Parece que lo de Oriente fue tremendo! ¡Hay un montón de muertos! Y dicen que van a suspender las garantías por 45 días. ¿Quiénes serían esas gentes que trataron de asaltar dos cuarteles al mismo tiempo? Uno, el principal, en Santiago de Cuba, el Cuartel Moncada, después de Columbia, el más grande del país; y el otro, el de Bayamo, la ciudad heroica del sesenta y ocho, la de la tea mambisa. ¡Coño, y lo hicieron un domingo! ¡En medio de los carnavales! ¡Ésos sí parecen tener cojones…! ¿Cómo era la musiquita aquella de los Matamoros? «…al carnaval, de Oriente me voy, donde mejor, se puede gozar...». Dan ganas de cantarla de verdad y decir, cambiándole la letra: *donde mejor se puede luchar.* Porque aquí, en La Habana, uno ná má se encuentra con gentes como Geordano, el Miguelito y el señor don Gabriel, de tremenda historia... Me gustaría saber qué opina de este hecho el ilustre patriota que nos recomendó cordura y nos prometió ponerse a la cabeza de nosotros cuando llegara la hora... ¡La hora ni un carajo...! ¿Y ahora, con lo de hoy en Santiago, eh? Al fin y al cabo –me parece verlo ahora clarito– lo que quería era darse autobombo y, de paso, enterarse de si nosotros estábamos en algo serio, como lo de Oriente, por ejemplo...

ROLY

Me llamo Rolando Preval Torres, pero me dicen Roly; natural de La Habana, tengo diecisiete años y soy vecino de la calle Genios 158 entre Prado y Morro, altos; al lado de la bodega del gallego Aneiros. Su hijo, Vicentico, es mi mejor amigo, *mi ambia de a verdura** a pesar de ser *jabao,* aunque casi no se le note, pues la mezcla de gallego con mulata siempre *adelanta.* Yo a los *prietos,* la verdad, no los trago. Con el Vicen hago la excepción, porque es casi blanco y porque, desde que nacimos, vivimos puerta con puerta. Es decir, balcón con balcón, porque ellos viven en los altos de la bodega, y yo, en los altos del edificio de al lado. Así, cuando pequeños, que no nos dejaban salir, jugábamos de baranda a baranda a los pistoleros o yo le hacía cuentos inventados por mí y él se reía de mis ocurrencias desde entonces. Desde aquellos tiempos somos socios, aunque nuestras familias siempre han guardado cierta distancia, vaya, un trato discreto, sin intimar. Y es que no puede ser de otro modo. No hay nada común entre ellos. Mi papá es abogado y el de Vicen es un gallego que si se cae come yerba; su mamá es una mulata clara, que toda la vida fue criada, y la mía desciende de una distinguida familia, que fue riquísima en Sagua la Grande. El gallego siempre le ha fiado a papá, aunque esto no es para agradecérselo como una distinción especial, pues el Gaito le fía aquí a todo el barrio. Y mi padre es un hombre que tiene crédito dondequiera, que para eso es abogado de una importante firma americana, aparte de los casos de algunos bufetes que él se busca, y tiene así una buena entrada. Aunque también tiene una buena salida. La verdad es que gasta bastante, y a veces, en

---

* Mi amigo de verdad. (*N. del E.*)

casa, hay menos que suficiente. Y hasta desaparecen algunos objetos valiosos que decoran la sala y que datan de la opulencia pasada de *las Torres*, allá en Sagua; y que constituyen lo que queda de la herencia de mamá. Además, el viejo es un *salao* y mantiene una queridita, que yo sé dónde vive, allá por la calle Ánimas. Aparte de eso, le mete en la misma costura al juego, que es su vicio. Cuando le va bien y tiene buena racha, todo es fiesta; pero cuando le viene mal la cosa, entonces empieza a cambiar el decorado de la escenografía doméstica y empieza a hablar más a menudo con el gallego Aneiros y participa más en las tertulias familiares. Sí, porque mi casa es un teatro. Mi mamá y mi hermana saben todo esto, tan bien como yo, y el viejo sabe que todos saben, pero en casa todos se esfuerzan por aparentar un clima familiar ideal, de familia perfecta, en la que nunca pasa nada inusual. Puro teatro, donde la respetabilidad es nuestro Dios todopoderoso. Entre papá, mamá y mi hermana, que es cuatro años mayor que yo, hay una complicidad teatral, en la cual cada uno desempeña su papel. Todos se saben algo y todos se tapan. Así fue, el año pasado, cuando mi hermana tuvo aquel lío con un novio, que resultó ser casado y la mandaron a «curarse» y reponerse unos meses a Sagua, a casa de la hermana soltera de mamá, la que no puede ver ni en pintura a papá.

A mí no me gusta estudiar. Lo mío es el arte. Aborrezco las matemáticas. Yo sueño con llegar a ser un gran artista de la radio o del cine. O si no, los negocios. Llegar a ser un «empresario», un *bísnesman*. Son los caminos que veo más claros para llegar a vivir bien en esta Cubita que está tan jodida.

Aparte de Vicentico, me llevo bien con Mandy, con el cual coincido en muchas cosas; a Carlos, le soporto sus aires de superioridad, porque muchas veces dice cosas interesantes, como para pensarlas. Además, que no me cuesta ningún trabajo dejar que él se crea superior. Los demás del grupo, son eso, grupo, la pandilla; y uno los quiere a todos sin distinción. Eso sí, que me separen a Papito y al chino Benito, que para mí son las dos notas discordantes. El uno por negro y el otro, además de chino, por desagradable, no sé, babeándose siempre con su gaguera y su gandición. ¡Y todavía quiere adelgazar, con lo comilón que es!

LUNES, MUCHOS LUNES

Pues otras profundidades constituían nuestra inquietud.
Éramos tres o cuatro al cabo del día.
Cazando sonidos para reconstruir las cosas,
procediendo sin cesar, a realizar metamorfosis.

LOUIS ARAGON

Lunes 10 de marzo, 1952

Vivo en La Habana Vieja, cerca del Palacio Presidencial y de la histórica Loma del Ángel, la de Cirilo Villaverde y su Cecilia Valdés. Cerca de los parques y del mar. Aquí se respira lo mismo historia que salitre; y se vive, por igual, el bullicio diurno de entresemana como la paz sepulcral del domingo. Paz silenciosa, a la que sirven de anticipo seis atardeceres previos, idénticos, anunciados desde los árboles del Prado por miles de totíes que despiden el día con un último ensordecedor alboroto; como para que se sienta más el silencio que sobrevendrá después. ¿Después? Después se produce una inversión preludiada de silencios; pues a partir de la noche todos los ruidos proceden entonces del interior de las viviendas, de donde brotan apagados para hacer más íntimo el ambiente, que se ilumina con las luces mortecinas de bombillas de poca intensidad y donde se filtra una multitud de aromas que intercambian las vecinas cocinas en efluvios compartidos de sofritos, sopas y potajes. Al ruido de la calle sustituye el ruido común, doméstico del vecindario, y quizá el de alguna victrola como fondo lejano y apagado. Y por fin, a las nueve, el estruendo del cañonazo de la Cabaña, que no por esperado y cotidiano, nos deja de sorprender siempre...

Y hoy la mañana me sorprende con un ralo tiroteo que suplanta los ruidos esperados del amanecer. Hay tanquetas del ejército en cada esquina del edificio ejecutivo. Algo se ha quebrado inesperadamente, rompiendo el acontecer previsto de esta mañana de lunes... El vecindario sale de su extrañeza y la curiosidad cubre malamente su indiferencia por el inusitado hecho en un país donde todo puede suceder. En la madrugada, Batista ha dado un golpe de Estado contra Prío. Ha entrado como un ladrón en el campamento militar de Columbia y desde allí emite las órdenes de un nuevo poder. Mientras, el presidente constitucional y cocainómano permanece aún en palacio, alelado, pendejo, indeciso. Los escasos disparos, causantes más bien de curiosidad que de inquietud, no han correspondido a una bizarra defensa de la mansión presidencial. Han sido resultado de la confusión y la bravuconería impaciente de los primeros golpistas que, oportunos, porfían por madrugar y ser los primeros. La Guardia Presidencial se mantiene leal, pero las tanquetas que se apostan en las esquinas no se sabe si protegen o amenazan al palacio. Este gobierno tan corrupto y desprestigiado no concita la solidaridad y el apoyo del pueblo, que esperaba librarse de él en los ya próximos comicios. Pero la siniestra figura de Batista encabezando el inesperado golpe corta el tiempo —delgado hilo— como una navaja asesina. Lo vira al revés, lo hace retroceder. El amanecer se convierte en noche. Y 1952 vuelve a ser el año treinta y cinco. ¡Van a asesinar otra vez a Guiteras, puesto que, otra vez, su asesino está en el poder! Hay de nuevo tirano y una vez más, la universidad volverá a convertirse en el bastión rebelde contra el tirano; de ella saldrán, nuevamente, Trejos, Mellas y Guiteras; aun a contrapelo de la indiferencia, el desencanto y la falta de fe de este pueblo, que tira todo a relajo, cansado de ser tantas veces estafado.

Y a la universidad, a esa universidad, a la histórica que tantos héroes ha brindado, voy yo con Juan y Carlos. Todo el recinto universitario es una olla de presión, que amenaza con estallar en cualquier momento. Un hervidero de inquietudes y de decisión de enfrentamiento al golpe. Se instalan altavoces, el aire se llena de inflamadas arengas. Se convoca al pueblo a concentrarse en la indómita colina de tan hermosas tradiciones. Vamos con los estudiantes universitarios como próximos, futuros camaradas que vienen a compartir nuestra suerte. Así conocemos a Barba, a Omar, a Carbó, que habla por los micrófonos diciendo que es el «General Carbó», a Manolito Carbonell, que ya tiene una pistola, a la que llama «la fuca», al Moro y otros muchos, que miran con simpatía nuestra precoz presencia allí y nos saludan como representantes del estudiantado de Segunda Enseñanza. De esta forma, soy uno más de aquella turba noble y viril que defiende una «constitucionalidad» que nada nos ha brindado. Soy testigo así, progatonista aún inconsciente, de las primeras horas, las definitorias, de aquellos hechos del 10 de marzo de 1952 que iban a desencadenar los torrentes de la historia. De la historia que me tocaría vivir y en la que íbamos a crecer y algunos, a morir.

Comenzaba nuestro *Primer tiempo: El tiempo de crecer y de morir*. Pero entonces nosotros aún no lo sabíamos. Y allí estaba yo, entusiasmado y ciego, buen muchacho en pose de hombre, en busca de aventuras, fascinado por los acontecimientos en que me veía protagonista, que me hacían sentir ya mayor, esperando las armas prometidas por un senador que, rápido y habilísimo, buscaba escenarios más convenientes a su proyección política. El mismo que, tan sólo unas horas después, comprometía su fidelidad al nuevo régimen, en una asombrosa pirueta de experimentado trapecista...

Otro lunes cualquiera de 1954

Esto que lo registren a uno al entrar, en la misma puerta del instituto, ¡jum...! le da a este edificio un sabor de cárcel. Y carcelaria era la cara del bedel que me palpó los costados, la cintura y las entrepiernas, cumpliendo con meticulosidad policíaca su faena de chivatón. Pongo mi cara más inocente. Por dentro, las ganas me llenan de mandarle un pescozón a este aspirante a esbirro. Le he enseñado mi carnet, el que tiene el nombre cambiado. El que dice Rafael y no Joaquín. ¡Qué ingenuo conspirador!

Como si con otro nombre… en ese otro carnet… el carnet con mi foto, con mi cara de angustia y desamparo, donde se nota lo flaco, flaco, que me he puesto. ¡Parezco un esqueleto! ¡Claro, si ya no tengo ni fresas, ni besos, ni sosiego! Y mi vida es una angustiosa ansiedad y una movilidad de gitano, desde que mi familia se mudó y tú me dejaste. De La Habana Vieja a Arroyo Apolo. De Arroyo Apolo a La Habana Vieja, siempre recordándote… En el pasillo no me he encontrado con nadie conocido. Además, que esto está medio vacío. Vienen a los exámenes y ya. Deja ver si pusieron las notas en tablillas. Esas tremendas y ceremoniales cajas de caoba, con cubierta de cristal, que parecen más vitrinas de museo, tapizando las paredes de pasillos y corredores hoy desiertos… ¿Cómo se las arreglaría Benito para poner en una de ellas, «¡Abajo Batista!»? ¡Tremenda jodedera que se armó aquel día…! Sí, allí están las listas. En la vitrina de la última pared… por la letra O… O… Oliva… Olivares… Olivera… Oramas… Ordaz… Ortega, Ortega, Ortega… ¡Coño, como hay parientes con mi apellido! Ortega Espasande, Joaquín… ¡Ése soy yo!, ¿cómo? ¡Suspenso! Suspenso y suspenso. ¡Me colgaron en las tres! ¡Ponchao! ¡Otra vez! ¿Y ahora qué hago…? Era mi última oportunidad de terminar el puñetero bachillerato para ver si el año que viene… ¿El año que viene qué? ¿Y el dinero de la matrícula? Nada, Joaquín Ortega, que usted no llega a universitario. ¡Claro! Me metí en todo aquel revolico de la universidad y ahora me quedo fuera. Subí la escalinata a conspirar, no a estudiar. A buscar armas, no conocimientos, a poner aquello malo, no a sentarme en sus aulas. Me pasó lo mismo que a esos bichos que por acercarse tanto a la luz acaban quemándose. Pero no, todo no fue culpa de «mis actividades subversivas». La verdad es que no he tenido cabeza para estudiar. Ni cabeza, ni voluntad, ni plan ni decisión. ¡Soy un mierda! Ahora, en este último chance, lo de Irene me ha dejado desconchinflado, hecho un berraco, abatido, sin ánimos para nada y menos para coger un libro… ¡Buena que me la hizo! ¡Es como para no creer ya en nadie más! ¿Por qué tendría que recurrir a un medio tan tortuoso para botarme? ¡Ay! Esa fe adorable que el destino blasfema, como dice César Vallejo… ¡Por poco me vuelve loco con sus acusaciones! ¡Tremenda artista dramática que me salió! ¿Usted sabe lo que es que alguien a quien usted quiera con locura lo acuse de no quererle, de estarle engañando? Que diga, incluso, que tiene pruebas, que usted es un farsante… y usted, muriéndose por ella, y ella que no, que sí dejó chiquito a Tartufo… y lo bote a usted por eso…

Ella siempre fue muy celosa y eran frecuentes sus berrinches. Pero la última escenita que me montó no la olvidaré jamás. ¡Cómo me hizo sufrir! Y pensar que todo fue puro teatro. ¿Por qué inventaría todo lo que inventó? Si era más fácil y honesto decirme: «Me he desencantado de ti, ya no me gustas.» Y ya; me hubiera dolido, pero no tanto. Ahora, al dolor de no tener su amor, se une el más profundo de saberla capaz de tanta mentira, de tanto fingimiento, de tanta falsedad…

Tienes la cara congestionada. La nariz enrojecida de llorar. Estás desesperadamente furiosa, ofendida y burlada. Los ojos te echan chispas que relampaguean sobre lágrimas que no acaban de brotar. Te han dicho, te han mostrado incluso fotos —me dices— en que me veo con otra. Pruebas irrebatibles de mi deslealtad. Y yo todo me lo creo de buena fe, al punto de pensar que has sido tú la víctima de bajas calumnias… Mis pensamientos se confunden al verte afirmar, tan categóricamente, lo que sé no es cierto. Me devuelves, conmovida, mis cartas de amor en un grueso atado. Y das por terminado nuestro corto noviazgo… Y todavía dices, con voz entrecortada: «¡Hasta nunca amor mío!»

Y todo era puro teatro. De la más profesional y cruel de las dramaturgias. Y yo creyéndome un nuevo Dreyfus sobre el que la perfidia de un complot se cebaba… Yo, queriéndote demostrar mi inocencia. Y tú, inflexible, desde tu dignidad ofendida, condenándome sin apelación. ¡Qué clase de actriz dramática me saliste, Irene! Bastó una semana, *siete días* solamente, para entenderlo todo y para causarme más dolor aún al comprenderlo: Te enamoraste de otro y ya. De otro, que sí tenía para llevarte al cine y para convidarte y para meterse contigo en veinte lados. De otro, de tu mismo medio. De un «niño bien», de la sociedad, de los que visten con *dinner-jacket* de verdad, que andan siempre elegantes y hasta auto tiene. ¡Caballo, y en máquina…! ¿Hasta dónde podrá haberla llevado? Voy a tener que creer que Carlos tenía razón con aquello de que «las mujeres son como las guitarras, que sólo les saca música aquel que sabe tocarlas». Y que, después de todo, no era tan cínico, sino realista. No, y yo a Irene ni me atrevía a tocarla. La tenía como a una santa. ¡Y mira lo que me hizo! Era un amor demasiado lindo para ser verdad, demasiado idílico y poético para estos años de mil novecientos cincuenta y tantos. Pero es que yo soy así, le dije a Carlos. Y él replicó, cáustico, más dirigiéndose al grupo que a mí, que «lo idílico y lo poético no llegaban a los ovarios».

Quizá tenga razón. Y yo sea demasiado comemierda. Pero lo peor del caso es que no puedo ser de otra forma. No, no puedo ser como Carlos, no. Después de todo, ese amor era demasiado para mí. Como dice el tango de Gardel: sabía que en el mundo no cabía toda la humilde alegría de mi pobre corazón... Claro que si yo hubiera tenido reales y buenas cobas y hubiera sido con ella, un poquito, nada más que un poquito, hijo'eputa y la hubiera manoseado bien... Pero qué va. ¡Yo soy así, y no tengo remedio!

Kino, mi tocayo comunista, dice que en la sociedad capitalista hasta las mujeres lindas se las llevan los burgueses. Y a nosotros nos dejan las flacas, mal cuidadas y peor «comidas»; y por ello, con las caderas estrechas, canilludas y con las espaldas encorvadas. Vaya, las *jevas fuera de fonda,* que no pueden ser buenas hembras ni a jodida. Pero ése nada más sabe hablar de materialismo y de dialéctica, que también es materia lista. Y a nosotros el materialismo y todo lo material nos sabe a grosero; como despojado de la envoltura romántica que hallamos en cada cosa, por muy vulgar que sea. Kino nada más que habla de eso y de Wall Street y el Imperialismo Yanki y de lo hijos de puta que son los americanos... Y lo de nosotros es contra Batista, que no es americano. Es cubano. Desgraciadamente dicen que nació por allá, por Banes.

Sin dejar de reconocer que nos aventaja en cultura política y económica, que en eso ha leído más que todos nosotros juntos, el pobre Kino se me figura un repartidor de consignas. Consignas de otros camajanes, que son más cabrones que él. Él no deja de ser un joven soñador como nosotros. Pero a él lo han adoctrinado, como a un fanático religioso, para que vaya *predicando la doctri-*

na, como esos batiblancos Testigos de Jehová que, dondequiera que se paran, «traen la palabra del Señor». Sí, es como un fanático religioso… aunque, en eso de las mujeres, voy a tener que pensar –por mis personales vivencias– que tiene gran parte de razón. No es que el amor sea un problema de clases, como dice Kino, es que hay condiciones reales, muy materiales, por cierto, que propician o dificultan hasta la imposibilidad un idilio. La verdad es que me da rabia ser un muertodehambre. Si yo hubiera tenido un maquinón y hubiera sido socio de su mismo club, y podido coincidir allí con ella, en la piscina, convidarla a un trago en el elegante y refrigerado bar, con la oportunidad de verla con más frecuencia en un ambiente propicio, de película… ¡Da rabia! Pero lo que más rabia me dio fue verla en el fotograbado del *Diario de la Marina,* el que sale los domingos, y que Vicentico me enseñó en su casa el lunes siguiente. Porque en casa de Vicentico reciben el periódico ese. Que si no, ni me entero. ¡Compadre, una semana después! Solamente una semana después que me botara de aquella escenita teatral que me montó. Siete días, nada más. Si Dios creó al mundo en siete días, a mí se me acabó el mío en siete días también. Allí estaba ella –o lo que fue y yo no vi–, en las páginas sociales del periódico aquel. En una crónica que ilustraba una fiesta muy «chic» del Miramar Yatch Club, con el tipo aquel. Bien elegantes los dos, en un grupo sonriente de «niñas y niños bien», de la «jai». Verla allí, en el papel, no llorosa ni ofendida, sino con una feliz sonrisa que, para mí, es de burla. La miro como a las famosas armas de Geordano, sólo en el papel. A ella y a las armas sólo las veo en sueños y en el periódico. ¡Y cómo me gustaría encontrarme, de verdad, con ambas! A ella me gustaría verla una vez más para decirle cómo me engañó. Cómo me engañé yo, con su supuesta candidez y sus supuestos celos y sus falsas y cínicas acusaciones, que casi me vuelven loco. ¡Todo puro invento! Sí, verla una vez más y felicitarla por su genial actuación de despedida. Verla y decirle que jamás en su puta vida va a encontrar a alguien que la quiera como yo. Que eso, eso que ella no pudo aquilatar, es lo que ha perdido ella. Ella, que es la verdadera perdedora en todo este cochino asunto que ha inventado. Porque ella ha perdido a este pelagatos, a este muertodehambre, sí, pero que nadie, nadie, la va a querer como yo la quise: de verdad y para siempre. Ésa, ésa va ser mi venganza: Quererla para siempre. A las armas de Geordano también quisiera verlas «en persona» y no en los periódicos, cuando sacan fotos de espectaculares alijos, que son «ocupados por las fuerzas del orden» –¡qué casualidad!–, siempre en tremendas residencias de los más aristocráticos barrios. Sí, quiero encontrarme con las armas. Para demostrarles a toda esa pila de descarados lo que de verdad somos capaces de hacer con esos «hierros»… Tan buenos, nuevecitos… ¡Tremendos aparatos! Brownings bípodes, Maxims, «Eme unos», Thompsons… ¡Hasta bazucas, coño! ¡Si cada vez que me acuerdo de las escopetas viejas y los riflecitos «u» con los que asaltaron los cuarteles de Oriente! Es como para erizarse. Éstos sí son hombres de verdad, con los pantalones bien puestos y la estrella en la frente, la estrella de José Martí: «la que ilumina y mata». Aunque, por ahora, la gente piense que están locos. Y como los locos se juntan y se entienden, allá voy yo con ellos, con este Ñico que me presentaron el otro día, en el Liceo Ortodoxo. El de Prado, porque al de Consulado no voy. Allá está Max el Polaco; y a ése lo conozco bien, por politiquero. Ñico no, Ñico es tan pelagatos como yo, nunca lo he visto de traje, emperifollado como Max, que parece un dandy y se cree lindo y a todo el mundo le dice que su madre tiene una tienda de ropa, allá por el barrio comercial. Ñico es flaco y desgarbado. Le dicen «siete pisos» por lo alto que es. El bigote y los espejuelos lo hacen lucir mayor, pero basta oírlo hablar y mirarle la mirada limpia, a través de los cristales empañados; y su aspecto desaliñado, con esos pelos rebeldes, siempre despeinado, para sentirlo más cerca de nosotros. Ñico estuvo en lo de Oriente, en el asalto al cuartel de Bayamo. De este asalto se habla menos, pero fue simultáneo con el de Moncada y preparado por la misma gente: la gente de Ñico, los «de a verdad», que ahora casi todos están presos en Isla de Pinos, menos dos como él, que no fueron al juicio en Santiago porque jamás los capturaron. El otro día, en medio del grupo, lo oí contar cómo fue «la cosa». Modestamente, sin alardes, de forma clara, sin mentiras, hasta jocosamente, cuando tocó aquello «del miedo que uno siente». A éste se le ve a la legua que es guapo de verdad, de los que «no ladran, pero sí muerden»... tan modesto, tan sencillo, lo oímos todos, narrar la acción en que tomó parte, como lo hacen los héroes verdaderos, que realizan sus hazañas sin pensar en ello. Que hacen historia sin darse cuenta. Los hombres verdaderos. Dicen que es carnicero allá por el mercado, pero debe de leer mucho, porque con nosotros, los «eruditos» de la peña político-literaria el Hemiciclo, que apolillamos tanto libro, se bate de igual a igual en las conversaciones y parece un estudiante más. Y discute y lo entendemos y nos convence. Se nos acerca por lo martiano, porque de Martí conoce más, mucho más que nosotros, que presumimos de eso. Martí, el hombre ante la verdad, la verdad del hombre verdadero: su utilidad. No la del *Hombre Mediocre* de José Ingenieros, que acabamos de leer. Porque últimamente, aparte de la conspiradera, a nuestro grupo le ha dado por leer. Leer rabiosa y desaforadamente. Y nos reunimos, apasionados, en la azotea de Juan o en casa de Vicentico, donde ya no buscamos su «famosa colección» –que creo que la quemó– y discutimos hasta la ofensa la más variada literatura de verdad. Todo cuanto cae en nuestras ávidas manos, todo lo que nos prestan y ya no devolvemos; o lo que conseguimos de mil maneras. De pronto, se nos ha destapado un hambre insaciable de conocerlo «todo»; una sed de saber de historia, arte, arquitectura, leyendas, mitos, viajes, personajes célebres, novelas famosas, ensayos enjundiosos, cuentos poeyanos de horror, en fin, de todo. Así, de esta forma, sin orden ni concierto, ya le hemos «metido mano» a Curzio Malaparte con *Técnica del golpe de estado* y *La piel;* a Zweig, con su ristra de biografías; a Federico Nietzsche con su *Zaratrustra* y su super-hombre; a los poetas franceses del siglo XIX, Verlaine, Mallarmé, Baudelaire y Rimbaud; de Francia también nos llega el existencialismo con Sartre y la Sagan. Leemos cosas serias y disparatadas; lo mismo a Freud que a Schopenhauer, a Vargas Vila que a Dostoievski; a Salgari que a Zola, sin despreciar la españolada hilarante y bien amargada de un Jardiel Poncela, que Carlos no se cansa de recomendarme para que me cure, con su cinismo carcajeante, de mi fracaso amoroso. «Cupido, con sus flechas, nada tiene que hacer en la vagina –asevera sentencioso, mientras me tiende, impositivo, un ejemplar de *Amor se escribe sin hache*–. El triunfo con las mujeres –dice, citando a Oscar Wilde–, consiste en tratar a las duquesas como prostitutas y a las prostitutas como a duquesas. Y usted trató a su «princesita» como princesa –termina, en algo que es más que una reconvención fraterna, un asomo de pretendida superioridad, donde creo ver lampos fugaces de envidia. Envidia por lo que llegué a tener…

En nuestro grupo hay criterios artísticos dispares, afiliaciones prontas que, a la semana, se abandonan por capillas contrarias. No faltan los extremos, sobran. Y los que se aferran a cánones, que los demás deschavan sólo para eso: concitar polémicas interminables y ásperas críticas. La fracción nihilista tiene hasta su código que, en cartulina y con letras de molde, pintó el gordo Benito. Es un manual extractado de la ética y el proceder que dicen seguirán hasta la muerte; y que no se cansan de leernos al resto, como un reto inútil, porque nadie los contradice y a todos nos hace gracia; tanta, que al fin, logran clavarlo con tachuelas en la pared del cuarto de Vicentico, con la aquiescencia general, y la lectura constante y forzada, por presente, de su articulado absurdo:

1. Basta ya de dudar. No hagamos ni lo uno ni lo otro.
2. Continuemos adelante y volvamos a empezar.
3. De cabeza no, al revés sí.
4. La situación es tan grave, que no corremos peligro.
5. No estoy a favor ni en contra, sino todo lo contrario.
6. Tenemos tan poco, que nos pueden quitar todo.
7. Actuemos y después decidamos qué hacer.

A pesar de lo peligroso que transparenta el último, el que me hace pensar más es el sexto. Ya que es verdad. Incuestionablemente sólo tenemos la vida. Y ése es el todo que nos pueden quitar en cualquier momento.

En lo literario, no despreciamos lo de ninguna latitud, aunque venga en traducciones deplorables. Sin embargo, a España, por raíz, no le perdonamos nada. Y lo leemos todo. Sus clásicos y sus modernos que, o nunca llegan a serlo totalmente o se pasan a lo estrambótico, como Dalí en sus cuadros. De España nos apasiona la casi reciente guerra civil. Y por la guerra y por ser todos

republicanos: León Felipe, Miguel Hernández y García Lorca...
Con Felipe somos anarquistas y con Lorca gitanos, pero sin entender a los comunistas, aunque lo sean Hernández y éste otro de
más acá, de nuestro sur americano, el chileno Neruda; de ellos,
nos llega la sensibilidad y no el mensaje; la emoción, pero no la
comprensión. Nos sobra lirismo y nos falta capacidad de análisis,
según apunta el doctrinal Kino. A Lorca yo le había descubierto
su *Romancero* en el librerito del pasillo de la casa de Irene y tengo el honor de haberlo traído al grupo. Lorca, que se alza, ahora, como un fantasma bien terrible, ahora que «los besos y la ilusión de aurora se me han desvanecido» y sólo me queda delante
un árido desierto. Como en su poema del Cante Jondo, *Después:*

> *Los laberintos*
> *que crea el tiempo*
> *se desvanecen*
>
> *(Sólo queda*
> *el desierto)*
>
> *El corazón*
> *frente al deseo*
> *se desvanece*
>
> *(Sólo queda .*
> *el desierto)*
>
> *La ilusión de la aurora*
> *y los besos*
> *se desvanecen.*
>
> *Sólo queda*
> *el desierto.*
> *Un ondulado desierto.*

Este poema de Lorca me llega bien hondo, allá donde está
Irene, debajo del alma. Y donde ya la divido en dos. Irene en dos

tiempos o dos Irenes. La de mi amor de locura y la del cruel desgarramiento. La del cándido idilio y la del sobrado drama tartufiano; tanto más inhumano cuanto absurdamente innecesario. De verdad que no hacían falta tantas mentiras calumniosas ni tantas falsas acusaciones para dejarme o irse con otro que le gustara más.

Tanto mi fracaso estudiantil como el más doloroso naufragio de mi amor primero, obran cambios evidentes en mí. Me trucidan, me seccionan, me dividen también en un *antes* y un *ahora;* cambios que perciben todos los que me tratan y que a algunos les producen alarma. Y no es realmente una división en dos, como la de Irene en sus dos tiempos; es más bien un desdoblamiento en el que soy, a la vez, el mismo y además otro. Otro y el mismo, que se recriminan, se dicen crueles verdades y se enfrentan, sin tregua ni conmiseración, bajo la misma bóveda craneana. Una de las primeras manifestaciones de esta lucha es un irracional desbocamiento en la poesía, donde me zambullo de cabeza. No sólo las leo, como los demás de la peña; también, como tres o cuatro del grupo, la creo, la visto de palabras e imágenes disparatadas, componiendo versos que van cambiando cinematográficamente de temática y estilo. Voy de lo versallesco a lo erótico, de la asonancia posmodernista a la rima amorfa, de la métrica de mensura cuidadosa al desbocamiento adimensional. De Hilarión Cabrizas a Rubén Darío, de Unamuno a Tristán Tzara. Y el Hemiciclo sufre mi furia despiadada, obligado a escuchar lo que produzco cada día. Los demás se vengan leyendo cada cual los suyos, sus cuentos o sus esquemas-proyectos de novelas. A dos del grupo les ha dado por la pintura, que alternan con la producción literaria. Pero ésta es una afición cara. Y por cara, imposible para la mayoría de nosotros. Los óleos, las telas y los pinceles cuestan más que los libros de uso, comprados en los portales de Galiano o Prado, donde los exhiben en el suelo, al lado de revistas viejas y de imágenes y oraciones especiales de santos. Así que nuestros pobres pintores tienen que contentarse con limitadas obras al creyón, ejecutadas con los lápices de colores robados a la hermana menor, de la maleta escolar. Y a la hora de realizar nuestras producciones, a nosotros nos basta un pedazo de papel y un mocho de lápiz, mientras que a ellos...

Estoy, como exiliado en Arroyo Apolo, recluido hace días en la vieja casa de madera, construida en 1925, según consta en la luceta que remata, con su cristal nevado, la antigua puerta. Aquí se ha mudado lo que queda de mi familia. Ahora vivimos con un tío y su esposa, que refuerzan el raquítico presupuesto que nos mantiene vivos de puro milagro. Hay un chin-chín molesto, invernal y una humedad tísica y verde, que pudre hojas en el bajo patio y cubre de negro moho las paredes afirmadas sobre pilotes. El tiempo me transmite su melancolía gris y su abulia de descanso impuesto. Estoy nostálgico de mi Habana Vieja, de mi Avenida del Puerto, de mis parques y Malecón. De todo lo que ahora figuro aireado y con sol, allá, donde deben de estar los muchachos. Sólo las finas agujas de una lluvia que no cesa me mantienen aquí. Aquí, donde se me ha mudado a la cañona, adonde han traído mis pocas pertenencias y algunos libros, en los que me sumerjo y refugio. Sí, porque ahora, que ya no estudio ni veo a Irene, tengo más tiempo libre. Todo el tiempo para dedicarme, por entero, a buscar mi verdadera vocación. «La vocación del hombre –como dice Ñico– es ser el hombre mismo.» Así, buscándome, me recluyo triplemente: en la casa, en los libros y en ti, Irene, que me sales al paso en todo cuanto leo. Te encuentro en *La canción desesperada* de Neruda, en *El vampiro* de Baudelaire, estás en los versos de Ballagas, cuando canta su *Nocturno y elegía*, y en «los tajos de las entrañas» del Gigante, como aquel sangriento y dolido: *Se lleva mi amor que llora/ una nube que se va/ Eva me ha sido traidora/ Eva me consolará.*

Martí debió de sentir esto que ahora yo siento. Todo lo terrible de sentirse defraudado, estafado en lo que uno tenía por más santo y casto. Son los *Heraldos negros* de un César Vallejo, los «Heraldos negros que nos manda la muerte», cuando define y advierte que...

> *Hay golpes en la vida tan fuertes...*
> *Yo no sé... golpes como del odio de Dios.*
> *Son caídas hondas de los Cristos del alma*
> *de alguna fe adorable que el destino blasfema.*

¡Ay! Así tuve yo mi fe adorable, y era ella «mi Cristo del alma», el que ahora «el destino blasfema». Pero todo lo que tenemos por delante está por hacer. De Martí, el Gigante, sólo sabíamos sus primeros versos sencillos, los de la escuela, y los «Zapaticos de rosa». Ahora le profundizamos la entraña telúrica, para que nos muestre el camino, como lo hizo en El Moncada: «... Cuando hay muchos hombres sin decoro, hay hombres que llevan en sí, el decoro de muchos hombres...» Y para mí, para mi personal y minúscula pena, para esta pena mía, de haber querido a quien no lo merecía, está ese otro, de los versos mil veces nada sencillos; el que manda y ordena:

Hay montes y hay que subir
los montes altos, después
veremos, alma, quien es quien te me ha puesto al morir...

Hay que aprender y actuar, y convertir la acción en aprendizaje mismo. Por lo pronto, superar este abismo de incultura tan asombroso en que hemos vivido; donde nos espanta todo lo que éramos capaces de desconocer. Cada vez prolongo más mis trashumantes escapadas al antiguo barrio, que sigo considerando mío. Y pernocto hoy aquí, mañana allá, otra vez más, allá; y cada vez menos en mi nueva casa. Esto me permite continuar como *antes*, más cerca del Hemiciclo, de la Colina, del Malecón y los parques. Participo así en verdaderos maratones sobre la obra de Martí. Ñico los dirige y da pautas. Ora modera juicioso, ora señala profundidades y cimas donde la sintaxis enmarañada del estilo martiano no nos facilita el repentino hallazgo. Una noche, Kino, siempre tendencioso, introduce la discusión sobre las *Escenas norteamericanas* y los párrafos claves de la inconclusa carta a Manuel Mercado. «¡Este tipo tiene rayado el disco del Imperialismo yanqui! ¡Contra!», lo digo incómodo, en voz alta, interrumpiendo al otro. Quisiera excluirlo del grupo por sus ideas extrañas, que le vienen de fuera. Ñico ataja mis invectivas y sentencia categórico, lleno de autoridad:

—El imperialismo no es una invención comunista. Ya el Apóstol lo había llamado por su nombre: imperio, Roma de América.

La historia no es exactamente igual a como nos la enseñaron. Hay que volver a estudiar historia y escribirla con nuestra acción.

Al ver a Kino tan poderosamente protegido, reculo, mohíno, en disquisiciones sobre escribir y hacer historia.

–Los jóvenes la hacen –punzoneo–, los camajanes la escriben, y éstos –ofendo, con el índice hacia el ñángara– desde su «teoría», la in-ter-pre-tan –concluyo, masticando cada sílaba que martilleo con desprecio acusatorio. Ñico me mira, severo, a través de sus espejuelos y, como ignorando mis hieles, habla de la necesidad de una unión contra el tirano, de aunar todos los recursos que reclama la causa… combatientes, armas, autos, casas, dinero… Aprovecho la mención de lo pecuniario para plantear la necesidad del trabajo y el correspondiente salario.

–¡Hay que buscarse una pincha! Porque la vida no es teórica. Hay que comer primero. Sin comer no se puede vivir, ni luchar, ni aportar la mínima colaboración.

Al verme en retirada, vuelve a la carga nuestro pichón de bolchevique:

–¿Tú ves?, eso es materialismo. ¡Te estás volviendo materialista, Joaquín! Ya lo dijo el filósofo: «*Primus vivere, deinde philosophari…*»

–¡Materialista tu madre y tus refranes en latín! ¡Yo soy Martiano! ¿Me oíste? Por eso «ganado tengo el pan, hágase el verso». Y como hago versos sin ganarme el pan, me voy a buscar un trabajo, una pega, una pincha, que me permita vivir y ser más útil y que nadie me tenga que mantener. Porque lo que es mi familia no puede seguir cargando con un manganzón, que lee mucho, se mete en política, y para colmo, fuma. ¡A mí ningún partido me hace llegar el oro del Kremlin! –me exploto, furioso.

Kino se levanta, disparado por la indignación:

–¡Éste lo que está es envenenado por la propaganda yanqui!

Le parto «pa'arriba», dispuesto a fajarme. Ñico interviene y me recrimina, enérgico y duro:

–¡Basta ya de niñadas! Ya dije que era necesaria la unidad de todos. Con quien hay que fajarse es con Batista.

Me acusa de inmaduro, cosa que acepto; y de prejuiciado, cosa que no entiendo. Rumiando resquemores y apabullado por nuestro mentor, me retiro esa noche del Hemiciclo y voy a exiliarme a Arroyo Apolo…

Con Galgueras, que es casi arquitecto y conocí en la universidad, aprendo un poco de dibujo técnico para ver si por esa vía… y el padre de Mandy, que gana buena plata midiendo fincas y eso, se ofrece generosamente a tomarme como su aprendiz. Empiezo así a ayudar al viejo Gutiérrez con las lienzas y los jalones; y voy aprendiendo lo que es un teodolito, un nivel, una triangulación… Mis conocimientos de trigonometría del bachillerato me son suficientes para representarle una buena ayuda a este viejo, que sabe más que las cucarachas y que no es tan generoso como yo creía. Las jornadas, para mí de aprendizaje, son mechas duras, desde bien antes del amanecer y hasta que oscurece, por potreros a pleno sol, con un buchito de agua y algún mango o ciruela cogidos de las matas que halle; jornadas en las que yo, agradecido y con gusto, voy haciendo todo el trabajo duro. Y él me va enseñando, pero sin remuneración alguna, que el pago es el conocimiento. En dos o tres meses de clavar jalones, de cargar miras, de desbrozar a machete puntos geodésicos, de armar y desarmar el teodolito, de llevar la libreta de campo, al cabo de los cuales, según mi maestro, ya estoy capacitado para trabajar en cualquier comisión de estudio como ayudante de agrimensor, no me ha dado ni para el pasaje… Y cuando hablo de conseguir una «peguita» a través de sus amistades, el trabajo con otro agrimensor no aparece. La verdad es que le estoy muy agradecido, pero así no puedo seguir. Me debato en un dilema, por el momento insoluble: por una parte, no me atrevo a plantearle que me dé alguna «tierrita»; pienso que sería muy mal agradecido si le exigiera aunque fuera un par de pesetas. Por otra parte, me es imposible continuar así. Comprendo que, en definitiva, él fue quien me enseñó, pero ¡coño! bien podría conseguirme una pinchita con alguno de sus colegas. Más, cuando se llena la boca para decir que ya estoy hecho «un casi agrimensor…». Si él quisiera, con las relaciones que tiene… pero no, ¡es del carajo…! El otro día vio cómo se me desguabinaron los zapatos, los veintiúnicos que tengo, y me dijo que me comprara un par de botas. ¿Y con qué, pensará él, que me las voy a comprar? Qué va, así no puedo seguir. Me da mucha pena, pero…

Con Galgueras hablé de este asunto en casa de Josefina, su novia, adonde algunas veces vamos juntos. Él, a visitarla y yo, a pasmar como sapo autorizado para que me dé clases, que ella, comprensiva, tolera y algunas veces refuerza, pues también estudia arquitectura. Así, tengo dos maestros de dibujo: Galgueras y su novia, Josefina. Ambos, amigos sinceros, me dieron sus criterios unánimes: «el viejo Gutiérrez me está explotando y yo no debo ser tan comemierda. Él me enseñó, sí, pero yo pincho para él como un mulo. Y con los pesos que se busca, el muy camaján, bien podría tirarme algo». Me inclino a pensar que mis amigos son injustos; cegados por el cariño que me tienen, desean lo mejor para mí. Ellos también se están comiendo un cable, y eso los hace entender más mi situación que como la entiende el refunfuñón viejo Gutiérrez; que, aparte de todo, es agarrao y quisquilloso como él solo. El que tiene no comprende al escachao.

Priman al cabo, por encima de todas las consideraciones, mis convicciones morales. Las mismas que me indican que es absolutamente injustificable, ya que no estudio ni consigo ningún trabajo, que permanezca pasivo, sin ganarme los frijoles en lo que sea. Por ahí, aparte de la agrimensura y el dibujo, deben de haber otros trabajos, no sé, de oficinista, de mensajero de botica, de peón, de cualquier cosa...

¡Qué iluso más grande soy! Yo pensaba que los trabajos estaban en los clasificados de *Información* o del *Diario de la Marina*. ¡Muchacho! Allí, nada más ofertan o plazas de vendedor ambulante o piden gente de buena presencia para vender pólizas de seguros. Hay una pila de compañías aseguradoras que solicitan vendedores. Vender seguros, aquí, donde nadie está seguro de nada... Ellos, pomposamente, lo llaman representante o agente, pero es lo mismo que un vendedor ambulante, aunque peor. Más difícil. Es vender papeles, vender esperanzas en un país donde todo el mundo las ha perdido. Para esto hay que tener relaciones y estar presentable. Y con mi facha, muchos me toman por un burdo aspirante a estafador. ¡Hay que seguir buscando en los clasificados...! El otro día acudí como un rayo ante el anuncio que solicitaba un «office boy». Y cuando dije que era casi agrimensor, y casi bachiller y casi dibujante, el que me atendía me preguntó que cuántos años me habían costado todos esos «casi». Al responderle que muchos, me replicó con crueldad que, si hubiera estudiado cinco meses mecanografía, la plaza hubiera sido mía. A pesar de lo cruda, le agradecí profundamente la lección. En nuestro pobre país, no hacen falta conocimientos, sino palancas. El que tiene padrino, no importa si es un pollino. Por eso muchos se han ido de aquí, en busca de nuevos horizontes. Como Mandy, que ya el viejo Gutiérrez lo mandó a prepararse al norte, o el mismo Pinocho, que nadie lo mandó y se fue solito, con Visa de turista, a torear a los agentes de inmigración y buscarse unos dólares para volver *hecho*. El cubano pobre y honrado se ahoga en su tierra, sin ninguna posibilidad. Aun los que pueden terminar una carrera se las ven negras. El médico aspirando desesperadamente a una placita en una casa de socorros o en una de las tantas clínicas mutualistas; el maestro, ripiándosela por un aula en una escuelita rural; el abogadito, buscando la sombra de algún bufete de prestigio que lo emplee para gestiones menores; y el ingeniero, en alguna carretera o puente de Obras Públicas. Eso si tienen suerte, porque si no... como si no hubieran estudiado...

Otro lunes, bastantes lunes después

Después de meses de ausencia, vuelvo al querido y entrañable Hemiciclo, que recibe comprensivo y solidario mis nuevos desengaños. Todos opinan sobre mis aventuras laborales, sacan conclusiones, emiten recomendaciones, hacen planes emergentes. Por extraño que parezca, nadie ha tomado mi ausencia como sentido resentimiento. Todos me rodean de fraternal afecto, comparten mi desamparo. Que no es «mi» sino «nuestro». Ñico ya no está con nosotros. Ha emigrado. De todas formas, a pesar de su ausencia, de faltarnos su voz imprescindible y moderadora, mi regreso queda inscripto en las actas de una sesión inolvidable, donde se debate el panorama económico del país, las posibilidades de la juventud. El primero, sombrío; las segundas, nulas por completo. Kino aprovecha para sentar cátedra sobre la «explotación de los aprendices», tomando mi ejemplo y documentándonos sobre lo que dijo Marx del asunto. Las cosas que expone son como para pensarlas y meditarlas muy bien. Algún día, aunque no comulgue con sus doctrinas, voy a tener que leerme algo del Carlos Marx ese. Después, tomando el segundo episodio, donde perdí la plaza de «office boy», arremete contra los actuales planes de educación de «Estos gobiernos corrompidos, títeres del imperialismo yanqui…» ¡Y dale Juana con la palangana! Como yo, a su modo, este Kino no tiene remedio… Estoy inclinándome a tolerarle su enrojecimiento; después de todo, ya se ha convertido en uno más de nosotros. Quizá menos loco, más «escribido y leído» en sus teorías y sus dialécticas, pero es elocuente, eso está fuera de toda duda; y me ha aguantado mis arranques sin asomos de rencor. Ya no trata de meternos a pulso a su Marx y su Lenin, ahora menciona más a nuestro Martí, que tambíen es de él. Así, al ver mi sonrisa, creyéndola displicente, nos lee algo que sobre la educación escribió Martí:

—«La Educación de los hombres es la forma futura de los pueblos. Debe ajustarse un programa nuevo de educación, que empiece en la escuela de primeras letras y acabe en la universidad brillante, útil, en acuerdo con los tiempos, estado y aspiraciones de los países en que enseña. Y detrás de cada escuela un taller agrícola, a la lluvia y al sol, donde cada estudiante sembrase un árbol.»

Martí, tan contemporáneo que ha sido el conductor de la gente del Moncada. Tan presente entre nosotros que hace estar presente al ausente Ñico, y que sienta criterios sobre nuestros problemas actuales. Y da pautas para nuestra acción futura.

Lunes 3 de diciembre, 1956

En el libelo *Ataja*, de Masferrer, hoy ya no salió el recuadrito cabrón y jactancioso, «Te quedan tantos días», donde hace escarnio de la palabra empeñada en México: «En el 56 seremos libres o mártires.» Todos los días repetía en primera plana su bravuconada barata y hoy calla. Las Garantías, una vez más, están suspendidas por otros 45 días desde el viernes pasado, último día de noviembre, en que los noticieros, aún sin censura, alcanzaron a pasar algunas imágenes de Santiago, que está o estuvo en llamas. Que no salga la bravata hoy sólo puede significar una cosa: Fidel ha desembarcado. La promesa de venir está cumplida. ¡Están aquí de nuevo, como lo prometieron! Faltan todavía 28 días para que concluya este 1956 tremendo y Ñico debe de haber venido con ellos...

En las escenas televisadas se pudo observar que algunos cadáveres vestían un uniforme verde-olivo con brazalete rojo y negro y el número 26 en blanco, rememoración del día 26 de julio de 1953 y nombre de nuestro movimiento. ¿Serán los de México, que se metieron en el mismo Santiago? Por otra parte, Radio Bemba habla de un desembarco... ¡Hay que andar a millón! No es hora de estar esperando instrucciones...

Carlos

Soy el mayor del grupo y el más culto. Y me siento bien cuando se lo hago notar. Conmigo, por otra parte, no se equivocan y si discrepan de mis opiniones, ellos saben que no me tomo el trabajo de discutir. Expongo, defino; en eso soy categórico. Y si no entendiste, allá tú. Por lo demás, a pesar de sus limitaciones, son todos buenos chicos. O casi todos. Pero les falta calle, correa, experiencia; y sobre todo, cultura. De todos ellos, el más berraco es Joaquín, siempre en las nubes, creyendo que los perros se amarran con longanizas, a pesar de todos los esfuerzos que hacemos Juan y yo por hacerle poner los pies en la tierra. Por eso siempre andamos con él a retortero, porque aunque tiene fama de loco, es el que más promete. Los demás, apenas son el auditorio, todavía no tienen voz. Hay que iniciarlos, están crudos y apenas han leído. Yo les presto mis libros, circulo entre ellos la literatura que los haga pensar. Mis autores favoritos son Oscar Wilde y Dostoievski. Y de los poco serios, Jardiel Poncela. Mi ídolo, Nicolás Maquiavelo.

La medicina siempre me ha obsesionado y seré médico, igual que mi padre lo fue. Hablo de él en pasado y no se ha muerto, pero es igual, porque ya no está con nosotros. Dentro de la medicina, todavía no sé qué especialidad escogeré. Me gustan todas. Como las mujeres, que también me gustan todas. Las especialidades de la medicina y las mujeres son iguales. Todas tienen su lado atractivo. Así, las mujeres, todas, tienen su parte interesante: unas, el culo; otras, las tetas, la cara de muñeca o el gesto y la expresión de puta, o las piernas… ¡Ah, las piernas…! Quizá lo más atractivo de todas, sobre todo cuando están abiertas y hacen hacia lo alto la «V» de la victoria…

Mi familia es un asco. Éramos tres y ahora somos mamá y yo nada más. Papá nos dejó y se fue a Estados Unidos con una americana, de plata ella, que venía a Cuba a hacerse abortos. Y parece que el viejo, de tanto verle la vagina y vaciarle el útero, un día le dio por llenárselos, le cogió afición y se marchó con ella, dejándonos a mamá y a mí –que entonces tenía siete años–, «con una mano alante y la otra atrás». Parece que mamá se las quitó bien pronto, pues en poco tiempo «salimos a flote» y sin otras entradas aparentes se bastó para mantenernos y pagarme los estudios. Yo comencé a quitarme la mano de alante a los doce años, cuando empecé a masturbarme. La de atrás no me la he quitado nunca, para que nunca me puedan dar por el culo. Quizá por eso dicen que soy desconfiado y que no creo en nadie. Hablando de creencias, no profeso ninguna. Soy ateo. Tampoco creo en la gente que crearon a Dios a «su imagen y semejanza» y se impusieron ser honestos, sinceros y veraces; cuando todos, el que más y el que menos, somos deshonestos, falsos y vivimos inmersos en la mentira, engañándonos unos a los otros. Desconfío de los que dicen decir lo que piensan. Pues más racional e inteligente es pensar lo que se dice. Por eso, antes de decir lo que pienso, prefiero pensar bien lo que digo.

Batista me jode por irracional, como todo lo impuesto, como toda tiranía. Pero a la tiranía no se la combate montado en «caballitos de queque», haciéndose el héroe. Para mí, los héroes son también irracionales. Y en última instancia, un subproducto de la injusticia. También irracional. Con el tirano, es necesaria la reflexión fría y el análisis sereno para poder derrocarlo, para poder dirigirle el golpe mortal al punto neurálgico que lo abata definitivamente. Todo lo demás es épica. Y a mí la literatura épica no me gusta…

MARTES, MUCHOS MARTES

DILEMA
Mirar un sonido
y escuchar un color.
Expresar un sentimiento
o provocar una sensación.

J. O. E.

¡Tenías que ser negro, cará! Mira que decir que el día de hoy se llama «marte» y no martes, con «s» al final. Porque, argumenta el muy animal, que está dedicado al Dios romano de la guerra, que sí es Marte, sin ese.

–Sí, mi hermano, no jodas más. Entonces debemos decir: *lune, marte, miércole, jueve...* –replico burlón, imitando a alguien que se come las eses. A alguien, que puede ser negro o blanco, o mulato, o cualquiera de nosotros, pero jamás él, nuestro negro, el único negro de nuestro grupo, el único de nosotros que es negro, negro de verdad, sin discusión ni dudas, no como somos casi todos los cubanos de pura cepa, que «de San Antonio a Maisí, el que no tiene de congo, tiene de carabalí». Pero no él, que es más fino que muchos de nosotros y que es exquisito en eso de la prónunciadera. Y él, el bueno de Papito, el auténtico niche de nuestra pandilla, que vive en un solar, pero que se recita de memoria lo mismo a Ballagas que a Neruda, sigue empecinado en la advocación guerrera de este día de la semana. Con su infinita paciencia y bondad, porque este negro es noble a tó y nos soporta cada cosa... y sin ponerse bravo nunca con ninguno de nosotros. Por eso todos lo queremos. Y porque es el mejor que recita. Porque él sueña con ser otro Luis Carbonell, otro «Acuarelista de la poesía antillana».

—Mira, Joaquinito, cada día de la semana tiene su Deidad; y éste, es el guerrero. Como Mercuriosssssssss, que le toca el miércolessssssss. —Y se ríe, bonachón, más de su ocurrencia que de mi falsa irritación y denuesto sobre el color de su piel. Se ríe, con esa sonrisa buena y limpia que enarbola una dentadura perfecta, blanquísima: bandera de paz y hermandad. Sonrisa y dentadura inseparables, que dan por concluidos todos los desacuerdos que pudieran tenerse con él. Cuando Papito abre la boca en sonrisa, se cierran las polémicas.

Y será por casualidad o por lo que sea, pero desde que Batista dio el golpe del 10 de marzo (mes también dedicado a la guerra) cada vez que hemos salido en manifestación con la gente de la universidad, en conmemoraciones de fechas memorables, en estos primeros meses todas esas fechas han caído martes: martes 20 de mayo, martes 12 de agosto y hoy, 30 de septiembre, también es martes. ¡Este año cincuenta y dos tiene cábala! El 20 de mayo le recordamos que ese día, hace 50 años, inauguramos una República que él pisotea. El 12 de agosto pasado le sembramos el árbol de la Libertad, para que recuerde que un día como éste, en 1933, tumbamos a Machado. Y ahora, en recuerdo de Rafael Trejo, mártir universitario de aquella lucha, volvemos a salir a ponerle mala la calle, para que sepa que hay muchos Trejos nuevos, dispuestos a lo que sea. Le hago notar que hoy es martes y la curiosa coincidencia, que le pinto como rara, de que nuestras principales demostraciones hasta ahora hayan sido siempre un día martes. Y él se ríe, se ríe de mi supersticiosa observación, sin burla, con cariño:

—Bueno, a ese paso, Joaquinito, vas a terminar creyendo en Changó, convertido en más negro que yo.

Ha pareado las últimas palabras en oraciones que remedan un verso de Nicolás Guillén, sacándome la risa con su risa. Y echándome el brazo encima, nos encaminamos a echarnos un guarapo, a ponernos una transfusión —como dice él— a la guarapera de Pancho...

¡Ay, Antonia Espasande! ¿De qué te valió limpiar tanto piso si, en definitiva, por mucha educación que le procuraste, tu hijo tiene que hacer lo mismo? Así pienso de amargo en mi pobre madre y en todos sus esfuerzos, que ahora creo baldíos, por dotarme de instrucción, mientras recojo el cubo y la bayeta y me encamino al portal de la colchonería Konfort, donde al fin he encontrado un trabajo: mozo de limpieza. Soy, de esta forma, el más erudito y culto de los empleados de esta entidad que vende descanso y donde se me hacen los primeros callos, al contacto con la escoba y el trapeador. No puedo evitar que, al mirármelos, piense con dolor en los de mi madre; y en este fatalismo familiar que nos encadena a igual profesión humilde, despreciada por los más, mal vista y peor remunerada. No es que me abochorne de lo que en definitiva es un trabajo honesto, como cualquiera; pero ¡coño!, ¿para esto ha servido todo lo que he estudiado? Me vienen al pensamiento, como alfilerazos de hiel, las ideas de Martí sobre la educación y su utilidad para el país. Las palabras de Kino, las de Ñico, en aquella inolvidable noche en que regresé al Hemiciclo… De verdad que los gobiernos que hemos tenido no han hecho nada por la educación. Ni por la educación, ni por nada. Nada más que por robar y enriquecerse. Cuba, aparte de la Azucarera del mundo, es una gran fábrica de millonarios, con talleres de ensamblaje en los ministerios, el senado y la cámara y las alcaldías, el Palacio, en fin: en cualquier sitio donde se maneje la cosa pública. Ahora Batista la ha ampliado, extendiéndola a los cuarteles, los regimientos y las estaciones de policía. Ya van una serie de cosas en que Kino se apunta tantos para convencerme. Primero, en lo de las mujeres y las clases ricas, que él llama burguesas. Después en lo de la explotación de los aprendices y asalariados; ahora en lo de la educación y el desinterés que muestran «estos gobiernos corrompidos». No es que me convenza totalmente; siempre tengo detalles en los que no estoy enteramente de acuerdo. Por ejemplo, Irene no es una burguesa, ni mucho menos. Por lo menos, en la definición marxista que nos da Kino. Sí, su familia y ella están bien, pero su padre no es un empresario, ni dueño de ningún central azucarero, ni ocho cuartos. Pero Kino, que siempre tiene una respuesta para todo, dice que la burguesía tiene capas: alta, media y pequeña. Y que, muchas veces, el interés de clase y el sentimiento de clase se confunden. Y el alto empleado, el personal de confianza y el profesional afortunado dejan de sentirse y de actuar como asalariados que son, para sentirse y actuar como patronos. El ejemplo del mayoral no se aviene, ni por asomo, al cordial y elegante viejo Valverde, el padre de Irene. Ese hombre es bueno, me miró siempre con condescendiente simpatía y nunca me despreció. Ese hombre es bueno y también está en algo, porque la policía cargó con él, le registró la casa y lo metió en el vivac del Príncipe. Allá fui yo, de refitolero a verlo, con su hermano Fico, que es un viejo borrachón, al parecer; la oveja negra de los Valverde. Este Fico no salía de la cantina de Consulado y Refugios, donde se cerveceaba desde buena mañana. Sin embargo, desde el primer momento me mostró simpatía y se hizo socio mío; del estudiantico prometedor noviecito de su sobrina. Con él, subí las escaleras del «Príncipe» a visitar en su encarcelamiento al padre de Irene. Allí le vi, tras las rejas, sereno y altivo, con ánimos todavía para sonreír, como un verdadero revolucionario. No, este hombre no me da la imagen del burgués que me describe Kino. Tampoco el viejo Gutiérrez, el padre de Mandy, con todo lo refunfuñón y agarrao que me salió, me da esa imagen. Me habrá explotado como aprendiz, pero de verdad que me enseñó. Y yo le guardo respeto y agradecimiento. Lo único que podría recriminarle es que, pudiendo, no me haya conseguido un trabajito con alguno de sus colegas. Unánimemente, todos opinan que no lo hizo para seguirme usando gratis. No, esa gente no pueden ser burgueses. Irene no es burguesa, aunque aparezca en el *Diario de la Marina* adornando sus páginas sociales, las que reportan las fiestas de su Miramar Yatch Club… Irene, Irene, Irene… Si me vieras ahora, limpiando el piso de este portal de tienda, aquí, en pleno San Nicolás y Neptuno… Si un día salieran de compras tu mamá y tú por esta zona de tiendas y pasaran por aquí y me vieran como ahora… Creo que sí me daría pena. O no, de seguro que a la que tendría que darle pena es a ella. La humillada sería ella al ver el novio que tuvo: un limpiapisos. Pobre muchachita. ¡Tan vacía y tan falsa! Últimamente se me retrata en todo lo que escribo, con los peores colores de bilis, cólera y desprecio. En verdad, que lo de Irene me ha llegado hondo. En lo personal, marcó el final de mi ingenua adolescencia. En mi producción literaria, ya nada incipiente, no por lo logrado sino por lo copiosa, ella ha marcado también radicales cambios en los motivos y el estilo. Éramos, mis motivos, mi estilo y yo, demasiado románticos, demasiado rosas, excesivamente incorpóreos. Ahora, a la par de adosarme a las corrientes «nuevas» y hasta hacer mis escarceos con el dadaísmo, el simbolismo, el ultravanguardismo y todos los ismos –influencia innegable de la lectura de los poetas franceses–, mis producciones se tiñen de otros colores y el rosa no aparece por ningún lado. Esto de los colores y los tiempos va germinando, sin apenas darme cuenta, en todo un *Gran Proyecto Literario* dentro de mí: color-sensación, tiempo-acción sin tiempo ni verbos. Una de las últimas cosas que escribí, y que todavía era entendible, «Muchacha de sociedad», con cuartetas de rimas consonantes, ya tiene los colores que van del amarillo al violeta; y música sin tiempos, donde subsiste aún un solo verbo que clama por su abolición total:

> *... mi dignidad*
> *vale más que tus besos;*
> *y el trabajo de mis sesos*
> *más que tu Sociedad.*

Cuando lo leí en la velada correspondiente del Hemiciclo, los muchachos me señalaron a coro que el poemita estaba cargado de despecho. Y que, en lugar de «Muchacha de sociedad» debía titularse «Despecho de a Verdad». Entre todos, fue Cabrerita el que más escarnio me prodigó. Y al leer yo algo acerca de la roca que había amado insensible... me espetó una improvisación suya, más tarde recogida en las ACTAS de nuestra peña:

> *... A la vida hay que arañarla.*
> *A la vida hay que morderla.*
> *Como si fuera una roca*
> *o como si fuera una perla.*

Claro que él se refería, muerto de risa, a lo que había que hacerle a la chica, que él llama «vida» y yo llamaba «roca», y que resultó «tremenda perla». Y en eso del trato con las chicas también he cambiado de posición y mentalidad. Me he tragado la sensibilidad platónica y he mandado al diablo los transportes espirituales. Y le estoy prestando primerísima atención a la carne. A cuanta muchacha se me pone a tiro, le pinto un drama y trato de manosearla todo lo que pueda. O lo que se deje, que es lo mismo. A algunas me las he acostado en los más variados rituales, ocasiones y circunstancias. Pero ya lo dijo Lorca: «No quiero decir por hombre, las cosas que ella me dijo...», así que, con discreción, a acabar con la quinta y con los mangos. Tanta es mi actividad de cacería en pos de la carne femenina y tantos son mis descubrimientos en este campo, que una noche me veo dueño del Hemiciclo, más Kino que el propio Kino, disertando con mis impresiones sobre la hipocresía en las relaciones intersexos dadas por la sociedad actual. Todos asienten y callan, sorprendidos, al ver al más modoso y mojigato del grupo convertido en un Casanova, cínico y pervertido. Así, traslado al pasmado auditorio mis crudas convicciones, recogidas de mis propias vivencias, acerca de lo falso y fingido de las relaciones entre muchachas y muchachos... donde todos simulan. Las primeras, unánimemente anuncian y proclaman, como sello de calidad, que son vírgenes, cuando lo cierto es que algunas no lo son y otras, sólo parcialmente. Entre los segundos, los hay vírgenes. Sí, varones vírgenes, que pretenden no serlo para no quedar como flojos. Que dicen tener tremenda experiencia en el terreno amoroso, para terminar pagando a una ramera que acabe con su incómoda virginidad. ¡Cuánta inocencia varonil y prístina, perdida en un burdel, entre los muslos sudorosos de una mercenaria del amor! ¡Cuánta falsa virginidad, intacta por frío cálculo, que destiende sábanas en las posadas y sobrevive a grotescos retozos por el compromiso solemne de «no perjudicarlas»! Es decir, de no romperles el sello de garantía. ¡Cuánta baba y cuánta mentira! ¡Cuánta injusticia social y cuánta degradación humana, inmolados en el altar de los fetiches *himen* y *falo*! Hablo, vehemente, de las lacras sociales, de la prostitución pública y la prostitución privada. La de la señora respetable, que le sirve de puta al marido con tal que la mantenga y la «represente». De la infidelidad justificada y de la injustificada. Del «amor libre» y el amor liberado. Del amor libre, más bien «por la libre», que constata la presencia de una posada situada, exactamente, detrás de un colegio religioso para señoritas en la calle San Lázaro; y de otra posada, *La Cánadadrai,* a escasos metros de la Escuela Normalista. Hablo del amor libre de algunas muchachas muy avanzadas, libre-pensadoras ellas, como las «jai», que estudian filosofía que, si se equivocan, tienen para pagar al cirujano discreto y altamente remunerado que les cosa la rota cosa. Anatemizo, en fin, a todas las que, más corrompidas que las infelices que cobran sus fingidas caricias, constituyen una falange de culos ilustrados que, con el pretexto de ideas desarrolladas, de otras culturas más avanzadas, acaban con medio mundo en nombre del *Amor Libre.* Las que enarbolan como banderas de intelectualidad patrones de conducta importados del norte, por supuesto, y que miran como atrasados nuestros modos y nuestras costumbres de mestizaje hispano que desprecian. Hablo del verdadero amor con olor a caldo gallego, de la solidaridad y el cariño, mantenidos durante años y años de mancomunados esfuerzos, de tiernas dedicaciones que unen, en la formación de una familia cubana, al español emigrado y a la mulata que lo adora y que, junto con él, lucha detrás de un mostrador bodeguero. Todos saben que ejemplifico con los padre de Vicentico, que hoy no vino a la peña por atender el negocio y cuya ausencia aprovecho para no poner en trance incómodo su proverbial modestia. De esta forma, uno la defensa del amor y de la nacionalidad; del sexo y la cultura. Implanto la cubanía en lo más profundo de los timbales y hundo, en el tremedal de mis improperios, juntos y revueltos, a la falsía y al proyanqui.

Ha sido una enardecida y fogosa perorata, que culmino con un colofón apagado por mi sensiblería: «Y el verdadero amor, ante tanta inmundicia, cansado de ser vilipendiado y calumniado, debe andar el pobre escondido por ahí, esperando tiempos mejores.» Lo que es, a las claras, una esperanza cimentada en nuestra acción futura y una invitación a la misma.

Al oírme descargar tan apasionadamente, Kino, entusiasmado y creyéndome más converso de lo que en realidad estoy, me arrastra con él en una recia sesión de catequización marxista. En mi hinchada vanidad de saberme «el tribuno del día», en cualquier otra ocasión lo hubiera tomado como un vano y envidioso esfuerzo por no dejarse opacar. Pero yo estoy obcecado por otras cosas: en primer término, ahora que gano algo, ver la forma de conseguir un hierro, una fuca, como decía Manolito, una fúmina, algo que suene y con lo cual hacer algo más que hablar y salir en manifestaciones de rebeldía inerme. Lo segundo, es esta nueva concepción de la poesía que va cuajando en mi mente. Poesía ausente de verbos. El logro de la acción en la inexistencia de conjugaciones. El no-tiempo. La desaparición del pasado, del presente y del futuro, que dará lugar a la existencia permanente. La negación del bíblico en un principio fue el verbo...; el verbo reducido a invención lingüística como pálido e ideal reflejo de la verdadera acción material. Invención e imagen reflejada en una acción primigenia que comienza con el ser. Primero soy y luego invento el verbo y el Dios, que sentencia que el verbo fue lo primero. Primero soy, y al carajo Descartes y su *cogito, ergo sum*.

Soy materialista y metafísico en mi furor destructivo y creador, donde me propongo demostrar que no fue el verbo el principio. En el andamiaje de ideas que erijo ya flamean, como consignas, mis primeras banderas, en lo ético-estético de un nuevo arte. La acción es existencia misma. ¡Conquistemos el movimiento y la música de la acción, desprovistos de formas verbales! Por otra parte, es necesario tender ya los puentes visibles de la sensación y el pensamiento, de la forma y la esencia, del color y la línea. ¡Mezclemos la pintura y la poesía! ¡Pintemos un sonido! ¡Escuchemos un color! En mi auxilio, extraigo la omnipresente cita martiana:

«El estilo tiene su plasticidad y después de producirlo como poeta se le debe juzgar y retocar como pintor: componer las distancias y valores, agrupar con concierto, concentrar los colores esenciales, desvanecer los que dañan la energía central. El estilo tiene sus leyes de dibujo y simetría.»

Kino cita a Lenin y yo a Martí. Habla de supraestructuras, yo de proyectos concretos y estructurales: ¡Hagamos, al fin, verdadera poesía! Usemos otros colores –quizá el de los tiros– para conquistar en la acción la vida y el arte verdaderos. Así le interrumpo en sus contraargumentaciones, sin dejarlo hablar, para hacerlo a él también partícipe de mis teorías acerca del color-sentimiento y de la inutilidad del verbo. Nuestras voces se intercalan en escalas crecientes de desespero, impaciente cada uno por dejarse oír sin escuchar al otro. Y al fin lo callo cuando, en arrebatado gesto, extraigo de mis bolsillos un arrugado papel, de donde leo, implacable:

> ... *Color con movimiento*
> *Música del color exacto*
> *Negación del verbo*
> *mi verso raro.*
>
> *Angustia cinegética*
> *Ansiedad renovante*
> *Locura estética*
> *agua devorante.*
>
> *Color con movimiento*
> *Música de amor con impacto*
> *Angustia infinita del verbo*
> *Mi verso intacto...*

Lo persigo con saña y le digo sobre los colores primarios y los sentimientos, también primarios... y sobre los secundarios, resultantes de la mezcla de dos, como los sentimientos mismos. Y le descargo arriba todo el plan temerario de mi futuro libro de poemas: «Acuarela», con sus composiciones *Rojo, Azul, Amarillo* y luego *Naranja, Verde* y *Violeta*, cerrando el desfile con un montón de *Colores indefinidos*. Y lo acorralo, exigente, ávido de comprensión:

–¿Te das cuenta de que en ninguno de esos poemas hay verbos? Kino no resiste más y contraataca:

–¡Claro que me doy cuenta! No soy sordo ni imbécil. ¡Aquí, el único que no se da cuenta de lo que te digo eres tú! ¡Tienes aún que sobrepasar el racionalismo, a pesar de que niegas a Descartes. Igual te pasa con el misticismo martiano. ¡Tienes que profundizar en la Teoría! ¡Todos tenemos que hacerlo! Prepararnos y esperar el surgimiento de las condiciones objetivas. Lo demás es *Putch* y ustedes corren el riesgo, sin quererlo, de convertirse en putchistas...

Esta palabreja me hace caer, violentamente, de lo alto. Es como un bombillo rojo de alarma, que disipa de golpe la penumbra lánguida y parnasiana de mis ideas. No aguanto el epíteto. Lo he visto pintado muchas veces debajo de nuestros M-26-7, tachados por la misma pintura del nuevo letrero, que pretende suplantar al nuestro: «HUELGA GENERAL SÍ, PUTCH NO.» Y firmado «JS» (Juventud Socialista). Y Kino debe ser de esos cabrones. Todo me pasa, como relámpago de sangre, por la cabeza y las sienes me laten en el explote final:

–¡Así que PUTCHISTAS! ¡Te vas al carajo, bolchevique de mierda! ¡Vete a olerle las nalgas a tus rusos y a sus campos de concentración!

Lo ofendo bien duro, para que se faje. Es como si lo hubiera sorprendido con la brocha en la mano. Estoy al agredirlo y empezar yo la bronca, cosa que no me agrada, pues prefiero siempre que el otro sea el que comience. De ahí el encimamiento, el manoteo gesticulante y el insulto gritado estentóreamente. Y cuando creía verlo más irritado, me desarma, encogiéndose de hombros y guardando las manos en los bolsillos, en un gesto de benévola conmiseración, cuando con voz mesurada y tono apesadumbrado, me dice:

–Los únicos que vivimos en un verdadero campo de concentración, sin darnos cuenta, somos nosotros. ¡Y yo que creía, Joaquín Ortega, que ya veías más claro...!

No dice más y me da la espalda, dejándome solo, parado en el mismo sitio donde discutíamos, en el centro de un círculo pasmado, que ahora se abre por un segmento para dejarlo pasar. Lo siguen mis palabras más subidas de tono, voceadas por la cólera y la frustración de la riña no lograda. En definitiva, debe de ser otra de sus tretas, de los miles de ardides que le han enseñado, para que adoctrine a otros más berracos... ¡«Condiciones objetivas» ni un carajo…! ¡Aquí lo que hay es que tirar tiros, coño! Y no hacen falta ni teorías comunistas, ni renovaciones artísticas, ni versos, sino ¡cojones! Preso de un arrebato histérico, rompo mis primeros engendros de Acuarela, de los que me sentía tan ufano. Los estrujo, los ripio… viene a mi lado Martínez Villena, cuando en su carta a Mañach, le advierte: «Yo destrozo mis versos…» Por ironía trastocante, Villena era comunista y decía aquello enfrentando a la derecha oportunista, en lo que es para mí idéntica actitud de protesta frente a la perfidia de los comunistas de ahora. Éstos, que no parecen tener nada en común con los del treinta y uno. ¡No, claro, si son los del cuarenta, los mismitos que pactaron con Batista en el Frente Amplio!

¡Así que… putchistas! ¡Nosotros putchistas! No, si lo que más roña me da, es que me dejó con las ganas de darle cuatro piñazos al muy maricón. Mira que venir a acusarnos de eso, de putchistas. Eso… que él define con un término muy de su palabrería ñángara. Esa palabrita la vi por primera vez en los letreritos aquellos que aparecían arriba de los nuestros. Y quizá si hasta éste mismo haya participado en la pintadera. Ahora que Ñico está fuera, no tiene quien lo salve del sopapo que muchos le tenemos guardado. Ahora en el grupo no tiene quien interceda por él, y medie y le sirva de padrino a este pichón de totalitarista. Cuando me oyó hablando de injusticia social, del problema de la mujer, renegando de Dios con mis proyectos ateístas de *Acuarela*, donde niego el verbo, me creyó madurito para adoctrinarme y lavarme el cerebro… ¡Tremenda equivocación! Yo defiendo la libertad verdadera, muy cubana, de un cubano verdadero. Libre del tirano nativo, del yanqui hijo'eputa y del ruso también, ¡qué cará…! Aunque, ¡jumhhhh, ya eso del yanqui se me pegó! Ná, andas con lobo y aprendes a aullar. ¡Mira que acusar a Ñico de putchista! Porque entonces, según él, Ñico es putchista, con todo lo que Ñico lo ha defendido siempre. ¡Ñico putchista! Y Fidel también, con todos los del Moncada y todos nosotros. Y todavía el otro, de noble, lo defendía. Porque si no, ya lo hubiéramos espantado hace rato de nuestro grupo, donde procuramos mantenerlo en la periferia y nunca en el *in side*. Por eso no lo escogimos para la visita al Don ese de Mulgoba, con su finca y su historia, y que terminó en una frustración más. Ni tampoco lo llevamos nunca a la universidad. Le permitimos que alterne con nosotros en el Hemiciclo, que es un foro más abierto, donde hasta el mismo Pinocho, que no está en ná, mete su nariz, y hasta el supercomemierda de Miguelito viene a cada rato, aunque sea para hacernos divertir, poniéndonos nosotros, con tal de verlo intrigado, más misteriosos. Pero en lo de la conspiradera lo dejamos, al igual que a esos otros dos, completamente fuera. ¿A la universidad? Allí, no. Allí vamos un grupo muy reducido, los que estamos más locos, los más decididos a lo que sea. Los que entendemos que, si «El hombre» entró por la fuerza, por la fuerza hay que sacarlo. Y Kino se queda en su palabrería y en la «preparación de las condiciones objetivas» y en la famosa «huelga general», todo orientaciones de «su Partido», que no está por la lucha armada. Ni por la lucha armada, ni por el mínimo enfrentamiento que entrañe violencia. ¡Pero manda timbales, chico! Si el día que mancharon el busto de Mella, que era comunista, los que salimos a responder el ultraje fuimos nosotros, los que no comulgamos con toda esa monserga de «dictadura del proletariado». Allí, en el momento duro, a la hora de los mameyes, nadie vio a Kino, ni a ninguno de los suyos. ¡Y eso que era por defender a Mella…! Mella sí era un tipo encojonao, aunque fuera comunista. Y merece nuestro respeto. No estos de ahora, que preparan otra dictadura. ¡Para dictaduras estamos nosotros! Mella se la jugó. Y éstos se cuidan demasiado el pellejo, siempre en sus cocinaítos teorizantes… A Kino y a todos ellos les vamos a enseñar quiénes somos estos «putchistas»…

Ya Mandy ha traído la respuesta. La respuesta y todas las condiciones que ha puesto el viejo ese. La más jodida es la exclusión del negro. De nuestro negro. Y yo soy el designado para hablar con el Papo, no se vaya a ofender. ¡Manda cuero! Si hay alguien serio, educado y fino en el grupo, ése es Papito. ¡No hay quien lo dude! A él nunca se le va una mala palabra. No, el negro es incapaz de decir ni un coñito. Además, es reposado, maduro. ¿Qué culpa tiene, a ver, de tener el pellejo negro como un teléfono…? Si es el más correcto de nosotros, que sí somos, el que más y el que menos, un poco desfachataos. ¡Y me toca a mí, precisamente a mí, decirle que él no va! ¿Cómo se lo digo? Porque decírselo, sí, yo no voy a andarle con mentiras y que después se entere, no. Esa idea de Roly no va conmigo. Lo menos que se merece el negro es que seamos leales con él. Roly, siempre artista, ya hasta había inventado un cuento para que el negro se lo tragara. ¡Como si fuera bobo! Todos confían en que sabré hacerlo, porque Papito y yo nos queremos como hermanos. No en balde él es quien primero lee mis versos y cuando cree que valen la pena los recita como nadie podría hacerlo. Eso lo sabe todo el mundo, como saben que el que me consiguió la pega en la colchonería fue el Papo mismo...

Bueno, ¡pues se lo digo y ya, vaya! Él sabe que yo de racista no tengo ni un pelo. Y confío en su comprensión. Es más, si quiere, me solidarizo con él y tampoco yo voy. ¡Que vayan Mandy, Carlos, Juan, no sé...! Porque Vicentico es jabao, así que... ¡Que vayan otros! Ahí viene, sonriendo, como siempre. ¡Arriba, Joaquín, no seas pendejo!

—Oye Papito, lo que tengo que decirte no me es fácil —comienzo, brusco, tirándole el brazo por encima del hombro, como acostumbramos siempre.

Él ladea la cara, para entregarme toda la blancura de su perfecta «cajetilla»; y baja la voz y me inquiere, preocupado:

—¿Te hace falta dinero, Joaquinito? —¡Mira con la que me sale! Y después la forma como tomó el asunto: deportivamente. Parecía un lord inglés—. Oye, Joaquinito, nadie se puede poner bravo. Cada cual tiene el derecho de recibir en su casa a quien desee. Y de no recibir también.

¡Con éste no hay tema, compadre! ¡Ojalá todos fuéramos como Papito...!

Hay que buscarse un hierro. ¡Como sea! Ya tenemos Juan, el Chino Benito y yo, palabreado un revólver por treinta y cinco pesos. ¡Treinta y cinco maracas! ¡Le zumba! Ninguno de nosotros tres ha visto antes, junta en sus manos, tan astronómica cifra, tal cantidad de parné, tremenda tonga de reales. ¡Toda una pila de pesos, chico! De dos semanas de mi sueldo en la colchonería, puse quince; Juan se agenció diez y Benito puso cinco él y cinco que le tumbó prestados a Vicentico, que los sacó de la contadora de la bodega, en las mismas narices del padre. Ese gallego bestia, que nos espanta como un basilisco a «estos rapaces mocosos, que ya me tienen muy jodido». Así completamos el precio que nos piden. Y ahora, cuando sean las seis y la tienda cierre, ellos dos vendrán a buscarme; y con los treinta y cinco pesos iremos a comprar nuestro armamento. El negocio es con un tal Zoilo, un guardia que trabaja en San Ambrosio, los almacenes del ejército. Benito lo conoce y dice que es buena gente y de confiar, pues no es batistiano. De todas formas, Juan y yo no nos dejaremos ver y esperaremos que el Chino cierre, él solito, el negocio. En esta operación soy el más receloso. Pienso que, en definitiva, si el tipo fuera tan buenagente, no lo vendería, lo daría para la causa. Y además, ¿por qué es guardia todavía? Tanto Juan como el Chino Benito, no están de acuerdo conmigo en mis juicios sobre el tal Zoilo y me echan en cara mi excesivo idealismo:

—No seas romántico, socio. El hombre tiene cuatro hijos y se las busca como puede. Bastante hace con vendernos un yerro; se la está jugando.

—Sí, se la está jugando, pero por plata, no por ideales —riposto inflexible, y esta última palabra: *ideales*, retumba como eco en mi contra con la voz de mi otro amigo.

—¡*Ideales!* Éste y sus ideales, Juan. ¡Óyelo! ¡Sigue comiendo mierda, cará…!

De todas formas, los convenzo de que Juan y yo esperemos en la esquina y solamente el Chino se llegue hasta la casa. Le damos todo nuestro capital al más gordo del grupo, que lo cuenta, goloso; y en una bodega pedimos, de favor, un cartucho de arroba. En el cartucho metemos nuestros tres pañuelos, para que hagan bulto. Con ese bulto entrará Benito a la casa del guardia negociante y saldrá con el mismo bulto, más pesado desde luego, por *nuestro* revólver. ¡Nuestro! ¡De nosotros tres…!

¡Qué chasco! ¡Otro más! Nuestra compra ha resultado un Eibar calibre 38, cañón largo, con seis cápsulas. Es de fabricación española, y jamás habíamos oído de esa marca. Para nosotros, la palabra revólver era sinónimo de Colt o de Smith & Wesson. Pero

¿Eibar...? Sin embargo, el que no se conforma es porque no quiere; así que hasta uno ensaya un elogio sobre su tremenda calidad vizcaína mientras que los tres estamos de acuerdo en que algo es mejor que nada. Hora y media después, ya oscuro, los tres lo manoseamos golosos, en la azotea donde vive Juan, con tremenda alteración, como «muchachos con juguete nuevo». Todos queremos tocarlo a la vez, nos lo arrebatamos uno al otro, empuñándolo con fieros y bélicos gestos, de ceño fruncido y decidido ademán, en rápida extracción desde la cintura. Notamos con desencanto que es muy grande para disimularlo bajo la camisa, donde siempre hará un enorme bulto delator; y que es uno sólo y nosotros somos tres. Y es imposible que lo usemos a la vez. Ahí mismo es donde empieza a enfriarse nuestro entusiasmo y a calentarse nuestras disputas. El revólver codiciado se troca manzana de la discordia. Somos tres mosqueteros con una sola espada. Y eso, después de haber invertido en ella todo nuestro tesoro. Comienzan a surgir, del cerebro de cada cual, «brillantes ideas» y aflorar, como flores de pantano de un fondo cenagoso, escondidas recriminaciones que no son precisamente flores. Las recíprocas inculpaciones son así, putrefacciones que emergen de un oculto légamo... Bueno, pues si es de los tres, aunque uno lo use, ése uno tendrá que ir siempre con los dos restantes propietarios. ¿Y quién lo va a usar...?

A mi primer intento de hacer valer mi sustancial aporte en la compra me atacan los dos, por igual, tildándome de usurero, egoísta, mezquino e interesado. ¿Dónde están mis ideales?, indagan mis dos amigos, transmutados en jueces severos. Se dicen lindezas inesperadas y todo amenaza con terminar en un problema agobiante, por insoluble, que nosotros mismos nos hemos creado. Al fin, el cariño que nos une y las ideas que nos hemos propuesto se imponen a nuestra pueril disputa, que es pueril, sólo porque así la calificamos, como primer acuerdo, al que siguen, raudos, los demás necesarios: nuestro valioso arsenal, el Eibar, lo usaremos para procurarnos todos los yerros que necesitamos. No sólo para nosotros tres, alcanzará para armar a toda la pandilla. Con él haremos el milagro de los panes y los peces. El caso es usarlo cuerdamente, sin locuras ni improvisaciones. El Eibar, nuestro Eibar, tendrá ese fin y objetivo exclusivos: buscarnos armas para todos. Por lo pronto, mientras pensamos en la forma idónea de multiplicarlo, quedará guardado, a salvo de infantiles alardes y exhibiciones inútiles, en casa de Juan. Mas nadie del grupo sabrá de su existencia. Cada uno del trío comenzará a darle «coco» a nuestra situación, y la semana que viene discutiremos las ideas que tengamos al respecto.

Como demostración de desagravio por todo lo que dijeron en la ya olvidada trifulca, Juan y Benito me entregan un manojo de papeles estrujados y que el cariño ha vuelto a alisar: mis primeros poemas sin verbos. Los mismos que ripié en la discusión con Kino y que ellos me han rescatado en un gesto de devoción inefable. Para reciprocarlos, prometo asumir la deuda de Benito con el Vicen, además de leerles, emocionado, aquel tan influido por el *Después* de Lorca, mi «Después» sin verbos...

DESPUÉS

Después que tú, abismo y refugio,
brazos inalcanzables de un ayer ingenuo
de un origen exacto
Después...

Después que Tú
cuando ya la rosa
 esencia infinita, rastro fragante
después.

Quizá ya antes
del milagro y de la sombra
Pero mucho antes que la luna
Aquella luna roja
Mucho antes del murmullo
nocturno de las olas
Nada... después...

Después que Tú
Nada después.

Cuando termino de leer, el recuerdo no, la presencia viva de Irene es percepción material que nos alcanza a los tres...

Otro martes, poco después

—¡Mira, Juan, ahora que al fin tenemos nuestro hierro es cuando más cautos y precavidos tenemos que ser! Si tenemos que dejar de vernos aquí, pues lo hacemos y ya. Al Miguelito hay que sacarlo de nuestro grupo como sea. No permitirle que ni se acerque a ninguno de nosotros...

—Pero Joaquín, el tipo está decidido a participar en lo que sea. Verdad que es un poco muchacho...

—Un poco ¿qué? No, Juanito, Migue no es un poco muchacho, como dices tú. Migue lo que es es el Super-comemierda, el comecaca superlativo, el Bati-comemierda, el Comemierda epónimo, el archiverraco. ¡Qué bien se ve, que tú no lo viste anoche! ¡Cuéntale a éste, Benito, anda!

Benito gaguea, prefiere dejarnos la discusión a Juan y a mí, que nos interrumpimos mutuamente. Pero yo sé que el Chino está de acuerdo conmigo y no me paro. Además, estoy furioso todavía por la payasada y el susto previo que nos dio el muy imbécil.

—¡Tenías que haberlo presenciado tú, que lo «captaste» y hasta le contaste algunas cosas de más...

—¡No jodas, Flaco, que yo no le conté nada! Ni a él, ni a nadie.

—Pues anoche, «tu reclutado» se nos apareció aquí mismo, como a esta hora, apenas oscureciendo, y para colmo de alardes nos dejó fríos a éste y a mí, sacándonos tremenda *forifai*, un recio pistolón, una Colt 45... ¡De juguete! ¡Como lo estás oyendo...! Ahora dime, ¿es peligroso o no el niño? ¿Tú sabes lo que es andar por ahí exhibiéndose con una imitación de plástico de una verdadera pistola? ¡Hay que venderle y rápido...!

Van llegando los muchachos al Hemiciclo, ya se acercan Vicen y Roly; por la esquina, ya está doblando para acá Carlos. En la noche fresca del parque, tres amigos cambian de conversación...

MANDY

El día que yo tenga un hijo, no le pongo mi nombre ni a matao. Tú no ves que despué viene el diminutivo y el recontra-diminutivo y el diminutivito. A mí lo de Mandy me lo puso mamá, porque me llamo igual que mi padre y mi abuelo. Si mi abuelo era Armando y mi padre Armandito, a mí nada más me quedaba el Mandy, que me cae como una bala. ¡Le ronca, señores! Si yo me acuerdo que, cuando aún vivía el abuelo y lo visitábamos en Camagüey, le decía a abuela: «¡Corre vieja, que ahí llegaron Armandito y su familia!» ¡Y ya mi papá era un hombre bien maduro, con bastantes canas y poco pelo! Definitivamente eso de Armandito, y menos el Mandy, me cuadran. Yo soy Armando Gutiérrez Ínsua y los apodos y nombretes no me gustan (todavía si fueran chic, como Bob, Tomy o Billy, pero me repugnan los Bebo y los Cheos).

Papá es agrimensor y perito tasador de tierras y en casa tiene un cuarto para su enorme mesa de dibujo, donde se encierra horas y horas. Cuando no, anda por ahí, haciendo trabajo de campo, con la lienza y el teodolito que se compró a plazos con su trípode y todo eso. Por razones de su trabajo y por el equipamiento que lo requiere, papá siempre ha tenido máquinas. No han sido muy modernas, pero ya la última es un Ford del 50, que sólo tiene dos años y parece salido de fábrica. Porque mi viejo todo lo cuida con delirio. Es muy cuidadoso con sus cosas y me ha enseñado a serlo así. Los domingos, le ayudo a pasarle bayeta de gamuza al carro y lo dejamos de paquete, para luego ir a visitar a las amistades del viejo. Mi papá tiene tremendas relaciones. A mí me daría pena que cualquiera de ellas nos visitaran en este barrio. Pero ya mi mamá me dijo que, cuando acabaran de pagar la última letra del carro, nos mudaríamos para algún lugar decente del Vedado. Hay que relacionarse, en la vida eso es importantísimo. Por eso nos hicimos socios del Havana Swiming Club. El Swiming es un club modesto, es verdad, pero está en Miramar. Miramar sí es un barrio de caché. Allí van tremendas niñas, con unos bikinis… Y por el agua, me cuelo en cualquier otro club de mas balijú y hasta puede que ligue una jeba de alcurnia. ¡Mira, ésa es otra forma de relacionarse! Vaya, te empatas con una niña bien y ya estás hecho. Que ahí en Miramar nada más viven gente rica. A algunas de ellas, por cuestiones de sus tierras y fincas, las hemos visitado. Claro, visitas de negocios, no de amistad, pero es trato al fin. Y el trato y la relación lo pueden todo. Porque los amigos, si son poderosos, son mejores. Por eso hay que escoger bien las amistades. A ver, ¿qué me puede dar de beneficio ser amigo de un tipo como el Pinocho ese? Y con los locos de la pandilla hay que tener cuidado, porque están andando en cosas de la política, en las que hay que tener mucho cuidado y no ir a la tremenda. No nos vaya a pasar igual que en el treinta y tres, que con la mediación de Summer Wells los americanos se volvieron a meter. ¿Se volvieron…? ¡Si nunca salieron! Con esos tipos habrá que contar siempre. La FEU nada más sirve para darse a conocer y poder después aspirar a una postulación en las elecciones. Es un buen trampolín y nada más que eso. Pero en este tiempo eso es peligroso. Por eso el viejo, que sí vivió el machadato, me dijo que si la cosa se pone más fea de lo que ya está, me mandará a estudiar al norte, donde me prepararé bien, dominaré un idioma y, lo más importante, haré tremendas relaciones…

Si no estuviéramos viviendo estos tiempos, a mí me gustaría estudiar derecho diplomático y consular. Pero primero hay que recuperar la República, que el mulato de mierda este ha usurpado, e instaurar de nuevo la democracia, con la que se ha limpiado el culo. Es necesario retornar al cauce político normal, al menor precio posible, claro.

MIÉRCOLES, MUCHOS MIÉRCOLES

> Es decir que hoy me echas de este suelo y he de esconderme de tu presencia, convertido en vagabundo errante por la tierra, y cualquiera que me encuentre me matará.
>
> *Génesis*, 4,14

Miércoles 13 de marzo, 1957

Han pasado muchos días convertidos en meses. Y los meses se apelotonaron y se hicieron años. Quizá ya he vivido muchos lunes y viernes diferentes, marcados por nuevas locuras y claros signos de que no escarmiento. Pero ahí mismo está la prueba de que no soy el único loco, ni el más loco tampoco. Hay más locos que yo, sí señor. Ahí está, por Radio Reloj, diciendo que han matado a Batista y no sé cuántas cosas más hasta que dejan de transmitir. ¡Ese gordo sí está loco de remate! Si desde que salió presidente de la FEU yo lo dije: «¡Ahora sí! José Antonio no come miedo, no es como los anteriores dirigentes de la universidad, politiquero y tramitado, no señor. Éste va al frente de la tropa y se faja.» Y ya ven como yo tenía razón. Ahora han asaltado el Palacio y ha sido el Directorio, la gente de la Colina, la gente del Gordo. Ya me extrañaba a mí que estuvieran tan tranquilos desde que Fidel desembarcó y yo me le fui a Guido y traté de subir, en otra locura más, nada menos que por Palma Soriano. ¿Usted sabe lo que es subir a la sierra por Palma? Si conoce un poco de geografía –no la que dan en el instituto, que ésa a mí no me sirvió para nada–, usted debe de saber que Palma está en el

Valle del Cauto; que por allí no hay montañas, que aquello es llano. Que usted debió de desviarse en Yara o seguir hasta Mafo, pero que por allí, ¡jamás! Pues sí, el juramento de «Ser libres o mártires en el 56», se cumplió el día 2 de diciembre. Ese día, el periodicucho de Masferrer, *Ataja,* ya no trajo el insultante letrerito «Te quedan tantos días» de fantoche bravuconería de las más baratas. Y fue, para nosotros, la señal más clara de que ya habíamos cumplido y que había sonado la hora de fajarse. Pero en la universidad, nada. Más tranquila que «estate quieto». Y ahora, más de tres meses después, esta cojonada: ¡asaltar el mismísimo Palacio Presidencial, a plena luz del día! Y de contra, anunciarlo por Radio Reloj. ¡Éstos si están más locos que yo…!

Otro miércoles, muchos miércoles antes de 1954

Somos tres y son tres ideas distintas las que tenemos acerca de cómo emplear nuestro fabuloso Eibar. Cada cual refuta las dos proposiciones ajenas y ensalza y exagera la factibilidad y ventajas de la propia. Es preciso poner en práctica la más sensata, la de más probabilidades de éxito. Y la más segura. Cada uno de nosotros se ve ante la agobiante tarea de convencer a dos que refutan con argumentos y estilos diferentes pero con igual intransigencia. Se habla hasta de sorteo, pero impugno el método por irracional y porque nos oponemos a los juegos de azar, que tanto daño han hecho al esquilmado pueblo. ¡Cuánto estómago estragado y cuánto bolsillo exangüe, despojado de la última peseta, en aras de una posibilidad que la falsa esperanza exagera! Además, lo que estamos decidiendo es muy serio para asociarlo al juego. El juego, ese inmenso mal heredado de la Colonia y proliferado, como gangrena, en nuestra pobre República. Ese *elemento de corrupción ciudadana,* como lo calificó Máximo Gómez. Cuba es un inmenso garito, que nos proponemos cambiar de raíz. Y el juego, un cáncer que nos prometemos extirpar del panorama futuro. De ese futuro cuyas puertas vamos a abrir a tiros.

Al fin, Juan, mucho más diplomático, sugiere que analicemos en tribunal cada una de nuestras tres ideas, liberados de prejuicios, cuerda y sensatamente, sin apasionarnos, haciéndonos la idea que las tres son ajenas. Con la unánime y solemne promesa de pensar y actuar así, comenzamos el análisis. La decisión será tomada por mayoría. Elaboradas con más o menos detalles, hay tres acciones propuestas, donde usaremos el Eibar y lograremos, por lo menos, un arma más: el asalto a una armería, la más descabellada, es la primera que eliminamos, que posponemos más bien, hasta que tengamos más poder de fuego. La irrupción nocturna en una casa particular de Arroyo Arenas, residencia de un cazador ricachón, es rechazada por parecernos un robo a domicilio, cosa de cacos. Nos queda, pues, el desarme de un policía de ronda, allá por Jacomino, donde lo solitario de la zona posibilitará el atraco, pero dificultará la posterior huida. Todavía hay rezagos de despecho en el autor de la idea de Arroyo Arenas, que un poco leguleyo, iguala dos formas igualmente delictivas: el atraco a mano armada y el robo con violación de domicilio. Sobreviene una discusión sobre la legalidad, que termina con que son lícitas todas las formas de lucha que ensayamos contra un delincuente común: Fulgencio Batista.

Es Benito el padre de la idea ganadora. En sus visitas a una novia, allá por Jacomino, ha tenido oportunidad de ver repetidamente al policía confiado y nada peligroso que, en su ronda habitual, pensamos desarmar. Una vez vencida la animosidad de Juan, que todavía patalea por su proposición, entramos a planear los detalles: el cuándo, el dónde y el cómo. La acción será al atardecer o a primeras horas de la noche. Benito «aparecerá» tirado en la acera, en una cuadra del recorrido muy determinada y casi a la puerta-escalera de un edificio de tres plantas en construcción, donde residirán una infinidad de familias, hacinadas en la infinidad de pequeños apartamentos, en las que está dividida cada planta. Escondidos en el primer rellano de la escalera común, esperaremos Juan y yo. Cuando nuestro «objetivo» nos dé la espalda para reconocer al caído, entraremos en acción. La cosa será así: el policía se inclinará sobre Benito, éste le tomará, inmovilizándosela, la mano derecha. Instantáneos, Juan le inutilizará la izquierda; mientras yo, con una, le aplico el Eibar paralizante en la cabeza, y con la otra, lo desarmo. La nueva arma pasará a poder de

Juan, Benito lo despojará del silbato y del cinto con canana; y los tres nos daremos a la fuga, dejando de correr después de doblar dos esquinas sucesivas. Separadamente, tomaremos guaguas distintas y nos reuniremos en el cuartel general: la azotea donde vive Juan.

En un primer momento, pensamos desnudarlo para evitar la persecución. Pero la idea es abandonada rápidamente por la inversión de tiempo que representa y la necesidad imperiosa de que la acción ocurra en el menor tiempo posible, limpiamente. Todavía hacemos un ensayo más en la azotea: yo hago de víctima y mis compañeros actúan según lo acordado. Afinamos los detalles, nos aleccionamos, repitiéndonos mutuamente idénticas recomendaciones. Cada gesto, cada movimiento es ensayado con minuciosidad preciosista, para acordar al final un viaje *en seco* y desarmados hasta el escenario mismo de los hechos. Con este objetivo, y tan contentos como si fuéramos a una fiesta, abordamos los tres una Ruta 11. Es largo el recorrido hasta un poco más allá de la Virgen del Camino, por lo que notamos, con preocupación, que de actuar sobre las siete, no estaremos de regreso, por lo menos, hasta las nueve o nueve y media de la noche. Esto implicará que, o salga más temprano, bajo permiso, de mi trabajo –lo que es difícil–, o que no acuda al mismo –lo que es peor– la tarde fijada. Influenciados por demasiadas películas, nos revolvemos intranquilos ante la evidencia de la pista que dejaremos al despojarme de la coartada de estar en la pincha. La acción, de hacerla más tarde, nos favorecería por la oscuridad, pero aumentaría el riesgo que significa deambular a altas horas y ser joven al mismo tiempo. No, en la Cuba actual los jóvenes no podemos andar, sin peligro, tarde en la noche por las calles de nuestra Habana; donde ojos de asesinos en acecho, desde tenebrosas perseguidoras, vislumbran en cada joven solitario un potencial enemigo. La fiera husmea a los cazadores que le darán justiciera muerte.

Pasan días de cavilaciones, en los que apenas nos separamos. Nuestro tribunal se declara en sesión permanente. Las etapas de locuacidad colectiva se alternan con silencios donde, al mirarnos, sorprendemos en los ojos del otro nuestros propios pensamientos. Procuramos hablar de otras cosas, sobre todo en lugares públicos, pero nuestros cerebros se traicionan y regresan al mismo tema, obsesivos. Y es un trío silencioso y pensativo el que camina por el Malecón y la Avenida del Puerto.

Aprovechando que ayer fue día de cobro y que dispongo de algún menudo para invitar a mis amigos a unos vasitos de cerveza de a real, nos metemos en una bodega cantinera, de esas viejas de esquina de barrio, con su barra y su victrola en un extremo. ¡Hay que refrescar...! Pronto estamos los tres, sonrientes y complacidos, inclinados sobre el mostrador de madera pulida, ante tres respectivos vasitos de burbujeante cerveza, que por joder, hemos pedido de marcas diferentes. Alguien ha puesto en el traganíquel un disco de Los Panchos que me secuestra la sonrisa con su evocadora y nostálgica letra:

> ... ¿Te acuerdas del primero?
> indefinible... te vi celosa,
> imaginando agravios... Te suspendí
> en mis brazos, vibró un beso
> y contemplaste sangre entre mis labios
> ... Yo te enseñé a besar
> con besos míííos...

Mi cuerpo sigue allí, pero yo estoy ausente. Abandono a mis amigos, me remonto en tiempo y espacio, muy lejos de ellos. Estoy solo con Irene...

Hemos perdido la noción del tiempo que transcurre en un beso continuo. Arrebatado, en un acceso de pasión que no permite freno, muerdo tu boca fresca y juvenil que se entrega toda y que no gime bajo el exceso que nos turba la razón, sino que responde, igualmente enfebrecida. Cuando nos separamos, tienes los labios hinchados y un hematoma oscuro anuncia la sangre por la que clamó mi sangre, enardecida por tus encantos... Ante el descubrimiento quedamos los dos jadeantes, temerosos...

Sí, yo la enseñé a besar, con besos míos «inventados por mí, para su boca...». Y en una tarde inolvidable, de calores de verano y juventud, estuvimos a punto de descubrir los misterios de la carne, a través del más puro y verdadero amor. Con una sacudida de cabeza, como si quisiera alejar con ese gesto las atormentadoras imágenes, regreso... al ruido de la barra, a los callejeros del barrio, al brazo fraterno de Benito, que en manotazo cariñoso se abate sobre mi hombro. «¡Oyeee...! Pero ¿dónde coño estabas, viejo...? ¡Estás ido...! Tremenda mulata que te perdiste, pasó por ahí y tú... en las nubes, chico... ¡Vamos a pedir otro vasito, anda...!»

1957

¡Mira que decirme loco a mí! Sí, ya se sabe: «cría fama y...» Pero los de ese miércoles, 13 de marzo, sí que estaban completamente locos. ¿Tú sabes lo que es meterse en el mismito Palacio...? No, y en medio de todo eso el Gordo hablando por Radio Reloj, la emisora esa que la oye todo el mundo. ¡Hasta yo, que casi nunca oigo radio...! Con su tic-tac, tic-tac... ¡De madre, chico! Es como si todos los relojes del mundo se hubieran vuelto locos de repente. *Locos de furia. A las tres y veinte de furia justiciera. Eran las tres y veinte en todos los relojes* (como hubiera dicho Lorca): *A las tres y veinte de plomo, a las tres en furia con veinte de la tarde.* Después me enteré que en lo de Palacio también hubo un Ignacio, pero no el Sánchez Mejía que llora Federico, por torero y por valiente, sino otro Ignacio, de Luyanó, responsabilizado con la operación de apoyo, que no llegó. Pero eso fue después, cuando ya habían anunciado la muerte de José Antonio, allá, al pie de la Colina Universitaria, y había otro racimo glorioso de muertos, de cadáveres inmortales brotados al árbol de nuestra Historia, cosechados en este terrible tiempo, *Tiempo de crecer y de morir...*

¿Usted ve, compadre? Hay muchas formas de morir y muchas más de volverse loco. Este Ignacio de Luyanó, aunque siga vivo, se murió; y los héroes, sean del 26 o del Directorio, aun dejando de existir continúan vivos. Vivos para siempre, porque supieron volverse locos. Porque tan igual de locos estaban los que se metieron en Palacio como los que asaltaron el Moncada. Mira si es así, que en muchas ocasiones andamos revueltos y más que juntos los del Directorio y los del 26. Ahora más, en la desgracia; aun que nuestra juntadera no empezó ahora, sino el mismito 10 de marzo cuartelario. Y estábamos todos, sin organización, en la *Colina Rebelde* aquel día, bien tempranito. Allí estaba un Léster Rodríguez con García Olivera, un Manolito Carbonell, un Carbó, un Machadito, junto a un Pedrito Miret. Por cierto, estos dos últimos, fungiendo de instructores, en las primeras prácticas de armas en el Salón de los Mártires de la FEU, o en la azotea de la Escuela de Ciencias Comerciales. Allí se iban a reunir gentes que militarían luego en una organización o en otra, y algunos en las dos. Porque la gente llegó primero y luego vinieron las organizaciones. Me parece estarlos viendo a todos, juntos y bien hermanados, en un círculo fraterno de juventud, sin camisas, atentos al improvisado instructor que, en medio del grupo, explicaba los mecanismos de la Thompson o del *Emeuno*. Allí nos empezamos a querer como lo que somos: verdaderos hermanos. Yo estoy seguro de que si la operación de apoyo la tiene uno de nosotros en vez de ese Ignacio, el apoyo no hubiera fallado. ¡No señor! Y no es que seamos más *bárbaros* que nadie; es que, entre nosotros, cavó muy hondo la hermandad. Esa hermandad tan linda de luchar juntos por una causa común. Esa locura repartida de querer rescatar la dignidad crea verdaderos hermanos. Así, un Arístides Viera, del Directorio, es hermano de un Faustino, del 26; aunque al primero le digan «Mingolo» y el segundo sea doctor. Y un Tato y un Brito son hermanos y andan siempre juntos, aunque pertenezcan a distintas organizaciones. ¿Quién lo entiende? Nosotros, los locos. Los que no abandonamos, aun a precio de nuestra vida, a un hermano. Por eso te digo que la operación de apoyo no hubiera fallado. No, no hubiera fallado de estar a cargo de alguno que hubiera considerado que en Palacio se batía el *hermano*. El hermano que se ama más que a uno mismo. Por eso, y por mil cosas más, no entiendo el mandato religioso de «Ama a tu prójimo como a ti mismo». ¡Ah! ¿Como a ti mismo? Entonces, lo que tú amas más es ¿a ti mismo? ¿Es tu amor a tu propia persona, limitada por tu propio pellejo, lo que amas más, el patrón de referencia, la máxima medida de lo que eres capaz de amar? Claro, habría que aclarar qué entiende cada uno por *el prójimo*. Hay quien considera que no tiene prójimos y sólo se ama a sí mismo; y son tremendos cristianos. Ahí están los ricachones de la Quinta Avenida de Miramar, que se mandaron a construir tremendísimas iglesias y salen en los rotograbados sociales cada vez que hacen una «obra de caridad». Sí, ya sé que no todos son iguales y que hay creyentes sinceros y muchos que son pobres. Pero este mandamiento cristiano me es sospechoso, porque mediante el mismo, ordenan amar a otros como a ellos mismos. ¿Y por qué no *más que a ellos mismos*? Más que a uno mismo, como nosotros amamos a nuestros hermanos. También tienen escrito el NO MATARÁS, y nosotros, por amor —y no a nosotros mismos— fuimos y somos capaces de matar. Por eso estamos locos: porque amamos al prójimo más que a nosotros mismos y somos capaces de matar por ese amor. Por eso te digo que éstos están más locos que yo, que me empecé a volver loco por amor. Y no estoy tan loco ná, más bien estoy muerto, porque el amor me mató. Primero, me acabó de volver loco y después me mató. No, no vayas a pensar mal, *no te mandes a correr,* que yo no he traicionado a nadie. Si te digo que estoy más muerto que loco, es porque el mismo amor me mató con su falsedad y felonía. Aunque, ya antes de eso, me decían «Joaquín el loco», porque leía mucho, escribía versos y siempre estaba hablando solo. Después me arrebaté más, con el amor de Irene, mi primera noviecita, a la que idealicé tanto. Tanto, que cuando me engañó, me sentí morir y me puse «de arrebato». Pero lo que de verdad me dio el puntillazo, lo que me acabó de matar de verdad, fue el suceso aquel… en que me traicioné a mí mismo, o mejor, me traicionaron mis nervios. Aquel suceso ya pasado —y siempre tan presente— en que me sentí un nuevo Caín…

1954

Al fin otro miércoles, después de mil intentos de cambiar las posiciones respectivas y los papeles asignados en el drama mil veces ensayado, tanto en la azotea como en Jacomino, nos vemos *los cuatro,* digo… los tres rumbo a la «Acción». Nosotros tres, y *Tú,* que vienes conmigo sin que nadie te vea. Tanta es la realidad de tu imagen, que temo hablar contigo y que mis compañeros se den cuenta de que hablo solo. Así, no te dirijo la palabra. Vas a mi lado, en la Ruta 11, y asombrosamente la muchacha que ocupa «tu asiento» se te parece de una forma increíble. Estoy nervioso como un condenado y sólo pienso en ti. ¡Irene, Irene Valverde! ¿Dónde estarás ahora, este miércoles…?

Montamos la escenografía. Fumo de forma irracional, en contra de la opinión de Juan, y esperamos impacientes. A duras penas he logrado que me dejen el Eibar. Por cuanto las razones de mayor aporte económico no son válidas, he aducido, con cierto éxito, ser el más reflexivo, por cuanto casi siempre se me ve pensativo. Además, soy el más serio del trío, porque no hago chistes; el de más responsabilidad, porque soy el único de los tres que trabaja; y porque soy el más parco y silencioso, porque siempre, aunque ellos no lo sepan, estoy hablando contigo…

Nuestra víctima demora y la tensión aumenta. El Eibar, sacado del cartucho de su transporte, está en mi mano, que apenas domina sus temblores. Juan no se cansa de pedirme que lo guarde y yo pienso en mil adversas posibilidades: que si las balas estarán muy viejas y vencidas, por si nuestro hombre resiste; o si, al fin y al cabo, no viene y nos deja esperándolo. No, todo saldrá bien. Como lo tenemos previsto. No habrá problemas. Esto es seguro y lo tenemos todo muy bien estudiado. Será facilito. ¡Usted es duro, compadre, no hay por qué preocuparse…! El reloj pelea por no dejar pasar la aguja de los minutos y trastoca el minutero en horario… Benito yace en la acera, tirado en pose exagerada, que a cada rato corregimos: «¡Abre los ojos! No tienes que tenerlos cerrados, Narra. ¡Deja las manos libres! ¡Ponte boca-arriba!»

El Gordo se mueve en la acera a nuestras peticiones, que se contradicen con órdenes de que se quede quieto. ¡Ahí viene…! En contra de todas nuestras previsiones, al ver el bulto yacente sobre la acera, el policía ha extraído su arma (la que nosotros pretendemos quitarle) y, desconfiado y cauteloso, se acerca a Benito, con ella desenfundada. El Gordo es tremendo, y a pesar de ello se le lanza a la mano con las dos suyas, tal como habíamos acordado. En un milisegundo, Juan y yo nos abalanzamos sobre sus espaldas. Juan falla y el tipo manotea con la izquierda suelta que, al fin, le atrapo y forcejean. Le aplico, en intermitentes intentos, el Eibar a la cabeza, que repetidamente choca con la punta del cañón. Todo es como una filmación de cine mudo, donde los movimientos se producen entrecortada y rápidamente, no naturales, sino de forma grotesca. El disparo me sorprende. ¡No sé si ha disparado él… o yo! En el instante, siento la mano salpicada de forma violenta, golpeada más bien, por algo caliente y viscoso… ¡No, no… por Dios…! Aquel corpachón se tambalea, se convulsiona. Benito se abraza al tambaleante, en un baile demasiado macabro para ser descrito. Y yo no atino a nada. Estoy paralizado. Juan es el que recupera el arma que fue nuestro objetivo. El Eibar, no sé cómo, está en manos de Benito, que parece increparme a gritos que no oigo. Al fin, mis dos amigos me hacen correr con ellos, en contra de mi voluntad, que ya no existe… Vuelvo a tener conciencia de mí y de lo que me rodea en una Ruta 8, que he abordado en dirección contraria a las instrucciones acordadas y que penetra en el, cada vez menos poblado, Diezmero. Un viejo me pregunta si me siento mal; yo balbuceo algo y me bajo. Casi no me alcanza el tiempo para contener el primer buche de vómito ácido, que me quema y estremece en arqueadas espasmódicas… En medio de ellas, alcanzo a oír la voz del desconocido interlocutor que, desde la ventanilla de la guagua, ya en marcha, me amonesta censurante: «¡Tan jovencito y a estas horas ya borracho!»

¿Qué he hecho, Dios mío? ¿Qué he hecho…? La maldición de Caín me alcanza con todo el peso abrumador de la culpa terrible: el crimen innecesario. Como pesadilla, vuelvo a la conciencia de que he matado a un hombre. A un hombre que, al igual que yo, debió de tener madre y padre. Al que debieron de haberle gustado las mismas cosas que a mí. Quizá, sí, hasta un padre de familia, a quien los hijos adoraban como a un héroe. Un hombre que debió de haber acariciado, poseso de sensual éxtasis, la piel tibia y aterciopelada de alguna mujer. Un ser que sintió y padeció, que lloró y rió; que fue feliz o infeliz, que almorzó, amó, bailó y durmió la siesta. Y paseó con su familia. Una familia que ya imagino para él, con el deleitoso sufrimiento de tormento masoquista en que me revuelvo. Por mí, por mi cobardía y nerviosismo incontrolable, un hombre que ya no existe más. De forma estúpida e innecesaria, he acabado en un acto irresponsable, con una vida, con la vida de un semejante, de un *prójimo*. Sí, porque vestido de azul y siendo enemigo y todo, y estando a mil años luz de mis posiciones políticas y de mi pensamiento, ese hombre, desconocido para mí hasta el instante funesto, es, era mi semejante. Un hombre ha sido asesinado y yo soy su asesino. Yo, el repetidor inconsciente del aborrecido acto, por el cual la especie humana fue maldita en el mismo Génesis de la Creación. Primer capítulo bíblico, ya manchado con sangre… Y no es que no hubiera pensado que en la guerra inminente a la que nos disponíamos no iba, al igual que todos, a verme ante el angustioso dilema de matar para no morir. Había presentido, más bien que avizorado, lo terrible de la guerra. Pero matar así… de la forma que esta muerte se ha producido, absurdamente innecesaria… ¡Eso jamás se me hubiera ocurrido! ¡Ay, Joaquín Ortega, ya llevas en tus manos la maldición de Caín. Un muro tenebroso ha de alzarse desde el infortunado y mil veces maldito instante en que tu dedo sin voluntad presionó el gatillo. Un muro que separará tus días y te negará, para el futuro, toda clemencia. Un muro desde donde un juez interno e implacable te condena para siempre. Tus manos, cuando las mires, no serán ya las que se enlazaban tiernamente con las manos de Irene; serán las manos de un asesino. Y en cualquier caricia que prodigues, sentirás la sangre innecesaria que has derramado. El estampido horrísono de aquel disparo retumbará en tus oídos para siempre, diferente a cualquier otro. Como el mazazo con que el Juez Terrible te condena. Porque ahora ya nunca volverás a ser el mismo; y eres, para siempre, el reo de inapelable sentencia. *Ahora sí suprimiste el verbo.* Y no como soñabas en tus devaneos literarios, creyéndote creador de una nueva forma de expresión. No has creado un estilo nuevo en la poesía, ni mucho menos, eres el precursor de una nueva Escuela que suprime el superfluo verbo para que quede intacta y virgen la acción. Acción fuera y dentro del tiempo que ya no la limita. No, lo que has suprimido es el verbo de una existencia, trocando el tiempo de otro hombre, que ya no es. Y por ti, era. Y que ya no es más, ni será. No eres un creador, sino un destructor. Has detenido el tiempo para alguien y por ello tu tiempo ya no tendrá paz. Ya ese alguien no dormirá, ni almorzará, ni amará, ni conjugará ningún verbo en el inmenso espacio vacío de la eternidad…

Ha pasado una semana y hoy miércoles, cuando nos volvemos a reunir los tres participantes, hay mil sentimientos flotando en el aire. Hay dudas y hay mudas y rudas recriminaciones. Y aunque al final ellos tratan de tranquilizarme, termino por explotarme, lleno de contradicciones y remordimientos. Muy cara nos ha costado esta segunda arma. ¡Muy cara! Si el Eibar nos pareció comprado a precio fabuloso de treinta y cinco pesos astronómicos, este Colt maldito tiene el precio de la sangre, y quizá el de la desunión. De la semana, me pasé tres días sin ir al trabajo; y cuando al fin volví, malamente me creyeron lo de mi enfermedad, recibiendo una sombría advertencia: «Me parece, Joaquín, que aquí va a hacer falta otro con más salud que usted. Así que no se esté enfermando tanto. ¡Y cuídese!» Esto último, dirigido, claro está, a mi conducta y no a mi supuesta salud. Por otra parte, en esta tempestuosa reunión en que, después de una semana, nos vemos por primera vez, me entero de que la mamá de Juan descubrió los *hierros* debajo de la colchoneta y se puso a gritar, histérica, por toda la azotea. También hay noticias de que el Chino Benito se ha puesto a alardear con otros muchachos del grupo, a los que ha tratado de impresionar. Y aunque el Chino lo niega categóricamente, ni Juan ni yo lo creemos incapaz de indiscreciones semejantes. Desgraciadamente conocemos muy bien de qué pata cojea el Gordo. Y sabemos que no puede evitar que a cada rato le salga una muchachada muy suya. El Narra es guapo, buen amigo y se faja, pero tiene esa debilidad: el muy cabrón es vanidoso y le gusta alardear ante los demás, como si necesitara que los otros supieran lo duro que es. Lo de la mamá de Juan es grave. En la azotea de al lado vive un marinero con su mujer; y ésta oyó todo el lío que armó la vieja, donde mencionó los revólveres y la chiveta… Están también mis días de ausencia, que complican las cosas y, por si fuera poco, el Chino hablando mierdas…

Benito

Este Carlos es un degenerado. ¡Mira que decirle a Vicentico que el mejor invento gallego es la mulata! Sabiendo que el Vicen y su madre, aunque claros, son mulatos. Y más, que nuestro socio es hijo de gallego-gallego de verdad. Con los negros no pasa lo que con nosotros los chinos. Porque aquí todo el mundo tiene de negro, menos nosotros. Pero un negro con blanco da mulato; y con otro blanco da casi blanco, y después ya casi ni se le nota y parece blanco. ¡Pero con los chinos…! Aunque se mezclen, siempre les salen los ojos y el pelo flechúo. Nuestra raza no se despinta. De mis varios hermanos, tengo uno casado con blanca rubia-rubia, y los hijos más chinos no pueden ser. Igual que los del otro, que se casó con una jabaíta y dio igual, chinos. Nosotros somos hijos de chinos nacidos en Cuba, pero de padres cantoneses los dos. Chinos de Cantón. Somos un chorro de hermanos: cinco varones y dos hembras. De los cinco varones, yo soy el más chiquito y el único, aparte de mis dos hermanas, que vive con los viejos, pues los otros ya hace rato que se independizaron, hicieron sus familias y pusieron sus negocios y tienen su vida aparte. Eso sí, todos, igual que mis viejos, trabajan como animales. En mi familia no se conoce la vagancia. Y todos, de una forma u otra, se han establecido en giros relacionados con la comida. El mayor de mis hermanos es el que mejor está. Es codueño de un restaurante chino en la calle Consulado, El Cantón. Aunque de restaurante nada más tiene el nombre y todo el mundo lo llama La Fonda de Chinos de Consulado. El otro que le sigue tiene una pescadería, pues siguió los pasos de nuestro viejo, que nos crió y nos mantuvo a nosotros con el ronco y la rabirrubia, la cherna y el serrucho. Los otros, aunque no están tan bien, tienen cada cual lo suyo.

Quizá por ese motivo –porque todos giran con la *jama*– yo estoy un poco pasado de peso, pero no obeso, como dicen mis socios, ni mucho menos «gordo», como me dice Juan, que me dice el Gordo Benito. Aunque así también me dice Joaquín, Joaquín el Loco. Que está tocao de remate. De Joaquín se puede esperar todo, porque uno nunca sabe por dónde va a salir ni con qué arranque se va a explotar. Es todo nervios, pero es buen socio y yo *lo llevo de a calle*. A veces, para mí que se pasa; como con la noviecita esa, que lo tiene bobo, en vez de darle tremendo mate que la ponga boba a ella. Para eso Juan, que con las jebas es tremenda fiera. Aunque yo –y está feo decirlo–, no me quedo atrás. ¡Y ahora con las pesas que estoy haciendo…! Que a las nenas siempre les han gustado los tipos fuertes… Mi mayor defecto es lo glotón que soy. Más bien goloso. ¡Caballeros, a mí me gusta comer! Si me ponen una jeba encuera y un plato de arroz con frijoles y par de ruedas de pargo fritas, con sus correspondientes laguers, no sé qué escogería. Mejor sería las dos cosas. Una primero y la otra después. Porque hacer *eso* en plena digestión, ahí sí verdad que yo no le meto.

La jama es mi gran problema. Y no por tenerla lejos, sino por todo lo contrario. Como soy el más chiquito y mis hermanos son todos muchísimo mayores que yo, cada vez que paso por lo de cada uno me embuchan. Y lo mismo es en el restaurante del mayor, que en el puesto de frutas del otro, que en el de frituras y dulces, donde me doy unas atracadas de manjuítas fritas, de frituritas de carita –que le dicen «bollitos»– que por el nombre son las que más me gustan, aunque las de maíz y las de bacalao no se quedan atrás, y después las palanquetas de maní y de ajonjolí y los chicharrones de viento, las chicharritas de plátano verde –que le dicen «mariquitas»– que es cuando el plátano macho deja de ser macho. ¡Ah… la comida!

Yo a mis amigos los quiero con el alma. Más, vaya, que a las mariquitas de plátano. Por cualquiera de ellos, daría las nalgas. Eso, claro, es un decir. Porque maricón sí que no soy. Porque no hay chinos maricones. Los hay blancos, mulatos y negros, pero chinos no. Los chinos, sin aparentarlo, somos tremendos cojonudos. Ahí, en el paseo de Línea, en la esquina de Línea y L, está el monumento ese a los chinos que se batieron como mambises en las guerras de independencia, con una tarja que dice: «No hubo un chino cobarde, no hubo un chino desertor, no hubo un chino traidor.» Y yo estoy orgulloso de eso, como estoy orgulloso de toda mi familia, que es gente trabajadora de verdad. Como ellos a su vez están orgullosos de mí, porque soy el que más cabeza ha tenido para los estudios, y quizá esperan que me convierta en otro médico chino, tan famoso como el del cuento.

Yo no quiero defraudarlos, sobre todo al viejo, que está bien viejito ya. Pero todavía no sé si me gusta la medicina como a Juan y a Carlos, que sí tienen lo que se llama vocación. Pero ahora, antes que los estudios, está este régimen que nos han impuesto, que hay que tumbarlo de *todas-todas*. Dice Joaquín que nos toca volvernos mambises. Y si el Loco tiene razón, volverá a haber mambises chinos.

JUEVES, MUCHOS JUEVES

Santa Clara quién te viera
Y por tus calles pasara
Y a la Pastora me fuera
a misa de madrugada...

Canción popular

1953

El busto de Mella ha amanecido manchado con chapapote, que manos cobardes le han lanzado en incalificable afrenta. Sobre el rostro viril del blanco mármol chorrean los groseros goterones negros de la profanación. Juan, en desagravio, ha compuesto unos versos: «Al valiente cobarde que manchar quiso mi frente», que pronto, en un cartón, amarramos con cordeles al pedestal del monumento. Improvisados oradores condenan la baja provocación. Sorprendentemente los más enardecidos no son los dirigentes de la FEU; éstos se limitan al recinto universitario y a la plaza Cadenas. Pero la provocada irritación pide definiciones más radicales, y líderes naturales emergen de la masa justamente indignada. Nunca, hasta ahora, he visto más estudiantes reunidos en la explanada de L y San Lázaro; ni más belicosa la multitud que la colma y que ya la rebasa. Ya no cabe en la Escalinata, el edificio del rectorado, ni en el tramo de L desde Ronda hasta 27. Mella tiene ganado un lugar en la historia universitaria y nacional. Es una gloriosa figura de la epopeya cubana, un mártir sagrado de la patria. Mancillar su memoria es una ofensa imperdonable a nuestra nacionalidad y un nuevo motivo de rencor se une al odio contenido contra Batista desde el mismo 10 de marzo.

A media mañana ya somos varios miles los que avanzamos en bullente manifestación por la calle L rumbo a 23. La esbirrada de azul acude alarmada, pero no puede evitar que lleguemos hasta la céntrica esquina de 23 y L; allí, frente a Radiocentro, nos enredamos en una lucha campal con ellos, y un grupo aguerrido y temerario —entre los que reconozco a Papito y a Carbó— logra colgar un muñeco, que representa a Batista, del semáforo. Suenan los primeros disparos que, en medio del ardor que nos llena, no logran amedrentarnos. Es mi primera experiencia con los tiros, y les pierdo el miedo. A todas éstas, el tráfico ha sido detenido y en el trayecto de la universidad hasta aquí arden improvisadas fogatas. Con los primeros heridos nos replegamos lentamente hacia la Colina, protegidos por algunos estudiantes que abren esporádico fuego repeliendo la agresión de la policía batistiana. Los heridos son conducidos con premura al Calixto y la masa furiosa vuelve a concentrarse en la explanada frente a la Escalinata. Ya tanto L como San Lázaro están cubiertas de piedras, escombros y cuantos obstáculos a mano se han lanzado para impedir el tránsito de las odiadas perseguidoras. Las tapas de las alcantarillas son levantadas y echadas a rodar colina abajo, convirtiéndose en terribles proyectiles contra las fuerzas de la tiranía, que se repliegan por San Lázaro hacia la calle Infanta. Esto no tiene comparación con ninguna de las anteriores manifestaciones en que hemos tomado parte desde que se apoderó del poder la dictadura. Se extienden cables y alambres de acera a acera, cerrando las bocacalles. Y un gran carrete de cable, que se encontraba en una obra en construcción, es echado a rodar calle abajo. Estamos viendo, sintiendo, viviendo, la fuerza tremenda de una multitud que se lanza al combate.

Al mediodía nuestro número, en lugar de disminuir, se veía aumentado por gentes del pueblo que se nos unían. Se propone ir en manifestación hasta el Mausoleo de los estudiantes fusilados en 1871, allá en la Punta. Y es un río humano de varias cuadras de largo lo que baja rugiendo de la universidad, por San Lázaro. El Guajiro Barba, presidente de la FEU, sí va con nosotros, pero el resto de la dirigencia es sustituido por nuevas figuras, más a tono con la rebeldía juvenil que pide combate y no paños tibios. Comienzan a oírse gritos, prontamente coreados por la multitud de «¡ABAJO BATISTA! ¡ABAJO LA DICTADURA!» En el cruce de Belascoaín, la turba mercenaria falla en un nuevo intento por detener la incontenible columna; nos adentramos San Lázaro abajo, rumbo a nuestro objetivo. Por Malecón, paralelo a nosotros, podemos percibir el estruendo de las sirenas de los carros de bomberos y perseguidoras que corren, desaforados, hacia el Mausoleo de la Punta, a interceptarnos. Vamos a tener chorros de agua para refrescarnos. Lejos de intimidarnos por el aparatoso despliegue, apretamos el paso y ya casi es una carrera lo que emprendemos. Se oyen nuevas consignas:

«¡A PALACIO! ¡A PALACIO!» Y la que debe de causarle más pavor al tirano: «¡LA CABEZA DE BATISTA! ¡LA CABEZA DE BATISTA!» La distancia que nos separa del Mausoleo y, por supuesto, del Palacio Presidencial se acorta rápidamente con el veloz paso que, con bríos, asumimos. Cuando apenas faltan unas cuadras para llegar al paseo del Prado, vemos formarse una densa barrera de uniformes, que nos cierra el paso al final de la calle San Lázaro. Allí, en la intercepción con la calle Cárcel, varias filas de policías, soldados y marineros, todos con armas largas y respaldados por carros bombas y perseguidoras, se interponen a nuestra marcha.

La vanguardia arremete contra la muralla policial, que reparte golpes a diestro y siniestro. Se entabla la lucha cuerpo a cuerpo. Poderosos chorros de agua a presión nos son lanzados desde los carros *flushers.* En una oportunidad, las mangueras cambian de manos y los gruesos pitones se convierten en mazas revolucionarias que golpean a los esbirros. Con la experiencia de la mañana los primeros disparos hechos sobre nuestras cabezas ya no son nada nuevo para nosotros. Ante el temor de ser arrollados por la juvenil hueste, los batistianos dan órdenes de tirar a dar. En un momento, son más de diez los heridos. Entre ellos, el de mayor gravedad es Rubén, un muchacho del primer año de arquitectura. Su herida es fea, en el vientre, del lado del hígado. Hace sólo cuatro días que inauguramos el monumento a Mella, el que hoy amanece manchado y lava este muchacho con su sangre. El almanaque dice que hoy es jueves 15 de enero de 1953. La dictadura no tiene aún un año, y quizá tiene ya su Rafael Trejo. Este 15 de enero es el 30 de septiembre de mi generación. A partir de ahora todo será diferente...

1955

Estoy de listero en una obra a la salida de la ciudad de Santa Clara. Se construye la carretera que enlazará esta capital de provincia con la ciudad, el pueblo más bien, llamado Encrucijada. He llegado hasta aquí después de no pocos sofocones y de la forma más accidentada y brusca.

De tanto darle a la lengua, Benito cayó preso. Y cuando lo presentaron ante el Tribunal de Urgencia, todavía presentaba las huellas de la bestial paliza que le dieron. En casa de Juan registraron, al parecer por la delación del vecino marinero, el cual se enteró por el escándalo que dio la madre de Juan cuando descubrió nuestro *arsenal* –dos revólveres– debajo de la colchoneta. Las armas se salvaron de puro milagro y con ellas el depositario, pues el día anterior las habíamos trasladado –ante la alarma y segunda escandalera de la vieja– para la Clínica del Estudiante del Calixto, donde Juan quedó prácticamente asilado. Ante tal cúmulo de acontecimientos, ya no esperé más y como buen *comecaca*, fui a buscar la ayuda sagrada de la madre Iglesia. Pensaba encontrar allí protección y refugio. Aterrorizado por la violación del cristiano mandamiento de NO MATARÁS, fui a buscar el sacramento de la Confesión. El cura aquel lo que hizo fue mandar a buscar a la policía. Y si no ando a millón, me agarran rezando el rosario. La lección –otra más– me sirvió para exacerbar aún más mis sentimientos anticlericales y poner en definitiva crisis mi ya precaria fe religiosa: Dios no puede existir y tener unos servidores tan hijos de puta. Y si existe, es más hijo de puta que ellos mismos.

Al fin, después de veinte cabezazos, Galgueras me manda con un conocido suyo, que está de maestro de obras con un contratista realizando construcciones para Obras Públicas. Ministerio de Obras Públicas, toda esa gran cogioca, ese gran negocio en el cual unos pocos se enriquecen a costa del tesoro de la República. En este giro todo es chanchullo, robo descarado, reparto de botín a partes desiguales, dadas a cada cual acorde al apetito y tamaño del personaje. Se inflan presupuestos, se certifican como terminadas obras que nunca se comenzaron, se pagan materiales que no se entregaron, se cobran comisiones por doquier y a todo el mundo hay que «tocarlo» para que siga el negocio. A todo el mundo no, porque lo que es a los jornaleros, a ésos se les roba a mano armada el mísero salario que debían cobrar. Sus nóminas crecen, abultadas, con nombres inventados de personas inexistentes y se les adeudan atrasos, que son retenidos en los bolsillos de los magnates. A todo este mundo me iba a asomar yo cuando llegué, la fría mañana de un jueves, a la ciudad de Marta Abreu, a ocupar la plaza de listero en una obra del gobierno.

Una pequeña y típica capital de provincia, que despertaba tranquilamente de su tranquilo e imperturbable sueño, recogía el eco de mis pasos inseguros, de extraño, como de extranjero en mi propio suelo, y por ello, más ajeno. Ubicada en el centro de la isla, Santa Clara vive del tránsito de pasajeros y de unos pocos centrales azucareros situados en sus inmediaciones, única presencia industrial, que mal solventa la necesidad de empleo de su población. Viejos edificios coronados por musgosos tejados rojos, profusión de casas de madera, como desperdigadas a lo largo de tortuosas y estrechas calles, negaban las pretensiones de gran ciudad manifestadas alrededor de un centro: el parque con su inevitable glorieta y el infaltable Palacio Municipal, de corte bien romano, y los hoteles de mejor ver. Todo aquí es evidentemente pueblerino, provinciano, a pesar de una calle comercial, con decorosas vidrieras y algunos anuncios de neón; calle que termina, tras dos cuadras de trayecto, en un barrio de tolerancia, bajo el puente, a la misma entrada de la ciudad: el barrio de Majana; a contrapelo del ostentoso y fuera de lugar, como injertado, Hotel Cloris, remedo arquitectónico del habanero edificio América, con diez plantas y cine en los bajos, como aquél. Cine con aire acondicionado y grandes puertas de cristal, como los de la capital. Cine, al que aquí llaman «teatro». Todo es imitación de La Habana y evidencia fracasada del intento. La gran urbe cosmopolita está mucho más lejos que los trescientos kilómetros de una carretera central que, en lugar de unirla, parece separarla de ella con distancias galácticas. Aquí pienso sustraerme a mis líos hasta que se refresque el ambiente que dejé atrás, allá en mi Habana.

Lo desierto del paisaje provinciano y su sabor desconocido, agigantados en mis asombradas pupilas por las penumbras del frío amanecer noviembrero, se proyectaban con matices agoreros sobre mi futura vida. Allí, todo me era ajeno y yo era un extraño. Estaba solo y todo parecía desierto y gris alrededor. Un frío, gris y ondulado desierto donde arrastrar mi melancolía, y al que he venido a expiar, con este exilio, mi infracción al NO MATARÁS, mi gran culpa.

La Compañía Constructora Ingeniería Metropolitana, S. A., tiene arrendado un edificio en las afueras de la ciudad, que sirve de almacén, oficina y albergue de trabajadores como yo, emigrantes de otras provincias. Y allí me alojo. El edificio en cuestión es el local de una antigua panadería que ocupaba una construcción vieja y sólida, de dos plantas, con una pequeña estación gasolinera al frente. La planta baja está parcialmente ocupada por un minúsculo comercio de una sola puerta, expendio de café, cigarros y golosinas. El lánguido establecimiento es propiedad del dueño de la bomba de gasolina y servía de antesala a su miserable vivienda. Allí casi nadie echaba gasolina, teniendo modernos servicentros de la ESSO y de la TEXACO a pocas cuadras, en línea recta con la salida de Santa Clara a Sagua, haciéndole criminal competencia. De esta forma, comercio y edificio se conjugan perfectamente en un aspecto de miserable y ruinoso abandono, como espectros relegados, expectantes del tiempo que pasa y los consume. Completando el frente del inmueble, se abre un ancho portón metálico que da acceso al resto de la planta baja. Esta parte, dispuesta sin tabiques ni divisiones, es una amplia nave, que ocupaba antes la panadería y que ahora sirve de almacén de materiales para la obra. Atravesado a todo lo ancho de este portón, se extiende un mostrador de madera sin pintar, mesa de despacho de herramientas y materiales y buró de trabajo del almacenero, a la vez que valladar infranqueable para cualquier otro trabajador. Un letrero, lacónico y explícito, se encargaba de advertirlo así con dos palabras tan sólo: «NO PASE.» Desde el lado de allá de ese letrero iba yo a ver, en todo su descarnado dramatismo, la desesperación y la angustia del desempleo. No ya en jóvenes como yo sin futuro, sino en hombres curtidos, prematuramente envejecidos por tanto pasado de hambre. Padres de familia sobre cuyos hombros gravitaba la agobiante carga de mantener a mujer e hijos. Hijos, muchos hijos. Sin zapatos, harapientos, sin qué comer, con los vientres inflados por el parasitismo, en cuyas caritas sucias e inocentes se retrataba la incomprensión y el asombro por un mundo tan cruel y egoísta. Un mundo que les endurecía desde temprano, acortándoles la infancia y encalleciendo sus manos, encorvando sus espaldas y arqueando sus raquíticas y frágiles piernecitas. No, aquí no iba a darse el modelo de muchacha bien proporcionada o de muchacho a lo Charles Atlas. Estos niños famélicos, de pies desfigurados por el andar descalzo, de esqueletos no desarrollados, de encías tempranamente huérfanas de dientes, jamás constituirían «patrones» de belleza corporal, al estilo de las modelos y reinas de carnaval que acreditaban sus encantos al uso de tal marca de jabón, champú o pasta dental. Estas caritas sucias, llenas de asombro y de miedo, ciertamente no se lavaban con jabón Camay; estas cabelleras malolientes y enmarañadas de mugre, no usaban el champú Drene; y estos dientes inexistentes nunca se cepillarían ni con Kolynos ni con Colgate.

Cada amanecer, frente a aquel mostrador con su letrero de «NO PASE», se atropellaba, frenética, una turba enloquecida por la desesperación, pugnando, en fiera competencia, por lograr que un capataz displicente le diera el chance de coger un pico y una pala. Herramientas garantes de dos pesos y ochenta y ocho centavos, a cobrar el fin de semana. Eso significaba el privilegio de que un índice discriminante lo señalara como favorecido en el otorgamiento de trabajo ese día. Ese día sólo, sin compromiso para el siguiente. Un día tan sólo de trabajo. Trabajo duro, violento, a ritmo despiadado, bajo el sol inmisericorde, en pleno terraplén, con el estómago vacío; pero ya con la seguridad de un día de empleo pagado con aquellos 2.88 pesos para harina, manteca y frijoles, con los cuales calmar el hambre permanente de numerosa familia.

Aquellas imágenes, enloquecidas y desesperadas, las iba yo a guardar muy hondo, para compararlas con el fasto y la abundancia de las «clases vivas». Y aquellos rostros demacrados, sudorosos y desdentados, los colocaría al lado de la imagen plácida, de saludable rubicundez, satisfecha del empresario, del hombre de negocios. De aquel sudor, de la fatiga y el hambre, salía este frescor de agua de colonia cara, comprada en El Encanto. De aquellas camisas harapientas, de mezclilla barata, empapadas de lluvias y de sudor, cuajadas de parches y remiendos, salían los almidonados Dril Cien de Taylor y las sedas y los tules vaporosos de las *soirees* y los *tea parties* y los *baby shower* de la sociedad. Sí, estos rastrojos de camisas eran los antecedentes imprescindibles de las exclusivas de Jota Mieres; y el Yatch, el Biltmore y el Miramar tenían bien afirmadas sus bases de sustentación en Las Yaguas, allá en La Habana, y en El Condado y La Vigía aquí, en Santa Clara. Estas cavilaciones me acercan al pensamiento de Kino y aún negándome a compartir sus ideas, pienso que ahora me es comprensible que él sea comunista. En estas desesperantes visiones, en estos crueles contrastes, creo haber descubierto la clave, el camino que lo ha conducido a sus ideas, ¡Kino, cará! ¡Cómo pienso en ti! Yo, que allá en el Hemiciclo era tu antagonista más feroz, mi tocayo. También pienso en Irene; y no puedo más, ante todas estas aplastantes impresiones y le escribo una extensa carta, llena de contradicciones, que todavía no sé cómo hacerle llegar...

1956

Aquellas soledades de Santa Clara, si bien me acercaron algo a las ideas de Kino, no me hicieron comulgar con ellas. Era demasiada la carga de prejuicios que pesaban sobre una hoz y un martillo, demasiadas veces asociados al despotismo por cierto tipo de propaganda omnipresente, desde el cine a la tira cómica, desde el periódico responsable y objetivo al noticiero radial, del anuncio inocente a la polémica pública de los más furibundos liberales y demócratas. Así, cuando el acercamiento lo producía el choque con la realidad social, con la miseria de los más y la opulencia petulante de unos pocos, aquel extrañamiento, como en otro país dentro del propio, reforzaban una individualidad nacida del obligado protagonismo, prematuramente impuesto, en hechos sucedidos allá, en la lejana Habana, y que acababa de definir el aislamiento provinciano. Aquí estaba yo solo y solo tenía que bandeármelas. El tomar decisiones por mi cuenta, continuamente ejercido, era un derecho que mal se avenía con la disciplina que subordinaba el individuo al grupo. Fue así que, tiempo después y en otro pueblo, desconozco las directrices del Movimiento y decido subir a la Sierra Maestra, a unirme al destacamento recién desembarcado. Apoyado sólo en mi entusiasmo y en un escaso y elemental conocimiento de la geografía cubana, aquel intento no podía terminar si no en otro descalabro disparatado e infantil.

En los boletines de Ómnibus Interprovinciales se marcaban con negritas o tipos mayores las ciudades más populosas. Así, las capitales de provincias aparecían en mayúsculas y los pequeños poblados en letra mínima. Entre unas y otras destacábanse, con signos de mayor punto, otras «ciudades» de relativa importancia. Sabía yo que a las afueras de Santiago se encontraba el Santuario de la Virgen del Cobre, enclavado ya en la sierra del mismo nombre, ramal secundario de La Maestra. Era necesario, pues, para acceder a la sierra, llegar a las puertas mismas de Santiago; sin entrar, claro está, en la ciudad convulsionada por la toma audaz sucedida dos días antes del desembarco, y por ende, llena de guardias. Y en el listado del itinerario podía leerse. P. SORIANO con caracteres gruesos, antecediendo a la capital oriental. Hasta allá debía ir yo en busca de mi empeño. Me respaldaba Félix B. Caignet quien, en su archipopular novela *El derecho de nacer*, magnificaba un escenario de cafetales montañeses, la abrupta topografía de Palma Soriano. Pensado y hecho, cuando ya es público y notorio que la promesa de México ha sido cumplida. Que los que la cumplieron no sólo llegaron, sino que se han internado en la sierra, desacato la orden de permanecer localizable y me embarco en el primer ómnibus que se detiene a recoger pasaje en la Virgen del Camino. Cuando el conductor, ponchador y talonario en mano, inquiere mi destino, una sola palabra sale de mis tensos labios: «Palma». Mi juventud y la ausencia de equipaje para viaje tan prolongado, concitan la suspicacia de aquél que, mientras pica mi boleto, me mira, asombrado, como a bicho raro. Y es una curiosidad preocupada, de honda solidaridad humana, la que –sin proponérmelo– hago crecer en quien ha encanecido dando rueda a través de toda la isla, cuando paramos en Santa Clara y soy el único que no se baja; y me ovillo en el asiento y finjo dormir con la cabeza cubierta por el abrigo, respondiendo huraño al instante «hay tiempo para almorzar…».

¡Santa Clara! Hace apenas dos años salí de aquí *echando* y ahora esta media hora para almorzar que no pasa… ¡Si me agarran aquí…! Pero para llegar a Palma hay que pasar por Santa Clara. Como en mi vida misma, la llegada a un punto implicaba el paso obligado por anterior estadía. Era el retorno sin retorno. Era el volver sobre los pasos para continuar adelante, a lo desconocido. Estoy así, de nuevo –sin quererlo– en la Santa Clara que me vio de listero en aquella obra… Hace ya casi dos años…

Un jueves, casi dos años atrás

Mis obligaciones implican levantarme más temprano que nadie, tener preparadas las tarjetas donde anotaré los nombres y las horas trabajadas de los afortunados del día. También debo informar semanalmente al nominero, sumando mis anotaciones diarias, del total a pagar a cada cual. Estas responsabilidades me atraen numerosas solicitudes y atenciones que me dispensan gentes del más diverso pelaje. Indudablemente mis deberes conllevan determinado poder. Y me acosa lo mismo, tímido y humilde, el campesino menesteroso que no alcanzó la gracia de algún capataz, «por si usted puede hacer algo…», que la tarjetica elegantemente impresa del concejal o la taimadamente amenazadora del teniente jefe de puesto, que me manda sus saludos y me dice que «en la primera oportunidad vendrá a conocerme». Todos creen que mis influencias y poderes son mayores que los reales. Y vienen directamente o llueven las recomendaciones. Parece que al ingeniero de la obra debe ocurrirle peor, pues frecuentemente, con marcado disgusto de su parte, me da instrucciones de incluir a fulano o a ciclano, aunque no sean elegidos por los capataces, que son, en definitiva, los que tienen la facultad de seleccionar al personal y con ella, al verdadero poder.

Cautelosamente, valiéndome de mis aparentes influencias para otorgar trabajo y repartir plazas a voluntad, voy haciendo mis primeras exploraciones. Me voy enterando de quién es buena gente y quién es más batistiano que Batista. Lo hago con cuidadosos tanteos, donde nunca hago comentarios reveladores de mis ideas, esperando siempre que sea el otro quien descubra primero sus cartas. Al cabo de unas semanas, ya me creo que tengo de la mayoría una ubicación política definitoria.

Otra gran oportunidad se presenta los días de cobro. Entonces, embriagados por la alegría pasajera que produce el pequeño sobre de manila, que se vacía casi el mismo día, los hombres van de juerga y se vuelven más comunicativos. En esos días, entre cervezas y dominó, se van haciendo amistades. Y se van conociendo modos distintos de pensar y juzgar la actualidad. Hay gentes que se me acercan y otras a las que soy yo el que me acerco. Hay multitud de matices e intenciones. Suceden desplayamientos extemporáneos de franqueza y total confianza y afloramientos de recelo y reticencia. Y en ese peligroso mar, voy flotando yo, el nuevo listero.

Guillermo, el más joven de los capataces, con apenas treinta cumplidos, recio, curtido por el sol y de pocas palabras, a quien en más de una ocasión he sorprendido observándome con recelo, es de mis nuevas relaciones una de las más prometedoras. Por vecindad de literas en el albergue común, por jóvenes y por extraños en la ciudad, hemos compartido juntos salidas cerveceras de días de cobro y torneos de dominó. Es oriental y al yo jaranear un día sobre los motivos que habría tenido para salir de Oriente, se quedó sombrío y sólo le salió un pensativo: «¡No ande ahí, compay!» Esto fue rápido, pues se recuperó enseguida, pidió repetir nuestras cervezas y cambió de conversación de lo más rampante. Además de la advertencia intercalada, que puede significar tanto, hay algo raro en él. No es de Santa Clara, pero se la conoce como si lo fuera. Y en nuestras salidas le saludan muchas gentes que él trata de evitar. Otro detalle interesante, siempre está cuchicheando algo con Manolo, el tintorero, que una vez por semana nos da servicio «a domicilio», recogiendo nuestras mudas sucias y trayendo las lavadas y planchadas en perchas que transporta en una motoneta acondicionada como pequeño camión de reparto. Manolo sí es de aquí, y es todo lo opuesto que se puede imaginar a Guillermo. Hasta en el físico parece su contrario. Sonrosado, con tendencia a la gordura, siempre sonriente, dicharachero y jodedor, todo en él es contraste con el enjuto y circunspecto Guillermo. Y uno no puede explicarse qué de común podría unirlos en continuos cabildeos. Sin embargo, ambos se quedan callados las oportunidades en que llego y los sorprendo en sus paliques allá, al fondo del pasillo que da al albergue. Un día, mal se me ocurrió dirigirles un saludo socarrón de: «¿Cómo andan los conspiradores?», y me contestaron con unas caras y un silencio idénticos, que entendí como si quisieran retorcerme el pescuezo. Se me heló la sonrisa de guasa y una vez más comprendí que había hecho otra de mis estupendas comemierdadas. Con estos dos no se puede bromear así.

Otro personaje, que acude a mi ansiedad de establecer contacto con gentes del Movimiento, es un tipo bastante contradictorio, que trabaja eventualmente como peón y que aparece de vez en cuando rondando el terraplén, aunque no esté trabajando. Todo en él desmiente al jornalero rudo que pretende encarnar. Se llama Jesús y dice ser hijo de un juez, con el que lo distancian problemas de orden político. Se muestra demasiado comunicativo y servicial y es confianzudo en extremo. De palabra fácil, reveladora de una instrucción más que mediana, este hombre podría aspirar a otro trabajo mejor remunerado que el de simple peón. Algunas noches, cuando ordeno y sumo las tarjetas de jornales sobre el mostrador del almacén, se me aparece y aún a mi pesar me ayuda a sumarlas, las ordena consecutivamente y se me hace útil la ayuda no solicitada; mientras tanto, habla sin cesar y sin ningún recato, dando por seguro que yo soy un revolucionario. Este hombre o es muy arriesgado, o es muy ingenuo o algo se trae con su escandalosa indiscreción. La desconfianza que me despierta se la hago bien evidente en respuestas ácidas y raspantes, pero él no se da por enterado y sigue. Para él, yo soy un estudiante de La Habana, y no hay otra respuesta a mi presencia aquí que los líos en que me metí allá, en la capital. Cuanto más hermético me muestro, más interés despierto en él y más sumiso se vuelve en sus atrevidos ofrecimientos: «Si yo quiero...», me propone, audaz. Él puede contactarme con Quintín Pino, conocido líder estudiantil ligado al 26 de julio, muy popular aquí, en Santa Clara. Mi locuaz Cicerón sabe dónde vive Pino y, aunque la casa está vigilada continuamente por la policía, según él, «Quintín sigue de lleno en la cosa». Ya una vez yo lo había echado del almacén en forma violenta, cuando me ofreció bonos del 26; y le había dicho que fuera a limpiarse el culo con sus bonos, que aquello era una oficina del gobierno y a mí no me interesaba la política. Pero este último ofrecimiento despertaba mis dudas. La oportunidad de contactar podía escapárseme por un exceso de precauciones, a la vez que ya era hora de descartar, de una vez por todas, a este personaje tan paradójico. Y a fin de salir finalmente de dudas con respecto a Jesús, decidí aceptar el ofrecimiento y acudir a la cita que él arreglaría con Quintín Pino.

Para mi asombro, Jesús me informó de que iríamos directo a la casa de Quintín, sin anunciárselo previamente y burlando, a hora adecuada, la vigilancia que sobre el lugar se mantenía. Él se encargaría de esto último y de conducirme ante la presencia del líder, a quien me presentaría. La entrevista se llevó a cabo días después, en un clima de tensión inexplicable para mí. Quintín nos recibió como a marcianos en la sala de su casa, sin siquiera mandarnos a sentar. De nada valieron mis palabras de ardor patriótico, ni la relación de mis conocidos dentro del Movimiento allá, en La Habana; ni mi disposición a integrarme a los grupos que operaban aquí, en Santa Clara, para lo que fuera. Tenso, pero firme, Quintín se paró en sus trece: él no estaba metido en nada. Todo se hallaba desarticulado después de infortunados intentos, hechos de forma insensata, antes de Fidel y los suyos haberse ido para México. Ahora ellos estaban viviendo bien allá, a resguardo de los peligros de aquí; y él, Quintín Pino y Machado, no iba a irse para México, iba a seguir viviendo y estudiando en Santa Clara. Por todo ello, permanecía al margen de todo. Además, «todo había quedado desorganizado ante el exilio de los principales. Nada podía ni debía hacerse».

Semejante parrafada aumentaba mi turbación y desconcierto. Apenas podía creer lo que estaba oyendo. Aquel, *aquello* que así hablaba, ¿era el famoso líder estudiantil de los villareños? A la perplejidad sucedió una indignación furiosa. Y cuando se lanzó a aconsejarnos «cordura y tranquilidad», lo mandé para el mismísimo carajo y, dando por terminado el encuentro, abandoné su hogar con un fuerte portazo.

Caminaba por la acera, furioso, sin hacer caso de Jesús que, apresurando sus pasos para seguirme, trataba de calmarme, justificando a Pino, a quien achacaba lógicos recelos. Así, me entero con estupor de que Jesús sólo conocía a Quintín de vista, que nunca se lo han presentado y menos aún ha tenido relación alguna con él; y entonces toda mi rabia y confusión se vuelven contra este gordo servil que yo no sé lo que se trae. No sé con qué amenazarlo para que me deje y le digo que, en lo que a mí respecta, no volveré a coger un solo día en la obra. Así, de esta forma, yo también utilizo el fantasma del desempleo como el más terrible castigo. Curiosamente no parece afectarlo mi amenaza.

Durante tres semanas no salgo los días de cobro y rechazo los ofrecimientos de Guillermo, que me convida, pues «debemos divertirnos». Noto, en medio de mi huraño alejamiento, que éste me observa curioso y burlón, más que de costumbre.

—¿Qué bicho te habrá picado, habanero?

—Nada, que quiero ahorrar y las puterías no dan nada. Prefiero quedarme leyendo y ya —le respondo, hosco, y él se marcha sonriente y fresco, mientras yo quedo solitario en el albergue desierto por el 20 de mayo, día de asueto.

Hoy se cumplen 52 años del nacimiento oficial de nuestra República. ¡Qué República! Jesús no ha vuelto por la obra y comienza a pesarme haberlo tratado tan duro. Y la curiosidad del oriental este y lo solícito que se vuelve, aumentan mi mal humor. Este aislamiento es desesperante, me hunde en conjeturas. Pienso en los compañeros que dejé allá, en La Habana, donde todos nos conocíamos. Allá, aquel *allá,* tan contradictoriamente distinto al *aquí,* donde todo es desconfianza paradójica, en un clima provinciano en que todos «deben» conocerse.

Acostado en mi litera, con las manos bajo la nuca, mirando al techo, a quien parezco interrogar, me sorprende Guillermo, que había salido muy arreglado, como de rumba. Ahora vuelve inesperadamente con una sonrisa afectuosa y una botella de Bacardí en la mano. Arrima una silla, en la que se sienta a horcajadas y se pone fraterno y comunicativo, mientras esboza una sonrisa que no acabo de entender. Cuando empiezo a admitir el gesto como consolador y amistoso, cuando le he aceptado el trago de la botella que me tiende, me hace saltar como por resorte una pregunta escalofriante y absurda, como un disparo, que me espeta sentencioso y bajito para que sólo yo lo oiga, prevención innecesaria, pues esta noche de juerga estamos solos en el albergue vacío:

—¿Qué tú quieres con Quintín Pino, habanero...?

Le miro a los ojos, fijo, y recibo de lleno su mirada penetrante, inquisitiva, en un rostro que ha vuelto a su severidad acostumbrada y donde percibo, en lampo amenazante, un destello instantáneo y sombrío. Los pensamientos se me entrecruzan con velocidad inalámbrica. Si de algo estoy seguro, es que Guillermo no tiene nada que ver con Jesús, y yo no he hablado de esto con él ni con nadie. Entonces... ¿cómo sabe de mi visita intempestiva a la casa de Quintín...? Más que turbación muestro asombro anonadante, que me aplasta al oír la voz que, más que interrogarme, me aclara situaciones y hechos hasta ese momento incomprensibles. Me reconviene por lo ingenuo que soy y me muestra, al fin, la figura del verdadero hermano en quien confiar.

—Yo ya se lo había dicho a los muchachos: que tú eras ajeno al *cocinaíto* de ese cabrón. Que lo que eres muy comemierda y que te estaba usando de mingo para llegar a *nosotros*.

Nunca el pronombre «nosotros» ha sido tan cálido y agradable para mí, aunque la misma voz me juzgue con todo el rigor que merezco. Me entero así de que Jesús es un conocido chivato agente de la inteligencia batistiana, que frecuenta el cuartel del SIR, que es el Servicio de Inteligencia Regional, versión provinciana del tenebroso SIM del que guardo nada gratos recuerdos, que debido a mi imprevisión y falta de juicio, no sólo he colocado en posición difícil al jefe del Movimiento en la ciudad, sino que he hecho recaer sobre mi persona y mis intenciones las más indignantes dudas, que hace tiempo la Organización me venía evaluando, que le sorprendió a todos mi temeraria irrupción en casa de Pino, y acompañado nada menos que por Jesús, y que no poco trabajo le ha costado a Guillermo defenderme de las terribles acusaciones en que se me envuelve.

Cuando le hago notar a mi amigo las semanas que han transcurrido sin que me vea molestado ni hayan ordenado mi arresto, una vez descubiertas por mí mis motivaciones, recibo otra andanada de merecidas recriminaciones: «¡Si serás vaina y estúpido! ¿Tú no ves, que lo que a ellos les interesa es Quintín y la Dirección del Movimiento; y no tú, que no pintas nada en esto? Si ya yo se lo decía al propio Quintín, que tú eras un bicho raro; que más comemierda que tú, había que mandarlo a hacer. Si no cambias compay, va a ser muy difícil que te aceptemos. Eres en verdad peligroso, pero por lo chiquillo que eres…» Esta última advertencia, la posibilidad de ser rechazado, y la necesidad apremiante que siento de dejar clara mi posición en el incidente, me vuelven lo mismo suplicante que exigente. Demando que se me dé una oportunidad. Suplico. Hablo de ajusticiar al hijo de puta de Jesús. Pido, exijo, que me prueben en lo que sea. Exhibo en detalles ampliados mi «largo historial», que relato con voz entrecortada a mi, ahora paciente, interlocutor. Guillermo me serena y me ordena mantenerme tranquilo, no hacer nada por mi cuenta. Y esperar instrucciones.

1956, *un jueves de diciembre*

¡Esperar instrucciones! Desde el mismo 10 de marzo estamos *esperando instrucciones.* Sí, aquella misma mañana en la Colina ésa fue la frasecita que más se escuchó. Yo creo que desde entonces me cae mal esa orden. Me sabe a quietismo. Quietismo incompatible con mi ansiedad y esta movilidad enervante que me exigen acción rápida y definitoria. Quizá es dejar escapar el momento propicio, preciso, esperando el momento ideal, que puede no llegar nunca. Por eso desoí –una vez más– la orden de Guido, allá en el Cotorro; y ahora estoy en este ómnibus que traga kilómetros, acercándose ya a Camagüey, donde habrá otra parada para

comer. Estas paradas son ocasiones suficientes –para mí inoportunas– para trabar conocimiento entre pasajeros y tripulantes, forzados a una cercanía impuesta por la distancia que han de recorrer juntos. Paradójicamente la diversidad de destinos unifica a extraños hasta ayer en lo que ahora es un grupo, que se identifica entre los viajeros de otros ómnibus. Surgen efímeras relaciones y se traba conocimiento sobre destinos y móviles, que los más extrovertidos hacen públicos con desenfado. Hay de todo en esta Arca de Noé, y de los herméticos y aislados ya saben los demás detalles obtenidos no se sabe cómo y que divulgan muy ufanos los más enterados. Noto con alarma que soy objeto de especial curiosidad, acrecentada por mi solitaria permanencia dentro del carro en Santa Clara, donde no me bajé ni para hacer pipí. Y es la vejiga recargada y las rugientes tripas vacías las que me empequeñecen el obligado encierro y me alargan el tramo todavía a recorrer. Aquí se habla de todo menos de los más recientes sucesos de Oriente que, por complicidad tácita, todos envuelven en reticencias. A la pregunta de si soy de allá o tengo parientes en la población de destino, contesto con lo que me parece la más verosímil leyenda: voy a pasar las navidades con mi familia. Respuesta que, para mi desgracia, acaba por convencer al preocupado conductor de lo que sospechó desde el primer momento.

–¡Mire, usted no conoce a nadie en Palma! Porque por una curiosa casualidad yo vivo allí. ¡No, no me discuta! Tengo edad para ser su padre y sólo quiero ayudarlo. Cuando lleguemos a Bayamo, si hay algún lío y suben guardias registrando, usted es un hijo de mi hermana, que va para mi casa en Palma. Para allá va usted, que yo debo llevar el carro hasta Santiago y pasar mañana, al mediodía, de regreso para La Habana. Aquí tienes –me dice, tendiéndome un papel y comenzando inesperadamente a tutearme–, mi dirección, a dos cuadras del parque; y el número del ómnibus en que viro para La Habana, por si necesitas algo…

Todo lo suelta como un sermón paternal, mientras compartimos la mesa con el chofer, que asiente, en el restaurante, más bien fonda, del paradero camagüeyano. El papel, clavo ardiente del que me agarro y que recibiéndolo me hace reconocer lo que han adivinado, es también aceptación de la protección que me brindan y que admito agradecido. Es una simple hoja de una libreta de notas la que se eleva a testimonio de la más sensible solidaridad humana y en la que leo:

Pedro Rodríguez
calle Estrada Palma, n.º 5.
Palma Soriano

Clara:
Ahí te mando al sobrino. Regreso mañana
mediodía carro 314.
Besos,

PEDRO.

VICENTICO

Mi padre es el clásico *sobrín* que vino de España a ayudar a
su tío, que era dueño de una bodega. El tío lo explotó de lo lindo, pero él dice que lo hizo hombre. Aunque en Cuba a todos los
españoles les dicen gallegos, mi padre sí es gallego de verdad, de
un lugar de Galicia llamado Oleiros, de donde salió sin conocer
Madrid directo para La Habana. Cuando el tío murió, mi padre
heredó una vieja bodega en la parte baja del Cerro, con mucha
marchantería, casi toda de fiado y un montón de deudas con los
almacenistas. Él pagó las deudas y compró un comercio similar,
pero más pequeño y con mejor clientela, aquí mismo en la calle
Refugios, frente al Café Palacio, que es de un paisano de él y que
fue tan amigo de su tío, que nosotros lo consideramos familia
nuestra. Mamá trabajaba como doméstica en la casa de una familia de plata, que vivía en la casona esa que hace esquina con Prado, la de las rejas enormes y que tiene un león de bronce como aldaba en la puerta. Cuando mi madre y mi padre se casaron,
alquilaron los altos de la bodega, porque mamá se negó a vivir en
la trastienda, donde siempre vivió papá. Mi madre es el verdadero poder, el que no se muestra, y la verdadera domadora de mi padre, a quien muchos consideran una fiera. Esta fama le viene por
lo hosco y huraño y por la fama de brutos que tienen todos los
gallegos. Y es verdad que se gasta un genio de los mil demonios
y se pasa el día con la cara de tranca y refunfuñando bajito y diciendo *rediez,* que es su palabra más usada. De las pocas que
usa, pues, por lo general, habla poco. A él le basta mirarlo a uno,
así; y ya uno se imagina todo lo que podría venir atrás de esa mirada. A mí me ha llevado siempre recio, me ha tratado siempre,
desde chiquito, de usted, y yo nunca lo he tuteado, como veo que

hacen otros muchachos con sus padres; y lo he tratado siempre, como él a mí, de usted. Así crecí, sin sentir por él cariño, sino respeto y miedo. Pero cuando fui haciéndome un hombrecito, me di cuenta de que todo era pantalla, que se hacía de piedra, porque como él dice: «el que se hace de miel, con el dedo se lo comen». Así, cuando hubo que operarme la apéndice en la Benéfica, había que verlo lo poquita cosa que se puso. Hasta se le aguaron los ojos. Creo que fue la primera de las pocas veces que me ha acariciado, cuando me pasó la ruda mano por el pelo, en mi cama de convaleciente y me miró con otra cara, angustiado, para decirme sólo: «Está bien ya, ¿eh?» Y ni allí me tuteó.

Pero una cosa es el genio y otra el carácter. Para carácter fuerte, mi madre. Ahí, donde todo el mundo la ve tan dulce, tan calladita y aparentemente siempre sumisa a lo que ordene mi padre. Y es todo lo contrario. Ella sí es de hierro. La que lleva los verdaderos pantalones es mamá; y es ella la que administra, con mano dura, nuestra economía. Ella decide lo que hay que comprar y cuándo hay que comprarlo. Con ella el gallego se vuelve un corderito de mansito y enseña su verdadera cara. Con mamá, mi padre es tierno, dulce y cariñoso. La trata con respeto y devoción, solamente comparables a los que ella misma siente por él; y le habla bajito, tan bajito, que apenas es un murmullo y sólo ella lo entiende. Si mamá se enfada, aunque sea nada más que un poquito, ahí mismo es donde el gallego no sabe dónde meterse, como si le tuviera miedo. Eso yo nunca lo he entendido, porque tenerle miedo a mamá no me lo explico, si ella es todo dulzura y dedicación. Ella vive para nosotros dos. Y ayuda a mi padre con la vida misma. Nuestra casa siempre está pulcra y limpia, todo ordenado; y en ella, cada cosa tiene su sitio y hay un sitio para cada cosa. En el suelo de mi casa se puede comer de lo limpio que mamá lo mantiene. Y mi padre cuida esa limpieza y se descalza, al entrar, en la misma puerta, cuando sube de la bodega. Allí es donde tendrían que verlo todos los que le temen y lo tienen como un ogro, para que vieran cómo es de verdad.

Lo que decía del carácter de mamá: hay que entenderlo; para eso hay que verlo como sólo yo lo veo, desde dentro. Mamá es un espíritu enérgico y emprendedor. Por ella mi padre amplió y modernizó la bodega y le puso *lunch* y refrigerador de cuatro puertas. Pero mamá no impone sus decisiones. Ella decide, pidiendo. Y pide de una forma como ella sólo sabe hacerlo. En la mesa, bajito, como si estuviera pensando en voz alta, mamá expone la conveniencia de algo, lo bueno que sería adquirir aquello o lo otro. Lo hace razonando y siempre convence a mi padre, que al final toma la decisión. Así pasó cuando me compraron los muebles de mi cuarto. Hasta entonces yo solamente tenía una camita de niño de media baranda y un escaparatico. Ella razonó que «nuestro hijo necesita un buró con su silla y su lámpara, porque va a estudiar y por lo mismo, dos grandes libreros, para que guarde sus libros y no se le empolven y un sillón para estudiar también, y una cama mayor, pues ya en la que tiene apenas cabe, además que ésa es de niños y ya va siendo un hombrecito y además estudioso...». Así *razonó* en voz alta mamá, pero despacio y bajito. Y a la semana, ya yo tenía mi cuarto amueblado, tal y como ella previó. Ahí fue donde aprovechó Roly y me hizo guardarle en mis libreros toda una colección de literatura sucia, de esa de relajos, que si se la cogen en su casa... Y aquí mis libreros tienen llave y las llaves nada más que yo las tengo. Aunque esto está de más, pues en mi casa me respetan mis cosas y así me han enseñado a respetar lo de los demás. ¡Las cosas que uno hace por los amigos! Ahora resulta que el dueño de la famosa colección soy yo. Y vienen todos a leerla, claro, los domingos por la tarde, cuando mis padres no están. Que cuando ellos regresan, todos se van y queda como que hemos tenido una sesión de estudios. De cruzarse en las escaleras con ellos, mi padre se los conoce a todos, a cada uno por su nombre. Sin embargo, a todos les dice pilletes, malandrines, rapaces y otras lindezas, que sólo yo sé que es de cariño. Cariño gallego.

Mi madre mima a mi padre como a un niño chiquito y yo, algunas veces, hasta me pongo celoso, como si él fuera otro hijo de ella y no su marido. Pero no lo mima con ñoñerías, no. Lo hace de forma muy especial que nada más ellos entienden. Mamá hasta le corta las uñas y le lava la cabeza, y por ella él se afeitó el bigote y dejó de usar boina. Cuando salimos los domingos, ella escoge la ropa que él se va a poner, igual que me la escoge a mí.

Nuestra ropa la atiende la misma mamá que la lava, la almidona, y la plancha, dedicando para ello un día fijo en la semana para cada actividad. Así, hay un día para lavar, otro para almidonar y un tercero, en que se plancha. A nosotros nunca nos falta un botón ni tenemos nada descosido, porque todo en casa es orden, debido a ella y sus constantes desvelos y trajines. Parece una hormiguita, siempre trabajando. Ella no se da descanso y los domingos, después del almuerzo, cuando mi padre duerme la siesta, baja a vigilar el negocio, que aunque a esa hora del día tiene poco movimiento, «el ojo del amo engorda el caballo». Entonces mi padre duerme una corta media hora, luego baja y permanecen allá abajo, tras el mostrador, los dos juntos, hasta la hora del cierre. Cosa innecesaria, pues las tardes de domingos, si vienen tres o cuatro a comprar algo, o alguno que otro a darse un trago, es algo excepcional. Y para atender la bodega un solo dependiente sería más que suficiente y hasta se aburriría. Pero eso es como una distracción que los dos disfrutan cada domingo.

Sí, aunque clara, mi madre es mulata. ¿Y qué? Todos los cubanos venimos de una mezcla de negros con españoles. Y éstos llegaron aquí ya mezclados, que cinco siglos de dominación mora no fueron en balde. Un día Roly se equivocó de a medio y me lo tiró como un insulto y por poco hay que llevarlo a la casa de socorros. Fue la riña más grande que hemos tenido y tuvieron que quitármelo de abajo, porque si no… ¡Mira que esgrimir eso, como un insulto, como si aquí alguien fuera blanco de verdad… y como si ser blanco fuera lo mejor que se pueda ser! Cuando hay cada blanco por ahí… ¡Y nada menos que Roly, jumh! Con el padre trapizondista que tiene, marañero, jugador, y siempre debiéndole a mi padre, que no le gusta fiar y que si le fía a ellos es porque mamá se lo ha pedido así, como pide ella las cosas: «Vicente, si son nuestros vecinos más cercanos.» Y ya se sabe que cuando mamá *pide* una cosa… Pero bueno, a pesar de todo, Roly es mi amigo desde que tengo memoria y a cada cual hay que soportarle sus malcrianzas. Que en definitiva son culpa de los mayores y el pobre Roly no ha tenido ni la mejor crianza ni el mejor ejemplo.

Cuando en la escuela empecé a aprender historia de Cuba, en sus rudimentos se me armó tremenda confusión, pues los españoles eran los malos y los mambises cubanos, los buenos. Y yo me sentía medio español por mi padre y más que cubano por mamá. Cuando le fui con mis dudas, le pregunté si él había fusilado a los estudiantes, mi padre me miró muy serio pero no bravo, sino medio triste, y me dijo que él no había fusilado a nadie en su vida y que para esas cosas fuera adonde mi madre. Desde entonces creo que me viene el interés por la historia, sobre todo la historia de nuestra nacionalidad, que es mezclada, como yo. Y cuando digo nacionalidad, no pienso sólo en la cubana, sino que creo firmemente que, por igual origen y destinos parecidos, es una sola la de la América española. La asignatura historia la he estudiado con gusto y regusto y en cada episodio encuentro una reafirmación de mi cubanía y americanidad. Cubanía de buen cubano, no como otros, que sueñan con convertirse en americanos, pero entiéndase, en *norteamericanos*. El mejor ejemplo que me da la razón es el Apóstol Martí: nuestro Apóstol, cuyos padres, los dos, eran españoles. Nuestras luchas independentistas fueron más guerras civiles que de cubanos contra españoles. Ahí están los guerrilleros, que naciendo aquí defendieron a la Metrópoli, mientras que españoles como el catalán Miró Argenter o el gallego Suárez llegaron a generales del Ejército Mambí. Por todo ello, yo soy tan cubano como el que más. Y mucho más que esos que andan imitando todo lo del *norte* y que serían los guerrilleros de hoy, si hoy tuviéramos una nueva guerra de independencia.

VIERNES, MUCHOS VIERNES

¡Adiós fantasía mía!
¡Adiós, querida compañera, amor mío!
Me voy, no sé a dónde ni hacia qué azares,
ni sé si te volveré a ver jamás.
Adiós, pues, fantasía mía...

WALT WHITMAN

Anoche dormí en la Clínica del Estudiante del Calixto; ante-anoche en casa de Carlos y la noche anterior me metí en una funeraria y, sumándome al velorio más nutrido, pasé toda la noche dándome sillón, confundido entre los amigos y dolientes de un desconocido finado. Durante el día puedo pasar las horas en un cine o dando vueltas en la Ruta 43, que es la que tiene el recorrido más largo: desde lo último de la Lisa, allá, al lado del Sans Soucí, hasta la Estación Terminal de trenes; pero de noche ya no sé dónde meterme. La Habana se me hace chiquita y mi permanencia en ella no me augura nada bueno. Me buscan y bien buscado desde la gran ayuda que me brindó la Santa Madre Iglesia. Por cuenta de aquel cura, ya me relacionan con lo sucedido en Jacomino y me tienen bien ubicado. En mi casa se aparecieron y aterrorizaron a mamá, viraron todo al revés y se fueron, como llegaron, entre groserías, violencias innecesarias y siniestras amenazas. A mis amigos no es aconsejable que los visite, por lo menos a los más cercanos. Y si fui a lo de Carlos es porque él vive bien alejado de nuestro barrio. Y así y todo no es conveniente, a pesar de sus ofrecimientos, repetir la osadía. Por todo ello me le cuelo en el trabajo a Galgueras, casi a la hora de la salida y le cuento todo. Comprensivo, me lleva a casa de Josefina, su novia; a la misma casa donde acudía a que me enseñaran, los dos, dibujo técnico. Sorprendido, me entero de que ya no son novios, sino esposos, y que puedo y debo quedarme esta noche aquí. A la mañana siguiente quedo solo, confinado en el pequeño apartamento de la calle H en el Vedado, esperando el regreso de mis amigos, que marchan al trabajo con la promesa de traerme alguna solución a la vuelta. Fraternalmente solidarios, los dos concuerdan en que debo salir de La Habana cuanto antes y cuanto más lejos mejor. El problema es ¿a dónde? Ambos han hecho suyo mi problema y cuando se van, tras miles de recomendaciones, entre ellas que duerma lo más posible, este joven matrimonio se ha convertido en mi gran esperanza, mi tabla de salvación.

Cuando retornan al caer la tarde, me entero de las gestiones realizadas por Galgueras y su fruto inmediato: un amigo suyo ha sido consultado telefónicamente, y desde Santa Clara promete reservar el puesto de listero en las obras de una carretera que se construye allá. El puesto será mío, gracias a la recomendación de Galgueras, del cual ha dicho soy primo. Cuando él y Josefina me preguntan si tengo dinero para marchar a Santa Clara de inmediato, les respondo que sí, por pena de aumentar, aún más, la carga que les he significado y todo lo que ya por mí han hecho. Mis recién casados protectores se están *comiendo un cable* y sería muy desconsiderado por mi parte gravar, arriba de todo, su raquítico presupuesto. Salgo, pues, a la calle de nuevo, repleto de buenos consejos y con un destino ya definido. Pero antes debo conseguir dinero. Dinero para el pasaje y para los primeros días de estancia allá. De lo que me liquidaron en la colchonería, nada más me quedan tres pesos y algo de menudo, y solamente el pasaje hasta Santa Clara cuesta como cinco pesos. ¡Coño, y a pie no puedo ir!

Después de varios días de peregrinaje absurdo, en que todas las opciones, aun las más descabelladas, las he ido probando (desde la de irme de polizón en una casilla de ferrocarril, hasta la más peligrosa de pedir aventones o botellas a la salida de La Habana), compruebo con alarma que, aun alimentándome con fritas de diez quilos, guarapos de tres y masarreales de dos, mis reservas disminuyen erizantemente, que no consigo aumentarlas de ningún modo y que corro el riesgo, al pasar los días, de que le den a otro la plaza que no pueden reservarme indefinidamente. Mis amigos del barrio están en *la prángana*, igual o peor que yo, y para verlos me tengo que meter en una zona para mí prohibida por el momento. Al pensar en el barrio, me viene la imagen de la bodega del padre de Vicentico, La Flor de Oleiros, y la de Vicen, devenido bachiller-dependiente. Y como no tengo otra elección, hacia allá me encamino.

Colgantes ristras de ajos custodiando las puertas que dan a la trastienda, pencas de bacalao salado, sacos parados, que muestran en sus abigarradas panzas el colorama de los frijoles negros, blancos y colorados. Los estantes de laterías y, a un extremo, alineados en perfecta formación, los pomos de confituras, caramelos y golosinas que tientan a la chiquillería. Eso sí, bien alejados del otro extremo, donde, encima de un refrigerador de cuatro puertas y delante de un gran espejo que las multiplica, hacen filas las botellas del Casalla, del Jacinto Rodríguez, del criollo y popular Peralta, en vecindad promiscua con los aguardientes más baratos y con los Agustín Blázquez y Pedro Domecq. Están también, separando los extremos dedicados a la inocencia y al vicio, los pomos de aceitunas y el jamón pierna que se guarda junto al cuchillo largo y delgado, dentro de la pecera trapezoidal que dice en nevado: «LUNCH.» Y es por esta frontera del bar-cantina que me arrimo con mi solicitud, anunciada previamente por teléfono. El «ven para acá», después de oído el relato sintético de mi problema, me hace despreciar el peligro de volver al barrio, tras la certeza de haber encontrado, al fin, quien me propiciará la llegada a Santa Clara. El Vicen no falla. Después del saludo, cuya frialdad niega la inteligente mirada de entendimiento, es el servirme una cerveza que no he pedido y a la que acompaña un platico con dos lasquitas de jamón y cuatro aceitunas, saladito espléndido, solamente reservado para los clientes de *altura*. Lo hace todo rápido, profesionalmente y fingiendo haber cobrado, marca en la caja contadora, de donde extrae mi vuelto, que me entrega, quizá un poco nervioso. La clandestina operación no ha pasado inadvertida a los ojos atentos, enmarcados en un rubicundo rostro sudoroso, de expresión habitualmente hosca, de quien parecía ajeno a lo que no fuera atender a su marchantería: pesar arroz, responder a una queja con un denuesto, echar a andar el molinillo de café y cortar exacto el trozo de tasajo, que luego pesará la justa libra; todo en un continuo movimiento, que no obstante, parece calmado. Me doy cuenta de que, desde el otro extremo, está atento a toda la manipulación que ha hecho su hijo. Así que recojo mi vuelto y me apresuro a marcharme, no sin antes susurrar un «gracias, Vicen», que más que agradecimiento es una despedida y un «perdóname por lo que ahí te dejo». No he caminado dos pasos, cuando me paraliza el vozarrón autoritario:

–¡Eh, *ussté*, Juuaquín, venga acá un *momentu*!

Realmente no ha gritado, pero su metal de voz y lo alto que habitualmente habla, cuando habla, son más que suficientes para que sea la desanimada imagen de la culpa la que vire en redondo y se acerque, lentamente, de nuevo al mostrador. Del otro lado, él también se acerca, plantándoseme enfrente con las manos en jarras, inquiriente, sin palabras ni imprecaciones que espero, como después del relámpago se espera el retumbar del trueno. Y son los dos brazos, abandonando las caderas, los que ahora apoyan el poderoso torso sobre el mostrador, en un gesto que deja de ser amenazante, para volverse sorpresivamente cercano y comunicativo. Igual que la voz, que ahora intenta convertirse en murmullo. De un torrente:

–¡A ver si termina la cerveza, que *nu estamus* para *desperdicius*, ¿eh?! –Y ya más bajo, entredientes–: En buena os habéis liado, partida de rapaces, que sin saberos todavía limpiaros el culo, andáis en *pulítica* y *tuda* esa mierda.

Lo dice despacio, acercándome el platillo con el saladito aún intacto y vertiendo en el vaso el resto de la cerveza, como si atendiera a un cliente más. Vicentico, a su vez, se aleja y va a cubrir el otro extremo, donde se esfuerza en continuar el despacho interrumpido. ¡Buen lío que le he buscado al Vicen...! Más para serenarme –que falta me hace– que por deseos, tomo con mano temblorosa el vaso, del que bebo apenas dos sorbos. Y entonces viene lo peor, lo que esperaba desde el primer momento:

–¡A ver, deme acá lo que le ha dado el cabezote aquel!

Es una orden que no admite réplica, a pesar de lo susurrante, pues sale de unas mandíbulas apretadas y de un gesto imperativo que extiende la mano ruda, abierta, palma arriba, sin otra salida que la obediencia. En ella coloco, arrugados, los dos billetes de a cinco recibidos de mi amigo, a quien dirijo una última mirada de disculpa. Y allá va el gigante gallego, maldiciendo de regreso a la contadora que marca, estridente y violento, golpeando la tecla que eleva el letrerito de NO SALE. No atino a irme, alejándome avergonzado tanto por mi humillación como por el rollo que le he buscado a mi socio: lo he inducido a robarle, para mí, a su propio padre. Y entonces veo regresar hacia mí a aquel «gallego salvaje», y ya me dispongo a defender al amigo a quien he dejado en tan mal trance, cuando me anonada con la sorpresa de lo inesperado:

–Ahí tiene rapaz, que el vuelto que le dio aquél no le alcanza ni para ir a Guanabacoa. –Y lo dice, todavía reconviniéndonos, cuando coloca sobre el mojado mostrador dos billetes nuevecitos de a veinte–. ¡Ah, y acabe de comerse ese jamón, que no *estamus* para butarlo, ¿eh…?

Me entran, de pronto, unas ganas locas de besar como un hijo a este gallego gruñón y noble, que no da tiempo a nada y ya se aleja a continuar sus trajines entre comentarios y respuestas mordientes, que entrecruza con sus clientes como chispeantes bocadillos de teatro vernáculo. ¡Ahora sí tengo el dinero para irme a Santa Clara! ¡Ahora sí me voy hoy mismo…!

Así rememoro, viviéndola de nuevo, la forma en que al fin pude llegar hasta aquí, mientras *espero instrucciones.* Las semanas pasan con horrible lentitud, sin que me hagan llegar instrucciones ni orden alguna. Guillermo se muestra esquivo y evita quedarse solo conmigo. En una oportunidad, en que casi lo acorralo, sólo me dice: «¡Aquí no, ya hablaremos!» Pero los días siguen pasando y nada. Ahora Manolo, el tintorero, también parece relajarme, en lo que interpreto como la primera indiscreción de Nosotros. Así y todo, me muestro juicioso y me hago el sueco ante sus indirectas y me le pongo serio. No salgo al pueblo y tampoco Guillermo me convida, por lo que al júbilo de haber encontrado hermanos sucede, más honda todavía, mi soledad. El recuerdo de Irene se me hace real y concreto en las anchas caderas de una muchacha, con la que me revuelco en la oscuridad del almacén, tarde en la noche, detrás de los sacos de cemento, adonde acude complaciente a mis apremios a que la estreche furiosamente; y todo en ella me recuerda vívidamente al objeto de mi verdadero amor, ahora traído en un poema de José Ángel Buesa:

> *... otras me amaron más; y sin embargo,*
> *a ninguna quise como a ella...*

Por más práctico que quiero y me impongo ser, no puedo evitar vivir inmerso en un hálito de poesía verdadera. La sentida y jamás escrita. La que se escapa, sin palabras, como perfume de la miserable materia que fue flor y que se pudre. Sólo el recuerdo de lo perennemente bello persiste. Así, por encima de la deslealtad que la afea, pervive el bello recuerdo de mi noviecita tan querida. No la perdono, pero no la olvido. Se me figura, a veces, que son dos Irenes distintas. O una sola Irene en dos tiempos: el tiempo del tierno idilio rosa y el tiempo terrible del engaño, monstruoso por cuanto innecesario. De esta forma, resurge de aquel naufragio de sueños una imagen luminiscente que supervive, que no está limitada por un pasado, un presente y un futuro, sino que es la eternidad misma. Es Irene sin verbos ni tiempos, no la imagen dual de la de «antes» y la del «después». Una, la que me quiso; y otra, la que me traicionó, la que cercenó mis sueños con crueles tijeras de muerte. A esa última, la traidora y falsa, es a la que furiosamente desnudo y muerdo en la soledad del almacén, para terminar sobre ella, jadeante, con más sollozos que satisfacción, inundándola de semen y lágrimas.

En esta práctica aberrante, negación de lo que para mí significa realmente el amor, emerge el fantasma de Irene. De una Irene degradada en la animalidad de un casi rito grotesco, desprovisto de toda la sublime sensibilidad que le brinda el escalón humano. ¡Ay, que amarga comparación, la de los dos caminos, tan distintos, que conducen al sexo! Uno, el para mí valedero y único, el del delirio de inconsciencia, que no busca, sino encuentra en el más bello descubrimiento el verdadero amor físico. Sin premeditaciones alevosas, natural y armoniosamente bello. El otro, animal impulso de los groseros sentidos, que se plantea en frío y calculado propósito la consecución del placer como meta.

Quizá este fantasma, que yo solo veo, y lo arraigado de estas convicciones son los que me traen, al fin, la compasión por aquellas formas voluptuosas y complacientes, de lujuriante juventud, que son, al fin y al cabo, una persona, un ser humano. Los valores éticos imponen, una vez saciado el instinto primario, el rechazo desairante que la repudiada no comprende. Me da pena esta muchacha, a quien he hecho víctima de mis apetitos y mis amarguras. Insiste la infeliz y trata de buscar una explicación al esquivo. Y en este cruel juego de mi amargo presente con mis atormentadores recuerdos, yo soy, como siempre, el que sufre más.

Despedida la amante ocasional, las noches sin sueño se llenan de mi mirada insomne, que va desde el rostro plácido de Guillermo, que ronca en la litera vecina, al blanco-vacío del techo donde surge la evocación adorada de una muchachita en sus quince años inmutables, que retan al tiempo y que lo vencen. Espío a mi compañero que duerme, esperando que en cualquier momento me comunique que ya pertenezco al grupo, que soy uno más de Nosotros; y sueño que se me asigna la más riesgosa tarea. Escruto el desconchado cielo raso y desde allí Irene me sonríe y cobran vida mis recurrentes visiones...

Hemos bailado, por vigésima vez, el amelcochado *Good bye* de Glenn Miller, con verdadero peligro de rayar el disco. Atardece en una casa de Santos Suárez y nos hallamos reunidos, en juvenil motivo, un pequeño grupo de condiscípulos de la misma escuela. Ya eres mi obsesión, aunque todavía no mi novia. Así que, cuando bailas con otro, en un inevitable cambio de parejas, me haces rabiar de desesperación. No soy nada ducho en seguir el ritmo del baile y te convido a hablar en la terraza, afuera.

Allí te turba mi forma de mirarte. Te das cuenta, quizá por primera vez, de que estoy enamorado de ti... Hablamos de mil cosas inconexas, intrascendentes: gustos, aficiones, lecturas, de estudios y de las cercanas vacaciones. Aterrado, me entero de qué harás en ellas, un viaje al Norte. Y te arranco, no sé cómo, la promesa de escribirme...

Guillermo se revuelve y cambia de posición en su sueño. Creo que va a despertar y decirme algo. Interrumpo brusco las adoradas imágenes, en espera del anhelado aviso... ¡Nada! Se mueve, gruñe y se vuelve a la pared, aferrado a su reparador, y por tranquilo, envidiable sueño. Regreso a mis evocaciones noctámbulas. ¡Aquellas vacaciones...!

Me las pasé todo el tiempo metido en la casa, sin salir, esperando tus cartas. Los primeros días iba algunas veces al puerto de donde salió el barco en que partiste, a mortificarme con la repetición de la escena en otros barcos y otras partidas. Pero cuando los días pasaron y aproximaron la probabilidad del correo, me recluí a esperar y escribirte cartas anticipadas.

Escribía a todas horas, sin piedad y sin descanso: cartas, narraciones, cuentos, poesías... mis primeras poesías dedicadas a ti. Recuerdo en especial una. La compuse en respuesta a una carta tuya, donde me contabas la triste impresión que te causaron los cerezos del Potomac, sin flores en esta estación del año. Acompañabas a tu carta una tarjeta de colorido reclamo turístico, donde se mostraban en plena primavera, como una nube rosada que rodeara el río, ciñendo ambas riberas con una tierna floración de encanto. Escribí entonces:

PRINCESITA DE LOS CEREZOS

En loca carrera corría el verano
en su febril delirio de calores
y al Norte fue un lirio temprano
a ver los cerezos que estaban sin flores.

En el azul del río se reflejaba
la triste silueta de un cerezo
Y con honda pena, mientras le miraba,
la niña al árbol le dio un beso.

Y el cerezo, conmovido
por el beso de la extranjera,
creyó llegada la primavera
y quedó para siempre florido...

El apelativo de «Princesita», también impuesto a mis «Cuentos para una Princesita triste» me trae, inevitable, el recuerdo de Carlos, con sus recriminaciones llenas de cinismo inapelable... y su reiterada cita de Wilde, «a las princesas como prostitutas y a las prostitutas como a princesas». O no... era a las marquesas... Pero da igual. Efectivamente, como decía él, te traté como a una princesita. Pero es que para mí no eras otra cosa: la princesita encantada que, por maravilla de un sortilegio, abandona la coloreada lámina de un cuento infantil y encarna, personificando el amor, el primer amor de mi adolescencia. Para mí, tú eras eso. Aunque ni tú misma, ni nadie pudiera apreciarlo... y menos aún Carlos.

¡Carlos, el preceptor del cinismo! El que se jactaba de personificar al antihéroe, el que hizo de Maquiavelo un ídolo. Y todo por fuera, para que no se le viera la carga de ternura y sensibilidad que escondía, celoso, dentro. Carlos, a quien le escribí y sin demora me respondió a *lista de correos,* pues no es prudente revelar mi dirección. Carlos, que se muestra en su cariñosa carta, llena de consejos y recomendaciones, tal como en realidad es. Carlos, que me repite hasta el cansancio, «que no me meta en más líos». ¡Carlos! ¡Si supieras en los que estoy metido! No aprendo ni soy capaz de aprender. Las cosas me pasan y me vuelven a pasar. Para mí la experiencia no es otra cosa que el recuerdo amargo e inútil de hechos y situaciones semejantes. ¡No escarmiento!

Por esta carta de Carlos tengo, al cabo de meses de incomunicación, noticias de mis compañeros: Ñico está en un país de Centroamérica, no entendí bien si Panamá o Costa Rica; Juan, después de una aventura verdaderamente peliculera, con sesiones de tortura, se salvó finalmente en tablitas, y ahora le gestionan el asilo por México. Al Chino Benito, después de que el Tribunal de Urgencia lo soltó, lo volvieron a agarrar y no se sabe de él. El Hemiciclo ya no sesiona, pues los muchachos se acuestan temprano. A Cabrerita, Carlos lo sabe en un pueblito de Matanzas, donde optó por una plaza miserable de maestro rural, cosa que todo el mundo le recrimina como una indignante claudicación, al cobrarle sueldo al gobierno. De mí dicen muchas cosas, pero nadie me ubica y, socarrón, Carlos se guarda el secreto como una carta más de su pretendida superioridad de siempre. Algunos me hacen en México... México, de allá llegan noticias de la gente del Moncada, cuyos sobrevivientes se reorganizan para venir en una expedición o regresar de alguna forma, a continuar la lucha. Allá, como aquí, como en toda la isla, la represión se ha hecho más cruda y criminal, más brutal y sangrienta. Los cadáveres cribados por el plomo asesino muestran huellas de torturas anteriores a la muerte y más terribles que la propia muerte. La bestialidad que demuestra la tiranía tiene un efecto polarizante en la población y ya no hay indiferentes. O casi no los hay. De los muchachos que aún quedan vacilantes, Carlos me habla de incorporación total a la lucha, en todas sus múltiples formas. Así sé que Papito está «de lleno» entregado a la acción y que ha formado «sus propias huestes»; y que hasta el timorato Roly está cooperando «en algo», lo que no deja de ser alentador, pues con él no contábamos. Paralelamente se ha destapado una verdadera peste de chivatos, de «billeteros sin billetes», de despreciables espías y delatores que, desvergonzados, se identifican con una gorra típica, que casi los uniforma y que ayuda a reconocerlos. Como el Jesús éste, que si me dan un chance...

Nada, por ahora tengo que portarme bien y esperar hasta que el Movimiento se convenza de mi sinceridad y me llame a sus filas. ¡Coño, pero no me dejan ganarme ese honor! Si me pidieran que hiciera algo, cualquier cosa, ajustarle cuentas al hijo de puta ese. ¡Me atrevería a sacarlo del cuartel mismo...!

Como todo día de cobro, la gente se ha bañado temprano, vestido sus mejores ropas, que Manolo les trajo acabaditas de planchar, y con la plata caliente en el bolsillo han emprendido la peregrinación semanal a Majana y sus bares... Está el albergue completamente desierto y yo leo, tirado en mi litera. Imagino que a estas horas cada cual ha liado ya su puta y que a algunos se les deben de haber pasado los tragos, como siempre. Me sonrío, pensando en ellos, cuando escucho abrirse la puerta. Llega alguien.

Me parece muy temprano para que lleguen los primeros. Y sin escandalera, más raro todavía…

–¡Habanero, qué solito estás, cará…!

La exclamación como saludo me ha sorprendido igual que el personaje, por inesperados ambos. Es Manolo, el tintorero, que extrañamente ha regresado. Él suele traernos la ropa por la tarde, le cobra a cada uno su cuenta y, llevándose la ropa sucia, se despide hasta el próximo viernes. Pero ahora está aquí de nuevo, sin ropas limpias en percheros ni bultos de sucia. Además, él mismo viene *endomingado,* como para salir. Se me acerca, sonriente, y sin yo invitarlo halla una silla, la acerca a mi litera y me vuelve a mirar, como burlón, mientras cruza los brazos sobre el pecho. De pronto, la expresión jodedora de su cara se torna grave y seria. Su voz se tiñe de esos mismos tintes cuando de forma escueta, casi militar, informa y ordena…

¡Ha llegado la ansiada hora! Guillermo y otros compañeros me esperan en un bar cuya dirección Manolo me da innecesariamente, pues sé muy bien donde está. El 8 A, forma gráfica que el dueño de apellido Ochoa le ha puesto como nombre a su comercio, situado a las afueras, en la carretera hacia Placetas. He saltado, sentándome en el borde de la litera, tenso de alegría. Tengo deseos de abrazar a este Manolo hermano, que aparenta ser un tipo tan poco serio y que ahora se me ha mostrado con su verdadera identidad. Lleno de autoridad y mesura. Acabo de conocer al jefe de *Nuestra Célula.*

Mientras me visto a millón, oigo cómo arranca su motoneta de tintorero, allá afuera. Se ha despedido con un fuerte apretón de manos, dándome las últimas instrucciones y mirándome fijo a los ojos, como hacía Ñico cuando nos hablaba. Es la misma mirada. La mirada del *Movimiento.*

Mientras el traqueteante vehículo me acerca a mi destino, no ceso de repetirme todo lo que Manolo me ha dicho. ¡Hasta informaciones de mí han pedido a La Habana! Una vez aclaradas las dudas sobre mis verdaderas motivaciones y aun convencidos de mi total inocencia en la provocadora visita a Quintín Pino, se ha discutido mucho sobre mi aceptación o no en la Organización. Mis antecedentes de irresponsable y loco han sido sopesados y vueltos a pesar en una balanza, donde al fin el fiel se ha inclinado a mi favor por mi igual fama de decidido y «ya probado». «¡Dios protege a la inocencia!», ha dicho con sarcasmo Manolo. «Y la verraquería», he agregado yo que, duro, me autocensuro y prometo solemnemente no reincidir y me extiendo en ofertorios y promesas, cuando me corta, tajante: «¡Vamos a ver si es verdad…!»

Yo no les fallaré, seguro. Ya verán como me enmiendo. Lo único que necesitaba era esta oportunidad, de la que me haré merecedor… Interrumpe el torbellino de mis pensamientos el final del trayecto. He llegado al 8 A. Recios horcones barnizados, piso de cemento y una gran cobija de guano muy bien hecha, le dan a este «Bar restaurante campestre» un aspecto muy agradable y tranquilo. Lo frecuentan habitualmente gentes de clase media para arriba. *Respetables* hombres de negocios toman aquí sus tragos de entresemana, o vienen, por lo apartado y discreto, a tirar sus «canitas al aire»; mientras que los domingos lo visitan honorablemente al frente de sus distinguidas familias, como desdoblados personajes de opuesta moral. La campesina construcción, sin paredes y rodeada de cuidados jardines, alberga una treintena de mesas, distribuidas alrededor de un espacio central dispuesto para el baile. En aquel espacio abierto, la música no es nada estridente, todo lo contrario, sirve de romántico fondo a lo cómplice del lugar, brotando sugestiva desde una vistosa victrola toda iluminada de colores, situada al fondo, donde termina la larga barra mostrador.

En una mesa apartada, en la semipenumbra, descubro a Manolo, Guillermo y dos compañeros más, que no conozco. Pronto me abren sitio en la mesa, donde acomodan un taburete más. Me presentan los muchachos: Fermín y Óscar. Ya ellos sabían de mí, lo que no deja de molestarme. Todos ahora se ríen de mi candidez y excesiva confianza y al único que no le hace gracia es a mí, que repito mi promesa de no volver a fallar. Manolo termina con la cháchara y va al grano. Lleno de excitación, me entero de que actuaremos esta misma noche. Será mi primera prueba y tengo asignado un papel secundario, casi de retaguardia. Con voz pausada, de forma clara y precisa, nuestro jefe entra en detalles y da instrucciones a cada uno. Realizaremos la acción en un bar del barrio de Majana. Allí tiene una mujer un connotado miembro del SIR que se ha destacado por su participación en torturas y se responsabiliza directamente del asesinato del dirigente sindical del Central Narciza, que apareció «suicidado» por ahorcamiento, con las manos atadas y con visibles marcas de brutal golpiza. Es necesario dar un escarmiento y el Movimiento ha ordenado el ajusticiamiento del infame esbirro. Iremos por parejas. Óscar y Fermín forman la primera y Guillermo y yo, la segunda. Manolo quedará como reserva de apoyo a la pareja cuya situación se complique. Se nos ha dividido así por la eventualidad que se dé de poder tirarle en el mismo salón o en los cuartos del prostíbulo adjunto. De llevarse a cabo el ajusticiamiento en las mesas del salón, como se ha previsto que con más probabilidad suceda, a Guillermo y a mí nos tocará el papel secundario de mantener en los cuartos a los que en ese momento los ocupen, evitando así tanto víctimas accidentales como testigos adicionales.

Todos los establecimientos de Majana tienen una igual disposición: en la parte delantera, un salón-bar con mesas y sillas situadas alrededor de las paredes, dejando el espacio central despejado, para bailar; al fondo, extendida a casi todo lo ancho del local, una barra mostrador aísla, cercándola, una cantina con neveras y la caja del negocio; una salida esquinera, por fuera del mostrador y practicada en su misma pared, da acceso al patio interior, cerrado por una hilera de cuartuchos, donde las pupilas se «ocupan» con los clientes que han calentado previamente en un lascivo baile de restregueo en el salón; tras un mamparo de cinc, unido al piso por un tosco paral de madera, se encuentran los urinarios, verdaderos excusados, pestilentes y nauseabundos reservorios de cuanta miasma pueda imaginarse. Esta instalación «sanitaria» cierra el cuadro del patio interior, en cuyo centro se alza, escuálido, un arbolillo, seguramente todavía vivo gracias a la urea de las meadas y el abono orgánico de las vomiteras. Esta modalidad *duplex* de bar y burdel no se ve en La Habana, donde los bares, aunque de putas, son bares y los *bayuces,* aunque a veces expendan bebidas y «otras cosas», son eso, *bayuces* y nada más. Óscar y Fermín se sentarán en el salón con dos chicas, donde es ya probable que se encuentre nuestro objetivo alardeando de su condición de chulo; mientras tanto, Guillermo y yo nos haremos de rogar a la entrada misma de los cuartos, donde escenificaremos un verdadero *show* de entradas y salidas continuas, como tipos vaciladores que no se deciden a cerrar trato, pero que prometen no escatimar el pago. Ultimados los detalles, abandonamos el 8A. Cuando me dirijo hacia la carretera en busca de la parada de ómnibus, me rectifican los pasos y me entero, con sorpresa, de que tenemos transportes. Un Chevrolet del 49 y una pequeña camioneta Fargo están estacionados, como esperándonos, bajo los macizos de arecas del parqueo. Manolo aborda el automóvil con los compañeros que acabo de conocer y Guillermo y yo tomamos la camioneta, que conduce éste. De la guantera, y ya en marcha, extrae una pistola Star 38 con su cargador y me la pasa con un: «Ahí tienes tu hierro.» En la oscuridad de la cabina acciono diestramente el arma, compruebo su carga, la monto y pongo el seguro, mientras mi compañero, sin apartar los ojos del parabrisas, verifica, satisfecho, que no soy nuevo en estas cosas.

Contra lo que cabía suponer, el bar-prostíbulo no está muy lleno esta noche de cobro y sobran las putas, que se congregan en mesas no ocupadas donde sostienen animadas charlas. Hay unos moribundos foquitos de colores que le dan carácter puto al local lleno de humo y música escandalosa. Nuestro hombre no ha llegado. En una mesa, hacia el centro, descubro a Fermín y a Óscar, a quienes pretendemos no conocer y que piden ya sus primeras cervezas. Dándonos importancia, nos dirigimos parsimoniosamente hacia el fondo, seguidos por dos solícitas y sonrientes muchachas, que se preparan a *hacer la cruz* con nosotros… El tiempo transcurre. Como verdaderos artistas, montamos la escena y desarrollamos fielmente nuestro guión. Ya van tres veces que volvemos a las mesas y nos levantamos, aparentemente decididos, a ocuparnos con las chicas; y tres veces que planteamos nuevos caprichos y exigencias, a las que ellas se niegan y por las que ofrecemos generosa gratificación.

—Aquí no se hacen «cuadros», rubio precioso, así que olvida el japi. Además, cariño, está prohibido más de dos en un cuarto. ¿Qué crees que es esto, nené…?

Me levanto y voy hacia los pestilentes urinarios y tras la mampara de cinc casi tropiezo de frente con el mismísimo Jesús en persona. Ambos nos sobresaltamos, igualmente sorprendidos por el insólito encuentro. Pero él se delata en una confesión de culpabilidad cuando se lleva la mano a la gruesa cintura, en busca del arma. He retrocedido dos pasos y, más rápido, saco, quito el seguro y le hago tres disparos, que se multiplican en una verdadera balacera que se orquesta allá en el salón. Estoy lleno de rabia y contemplo furioso al miserable derribado, que yace quejándose en un charco de sangre y orines que lentamente se ensancha en el suelo de cemento garrasposo. Pistola en mano, Guillermo se me acerca, lívido, y me hala violentamente del brazo. Nos dirigimos al pasillo de los cuartos, donde todo es gritería, espanto y confusión. Gentes desnudas y a medio vestir, mesas volcadas, puertas que se abren y otras que se cierran con estruendosos portazos, después de dejar ver en sus vanos rostros espantados. Hacemos varios disparos al aire y gritamos que no salga nadie. En el salón la confusión y terror son mayores aún. Allí, se ha llevado a cabo el acto fuerte, principal de nuestra función. Hay varios cuerpos tendidos en posiciones absurdas. Evidentemente Fermín y Óscar han actuado de forma simultánea a mi casual encuentro en los retretes. No los veo por ningún lugar. Corremos hacia la salida. Hay profusión de botellas rotas por el suelo, sillas caídas, mesas volcadas… En mi atolondramiento, tropiezo y caigo de rodillas sobre los vidrios, que se me entierran dolorosamente en piernas y manos. Me he jorobado, para colmo, un tobillo y Guillermo, que me precede, tiene que volver sobre sus pasos para ayudarme, pues no consigo levantarme. Desde la puerta, sosteniendo el arma con mi mano ensangrentada y apoyándome en él, que me arrastra, hago todavía dos disparos más hacia el interior del local. La camioneta está cerca, Guillermo me ayuda a montar y arranca, presuroso, sin salvar los grandes baches, que hacen saltar nuestro vehículo de forma espectacular.

—Pero ¿qué pasó, coño? —inquiere, molesto.

Le explico y me explica mientras la camioneta se aleja dando estrepitosos tumbos. Justo en el momento en que yo me encaminaba a orinar, apareció en la puerta del establecimiento nuestro objetivo. Fermín y Óscar actuaron rápido. El tipo venía acompañado por dos más, a quienes Manolo disparó desde la acera. La aparición de Jesús en el lugar no estaba prevista y nadie lo había visto, así que cuando Guillermo fue a buscarme, le tocó su turno de sorpresa. Estoy botando sangre de varias heridas, mi ropa se encuentra en lastimoso estado. Una pierna del pantalón está desgarrada casi hasta la cadera y, al igual que la camisa, lo tengo estrujado, sucio y mojado de cerveza y sangre.

–¡Te voy a llevar a un lugar donde te quedarás hasta mañana, te cures y te cambies! Así no puedes aparecerte en el albergue. Yo te traeré ropas tuyas de allá.

Ya lejos de Majana, hacia la salida de Manicaragua, Guillermo mete la camioneta por unas polvorientas y dormidas calles de las afueras, hasta detenerse frente a una casucha (una caseta más bien) de madera, toda desvencijada, evidentemente no habitada, que se alza renqueante, retirada de la acera, de la que la separa un patio abandonado donde crece descuidada hierba.

–¡Aquí te quedas! ¡Y ni un invento más, eh! No hay luz, pero sobre aquella mesa hay un quinqué. Procura hacer el menos ruido posible. Y espérame tranquilo, que aquí estás seguro.

Me lo ha dicho todo, roñoso, como en un largo regaño. Cuando me deja solo, aumentan y se multiplican mis dolores. No sólo son físicos. ¡Siempre la cago! Aunque esta vez fue la portentosa casualidad la que me puso enfrente al hijo'e puta ése. Con las ganas que le tenía… En la calle empieza un chinchín de lluvia que no llega a serlo y que me hace más tenebroso el panorama. Inspecciono el lugar. Es sólo un cuarto con una cocinita atrás, que no es otra cosa que un espacio dedicado a ese menester, pues a no ser por el viejo fogón con dos hornillas para carbón no hay otras facilidades que delaten su oficio y destino. Allí, una destartalada puerta que cierra un pestillo todo mohoso da a un maniguazo, que podía haber sido patio trasero. A unos metros y tan derrengado como la casa misma, se alza no, se inclina el excusado. Pegado a esa puerta trasera está la bomba de pozo artesiano, único servicio de agua de la «vivienda». Como no estoy en condiciones de darle a la palanca y extraer el líquido necesario para beber y asearme un poco las heridas, abandono el intento y cierro la trasera puerta. Dentro, el silencio se puebla de crujidos de tablas, sobresaltos en furtivos tropelajes de roedores y lagartijas, únicos habitantes de mi refugio. Todo contribuye a aumentar mi tensión. Afuera, la lluvia, antes un chinchín, ahora arrecia, como para aislar más el interior de este verdadero cajón de podridas maderas. A ratos me desvanezco, que es lo mejor. O lo peor, pues emerjo de estos lapsos más sobresaltado todavía. Para entretener mi crispación y mis dolores, me pongo a pensar en ti, Irene, que no tardas en acudir a consolarme con tu imaginada compañía, que tanto necesito ahora, aquí, en estos momentos. Pronto tu imagen se me materializa, y me curas las heridas y me vendas el tobillo, en esta deshabitada casita de las afueras de Santa Clara, donde estamos solos… tú y yo…

Todo, todo lo echo a perder. Aun sin proponérmelo, como ahora, todo lo complico y lo enredo más. En lo que yo entro, que yo entre, ya eso basta para que no salga bien. ¡Qué mala pata tengo! Casi me río pensando en que lo de *la mala pata* ahora no es una simple frase, sino una realidad dolorosa, que se hincha y se hincha con tintes morado-verdosos verdaderamente alarmantes. Estoy hecho un verdadero desastre, no me puedo mantener en pie…

SEGUNDO TIEMPO (DOCE MESES)

TIEMPO DE LUCHAR Y DE VENCER

DICIEMBRES, ALGUNOS DICIEMBRES

> *... y cómo pasa el tiempo,*
> *que de pronto son años,*
> *sin pasar tú por mí,*
> *detenida...*

SILVIO RODRÍGUEZ

Santa Clara, 1954

Terror, espanto, temor a perder la razón ante lo que se ve y no quiere aceptarse, verdadera alucinación de locura; todo, en definitiva, términos incapaces de transmitir la horrible verdad que acabo de presenciar desde mi escondite. A la indescriptible impresión sucedió una absurda alegría de franco corte histérico, ya sin control, colofonada con un acceso de vómito, resultado convulso de espasmos gástricos que me vienen afectando de un tiempo a esta parte. Quedo con sudores fríos, tembloroso. De seguro me ves tremendamente pálido, con tintes verdoso-amarillentos y sudando a chorros, pues has mojado en agua fresca mi pañuelo y me lo pasas por el rostro. ¡Qué hermosa y solícita, arrodillada aquí, a mi lado, atendiéndome! ¡Qué ternura revivificante se desprende de tus rasgos preocupados y bellos! De pronto, te borras, te esfumas, desapareces. Y es Guillermo el que me incorpora del suelo donde yacía sin sentido. El dolor del tobillo, ahora descomunalmente hinchado, acaba por volverme a una realidad que precisan y detallan las palabras de mi amigo:

—¡Se nos fue la mano, compay! ¡Tremenda cagazón que hemos formado!

Me entero así del impacto escandaloso que ha tenido nuestra acción. Que toda Santa Clara es un hormiguero revuelto de guardias que nos buscan y que tenemos que desaparecernos rápido de aquí.

–Quintín mandó que Manolo, tú y yo salgamos de inmediato de la ciudad. Así que ahí te traje todo lo tuyo y nos vamos para otra obra que tiene la Construcción. Una fábrica de cabillas o algo así que van a hacer allá, por tu tierra, cerca de La Habana, en El Cotorro…

Todo me lo quiere contar, atropellado, así, de golpe, un alterado Guillermo que informa, ordena, dispone y sobre todo te ha sustituido con una realidad bien decepcionante, cruda, que choca con la fantasía idílica de donde tú emergías, Irene… Él es el que me complementa el alcance de lo vivido, el que aliña de noticias y detalles lo contemplado por mi pupila aterrorizada:

–Para colmo, anoche, cuando veníamos a buscarte, aquí mismo mataron a dos muchachos que no tienen nada que ver con nosotros. ¡Por un pelo no nos agarran! Y hasta pensamos que era contigo y que te habíamos perdido… Suerte que la tía de Óscar vive al doblar y te teníamos chequeado cabrón, porque si no… ¡Ahí hemos estado esperando que todo se calmara y poder sacarte de aquí, justo frente adonde los mataron, viejo…!

Me parece inútil relatarle el horror vivido y robarle el que, para contármelo así de prolijo, lo ha sacado de su parquedad habitual. Y más desolado por tu abrupta desaparición que por lo que me relata y me es ya sabido, me sumo de nuevo en la inconsciencia. E inconsciente es como me trasladan y me llevan a casa amiga en la cercana Placetas. Ciudad geométrica y rectilínea a partir de un parque central, con calles bien trazadas, que se nombran: del Norte, del Sur, del Este y del Oeste, en sentido ordinal de Terceras y Cuartas que se repiten en cada punto cardinal. Allí, bajo solícitos cuidados y hasta mimos, debo restablecerme para unirme luego a mis compañeros, que me esperan allá, en El Cotorro. La casa, que generosa me alberga, es hogar humilde de un trabajador del vecino Ingenio San José, con fuerte mujer ama de casa y tres hijas solteras empleadas en el despalillo de tabaco. Y es la más pequeña de las tres, Dulce, la que más tímida me da la sopa que yo me empeño en tomar acostado. Es bella en verdad esta muchacha, de unos veinte años, que enrojece de forma evidente cuando se me acerca y yo la miro. Y casi me divierto con su turbación, si no fuera porque yo también me altero…

Los días pasan así para el convaleciente en un tender de sentimientos y emociones que se reprimen inútilmente. No es necesario decir nada. Ambos comprendemos que es mutua la atracción que sentimos y sin atrevernos a hablar de ello, una promesa se me escapa: de volver tan pronto triunfemos. Y es una mano que escapa aterrada por mi atrevimiento y unos ojos que esquivan temerosos la mirada inquisitiva de un adiós, las que guardo como imagen final de una casi dolorosa despedida.

He recibido del Cotorro una carta que pone término a mi convalecencia placeteña. Manolo y Guillermo, desde allá, me mandan a buscar. El ingeniero se ha portado muy bien con nosotros. Sin necesidad de explicaciones, ha comprendido nuestra implicación en los sucesos. Y aunque su cargo lo cohíbe de participar, es evidente que simpatiza con nuestra causa. Seguramente ha visto en la ayuda que puede brindarnos una forma de colaborar sin comprometerse mucho que, para nosotros, resulta tremendamente valiosa, pues nos saca del aprieto y de Santa Clara. Así que no es hora de ponerse a analizar si es de los que nadan y guardan la ropa; y le agradecemos sinceramente la carta de recomendación con que nos ha provisto, para el encargado de la nueva obra, otro ingeniero que fue su compañero de estudios. Nos presenta en ella como capacitados para integrar, junto a un agrimensor, la comisión de estudios: jalonero, portaminas y cadenero. Esta comisión de estudios será la encargada de realizar los levantamientos topográficos de una enorme finca, la Finca Raquel, donde se erigirá la Antillian Steel Company, «antillana de acero» en cubano. De los tres, soy el único que posee conocimientos de topografía, de ahí la urgencia con que se requiere mi presencia en El Cotorro.

El Cotorro, seis horas después

Todavía no acabo de llegar y ya empiezo a transmitir a mis compañeros cuanto sé de mediciones y levantamientos. Son clases sin orden ni método, apresuradas, para que puedan dar la talla. Les explico en forma supersintética los deberes de cada cargo que debemos ocupar; y que, por otra parte, no son tan complejos. No obstante, mi impericia como profesor hace que nos lleve toda la noche nuestra actividad docente. Guillermo, por su condición de capataz de obra, tiene nociones del trabajo a realizar, pero a Manolo, su oficio de tintorero le plantea un cambio radical de profesión y un esfuerzo adicional como alumno. Al amanecer, es el más aventajado de los dos y podemos presentarnos con nuestras cartas ante el encargado de la obra.

Como ellos me han precedido en el traslado, ya están convenientemente instalados y tienen crédito abierto en una fonda donde comemos todos bajo una sola cuenta. Aquí el albergue es por cuenta de cada cual y Guillermo ha alquilado un cuarto que fue el aula donde hice mi debut como profesor y en el que, en colchonetas por el suelo, con nuestros bultos en un rincón, nos acomodamos los tres. Estoy de nuevo en La Habana y no lo estoy. La Ruta 7, en apenas cuarenta y cinco minutos, me deja en su pleno centro. Sin embargo, aquí se respira un clima de pueblo de campo, casi familiar. El Cotorro, más que un pueblo es un apéndice de La Habana, que le absorbe el comercio. Cuenta con unas cuantas industrias, pero sus trabajadores, aun los que viven aquí, van a gastar su dinero en el centro de la capital tan cercana. Debido a ello, sus establecimientos languidecen en una ruinosa tranquilidad y una lentitud de sopor totalmente provincianas. Con sus vitrinas pobres y empolvadas, que exhiben mercancías fuera de época, descoloridas por soles inmisericordes que le cobran su larga y excesiva permanencia, el comercio del Cotorro existe sin existir. Por otra parte, el ambiente es similar a un pueblito engañosamente lejano. Las primeras horas de la noche animan con jóvenes recién bañados un pequeño parquecito, que marca el centro del pueblo y al que una iglesia le ha arrebatado la esquina. Enfrente está el único cine, que como los de los pueblos más remotos anuncia el comienzo de sus tandas a timbrazo limpio, y las otras dos esquinas son ocupadas por iguales cafés, amplios y vetustos, que se hacen empecinada competencia. Abundan las casas de madera, incluso en la calle principal, que no es nada más que la propia carretera central, a cuyo largo ha situado su eje El Cotorro. A las afueras tiene sus repartos con las mejores casas, las de los empleados de buen sueldo, que ocupan cargos importantes en las industrias locales. Uno de esos repartos, siguiendo pasados esquemas, se llama pretencioso: El Vedado del Cotorro.

Y en este clima pueblerino, tan cercano a la capital, no tardamos en restablecer contacto con la gente del Movimiento, con la que Manolo, una vez más sirviéndonos de vanguardia, ha hecho ya relación. Me veo así participando otra vez en un grupo juvenil que se reúne alrededor de un banco de parque. Igual que allá en el Hemiciclo. Pero los rostros son otros, más maduros. El grupo lo componen también jóvenes idealistas, pero más definidos y con mayores preocupaciones que las del estudiante. Ahora somos todos trabajadores, incluso los desocupados. Nosotros tres, de la obra próxima a comenzar: Guido y el Fino, de la Cervecería; Puentes, Goyo y el Tito, de la Textilera FACUTE; Pepe y Tomás, además de Pillería, que ahora está de suplente de la Papelera; y así, una relación que parecería el muestrario de las varias industrias que posee este pueblo. Ya no jugamos a la insurrección, ahora la hacemos. Tenemos clara conciencia de las vías y los métodos para lograr el triunfo y estamos pertrechados de un ideario: «El Programa del Moncada», postulado en un documento glorioso, «La Historia me absolverá», que todos hemos estudiado y discutido con devoción doctrinaria. Ahora no seguimos tras las engañosas promesas de grupos fantoches. Ahora somos fogueados militantes de una Organización que nos agrupa e impone una disciplina. Guido es el responsable máximo en El Cotorro de las Milicias del M-26-7, que nos organiza en escuadras, con un jefe al frente de cada una. Por respetarnos nuestra anterior vinculación, Guido nos mantiene «a los recién llegados del interior» juntos en la misma escuadra, lo que nos da cierta autonomía y permite a Manolo continuar como nuestro superior. Se ve que nuestro jefe de allá es apreciado y reconocido por el de acá. Y eso nos llena de orgullo, pues significa veteranía. Nuestro armamento sigue siendo pobre y escaso el parque, pero la cadena tirada con precisión sobre el tendido eléctrico, la alcayata regada en la calle, después de haberla doblado en ángulo recto, lo que la convierte en un Alkaseltser (por aquello de que «siempre cae bien»); el serrote con el que derribamos algún poste de teléfono y otras artes de la lucha clandestina, han probado en nuestras manos su efectividad, manteniendo en jaque tanto a la policía como a la Guardia Rural. Porque aquí en El Cotorro, por ser pueblo del interior y al igual que en Santa Clara, actúan tanto la policía como la soldadesca. Y es, por tanto, más nutrida la participación de todos los cuerpos represivos de la fiera batistiana.

Aquí enfrente, cerca del parque, está el cuartel de la Guardia Rural; en Santa María del Rosario, que es la cabecera municipal, apenas a dos kilómetros de aquí, está la estación de Policía; y también tenemos «El Dique», ahí, en Loma de Tierra, que es otro cuartel de la Guardia Rural, dedicado aparentemente a la cría de caballos, pero que en realidad es otro centro de represión. Por último, el cuartel más grande está a la entrada del vecino pueblo de San José de las Lajas, también con muchas industrias y con su organización del Movimiento. Con los compañeros que militan en esos lugares tienen relación solamente Guido y su segundo. En todas las fábricas de esta importante zona industrial funcionan células del Veintiséis, que extiende su organización como una vasta y tupida red por todo el territorio.

Con gentes de las canteras hemos conseguido un poco de dinamita, con la cual confeccionamos lo mismo el niplecito sato, pero escandaloso, que el terrible *Guáimaro,* que no es más que un cartucho de dinamita entizado con una sarta de tuercas de un cuarto. Es mil veces peor que una granada y lo reservamos para ocasiones especiales como una de nuestras armas más poderosas. Tenemos poco, pero todo se usa de la forma más eficiente, efectiva, pensada, para causar el mayor efecto y hacernos sentir en este enclave industrial y represivo, que está en La Habana, pero es campo. Para el «campo-campo», también tenemos nuestras armas: los *gatos incendiarios* a los que Manolo, siempre tan jodedor, les ha puesto los «nerones». En esta táctica Guido y el Fino son unos verdaderos artistas. Lo único que se necesita es un saco de yute, un poco de luz brillante y un gato callejero. Con el gato en el saco, ellos abordan una 33 en las Cuatro Esquinas del Cotorro, al atardecer. Muy serios, con sus sacos amarrados por la boca y el gato removiéndose dentro. En sus bolsillos posteriores llevan una botellita con el combustible. Llegarán a un cañaveral, amarrarán el rabo del gato al saco previamente rociado con luz brillante, lo encenderán y abriéndolo, dejarán escapar al gato, que en su estampida incendiará despavorido todo el campo cañero. Saben el horario de las guaguas en cada tramo de la carretera; así que, cumplida la misión, tienen el tiempo preciso para tomar el carro que los regresa al Cotorro, donde llegan frescos y sonrientes, como de bromas.

Por las caras serias de la ida y las risueñas del regreso, parece que se dedican a un juego de muchachos, a travesuras de batey. Que si se les quitan sus implicaciones económicas y políticas, es lo que más se parece esta operación, que tanto da que hablar. Y nada más lejos de los juegos y las jaranas que el carácter de Guido. A despecho de su desbordante juventud, todo en él es adusto y grave. Aun cuando se sonríe, su sonrisa es pensativa y reposada. De complexión fuerte, de piel muy blanca que contrasta con su ondeado pelo negrísimo, Guido da siempre la impresión que acaba de salir del baño: fresco, limpio, pulcro. Nunca lo he visto alterado. Lo que no significa que no sea violento y decidido, eso se le ve en los ojos, achinados y negros, que relampaguean en los momentos más comprometidos, mientras todo el resto de su estampa de jefe valiente permanece serena, como si nada estuviera pasando.

Así fue la noche en que el sargento Calzadilla vino a nuestro banco del parque a pedirnos que le acompañáramos al cuartel. Éramos siete u ocho, no recuerdo. Pero sí sé que Manolo tenía arriba la pistola Star que todos le goloseábamos. Mi primer impulso, mi impulso ciego, de loco bien a tono con mi apodo, fue *bajarle un avión al esbirro*, enredarme con él y que los demás salieran echando. Y por poco lo hago, si Guido no me ataja sonriendo, pero presionándome fuertemente –más de lo que se notaba– en el brazo que ya yo alzaba, para entablar con el odioso militar una conversación «amigable» y serena:

–Muy bien, sargento, pero ¿es necesario que vayamos todos? Mire, somos un grupo de amigos que no estamos haciendo nada malo. Y va a ser muy llamativo que le acompañemos así, en tumulto… ¿Qué va a pensar la gente?

–¡A mí no me hacen bobo! Yo sé en lo que andan ustedes. ¡Así que andando!

–Como usted diga, sargento, usted manda... Yo lo decía sólo por no llamar la atención... Podíamos acompañarle nada más los que usted escoja, no sé, dos o tres más...

–Está bien. Está bien. ¡Vengan tú, el Fino y éste, que parece medio jorocón! ¡Vamos, andando! ¡Y los demás, a perderse, arriba!

Me ha señalado como al tercero del grupo elegido, y se lo agradezco con una mirada que quisiera fulminarlo. Los puños se me crispan y Guido tercia, amigable...

–Él no es de aquí, sargento. Pero está bien, vamos, vamos... –Y todavía sonríe, amistoso, cuando cruzamos la calle rumbo al cuartel, donde nos levantan un acta, nos amenazan y aconsejan, para soltarnos dos horas después.

1956

Creo que desde entonces supe que iba a tener problemas con este jefe tan sereno y tan recio, porque al salir del cuartel, todavía sentía el brazo adolorido por la presión de sus dedos, cuando sin que nadie lo notara, me contuvo y salvó así la situación. Este jefe del Movimiento aquí en El Cotorro, tan sereno, pero lleno de tanta autoridad, que me recrimina sin alterarse, pero duro: «¡Tienes que dominarte, Joaquín! ¡Entiéndelo, así no es la cosa!» Y yo que sigo sin entender. Y que me revuelvo contra tanta cordura y esperadera. Que soy como un muelle comprimido, como un resorte que sólo espera la liberación para salir disparado. ¡No, yo no entiendo! Es así que, cuando todos tenemos la certeza de que se ha cumplido, al fin, la promesa de México, cuando ya hace dos días que Santiago ardió y salieron a la calle los primeros uniformes olivo y los brazaletes rojinegros, me desentiendo de sus instrucciones de permanecer tranquilos y localizables.

No, no entiendo. Y le planteo delante de todo el grupo que lo que tenemos que hacer es trasladarnos todos a Oriente y sumarnos a los expedicionarios, que para eso pertenecemos al Movimiento cuya jefatura máxima ya ha desembarcado, que la cosa no es de esperadera –sé que le molesta esa palabra y la repito y remarco a exprofeso– no, no es de *esperadera* sino de *acción;* de tiros que ya se están tirando. Mi intervención acalorada, emotiva, robándole la palabra delante de todos en éste, para mí, nuevo Hemiciclo, es un claro desacato, un desafío a su autoridad, que este jefe no permite ni puede dejar impune:

–¡Aquí no se alza nadie por la libre. Y el que lo haga, queda automáticamente separado del Movimiento!

Lo ha dicho masticando cada palabra con las mandíbulas bien apretadas, mirándome con dos centellas de firmeza a los ojos que rehuyen la mirada que se impone recia. Reculo, mohíno y apendejado por la falta visible de apoyo. Trato, en último intento, de obtener adhesión en Guillermo y Manolo, confiando en nuestra veteranía villaclareña y en nuestra casi autonomía de subgrupo. Y sólo recibo recriminaciones y rencorosas referencias a mi sempiterna inmadurez de aquellos que guardan nada gratos recuerdos de mi conducta. No, no tengo respaldo alguno. Me siento solo, aislado y casi separado del Movimiento, en una empecinada decisión que ya está cobrando cuerpo, transformándose de intención en determinación: ¡Yo sí que me alzo!

Mi terquedad me ha traído a Palma Soriano. Y mi ignorancia. ¡Caballeros, que ni geografía de Cuba sepa yo a derechas! ¡Esté el valle del Cauto aquí y yo no conozco a nadie! Así pienso, casi arrepentido, mientras camino las primeras cuadras de una Avenida de La Independencia, calle central de este pueblo más llano que un plato llano. ¡Aquí no se ve una sola montaña, ni una lomita cobarde! Lo que sí abundan son los guardias. Yo nunca había visto tanto guardia rural junto. Van en mi mismo camino, o en dirección contraria, llenando las aceras; cruzan, de una a otra, la carretera central, que es esta calle principal que como en todos nuestros pueblos se llama Independencia. No, y el tráfico por ella, a pesar de ser ralo, se mayorea con yipies y camiones militares cargados de soldados. ¡Dónde me he metido, mi madre! Aquí se nota a la legua que soy extraño. Hasta la forma de hablar me delataría, donde todos hablan con un dejo muy peculiar. Así, cuando tomo café en el apeadero mismo, no me atrevo a abrir la boca y me limito a poner sobre el mojado mostrador una moneda de a veinte. Suerte que el dependiente, aturdido por otros pedidos, me trae con el vuelto una cajetilla de cigarros, porque si no, no me habría atrevido a pedirlos, y falta que me hacían…

Al meter la mano en el bolsillo, tropiezan mis dedos con la pequeña hoja de notas, fruto de la bondad protectora del conductor, y hacia la calle Estrada Palma, n.º 5, a dos cuadras del parque, sin preguntar a nadie, a tanteo, me dirijo más que apresurado. El trayecto es corto, pero yo siento que todos me miran. Efectivamente, en un rótulo al relieve, de hierro colado, puede leerse en la fachada esquinera: ESTRADA PALMA; ahora sólo me basta encontrar el número 5 de esta calle, mi único asidero, mi clásico clavo caliente.

Allí está, bien grande, clavado sobre el frente de madera y puntal más que alto, coronado de tejas, el número 5. Es una casa como las demás, pero para mí es distinta. Tiene un portal de rejas forjadas en barandas que la separan de la acera, sobre la que se yergue por dos recios escalones de cemento pulido. Las puertas y las ventanas son altas también, y estas últimas exhiben la protección de recio balaustre que se descuelga de lo alto hasta el piso, piso de rojos mosaicos, muy viejos y pulidos. Piso, sobre el que mal se sostienen mis piernas cuando, ansioso, aldabeo, quizá más de la cuenta, aquella puerta. No tardan en abrir y como no recuerdo el nombre de la destinataria, sólo acierto a saludar y extender con mano temblorosa el arrugado papelito:

–¡Ah, es de Pedro…! –exclama la voz joven, que contradice una figura de mujer madura, de acusados rasgos amulatados, pero de pelo muy lacio y negro donde centellean entreveradas canas–. Pero, pase, pase. Pase y tome asiento, mientras me disculpa un momento…

Hay turbación y sorpresa, que no opacan la cortesía de esta ama de casa ante mi inesperada aparición. Y hay también turbación extrema en mí –que no sé qué hacer– y además sorpresa ante una hospitalidad tan inmediata, a la que no estoy acostumbrado y que me hace sentir más cohibido. Ante su insistencia, me siento en acogedora mecedora de caoba y pajilla, con la vista al frente, sin atreverme a recorrer con la mirada el resto de la amplia sala.

162

Y allí, en la pared frente a mis ojos, como visión irreal, colgado de un invisible clavo, está él. El mismo. Aquí, tan lejos, pero no hay dudas, es la misma forma de losa blanca y lunares. Con su graciosa geometría y su anudado superior, del que emergen las puntas del atado... Es aquel búcaro de pared...

Aquel búcaro florero, que no admite otra colocación que colgado. Aquel que adornaba la pared de una casa de Santos Suárez, perdida en la distancia y en el tiempo, pero que tantas evocaciones y tan vívidas me arranca, que me rapta y traslada allá, al entonces, en estos momentos...

Has descolgado un gracioso florero con forma de atado de lunares, un búcaro de losa que semeja un pañuelo amarrado por las puntas y que adornaba la pared del pasillo de tu casa. Estamos en la sala y me pides que lo sujete, mientras tú lo llenas de agua. Lo colmas hasta el borde mismo, desconsiderada y risueña, con todo un oculto propósito. Y tengo que hacer prodigios de equilibrista para no derramar el líquido. Me has sorprendido, completamente inocente, con la travesura que premeditadamente estás llevando a cabo... La forma del florero impide asentarlo sobre cualquier superficie y cuando sujeto el adorno rebosante de agua, con las dos manos indefensas y ocupadas, te me plantas delante y declaras divertida, a salvo de mis brazos, que me amas... ¡Qué amorosa tortura a la que me sometes y en la que te revelas pícara y traviesa! Y yo, entre las nubes, con mi idílico noviazgo y mi pasión de justicia, mezclado en cuanto grupo conspirador prometiera concretar en acción mi ansiedad juvenil no definida, de hacer «algo», de cambiar y de crecer. Tan ido de la realidad y tan lleno de contradicciones... Tan ido de la realidad...

Tan ido como estoy ahora, en otro mundo. En otro espacio y otro tiempo. De donde me regresa aquel adorno tan especial, que me sale al encuentro aquí. Él, el mismo, idéntico búcaro. Y es como un fantasma que me arrastra a torturantes y deliciosas evocaciones. A un delirio inmutable que se llama IRENE. Estoy tan alelado, sin poder quitar la vista de aquella pared y del adorno que en ella cuelga, que no noto que ya no estoy solo en aquella sala; que hay dos personas que contemplan con curiosidad y alarma mi atolondramiento. Y es la señora que me abrió la puerta, que ahora regresa acompañada de un hombre de unos sesenta años, alto, delgado, de expresión inteligente, pero ausente y que se apoya en un burdo bastón.

—¡Joven, joven! ¡Mire, éste es mi hermano...! Arturo, él trae un papel de Pedro... sobrino de Pedro...

La palabra «sobrino» ha sonado tan extraña que se le ha quebrado la voz. Evidentemente este parentesco no se lo tragan. Esposa y cuñado de mi benefactor no pueden ignorar que nada tengo que ver con la familia. Mejor me voy de aquí... Me levanto cohibido, preso de una mentira que no he dicho pues casi no he abierto la boca, y ensayo una retirada entrecortada por repentina gaguera:

—Miren, yo, mejor me voy. No quiero ocasionarles ninguna molestia, su esposo me dio ese papel, pero...

—¡De ninguna manera, jovencito! —me dice el hombre, que ahora avanza hacia mí con la mano extendida en cordial saludo—. Arturo Fernández, para servirle. ¡Siéntese, siéntese! Si mi cuñado lo mandó para acá, por algo es. Está usted en su casa.

Le estrecho la mano y balbuceo mi nombre. Con movimientos lentos y exactos, el hombre se sienta en el sillón que me queda enfrente y sólo entonces reparo que es ciego.

—Voy a colarles un poco de café —dice la mujer, que se retira al interior, dejándome solo con el ciego que, lleno de afabilidad, parece que me mira.

—Mire, joven —dice—. Usted debe de estar en un aprieto. Sobrino de Pedro no es, pues Dios sólo le ha dado sobrinas que viven aquí, en el pueblo. Y más hermanos no tiene. Pero como le decía, por algo mi cuñado le ha dado ese papel. Y es porque usted lo necesita. Y nosotros estamos aquí para servirle. Usted debe de ser estudiante y habanero. Sus manos no son callosas y su hablar... Y con los sucesos que estamos viviendo por acá, no es difícil suponer cuáles son sus problemas...

Y es tan diáfana la palabra de este hombre, que privado de la vista ve tan hondo en mí, que es como si me estuviera mirando no sólo por fuera, sino también por dentro. Su hablar pausado, cercano, me infunde confianza, disipa el embarazo. Me torna familiar el entorno, hasta hace unos momentos extraños. Tan es así, que cuando su hermana regresa de la cocina con dos vasos de humeante café, ya no es la señora desconocida que me recibió, sino sencillamente Clara. Y a ella se dirige Arturo, en reconvención cariñosa:

—Pero, Clara, Joaquín lo que debe de estar es hambriento, así que mejor tráele algo de masticar. —Y ya dirigiéndose a mí—: ¡Verás, Joaquín, qué clase de ayacas hace mi hermana!

De esta forma tan filial, ya no soy el joven desconocido de hace unos momentos. Vuelvo a ser Joaquín. Pero un Joaquín cercano y bien recibido.

Nada pregunta mi familiar interlocutor. Todo lo deduce en voz alta, como para buscar mi asentimiento a sus, para mí, asombrosas conclusiones: mis ideales me han impulsado imprudentemente. He acudido a un llamado que no entiende de sensatez. Mi propósito, aunque disparatado en tiempo y lugar, se asienta en convicciones: he venido a alzarme, a unirme a los que ahora, dispersos y ferozmente perseguidos, desembarcaron por allá, por Niquero. Lo único reprochable que pudiera haber en mi proyecto es que lo debilite un entusiasmo de arrebato. Sin pronunciar la palabra «esperar», éste no vidente me hacer ver que todavía no es el momento.

Y como nada inquiere, hace brotar la confidencia y me suelta la palabra en fluidez que sólo se reserva al íntimo, al amigo añejo, al que nada se le oculta. A ratos se inclina hacia mí y coloca una de sus manos en mi rodilla, como para reafirmar un pensamiento o hacer más convincente una afirmación. Entonces baja la voz y es él el que hace confidencias, el que brinda informaciones que la prensa censurada no trae; o desmiente la falsa y parcializada: han matado a muchos, pero Fidel está vivo. Él y un grupo marchan hacia la sierra y si llegan, allá no hay quien los agarre. Éste es sólo el comienzo de una guerra larga y a esa gente le va a hacer falta no sólo refuerzos, sino también comida, pertrechos…

—¿Tú no has visto la sierra, Joaquín? ¿Nunca has estado allí?

Aquello hay que conocerlo. De allá no los sacan ni tres ejércitos…

Ahora soy yo el que inquiere:

—Pero, Arturo, entonces, ¿qué debemos hacer nosotros?

—A ellos les va a hacer falta una retaguardia poderosa, que los apoye y los abastezca. Y en eso, aunque de distintas maneras, todos podemos contribuir. Lo verás, lo verás, compay. Y ahora, no seas vaina y vamos para la cocina, para que comas algo.

Se levanta ayudado por el bastón. Y es sorprendente su desenvuelto andar, sorteando muebles mientras me conduce al fondo de la casa, el lugar más íntimo, allá a la cocina, donde Clara se atarea frente al fogón. Y es una suerte de encantamiento el que me hace sentir sobrino real de esta familia, ya mía, que acabo de conocer en esta casa, donde ya nada me parece ajeno ni extraño. Menos, claro está, esa forma peculiar de entonación graciosa de esta región y sus giros localistas, donde el sillón-mecedora es balance, el cubo es balde, y la ayaca… ¿qué será la ayaca prometida en el acogedor ofrecimiento?

Al fin se descifra el enigma ante la humeante cazuela que se destapa y de la cual extrae Clara, pinchándolos con un tenedor, chorreantes tamales. Tamales que aquí llaman *ayacas* y que llenan la cocina con un enervante sahumerio de maíz tierno.

Y mientras comemos como genuino grupo consanguíneo, el conciliábulo familiar decide mi destino inmediato: dormiré allí y mañana al mediodía, en el ómnibus en que pase Pedro, regresaré a La Habana. Clara me acompañará a la estación, que es aquí el cafecito donde hacen su parada los transportes interprovinciales. Arturo, mientras me incita a comer más, pues «estoy muy flaco» (cosa que no sé cómo habrá adivinado), me da más detalles de los acontecimientos ocurridos, tanto en Santiago como allá más lejos, en Niquero, el lugar del desembarco.

Éste ha ocurrido cerca de Cabo Cruz, en una zona de maglares de difícil acceso cuya población más cercana es Niquero. Por gentes de allá se sabe que los expedicionarios son como cien y que vienen bien armados; que el lugar no es nada conveniente para alcanzar la sierra; que han habido combates y asesinatos de prisioneros. De lo de Santiago, más inmediato, tiene mayores informaciones Arturo, pues aquí viven familias que tienen sus hijos estudiando en la capital provincial: la ciudad entera estuvo en poder de los revolucionarios todo el día 30 y parte del primero de mes. Quemaron la estación de Policía y la Marítima, la tomaron; francotiradores del Veintiséis, apostados en todas las azoteas, hostigaron a una guardia asustada que no se atrevió a salir del Moncada. Entre los muertos más sentidos está un tal Pepito, muy conocido aquí y por demás muy querido. Todos los muchachos vestían el mismo uniforme verde-olivo que traen los que vinieron de afuera, con idéntico brazalete rojo y negro, por lo que es evidente que ambos acontecimientos fueron coordinados.

Con todas estas noticias bulléndome en el afiebrado cerebro, con la frustración de estar tan cerca y tan lejos, de haber llegado hasta aquí y no haber podido coronar con éxito mis planes, lleno de encontradas emociones, pleno de entusiasmo y abatimiento, maldiciendo mi *mala pata* y bendiciendo mi providencial suerte por haber encontrado a esta gente, mi nueva familia, me hundo, al fin, en un intranquilo sueño.

Guido me increpa duramente desde alto estrado y abre con mallete de magistrado un solemne juicio, donde soy el único acusado. Mi abogado defensor es Dulce que, acorde con su papel, viste negra toga de jurista. El fiscal es una Irene enfundada en uniforme rebelde con enorme revólver al cinto. El arma, que brilla cegadoramente, es el inolvidable Eibar de un imperdonable hecho, enraizador de crueles remordimientos en mi memoria martirizada. El jurado lo componen todos mis amigos, los de La Habana y los del Cotorro. Entre el público, sobresalen las caras de Pedro Rodríguez, chofer de ómnibus interprovincial, de Clara, su mujer y del ciego Arturo, su cuñado. En las filas de asientos más alejados, se sonríen, sarcásticos, Quintín Pino, que está sentado al lado de un Jesús todo ensangrentado, y un Kino que enarbola, en mano alzada, un libro de Marx. Todos se me abalanzan en furioso tumulto, me golpean, me alzan en peso y me sacan atropelladamente del salón del juicio, para arrojarme con violencia a las polvorientas calles de un Placetas rectilíneo y desierto, por cuyos aires se desplazan vertiginosas las plaquetas de hierro colado con letras al relieve, que dicen: Cuarta del Sur, Tercera del Oeste, Segunda del Norte... que vuelan como hojas secas arrastradas por ráfagas de un viento siniestro y huracanado. Por la pantalla de un extraño cinematógrafo se deslizan, raudas, casas, cuadras de pueblos y ciudades a cuyas entradas se yerguen rótulos que anuncian sus nombres. Son casas, cuadras y pueblos distintos. Pasan en desorden o se repiten en absurdos itinerarios: Palma Soriano, Placetas, Cotorro, Camagüey, otra vez Placetas, Santa Clara, El Cotorro, otra vez Santa Clara. Las imágenes se suceden sin interrupciones verdes de campos despoblados. Y es como si una fuera la continuación de la otra, solamente separadas por los postes idénticos con diferentes rotulados.

Y de pronto, la pantalla del alucinante cine es la ventanilla del ómnibus. Y a través de ella comienzan a desfilar con más lentitud, al disminuir la marcha aquél, las primeras casas de una ciudad que, aún sin acabar de despertar de mi semisueño de letargo, no necesita ninguna valla anunciadora de su nombre para que yo pueda reconocerla: estamos entrando en Santa Clara. Y es Pedro que, ahora relevado del timón por su compañero haciendo funciones de conductor, me sacude, sonriendo afectuoso, para acabarme de despertar:

—¡Vamos, sobrino, que vamos a comer...! ¿O mejor te traigo un bocadito? —Me lo dice malicioso, como bien enterado de mi renuencia a bajarme en esta forzosa parada—. ¡Sigue, sigue durmiendo! Mejor yo te lo compro y después te lo comes, cuando despiertes.

1958

Sin patetismos histéricos, razonadamente y como si no se tratara de nosotros mismos, Guillermo y yo hemos hablado del asunto seriamente. Y hemos llegado a una resolución sin alternativas: ¡no nos dejaremos coger vivos! Si llegan a descubrir nuestro escondite, no vamos a caer en sus manos. No es pose de héroes, es la única forma de evitar el espanto que nos espera, si nos agarran. Ayer, cuando Manolo nos trajo de comer y nos dejó algún parque para nuestras armas, no quisimos comentarlo con él. Pero ya tácitamente teníamos tomada nuestra determinación. En su breve visita, Manolo nos contó lo de Machaco, Rogito y Pedro Gutiérrez: sorprendidos en un apartamento de la Víbora, dieron combate, acorralados en una azotea, hasta la última bala. Así es mejor. Morir peleando o por nuestra propia mano y no sufrir la agonía interminable que nos tienen reservada estos monstruos del sadismo. La lista de los compañeros caídos este año cincuenta y ocho es interminable. El mismo Pedrito Gutiérrez se había salvado hacía poco, cuando fueron sorprendidos frente al Coney Island y mataron a Mingolo. Pero los que cayeron vivos, a ésos los esperó una suerte de espanto. No quiero recordar los cuerpos destrozados de Papito, de Guido y de otros tantos que tuvieron que sufrir las más horribles torturas. No, no quiero ni para Guillermo ni para mí ese fin. Así, cuando se fue Manolo después de sermonearnos todo un rosario ya sabido de recomendaciones, él y yo hemos hablado del asunto. Todavía está débil de tanta sangre que perdió, pero la fiebre ya cedió y después de las dos primeras curas que le hizo aquel médico asustado que Manolo trajo, está más repuesto. ¡Verdad que es fuerte como un toro! El plomazo lo agarró debajo del hombro derecho, atravesándole limpiamente el pulmón y saliéndole por debajo de la paletilla, donde le hizo un boquete espeluznante. Pero el médico dice que las heridas en el pulmón, si no interesan venas importantes, se sellan de forma casi instantánea. Que el peligro es el hueco de salida y la posible infección, para lo que le mandó un carajal de millones de penicilina, que yo mismo le he ido poniendo, según recetó. Así, me he estrenado de enfermero y he aprendido a inyectar con la nalga del pobre Guillermo que, ¡parece mentira, con lo valiente que es y el miedo tan grande que le tiene a la jeringuilla, que empuño resueltamente!

GUILLERMO

Nací y me crié en Santiago y de Santiago no hubiera salido nunca si no hubiera sido por aquel asunto… De chiquito papá nos acostumbró a mis hermanos y a mí a trabajar de verdad, duro, no de jarana; a trabajar mucho y hablar poco. Así, apenas un vejigo, me fui a trabajar con el viejo de peón de albañil en una casita que estaba haciendo por San Pedrito. Aprendí con buen maestro el oficio de constructor y más tarde fui capataz de obra. Igual que papá. Como jefes de cuadrilla nos empleó a los dos la Anderson y la Cayuga en las obras de Lengua de Pájaro. Allí yo era el capataz más joven y el viejo estaba orgulloso de tenerme de compañero. Hasta que se me embromó la vida y tuve que ir con otra compañía a construir en Santa Clara. Casi huyendo, salí de mi provincia. En Santa Clara conocí a Quintín y Manolo, con los que siguió embromándoseme la vida. Joaquín llegó de La Habana ya con el nombramiento de listero. Conseguir esa plaza no es fácil sin palanca. Y el muchacho, aparte de atolondrado y lelo, se veía que no había trabajado con anterioridad en la construcción. Ni en la construcción ni en nada. Por todo eso, con Joaquín siempre fui muy receloso. Su figura de estudiantico, medio arrebatado él, desde el primer momento me fue sospechosa. ¡Y verdad que este flaco loco nos ha dado dolores de cabeza desde el primer día…! Aquello de aparecerse en casa de Quintín con un chivato no tuvo precio. Y por poco le cuesta caro. Nada, el muy vaina lo que estaba desesperado por hacer contactos con el Movimiento. Después se integró a nuestro grupo y siempre yo tenía que velar por él y sus ocurrencias, de verdad descabelladas. Y cuando lo llevamos a la primera acción, a pesar de que se portó bien, siempre nos reservó una sorpresa y por poco lo caga todo. Desde aquel día, casi no nos hemos separado. Le he tomado verdadero cariño, porque es guapo de verdad, a veces hasta la temeridad. Parece que quiere morirse y tiene unos sentimientos muy nobles. Para mí, que de verdad está medio loco. Debe de ser de tanto estudiar y leer, que siempre anda con un libro a retortero.

Él, Manolo y yo fuimos juntos para El Cotorro después de la cagazón que formamos y donde Joaquín se echó de ñapa al chivato que lo engañó. En ese pueblito, a la entrada misma de La Habana, seguimos en lo mismo y la conspiradera era más abierta, cosa que no me gustó. Yo sé que la insurrección ha ido desarrollándose y que no es igual a como empezamos. Pero la indiscreción allí era muy grande. Todo el pueblo sabía en lo que andábamos y los guardias nos conocían a todos. Y para colmo, Joaquín seguía haciendo de las suyas. Primero, que si se iba a casar. ¡Usted ha visto! ¡Casarse en estos momentos! Después, para mi asombro, que Manolo lo apoya y hasta le da cranque para que lo haga. Nada, que fue a buscar a su guajirita, la trajo para acá y metió a la pobre –que debe de estar más loca que él– en un cuartico, cerca. Bueno, después me di cuenta de la conveniencia de que lo hiciera. Lo teníamos cerca, pero bajo control y el cuarto de ellos nos sirvió de mucho para *limpiar* el nuestro. Además, que ya no éramos tres los que ocupábamos aquella ratonera. Era prácticamente yo solo, porque Manolo, tan pronto el Flaco se mudó, levantó la pata y casi nunca venía a dormir. Lo veía, si acaso, en la pega; cuando iba, porque comenzó a faltar por sus trajines y casi no se le veía apenas un momento en sus continuas idas y venidas.

Ahora que esto parece que se está acabando me viene a pasar esto. En el campo y demás provincias ya mayoreamos al ejército de la dictadura. Camilo y el Che ya están en las Villas. Ahora es cuando debía estar yo en Santa Clara o en mi Oriente. Ahora, cuando los guardias están desesperados porque ven el final, aunque nosotros, aquí en La Habana, casi no podemos más… ¡Qué momentos! Para vivirlos enteros, no como estoy ahora. Ahora estoy bien fastidiado. Era para que me hubiera matado el tiro que me dieron. ¡Pero quién iba a imaginar que el Loco se bajara de la máquina! ¡Mira que se le dijo! Que era nada más pasar y rociar, hacer una pasada a aquel colegio electoral concurrido sólo por chivatos. Pero Joaquín, después de lo de Guido y la huelga, está fuera de control. Se tiró del carro andando y cuando vengo a ver, está metido dentro, acabando con todo... ¡No sé cómo no lo mataron! Para mí que le dio en esos momentos uno de sus arrebatos inesperados. Nada compay, que la yagua que está para uno, no hay vaca que se la coma. Él salió sin un arañazo y a mí me tuvieron que dar. Ahora me han «guardado» en esta casa grande y vacía y me han dejado a Joaquín, nada menos, para que me cuide.

NOVIEMBRES, ALGUNOS NOVIEMBRES

1961

No sé cómo ha podido cambiar tanto. Es otra mujer distinta. De aquella candidez de guajirita placeteña, no queda nada. De la que se sonrojaba y no podía sostenerme la mirada, de la que apenas hablaba a la que ahora grita y exige, a la que nada conforma ni halaga, hay una distancia galáctica, tan abismal como la separación que está consiguiendo abrir entre ella y yo. Lo cierto es que nuestro matrimonio lo ha destruido esta Dulce que en nada se parece a la muchachita aquella, tan modosita, que conocí cuando me escondieron en su casa, allá en Placetas.

Quizá el error fue enteramente mío, por obrar precipitadamente en asunto tan serio como un casamiento. También aquellos eran otros tiempos. Todo parecía incierto y la vida era algo tan ilusorio que se te podía acabar en cualquier momento. En cualquier momento de aquel tiempo terrible, TIEMPO DE CRECER Y DE MORIR. Además, todo quedó concertado por cartas. Cartas que escribí, primero, para encubrir mi escapada rebelde a Palma; después, porque ella me contestó y era muy romántico y delicado su recuerdo. Lo cierto es que de esa relación epistolar fue surgiendo una madeja de compromisos que, dadas las circunstancias, no podía acabar sino en el Registro Civil. Cuando volví al Cotorro, lo primero que se me ocurrió decir fue que había ido a Placetas a ver a Dulce. Así respondí cuando mis amigos, y en especial Guido, inquirieron los motivos de mi repentina desaparición. Hacía pasar, de esta forma, mi indisciplina indomada por un arranque de romántico idilio; mi rebeldía anárquica por un arrebato amoroso; mi absurdo viaje a Palma, por una sentimental estancia en Placetas. Inmediatamente vino la primera carta para concertar su complicidad. Porque si Guido llegaba a saber la verdad, lo menos que podía yo esperar era que me expulsara del Movimiento. Nos pasamos carteándonos casi todo el cincuenta y siete y en noviembre nos casamos. Para ella alquilé este cuarto donde, cuatro años después, ya no cabe y desde donde maldice su mala suerte y la mala hora en que accedió a casarse con un hombre nada práctico, que se alimenta de recuerdos y no sirve para nada.

Es verdad que hay que reconocerle que compartió la etapa más violenta de la lucha con abnegación. Que tomó su parte correspondiente de necesidades y peligros, mostrando un valor insospechado en una personalidad tan aparentemente apocadita. Pero una vez que triunfamos, apenas apagados los primeros júbilos y sentimentales evocaciones de la victoria, Dulce se tornó otra. No digo yo su forma de pensar, hasta sus sentimientos cambiaron. A mis antiguos compañeros, sobre todo a Benito, no lo resistía, atreviéndose a mostrarle abiertamente su antipatía, rezongando tan pronto aparecía alguno de ellos a visitarnos o respondiéndome gruñona ante cualquier petición destinada a atenderlos.

Ella no entendía que unos meses después del triunfo me despojara del uniforme verde-olivo y dejara de ser primer teniente para convertirme de nuevo en estudiante. Le irritaba sobremanera que yo siguiera dependiendo de un minúsculo sueldecito en Obras Públicas y que invirtiera las noches en ir a la universidad en pos de mi título de ingeniero civil y que los fines de semana me los pasara estudiando. ¡No señor, «para eso no habíamos pasado tantos trabajos ni habíamos luchado tan duro»! Pero lo que le puso la tapa al pomo, fue cuando, en abril de este año, me vio volver a vestir mi atuendo de guerra y marchar con las Cat-30 hacia las arenas de playa Girón.

Ahora mismo tengo un examen de Estructuras arriba y apenas me puedo concentrar por los líos y las broncas que hemos tenido. Dulce hace tres días que se marchó a casa de sus padres. Se ha ido tras una cortina de gritos, insultos e improperios que todavía resuenan en mis oídos. Ella cree que merezco más y debo, por tanto, recibir más. Todos sus reproches parten de esa base: «Que si Benito es capitán y le dieron una casa y nosotros seguimos viviendo en este cuartucho y ahora se te ocurrió volver a ser estudiante. Que cuando suenan los tiros, entonces sí corres a pelear de nuevo y ahora nada menos que contra los americanos, y se te olvidó que querías estudiar. Que si nada te importa, ni yo misma, ni nuestro futuro, que sigues siendo un loco y parece mentira lo inteligente que pareces, porque para tus intereses –y los de ella– más bruto no puedes ser.»

Hace tres días que estoy de nuevo solo en este cuarto, cuyo desorden aumenta por minutos ante la ausencia de la mano femenina. Hace tres días que no tiendo ni la cama y todo aquí es un reguero de libros, papeles y ropas. Pero hace tres días que aquí hay tranquilidad y no se oyen peleas. Sobre la pequeña mesa de pino se amontonan mis libretas, notas de clase y los libros de estructuras que saqué de la biblioteca. Todo en perfecto desorden. Tan perfecto, que no encuentro el cenicero, que ha quedado sepultado bajo los papeles. La claridad del mediodía rompe de lleno por la única ventana del cuarto, a cuyo marco tengo arrimada la mesa. Esta ventana, más oreja que ojo, ya que ofrece más sonido que panorama, receptora de todos los ruidos del vecindario y que de paisaje sólo brinda el muro sombrío, frontera de un largo pasillo donde se alinean los seis cuartos de esta accesoria. Ese muro apenas repellado y cuyas irregularidades, en el pedazo que queda frente a mi ventana, ya me conozco de memoria. Mirándolo sin verlo, el tiempo corre, la memoria vuela, me asaltan los recuerdos… El tiempo pierde dimensión o gana sustancia. Se vuelve elástico, rebota en imágenes, me secuestra de este presente y me envuelve en momentos y hechos que ahora parecen lejos y dejan de ser pasado.

1957

–Sí, a lo mejor viene bien que te cases. Para ver si así te asientas y no jodes más.

–Y de paso –interviene Guillermo– salimos de él, Manolo. Que ya tú y yo estamos cansados de cuidar al niño en sus majaderías. ¡Que lo cuide la mujer! Pero tendrá que alquilar un cuarto, que aquí no la va a meter, ¿no?

De esta forma tan jocosa, pero seria en el fondo, acogen mis dos amigos mis planes de casarme y traer a vivir para acá a Dulce. Se los he informado al regreso del trabajo, en nuestro propio cuarto, como consultando con ellos, cuando lo cierto es que ya tengo bien tomada mi decisión. Tengo en mis manos, sin abrir aún, otra carta de ella llegada hoy. Guillermo se prepara, toalla al cuello y chancletas de palo por calzado, para ir al baño, mientras Manolo registra, buscando algo en su maleta. Es él el que con más naturalidad ha tomado la noticia, el que levanta ahora la cabeza, interrumpiendo su trajín, para decirme, pensativo, como ensimismado:

—Sí, sería lo mejor. Está bueno ya de hombres solos. Y no nos vendría mal contar con otro lugar, ocupado por un matrimonio joven, del campo, muy tranquilitos y trabajadores… Pero tiene que ser pronto. ¡Que el amor no espera, ni la Historia tampoco!

Fue así que, más impulsado todavía por la explícita aprobación y sin tomar en cuenta aquellas palabras que encerraban tantas cosas, el siguiente día de cobro alquilaba yo este cuarto con bañito y con closet disfrazado de cocina en un largo pasillo interior, donde se alineaba con otros cinco cuartos idénticos, que el dueño llamaba pomposamente «apartamentos interiores».

Todo después fueron afiebrados preparativos: la compra de algunos muebles y cachivaches viejos, entre ellos, un bastidor «camero» con su colchoneta, una mesa de pino con dos sillas, un fogón de tres hornillas y un estantico platero, de esos de pared, el avisar por telegrama urgente a Dulce, que siguiendo mis instrucciones ya había sacado su inscripción de nacimiento y su certificado de soltera, la fecha de mi arribo a Placetas y los preparativos de la boda hechos por el consternado padre, a quien la premura en ejecutar nuestros planes no dejó tiempo para reaccionar; y la modesta ceremonia y el brindis, con una botella de sidra en aquella casa que me escondió; y el viaje de regreso y la instalación, con sorpresa intercalada, en el nuevo nido de la recién desposada. Lo que no se explicaba se dejaba entender para el buen entendedor. Yo estaba en «esas cosas» y por otra parte, tenía un salario que me permitía mantener, aunque pobremente, una casa. Los tiempos que vivimos justificaban la prisa…

De esta forma, casi fugados, embarcamos por el apeadero de Falcón, cruce ferroviario que enlazaba a Placetas y Zulueta del Sur, pueblos que no contaban con ferrocarril, con La Habana. Dulce lleva, además de la maleta nueva con su ropa, una infinidad de cajas que contienen todos los tarecos imaginables que necesita una casa: desde platos y cazuelas hasta un hule de cuadros para nuestra mesa. Y es un voluminoso equipaje lo que se amontona en el andén de este ramal ferrocarrilero, mientras esperamos ansiosos el tren que no demora en llegar… El viaje en tren me hace bien, me adormece en su monótono traqueteo y me evita pasar por el mismo medio de Santa Clara. Dulce se acurruca a mi lado como buscando refugio, quizá esperanzada, quizá asustada.

Cuando llegamos a la Estación Terminal de La Habana, Manolo y Guillermo nos están esperando con un pequeño, pequeñísimo camión de alquiler, a cuyo timón está nada menos que… ¡Benito! ¡El Chino Benito!

–¡Esto sí es grande, caballeros! Pero ¿de dónde sacaron ustedes a este chofer? –inquiero, lleno de alegría y sorpresa a mis dos compañeros, mientras me fundo en un efusivo abrazo a este chino gago y gordo a quien no esperaba ver en largo tiempo.

No soy el único sorprendido. Sólo Manolo contempla la escena socarrón, mientras todos muestran asombro: el mismo Benito, Guillermo y, por supuesto, Dulce que, por no comprender nada, debe de ser la más pasmada y confusa. Ya cargada la diminuta cama en nuestro vehículo, nos acomodamos en el asiento de la cabina, ella, nuestro sensacional chofer y yo. Manolo y Guillermo trepan a la plataforma llena de cajas y paquetes; me entero, ya en camino de que debemos pasar por «otro lado» primero, a recoger algunas *cosas*. Y pienso, consternado, en mi pobre esposa, que apenas acaba de llegar y ya se ve envuelta en nuestras actividades. Trato a la vez de tranquilizar mi conciencia, pensando que ella va a compartir mi vida y que está consciente de como me conoció. Pero en estas reflexiones me ataja la jodedera gaguera de Benito, que exclama sonriente, sin quitar la vista del tráfico:

–¡Hombre casado, cará…! ¡Así que tú eras el loco que teníamos que recibir en la estación! ¿Así que de luna de miel…?

Me entero de que Manolo y Benito se han conocido en los

últimos días y que el Movimiento coordina acciones en toda la capital, para algo bien gordo, mientras que, dando tumbos nuestro desvencijado camioncito, toma el Paso Superior y comienza a salir de La Habana.

Es poco el tráfico en esta mañana de domingo invernal cuando abandonamos la Vía Blanca en el entronque de Barreras para dirigirnos a Campo Florido. No pregunto nada, pero ya adivino: nuestro arribo, mudada y acomodo en el nuevo cuarto, servirán para encubrir las dos cajas de dinamita que Manolo y Guillermo a toda prisa cargan en las canteras, mientras Benito permanece en el timón con el motor encendido. Así, cuando al fin llegamos a nuestro nuevo «nido de amor», con toda la mulada bajan aquellas dos cajas de madera que dicen: «¡Caution! ¡Handle with care!» ¡Pobre Dulce, no es capaz de imaginar lo que estamos haciendo!

Ya en nuestro cuarto, sentados en la cama y sobre las cajas y los bultos que se esparcen por el suelo, ocupando casi todo el espacio, se entabla la necesaria y esclarecedora conversación. Mientras tanto, Dulce se afana en desempacar e ir colocando en los lugares que va eligiendo, con función de dueña, los más disímiles objetos caseros. En esta conversación, matizada con la alegría del reencuentro inesperado, entre bromas y chispeantes anécdotas de hechos en los que nos hemos visto envueltos, me entero de que Benito, en su estadía en el Príncipe, ha conocido a un excepcional jefe habanero con el cual se fugó en una evasión casi masiva (fueron once los que escaparon) el pasado 22 de octubre. A este jefe, casi una leyenda viva, se le conoce por Sergio el Curita. Siguiendo sus instrucciones, el Chino ha establecido contacto con distintos grupos en La Habana Vieja, Regla, Guanabacoa y El Cotorro, en la preparación de un golpe magno que se hará sentir en toda La Habana: se trata de hacer explotar a la misma hora del mismo día más de cien bombas. Somos sólo una parte de un más vasto engranaje que este Jefe de acción mueve con precisión de relojero. A nosotros nos toca el recoger en las canteras de Minas, cerca de Campo Florido, la dinamita. Cosa que ya hemos hecho; y la confección con la misma, de los petardos correspondientes, lo que hay que hacer rápido, esta semana. Una vez terminada la manufactura, habrá que reportar el número exacto de niples con que contamos. Luego vendrá su distribución a los compañeros encargados de colocarlas... Por la narración de Benito, interrumpida a ratos por oportunas observaciones de Manolo, se nota que es una acción concebida, proyectada en sus más mínimos detalles, con una concepción de *diseño* de la lucha clandestina realmente genial. Hace rato que en La Habana suenan todas las noches una o dos bombas, bombitas más bien. Pero CIEN BOMBAS estalladas al unísono, a la misma hora, es algo que ni la censura de prensa puede callar. Todo el mundo se va a enterar y será una demostración de la capacidad y organización de nuestro Movimiento en la capital. No, y si todas estallan a la misma hora, entonces sí que va a ser un acontecimiento que hará temblar a la dictadura.

Siguiendo instrucciones de Sergio, Benito ha contactado con Manolo. Y sólo ahora comprendo el porqué de su interés por mi boda y el sentido de sus palabras de aprobación al establecimiento de mi casa aparte, casa «de matrimonio joven, del campo, muy tranquilitos y trabajadores». Cuando pregunto por Guido y si aprueba esta acción y si participa, a su vez, en ella, me informan de que, después de algunas objeciones sobre el carácter terrorista o no de lo proyectado, él mismo tiene a su cargo una parte similar a la nuestra; que ya ha conseguido, al igual que nosotros, la dinamita; esta vez de las canteras de aquí, de Santa María del Rosario y que su zona de acción (o distribución) será Guanabacoa. El Cotorro no entra en los planes, será territorio en calma, mientras se concentrará la bulla en La Habana, Regla y Guanabacoa.

De esta forma somos dos grupos *preparadores* que actuamos en este pueblo. Preparadores y no ejecutores, me remarca Manolo, para que no haya dudas en mi comprensión:

—¿Me entendió bien, hombre casado? ¡Somos *preparadores,* porque tenemos que prepara y garantizar lo que viene! Así que ahora a lo nuestro y más tranquilitos que nunca, ¿eh…?

Lo ha dicho con toda su autoridad, como regañándome de antemano, adelantándose a cualquier improvisación mía, a cualquier exceso de ardor o celo, a cualquier locura de las que me conoce capaz…

Entretanto, Guillermo se empeña en abrir una de las cajas que ha acompañado a nuestra mudada y después de mucho trabajo lo ha logrado, para asombrar a todos con su contenido: cartuchos de dinamita «rompe roca» de a libra, con envoltura roja, de la fuerte. Manolo le llama la atención y pronto las dos cajas ruedan debajo de nuestra cama matrimonial, mientras la conversación se extiende descifradora de mutuas incógnitas, llenando lagunas de desconocimiento, fundamentalmente entre Benito y yo. Guillermo, quizá por el regaño o porque es lo más práctico, dice de buscar algo de comer para todos y con ese objeto sale a la calle, de donde no tarda en regresar con algunos cartuchos y laterías. Dulce distribuye el magro condumio y Benito hace, como siempre, alarde de goloso.

Ya en la alta madrugada, Manolo y Guillermo se retiran al cuarto que también fuera mío y que ahora comparten ellos solos, dejándonos a Dulce y a mí el magnífico regalo de un visitante para nuestra primera noche de casados: el Chino Benito dormirá en nuestro cuarto, en el suelo, sobre una frazada que ella le ha tendido al lado de nuestra cama. Esta esposa aún no estrenada, tan adaptable y sumisa, que no exige nada, y tan bella… y tan, sin aparentarlo, dispuesta a todo, parece aceptarlo todo con una conformidad que termina por irritarme.

El sueño no llega en lo que resta de oscuridad. Y cuando no es el intercambio con un Benito que tampoco duerme y que se mueve continuamente protestando de la dureza del suelo, son las dudas que me asaltan sobre este magno plan las que alejan las nieblas del reparador…

Medito en lo que puede significar una bomba, en su poder destructivo, en lo que puede hacer cada uno de esos cartuchos que están bajo nosotros, en la posibilidad de que cobren vidas inocentes. Y me aterroriza esta idea. Todavía si estallara en medio de una estación de policía o en un cuartel… Pero ¿en plena calle? ¿Y cualquiera que pudiera pasar? ¿Y si fuera una mujer, un niño o un pobre mendigo, de los tantos que existen en nuestra capital, un infeliz pordiosero? Y mi fantasía puebla de imágenes crueles lo que es ya en mi interior una *jauría de remordimientos*. Y es la poética metáfora de Vallejo, el peruano, su país el Perú andino, montañoso… montañas, la sierra… y los que en ella se baten en un aguerrido contingente, del que me siento partícipe frustrado, ausente involuntario; rosario raudo de asociaciones, hondo abismo de evasiones en que cae mi mente, huyendo de las mordidas de la fiera jauría. Pero es inútil la caída hacia vertiginosas imágenes, al parecer incoherentes, que vienen hacia mí; el choque contra el profundo fondo de ese foso es el regreso a la tierra, es el volver a la idea inicial, de la que huyo.

No, allá en la sierra la posibilidad de matar a un inocente es remota; allí tú sabes a quién le tiras y ya. Además, siempre vas armado y hay que cogerte tirando tiros. Pero ¿aquí, en las ciudades…? Las más de las veces andas totalmente desarmado por esas calles, o en los escasos lugares donde te puedes refugiar… allí, si te descubren, las posibilidades de escapar, aunque andes armado, son mínimas; en las ciudades, todo está a favor de la dictadura. La movilidad, el propio terreno, los medios de comunicación y transporte, los mismos elementos de subsistencia… En el monte es distinto. Allá, la topografía y la noche son tus amigas. Tienen que subir a buscarte. Y desde arriba tú los ves. Además, la posibilidad de la muerte… Aquí es más tétrica esa posibilidad. En la sierra te podrán matar de bala, sí, pero en medio del combate. Y aquí, ya sabes lo que te espera si te agarran… Caer vivo en manos de estos asesinos significa la más terrible de las muertes. Es que te despedacen unos seres aberrados, sádicos, que han hecho especialidad en producir las más bárbaras agonías… ¡Maestros del espanto oficiann la tortura en tétricas salas de pesadilla! Benito ha pasado por ellas con suerte irrepetible, pues ha salido vivo. Y me cuenta, grave, en la oscuridad sus lacerantes impresiones. Él vio el cuerpo destrozado de Miguelito, sin uñas, sin dientes, con los testículos machacados hasta hacerlos una pasta sanguinolenta… Me entero, así, de la horrible muerte de este tonto, que quería estar en todo y no estaba en nada; de aquel infeliz, haciéndose siempre el misterioso, tan infantil como para andar con una pistola de juguete al cinto, deseoso e incapaz de participar, por indiscreto, en la mínima acción subversiva. El Migue del barrio, que apareció con un niple sobre el cuerpo constelado de punzonazos y quemaduras. Miguelito, nuestro comemierda epónimo. Ahora mártir inocente, al que las torturas no pudieron sacarle nada, porque nada sabía… Por Benito me entero también, lleno de estupor y amargura de que Paquito, el Pinocho lastimoso, que también era «nuestro» sin pertenecer al grupo, anda por ahí con los esbirros, como uno más de ellos, convertido en el más despreciable chivato de sus antiguos compañeros. ¡Qué destinos tan impensados el de estos dos conocidos nuestros!

Para atenuar la perceptible impresión que me causan sus informaciones, el Narra pasa a otras noticias, ya más agradables, reconfortantes. Me entera de que Carlos logró subir a la sierra y que fue por Manzanillo (con gran esfuerzo me trago de decirle de mi frustrada subida por Palma Soriano), que Juan salió asilado para México y que Papito y el Vicen están de lleno. El Vicen en una célula que organizó el mismo Benito y Papito, que anda casi por la libre, al frente de una organización que él mismo creó con muchachos de su solar. Es evidente que el Chino ha madurado mucho en todo este tiempo en que no lo veo, que surge con talla de jefe y que está muy influido por Sergio de quien, con entusiasmo casi idólatra, me habla. Me cuenta, por último, que el Roly, aunque desde posiciones cobardonas, colabora en lo que puede… Tengo, de esta manera, un panorama completo de lo acaecido en el barrio durante mi ausencia. Yo, a mi vez, he puesto al día al Chino de mis andanzas villaclareñas, de mi regreso al Cotorro, de mi pasada previa por Placetas, donde conocí a Dulce… A Dulce, que ahora, de espaldas a mí, parece dormir plácidamente, ajena a todo lo que turba mi pensamiento en esta noche. ¡Nuestra primera noche de casados…!

Incomprensiblemente, de forma totalmente irracional, me lleno de deseos. Se me produce, involuntaria, una erección tensa y molesta… Ella, tan bella, está ahí, tan cerca de mí, en la propia cama… tan inmediatamente asequible, pero ¡no, es imposible! De ninguna manera, el Chino está ahí mismo, en el suelo, pegado a nosotros… ¡y está despierto!

Ya completado el amanecer, se despide el querido e inoportuno huésped, anunciando su pronto regreso. Al oírlo trajinar, Dulce se ha levantado, ligera y pudorosa, envuelta en la sábana, como la cosa más natural del mundo; diligente, va al fogón y prepara café. Está en su cabal papel de esposa, aunque todavía… De los tres, ella es la que más ha descansado; yo, el que menos, pues la porción más animal de mi ser se ha mantenido en vigilia, torturándome. Y no acaba de cerrarse la puerta tras mi amigo, cuando sin anuncio previo, la embisto de la forma más brutal. La beso, la muerdo, la recorren mis manos trémulas y torpes, llevadas por una ansiedad desenfrenada. Todo es estupor de sorpresa e inmovilidad, en la que se siente así atacada. Y tomando su pasividad por aquiescencia, la tiro violentamente sobre la cama, me acomodo, brusco, entre sus muslos, destrozo sus ropas interiores y la penetro de un solo y brutal golpe, rasgando sin consideración sus entrañas vírgenes.

Enloquecido, no reparo en su silenciosa mueca de dolor. La crispación de agonía con que me atenazan sus piernas y la constatación de ser yo su primer hombre, su dueño, que ahora la cabalga inmisericorde, me lleva a un clímax casi onanista y precipitado. La distensión relajante, conseguida de forma tan absurda y torpe, me devuelve a la realidad. Me paraliza el arrepentimiento y la vergüenza sobre el paralizado cuerpo, paralelo al mío, que adolorido se desliza debajo de mí, liberándose de peso sofocado y sofocante. Medrosa, como un lastimoso animal al que se ha apaleado, se escurre hacia el baño, donde la siento lavarse. Me resulta increíble el que yo haya podido obrar de forma tan repugnante y salvaje. Pero no hay tiempo para ensayar una rectificación. Manolo y Guillermo, apremiantes, tocan a la puerta…

Los días siguientes se consumen en un febril trajín, que nos mantiene atareados y las pocas horas en que compartimos el lecho no me atrevo a tocarla. Por otro lado, caigo tan rendido, que no consigo reunir el ánimo para hablarle. Hemos debido trasladar desde la obra en construcción los niples de «a pulgada» que Manolo trae del taller de plomería donde, es obvio, trabajan otros compañeros a quienes no conozco. Ya en nuestro cuarto, convertido en un verdadero taller, nos damos a la tarea de manipular la dinamita que, por cierto, huele fuerte y desagradable; rellenar con ella los segmentos de tubería y colocarles la mecha, muchas veces improvisada con pedazos de frazada de piso. Trabajamos en ello Manolo, Guillermo y yo, pues Benito sale y entra cuando menos lo esperamos, para marcharse de nuevo en su camioncito llevándose, con los artefactos ya preparados, el último parte informativo de nuestra labor. Quizá horrorizada, Dulce nos observa en silencio y cocina para todos. Solamente cuando tiene listo el alimento, se atreve a interrumpirnos, alcanzándole a cada uno humeante plato.

Al fin, el viernes 8 será el gran día. Esa noche, coincidiendo con el cañonazo de las nueve, se pondrán en La Habana más de cien bombas que, explotando casi al unísono, no darán tiempo de reaccionar a las fuerzas represivas. Para mi tranquilidad, y creo que para la de todos, hemos recibido instrucciones emanadas del centro: DEBEN COLOCARSE EN SITIOS DONDE SE EVITE LA CONTINGENCIA DE VÍCTIMAS INOCENTES. CADA PARTICIPANTE EN LA ACCIÓN DEBE INFORMAR —a través de una red ingeniosamente elaborada— DE LOS RESULTADOS. Las explosiones como acción política y no las bombas, con su diabólico poder destructivo, es lo que busca Sergio. Sergio, el gran estratega de esta acción, concebida para estremecer, con La Habana, a todo el país. Las explosiones, sólo las explosiones, que serán cien testimonios de la pujanza y organización de nuestro Movimiento en la capital. Los estallidos, ensordeciendo a La Habana, harán inútiles todas las censuras de prensa. ¡Con ese ruido no hay censura que pueda!

En el último viaje Benito se lleva el resto de la dinamita, que no alcanzamos a procesar por falta de tuberías. Nuestro cuarto queda, de esta forma, limpio. Anteriormente se ha ido llevando el resultado de nuestra producción terminada, evitando el almacenamiento inútil y peligroso. En cada paso trasluce una organización impecable, producto de una concepción y planificación preciosista. ¡La noche de este viernes 8 de noviembre de 1958, la dictadura va a temblar…!

1960

No, yo no quiero ser guardia. La vida militar no me atrae en absoluto. Ya hicimos la Revolución y basta. Además, no entiendo algunas cosas que están pasando a nivel de gobierno. Que un Miró Cardona sea primer ministro, que «Masa Boba» (como le dicen a Roberto Agramonte) sea ministro de Estado y que Manolito Ray haya desbaratado el ministerio de Obras Públicas, le quitan sentido a que Faustino sea ministro de un ministerio de Recuperación de Bienes Malversados, que cuando se acaben de recuperar tendrá que desaparecer; o que Hart sea ministro de Educación. Es demasiado heterogéneo este gobierno, con un pulcro e incoloro presidente, que será muy honrado, pero que a nadie atrae ni convence. Es verdad que seguimos teniendo los yerros, pero el Ejército Rebelde ahora se ocupa de hacer escuelas y Fidel está volcado de lleno para la Reforma Agraria y en la atención del INRA, que parece que acapara toda la actualidad nacional, mientras el gobierno... ¡Caballeros, si Miró Cardona era el abogado de la United Fruit, la principal latifundista de Cuba! ¿Cómo coño voy a entender? Ya el mes pasado hubo el conato de Camagüey con Hubert Matos, que costó indirectamente la pérdida de Camilo, el jefe de nuestro Ejército. Con las pérdidas por accidentes y locuras después del triunfo, y si seguimos a ese paso, el ejército guerrillero va a desaparecer convertido en un ejército de constructores y de muertos, mientras que el gobierno, la representación del estado revolucionario...

Otra cosa que me molesta es la plaga de arribistas que se ha destapado. Los hay de todo pelaje y color. Desde los comunistas, que salieron de los agujeros donde estuvieron metidos todo el tiempo que duró la lucha, como Kino, que ahora está de administrador de una fábrica recuperada, hasta Mandy. ¡Caballeros, Mandy! Que me lo encontré el otro día, elegantísimo, de traje, cuello y corbata, en tremendo maquinón y que miró con indulgencia mi sucio y apestoso uniforme, cuando me dio su tarjeta finísima, «por si necesitas algo sepas donde estoy». ¡Mandy, cará! ¿Quién te vio y quién te viera? Así que el «Excelentísimo Señor Embajador», ¡el extraordinario y plenipotenciario representante de la nueva Cuba en tal país! ¡Ay, Armando Gutiérrez Ínsua, lo de plenipotenciario ya te venía cuando eras Mandy, el campeón de las pajas, y para protegerte tu padre te mandó a los Estados Unidos, sustrayéndote a las amistades tan peligrosas en aquella situación tan preocupante! Pero ¡mira que hay gente afortunada en el mundo, Mandy!

No, yo no sigo de guardia. Tanto el ingeniero de Santa Clara como su amigo Álvarez, el otro ingeniero con quien trabajamos en El Cotorro, están en el Distrito de Obras Públicas y me ofrecen allá empleo. Además, los dos son de la opinión de que debo continuar mis estudios, para lo que pueden darme facilidades en el trabajo. Es una oportunidad única para hacerme ingeniero, pues tendré en ellos, jefes y profesores en una sola pieza. La universidad ha reiniciado sus labores y ellos, ante el éxodo de viejos y acomodados profesores, están de catedráticos en la reabierta Escuela de Ingeniería Civil. Ellos piensan que ya que comparten sus tiempos en ambas funciones, yo también podría compartir el mío entre el trabajo y la universidad. ¡Es hora de ocuparme de mí, de Dulce, de nuestro futuro!

Futuro, futuro siempre por hacer. Y este presente confuso e incierto... Ahora parece que lo único que se dibuja nítidamente, lo único preciso, es el imborrable pasado. Tan cercano, inmediato. ¡Nuestro pasado, *mi pasado*! Casi me asombro de calificarlo así: pasado. ¿Pasado? ¡Si no ha pasado! ¡Está ahí, marcándome su huella indeleble en la memoria, como un hierro candente en la piel del ganado! ¡Pasado! Pasado hacia donde me llevan torturantes recuerdos. Recuerdos, que me hacen volver a vivir aquellos momentos...

1958

—¡Mango, mango, mangüé...! ¡Mango, mango de torrecilla, cómprame, casera linda, mi mango...! ¡Mango, mangüé!

La voz estridente del pregonero sube hasta el segundo piso de alto puntal, en cuyo balcón no puedo ni debo asomarme. Me hace gracia la gangosa, ronca, a ratos suplicante, exhortación a la compra, voceada a gritos por el medio de la calle. Es una bien recibida, por inesperada, pincelada de pintoresquismo sedante en medio de mi tensión. Y no puedo evitar la imprudencia de salir; el deseo de observarlo desde atalaya privilegiada por perspectiva tan exclusiva pesa más que todas las recomendaciones que me han hecho, que todas las cautelas exigidas a nuestra permanencia en este piso, supuestamente deshabitado. Pesan más los días de obligado encierro, sin ver calle ni cielo; y por eso abro la puerta de doble hoja, que atraviesan del suelo al marco las persianas francesas. No me basta con salir al balcón a encontrarme con una claridad cacheteante, sino que me encimo a la baranda, descolgando medio cuerpo hacia la calle, para atrapar todo el paisaje de luz y libertad, de espacio abierto y sonoro que me brinda este pedazo de La Habana, tan colonial y tan barroco. Me trago la luz, me expando en el espacio y lo busco, ansioso.

Allá va, por el medio de la estrecha cinta de asfalto, que cubre apenas el viejo adoquinado. Negro como el asfalto mismo, detrás de una carretilla que sirve de base piramidal a su mercancía lujuriosa y que él empuja, esforzado, inclinándose en tensiones de piernas que se alternan, estirándose en un trabajoso paso. Paso de sudor y esfuerzo que acompasa el pregón:

—¡Mango, mangüé! ¡Mango de torrecilla!

Ya dobla la esquina, dejando tras de sí el eco de sus roncos gritos, y mis ojos golosos tragan el parcheado mosaico del vecindario: la abigarrada arquitectura de fachadas disímiles, en las que se destacan, como elemento común, las lucetas multicolores de los falsos vitrales que cierran arcos de puertas y ventanas; las estrechas aceras grises, estrechas para caminar y donde, a pesar de ello, tres niños juegan; la vieja bodega esquinera, los balcones vecinos y frontales, mostrando por igual sus pretiles enrejados, llenos de la fantasía de un artífice forjador, émulo en hierro de las arañas tejedoras, que las tendederas de ropa lavada en casa, testimonio multicolor de la pobreza y, a veces, de la miseria, los ennegrecidos embaldosados de barro rojo de las azoteas, donde se hace frecuente el agregado cuartucho de tablas. Extensión improvisada del área habitable de familias crecientes. Todo, todo lo quieren observar mis pupilas ávidas…

De pronto, me descubro a mí mismo aquí. Aquí, donde no debo estar. Donde se supone que no hay nadie. ¡Ah, mi madre! No quiero ni pensar lo que puede traernos como consecuencia esta imprudencia mía. Y lo peor es que… ¡estoy en calzoncillos! ¡En calzoncillos y con una pistola en la mano en pleno balcón!

No, no es que esté loco. La ropa me la había quitado para

lavarla. Estaba toda manchada de sangre de Guillermo. Y la pistola ha sido un reflejo totalmente inconsciente. En estos días que llevamos aquí me he acostumbrado a llevarla conmigo cuando tengo necesidad de moverme de una habitación a la otra. De esta forma, se ha hecho en mí la costumbre de no separarme de ella ni para ir al cuarto de baño. Y cuando oí la voz estentórea del pregonero, no pude más y arranqué así, como estaba...

Este año cincuenta y ocho más tétrico y terrible para nosotros no ha podido ser. Y ahora para rematar, esto. Si es cierto el dicho de que «lo que mal empieza mal acaba», este año pinta muy, pero muy mal. En febrero perdimos al negro Papito, en marzo apareció el cadáver de Sergio tirado en Altahabana, después vino el desastre de la huelga de abril, donde prácticamente nos desarticularon y perdimos un montón de compañeros valiosísimos. ¡Muy caro que nos costó esa huelga! Y ahora, en noviembre, mientras la lucha en las montañas se consolida y avanza hacia el centro de la isla, a nosotros en las ciudades nos tienen en un jaque perpetuo. Bueno, es un jaque mutuo, porque los cuatro gatos que quedamos somos eso, gatos, pero acorralados, que es cuando dicen que ese animalito se vuelve una fiera de verdad. Es indudable que esto no puede durar mucho más. Y eso lo sabe hasta la misma Dictadura. Los que quedamos después del desastre de abril no vamos a darle un minuto de tregua a la fiera. Y le vamos a amargar, pero bien duro, sus últimos estertores. Este invento extemporáneo de celebrar unas elecciones con un retraimiento generalizado y un solo candidato, Rivero Agüero, que es una prolongación gelatinosa y abyecta del propio Batista; este invento macabro sobre la memoria de tanto muerto, sobre la sangre fresca aún de tanta juventud inmolada, nosotros, los que quedamos, no íbamos a permitirlo. Y le armamos tremenda fiesta.

Hemos salido en dos máquinas a tirotear los colegios electorales. Llevamos arriba todo nuestro arsenal y sus reservas. En un automóvil vamos Manolo, Guillermo y yo; en el otro han salido Benito, el Vicen y otro muchacho de la gente del Gordo. La idea es pasar, hacer una rociada y tirar algún coctel. Pero al llegar al primer colegio, veo a tanto chivato en la acera, esperando para votar, a tanto casquito disfrazado de civil, haciendo molotera como si fuera pueblo, que no puedo resistir la indignación, la rabia, el impulso ciego y me bajo del carro para trabajar a lo cortico con ellos. Aquello fue un carnaval, los sorprendí a todos. Pero también a mis compañeros. Cuando vine a ver, estaba dentro del local, hecho una furia de loco, virando mesas y urnas y cambiándole el peine a la pistola. Manolo, que va al timón, apenas atina a detener el auto unos metros más allá, en el centro de la calle. Guillermo también se ha bajado y, en la acera, veo cómo lo alcanza un plomazo que lo derriba. Salgo hecho una fiera, Manolo da marcha atrás, montándose en la acera y agarro un coctel de la máquina y lo lanzo sin prenderlo contra la candelada que se arma allá adentro y que produjo el anterior. No sé cómo levanto a Guillermo y lo meto en el asiento de atrás y, con la puerta abierta aún, salimos disparados, sonando escandalosamente las gomas. ¡He hecho otra de mis disparatadas cagazones…!

Cuando nos reunimos en el punto de contacto, nadie me dice nada, pero es silenciosa la recriminación e innecesaria. Por mis locuras de siempre, ahora Guillermo está herido. Y no hay más culpable que yo y mi falta de control.

Ya tarde en la noche, después de traerle un médico que le ha hecho la primera cura, Benito nos trae a Guillermo y a mí a este segundo piso vacío de La Habana Vieja, donde llevamos, él quejándose y yo arrebatado de claustrofobia y remordimientos, un rosario de días de tensión y de miedo.

1961

¡Verdad que fueron chapuceros los que repellaron este muro! Lo hicieron como dicen que Dios pintó a Perico. ¿Quién será Perico y cómo lo habrá pintado Dios? Pero más chapucerías que ese repello lo tuvo este matrimonio que fracasó. ¡Este matrimonio nuestro! ¿Quién habrá inventado las estructuras estas? ¡Son mecánica teórica a pulso! Ayer el ingeniero me dijo que me va a pitchear flojo en el examen, y que el ministro Ray se fue en una lancha, que está comprobado que estaba conspirando. ¡Le zumba, un ministro conspirador! En la universidad siguen yéndose la gente, lo mismo profesores que alumnos. Hay profesores que debían acabar de irse. Total, para lo que están haciendo y la mierda de clases que están dando… ¡Mierda fue la mía, casándome con Dulce! Una mujer acostumbrada, desde que nació, a obedecer, con otros esquemas del poder. Por ejemplo, el uniforme. Eso ella lo vio desde la cuna. En su pueblo tener un uniforme era ser algo grande. ¿Cómo se me ocurrió casarme con una mujer que no leía, ni siquiera novelitas de Corín Tellado? Por eso le molestaba tanto que yo leyera… ¿Podría tener arreglo esto? ¡No, lo mejor es que se haya ido…! Benito me dijo que hay alzados en el Escambray y que Placetas, el pueblo de tu mujer, al igual que Trinidad, son nidos de la gusanera. Al Narra sí que le gusta la vida de guardia, él vacila eso. Pero desde que pasó al G-2 está de lo más misterioso. ¡Misteriosas están estas estructuras, que si no las estudio, aunque me «pitcheen flojo» no saco el cabrón examen!

1983

Por increíble que parezca, lo hicieron. Todo su poderío militar concentrado en apenas unos cuantos kilómetros cuadrados. Una excesiva concentración de fuerza, como alarde de prepotencia, fue lanzada contra nuestros constructores en Point Salines. Allí podía haber estado yo, como lo estuvieron muchos compañeros míos del distrito y de la facultad. Como ingeniero civil y como profesor de la CUJAE, mi viaje allá, como colaborador, estaba por descontado. Solamente el estar Sofía haciendo su candidatura a doctor en ciencias en la URSS y el yo estar a cargo de nuestra pequeña –cosa que sabe todo el mundo–, ha hecho que quedara eximido de esta misión internacionalista. Y hoy, que se entristece el alma de toda la nación, por las noticias que trae la prensa, siento aún más no haber estado con ellos allí.

Consternado, como hace días que está la inmensa mayoría de nuestra población, hoy, después de dejar a mi hija en el círculo infantil, busco el kiosco de periódicos más cercano. Hay expectativa que nutre desde temprano la fila de los que esperan la llegada del matutino *Granma*, poniendo en peligro el alcanzar mi ejemplar. Cuando al fin lo adquiero, ávido leo:

«La Habana, nov. 10 de 1983. AIN.

»Se informa al pueblo de que ayer a las 9.00 pm llegó el último de los vuelos destinados a conducir a nuestra patria a los constructores y colaboradores cubanos que se encontraban en Granada, así como el personal diplomático, excepto dos: el compañero Gastón Díaz González, que quedó como encargado de negocios, y el radista Pablo Mora Letuce, quienes permanecerán en Granada hasta que sean resueltas las cuestiones pendientes.

»En total, de los 784 cubanos que trabajaban en Granada al producirse la brutal agresión yanqui, han regresado 755.

»En el buque *Viet Nam Heroico* regresa otro colaborador, Roberto Seijas Suárez, que se encontraba en la nave el día de la invasión.

»Se gestiona, con la cooperación de la Cruz Roja, el traslado a Cuba de dos heridos, Alberto Chatalaín Vallín y Mario Martín Manduca, quienes se encuentran en Puerto Rico y cuyo estado permite ya su traslado.

»Uno de los 25 compatriotas cuya situación se desconocía, Walterio Adán Lunajo, está con vida en el campo de concentración, adonde fue conducido con posterioridad a los últimos informes enviados por el Comité Internacional de la Cruz Roja, y regresó con los demás evacuados.

»La cifra probable de muertos se reduce así a 24.

»Sobre casi todos ellos hay ya testimonios que informan de su caída en combate. No existen todavía, sin embargo, informaciones precisas con relación a dos de ellos: Óscar Núñez Gil y Lázaro Orgaz Reyes. Se realiza un esfuerzo particular por obtener noticias sobre los mismos con los compañeros que regresaron.

»La cuestión esencial que queda por resolver es la identificación y el traslado a nuestra patria de los restos mortales de los colaboradores caídos. La Cruz Roja colabora activamente en esta gestión, y aunque no es posible asegurar con exactitud cuánto demore, se espera que pese a las dificultades podrá ser concluida antes de que finalice la presente semana.»

PINOCHO

Al principio hasta me fue simpático, por cómico, el apodo. Y lo tomé como otra más de las cosas de ellos. Sí, Pinocho era más pasable que Paquito el bizco. Y me lo dejé poner. Y lo acepté, como había aceptado ya tantas cosas en mi vida. Porque desde que nací tuve que conformarme con ser como soy y aprender a soportar la burla y cuando no, la lástima, que no sé qué cosa es peor de las dos. Soportar y esperar mi momento. Ése ha sido mi lema…

Desgraciadamente vine al mundo con ese defecto, «estrabismo congénito» como dijeron los médicos, y cuando yo nací, eso ni se curaba ni se operaba. Ahora dicen que lo están operando, pero yo qué va. Será mejor esperar que inventen una medicina o algo que lo cure sin operación. Algún remedio inventarán, como ese de la penicilina, que ahora cura la «gono» en un par de días, pero sin operación…

Desde que tengo uso de razón y me acuerdo, he estado aguantando las miradas de burla de las gentes. Eso cuando menos. Quizá por eso no me gustaba la escuela y cada vez que tenía un chance, me escapaba y me iba por ahí, solo, a mataperrear. Porque en la escuela era la cabrona bachata de toda el aula, y mis pocos días de asistencia, casi todos terminaban en broncas a la salida. Porque durante las clases, yo sabía aguantar y esperar que sonara el timbre. Y cuando nos soltaban, en la misma puerta del colegio les arreglaba la cuenta a los que más se habían destacado allá dentro. Allí yo esperaba a los chistosos y les entraba a piñazos si eran más chiquitos que yo. Si no, un par de buenas pedradas de sorpresa, cuando no lo esperaban; y ya estábamos chaochao, hasta la próxima. De la escuela salí sin haber terminado la primaria, con las peores notas y de remate, con el nombre modificado, o ampliado mejor dicho. Porque si a todos los Franciscos les corresponde el Paco o el Paquito, en mi caso particular yo no era sólo Paquito, sino Paquito el bizco. Y así me llamaron hasta que, ya zangaletón, mi mamá se mudó con mi tío Domingo, para aquí, p'al barrio La Punta; y los nuevos socios me encasquetaron el Pinocho. Mi tío Domingo es un fiera p'al descanso. Él se busca los pesos donde sea, la «bolita», la revendedera, las rifas, cualquier cosa menos pinchar, que de eso no quiere saber ná. Mamá lava y plancha pa dos o tres familias de aquí, que se las palabreó mi tío. Ella sí trabaja como una trastorná y yo le ayudaba trayendo la sucia, llevando a entregar la limpia, comprándole el carbón pa la plancha y eso. Como me pasaba el día entero en la calle, pronto conocí a todos los vecinos y algunos me usaban a menudo de mandadero y me tiraban mi peseta guillá.

A mí no me gustan los grupos ni las juntaderas, porque allí donde hay un grupo, siempre hay –cuando menos– un chistoso que quiere cogerlo a uno p'al trajín. Con los muchachos de este barrio era distinto, sobre todo cuando crecimos y nos fuimos haciendo hombrecitos. Yo iba al parque, allí donde ellos se reunían por las noches, y me gustaba oírlos hablar y contarse cosas. Eso sí, yo nunca me metía en sus discutideras. Yo nada más iba a oír. ¡Porque se decían cada cosa…! Allí, alrededor de aquel banco, que el Carlos ese decía que era suyo y le había puesto hasta un nombre, me nació el nuevo apodo: Pinocho. Pa mí, que fue el mismo Carlos el de la idea. Porque él se pasaba de listo y le ponía nombre a todo, hasta al banco aquel. Y me empezaron todos a decir así y dejé de ser Paquito el bizco. Y yo lo acepté, vaya, porque Pinocho era mejor; que, en un final, tener la nariz grande no es cosa de otro mundo y el nuevo apodo era más pasajero que el que yo venía arrastrando. O aquel otro, el del Vizconde, que trató de ponerme un día el Roly ese; y que si no es por Joaquín, que se cogió la bronca pa'el y le partió p'arriba, me lo como a trompones.

Joaquín, igual que Vicentico, siempre me defendió. Vicentico me consiguió que su padre, que es el gallego dueño de la bodega, me encargara llevar los mandados de algunos clientes, que hacían sus pedidos semanalmente por teléfono. Joaquín no dejaba que nadie se burlara de mí, ni siquiera su socio más ambia, el Juanito ese, el que siempre anda elegante y que un mal día se le ocurrió decirme, delante de to'el mundo, que yo tenía un ojo entretenido y el otro comiendo mierda. Pues ese día, Joaquín le salió hecho una fiera a comérselo. Y no es que me quiera más ni ocho cuartos, es que Joaquín es arrebatao y se compra las broncas dondequiera. No como el Carlos ese, que es la gatica de María Ramos, «que tira la piedra y esconde la mano» y es más zorro que el cará... Joaquín es de prontos, se vuela enseguida y cuando tú vienes a ver, ya está fajao. Por eso, cuando todos se empezaron a meter en la conspiradera esa, de locos e irresponsables que son, el que primero tuvo que salir chancleteando fue Joaquín que, hasta ahora, nadie sabe dónde se ha metido. Un poquito después, casi todos salieron también echando cada cual por su lado y se acabó el grupo. Yo no, yo seguí mi vida diaria en mi misma rutina y con mi misma novia de siempre y no me metí en nada ni voy a meterme en nada. Que con la candela no se juega...

El viejo mío sí es un bicho. Él siempre ha estado con el de arriba. No importa quién sea, porque el que a buen árbol se arrima, buena sombra lo cobija, como dice él. Aunque nunca me reconoció, las pocas veces que he ido a verlo por algún asunto siempre me ha atendido bien y algunas, hasta me ha ayudado. Así fue cuando lo molesté pa irme p'al norte que me dio –eso sí, prestado– el dinero p'al pasaje y me aconsejó pa que me hiciera un hombre próspero como él, que tiene su negocio de víveres al por mayor y está pero muy bien. Él empezó a *hacerse* cuando Machado, que cuando se cayó, él tuvo que andar rápido pa que no se lo echaran, que estaba comprometío de verdad. Pero después se ha'rrimao a todos los gobiernos y ha ido subiendo como la espuma. Cuando la guerra, con eso de la ORPA y el acaparamiento se acabó de redondear, trapicheando con el jabón y la manteca esa...

Él fue el que me dio la idea de independizarme y de que pusiera mi propio negocio, mi timbiriche, vaya; y que no estuviera dependiendo de un empleo donde siempre iba a tener que trabajar pa'otro. Yo siempre he seguido los consejos del viejo, que sabe mucho de la vida y que, aunque no se haya ocupado de mí, nunca me ha negado sus experiencias. Que según él –y yo lo creo– es lo más importante que un padre le puede dejar a un hijo.

En el norte aquello fue del cará. Los americanos sí son unos bichos. Saben vivir, es bobería. Con los pesos que me pude traer, compré mi puesto de fritas, todo de acero inoxidable y con luz fría, que lo hace lucir más grande y más aseado y limpio. Hay que dejarse de cuentos, la iluminación es todo en un negocio. Eso lo aprendí allá, donde todo es lindo de iluminado y todo está lleno de luces. Otro detalle importante es la limpieza. La limpieza es lo primero que atrae al cliente en un puesto de fritas moderno y limpio como el mío.

Todo debe estar que brille, los cristales limpiecitos, sin manchas ni salpicaduras de manteca; y uno mismo debe estar aseado y ponerse un delantal más blanco que el coco. En cuanto termine de pagar las deudas y me levante un poco, me busco a alguien, vaya, presentable, pa que me atienda el negocio y que no empiecen a decirle «el puesto del bizco…».

Ahora algunos de los muchachos se dejan caer a cada rato, sobre todo al atardecer, cuando el estómago pica, por mi negocio, a comerme de gratín las fritas. Porque, vamos a ver, si al policía de posta y a la perseguidora de ronda no les cobro los panes con bisté que se jaman, ¿cómo les voy a cobrar las fritas de a diez quilos a estos otros, que están equivocaos de la vida, pero a lo mejor va y…? ¡Por que hay que ver que son tremendos! Así y too que vienen a llenarse la barriga a costilla mía, algunos de ellos siguen con la bachita y la jodedera, haciéndose los graciosos. Y ahora la han cogido con mi matrimonio: que si mi mujer es ciega o es que cierra los ojos cuando me tiene cerca, o que se casó conmigo pensando que venía del norte forrao en billetes y to'esas cosas que se les ocurren. Y mira que les he dicho que eso no me hace ninguna gracia. ¡Que se metan conmigo, pero que dejen tranquila a la mujer! Pues no –serán desgraciaos–, no les basta ahora con eso del *rocanrol* y el chiste nuevo con ese que canta dándole a la cintura, y decirme que yo debo llamarme igual que él, Elvis; pero… «Elvis-Co», y ya empiezan a pasarse del picao, y que si mi mujer está buena, que si tiene buenas piernas y tremendas caderas, y toa'esa falta de respeto, no conmigo, vaya, sino con ella.

Y que si un tal Andrés, que no es del barrio pero que siempre anda por aquí, me la está vacilando. Y que me le está dando vueltas, mientras yo estoy atendiendo el puesto, y que por eso es que siempre viene y pasa primero por aquí... En vez de estar con esa comedera de mierda, ellos debían crecer ya y comportarse como los hombres que quieren ser y dejarme tranquilo y estarse tranquilos ellos y no meterse en todos esos revolicos en que se están metiendo, que no dan ná y que les pueden salir muy caros... Bien que el viejo me lo dijo: «A Batista no hay quien lo tumbe, mientras tenga el respaldo de los tres partidos famosos que lo afincan ahí: el blanco, el amarillo y el azul; la marina, el ejército y la policía. ¡Con eso y con la mujer de uno, no se juega!» De todas formas, yo voy a ver qué se trae el Andrés ese que dicen ellos... no vaya a ser que «cuando el río suena...».

OCTUBRES, ALGUNOS OCTUBRES

1967

La plaza está enlutada, como toda Cuba. Nuestro gobierno ha confirmado su caída en Bolivia y el pueblo que hizo suyo peleando por él siente muy hondo la pérdida del hijo extraordinario; de este renovado Gómez, nacido también en otro lugar, pero cubano para siempre a fuerza de dedicación y coraje. Se ha convocado una velada solemne en su honor y un millón de compatriotas apesadumbrados y sombríos nos reunimos al pie del monumento martiano, consternados por su sacrificio.

Una vez más veo colmada por enorme multitud –un verdadero mar de pueblo– esta ya histórica plaza. Pero nunca antes, por un motivo tan triste. Aquí nos ha convocado, en anteriores oportunidades, el entusiasmo, la indignación, el coraje, el fervor, hasta la alegría, pero nunca como hoy, el dolor. Ha caído en tierra latinoamericana –la gran patria de nuestra raza– el exponente más alto del internacionalismo. Un nuevo tipo de hombre, el arquetipo del hombre nuevo que él mismo anunció, que despreciando los bienes materiales, las posiciones, el poder, en fin, renunciando a todo lo que con sobrado derecho merecía, fue a compartir su suerte «con los pobres de la tierra». Su actuación le había ganado los más altos grados de nuestro ejército, un cargo de ministro, un puesto en la dirección del partido, pero sobre todo, un lugar privilegiado en el cariño y el reconocimiento de todo nuestro pueblo, de este pueblo que veía en él a uno de sus más claros y prestigiosos dirigentes. De todo había hecho dejación para volver a convertirse en un perseguido, para encarar de nuevo la dura vida guerrillera: el hambre, la sed, el cansancio, el frío, los insectos, el acoso constante, la movilidad constante, la desconfianza constante.

No es fácil imaginarse la dimensión del hombre, que no conforme con haber encarnado una epopeya y liberado una patria, sueña con una epopeya mayor, la bolivariana, y marcha a luchar por ella a «otras tierras del mundo que reclaman el concurso de mis modestos esfuerzos».

Viendo la enorme multitud, no puedo dejar de pensar en las anteriores concentraciones. Desde que nos liberamos de la oprobiosa dictadura, se ha hecho ya tradición que, pueblo y gobierno, nos reunamos en descomunales manifestaciones de total comunicación y entendimiento. Aquél nos cita y todos acudimos a demostrar nuestro resuelto apoyo y absoluto acuerdo. Me viene vívidamente a la mente la primera concentración, allá frente al antiguo palacio, también en un octubre, el del cincuenta y nueve. La población inerme de La Habana había sido víctima de criminal bombardeo. Y el gobierno revolucionario llamaba al pueblo revolucionario a expresarse con su gigantesca presencia de masas. Allí habló Camilo por última vez. Dos días después, lo perdimos para siempre. También habló el Ché. Y creo que fue, por el contrario, su primera intervención ante público tan numeroso.

Pero no es sólo la coincidencia de haberse producido ambas en octubre lo que me hace recordar aquella primera manifestación multitudinaria. Es toda una cadena de relaciones. Si en aquélla tuvimos su participación física, en ésta nos envuelve su sobrecogedora presencia invisible, la que trasciende la muerte y hace multiplicar sus ideas, repartiéndolas entre millones. Han matado a un hombre que encarnaba el ideal internacionalista y ahora ese ideal se renueva en un mar de voluntades. Fueron también los días inolvidables que precedieron a aquella primera manifestación, aquellos días tan definitorios, decantadores. Y los días que la siguieron, de ansiosa, intensa búsqueda de un avión perdido. Aquellos días en que todo el pueblo estuvo buscando febrilmente a Camilo. Y que yo también me pasé buscando desesperadamente, pero a otro hombre, por causa y con propósitos diferentes. Buscando a aquel que, al encontrarlo, disipó mis crueles temores y me dio el primer atisbo del deber internacionalista, presto a cumplirse en cualquier parte, porque: «aquellos que luchan en cualquier lugar, no importa dónde, son nuestros hermanos».

Creo que la culpa de todos mis temores me la sembró con sus dudas Carlos, unos días antes, al vernos por primera vez después del triunfo. Él había permanecido en Oriente, organizando los incipientes servicios médicos en la misma Sierra Maestra donde había combatido; y aunque habíamos tenido noticias uno del otro y lo sabía bien «vivito y *culeando*», como solía decir, alterando la frase, la verdad es que no nos veíamos desde que yo me fui para Santa Clara…

1959

Acabo de llegar a mi hogar. Ha sido duro el trabajo de este sábado. Para el lunes está convocada una gran manifestación frente al palacio. Como desde los primeros días todo ha sido una locura, sin un minuto de descanso, hoy, después del almuerzo, arranqué para acá, para ver si, aunque sea, llevo a Dulce a un cine o damos una vuelta, no sé… De pronto, tocan recio a la puerta. Y cuando abro, es Carlos enfundado en su uniforme bien planchado, que estrujo en un apretado, emocionado abrazo de hermano.

–¡Dulce, mira, al fin bajó el zorro serrano! –Así se lo presenté a Dulce, que no parece muy entusiasmada con la sorpresiva visita.

–Pero ¿en qué hueco te viniste a meter, flaco de mierda… Es como para que no te encuentren. ¡Oye, que ya no tenemos que escondernos!

–Es que él le ha cogido cariño al cuartico este y no quiere llevarme para una casa en La Habana, una casa como Dios manda, por no enseñar su guajirita a ustedes… sus amigos. –Se entromete Dulce con no reprimida amargura.

Pero nosotros no reparamos en ella, ni en su ácida intervención y nos contemplamos, estudiándonos, buscándonos los cambios que mostramos uno y otro. Lo noto más delgado, curtido por el sol como un labriego y cuando se quita la gorra, le descubro una calvicie que no le conocía y que hace ya ralo su pelo. Carlos, por el contrario, me encuentra más grueso:

—Ya pronto no se te va a poder decir «el Flaco…».

—Pero le pueden seguir diciendo el Loco —vuelve a interrumpir la voz de Dulce, ahora de espaldas, en la cocina. Por un instante cruzamos, él una mirada de sorna y asombro; yo, una de «esto está que arde, luego te explico», tras lo cual las palabras vuelven a fluir como si nada.

—Pero ¿cuándo llegaste?

—Ayer, pero vengo sólo por unos días. No sabes cuánto hay que hacer todavía por allá. Aquello es otro país. Además, yo también quiero casarme. No creas que eres tú solo el que ha encontrado la horma de tu zapato.

La ironía es muy evidente en esa horma y en ese zapato, y suavizo el ambiente para que la otra no vuelva a intervenir:

—¿Así que te pescó una santiaguera, o es una montuna de sierra adentro? —Pero el muy ladino persiste en los dobles sentidos…

—¡Volviste a fallar, Joaquín…! Ni una cosa ni la otra. Es de Manzanillo, pero posiblemente nos instalemos a vivir en Santiago…

La emoción del encuentro la hemos disipado con una botella de Matusalem, el de «hoy alegre y mañana bien», ron viejo como nuestra amistad. El añejo Matusa bien pronto nos pone la voz pastosa y el ánimo más sentimental y evocador. El alud de cosas que queremos saber uno del otro y todo lo que nos queremos contar hacen que el diálogo, lejos de fluir en su continuidad, salte de un tema pasado a uno reciente, de un suceso de la semana pasada a uno ocurrido hace cuatro o cinco años. Ahora estamos instalados en la pequeña mesa de pino, cubierta con su hule de cuadritos rojos, pegada a la ventana cuyo visillo de cretona he retirado para contemplar el «espléndido» paisaje de un muro mal repellado. Carlos se ha quitado el pesado cinto militar, de donde cuelgan la cartuchera y los portapeines. Y como despojándose también de un peso interior, se siente obligado a darme noticias de ella… Baja la voz, como secreteando una confidencia, mientras sonríe, malicioso:

—¿Sabes a quién me encontré en Santiago el otro día…? A Irene Valverde, aquella noviecita tuya que por poco te vuelve loco… —Y luego formula la pregunta, socarrona e innecesaria, con un gesto de complicidad mortificante—: ¿Te acuerdas…?

Aunque cambio y enrumbo el tema hacia otras evocaciones, Carlos persiste en informarme:

–Se casó con un *pincho* de los grandes. Ahora es nada menos que la esposa del comandante…

No quiero oír el nombre. Le interrumpo y, por igualar su crueldad, abordo el asunto de Pinocho y su trágico fin. Doloroso suceso que nos conmovió a todos los que lo conocimos y del que Carlos ha estado ajeno, por permanecer en Oriente tras el triunfo glorioso de enero.

Estoy como roñoso con él, sólo por haberla mencionado. Y me ensaño en participarle de todos los detalles que ignora. Me regodeo en contarle uno de esos sucesos que ensombreció nuestra alegría en la hora de la victoria: el caso de Pinocho…

–Como recordarás, Pinocho se había ido al norte y allí le había jugado cabeza a Inmigración y había trabajado desesperadamente, luchando por unos dólares con los que regresar a «poner algún negocio». Cuando al fin lo deportaron, con lo que volvió apenas le alcanzó para poner su puesto de fritas y casarse con su novia de siempre. Aquella muchachita que nunca le importó que él fuera bizco y narizón. Dedicado a su negocio y a su mujer, nunca se metió en nada ni participó con nosotros, como muy bien sabes, ni colaboró en la menor cosa con la insurrección. A la menor solicitud, respondía siempre, atemorizado: «¡Ustedes están locos! ¡Son todos unos irresponsables! Yo sí que no me meto en nada; lo mío es la frita y la casa…»

»Fue a mediados del cincuenta y siete, cuando ya tú te habías alzado, que en La Habana empiezan a ser célebres algunos esbirros. Entre ellos, uno narizón y bizco, que operaba en la Quinta estación, la del sanguinario Ventura. Ya para esa época, Pinocho había vendido el puesto de fiambres y había desaparecido del barrio. Y aunque aquella coincidencia en los defectos nos lo traía a la mente, nadie era capaz de asociar a ambos personajes. Más tarde, cuando ya estaba perfectamente identificado, fueron otros compañeros los que pagaron el precio de haberlo conocido…

»Así me lo contó Benito, al encontrarnos en forma tan sorpresiva para ambos, el mismo día de mi llegada, cuando traje a Dulce para acá. Pinocho era aquel individuo tan despreciable; uno de los matones más conocidos de la quinta, junto con el Niño, Caralinda y otros, que formaban la gavilla siniestra, terror de aquella demarcación. Pero de los detalles de su infame carrera vinimos a enterarnos todos en el juicio sumario, ante el Tribunal Revolucionario Número Uno de la Cabaña, el mismo que juzgó, después del triunfo, a los principales asesinos y torturadores de La Habana. En las vistas que se efectuaron estuvimos el Chino Benito, que testificó, y el Vicen y yo, que fuimos sólo como pasmados espectadores. Se le procesó y juzgó en la misma causa con otros de igual o peor ralea, entre los que estaba el tristemente célebre, capitán Larrinaga. Fue precisamente en el careo con este asesino (uno de los momentos más duros del juicio), en que Pinocho se nos reveló en toda su degradación moral, para nosotros increíble. Sí, allí estaba, con su misma desgraciada figura, con su misma voz, gimiendo, gesticulando, hasta justificándose, tratando de evadir el castigo ejemplar que merecía. Pero aquel sujeto despreciable no era, no podía de ningún modo ser el mismo, el que alternaba con nosotros, allá en nuestra peña del Hemiciclo, nuestro socio del barrio, el que creció con todos nosotros, al que más de una vez todos ayudamos, mostrándole simpatía; el mismo, que ya «establecido», no nos cobraba las fritas porque «para eso somos de la misma pandilla...». –Interrumpo el relato y, mientras tomo lentamente un gran sorbo de mi vaso, aprovecho la pausa para deleitarme mortificando a Carlos–: pensar que todo empezó por una broma... una broma que comenzó cuando ya yo me había ido de La Habana, y en la que, según dicen, tú participaste, Carlos... La broma pesada con que prácticamente lo obligaron a seguir a aquel muchacho del directorio...

Se defiende, sospechosamente rápido:

–¡Oye, yo no tuve nada que ver con esa jodedera, eh! Allá los que hablaron de tarros y le corrieron esa máquina. Mi participación se limitó a comerle las fritas, como todos, y algunas veces a celebrarle la mujer...

–Bueno, el que más y el que menos echó su brasa a la candela. Y terminaron por decirle al desgraciado que aquel muchacho era el amante de su mujer. Y tanto le contaron y le dieron, que Pinocho comenzó a seguirlo como una sombra. No le perdía ni pie ni pisada. Desatendió el negocio y se lo comían los celos. Vivía pendiente de cada aparición del desconocido en el barrio, al que los jodedores hasta le habían inventado un nombre. Con crueles dudas y víctima por igual de ellas que de sus complejos, Pinocho seguía atento todos sus movimientos. Supo así de las actividades de su supuesto rival, de su vinculación con la gente del Directorio, trabó conocimiento con algunos de ellos y llegó, incluso, a saber la dirección del apartamento del Vedado donde se escondían varios participantes del asalto a palacio y donde su objetivo iba a dormir algunas veces. Ya en posesión de estos detalles, concibió la forma de librarse del que le disputaba su felicidad. Sin medir el alcance de su supuesta venganza, pensando sólo en quitar de su camino la odiosa figura que le amargaba la existencia, llamó por teléfono a la policía y les dio el soplo. El resultado es parte ya de la historia: todos los que estaban en aquel apartamento fueron bestialmente masacrados.

»Espantado por la trágica consecuencia de su delación, Pinocho fue a desahogarse con el único a quien podía confesar su culpa: su propio padre. El cínico viejo lo tranquilizó, haciéndole ver que nadie podría probarle nada, e incluso que era probable que la policía conociera del lugar por otras vías, en cuyo caso él era totalmente inocente. Le aconsejó que se asegurara primero de su rol protagónico y que le sacara provecho, de ser cierto. Siguiendo las pautas que le trazara su degenerado progenitor y quizá buscando una desconocida verdad que le descargara de culpas, estableció contacto con el capitán de la demarcación, que comenzó a chantajearlo y a comprometerlo cada día más, hasta que pasó del soplo, la colaboración sistemática y la participación eventual en las golpizas a su primer crimen directo. Un crimen que nos estremeció muy de cerca, porque la víctima, aparte de ser ajena a cualquier actividad revolucionaria, era también un conocido nuestro, del barrio...

»Verás, como te decía, en el careo con Larrinaga (momento durísimo del juicio) quedó esclarecido el horrendo asesinato de Miguelito, el Migue, aquel pobre infeliz que no tenía nada que ver con nosotros... ¡FUE EL MISMO PINOCHO EL QUE LO MATÓ! ¿Que cómo? Pues así de sencillo. Como tú sabes, Miguelito no estaba metido en nada y nadie se explicaba el porqué de su muerte. Todo el que se enteró lo achacaba a los alardes del Migue, que se hacía el misterioso y fingía estar en «algo», cuando en realidad no estaba en nada. Pues bien, cuando por alardoso lo llevan para la estación, Pinocho estaba allí. Y ambos se encuentran frente a frente. Se sorprendieron los dos y Pinocho, alarmado al verse a la descubierta, va donde Larrinaga y le cuenta que aquel detenido lo conoce a él del barrio. Larrinaga le contestó a Pinocho que ése no era su problema, que lo más que podía hacer era aconsejarle que *le diera guiso,* porque él, el capitán de aquella demarcación, no tenía nada contra el «comemierda aquel» y que iba a soltarlo porque no era más que eso, «un berraco». Era claro que el hijo de puta de Larrinaga aprovechaba la ocasión para *embarrar* más a quien ya tenía en sus manos como complaciente cómplice y eficiente colaborador, convirtiéndolo así en un asesino más. A Miguelito lo habían *trabajado* tanto que ya estaba casi muerto cuando Pinocho le dispara, rematándolo. Fue la primera muerte en que Pinocho participó directamente y su inicio como agente, ya con chapa y carnet. Hasta ese momento, sólo había recibido *alguna tierrita* que le dejaba caer el mismo capitán o cualquier otro oficial. Desde entonces, cesaron los «regalitos» y comenzó a cobrar de la nómina del SIM. De todas formas, desde el primer paso, ya él era uno de ellos. Y el peligro que significaba un Miguelito suelto, que contara en el barrio de la presencia de Pinocho en aquel antro de la Tiranía, así como del papel que desempeñaba allí, selló su suerte. En su iniciada carrera de vilezas, aquella muerte se le convirtió a Pinocho en necesaria, para mantener oculta su identidad de soplón y auxiliar de los esbirros y terminó graduándolo de asesino. Así y todo, horrorizado por el nuevo paso, que lo hundía más en el abismo dantesco, volvió a buscar la asesoría de su proverbial consejero. Fue a consultarlo, lleno de contradicciones y temores. Incluso sometió a su consideración la posibilidad de salir de nuevo del país, esta vez hacia Sudamérica. Pero el viejo bribón no estaba dispuesto a prestarle otra vez dinero para un nuevo viaje. Lo que le ofreció, en cambio, fue el caudal de su malvada experiencia; la que podría inscribirse en los códices más tétricos de la infamia. Le puso como ejemplo su propio pasado lleno de bajezas: colaborador de la Porra Machadista, sólo había necesitado ocultarse unos pocos meses a la caída de aquel dictador, para reaparecer luego, como si nada, en el escenario mismo de sus tropelías, protegido esta vez por los nuevos gobernantes.

»Benito tuvo oportunidad de interrogar a aquel monstruo de perversión y de lo que me contó puedo reproducir algunas de las lecciones que le brindó el muy degenerado a su hijo:

«–¿Irte ahora? ¿Ahora, que empiezas a hacer carrera con este gobierno? ¡Hay que estar siempre con el de arriba! Y en cuanto al incidente ese que me cuentas… ¿Qué esperabas? Tarde o temprano tendrías que tener tu propio muertecito… ¿O es que los del apartamento no son en parte tuyos…?

»Fue tanta la influencia que ejerció aquel miserable sobre su descendiente que a nadie extrañó que Pinocho, una vez conocida la sentencia, pidiera hablar con su mentor. La solicitud le fue satisfecha como último deseo y, dadas las circunstancias, la conversación se realizó telefónicamente, sosteniéndole un rebelde el aparato que él no podía manipular, por tener las manos esposadas. Sus palabras fueron lacónicas y recargadas de un profundo rencor:

»–¿Papá…? Sí, soy yo… ¿Usted se acuerda de todos los consejos que me dio? Pues por seguirlos, ahora van a fusilarme. ¡Adiós!

»Y separándose del teléfono, marchó hacia el paredón…

Acabo mi relato y compruebo el efecto que le ha hecho a Carlos. Se ha servido el resto de la botella, casi medio vaso del ambarino Matusa, me mira, ausente, y se pasa la mano por el pecho, metiéndola por debajo de la desabotonada camisa verde-olivo. Hemos perdido la compostura que debía imponernos nuestro idéntico atuendo militar. No somos dos oficiales del nuevo ejército que celebran el volverse a ver tras la victoria, somos, volvemos a ser, dos viejos amigos, que se reencuentran y hacen el recuento cruelmente cruento de sus respectivas odiseas… Como se nos ha acabado la por beber y no la sed, le pido a Dulce, lo más cariñosamente que puedo, que vaya a la bodega en busca de otra botella. Los amargos refunfuños y la brusquedad del gesto preceden el cumplimiento de la solicitud, acompañándolos con un violento tirón que da a la puerta cuando marcha en busca del encargo.

–¡Es violenta tu guajirita, Joaquín! ¿O es que no le gusta, como a casi ninguna mujer, que el marido tome con sus amigotes…? Se ve que tiene malas pulgas. ¿Qué vas a hacer…?

Has hecho la pregunta de forma ambigua, a tono con tu sempiterna posición de cínica superioridad. Es claro el propósito de encerrar en la misma varias interrogantes… el «¿qué vas a hacer?» abarca no sólo la decisión respecto a mi mujer, que se hace insoportable. Eso sería para el consumo de alguien que no te conociera, Carlos. Que no te conociera como te conozco yo. Me sabes en un momento de encrucijadas. Son muchas las decisiones que tengo que tomar y no todas son del ámbito familiar. Esta confrontación me comprueba con amargura que no puede haber nadie más cruel que un amigo sincero. Así, la amistad, cuando es verdadera, va imprescindiblemente ungida de una gran dosis de impía rudeza. Nos ensañamos en brindarla como un sangriento testimonio de ferocidad. En el estandarte de este sentimiento humano, debía ir pintada la oreja de Van Gogh. Cuando asumimos la identidad fraterna, cercana, de bien adentro, es como si dijéramos: «Yo soy tu amigo, así que… ¡prepárate!»

Zafo los cordones de las pesadas botas y me despojo de ellas, aliviando los pies. En un gesto de evocadora intimidad, fricciono sobre la media los entumecidos dedos, como hacíamos allá, en el Hemiciclo. Te escruto, tratando de sorprender en tu rostro el gesto avieso que delate tu intención. Tú sabes que te estoy estudiando y finges no esperar mi respuesta. ¡Ahora verás viejo zorro!

–¿Pues qué voy a hacer? Quitarme esto –señalo para el uniforme– y ponerme a estudiar. Quiero terminar una carrera y tengo posibilidades con la ingeniería.

–¡No te hagas el bobo, Flaco! No es solamente «quitarse eso». Aquí hay muchas piezas que no encajan y otras que se están colocando donde no debieran ir.

–Carlos, Carlos… a mí, tú lo sabes, nunca me han gustado los rompecabezas. Ni los *crucicross* o ¿cómo se llaman en inglés…?

Al fin le agoto la paciencia, lo venzo y lo obligo a hablar claro, a sacar a flote sus dudas:

206

–Sí, es cierto que se está homogeneizando nuestro gobierno. Ya Fidel es primer ministro, Urrutia ya no es el presidente, ni Díaz Lanz es jefe de la Aviación, sino Almeida, pero los comunistas están metidos en todos lados...

–Los americanos también ven comunistas *en todos lados.* –Repito, enfatizando ex profeso sus últimas palabras y eso le molesta.

–¡Tú sabes que yo no coincido en nada con los americanos!

–Entonces, ¡deja de preocuparte por los ñángaras! Además, Carlos, si ellos se cogen esto, ni a ti ni a mí nos van a quitar nada, porque no tenemos nada que puedan quitarnos. Que se angustien los dueños de centrales azucareras, los terratenientes y los casatenientes, nosotros nada más somos tenientes... sin el «casa», ni el «terra».

–¡Lo de tenientes, lo ganamos a tiros, Flaco! Pero sería muy jodido que ahora los Kinos, que no tiraron uno, sean los que mangoneen aquí. Esto sólo puede convenirles a los mismos comunistas y a los americanos, que ya tienen su pretexto para estarse metiendo donde no los llaman... Se habla ya de disolver nuestro Movimiento, y que tanto el Veintiséis de julio como el Directorio se fundirán con el Partido Socialista Popular en una sola y nueva organización...

–Hablando de Kino, la última vez que supe de él estaba administrando una fábrica que fue confiscada por Recuperación...

–¿Administrando? ¡Ya ése está de director de la Escuela de Administradores del INRA! Y el INRA, tú no puedes ignorarlo, se está convirtiendo, ya es de hecho, un aparato omnipresente más grande que el mismo Estado. ¡Y qué casualidad, aquello está lleno de comunistas!

–Mira, a mí más me jode el oportunismo de derecha, y ver a un Mandy de diplomático. Kino, en definitiva, también quería la caída de la dictadura y luchaba por ello con otros métodos. Además, lo consideré siempre muy preparado, aunque nunca haya coincidido con su forma de pensar. Kino es un tipo muy capaz...

–Sí, ¡capaz! Como todos ellos, capaces de vender a su madre con tal de alcanzar sus fines. Pero ¿no te acuerdas de cómo se opusieron a los tiros con su teoría de la huelga general y de que nosotros éramos *putchistas*? Con eso bien que se supieron preservar el pellejo intacto y se conservaron para ahora…

–¡Pero no me digas que eres de los que está con Hubert!

–¡Qué coño Hubert Matos, ni un carajo, Flaco! Ése es de los que esgrime el pretexto que le estamos dando, con los comunistas metidos en todo. Igualito que hacen los americanos. Además, ¡fíjate! ¿No te da picazón que haya sido en Camagüey, tierra de latifundios ganaderos, donde brota la preocupación por el comunismo? ¡Ése lo que es portavoz de los ganaderos y los mismos americanos, chico! La preocupación de ellos es un pretexto y no la verdadera preocupación que podamos tener nosotros…

–Entonces, Carlos, ¿cuál es tu problema? Te veo hecho un rollo de confusiones, porque, mira…

De pronto, es la puerta que se abre con violencia y una voz imperativa irrumpe en el espacio, antecediendo a una figura descompuesta por una ira visiblemente contenida:

–¡AHÍ TIENEN LOS GENERALES SU SEGUNDA BOTELLA! Y ESPERO QUE CON ÉSTA LES BASTE. ¡QUE LES APROVECHE!

Es Dulce que regresa del encargo y pone, con recio golpe, la botella sobre la mesa, que se estremece. Se ve hecha una furia y como una furia se va a trajinar en la cocina. Su brusca y repentina aparición ha cercenado como un inesperado machetazo nuestra conversación. Queda en suspenso mi pregunta, y es un puente de inteligencia el que tienden nuestros ojos, que se encuentran, aplazando muchas respuestas, la apertura de la nueva botella y muchas confrontaciones.

He amanecido con la resaca propia de los tragos de ayer. Después de que Carlos se fue, Dulce y yo peleamos y me bebí solo la segunda botella, como para contrariarla más. Pero lo que más embota mi cabeza, haciéndomela pesada, es el cúmulo de dudas expuestas por Carlos, además de todo lo que no pudimos hablar, discutir, tratar de esclarecer. Se han desatado una serie de sucesos espectaculares, que han servido de catalizadores a muchos pensamientos y opiniones. El ánimo se torna sombrío mientras los repaso mentalmente, analizándolos: hace apenas unos días, el 22 de este mes, una avioneta procedente de rumbo norte, en criminal atentado contra la ciudadanía, dejó caer varias bombas sobre la capital. El mismo Pedro Luis Díaz Lanz, el figurín que tuvimos de jefe de nuestra Aviación, ha reclamado desde Miami la autoría de la vandálica incursión. En La Habana se efectuaba una convención de la Sociedad Americana de Agencias de Viajes, ASTA en inglés, y fueron muchos los visitantes extranjeros que presenciaron el inusitado hecho: un raid aéreo contra la capital de un país que no está en guerra con nadie. En evidente coordinación, elementos de la reacción interna arrojaron granadas de mano en la concurrida esquina de Infanta y Carlos III. Habría que pensar en demasiadas casualidades para no relacionar estos hechos con lo de Camagüey, donde apenas cuarenta y ocho horas antes el jefe militar de la provincia, comandante Hubert Matos, y un chorro de oficiales más han presentado sus renuncias, alegando el fantasma del comunismo y exigiendo del gobierno una definición. Igual ha hecho Carlos conmigo: ha venido a pedirme que me defina. Ése es el verdadero motivo de su visita. El argumento esgrimido es muy sensible en nuestro medio y propicio para desencadenar un enfrentamiento entre hermanos. Todo, se me hace claro, podría terminar en guerra civil y corresponde a una conjura bien preparada. ¡Ya hasta los estudiantes camagüeyanos habían hecho declaraciones de apoyo a Matos! Todo Camagüey estaba alborotado por su renuncia y la misma no había sido aún presentada. Y es que son demasiados los prejuicios acumulados por este pueblo alrededor de la palabra comunismo. Se le ha creado como un reflejo condicionado al conjuro de años y años de propaganda insidiosa. Comunismo es para los cubanos sinónimo de régimen despótico, tan tiránico como el que acabamos de derrocar. Cuando pensamos en que todo pase a manos del Estado, el Estado que imaginamos es el que conocemos: vil y corrompido. No concebimos otro que el que padecimos. Y es triste ver que los prejuicios hacen blanco incluso en compañeros con cierta cultura libresca, como Carlos, que no es ningún ignorante. Para mí, la cuestión no es si hay unos cuantos comunistas en nuestro gobierno revolucionario, sino cuánto de bueno o de malo podría significar que todas las riquezas pasasen a manos de un nuevo Estado. Si hay honestidad administrativa, entonces está claro que esa riqueza sería justamente repartida. Y esto, que beneficiaría a la mayoría, no podría convenirle a una minoría que lo ha tenido todo. Ésos son los que azuzan el miedo y el prejuicio de las masas ante lo desconocido. También están los americanos, con sus enormes intereses en nuestro país, que verían acabarse los privilegios de que han gozado aquí, desde que intervinieron al final de nuestra guerra de Independencia. A ellos, lo que les conviene es un retorno a la situación semicolonial *before Batista*. Por otra parte, no se me escapa que un Estado tan poderoso, que además de dictar la política controlara la economía toda, necesariamente tendría que ser dirigido por un equipo de hombres no solamente justos, sino también, en la misma medida, capaces. El poder político y el económico concentrados requerirán para su ejercicio de un grupo dirigente muy eficiente y de alta profesionalidad. Serían muchos los atributos que deberán adornar a los que integran un gobierno tal. Tendrían que ser casi santos.

A mí, en lo personal, podrá joderme que ahora vengan a coger mangos bajitos los que ayer no se arriesgaron. Pero prefiero gentes como Kino –aunque no hayan tirado un tiro– pero que ahora meten de lleno el hombro a la obra descomunal de levantar un nuevo país. Los prefiero a otros que, participando en la lucha, se precipitaron a reclamar ministerios en nombre de esa participación. Los comunistas en Cuba siempre fueron cuatro gatos, que no se caracterizaron precisamente por su simpatía. La gente recuerda cuando en el cuarenta pactaron con Batista en la Constituyente; y los más viejos no olvidan que, aun antes, no quisieron colaborar con Guiteras, tildándolo de terrorista. Igual, más recientemente, hicieron con nosotros al principio de nuestra lucha, cuando nos motejaron de *putchistas*. ¡Díganmelo a mí! Por todo esto, que es histórico, y por los prejuicios que los yanquis han sabido sembrar y alimentar en el caldo de cultivo de la ignorancia, los comunistas no pueden significar, para la Revolución, ningún peligro. Nada le pueden disputar. Sin embargo, hay otros cuya participación en la insurrección los ha hecho creerse merecedores de compartir el gobierno. Reclaman su tajada. Y un gobierno heterogéneo y dividido no sería, lo hemos visto, tan revolucionario. Cada cual halaría por su lado, defendiendo los intereses de sus respectivas capillas. Y en definitiva, aquí los únicos que tienen derecho y exigen son nuestros muertos. Ellos claman por cambiar de raíz la Cuba que conocimos, para que únicamente así sus vidas preciosas no se hayan inmolado en vano. ¡Habría que ver con qué miras y persiguiendo qué objetivos esas gentes lucharon!

Otra cosa bien distinta es la posición del Directorio. Yo los entiendo, porque aparte de que conozco a muchos de ellos, compartí al principio sus mismas zozobras. ¿A quién no llenó de preocupaciones y desconfianza aquel primer Consejo de Ministros? Tener a un Miró Cardona de premier, a Roberto Agramonte «Masa Boba» de canciller, a un Aldo Vera, jefe de la Policía y a un Pedro Luis Díaz Lanz, jefe de la Aviación, claro que creaba recelos en el más pinto de la paloma. De ahí, el robo de armas de la base de San Antonio y la empecinada y reticente ocupación de la universidad y del propio Palacio Presidencial por tropas del Directorio 13 de marzo. ¡Aquello por poco termina mal! No quiero ni imaginar una lucha fratricida entre el Ejército Rebelde del Veintiséis de julio y los del Directorio, recién celebrando el triunfo. Para tranquilidad de todos, aquellos elementos seudorrevolucionarios van siendo barridos y la Revolución consolida, cada vez más, sus posiciones. Me parece natural el decantamiento cuando es hora de definiciones y hay ya una reacción declarada, que intenta frenar el proceso de cambios urgidos y necesarios, que quiere frustrarlo, como hicieron en el treinta y tres. Es la misma reacción, que dentro y fuera del país agita el supuesto peligro comunista. Nosotros no tenemos que andar preocupándonos de que nuestros enemigos nos califiquen como les dé la gana de calificarnos. Ya lo dice el pueblo en un dichito que corre por ahí: «Si Fidel es comunista, que me ponga en la lista.»

La inconclusa conversación con Carlos, ver tan confundido a quien he considerado toda la vida un hermano, me ha puesto a pensar muy seriamente sobre nuestro futuro (sobre todo, el inmediato). Muchas cosas han cambiado en estos primeros diez meses de poder revolucionario. Y nosotros mismos debemos cambiar. Fiel a mi inmediatez de siempre, no he tardado en sacar mis conclusiones y asumir la que entiendo una posición consecuente. Aquí todo el mundo esperaba cosas distintas de la Revolución triunfante. Muchos confiábamos en que fuera una revolución verdadera, y unos pocos esperaban que fuera de mentiritas, una frustración y una falsedad más. Ésos son los que ahora se separan, decantados, cuando sólo empieza a cumplirse el programa del Moncada. Pero esas deserciones, en lugar de debilitarla, fortalecen aún más a la Revolución. Es natural que ya no estén con nosotros aquellos cuyos intereses han sido afectados, pero no un Carlos que no entiende o no quiere entender. No, lo de él debe de ser una crisis pasajera que superará pronto. Y yo debo ayudarlo. Es preciso que lo vea antes de que se vaya de nuevo para Oriente.

Así voy pensando el amanecer de este lunes 26 de octubre de 1959, cuando me encamino –partícula de una inmensa muchedumbre– hacia la manifestación convocada frente al Palacio Presidencial. Aquí puedo comprobar que ha surgido un nuevo protagonista. Un protagonista decisivo: EL PUEBLO. Aquel mismo pueblo incrédulo, al parecer indolente de los primeros tiempos, ha comprendido muy bien la esencia de este proceso, que es de él y para él; y ahora cierra filas resueltamente en torno a su verdadera causa. ¡Ésta es su respuesta a los actos provocadores y a las agresiones de la reacción! Como no he visto nunca antes, un millón de cubanos ha acudido a expresar su apoyo, firme y resuelto, a SU REVOLUCIÓN.

Desde la terraza norte de palacio hablan a la multitud las principales figuras del momento: Dorticós, nuestro nuevo presidente, que ha sustituido al vacilante e insípido Urrutia; Almeida, Raúl, el Ché, Camilo... el resumen lo hace el líder indiscutible de la Revolución: Fidel Castro. Soy partícipe y testigo del diálogo esclarecedor que se establece entre el pueblo y sus conductores. Ambos hablan de tú a tú y en el mismo idioma. Es el sentir de todos lo que expresan en sus palabras los oradores. Cuando termina el acto, mis pasos me llevan por la calle Refugios, en busca de una vieja bodega de esquina, muy cercana al palacio: La Flor de Oleiros que, una vez concluida la concentración, abre sus puertas al numeroso público.

–¡Eh, Vicente, un cazalla doble aquí!

He golpeado con la palma abierta el mostrador cantinero y

voceado el pedido, para atraer la atención de quien se atarea en el otro extremo atendiendo a una nutrida y sedienta marchantería. Primero fue el acercarme silencioso y observarlo en su sorprendente, por rápido, envejecimiento. Lo noto achacoso y sin los bríos con que lo recuerdo; ya no es ágil su constante ir y venir detrás del mostrador...

—¡Eah, que con uniforme no os dejan beber! ¿O es que no lo sabe?

Y es una sonrisa de cariño familiar y brusco, bien gallego, la que lanzan unos ojos que me miran por encima de los espejuelos sostenidos en la punta de la nariz; una sonrisa de los ojos más que de la boca, que no cesa de soltar denuestos.

—¡Rapaz, dichosos los ojos que te ven! ¡Así revienten! Pero, sube, sube, que allá arriba también se van a alegrar, ¡rediez!

Y ya cuando me encamino a la escalera que ha de conducirme a los altos, al hogar amigo y acogedor, es la voz-vozarrón que me empuja y que quiere inútilmente hacerse susurro:

—¡Y si quieres beber, diles que te den del que hay en el aparador, eh! ¡Ve, ve, anda!

Vicentico no está, pero es como si estuviera, pues ésta es también mi casa; donde mi llegada, imprevista siempre y poco frecuente, es esperada sorpresa y motivo de sincera alegría. Soy, para esta familia, un hijo más. Y es un abrazo emocionado de madre el que me acoge con dulces recriminaciones:

—¡Muchaaachooo! Ya nos tenías olvidados. Pero ustedes son así de locos. Desde que se cayó Batista, con el favor de Dios, no paran la pata. El otro es lo mismo, no para aquí... Ahora resulta que los vemos menos que antes...

—Mamá, mamá —la contradigo, cariñoso—, Batista *no se cayó*, lo tumbamos. Y no fue Dios quien lo tumbó, sino nosotros. Tu hijo, yo y unos cuantos más...

—¡Ay, Jesús, no digas eso...! —Se santigua y es todo obsequio y halago, que quiere brindarme cuanto tiene y no sabe que más ofrecerme, el recibimiento que como a hijo propio me da esta madre abnegada y amorosa. Ya frente a la mesa, que se puebla de platillos y a la que he sido sentado casi a la fuerza, cuando aún sostengo el vaso generosamente lleno del mejor coñac español, es la orden, casi como a niño que se educa–: ¡Ah, pero primero a lavarse esas manos, a ve...!

Por complacerla y sentirme feliz al hacerlo, gustoso voy hasta el cuarto de baño; y antes que acabe de cumplir el cariñoso mandato, es ella que vuelve, solícita, parándose en la puerta con una toalla blanquísima que me tienden sus diligentes manos; es ella, con su maternal presencia, expectante y con una expresión preocupada que acompaña a una voz queda, que musita inquiriente:

–¿Viste a Vicente como está? No hay quien lo haga ir al médico, pero yo sé que se siente muy mal. ¿Y el otro? ¡De buena pata cojea!

Me entero así de que la salud de roca de aquel gallego portentoso está quebrada; que, aunque trata de disimularlo y no se queja, algo por dentro lo va minando, a tal punto que ya no es el mismo, sino otro: el que se reveló a mi primera mirada, gastado, achacoso; que Vicentico también es motivo de preocupación, pero de otra índole, para esta mujer inigualable:

–¡Debes hablar con él, mi hijo, a ver si a ti te dice en lo que anda! ¡Está tan raro!

Por disipar, al menos una de las dos grandes inquietudes que la embargan, le niego, persuasivo:

–¡Qué raro, ni nada, vieja! A lo mejor, ése está enamoriscao por ahí y tú, como siempre, preocupándote. Además, lo que pasa es que ahora es cuando tenemos más que hacer...

–Yo sé lo que me digo. Y a mí ustedes no me engañan, que los conozco, pero que muy bien, Joaquinito... ¡Ven, mira!

Y es severa la expresión e imperativo el gesto cuando de una mano me conduce, enérgica, casi a la carrera, al cuarto de mi amigo, como regañándome:

–¡Mira, mira...! ¿Para qué es todo esto?

Ha abierto un closet recién construido a todo lo largo de la pared. Lo ha abierto de par en par, y un verdadero arsenal de Thompsons y emeunos se muestra, increíble, a mis sorprendidos ojos...

Y yo que pensaba que Carlos andaba mal, que era impostergable reanudar nuestra conversación. Este Vicente está mil veces peor.

A éste sí tengo que encontrarlo ya. Y que me explique en lo que anda. ¡Y rápido!

Las horas se me evaporan en una rápida sucesión de días y noches de pesquisa incansable, febril, ansiosa. Camilo se ha perdido y toda Cuba está, o buscándolo, o pendiente de ello. Sólo yo parezco ajeno al rastreo, porque busco a otro hombre. Y aunque en las dos búsquedas está presente el amor, son otros los motivos que hacen la mía más desesperada. Camilo puede aparecer vivo o lamentablemente muerto. El que yo busco es probable que aparezca fatalmente muerto en vida, convertido en un enemigo. Voy, destrozado por los indicios torturantes, dispuesto a todo.

Después de empecinada, exhaustiva persecución, en el cerrado Club Las Vegas lo tengo frente a mí. He recorrido todos los lugares que frecuenta y en todos le he dejado conminatorios mensajes de mi urgente necesidad de verlo. A ninguno ha respondido o ha tenido tiempo de responder cuando, al fin, lo encuentro. Viste uniforme de campaña y se ha dejado la barba que, por conocerlo, me da la falsa impresión de algo postizo. Me es chocante su atuendo guerrero, adornado con atributos pilosos, que sólo deben exhibir los que estuvieron peleando en el monte. Lo percibo como una vergonzosa abdicación de nuestro orgullo de haber luchado aquí, en las ciudades, el lugar más difícil. Claro que eso no tiene un distintivo externo que nos identifique y con el cual cualquiera se pueda pavonear. En todo caso, dejarse barbas que no crecieron en las montañas me parece un intento pueril de aparentar lo que no se es. También me choca su incomprensible y pastosa tranquilidad, que me sabe a disimulo y con la que me recibe:

—¿Qué problemas tienes, Flaco?

La pregunta con que ha iniciado la conversación, que sabe forzosa e impostergable, a pesar del tono cariñoso de siempre, me resulta irritante. La verdad es que estoy tan predispuesto, que cualquier cosa que diga ya me altera.

—¡Eso digo yo, Vicente! —Por primera vez no lo llamo por el diminutivo ni por el fraterno apócope—. ¿Qué problemas tienes? ¿Y de dónde sacaste esa barbita? ¿A quién carajo te quieres parecer?

—¡Ah, no jodas, Joaquín! ¿No me digas que has venido

para sermonearme? Sé que estuviste por casa... Fue la vieja, el otro día, ¿no?

No puedo descubrir lo que sé sin faltar a la confianza de quien ve en mí un hijo más, de la que ha invocado mi ayuda, confiándome sus terribles preocupaciones. Se me hace evidente que debo jugar otras cartas...

–¡Qué vieja, ni ocho cuartos! –Miento lo mejor que puedo, con el menor número de palabras–. ¡MIRA, YO SÉ MÁS DE CUATRO COSAS EN LAS QUE TÚ ESTÁS METIDO...!

–¡Ah, si lo sabes, entonces es por el misterioso ministerioso de Benito, que está celoso porque no puede ir! Su ministerio no lo deja. ¿Qué, quieres venir tú? –Me mira sincero e interrogante, hasta se justifica–: La verdad que no habíamos pensado en ti, porque ya es hora de que endereces tu matrimonio en paz, tengas hijos, no sé... Esa pobre guajirita te aguantó la mecha de la insurrección como una guapa y se merece que ahora... Además, coño, le andas diciendo a todo el mundo que quieres ponerte a estudiar. Pero en fin, si lo que quieres es venir con nosotros, de verdad que sería formidable poder contar contigo. Ya casi no tendrías tiempo de entrenar. ¡Nos vamos pronto! Sólo nos ha retrasado la desaparición de Camilo...

Me quedo atónito. La reconfortante revelación me llena de alegría y me saca, de pronto, todo el cansancio de estos días. En mi aturdimiento, no sé cómo ocultar el júbilo por haberme equivocado. No hay nada de conspiración disidente en los trajines de este verdadero hermano. Por el contrario, cuenta con cierto y velado apoyo de algunas figuras de la Revolución. Con nosotros, en la sierra y en el llano, han peleado, hombro con hombro, algunos nicaragüenses. Y ya es hora de que les reciproquemos ayudándolos a derrocar a Somoza. ¡En eso está Vicentico! El Vicen de siempre, que no entiende por qué lo abrazo con tanta emoción, tan fuerte:

–Eh, Flaco, ¿qué te pasa...?

1983

... Sí, hay muchas cosas en común entre aquellos octubres del cincuenta y nueve y del sesenta y siete. Es el mismo viento amenazante, huracanado, que ya entonces empezábamos a conocer. El viento del TIEMPO QUE NOS TOCÓ VIVIR. El mismo viento que fijó nuestros rumbos, determinó nuestras vidas, despejó de hojarasca nuestros pensamientos. Atrás quedaron prejuicios, ignorancias ignoradas, de las que ahora algunos se avergüenzan y los más nos asombramos. Una vida nueva y un nuevo pensamiento fue surgiendo dentro de nosotros, marcándonos para siempre. En aquel octubre del cincuenta y nueve, a diez meses del triunfo de enero, comenzamos a definirnos. Dejábamos atrás el entusiasmo de los primeros momentos y lo convertíamos poco a poco, sin apenas darnos cuenta, en profundas convicciones. Una continua cadena de hostilidad, de agresiones constantes, que comenzaron desde los primeros días, nos hizo ver claro dónde estaba el verdadero enemigo. Era totalmente cierto que *nos casaron con la mentira y nos obligaron a vivir con ella.* Pero estábamos decididos a divorciarnos para siempre de la mentira. Y apenas repuesto por la pérdida de Camilo, el pueblo nutrió las Milicias Nacionales Revolucionarias, enarbolando, enhiesta y desafiante a los vientos de octubre, su resuelta decisión de defender con las armas en la mano su nueva vida y sus nuevos valores. Algunos lo comprendieron antes; otros más tarde. Ésta era nuestra verdadera causa y la continuación de la de nuestros antecesores. Lamentablemente algunos no pudieron entenderlo así, se negaron a toda comprensión y, llenos de frustración y resquemores, fueron a cobijarse a la sombra del enemigo. ¡Qué caminos tan distintos han tomado los integrantes de aquel grupo adolescente, lleno de ingenuo idealismo, muchos de los cuales nos hermanamos en la lucha! ¡Qué camino tan impredecible también el mío! ¿Fueron acaso los vientos huracanados de algunos octubres los que determinaron nuestros rumbos? ¿Fueron sus amenazas constantes y siniestras las que nos hicieron asumir posiciones tan diversas…?

Vicente y Carlos son quizá los extremos de tantos rumbos divergentes. El primero, en quien tan temprano hizo raíz el ideal internacionalista, vio frustrada, pospuesta más bien, su decisión de contribuir a la liberación de otras tierras de América. La definitiva pérdida de Camilo y el escándalo internacional suscitado por algunos elementos aventureros, movidos más bien por afanes sensacionalistas, que fueron detenidos en Panamá, obligó a su grupo a aplazar el proyecto de concurrir a la tierra de Sandino y a limitarse al envío de armas y pertrechos. Persistiendo en su empeño, algún tiempo después, Vicente Aneiros y García, hijo de gallego y de mulata, nacido en Cuba, pero de nacionalidad latinoamericana, mojó con su sangre generosa las arenas de una playa venezolana, al acudir en gesto de total entrega solidaria con «aquellos que luchan en cualquier parte, no importa dónde...». Daba su vida preciosa nuestro Vicen por la gesta heroica e inconclusa de libertar a «nuestras pobres tierras de América».

Carlos, en cambio, se fue alejando cada vez más en sus conflictos, aislándose de quienes, en fraternal confrontación de ideas, podríamos quizá haberlo ayudado a superar sus iniciales contradicciones. Se licenció del Ejército Rebelde con el pretexto de concluir sus estudios de medicina, que no continuó, y un buen día apareció en Miami a bordo de frágil embarcación, ufanándose de «haberla tenido que robar a punta de pistola, para poder escapar de aquel infierno comunista». Era la última hazaña de una vida que se traicionaba a sí misma para ir a morir al basurero de la historia.

No puedo negar que las dos pérdidas me dolieron, me llegaron bien adentro. ¡Pero de qué formas tan distintas! Carlos era el que había muerto y no Vicente, en un trágico trastrueque de existencia y muerte que se perpetuaba para siempre. A Vicente podía ya sentirlo para siempre junto a mí, jamás ausente. Cuando en otro octubre cayó el Ché en Bolivia, lo sentí volver a caer para ascender en la historia y en la vida. Vicente estaba conmigo aquel día en la plaza y ha estado en cada uno de mis actos donde quiera que he tenido que reafirmar mi condición de revolucionario. En mis esfuerzos y afanes, en mi cotidiana contribución de pequeños sacrificios, Vicente va conmigo. Carlos, en cambio, había dejado de existir. No estaba ya con nosotros, mucho antes de concretar en hechos su desgajamiento definitivo.

Remontando octubres, desde éste hacia atrás, puedo vislumbrar un fulgor de llamas redentoras, que arrasan con un pequeño ingenio, un trapiche azucarero en las cercanías de Manzanillo. Hay un resplandor de gloria naciendo constantemente de las calcinadas ruinas y parece que tañe sin cesar, a los vientos de otros meses de igual nombre, aquella campana que llamó por primera vez a los cubanos a ser libres o morir, el 10 de octubre de 1868. Entre aquel octubre y hoy, hay un puente de historia. Ese puente ha sido jalonado por otros octubres que me tocó vivir, que se tienden como pilotes de cimentación y continuidad, marcando hitos cruciales, decisivos en nuestras vidas. Quizá los del cincuenta y nueve y sesenta y siete fueron dos de los más dramáticos, pero nada me podía decir entonces, que iba a vivir otros octubres tan intensos o más que aquellos...

Ahora, a treinta años del Moncada, cuando ya se hace pasado remoto aquel golpe del 10 de marzo, que nos lanzara a la vida ya como entes políticos; lejanas como nuestra ida juventud las noches bulliciosas o conspirativas del HEMICICLO, en otro octubre armas cubanas empuñadas por brazos ya maduros de aquella generación y por brazos hoy jóvenes, nacidos ya después, oponen heroica resistencia a la marinería norteamericana en el aeropuerto de Point Salines. Es en la pequeña isla de Granada, casi invisible en el mapa de las Antillas Menores, donde nuestra ayuda solidaria había llevado a unos setecientos cubanos: médicos, maestros, asesores y obreros de los más diversos oficios de la construcción. Estos últimos forman, en su casi totalidad, el contingente que construye dicho aeropuerto. Es octubre de 1983 y entre aquéllos están muchos de mis compañeros de trabajo, ingenieros civiles, técnicos, obreros del ramo, que compartieron conmigo un gran trecho de mi vida laboral, allá en el Distrito de Obras Públicas, adonde fui a emplearme cuando me licencié del Ejército Rebelde. Aquel distrito que se convirtió en el Ministerio de la Construcción, donde tantos de ellos me apoyaron y alentaron a culminar mis estudios de ingeniero. La presencia de cubanos en Granada construyendo un gran aeropuerto civil, concitó desde un principio la preocupación del gobierno norteamericano. La vocación internacionalista de la nueva Cuba se había patentizado en múltiples lugares del planeta, no sólo en su *traspatio*. Y las formas de hacer llegar nuestra solidaridad incluía muchas veces la presencia militar y beligerante, que persistía fuertemente en la lejana Angola. Aquel aeropuerto, aducía el avieso vecino, podía servir de estación intermedia en los vuelos de abastecimiento para nuestras tropas en África. Así, cuando por rencillas internas, es derrocado y posteriormente asesinado el premier granadino Maurice Bishop, el presidente Ronald Reagan, vaquero jolibudense devenido primer magistrado de la potencia mayor y más agresiva del orbe, esgrimiendo los más inverosímiles pretextos ordena la invasión de la minúscula isla caribeña. Contra un pequeño territorio de apenas 344 kilómetros cuadrados, poblado por unos cien mil habitantes, se despliega una descomunal maquinaria bélica. Nadie podría entender qué peligro puede constituir para la seguridad de Estados Unidos un Estado cuyo ejército es varias veces menor al número de policías con que cuenta cualquier ciudad norteamericana y cuya población total no alcanza a la de un barrio neoyorkino. Pero a la derrota de su genocida intervención en Vietnam le hacía falta una fácil revancha que «levantara la moral del US ARMY y su Infantería de Marina». Por otra parte, la presencia de una Cuba socialista, con miles de soldados en Angola, de una Nicaragua Sandinista y ahora de una Granada de economía mixta y con cubanos metidos allí, era más de lo que se podía permitir en las puertas mismas del imperio. Y allá van, en fanfarrón y prepotente alarde, portaaviones, portahelicópteros, destroyers y acorazados, toda una flota de guerra que apenas puede maniobrar en tan pequeño espacio. Van a imponer «El nuevo orden», la Pax Romana. Pero allí están hombres y mujeres de la Antilla mayor, que no le perdonan al yanqui insolente ofensas, provocaciones, abusivos despojos, crímenes a trasmano (algunos remotos y lejanos; otros, muchos, recientes). Están los David; dispuestos a enfrentar a Goliath. Alrededor del campamento de constructores, en sus barracas y en la pista de aterrizaje a medio hacer, se produce, al fin, el enfrentamiento. Ahora es directo, entre los descendientes de Céspedes, de los humillados mambises del noventa y cinco, de los que sufrieron la Enmienda Platt y las intervenciones, de los frustrados y escamoteados revolucionarios del treinta y tres, de los que en playa Girón, dispuestos a enfrentarnos al mismísimo amo que los envió, tuvimos que conformarnos con darles una soberana paliza a sus manipulados mercenarios; ahora es entre nosotros y ellos, los enemigos de siempre;

entre toda nuestra historia y la rapacidad piratesca de los hijos de Walker. Es la hora, la oportunidad de vengar tantas ofensas, quizá el momento pospuesto de octubre del sesenta y dos, cuando nos amenazaron con el exterminio nuclear tan sólo por ejercer nuestro derecho de armarnos como lo entendimos pertinente. En la absurda lógica del imperio, solamente ellos podían apuntar con armas estratégicas y no ser, a su vez, apuntados. Es la hora de cobrarles directamente el monstruoso crimen de Barbados, donde sus agentes, pagados con su cochino dinero, que todo corrompe y pertrechados con sus sofisticados equipos de destrucción y sabotaje, nos volaron un avión civil en pleno vuelo, por trágica coincidencia, también en octubre: el de 1976. La ocasión no iba a ser despreciada por nuestros humildes trabajadores, que se convertían en combatientes. El enfrentamiento era entre constructores y destructores.

Aparte de conocer a muchos de los que allí se encuentran, sé que con ellos está Guillermo, a quien hace años que no veo y que ha ido a Granada al frente de una agrupación de movimiento de tierras y cimentación. Guillermo, circunspecto siempre, mi paciente y sereno compañero de tantas aventuras y locuras mías. Desde Santa Clara y El Cotorro, de La Habana clandestina durante la lucha desesperada y cruel de los últimos meses de la dictadura. Guillermo, al que por poco matan por culpa de mis imprevistos arranques de siempre. El joven capataz oriental de aquel remoto entonces, el hoy maduro y experimentado director de una empresa constructora estatal cubana, la que con bulldozers, motoniveladores y cilindros, rellena, nivela y compacta la gran pista de Point Salines. Guillermo, que ha tenido el privilegio de pelear cara a cara con el yanqui. Con las notas de prensa tan espeluznantes y los comunicados tan patéticos que se han publicado, donde «los últimos cubanos se inmolaron abrazados a nuestra bandera…», «ya ha cesado toda resistencia en la zona del campamento de constructores y alrededor de la pista» he llorado ya, lleno de tristeza y orgullo, casi envidia, la muerte heroica de mi amigo entrañable… Pero he aquí, que la misma prensa que tan tétrica fue en sus primeros comunicados, publica ahora el listado completo de los sobrevivientes cubanos. ¿Sobrevivientes? Entonces, ¿qué fue de aquellos últimos que se «inmolaron abrazados a nuestra bandera»? Ahora resulta que hay un listado extensísimo de sobrevivientes, que esperan ser repatriados mediante puente aéreo que tiende la Cruz Roja Internacional a través de Barbados. En la larga lista aparece con sus dos apellidos y demás generales, Guillermo. Con el periódico aún en la mano, impactado por las noticias que ha traído en los últimos días de este octubre y dudando ya de ellas, enumero el rosario de *octubres* tremendos, memorables; octubres trágicos, históricos, iguales, que se yerguen en la memoria, desperdigados a lo largo de estos años de vivencias recurrentes, impactantes y constantes. Los recuento desde éste de 1983 para atrás, remontando EL TIEMPO QUE NOS TOCÓ VIVIR:

1983, 25 de octubre; invasión yanqui a Granada. Creí muerto a Guillermo y ahora, que lo sé sobreviviente, como la casi totalidad de los cubanos que allí estaban, no sé si alegrarme o encabronarme. La verdad es que como casi todos los cubanos no sé qué ocurrió verdaderamente allí. ¡No hay duda de que estamos bien informados!

1976, 15 de octubre; concurro a la velada solemne en la plaza para despedir el duelo de los 57 cubanos atrozmente masacrados en el sabotaje a un avión comercial cubano en pleno vuelo. Soy uno de los cientos de miles que se estremecen cuando oímos decir a Fidel: «Cuando un pueblo enérgico y viril llora, la injusticia tiembla.»

1967, 9 de octubre; en una humilde escuelita de La Higuera, pequeña aldea boliviana, asesinan cobardemente al Ché, después de haberlo capturado herido en combate del día anterior. Cuando conozco la nueva epopeya del guerrillero inmortal, pienso inevitablemente en Vicente Aneiros, nuestro Vicentico.

1962, 25 de octubre; Crisis del Caribe, o Crisis de los Misiles. El mundo al borde de la tercera guerra mundial. Cuba bloqueada militarmente y amenazada con ser blanco del arma atómica.

1959, 28 de octubre; Camilo se pierde mientras regresaba en su avioneta desde Camagüey. Toda Cuba comienza a buscarlo y yo, como un desesperado, busco a Vicentico, pensando que se ha convertido en un enemigo.

MANOLO

El primer sorprendido fui yo. Así que yo soy el COMISIONADO MUNICIPAL del Cotorro, digo de Santa María del Rosario, que es la cabecera del término municipal. Yo, yo mismo, Manolo, el tintorerito, como me decía la gente de mi Santa Clara natal. ¡Pero mira que esta Revolución tiene cosas! ¡Tremenda responsabilidad y tremendos líos que me han tirado arriba! Pero bueno, como dijo Fidel la noche que llegó a La Habana y habló desde Columbia: «Ahora es cuando empieza lo difícil.» Por lo pronto, sin haberlo querido ni imaginado siquiera, tengo que asumir el cargo de alcalde o como se dice ahora, COMISIONADO. A mí me sacaron de la algarabía y la locura de los primeros días para darme esta tremenda responsabilidad. Estábamos todos buscando esbirros y chivatos, procurando que no se nos escapara ninguno de los que no tuvieron tiempo de echar un tacón como Batista y los principales. Me sacaron de eso, me llamaron al ayuntamiento una noche y allí mismo me nombraron. Fue cosa de Quintín, que desde la nacional, donde está, me propuso. Él fue el que me metió en todo esto desde el mismo principio. Y ahora me enfrento con los resultados. La dirección nacional del Movimiento ha designado a los gobiernos provinciales. Y éstos, a su vez, nombraron con el acuerdo local, a los funcionarios que estarán frente a los municipios, los que antes se llamaban alcaldes y ahora comisionados. Porque tenemos que ocuparnos de muchísimas más cosas de las que se ocupaba un alcalde. Te nombran y… ¡allá tú con tu suerte! Que, salvo indicaciones muy generales, nadie te da una orientación, ni te dice qué y cómo hacer las cosas. Lo primero que tengo que hacer es EVITAR. Debíamos todos los que nos ha tocado esta suerte llamarnos Evita: «Evita» que haya desmanes, «evita» saqueos, «evita» que escapen a la justicia los que la deben, y «evita», que es lo principal, que haya arrebato de tantas manos, que ahora se quieren meter en todo. Y no todos con las mismas intenciones. La solución que implantes y las decisiones que tomes quedan a tu sentido común y a tu fervor y entereza revolucionarios. ¡Si con estos últimos bastara…! Pero son múltiples y muy distintos los nuevos rollos que hay que enfrentar en el municipio. Hay que reorganizar los servicios públicos, donde todo es un desastre y una pudredumbre, desde la recogida de basuras y el bacheo de calles, el acueducto, la salud y la educación, hasta los bomberos y mil cosas más; nombrar al frente de cada una de estas tareas a un compañero responsable, honrado y capaz, y sobre todo re-vo-lu-cio-na-rio; además, contar con todo el mundo para nombrarlo en el cargo, no sea que alguien se vaya a disgustar. Ah, y advertirle a todo el mundo que todo es provisional. Sí, hay que contar con todo el mundo y evitar el arrebato y los autonombramientos porque aquí sobran los que se creen los indicados y los mejores para cada cosa. Pero si fuera sólo eso… Hay mil cosas insospechadas y sorprendentes, a las cuales tenemos que atender y sobre las cuales tomar decisiones, a veces verdaderamente cabronas. Porque aquí, en nuestro territorio, somos los representantes del Gobierno Revolucionario. ¡Y qué territorio me ha tocado! A la salida de La Habana, lleno de fábricas, algunas de ellas grandes, como la Cervecera y la FACUTE, medianas otras, y un montón que son más bien inventos timbiricheros, como las de panqué, la «fábrica» de mosaicos, que es más un taller que otra cosa, y la fábrica de tubos para acueductos, que resultó ser –¡qué casualidad!– propiedad del administrador del acueducto. Menos mal que en lo de la salud y otras cosas afines puedo contar con un grupo valioso de médicos, gentes de aquí mismo, muchos de los cuales participaron en la lucha y pusieron a disposición de la causa todos sus recursos. Son los mismos que, con su cliniquita del Cotorro, se la jugaron con nosotros cuando la huelga de abril; los que se brindaron sin vacilaciones a trasladar e ingresar allí a Guillermo y lo operaron, certificando que lo habían intervenido de un neumotórax y no de un balazo. Y eso era a finales de noviembre, cuando ya estaban medio quemados por lo de la huelga y la cosa estaba que echaba humo. A Guillermo lo hieren cuando fuimos a tirotear los colegios electorales. Si no es por estos médicos, el pobre se nos muere; lo habíamos dejado en La Habana Vieja, en un piso alto desocupado cuyas llaves consiguió Benito, y no teníamos forma de sacarlo de allí ni trasladarlo al Calixto, como era nuestra idea inicial. Joaquín se había quedado con él para cuidarlo, pero allí se le iba a morir sin remedio, por mucha penicilina que el Flaco le inyectara.

Por una razón u otra, no puedo contar con mis viejos compañeros. De los que quedaron con vida, muchos están allá en Santa Clara. Y los dos más pegados a mí, los que compartieron conmigo los últimos tiempos, Joaquín y Guillermo, con ellos tampoco puedo contar. Guillermo, a pesar de su fortaleza, aún tiene que restablecerse. Y así y todo, me dijo que tan pronto pueda él vuelve para la construcción, que es lo suyo. Joaquín, lo mismo. Dice que en la primera oportunidad volverá a ser lo que era: estudiante. ¡Ni que se hubieran puesto de acuerdo! ¡Como si todo hubiera terminado al tumbar a Batista! Benito sólo viene al Cotorro de visita o para alguna operación. Ese chino es un jodedor, está por arriba, en el DIER, la gente de la seguridad y su campo de acción es nacional, o cuando menos provincial.

Ahora es cuando más falta harían tantos compañeros formidables que perdimos en la lucha. El mismo Guido, él sí sería un magnífico comisionado con su arraigo aquí, y no yo, que en definitiva no soy de este pueblo. Y los otros que cayeron, iguales de valiosos y que necesitaríamos ahora. ¿Te imaginas un Sergio González ahora vivo y trabajando con todo su sentido de la organización por echar alante esto? Ahora, cuando todo está por hacer y hace falta organizarlo todo.

Uno de los rollos más problemáticos que tengo es lo de las casas y otras propiedades de los batistianos. Hay una pila de gentes ya instalada en ellas. Y son tremendas casonas, muchas de ellas verdaderas mansiones, llenas de objetos y muebles de gran valor. ¡Y las finquitas, ni se diga! Finquitas de recreo hasta con piscinas, en las que ya se han colado gentes armadas, con uniformes y grados. Lo mismo ha pasado con las máquinas. ¡Claro, como todo quedó abandonado al salir chancleteando los dueños, ahora sobran los ocupantes! Y en eso sí que estoy claro: todos estos bienes deben pasar a Recuperación. Lo nuestro es sellarlos y protegerlos del pillaje. El destino de estas propiedades debe decidirlo el gobierno central, a través del ministerio creado al efecto. ¡Pero coño, arriba no deciden nada! Y después se te aparecen aquí cada clase de personaje con un papel y un cuño, autorizándolos a «ocupar» el bien tal y más cual. ¡Y ni las llaves te piden, porque ya rompieron las cerraduras y hasta los candados que nosotros mismos hemos puesto! A mí, sí me orientaron clarito que abriera una sola casa de ésas, de las más céntricas, en medio del pueblo. Para poner allí LA CASA DEL VEINTISÉIS, lugar donde radicará la organización municipal de nuestro Movimiento, una casa donde tuvieran acogida fraterna todos los elementos revolucionarios, fueran o no del 26 de julio. Y allí, en el último cuartico, el que era de los criados, estoy viviendo yo. Y eso fue porque me indicaron que no era procedente que siguiera viviendo en el que teníamos Guillermo y yo, en la cuartería aquella. Y porque aquí tengo teléfono y siempre estoy localizable, porque si no, todavía estuviera viviendo allí mismo. A esta CASA DEL VEINTISÉIS acude todo el mundo a pedir y reclamar las más variadas cosas, desde los trabajadores de la panadería, que acusan al dueño de esbirro y colaborador batistiano, hasta mujeres que piden se cierren los bares donde trabajan otras mujeres; desde campesinos que piden tierras, como si el municipio fuera el mismísimo INRA, hasta nuevos militantes del movimiento, que se te aparecen con brazaletes y todo reclamando protección para sus «legítimos intereses»; desde gentes que protestan porque la Compañía de Electricidad les cortó el servicio por falta de pago, al considerar ellos que porque la Revolución triunfó ya no tienen que pagar la luz, hasta los sepultureros, que no estaban en la nómina y que se consideran empleados del ayuntamiento, ya que el cementerio es municipal. A todos, lleno de santa paciencia, tengo yo que atenderlos, que para eso soy el comisionado. Y reunirme con los rotarios, el Club de Leones, los masones, una representación del Directorio, con la directiva del Club Atenas, que es el de los prietos, porque si ahora dejan entrar a blancos en su club, esperan reciprocidad en la Sociedad Liceo, que es nada más que para blancos. ¡Para racismos estamos en estos momentos! Todos reclaman, solicitan, denuncian, piden nuestra intervención y exigen soluciones a problemas viejos acumulados durante años y a otros nuevos, que antes no existían, o a problemas inventados. ¡Verdad que no debe llamársenos alcaldes, porque ningún alcalde tenía estos problemas! A cualquier hora del día y de la noche, como que vivo aquí, vienen a pedirme una reunión con el comisionado. ¿Y si fuera estar aquí, de guardia permanente, recibiendo gentes y nada más que eso? Pero tengo que ir constantemente a La Habana, a las distintas dependencias, a ver a los del gobierno provincial; y aún más, a entrevistarme frecuentemente con algunos ministros y hacer gestiones mil. ¡Es una verdadera locura! Los días y las noches se me empatan sin dormir muchas veces y cuando puedo hacerlo, tan pronto me acuesto, ¡arriba, dale, que te están esperando los líos! ¡Y todavía Joaquín el otro día, al reprocharle que no venía por aquí, me tiró aquello de que «él a los amigos que subían los apartaba para que se *desarrollaran*»! Y subrayó lo de estar arriba y lo de mi desarrollo. Si él me ve arriba, está muy equivocado, yo me siento bien abajo, abajo de todo el mundo, que me presiona y aplasta. Eso lo dijo por jeringarme, porque él sabe muy bien que yo no soy de los que cambian con los cargos. Si por mi gusto fuera, yo seguiría con mi motoneta en Santa Clara, recogiendo y repartiendo ropa en la misma tintorería. Joaquín me habló, poético como siempre, del tiempo y de una teoría que tiene metida en la cabeza, de los inicios y finales de todo tiempo. Después parece que le pesó haberme dicho lo que me dijo, porque me abrazó muy cariñoso y me dijo «que no le hiciera caso, pero que para mí, había comenzado un nuevo tiempo». ¿Será posible que él, tan inteligente, no se dé cuenta de que lo que ha comenzado realmente es una nueva vida para todos…? Nueva, como este nuevo presupuesto municipal, que espero me aprueben en la provincia y donde, al fin, están incluidos los sepultureros.

Lo primero que hice fue buscarme un contador de confianza (que había colaborado con el Movimiento) para que lleve bien las cuentas del ayuntamiento. Porque lo primero que llegaron fueron las facturas, que quieren ser cobradas, de los acreedores de la alcaldía. ¿Y con qué dinero les iba a pagar, si nos encontramos la caja completamente vacía? Así que, por el momento y hasta nuevo aviso, declaré congeladas las deudas. Declaré una moratoria, por aquello que había oído a mis padres de la Moratoria del 30. A los empleados de verdad, a esos sí hay que pagarle sus sueldos. ¡Y mira eso! Descontando las nóminas fantasmas, alcanza para pagarle a los sepultureros, a diez barrenderos más y aumentar el personal de la casa de socorros. Y todo con la misma asignación presupuestaria. Hay que mandar arreglar los dos camiones de recogida de basuras y recuperar un tercero, que un oficial rebelde se llevó para La Habana. ¡Buen comienzo el del «nuevo tiempo» que, según Joaquín, se abre para mí!

SEPTIEMBRES, ALGUNOS SEPTIEMBRES

> Para todas las cosas hay sazón y todo lo que se
> quiere debajo del cielo, tiene su tiempo. Tiempo de
> nacer y tiempo de morir; tiempo de plantar y tiem-
> po de arrancar lo plantado.
>
> *Eclesiastés*, Cap. 3, Vs. 1 y 2

1960

El tiempo es un círculo cerrado. Mientras vivimos, estamos
dentro de él, sin posibilidad de escaparnos. Y da igual recorrerlo
hacia adelante, viviéndolo; o hacia atrás recordándolo, que es lo
mismo que vivirlo otra vez. Siempre volveremos al mismo punto. Y ese punto, cualquiera que sea, estaría siempre dentro de
nuestro tiempo preñado de vivencias, con acontecimientos que,
por similitud, parecen repetirse.

Desandando EL TIEMPO QUE NOS TOCÓ VIVIR, tan sólo algunos
meses de algunos años, me reencuentro siempre con algún diciembre que, rompiendo el orden cronológico, antecedió a un
julio y aun a otro enero que debió de sucederle. Relación absurda
de causas y consecuencias, que intercambian sus tiempos lógicos.
Consecuencias que vivimos primero y cuyas causas conocimos y
analizamos después. Esto nos pasa, sobre todo, con los errores,
que al cometerlos, no reparamos en que en ese momento creamos
las causas cuyos resultados sufriremos después. Así, alterado el
orden decursivo de los acontecimientos, cualquier instante puede convertirse en un comienzo en ese círculo cerrado que es el

tiempo. Pero a septiembre no le hace falta convertirse. Septiembre siempre ha sido comienzo y recapitulación de lo pasado. ¡Si no, que lo diga Manolo, ahora todo un funcionario del gobierno municipal, con el cierre del año fiscal y la Reforma Tributaria que ha modificado todo el sistema de impuestos! Ahora, sus cuentas a cobrar y a pagar no son las de la tintorería santaclareña, son las de todo el ayuntamiento. Para nosotros, los estudiantes, septiembre siempre fue comienzo. Y cuando este año abran de nuevo la universidad, volveré a ser estudiante. Volveré y comenzaré. Porque ahora será comenzar a ser estudiante universitario. Esta vez subiré la histórica escalinata de nuevo, no a conspirar, sino a estudiar. Mi sueño pospuesto, frustrado, de 1952: estudiar una carrera.

Ya a principios de este año, a pesar de la incomprensión de Dulce y de todas sus escandaleras, logré licenciarme del ejército para comenzar a trabajar en el Distrito de Obras Públicas. Allí están como jefes los ingenieros con quienes trabajamos en Santa Clara y en El Cotorro, que serán en este nuevo curso profesores universitarios, ante el éxodo de los viejos y corrompidos. Están, además, Galgueras y Guillermo. Galgueras, mi viejo amigo profesor de dibujo, ya casi arquitecto, pues el cierre de la universidad en 1956 lo agarró con sólo dos asignaturas y la tesis por presentar. Y Guillermo, que apenas restablecido y como nuevo, ha regresado a Oriente a trabajar como responsable de obras. Obras que ahora sí se ejecutan de verdad en un formidable plan, que impulsa el Ministerio de Obras Públicas con su nuevo y revolucionario lema: REVOLUCIÓN ES CONSTRUIR. En eso de lemas y siglas abreviadas se ha destapado una verdadera moda. Hasta los industriales y comerciantes cubanos sacaron su CONSUMIR LO QUE EL PAÍS PRODUCE, ES HACER PATRIA. ¡Parece que ahora son muy patriotas! Y en lo de siglas y abreviaturas, nuevos sonidos se intercalan en las conversaciones diarias, apertrechándonos de un casi nuevo lenguaje. Todo parece haber empezado por el INRA (Instituto Nacional de Reforma Agraria), que llevará adelante, al fin, la hermosa tarea de redimir al pobre guajiro y hacer realidad su sueño de poseer la tierra. Le siguieron el INAV (Instituto Nacional de Ahorro y Vivienda), empeñado en convertir el nefando juego y la corrupta Lotería Nacional en algo saludable y beneficioso: transformar el vicio en virtud; el INIT (Instituto Nacional de la Industria Turística), también con su lema: CONOZCA A CUBA PRIMERO. Y así, todo se llena de siglas y lemas. Yo, hablando en la revolucionaria jerga de apócopes, me fui de las FAR y ahora estoy en el MINOP. Y sin dejar de ser soldado, puesto que estoy en las Milicias Nacionales revolucionarias y en el Batallón Universitario, lo he hecho para volver a ser estudiante. Aquí, en el distrito, todos me animan. Los jefes me acomodan el horario de trabajo para que pueda asistir a clases, y antes me ayudaron repasándome las materias casi olvidadas, para que me pudiera presentar con éxito a los exámenes de ingreso. Así y todo, no me ha sido nada fácil. El tiempo no pasa por gusto. Y para entender el cálculo, tuve que digerirme enterita el «álgebra» de Baldor.

Ahora soy empleado del MINOP, que pronto se convierte en el MICONS (Ministerio de la Construcción), y al fin, estudiante de ingeniería civil, matriculado en el primer año de la carrera. Tengo a mi disposición, siempre prestos a ayudarme, a un grupo de amigos que son jefes y profesores en una sola pieza, y con algunos de los cuales mis relaciones son muy estrechas, casi familiares. Pero el turbión de los acontecimientos políticos, igual que en 1952, amenaza mis planes de superación. Si en aquel entonces fue la necesidad de luchar contra la tiranía, amén de la ausencia de recursos, ahora es la necesidad de defender la patria y la libertad conquistadas, ante las amenazas y agresiones constantes del vecino poderoso. La hostilidad, primero velada y después manifiesta, prepotente y ramplona, comenzó desde muy temprano, desde el triunfo mismo. Primero fue el acoger bajo su amparo a cuanto criminal, asesino, torturador y cómplice del batistato buscó refugio en el «norte revuelto y brutal». Ya en el mismo cincuenta y nueve el recorte de nuestra cuota azucarera, de la cual terminaron despojándonos este año. Miami se convirtió en base contrarrevolucionaria de donde parten, con absoluta impunidad, avionetas y aviones que lanzan bombas e incendian nuestros cañaverales. Saben que dependemos del azúcar y quieren yugular nuestra economía. La embajada americana en La Habana es centro de reuniones y conciliábulos conspirativos de la contra. Personas acreditadas como diplomáticos, dirigen dichas reuniones. El secuestro de aviones y naves cubanas, que son llevadas a la Florida, es noticia ya diaria. Numerosos ciudadanos norteamericanos, involucrándose directamente en actividades contrarrevolucionarias, son detenidos durante la comisión misma de dichos actos. Sus profesiones van, desde funcionarios diplomáticos, periodistas acreditados, pilotos de pequeñas avionetas, hasta personajes de aventuras, como el capturado en la sierra del Escambray, que pertenecía a una de las bandas armadas que operan en la zona. El 18 de febrero un piloto norteamericano muere al estallar una bomba en el avión con que atacaba el central azucarero España, en la provincia de Matanzas. En los restos retorcidos del aparato está su cadáver. Y sobre el mismo, la documentación que prueba que ya en tres ocasiones anteriores había participado en incursiones del mismo tipo. La prensa publica en primera plana la foto de los documentos ocupados: identidad personal, licencia de vuelo y otros, que prueban su nacionalidad, domicilio y punto de despegue de la nave, todos en territorio norteamericano. Apenas dos semanas después, el 4 de marzo, mientras se encontraba atracado en un muelle de La Habana, durante las labores de descarga, vuela el vapor francés *La Coubre*, que había conducido un cargamento de armas compradas en Bélgica. La tirantez entre el agresor pertinaz y el acosado agredido sube en escala vertiginosa día a día, hora a hora, minuto a minuto. En el colmo de la desfachatez, el gobierno de Estados Unidos presenta, el 27 de junio, ante el Comité Interamericano de Paz, un memorándum cuyo mero título es revelador de falacia descomunal y siniestras intenciones: ACCIONES PROVOCATIVAS DEL GOBIERNO DE CUBA CONTRA ESTADOS UNIDOS QUE HAN CONTRIBUIDO A AUMENTAR LA TENSIÓN EN EL ÁREA DEL CARIBE. En dicho documento el gobierno norteamericano cita como acciones agresivas la explosión del barco, los vuelos piratas sobre territorio cubano, la violación de las aguas jurisdiccionales de Cuba por embarcaciones de la Armada norteamericana y las repetidas denuncias cubanas de preparativos de invasión. Es decir, todas nuestras denuncias son, a su modo de ver, provocaciones nuestras. Con relación a sus planes de invasión, denunciados por Fidel en el acto del Primero de mayo, el documento cuya redacción envidiaría Tartufo afirma que: «... estos esfuerzos irresponsables por parte del gobierno cubano para hacer aparecer al gobierno de los Estados Unidos en posición de planear un ataque armado, reflejan una política provocadora destinada a fomentar la tensión y a minar las bases de la solidaridad y cooperación interamericana».

En prueba de esa «cooperación interamericana», las refinerías estadounidenses enclavadas en territorio cubano se niegan a refinar el petróleo que, bajo más ventajosas condiciones, Cuba ha adquirido en la Unión Soviética. Como respuesta, el gobierno revolucionario decreta la intervención de las refinerías. Una de ellas, la de la Esso Standart Oil, llevará en lo sucesivo un nombre para mí entrañable: Ñico López. Anteriormente Rusia había comprado el azúcar cubano, cuyo mercado tradicional nos había sido cerrado por los yanquis, que esperaban de esta forma dejarnos sin recursos con los que adquirir el combustible necesario. Así, la cooperación, nunca tan oportuna, en los momentos que se nos pretendía asfixiar económicamente, dejaba de ser «interamericana». ¡Ahí estaba el porqué del insidioso adjetivo con que terminaba el infame memorándum del *stéi depártment*! El cocinaíto diplomático se preparaba a nivel continental. Citado por Maese Pedro, se reunía en San José de Costa Rica el retablo de títeres de la OEA. La Séptima Reunión de Consulta de los cancilleres del continente aprobaba la DECLARACIÓN DE SAN JOSÉ. En ella se esgrimía el argumento de «la intervención de una potencia extracontinental que amenaza la paz del hemisferio», creándose las premisas de una agresión militar contra Cuba, directa o indirecta, unilateral o multilateral. Han desenterrado y resucitado a Monroe. En lugar de condenar las agresiones imperialistas de Estados Unidos contra Cuba, agresiones reales y continuadas, el documento de los representantes hemisféricos condena la ayuda espontánea y generosa de la URSS, a la que califica como una amenaza al sistema interamericano.

A la Declaración de San José responde el pueblo cubano reunido en Asamblea General el 2 de septiembre, aprobando la PRIMERA DECLARACIÓN DE LA HABANA. Es una inusitada y nunca vista asamblea del pueblo que, reunido al pie de la estatua de José Martí, rechaza lo acordado en Costa Rica, anula el tratado de ayuda militar con los Estados Unidos y aprueba, bajo los más puros principios martianos, la contundente respuesta. Allí estamos los trabajadores de la construcción; marchamos en bloque desde el Distrito de Obras Públicas hasta la plaza Cívica, que comienza a transformar su nombre por PLAZA DE LA REVOLUCIÓN. Salimos juntos, los oficinistas, técnicos, ingenieros y demás trabajadores. Y es unánime la aprobación, mano alzada como en ágora griega, la que respalda un decisivo y marcado viraje a la izquierda del proceso revolucionario. Es nuestra segunda independencia lo que hemos proclamado. Se hace diáfano que preparan la agresión armada. Y ante esa certeza, aceptamos el apoyo extracontinental que tanto preocupa al imperio. Lo aceptamos y agradecemos, aparte de prepararnos militarmente para enfrentar al gigante. Yo, por lo pronto, parto para un entrenamiento básico en la escuela de milicias del Caribe, instalación recién inaugurada un poco más allá del Rincón de Guanabo, sobre la Vía Blanca. Antes, como prueba de aptitud física, se establece que caminemos 62 kilómetros, en un recorrido puñetero, que por conocerlo demasiado bien taso en casi 84. Comenzamos al atardecer frente a la antigua escuela de cadetes, en la carretera de Managua. El recorrido incluye salir a la central por el poblado de Cuatro Caminos, seguir a Jamaica, pasar por San José de las Lajas, la Ruda, que pronto toma el mote de Cementerio de los Milicianos, San Antonio de las Vegas, el pueblo de Managua y volver al punto de partida. Sin preparación previa, es sólo el entusiasmo y el fervor patriótico el que nos hace llegar en la alta madrugada, en plantillas de medias, con las plantas sangrantes pero también con la sonrisa del triunfo, al puesto de control improvisado sobre la carretera, donde un joven oficial nos pone un cuño en el documento de «apto» y nos entrega la codiciada boina verde olivo, que nos distinguirá en lo adelante como «miliciano probado». En este clima bélico, de tensión expectante, donde todos estamos dispuestos a lo que sea, no es fácil sacar horas para retomar el casi ya perdido hábito de estudio. El ambiente hogareño es aún menos propicio. Y en el laboral, no todas las ayudas las percibo con iguales intenciones. Tanto Fernández como Álvarez Lozano, los dos ingenieros con los que trabajé en Santa Clara y El Cotorro, me muestran sincera simpatía y la ayuda que me brindan nunca rompe los marcos de la ética más exigente. Ambos son jefes y profesores íntegros, me tienen estima pero, por beneficiarme, jamás caerán en la mínima inmoralidad. Desgraciadamente no todos son así. Están los Téllez y Hernández Zambrano, los muy socarrones, que no pierden oportunidad para insinuarme «su siempre disposición a tirarme un cabo» por lo que, «no tengo necesidad de esforzarme mucho, ya que aprobaré de todas formas». Su deshonestidad, que me proponen compartir, me indigna y me los hace cada día más antipáticos. Mi doble situación de subordinación laboral y docente me hace en extremo incómodo el tratarlos. Y procuro mantenerme alejado, en lo que les parece un respetuoso distanciamiento y no es más que repugnancia e irritación, malamente encubiertas. Como no sé fingir y como cualquier cosa que digan ellos ya me encuentra predispuesto, mis problemas en el aula y la oficina no tardan en aparecer. La situación más tirante se me presentó con Téllez, que funge como profesor de topografía, asignatura a la que entendí podía presentarme a examen de suficiencia, debido a mi relación de trabajo con ella. Al hacerle la solicitud, cumpliendo todas las reglamentaciones académicas, expresé mi deseo de acogerme a esta opción y así ahorrarme el tiempo de asistencia a clases. Argumentaba mi conocimiento práctico y teórico de la materia, originado en mis años de trabajo con el teodolito y el nivel, los cuales podía acreditar con certificaciones de los «compañeros ingenieros» (la palabra compañero se había puesto de moda y ya parecía una ofensa no usarla) con los que había trabajado. Pues bien, al recibir mi carta-solicitud, mi «compañero-jefe-profesor» visiblemente molesto, me espetó de forma hiriente:

—*Compañerito* Ortega, puede usted presentarse a examen de *autosuficiencia en mi* asignatura. Y en cuanto a las certificaciones, no son necesarias, *todos* sabemos que usted está *muy bien respaldado aquí* y que el tiempo le hace falta para *sus otras labores.*

Todo en su respuesta era provocación. Desde las palabras escogidas y cambiadas hasta las más bajas insinuaciones de ser yo objeto de favoritismos, desde el diminutivo a mi condición de «compañero» hasta la alusión a mi necesidad de ocuparme de otras actividades, que no eran ni docentes ni laborales. Él, como otros, había visto en algunas ocasiones, tanto a Benito como a Vicen y otros compañeros de uniforme, visitarme en horario de trabajo o, en oportunidades, esperarme al término de la jornada a la puerta misma del distrito, tripulando lujosos automóviles confiscados, repletos de gentes *artilladas*. Era obvio que le molestaba, al muy insolente, mi reciente pasado de acción, mi vinculación con uniformados, mis otras actividades presentes, en fin, todo cuanto yo significaba. Aquello era demasiado para mantener mi ecuanimidad en los términos de la prudencia. Y allí mismo fue el choque. Procurando ser lo menos violento posible, le dije todo, pero todo, lo que pensaba de él y de *su* asignatura y de *su* forma de hablarme. El resultado no podía ser otro: un examen *arranca-pescuezo* diseñado para que sólo pudiera aprobarlo un genio de la topografía. En el próximo curso tendría que asistir a todas sus clases.

No, evidentemente no eran tiempos propicios para estudiar. Ni para estudiar ni para estar casado. Y menos aún para casarse, como lo va hacer Manolo, con la hija de un burgués siquitrillado. No, mi socio seguro que el ocuparse de todos los líos del municipio le afectó el seso. Enamorarse de una muchacha cuyo padre era uno de los más grandes almacenistas de ferretería del país, un hombre al que le han intervenido todo… Y ahora a la hija se la quiere intervenir Manolo. ¡Debe de estar loco! ¡Y en el compromiso que me ha puesto! Quiere que yo sea testigo de su boda.

Hemos estado hablando toda la tarde del domingo en sus oficinas de la CASA DEL VEINTISÉIS del Cotorro. Me ha participado de su decisión, aterrorizándome con ella. Y yo, en balde, he tratado de disuadirle de la empresa de casamiento de hugonotes con católicos y de Montescos con Capuletos. El símil del aceite y del vinagre le entra por un oído y le resbala por el otro. ¡No entiende! Por una vez en la vida, parecen trastocarse nuestros papeles protagónicos. Yo soy el cuerdo y Manolo es el arrebatado. Asumo el personaje juicioso que prevé y previene, el que conoce, por amarga experiencia, las desastrosas consecuencias de una unión no bien meditada. Pero todo es por gusto. Habrá bodas. Participaremos: él, como contrayente; yo, como testigo. La infeliz se llama Leticia y el sacrificio, mejor dicho, el oficio nupcial se celebrará –concesión ineludible que ha debido hacer mi socio– en la iglesia de Jesús de Miramar. ¡La iglesia de los millonarios! De nada vale que le advierta. ¡Está loco de remate…! Yo, claro está, iré de uniforme miliciano con mi boina recién ganada. A Dulce no podré llevarla, pues no tiene ropa presentable para ese lugar; además, no quiero que se le hinche más la cabeza con las cosas que allí podría ver…

Tres o cuatro septiembres después

Álvarez Lozano ha sido nombrado decano de la Facultad de Tecnología de la bicentenaria Universidad de La Habana. Él y Fernández dejan el distrito, para dedicarse por entero a la docencia en la alta casa de estudios. Los demás ingenieros, que trabajan también como profesores, serán contratados a medio tiempo, acorde a la nueva reforma universitaria. Yo a duras penas mantengo, contra viento y marea, mi condición de trabajador y estudiante. Me es difícil compatibilizar los horarios de clases y los del trabajo con mi domicilio en el lejano Cotorro, donde tengo además que atender las necesidades domésticas de un hombre divorciado y solitario. Para remate, ahora mi jefe directo es Téllez, quien le ha dado la pose de hacerse el exigente. Casi empieza a pesarme el haber dejado el ejército. Mis amigos que han permanecido allí van bien. Benito es ya comandante y Vicen está, según dicen, pasando un curso de no sé qué en la Unión Soviética.

En lo sentimental, el alivio que significó para mí el divorcio de Dulce no estuvo ajeno de cierta frustración. Incomprensibles cosas que suceden en el matrimonio. Aquella guajirita, sencilla y humilde, de extracción obrera, obrera ella misma de despalillo tabacalero, aspiró a convertirse en burguesa y a *ascender* en la escala social por ella intuida. Como contrapartida, Leticia la niña bien, de casa rica, ha enfrentado su clase y, unida al hombre que ama y respeta, ha visto marcharse del país a toda su familia. Esta muchacha es digna de admiración. Su matrimonio con un revolucionario, entregado por entero a las tareas del momento, le planteó una crucial disyuntiva, en que el amor decidió (el amor y la entereza del carácter). Manolo entregó la mansión señorial que poseía su familia y en la que quedó viviendo ella cuando todos se marcharon, recibiendo a cambio una casona también, pero incomparablemente más modesta que aquélla. Aparte de la ubicación, pues su casa, tremenda residencia, estaba en la Avenida Séptima de Miramar y no es lo mismo vivir allí que en el Vedado del Cotorro. Cuando los visité hace apenas una semana, invitado a una comida, con la que celebraban su aniversario de bodas, no pude menos que asombrarme y admirar aún más a la mujer de mi amigo y compañero. Observados desde fuera, para quienes no los conozcan, este matrimonio, a quien le ha nacido una niña preciosa que pronto cumplirá su primer añito, vive muy por encima del nivel medio. Su hogar, sin ser ostentoso, tiene todas las comodidades que disfrutaba la clase *desahogada* del pasado: aire acondicionado en los dormitorios, freezer y lavadora de platos en la enorme cocina, hasta una barbacoa en un rincón amable del cuidado patio. ¡Pero había que ver lo que esta mujer dejó! Ahora es ella la que cocina y atiende a su pequeña, con el mismo amor y solicitud con que enfrenta tareas domésticas para las cuales no fue preparada. Y todo lo hace abnegada y eficientemente, feliz del destino que escogió.

Manolo, por la índole de su trabajo, tiene chofer y dos máquinas a su disposición. Hace algún tiempo, fue promovido del cargo de comisionado, para atender asuntos de la esfera política en la nueva organización creada: las ORI (Organizaciones Revolucionarias Integradas, y seguimos con las siglas y los apócopes), que pronto se transforman en el *P*artido *U*nido de la *R*evolución *S*ocialista *c*ubana (PURSC). Allí se le designa jefe de un departamento del comité central. Es decir, ahora es un alto funcionario del partido. Y Leticia, consciente de su papel, asume una actitud tan comunista como la de su marido. ¡Una vez más, el equivocado soy yo! La selección matrimonial de mi socio no pudo ser más afortunada.

Voy atravesando la vieja plaza Cadenas del recinto universitario. La histórica plaza, ahora rebautizada PLAZA AGRAMONTE, donde una tanqueta del ejército derrotado, como peculiar monumento, testimonia a los estudiantes de hoy el sacrificio de los de ayer. Los bancos, las aceras, los sombreados soportales encolumnados de clásico empaque, todo, todo lo colma un bullicio alegre y juvenil que parece inmortal. Es el mismo revuelo inquieto. Como gorriones, retando una arquitectura de ceremoniosa severidad. Y aunque son otros los jóvenes que alborotan la quietud ambiental, son ellos los mismos de ayer, de hoy y de mañana: los estudiantes de siempre. Hermanado con lo inanimado, por ser ambos testigos de dos épocas, me siento más viejo y solitario. Vengo a matricular un ajiaco de asignaturas de primero, segundo y tercer años. Un ajiaco tan revuelto, que no sé en que año estoy. Asignaturas de arrastre y arrastre de recuerdos que me estremecen hasta el tuétano, como queriendo probar mi capacidad de resistencia.

Las movilizaciones constantes, los entrenamientos, la Escuela de Milicias, luego el artero golpe de la agresión, las convocatorias especiales, sin tiempo casi para prepararme, y Téllez, como jefe extremándose cada vez más, taimado y más resentido desde que le recogieron dos días antes de playa Girón en aquella operación profiláctica que neutralizó una posible quinta columna interna y garantizó la seguridad de una retaguardia tranquila, mientras combatíamos y derrotábamos la invasión. Téllez, «víctima inocente de la envidia de su cuadra», donde un Comité de Defensa de la revolución, «lo más chusma de su barrio», lo empadronó en una lista de los que debían ser *guardados*. Todo esto, aparte de lo que llevo dentro, no podía convertirse en otra cosa sino en suspensos y suspensos, que significan ahora arrastres y arrastres.

En la secretaría donde formalizo los trámites de una nueva y enredada matrícula, me encuentro con el ingeniero, Álvarez Lozano, el nuevo decano de la Facultad de Tecnología, mi ex jefe del distrito, el mismo bajo cuyas órdenes trabajé en las obras de Antillana de Acero en El Cotorro; el que siempre me ha enseñado, paciente y afectuoso; el que sabe mezclar en un todo la exigencia y la amabilidad. El mismo que me saluda, sonriente y afable, y me dice: «que vaya a verle al decanato, que quiere, que necesita urgentemente hablar conmigo».

Temiendo lo peor y deseando lo mejor, entro en el despacho del decano. Me reciben la simpatía y la comprensión. Al hablarme, parece que reflexiona consigo mismo y ve en mí como en libro abierto. Sabe de mis dificultades y sus posibles causas; las columbra, enumerándolas, desde las laborales hasta las de índole estrictamente personal. Dice conocerme bien y confiar en mí. Y me ofrece la oportunidad de venir a trabajar a una nueva universidad, en la escuela de ingeniería civil, como técnico auxiliar docente (T.A.D.) del departamento de geodesia y topografía. Me ocuparé de las prácticas de campo y les enseñaré a los alumnos el manejo de los instrumentos con los que me he relacionado en mi trabajo. Será convertirme en personal docente universitario, con horario libre, lo que me facilitará sin duda la continuación de mis estudios hasta poder graduarme. Todo es demasiado bello si no fuera por dos letras «T»: topografía y Téllez. Algo en mi rostro debe de haber cambiado la primera expresión de asombro y alegría, porque no alcanzo a aducir razones que me ensombrecen, él no me deja:

—¡Yo sé que tú sabes topografía! Y en cuanto a Téllez, no debes preocuparte. No trabajarás con él, pues pasa a impartir, en la especialidad de hidráulica, otras asignaturas.

Por otro lado, y esto es lo más importante, está pronta a inaugurarse en los terrenos del antiguo Central Toledo, cerca del aeropuerto, la CUJAE. Nueva ciudad universitaria, que lleva el nombre de José Antonio Echeverría. Para allá se muda en diciembre la facultad de tecnología. De director de la escuela de ingeniería civil está Fernández, «que te conoce desde Santa Clara, que fue el que te recomendó a mí, que te valora y respeta. Quiere que vayas a trabajar con él. La nueva sede universitaria será uno de esos sueños que se hacen realidad; y allí, en los nuevos edificios destinados a becas, puedes tener un albergue donde remediar las dificultades que te acarrea tu actual domicilio, tan lejano».

Me deja lelo. Mi cielo, de repente, se despeja y brilla el sol. ¡Ahora sí puedo mandar para el carajo a Téllez! Una sola solución para el conjunto de mis principales problemas. Lo que me está ofreciendo este hombre es inesperadamente maravilloso. ¡Ni que hubiera frotado la lámpara de Aladino! ¡Y todavía me dice «que lo piense y le conteste lo más pronto posible»! ¡Si no hay nada que pensar! El próximo diciembre me mudo con ellos y seré, con ellos, un fundador más de la Ciudad Universitaria José Antonio

Echeverría, la CUJAE, en siglas, como se estila todo ahora. Que, en definitiva, esto de ser ADELANTADOS, fundadores de una Nueva Conquista, pobladores de ciudad nueva, estrenadores de sueños, lo llevamos en la sangre como legítima herencia que, por información genética, nos legó la raza hispánica. ¡Seré fundador de la CUJAE!

Un septiembre que se mudó a diciembre

Comienza el curso académico, atrasado. Comienza, y todo es nuevo y empezar, y de estreno en la inaugurada sede. El hormigón se pavonea, por modernidad de proyecciones, en gruesas columnas, que aquí se hacen descomunales enviguetaduras, retadoras de la gravedad, y allá pilotes cuadrangulares, que sostienen, como suspendidas del cielo, las losas de pisos superiores. De altos, no altos, sino falsos bajos de terceros pisos unidos por platabandas, que ponen en comunicación un edificio con otro. En ellas, macizos de vegetación se descuelgan desde jardineras situadas a distintos niveles, como para ir al encuentro de las que desde el suelo avanzan hacia la altura. ¡Así debieron de ser los jardines colgantes de Babilonia! Los espacios a un primer nivel son abiertos; en ausencia total de paredes, césped y amplios corredores pavimentados de granito, rodean parques interiores, íntimos y acogedores, que son circundados a su vez por más vegetación, donde entre abigarrados canteros se yerguen ya árboles que serán corpulentos. Arriba, hacia sus futuras frondas, nuevos niveles horizontalizan la cercanía y el espacio que son, ahora, la repetición de suelos en la altura. Se huele todavía a pintura y mezcla aún no secadas del todo. Jardineros y albañiles se afanan a la par. Siembran los unos eucaliptos ya crecidos, traídos con raíces y todo a lomos de largas rastras y manipulados por grúas jiráficas; los otros, encofran nuevas placas y cimientos, funden aceras de calles por asfaltar. Todo es trasiego y ruido. Contradiciendo la febril actividad humana, en serenos y cristalinos estanques las flores de loto, alzadas sobre el espejo del agua, se abren en pálida quietud estática. La nueva ciudad como tal aún se sigue construyendo, pero los edificios de civil, arquitectura, provisional de mecánica y biblioteca, ya están listos para recibir el nuevo mobiliario, que no tarda en llegar en una algarabía de agencieros y camiones de mudadas, en los que se intercalan algunas viejas cosas traídas de la Colina. Amplias aulas, con un paño total no pared, sino engarce diáfano de luz, cristal y aluminio, se llenan de sillas de paletas por estrenar, de asientos vírgenes de cualquier nalga esperando por el alumnado. Todo es expectativa y entusiasmo de inicio. Allí comienza mi nueva vida de auxiliar docente y estudiante, instructor y alumno en una sola pieza. Dicotomía contradictoria que no pocas dificultades habrían de traerme hasta tanto no me graduara. Pero entonces yo era incapaz de prever alguna sombra en aquel amanecer de comienzo. ¡Septiembre, siempre principios, que ahora se trasladan a un diciembre de fin de año! En el vértigo ante lo nuevo, no sé si este septiembre se mudó para diciembre o es un diciembre que se ha disfrazado de septiembre. De todas maneras, septiembre de inicio o septiembre de término, para mí se conjugan en un renacer de esperanzas. Ambos meses significan el fin definitivo de algo y el nacimiento de otro algo nuevo y desconocido, y por lo mismo, atrayente.

Coincidiendo con el octavo aniversario del desembarco del Granma, hoy, 2 de diciembre de 1964, se inaugura la CUJAE y comienza oficialmente el nuevo curso académico 1964-1965, estrenando sus nuevas instalaciones la facultad de tecnología.

1957. Un septiembre que se vistió de julio

Es 5 de septiembre y parece otro 26 de julio. Comandos del Movimiento confabulados con oficiales y clases de la Marina de Guerra toman el apostadero naval de Cayo Loco. En lugar de ser Santiago, es la bella «Perla del Sur», Cienfuegos, la que logran retener en su poder las fuerzas insurgentes. Las armas se reparten entre la población, que se suma al alzamiento. Aunque por breve tiempo, la ciudad es bastión rebelde contra el cual lanza la tiranía todo su aparato bélico. Desde Santa Clara parten las tropas del Tercio Táctico y desde La Habana despegan escuadrillas de bombarderos que ametrallan la ciudad levantada en armas. Todos los pilotos no cumplen rigurosamente las órdenes recibidas. Algunos de ellos arrojan sus bombas al mar, por lo que son inmediatamente arrestados a su regreso. Por otra parte, la participación de aforados pone en tela de juicio la tan cacareada unidad de las Fuerzas Armadas, sostén del dictador. Comienza a resquebrajarse la «monolítica base» del régimen. Y es en la Marina donde surge la grieta mayor y visible. La Marina ha sido siempre la menos adicta a Batista. Desde los tiempos de Guiteras, en 1933, cuando éste nutrió sus filas con elementos que le eran fieles, este cuerpo armado se ha mantenido casi al margen de las tropelías realizadas por las gentes de uniformes. En el pabellón colorinesco del septembrismo, el blanco representativo de la Marina ha sido eso, un blanco sin color ni participación en los desafueros de la banda de cafres que asaltó el poder. Ahora, la Marina une sus armas a las rebeldes del M-26-7. La censura de prensa, impuesta inmediatamente después de producirse el estallido revolucionario, no puede impedir que se divulgue la noticia. Toda Cuba se entera. El hecho reviste demasiada trascendencia para ser ocultado. Después el ingenio proverbial del cubano se las arregla para burlar el decreto mordaza. Quizá el más chispeante es el Loquito de zig-zag, el semanario humorístico que tantas cosas ha dicho. El Loquito es un personaje de tira cómica insertado en las páginas, a veces con un solo cuadro. Pero aun en el extremo laconismo de una imagen única, el personaje es elocuente en la transmisión. Este día, el Loquito aparece vestido de marinero y todo el mundo entiende. La magnitud del alzamiento de Cienfuegos no es solamente física, entraña una evidencia políticamente tremenda: ¡ya, ni sobre sus propias bayonetas Batista está seguro!

En La Habana elementos veintiseístas sostienen un fuerte tiroteo con la policía, en las céntricas Ayesterán y Veinte de Mayo. Un complot urdido por el Movimiento planeaba tomar la base de la Radio-motorizada en la calle Sarabia, contando con la complicidad de algunos miembros de ese cuerpo represivo que, todo lo contrario de la Marina, es el más destacado en su abyección. ¡Hasta en las odiadas y temibles «perseguidoras» había penetrado la insurrección! La operación fracasa y cuatro nuevos mártires engrosan las filas de una juventud inmolada. Cuatro adolescentes que dan a la causa revolucionaria lo mejor y más bello que tienen: sus propias vidas. Uno de ellos es de la Juventud Socialista. A contrapelo de la estrategia trazada por su partido, algunos militantes marxistas comienzan a fraguar en la base una verdadera y fraterna unión táctica con las organizaciones que están por la lucha armada. La cimentan con su sangre, en la acción. Ya Fulgencio Oroz había unido su vitalidad a los fructuosos y machaditos del directorio. La juventud no cree en 'teoricismos y es desobediente con lo que no entiende. Mientras las bases que sostienen el régimen se quiebran y muestran su endeblez, las fuerzas más nobles y desinteresadas se funden en una unión formidable. Septiembre, como siempre, da nuevos indicios.

¡Aquellos sí que eran otros tiempos! Los estudiantes eran sólo estudiantes y los profesores más profesores. Verdaderos profesores con una gran trayectoria y prestigio profesional y docente. Y con un buen sueldo. Ahora los estudiantes se meten en todo, no hay respeto para el claustro. ¡Como que en el mismo participan –y están bien representados– estudiantes de cuarto y quinto año que dan clases! Y el pretexto es que la mayoría de los antiguos profesores se han marchado del país. ¡Señores, si por toda Cuba hay buena cantidad de ingenieros capaces de dar clases y que no fuimos batistianos, ni tuvimos nada que ver con la dictadura! ¡Ah, lo que hay es que buscarlos! Porque de otra forma, de ésta, que me huele a demagogia populachera y a bonche, todo resulta demasiado turbulento, revuelto, como mezclado. Y las cosas no están en su debido lugar. Eso precisamente es lo malo de los procesos revolucionarios que siguen a la caída de un déspota. Se ha visto desde la Revolución Francesa: sobreviene el caos, la desestratificación de la sociedad. Lo que Marx llamaba la desaparición de las clases sociales.

La universidad tiene que volver a ser universidad con toda su solemnidad e investiduras; los profesores, profesores; y los alumnos, alumnos. ¡Quién ha visto monaguillos oficiando misas! Y nadie crea que clamo por una universidad como me tocó vivirla a mí en mi época de estudiante, llena de pandillas y gángsters. Yo aspiro a una universidad *universidad:* un respetable centro de estudios superiores, formadora de verdaderos profesionales. Pero, en fin, no es sólo la universidad la que está revuelta. Es todo: la antes tranquila barriada, el veraniego club, nuestra colegiación profesional, que se torna afiliación sindical con la desaparición del colegio de ingenieros civiles; es todo, todo, todo revuelto y patas arriba. Basta que alguien haya tirado un par de tiritos para que se crea autorizado a borrar fronteras y plantarse en lugares donde jamás hubiera llegado, que no le pertenecen. Y si no, los dolientes, arientes y parientes de los mártires. Cualquiera que tenga un muertecito en la familia, ya está dispuesto a disfrutar de la *herencia* del caído: una pensión, una casa, un puesto, lo que sea, no importa el grado de parentesco. Así, tenemos familias de incontables hermanos, tíos, primos, que dejaron bohíos, en plena sierra, para en relampagueantes mudadas instalarse en grandes mansiones de Miramar. ¡Y miren cómo las tienen! El otro día pasé por la Avenida Novena y en pleno jardín de una de esas residencias, una montuna, con leña, hervía ropa en una lata. ¡Como si siguiera en el monte! Y no es que yo no respete a los mártires de la Revolución, ni crea que deba dejarse sin protección a las viudas o a los huérfanos. Pero se ha destapado una parentela más numerosa que el propio Ejército Rebelde. En un final, ellos dieron sus vidas, muy preciosas sí, pero era lo único que tenían para dar. Y con coraje y derramando sangre y nada más, no se hace una revolución. Hacen falta recursos logísticos y financieros: automóviles con que moverse, apartamentos en los que refugiarse; dinero para mantenerse, para medicinas y armas; en fin, que con heroísmo sin retaguardia no se llega a ningún lado. Aquí, todas las clases sociales pusieron de su parte para derrocar al régimen que nadie quería. ¡Y si ahora todas van a reclamar…! Pero no sólo en Miramar se han metido. Están en todas partes los que no debían de estar. Yo había comprado una casa en el Residencial Altahabana, reparto de reciente creación, con buena presencia, de personas respetables. Todas las casas separadas unas de otras por amplios jardines, hermosas áreas verdes y un gran centro comercial. Era un reparto tranquilo, habitado por profesionales y comerciantes de cierto nivel. Aquí se podía vivir. Pues bien, a alguien se le ocurrió llenarlo de edificios de apartamentos donde vienen a vivir gentes de todos los pelajes. ¡Hasta negros! Y no es que yo sea racista, es que los pobres negros han vivido toda la vida marginados y tienen muy cerca aún el barracón de esclavos. No es un asunto racial, sino social y cultural. No hay que ser negro para ser chusma, entiéndaseme: he conocido familias negras muy decentes, pero hasta ellos mismos les huían a los de su raza. El resultado es que ahora, en lo que fue un reparto respetable, se dan broncas y no hay paz ni de día ni de noche. El escándalo y la gritería nos entran por las ventanas y esto está lleno de gentes con cada aspecto… Aspecto que los delata por lo que son: verdadera chusma. Nosotros vivíamos recogidos, cada uno en su casa, en su patio o su jardín. Estas gentes viven en la acera. No me explico cómo siempre están afuera de sus apartamentos. Y eso no tiene que ver con el color de la piel, es un problema de educación, costumbres y presencia. Porque la presencia, el aspecto, la imagen externa, para mí es lo fundamental. Es lo primero que nos llega, como información acerca de lo observado. El hábito no hace al monje, pero lo identifica. Y ahora miren el triste espectáculo que ofrecen esos edificios, en verdad chocantes: colgadera de ropa lavada en los balcones, chivos amarrados en los jardines, chiqueros en los patios… hasta una hortaliza en el frente, que antes lucía plantas ornamentales. Y chiquillos, muchos, de todas las edades, sucios, andrajosos, descalzos, mataperreando en plena calle y metiéndose en nuestros patios a robar mangos. ¡Han acabado con nuestro otrora bello reparto!

La Revolución tiene que educar primero y dar después. Tiene que convertir a toda esta chusma en ciudadanos. Porque se nos plantea, en primer orden, un problema de educación. Enseñarlos, primero que todo, a ser personas, a vivir como personas. Sólo así disfrutarán y conservarán lo que se les dé. No que ahora lo destruyen y le impregnan a todo ese aspecto tan lamentable, tan deprimente… ¡Ahí tienen los repartos que hizo Pastorita con el INAV, casitas presentables, módicas sí, pero bonitas y de buena presencia urbanística! Pero el sueño de dar a cada cubano una vivienda decorosa fue un idealismo rayano en la quijotada. No habían terminado de inaugurarse esos repartos y ya los tenían convertidos en nuevos barrios de indigentes, con el sello característico de la miseria. Donde les pusieron bañaderas, las arrancaron para llevarlas al patio, convertidas en abrevaderos de animales. Hubo hasta quien convirtió en leña las ventanas, vendieron los bidets e inodoros para construir letrinas en el patio y cercaron los jardines con alambres de púas y chapas de hojalata. Es el caso del que se está ahogando y es capaz de ahogar a quien venga a salvarlo. Si no se les enseña a vivir como personas, todo lo que se les dé lo convertirán en ruinas. ¡Hundirán al pretendido salvador!

Yo sí colaboré con la Revolución y me considero un revolucionario, no de ahora, sino desde el mismo comienzo de la lucha. Mucho bono del 26 que compré y contribuí en todo cuanto me pidieron. En mi casa, cuando vivía en el Vedado, se escondieron Lucero, Marcelo Salado y Manolito Ray. Con mi automóvil muchas veces que los trasladé a ellos y a otros muchos para aquí y para allá, jugándomela con ellos. Cuando la Revolución llegó al poder, Manolito fue nombrado ministro de Obras Públicas y por una de esas cosas, incomprensibles para mí, se puso a conspirar contra el mismo gobierno que él había ayudado a establecer. ¡Con la posición que le dieron! Ministro y con todas las obras que se han emprendido y las que se van a realizar… Era lo que cualquiera hubiera deseado. Una posición en verdad envidiable, donde lucirse como profesional y como figura de gobierno. ¡Pero bueno, allá él! Yo no era realmente su amigo. Éramos, sí, conocidos, condiscípulos de la misma graduación de ingenieros civiles. La graduación de 1949. A nosotros nos tocó estudiar durante los gobiernos de Grau y Prío, cuando la universidad era un hervidero de pandillas. Y allí había que convertirse en pistolero o no meterse en nada y no sacar la nariz del libro, estudiar y nada más, sin buscarse líos. Fui, no me apena decirlo, uno de los mejores expedientes de mi curso y por ello no me fue difícil conseguir trabajos. Empresarios contratistas, como Munilla, Del Valle y otros, me ofrecieron empleos. Y pude darme el lujo de escoger. Luego, cuando triunfó la revolución y Ray asumió la cartera de ministro, por conocer mi profesionalidad y dedicación al trabajo, me mandó a buscar para que viniera para el distrito, como uno más de tantos buenos ingenieros, muy trabajadores todos, con los que supo fortalecer su ministerio. En eso sí fue inteligente. No nos trajo por amigos, ni llenó Obras Públicas con nuevos botelleros. Se supo rodear de gente capacitada que echara para alante las obras. El trabajo y la política no se llevan bien. Son dos cosas que no riman. Hay que trabajar duro para hacerse de un prestigio. Y, o usted hace política, o se pone a trabajar de verdad. La política puede conducir a escalar lugares inmerecidos, pero siempre trae consigo el desprestigio personal. Después que Ray se fue, en el distrito hay de todo. Hasta verdaderos *refugiados,* que se benefician hoy de sus contribuciones a la causa durante la insurrección de ayer. Son ésos, que con el cuento de que son revolucionarios no quieren trabajar o trabajan a medio tiempo para dedicar el resto a hacer política o andar en nuevos bretes, cuando ya los tiros se acabaron. Yo trabajo duro y los que estén a mi mando tienen que trabajar igual. Ahora es la hora de trabajar y dejarse de cuentos, chismes y mojigangas. Por esos chismes y bretes, caldo de cultivo de la envidia y la incapacidad de subir por otros medios, fui víctima como miles de honestos ciudadanos, de un arresto arbitrario durante los días de Girón. ¡He ahí los métodos de la chusma cuando tiene algo de poder! Encarcelar «preventivamente» a todo el que no hiciera profesión escandalosa de extremista. Y mezclar en multitudinaria aglomeración en lugares improvisados, como la Ciudad Deportiva o el Estadium del Cerro, unos cuantos contrarrevolucionarios y militares del antiguo régimen con miles de personas que fueron como yo, blancos inocentes de la calumnia, la envidia y el chismorreo. Después vinieron las excusas, y lo de «una lamentable equivocación con usted» pero ya el mal estaba hecho. ¡A mí aquello no se me olvida! ¡Qué humillación! Eso fue lo que trajeron los comités de defensa de la Revolución en la cuadra y los nuevos botelleros en el trabajo: la envidia, el chisme y la calumnia. Con gentes como ese joven del distrito, Joaquín Ortega, un tiratiros que ahora no quiere trabajar. Para colmo, parece que tiene buenos padrinos que lo protegen. Sí, no hay dudas, que el niñito está bien amparado por Fernández y por Álvarez Lozano, con quienes trabajó en obras en el interior. Pero si estaba de lleno en la insurrección, ¿cómo pudo trabajar? ¡Vaya usted a saber, si él les sabe algo a ellos! Porque bien que lo miman y malcrían. Trabaja las horas que le da la gana y a cada rato hasta viene en uniforme, como para lucirse. Conmigo el brinco es distinto. A mí no me sabe nada y conmigo tiene que trabajar y trabajar bien, que para eso le pagan. ¡Ah, no, pero el *joven combatiente* quiere estar en misa y en procesión! Ha matriculado ingeniería, anda por ahí en «gestiones» y, claro, el tiempo no le alcanza para trabajar. Todavía el muy autosuficiente se cree que sabe topografía. Nada más porque trabajó en comisiones de estudios con Álvarez Lozano. ¡Si trabajó como quiere trabajar aquí...!

En la nueva CUJAE me convendría trabajar por lo cerca que me queda de mi casa. Pero por el momento, prefiero quedarme con los dos sueldos: el del distrito y la contrata como profesor, hasta que las cosas cojan su nivel y nos paguen los sueldos que siempre han ganado los profesores universitarios. Con la miseria que nos ofrecen ahora, no alcanza para ir de traje y corbata, como debe ir un profesor a dar sus clases en la universidad: con el decoro y el aspecto que lo distingan y haga respetable.

¡No cabe duda! Ese joven –lo tengo atravesado– tiene que saberle algo a Fernández o al mismo Álvarez Lozano, o a los dos. Ahora se lo llevaron con ellos, de técnico para la CUJAE, en la nueva escuela de ingeniería civil, que le dieron a dirigir a Fernández, yo no sé por qué. Menos mal que yo no sigo dando topografía, porque el ahijado de ellos no sabe a derechas lo que es una curva de nivel. En lo adelante, me ocuparé de la especialidad de hidráulica, que es muy prometedora y puede llegar a convertirse en una facultad o escuela independiente. Con todos los planes hidráulicos que ya se están acometiendo, con tantas represas que se van a construir, esa especialidad va a cobrar verdadero auge. Ya hasta una nueva entidad u organismo oficial se ha creado: el Instituto Nacional de Recursos Hidráulicos, el INRH, a cuya cabeza han puesto a Faustino Pérez que, aunque médico y no ingeniero, es muy inteligente y capaz, como lo demostró mientras estuvo de ministro de Recuperación de Bienes Malversados. Un ministerio que duró poco pero fue muy eficiente, rescatando todas las riquezas que aquí se habían robado. Dando hidráulica, aunque sea contratado, algún día conoceré a Faustino y entonces quizá llegue mi hora. Porque yo la hidráulica la conozco bien, desde que fui agente vendedor de la Internacional Harvester y había que ser ingeniero para vender bombas y sistemas de regadíos. Con esa rama de la ingeniería me pasa igual que con el marxismo. Ambos los estudié y los conozco bien. Son dos ciencias que hay que conocer para luego practicarlas. La evolución del hombre y de la sociedad son problemas de cultura y no de improvisación. Por eso nunca me convencieron los comunistas subdesarrollados, que conocían su doctrina tan sólo superficialmente, nuevos catequizadores que apenas habían acabado de aprenderse malamente el catecismo. La dialéctica marxista es toda una ciencia, a la que hay que dar dedicación y estudio.

AGOSTOS, ALGUNOS AGOSTOS

A través del tiempo,
te miran mis ojos adolescentes.
Mi primer amor.
¡Vives en mí para siempre!

J. O. E.

3 de agosto de 1968

En Cuba todos los meses son calurosos, pero la culpa la carga siempre agosto. Agosto es el totí de los meses. O mejor, es el lobo del cuento, «ahí viene el lobo, ahí viene el lobo». Todo el mundo, al quejarse de la canícula –tiempo de perros, como viene del latín–, hace sus pronósticos terribles cuajados de amenazas:

–Si esto es así ahora, ¿qué será cuando llegue agosto?

–Mucho calor, ¿eh? ¡Deje que venga agosto!

Y total, llega agosto y puede que hasta haga menos calor que en cualquier mes precedente. Pero agosto es el de la fama. Y ya se sabe, «cría fama y…». En realidad, hemos tenido agostos de verdad calientes, aunque ni más ni menos que otros meses que «debían» ser frescos. No hay duda de que la subida de los termómetros nos pone irritados, con el ánimo agresivo, de perros, que nos predispone a hacer tenebrosos vaticinios, predicciones sombrías, pero también nos torna amorosos. Es la verdadera época del celo. El fogaje despierta ardores que yacen como yesca seca en nuestro interior. Propicia combustiones, desata incendios, libera dormidas avideces y ansias contenidas. Y cuando, compelido por la tiranía climática, el cubano se vuelca a las playas que circundan nuestro país, es entonces la contemplación de la exuberancia femenina, puesta al rotundo descubierto bajo un sol implacable, con un mínimo atuendo de baño, lo que nos enciende más aún la sangre con una elevación de temperatura, que no es capaz de calmar la fresca brisa que viene del mar. Y esto puede pasar «en julio como en enero», aunque siempre agosto retenga su fama. Además, porque es el mes de vacaciones por antonomasia, la ocasión de darse, como ahora, un chapuzón en el mar. Y aquí, el ocio, el calor y la deleitosa visión son los padres del pensamiento lascivo. El cubano no acude a su perímetro marino a refrescar, sino a calentarse. Para muchos, agosto es nuestro receso obligado; concluido un curso, es la pausa de recuperación y descanso en espera del septiembre, que marcará el comienzo del próximo. Para mí, es el calor y el aburrimiento en aquella CUJAE tan vacía en vacaciones, que no la resisto. Por eso he venido aquí, a la playa de Santa María...

Hace rato que la contemplo cauteloso, sin intentar el más mínimo acercamiento. Está tendida, en la arena como una diosa yacente, tan sólo a escasos metros de mí. Amparado en mis espejuelos oscuros, me recreo recorriendo sus formas. Pero quiero cerciorarme de que no tiene ni espera compañía. La primera impresión de ser, como yo, un veraneante solitario, puede ser falsa y conducirme al chasco. ¡Mejor espero! Pero es tan hermosa... Tanta belleza no es lógico que esté sola. Estamos en la zona menos frecuentada de Santa María, casi pegada al Mégano, bajo los pinos. Y mientras aguardo la certeza de su soledad, no me canso de repasarla, goloso. Bajo una piel tensa de un color de pan dorado, de un rubio de cobre suavizado, se contienen unas formas llenas y a la vez gráciles. Los muslos, torneados, exhiben unos finos vellos dispersos, que brillan como oro bajo el sol. Las caderas, tras breve cintura, se abren amplias, desafiantes, y el seno es menudo sin ser escaso. Lleva melena corta y lacia, de un castaño rojizo, enmarcando el óvalo perfecto de la cara. Y los labios, ¡Dios mío, qué labios más carnosos y sensuales...! Cuando esa belleza se sonría, el mundo debe pararse de cabeza. Sin embargo, permanece seria, más bien pensativa. Recreándome en su contemplación, me vienen a la mente los versos de Agustín Acosta, aquel soneto aprendido de memoria en mi adolescencia y que tantas veces recité en el Hemiciclo:

¡Silencio! Frente al mar ella medita.
Presume que está sola, y no está sola,
mi pensamiento que acudió a la cita,
la envuelve en ilusión como una ola.

¡Silencio, oh corazón! Ella no sabe
que la contemplo con arrobamiento
y que mi instinto audaz de hombre y de ave
burla la furia del mar y del viento.

¡Silencio, oh corazón! Ella medita...
En su frente un ensueño resucita
y en un airón de gracia se enarbola.

¡Dejadla meditar! Feliz quien fíe
su ensueño al océano. Ella sonríe...
Presume que está sola... y no está sola...

Es indudable que el bardo de «Las viejas carretas que rechinan y rechinan» debió de haberse visto en una situación semejante. De seguro, que él se tropezó con una visión como ésta, que fue la que le inspiró ese maravilloso soneto...

En plena declamación mental de la poesía, me saca de mi ensimismamiento y termina con mis incertidumbres. Afrodita misma que, completando la imagen del penúltimo verso, se me acerca sonriente a pedirme fuego para su cigarrillo. Casi me sobresalto y ella nota mi turbación de sorprendido. Iba yo recitando y reproducía en la memoria las polémicas juveniles de aquel inolvidable grupo: Kino, tendencioso como siempre, sólo se sabía de Agustín Acosta «Las carretas en la noche», y repetía machacante aquellos versos de rebelde cubanía:

... Van hacia el coloso de hierro cercano:
Van hacia el ingenio norteamericano...

Y como quejándose cuando a él se avecinan
las viejas carretas rechinan… rechinan…

¡Buen antimperialista que nos salió el buen poeta! Arrimándose a los gobiernos de turno, sin importarle más nunca «las cubanas razones» por las que rechinaban las viejas carretas. Yo, por joder a mi tocayo contrincante, me aprendí un chorro de poemas, casi todos los sonetos de la mejor lírica de ese autor, con más cosecha amorosa que patriótica en su estro. Y no perdía ocasión, aún robándole el turno a nuestro mejor declamador, el negro Papito, de recitar un poema acosteño, sobre todo cuando Kino llegaba al grupo. Me proponía así poner al desnudo su desconocimiento de la producción lírica del rapsoda criollo, a la vez que dejar claro que su temática política fue escasa. Y he aquí que la estatua se anima, cobra movimiento, sonríe y viene hacia mí. Y tiene que repetir su solicitud e insistir ante la parálisis de quien se siente, ante su presencia, trastornado. Recobrado el sentido de tan bella realidad, la conversación no tarda en fluir. Primero de exploración indagatoria, luego de un amplio espectro temático, donde descubrimos mutuos intereses informáticos en los prolegómenos y comunes gustos y tendencias, dados por similares niveles culturales y profesiones cercanas, afines. Se llama Judith, es arquitecta y divorciada, desenvuelta y gran conversadora, en verdad simpática. Todo esto por añadidura de su espectacular hermosura de cubana, bella no, ¡bellísima! Es rápido el acercamiento y ella contribuye al mismo con su desenfado. Sostiene y devuelve las miradas llenas de intención y no rehúye el contacto de nuestros cuerpos en el agua. Así, viviendo el más maravilloso sueño hecho real y agradable palpabilidad, el tiempo se torna más rápido que nosotros, y el incendio de un crepúsculo marino me sorprende sorbiendo la vida misma de aquellos labios. ¡Qué labios…! El sol, hecho todo fuego, penetra enardecido un horizonte de agua-hembra de azogue… Se hunde completo en él, feliz y agónico, ávido de sombras y humedad. El agua parece crepitar de hervores al recibir en su seno la esfera ígnea. Grises y violetas espejean la discreta superficie bajo la que se unen nuestros cuerpos. Como en el mar, estoy sumergido en ella, que me rodea y me abraza toda. La inundo y me inunda.

Todo ha resultado fulminante y bello como un sueño. Pero como en todo producto de la región del misterio, hay algo oculto, sólo presentido y, sin embargo, intranquilizador y amenazante. Su proceder es desconcertante. Es como si se hubiera arrepentido ante lo que considera ahora una acción demasiado precipitada y, por lo mismo, no bien meditada. Sería una explicación a lo inexplicable de su conducta posterior, concordante con su madurez manifiesta, aunque contradictoria con su desenvoltura y liberalidad, también evidentes. Dice vivir completamente sola, «sin perritos ni gaticos» y no tener compromiso alguno. Pero cuando la acompaño hasta su casa, ésta resulta ser una enorme edificación de dos plantas en el residencial Bahía, demasiada habitación para una persona sola y donde, a pesar de mi insistencia, no me deja entrar:

—No insistas, te lo ruego. Te repito que no hay nadie más, pero no puede ser. No sigas. ¡Llámame mañana al trabajo…!

Es todo inquietud y conjeturas lo que me deja esta repentina conquista, donde está claro que yo soy el seducido. Me arrebata lo vivido y me desconcierta su velocidad. En la mañana no sabía de su existencia. Y en el nuevo amanecer que se avecina ya me es dolorosamente necesaria…

Ya clarea, entre las casuarinas umbrosas que rodean los edificios de becas, mi actual morada en la CUJAE. Y no he logrado dormir. La enumeración de contradicciones que me plantea Judith me atenaza el cerebro en una febril tortura. Al pensamiento de que no desea continuar una relación imprevista o quizá de que le haya decepcionado como amante, se opone el número de teléfono de su trabajo —que ya me sé de memoria— y su ruego insistente de que la llame hoy. Pero no, esta mujer no debe de vivir sola. O por lo menos, algún compromiso debe de tener, alguien debe de aguardarle en aquella casona. Algún dueño temporalmente ausente o quizá una familia que no comparte su liberalidad… Cuando al fin amanece, soy el primero en la escasa cola de los madrugadores que aguardan el café y a duras penas me contengo para no llamarla tan temprano. ¡Quizá no le he gustado lo suficiente! Pero esta explicación pesimista la contradicen deliciosos recuerdos de una entrega febril y apasionada y las manifestaciones de frenesí de una plenitud con júbilo alcanzada... Entonces ¿por qué aquella negación y empecinada determinación de desaprovechar la ocasión propicia a prolongar nuestras primeras horas de placer? ¿Será la existencia de un hombre, de un marido que está de viaje? ¿Será, en realidad, divorciada como dice? ¡Y las horas no pasan en esta solitaria ciudad universitaria, más enorme y vacía ahora, en tiempo de vacaciones!

La he llamado al memorizado número de la Empresa de Proyectos de Arquitectura donde trabaja. Me ha respondido con voz retozona e incitante, demostrativa de agrado e igual deseo de volver a encontrarnos. La cita queda concertada para el final de la jornada laboral. Pasaré a buscarla. ¡Pero es este lerdo reloj, cuyas manecillas no quieren andar un día tan largo! ¡Y esta CUJAE en su amplitud desértica, tan enorme y tan vacía! Cuando al fin termina sus labores, ya hace más de una hora que espero parqueado a la puerta misma de su trabajo. No deseo discreción alguna y contra lo que supongo para atormentarme, ella tampoco. No ha acabado de entrar al vehículo y ya me besa a la vista de los que salen también del lugar, en apresurado tumulto de escapada. No tan apresurado, como para no reparar en nuestra escena amorosa y revestir la premura con maliciosa sonrisa de asombro. Ahora los que se llenan deprisa son los nuevos amantes, que buscan un cercano refugio de amores furtivos, apremiados por mutuas apetencias de saciedades no saciadas. Y son las mismas manecillas tan lentas del día las que, disparadas ahora, dan vueltas y más vueltas a la marcadora esfera, trayendo la alta noche, así de pronto, a una habitación alquilada por horas. Estamos pletóricos de animal felicidad, deslumbrados ante el hallazgo de ayer, decididos a darle continuidad a la relación estrenada; afuera ha quedado el mundo, e incluso aquí adentro excluimos todo lo que no sea dos cuerpos que se conocen y perfeccionan sus abrazos, prolongan los apremios de la víspera y trazan pautas que regirán abrazos futuros...

En lo que a temperatura política se refiere, agosto, histórica-
mente, no ha aventajado a otros meses más preñados de acontecimientos capaces de poner la vida de la nación al rojo vivo. Así,
ni en eso agosto es más caliente. Este de 1960 hereda una cadena
in crescendo de agresiones y réplicas contundentes por la parte
cubana. Pero ésa ha sido la tónica desde que la Revolución triunfó. Después de reiterados indicios, amenazas y anuncios, desde
mayo tenemos la certeza de que se prepara una agresión directa.
Quieren una nueva edición en Cuba de la Guatemala de 1954. Sus
planes son tan desfachatados, que han llenado La Habana con
insolentes cartelitos donde, bajo la bandera de las barras y las
estrellas, se declara: «que este edificio o local es propiedad o está
ocupado por la siguiente persona o entidad norteamericana».
Continúan dos líneas en blanco para poner el nombre y la dirección, y seguidamente: «Se ruega a las personas o autoridades que
se constituyan, la protección del mismo...» Avisos como éste sólo
resultan explicables en caso de guerra y tan cínico es el reclamo
que no se solicita en el mismo la protección de las autoridades
gubernamentales reconocidas, sino de las «que se constituyan». Es
la señal convenida con el destructor bíblico que salvará la morada del *justo*, sustrayéndolo a la ira divina y al exterminio que se
avecina inexorable. Los revolucionarios hemos puesto en nuestras
puertas cartulinas del mismo diseño tipográfico, pero con nuestra gloriosa bandera cubana, declarando bajo la misma que: «este
local o edificio se encuentra ocupado POR LA SIGUIENTE PERSONA O
ENTIDAD REVOLUCIONARIA y que el mismo será defendido al precio
de nuestra sangre». Afirmación que se cierra con un lema nacido
de nuestra decisión de luchar por preservar nuestras conquistas
o de morir antes de volver a ser esclavos: PATRIA O MUERTE, seguido por la seguridad que emana de la justeza de nuestra causa y la
determinación de coronarla con el triunfo: VENCEREMOS.

Tan continuo es el acoso y el hostigamiento, que ya vivimos
en perenne vigilia de guardias, movilizaciones y entrenamientos.
Las milicias multiplican las fuerzas combatientes que, nacidas del
pueblo, constituían el inicial y pequeño Ejército Rebelde. Ahora,

parafraseando a Camilo, cuando lo llamó «el pueblo uniformado, es un pueblo entero con camisa de obrero y pantalón de soldado, el que constituye el EJÉRCITO REVOLUCIONARIO». Así, cambiando sólo de camisa, dejé de ser oficial para convertirme en miliciano y comenzar a trabajar como *civil* en el Distrito de Obras Públicas. Atrás quedaban los primeros meses de febriles pesquisas tras esbirros y colaboradores que huían de la justicia revolucionaria y los desvelos organizativos en la creación de un aparato eficaz de capacitación, encargado de elevar el nivel escolar de los combatientes, muchos de ellos analfabetos o semianalfabetos. Paradójicamente, ocupado ahora en mi antigua profesión, midiendo terrenos, haciendo levantamientos topográficos, dedico más tiempo, todo mi tiempo libre, a la actividad militar. Y me preparo, como todo el pueblo, para enfrentar la agresión que venga. Ahora, como trabajador civil, me entreno más como soldado.

Aprovechando mis primeras vacaciones pagadas, he querido cumplir un placentero deber de gratitud. Una deuda de afecto y de inolvidable agradecimiento reclama, desde la hora misma del triunfo, mi presencia en la provincia oriental. La imposibilidad de cumplir mi propósito, mantenida hasta ahora en sucesivas posposiciones, no me impidió en los primeros días acudir a la terminal de ómnibus interprovinciales en busca de un chofer llamado Pedro Rodríguez. El mismo que me convirtió en su sobrino para cubrir con ello mi alocado e incontenible deseo de alzarme; el que, como tío verdadero, me abraza emocionado en el emotivo reencuentro de andén, donde retrasa la salida de un ómnibus ya listo para partir, que me muestra, orgulloso de mí, a sus compañeros de trabajo, me informa del resto de la *familia palmera* y que me quiere llevar de nuevo –ahora mismo– en su viaje. Y es la promesa que ahora cumplo lo único que le hizo, al fin, poner en marcha el ómnibus que llevó mi mensaje de merecido cariño a Clara, la esposa abnegada, y a Arturo, el cuñado ciego que ve tanto...

–¡Diles que no los he olvidado ni los olvidaré nunca! Que los quiero. ¡Y que, en la primera oportunidad, voy para allá! ¿Cómo se me va a olvidar la casa? ¡Estrada Palma número cinco!

Y ante el embarandado portal alzado sobre la acera, en la calle Estrada Palma, estoy otra vez. Alzo, con mano trémula –igual que en aquella ocasión–, la aldaba de la casa marcada con el número cinco. He regresado a Palma Soriano y ahora sé lo que me espera tras esa puerta: verdadero afecto familiar. Estoy feliz de haber cumplido mi empeño y demostrarles con ello que no soy un ingrato, que en mi corazón tienen ellos un lugar bien ganado. Y es un recibimiento de escandaloso júbilo, como a personaje de leyenda largamente esperado, el que alborotada me brinda esta casa, que es toda fiesta porque he llegado.

Todos preguntan, quieren saberlo todo, completar lo que a trechos han sabido por Pedro. Hasta Arturo ha dejado la parsimonia del bastón y casi corre a abrazarme. ¿Y mi mujer? (Porque saben que me he casado.) ¿Por qué no vino...? ¿Es que acaso es de las habaneras que no les gusta el campo?

–Nada de eso, ni de habaneras. Dulce –digo– es también del interior... de Placetas. Allá quedó, aprovechando para ver a sus padres.

Es evidente que no he sido muy convincente que digamos. O que mis gestos no correspondieron con las palabras evocadoras de quien *debía* traer recuerdos agradables y que *tenía* que estar conmigo aquí, en este momento. Todos entienden que algo no anda como debía andar. No, mi matrimonio no va bien. Y aunque no hablo de eso a mis amigos y les cuento otras cosas, de tantas que quieren saber, en medio del tumulto gozoso que –incluyendo a vecinos– causa mi llegada, la ausencia de quien aun estando se hizo desde el principio ausente, me hace reflexionar sobre este vacío de mi vida íntima, personal: una visión fugaz de idealizada, fresca belleza juvenil, matizada de romanticismo, en medio de un galopar loco de aventuras y la necesidad de mentirle a Guido, fueron tejiendo la maraña de compromisos y complicidades que culminaron en un compromiso mayor, asumido en el peor momento, sin apenas darnos cuenta de lo que estábamos haciendo. Luego vinieron las confrontaciones de mutuas diferencias, insalvables. Pero entonces era el torbellino de acontecimientos y peligros constantes, sin tiempo para meditar. La disparidad de intereses, puntos de vista, gustos, niveles culturales y preferencias, fueron haciendo cada vez mayor la separación de los cuerpos, que no contaban, después de haber conseguido una desabrida posesión, con lazos de comprensión sustitutivos. Sus posiciones asumidas en torno al sexo, de completa pasividad, de objeto destinado al uso privilegiado del varón, de no persona, de quien aprendió desde el primer menstruo que el sexo era cosa sucia a la cual había que prestarse sumisamente, como un deber más para con el esposo, y cuyos apremios propios no era «decente» mostrar, no tardaron en enfriar mis primeros entusiasmos de estreno. Y eran pozos de vacío y decepción los que se abrían tras cada nuevo intento frustrante. «Claro que ella se satisfacía –decía toda amoscada, cuando la acorralaba tierno, pero inquisitivo– pagada por contribuir al gusto del esposo», pero cualquier manifestación exaltada del placer conseguido, o el simple reclamo del poder deseado, eran propios de mujeres no decentes, excluidas por fuerza de la honestidad que debía presidir la cama matrimonial, cosas de prostitutas.

Pero no hay tiempo para amargas reflexiones en medio de la algarabía que ha desatado mi ya espectacular arribo. Todo son planes que se concertan al instante para festejar el acontecimiento. Ahora será la oportunidad de conocer Palma Soriano. Y no sólo Palma, sino todo Oriente y la misma sierra que, equivocadamente perdido el rumbo, un día vine a buscar aquí. Y «bajaremos» a Santiago, e iremos al Cobre, visitaremos el Caney y «subiremos» al Puerto Boniato… Y así, un sinfín de planes por enseñármelo todo, que pronto se concreta en idas y venidas de paseos inolvidables, entre una naturaleza ahora vista a plena luz y con calma para apreciarla, en verdad impresionante. Todo en esta región es distinto y como de otro país. Aquí los verdes son más oscuros, todos los colores son más fuertes bajo la quemante luz, que abrasa y deslumbra. En total ausencia de palideces, es más bronce la piel de los hospitalarios pobladores, los afectos más inmediatos y el ron más ardiente y cotidiano. El trato es correcto y de gran urbanidad, aunque familiar y lleno de calor humano. En contraste con lo abrupto del paisaje, el carácter de los orientales es franco y llano.

Pedro también tiene unos días de asueto y me los dedica plenamente, convirtiéndose en mi guía particular, para mostrarme todo lo que de bello e histórico es totalmente nuevo para mí, que soy un deslumbrado turista en esta parte de mi país. En una vieja camioneta Ford, propiedad de su hermano, unas veces con él y las dos hijas de éste, otras con Clara y Arturo, pero siempre en alegre grupo, me lleva y me trae, enseñándome orgulloso lo que me conmueve y asombra. Conozco, al fin, a Santiago de Cuba, la rebelde y heroica, la de Frank, la del Moncada y el 30 de noviembre. Me prenda la vieja ciudad fundada por Diego Velázquez, con su preñez de historia, derramándose desde sus rojos tejados sobre calles ora empinadas, ora en declives, calles que guardan, celosas, las pisadas de tantos héroes. La Santiago tan cubana y tan colonial, rodeada de montañas, al fondo de su hermosa y amplia bahía. Esta ciudad, que posee el hechizo de hacerlo sentir a uno más cubano, en verdad me deja enamorado. El cúmulo de emociones me estremece en clímax de mística veneración, como a peregrino creyente que llega a lugar santo, cuando, doblando desde la avenida Garzón, me paro ante la posta 3 de la antigua fortaleza. Mis acompañantes comprenden lo que siento y, respetuosos, se apartan de quien en sus bolsillos busca afanoso lápiz y papel donde atrapar las asonancias que le martillan en los oídos. Hace tiempo ya que no escribo versos. Éstos me salen espontáneos, de una sola vez, al conjuro de las emociones que se hincan en mi carne como impactos. Es como si el poema estuviera escrito ya, esperando en este lugar por mí, que lo copio apresurado por no dejarlo escapar. Escribo, tembloroso:

MONCADA

*Miro
en los muros
los disparos
del decoro...*

*Vuelvo el rostro
a la Historia, reconozco
los impactos
intactos
del verdadero autor:*

el que predicó la guerra por amor.
¡Aquél!
Me miran
desde el muro
los ojos de Abel.

Al conjuro
del primer disparo,
en un santiamén
se levanta vigoroso Guillermón,
para poner, al fin,
término justo a tanto desmán.

Se quiebra la madrugada,
vuelve el gigante a la vida,
renace al fin la fe, cesa la duda
la cabeza de Medusa por tierra rueda.

Bajo el tejado
podrido de su bodegón gallego
al ver quebrarse el yugo
templó sobrecogido Santiago.
Cuando el lenguaje del decoro
pronunciado con disparos
hablaron junto a los muros,
Maestro, tus discípulos más puros
Cuba, tus hombres verdaderos
Tierra, ¡tus hijos más caros!

Completo la total catarsis reconstruyendo con imágenes evocadas los acontecimientos históricos que tuvieron lugar aquí mismo, una madrugada de julio, hace ya siete años. Por los testimonios publicados puedo imaginar cómo fue aquel «asalto al cielo», aquella temeraria hombrada. En enero de este año, coincidiendo con el natalicio de José Martí, «autor intelectual» de la acción, la instalación militar ha sido convertida en la CIUDAD ESCOLAR 26 DE JULIO. Han tumbado los muros y la garita con aspilleras, que guardaba la posta 3, por donde entraron los asaltantes. Pedro me describe cómo era y comento contrariado que, deseoso de escribir historia nueva, se debe ser más cuidadoso en la consevación del testimonio de la historia recién creada. Las nuevas construcciones no deben traer aparejada la destrucción de lo que, por derecho propio, es ya monumento. Respetuoso en mi señalamiento, me parece derroche dispendioso, natural en pueblo al que no le son escasos sitios de gloriosa rememoración, aquello que, con más rudeza calificaría el desconocedor, de profanación imperdonable. Creyéndome más severo en mi crítica, Luis, el hermano de Pedro, achaca el descuido a la premura de constructores, empeñados en entregar cuarteles convertidos en escuelas en tiempo récord.

Como son muchos los lugares a recorrer en el apretado itinerario que se me ha programado y el tiempo apremia, implacable, se me hace subir de nuevo a la camioneta que, incansable como sus ocupantes, toma el rumbo de Puerto Boniato. Allá, aunque ya de tarde, almorzaremos para regresar luego a Palma. Abandonamos Santiago por la Central y, desviándonos a la derecha, tomamos una sinuosa carretera que, a cada vuelta, aumenta su verticalidad escalofriante. Antes de llegar a Dos Caminos, coronamos la cima espectacular, donde el paisaje se vuelve impresionante panorama. Impone por su majestuosidad agreste el lugar. Allá abajo, como contemplados desde avión, se divisan palmas, sembradíos y una construcción grande y gris, que no logra apagar el verdor circundante: la cárcel. Estamos en el famoso Puerto Boniato. El INIT ha llegado hasta aquí con su obra de remozamiento turístico. Armonizando con el entorno, una bella instalación ha sido levantada en lo alto. La forman un restaurante campestre, de recios horcones y empinada cobija, donde el típico guano aprieta sus pencas en una obra artesanal de verdadera exquisitez. Completan este genuino oasis de montaña, una cafetería-bar y un espacioso mirador, abierto al valle y circundado por un muro de piedras calizas sin labrar, que aquí llaman «cabezotes». Es una natural terraza asomada al vacío, de espacio abierto-abierto, a la que el hombre ha sumado un poquito de belleza con su obra, que más que contribución, es tributo de respetuosa admiración. Ejemplo de integración de la obra humana a lo natural-grandioso, es el rincón prodigioso donde nos encontramos. Mis amigos, para quienes no es nuevo el lugar, no dejan de sentirse impresionados y me indican, con natural orgullo, los puntos de mayor interés y belleza. Mientras, dos botellas de ron, deliciosos chicharrones y frías cervezas han sido ordenados para una mesa con situación de privilegiada perspectiva, que ya ocupamos. Atendido diligentemente el pedido, disfrutamos en alegre tertulia de los tragos de *aperitivo*, con su correspondiente *saladito*. ¡Qué manera de tomar la de estos orientales! Tienen, seguramente producto del entrenamiento, una capacidad de asimilación admirable. Aquí todo el mundo toma: hombres, mujeres, hasta las jovencitas sobrinas de Pedro son diestras con el *trago*. En Palma vi a dos «comadres» (aquí todo el mundo es «comadre» y «compadre») que, lavando en sus respectivas bateas, y conversando de patio a patio, se habían zampado, cada una, una botellita de *paticruzao*. Y todo de lo más natural y tranquilo, sin síntomas de embriaguez. Porque en Oriente «jumarse» y eso de andar por ahí todo «desgaritao» es de muy mal gusto. La gente toma, pero *sabe* tomar. Yo, desde que llegué, prácticamente estoy tomando ininterrumpidamente. Y no sé, si por la emoción sostenida o por lo mucho que también me hacen comer, me mantengo a la par que ellos, sin caerme ni *jumarme*. Como han mostrado un interés respetuoso por lo que escribí frente al Moncada, les leo a mis amigos mis versos, que seguramente los decepcionan al no encontrar en ellos las rimas consonantes de las décimas, a que los supongo acostumbrados. Contrariamente, y para sorpresa mía, les entusiasma lo escrito y circulan entre ellos el papel, dándome la oportunidad de oír en estas voces mi propia voz estremecida. Los asonantes acordes del patriotismo verdadero y sin alardes, presto al rescate generoso de nuestras tradiciones al precio de la vida misma, es emoción que se reparte entre los que rodeamos esta mesa fraterna. Evocación de tal gesta heroica no requiere de un gran estro, es poesía en sí misma. Poesía que, como el dorado ron, nos penetra bien adentro, inundándonos el interior de inefable sensibilidad.

Después del pantagruélico almuerzo de «macho» (como nombran al cerdo aquí) asado y frito, «tostones» (que son allá en nuestra Habana, los chatinos de plátano verde) y «moros» (el congrí nuestro, pero con frijoles colorados), acompañados por la cristalina yuca, que se *desbarata sola*, y todo mojado en cantidades asombrosas de «indios sudados», que así llama Luis a la cerveza Hatuey bien fría, no hay lugar para el postre y sí para el canto alegre y jocoso, sin escándalo y mirado de forma natural desde otras mesas, donde reina igual ambiente. Y es la voz entonada del hermano de Pedro, que se acompaña con dos botellas de cervezas vacías al uso de claves, la que trae el ritmo cubano del son a nuestra fiesta:

Allá en Santiago de Cuba
la fábrica Bacardí
elabora los productos
que hacen a Cuba feliz...

Qué suerte tiene el cubano
con Hatuey y Bacardí.
Conozca a Cuba primero
y empiece con Bacardíiiii...

Como Luis no se detiene y ahora, acompañado por sus hijas, la emprende con el repertorio bien oriental de Matamoros, «mi tío Pedro», preocupado porque su hermano pueda «pasarse del picao», propone irnos, que nos «resta aún un buen trecho de carretera, antes que caiga la noche y queremos parar en San Luis, famoso por sus refrescos de frutas naturales y también histórico desde cuando Guiteras...». Obediente el grupo al dictado del cabeza de familia, nos disponemos todos a marcharnos cuando, queriendo despedirme de tan bello lugar, me dirijo a echar una última mirada de contemplación desde el abierto mirador. Solamente me he acercado al rústico muro de piedras y la visión de lo que veo, o creo ver, me golpea más que el paisaje. Me golpea y me trastorna a tal punto, que al regresar, casi en fuga, a la ya abordada camioneta, mi rostro está demudado y pálido. Tanto, que mis compañeros lo notan y preguntan, pensando en el ron, si me siento bien. No es para menos. Allí, acodada al muro, cuando nada me hacía pensar en ella, junto a un barbudo oficial rebelde que la abraza enamorado, está… la he visto… ¡IRENE VALVERDE! ¿Qué terrible espectro recurrente es éste, que sin yo invocarlo aparece? ¿Qué crueldad la de este buitre de mi memoria? ¿Es realmente una visión, o una fatal y prodigiosa casualidad que me la encuentre aquí, a cientos de kilómetros de vida y de distancia, siete años después…?

Sin saber si la he visto en verdad o ha sido una tortura intempestiva de los retruécanos del subconsciente, emprendo con los demás el descenso…

Todavía estoy en Palma Soriano, después de tres tentativas impedidas de regreso. Ya me han llevado al Cobre, al Caney, al otro Caney (el de las Mercedes, en plena sierra Maestra), hemos regresado dos veces ya al Santiago, caminado de arriba abajo, de abajo a arriba, donde todos son rincones históricos. Ya me mostraron la granjita Siboney, la casa de los Maceo y la de Frank, pero aún no me dejan ir. Todos los días hay algo nuevo o nuevas amistades que quieren presentarme. Además, se acercan los carnavales de Palma. «Y si te perdiste los de Santiago, no puedes perderte también éstos. Y si de contra estás de vacaciones… a menos que ya te sientas mal…» Así, agobiado de atenciones y temeroso de que mi insistencia en marcharme pueda herirlos, me amanece el 6 de agosto en Palma. El 6 de agosto de 1960. Día histórico. Sentados en la sala, agrupados con atención alrededor del radio, oímos toda la familia el discurso de Fidel en el Estadium de La Habana, cuando clausura el primer Congreso Latinoamericano de Juventudes. Allí, la voz que habla por el pueblo anuncia la nacionalización masiva de propiedades norteamericanas. Réplica ejemplarizante al rosario de agresiones y hostigamientos, que hemos padecido por parte del ambicioso y prepotente vecino desde que triunfamos. Enumerando las *cómpanis* que pasan al patrimonio cubano, el conductor de la Revolución enmudece por una transitoria afonía. Simbólicamente la enumeración, hasta que se restablece la garganta del líder, la continúa Raúl con raspante y vigorosa voz. ¡De ninguna forma nos vamos a quedar mudos! Recuperadas las cuerdas vocales del jefe indiscutible, éste concluye, victorioso, su alocución con nuestra ya irrenunciable consigna de PATRIA O MUERTE, VENCEREMOS, coreada por toda Cuba. Como es sábado y estamos en

Oriente, tengo que esperar al día 10 para arrebatarle al vendedor un ejemplar del periódico *La Calle*, donde viene la reseña del acto. En la columna del periodista Gregorio Ortega, consciente de estar viviendo días históricos, leo:

«... El 6 de agosto de 1960, el primer ministro del gobierno revolucionario, al hablar en la clausura del I Congreso Latinoamericano de Juventudes, lee la resolución firmada este mismo día que, a tenor de la Ley n.º 851 de 6 de julio, dispone la nacionalización de un gran número de empresas norteamericanas: las refinerías de petróleo (que ya se hallaban intervenidas); 36 centrales azucareros y las compañías de teléfono y electricidad; en total, bienes por un valor de 800 millones de dólares, que pasan a poder del pueblo cubano. Esta medida es la respuesta de nuestra nación a la supresión de la cuota azucarera cubana por el gobierno de Estados Unidos...

»Ya habíamos destruido las fuerzas represivas del imperialismo y la reacción en Cuba; ya habíamos rescatado la tierra y el gobierno revolucionario desarrollaba una política internacional soberana, política independiente acorde sólo con los intereses nacionales, ahora también la energía y la principal industria del país han sido liberadas de los monopolios extranjeros. Ahora Cuba es una nación independiente, porque una nación no puede considerarse independiente si no tiene el dominio de los principales resortes de su economía. Ahora el pueblo cubano es árbitro absoluto de sus destinos nacionales.

»La resolución que nacionalizó 26 empresas norteamericanas es consecuencia obligada del arbitrario y discriminador tajo a nuestros azúcares en el mercado norteño. Eisenhower quiso, al podar cerca de 900.000 toneladas cubanas de la cuota de importación, ya elaboradas y almacenadas para ser enviadas a puertos norteamericanos, quebrar nuestra economía e impedir el desarrollo de nuestra revolución. La nacionalización de las empresas yanquis ha sido sólo una medida defensiva, pero que, como otras medidas defensivas a que se ha visto forzada la revolución, han producido como único resultado consolidar nuestro movimiento revolucionario y profundizarlo. Conforme a una frase de Raúl Castro, la revolución es como una estaca, cada golpe que recibe la afinca más.

»El júbilo es indescriptible. A los miles de brazos que se alzaron en el estadio votando a favor de la nacionalización, se sumó en pocas horas toda la población del país. Los sueños de nuestros patriotas se tornan realidad. Cuba es ya cubana.

»Temían el ejemplo que podía significar Cuba para los demás pueblos de América Latina y el mundo. Y Cuba acaba de brindar el más alto ejemplo de dignidad y coraje. Ya saben todos los pueblos de América lo que hay que hacer frente a las agresiones del imperialismo. Devolver golpe por golpe, no intimidarse ni ante la bomba atómica, recuperar las riquezas nacionales. La hoguera encendida en Cuba terminará por prender el pajar latinoamericano.

»Pero cada golpe de nuestra revolución, al mismo tiempo que agrieta los resortes del imperialismo, le provoca nuevas iras. Y éste mueve todos sus peones: desde la OEA, el Ministerio de Colonias de Washington, hasta todas las fuerzas oscuras que en América Latina han medrado a costa de la opresión. Los ejércitos profesionales, los latifundistas, los parásitos nacionales alimentados por los trusts y monopolios, las funestas sombras del oscurantismo, que sólo crecen y prosperan en la ignorancia y la superstición, en el hambre y la miseria, que succionan la sangre y el sudor de los indios, de los negros y los trabajadores, mientras los engañan y embrutecen. Son las oscuras fuerzas que ayer estuvieron con la monarquía española frente a Bolívar, San Martín, Morelos y Martí; las que después apoyaron el gobierno de las oligarquías, las que han pactado con todas las tiranías, las que hoy se amparan bajo las bayonetas del Pentágono y engordan con los dólares de Wall Street. Pero así como estas fuerzas no pudieron impedir el triunfo de los ejércitos libertadores de América frente a las tropas españolas, ahora no podrán detener la segunda independencia de América Latina. Nuestros pueblos se han puesto de pie dispuestos a barrer con el pasado de ignominia y hambre. Y nada podrá frenarlos.

»Junto a la Revolución cubana los pueblos latinoamericanos avanzan hacia su redención. Y ningún obstáculo nos detendrá. Como Bolívar durante el terremoto de Caracas, podemos repetir que si la naturaleza lucha contra nosotros, también lucharemos contra la naturaleza. Para ello contamos con la heroicidad y abnegación de nuestro pueblo y la solidaridad de todos los pueblos del mundo.

»Ni la OEA, ni la reacción podrán apagar la hoguera prendida en Cuba. Ya muchas mentiras e infamias se han quemado en su fuego. Muchas más pueden quemarse en los próximos meses.»

La actualidad, que nos envuelve de trascendentales acontecimientos, nos hace comprender a todos que, dado el momento crucial que estamos viviendo, es impostergable mi regreso a La Habana. Mis vacaciones deben terminar. Cada revolucionario debe ocupar su lugar; y el mío está allá, en mi trabajo del Distrito de Obras Públicas y en los bisoños batallones de milicias. Sólo así, y prometiendo volver en la primera oportunidad, me deja marchar mi familia palmera.

2 de agosto de 1968

Esto parece una ciudad fantasma, por lo deshabitada. Sí, una ciudad fantasma y yo soy un duende. Uno de los pocos duendes que la habitan. Así pienso de la Ciudad Universitaria José Antonio Echeverría, la CUJAE, mi morada, donde resido desde hace casi cuatro años. El lugar en que trabajo y vivo, que en estos tiempos de vacaciones se torna el sitio más solitario del mundo, por contraste con su bullicio habitual durante los cursos. De septiembre a julio esto es un hervidero de alumnos, profesores y empleados; pero, terminado el período lectivo, después de los exámenes de julio, viene la desolación y entonces la CUJAE se hace más vasta, por lo desierta.

En realidad no debí haberme quedado aquí, donde paso todo el año trabajando. Debí haber ido a Oriente y pasar unos días allá, con Pedro y los suyos. Y sentir de verdad que estoy de vacaciones. Este ambiente cala una triste soledad tan fría como la cal y el silencio de un verdadero cementerio. En mi habitación de los edificios de becas, bloque 304, soy ahora el único morador. Poner la radio o gritar por el hueco de la escalera, donde retumba el eco, son las dos opciones que tengo cuando deseo oír una voz. Aquí el ánimo se torna propicio a dejarse permear por esa tisis del espíritu que es la melancolía. Abandonado y solitario como el recinto universitario, así me siento. El pensamiento se me vuelve gris y repasa, melancólico, sin yo quererlo, mi vacía vida afectiva. Liberado de la actividad laboral, me quedo como la CUJAE, solo y vacío. Verdad que la fracasada unión con Dulce no llenó un espacio esperado, pero después de la ruptura, que, para mi alivio, ella misma decidió, mi vida amorosa se ha limitado a fugaces relaciones ocasionales, que traían ya la decepción desilusionadora a la primera cita. Puedo recordar, como excepción, a Alicia, con quien salí cuatro veces (y eso, porque en las tres primeras no sacó a relucir sus retrógradas ideas políticas). Hasta ahora, mujer que he encontrado no ha terminado de vestirse cuando ya me ha echado un jarro de agua fría. Por otro lado, las nuevas amistades que forzosamente surgen de las relaciones de trabajo, tanto allá, en el distrito, como aquí, en la universidad, son demasiado nuevas, no se han decantado, ni han tenido esa oportunidad, por lo relativamente reciente de sus nacimientos. O eso, o han sido tan superficiales que no lograron hacer raíces, cimentando en el conocimiento mutuo verdaderos lazos afectivos. ¿Y los amigos de antaño, aquellos con quienes crecí y me asomé a la vida, qué se han hecho? ¿Dónde están? ¿Qué rumbos han tomado, que me han dejado tan solo? Y estoy pensando en los sobrevivientes, los que no cayeron en aquella cruel siega de juventudes que fue la lucha insurreccional. Huyo del patetismo de evocar a muertos, vivos para siempre, no sólo en la martirizada memoria, sino en la acción cotidiana, reclamantes de nuevos esfuerzos y nuevas y diarias heroicidades. Pienso en los que logramos salvar la existencia física y llegamos al primero de enero del cincuenta y nueve con la vida hecha jirones, pero dueños de esos jirones; de esos tristes ripios, que conservarán para siempre las huellas de aquellos tiempos, pero que nos permiten aún ver, oír, hablar, sentir en fin, y todavía luchar, y a veces, disfrutar de algo. De algo, que puede ser tan lírico como el placer estético de contemplar lo bello; o tan vulgar, como la ensalivación y el placer fisiológico que produce un suculento almuerzo. No, no pienso en los que cayeron para alzarse para siempre en la Historia. Pienso en los que sobrevivimos, o sobremorimos más bien, pero conservamos nuestras sensaciones y percepciones. ¿Qué se ha hecho de mis hermanos de entonces? ¿Dónde están los miembros de aquella pandilla inolvidable? ¿Dónde, mis entrañables compañeros de lucha? Repaso, masoquista, sin piedad de mí, sus coordenadas actuales: Vicentico fue a dar su vida a una patria mayor, que amplió sus fronteras por la liberación definitiva de la AMÉRICA NUESTRA; Carlos, luego de mil contradicciones, se ha convertido en un personaje del exilio contra; Juan, después de una turística estancia de casi regreso, decidió seguir su vida allá afuera, desde donde escribe de vez en cuando para saber cómo andamos; Guillermo a quien hace tiempo que no veo, después de ser víctima del sectarismo en su provincia, vino a La Habana, rehízo su rumbo en el Ministerio de la Construcción, y ahora va de un lado para otro en el interior del país, al frente de una agrupación constructora, modificando el paisaje de nuestros campos y contribuyendo a construir la Cuba nueva; Manolo, convertido en el gran dirigente, ahogado en problemas y con su mujer, antigua burguesa devenida revolucionaria practicante; Benito, aplastado también de trabajo, en febriles y misteriosos trajines. A estos dos últimos ya es mejor ni ir a verlos. Siempre están en reuniones, o muy ocupados, o sencillamente no están. Cuando logro verlos, ¿puedo decirles acaso que Téllez es un hijo de puta, aunque sea militante del partido? Si ellos no lo conocen, ni saben a derechas quién es Téllez. Si nuestras entrevistas siempre apuradas, apenas alcanzan para despedirnos en el saludo y para manifestar, agobiados, el preocupado testimonio de inalterables sentimientos hacia mí: «¿Te hace falta algo? Si me necesitas, no dejes de venir a verme...»

Y se marchan, en un alocado corre-corre en que no da tiempo ni para responderles.

¿Cómo decirles, en medio de sus carreras, que sí me hace falta algo? Que lo que necesito es realmente las fraternales compañías de entonces, de intercambio total y diario, únicas capaces de romper esta soledad terrible de ahora. Esta soledad que se acrecienta y parece ensancharse en estos vacíos corredores, calles, jardines, edificios, todos silenciosos, de claustro abandonado; de esta CUJAE en vacaciones, de esta ciudad muerta de agosto. Esta vastedad desierta, callada, sólo poblada de ecos, me aterra. Mañana es domingo, y hasta los estudiantes extranjeros saldrán desde temprano. No, no puedo dejarme abatir por este ambiente. ¡Me iré en cuanto amanezca para la playa! A Santa María del Mar, a disfrutar del sol, del mar… A cambiar de paisaje. Allá, bajo los pinos, me sentiré mejor y hay, de seguro, muchas bellezas *naturales* que contemplar…

ARNALDO

Fuimos un chorro de hermanos. Todos varones y una sola hembra. A papá, que murió tuberculoso, se le ocurrió ponernos nombres que empezaran con «A»: Amado, Antonio, Armando, Amaury, Arturo, y así, que casi ya no me acuerdo de todos. A la hembra, para no variar, le puso Adelaida. Parece que todas las fuerzas que le quedaban las empleó en hacerle una barriga tras otra a la vieja, y como nunca trabajó, no pudo mantenernos, ni siquiera al primero. Y casi nos regaló, como gaticos, a tíos y parientes. En casa de familiares y vecinos nos criamos como hijos postizos, pegados. Como recogidos, tuvimos un montón de hermanos de crianza y parientes de todo tipo. Por eso, yo no creo en familia ni en parentescos. Estamos solos en el mundo y eso es todo. A mí me crió mi abuelo. Tremendo tipo, el viejo Panchito. Me hizo trabajar duro desde temprano. Y se lo agradezco, porque me hizo ver las cosas como son: «al duro y sin guante».

Yo no tuve tiempo de meterme en cosas de política. Lo mío era trabajar y conseguirme los frijoles. Pero en el cincuenta y ocho la cosa se puso más difícil. No había trabajo en ningún lado y saqué mi pasaporte para irme al norte. Y para el norte me hubiera ido de no ser porque la situación explotó y Batista se cayó.

El primero de enero me monté por embullo en una perseguidora. Y cuando vine a ver, era miembro de las patrullas de orden público. Aquello era rico, manejar un *hierro* a toda velocidad y ser la autoridad… Como era buen chofer y colaba el carro donde fuera, fui asignado al DIER, que después fue el DIFAR y más tarde el G-2. Allí, en Quinta y Catorce, me ocupé de montar la cafetería. Yo mismo hice el mostrador y conseguí una nevera comercial de tres puertas de un comercio abandonado. Sin que nadie me lo mandara ni encomendara, me ocupé de abastecerla y la atendía mañana y tarde. Conseguir yogur, café, y pan con queso, no era difícil. Ellos merendaban como reyes y yo resolvía. Y lo más importante, para todos estaba claro que era gracias a mis iniciativas. A fuerza de gestiones, fui ampliando la oferta del *negocio*, hasta el punto de que ya la gente no iba al comedor, ni siquiera los altos oficiales, pues «en la cafetería se comía mejor». El resultado de todo esto no pudo ser otro: me nombraron jefe de servicio. Al principio, el cargo era más bien de jodedera, pues no había plantilla oficialmente aprobada. Pero yo tenía mis propios planes y sabía cómo lograrlos. Me lo tomé en serio y me hice imprescindible. El caso era meterle el hombro a todo, a cualquier cosa, y mejorar lo que teníamos y lo que no teníamos, inventarlo. Así, le metí mano al comedor. Me hice yo mismo jefe allí. Cambié al cocinero, me ocupé a *ful* de los abastecimientos y puse *cuco* el local. La gente dejó de comer en bandeja de aluminio para ser servida como Dios manda en plato de loza, que le llevaban a la propia mesa dos muchachitas encargadas luego de recoger, limpiar, montar de nuevo las mesas y después fregar. Mi comedor, con el auge de las operaciones, empezó a dar servicio las veinticuatro horas y a la carta. Más tarde, logré que la jefatura me autorizara a montar una pequeña granjita en «la casita de Arroyo Arenas», un centro de escucha para radios clandestinas. Allí puse al guajiro Soler a criar pollos y atender la cochiquera y usted podía comerse a las tres de la madrugada una costilla de puerco frita con su ración de papas igual o desayunar huevos con jamón en aquel comedor, que daba gusto de lo bonito y limpio que lo mantenían «mis empleadas». Para reparar los autos, improvisé un taller de mecánica en uno de los garajes del patio y más tarde monté uno, con todos los hierros, chapistería y pintura incluidas, en un servicentro nacionalizado que fue traspasado a nosotros. En «mi taller» manteníamos al kilo la flotilla de operaciones y, además, nos ocupábamos de que los carros de los jefes tuvieran lo mejor: las mejores gomas, las más vistosas vestiduras, la pintura de lujo, laca, nada de esmalte sintético; los mejores radios, los niquelados de «luxe», nada les faltaba. Yo se los convertía, sin ellos pedirlo, en verdaderas joyas rodantes.

Cuando nos mudamos para Villa Marista y hubo que derribar paredes, levantar otras, en fin, remodelar la vieja instalación escolar y adaptarla a sus nuevos fines, aproveché para lucirme, primero como albañil, y después como maestro de obras. La gente mía, «la gente de Arnaldo», como ya le decía todo el mundo, estaba dondequiera, haciendo de todo: tenía plomeros, electricistas, mecánicos automotrices, carpinteros, albañiles, chapistas, pintores, y «mi granja» abastecía a todo el Departamento de Seguridad del Estado y a las casas de la plana mayor. De esta forma, cuando se estructuró el departamento en secciones: operaciones, técnica, aseguramiento, etc., mi cargo estaba asegurado, lo ejercía ya de hecho. Y lo que empezó como jodedera, se hizo oficial: Yo era el jefe de servicio y los grados vinieron con el cargo. Me vi en la plana mayor, junto a los «quemaos» y a los «salaos», que habían subido penosamente a fuerza de riesgos, de cojones y cerebro. Yo era oficial, con iguales grados y a veces con más que algunos de ellos. Y los había *luchado* a fuerza de trabajo y trabajo, sin que nadie me los discutiera, porque para todos estaba claro que «Arnaldo y su gente trabajan como animales». Además, el que más y el que menos, dependía de mí: que si había que repararle y pintarle la casa al coronel Fulano, que si al mayor Zutano había que ponerle una nueva corsetera en el carro, o cambiarle el color y ponerle alfombras: todos, en fin, me debían «favores» y yo les fui sabiendo algo a todo el mundo. A fuerza de dedicación, pues trabajaba las veinticuatro horas del día, me fueron asignando nuevas tarea, mis poderes crecieron y los empleé con iniciativas que a todos complacían. El mismo ministro contaba conmigo para todo y no tardaba en dar el visto bueno a mis «libretazos» oficializándolos. De todas formas, yo siempre procuré no actuar al descubierto y supe taparme con los vices y los jefes de direcciones, que aparecían como fuentes de las órdenes que yo cumplía *celosamente*.

A mi casa no le falta nada. Mi mujer y mis hijos lo tienen todo y la familia de mi mujer, sus padres y sus dos hermanas no pueden tener quejas de mí. Son todos unos infelices muertos-de-hambre que nunca han tenido nada. A los suegros yo los traje a vivir para La Habana, en una casa que les monté con todos los *hierros* y que hice aparecer como permuta. A la hermana más chiquita, que se casó allá y por cuenta del marido, no quiso venir para La Habana, también la *toqué* con su refrigerador, su televisor en colores y su aparato de aire acondicionado, de los que «desactivé» en las casas del ministerio, para cambiarlos por nuevos Hitachis y Sanyos. Cuando paso mis vacaciones, los traigo a todos conmigo para que vean lo que es vivir y se *toquen* con lo que tengo. Pero eso sí, que no jodan mucho; que yo tengo que descansar y son pocos los días que puedo coger en la casa de la playa, esa casa a todo tren, en que se van rotando los miembros de la plana mayor en sus descansos programados. A casi toda la familia de mi mujer más o menos la resisto. A la que no trago es a la hermana mayor, que se cree superior y lo que es, tremenda comemierda. Total profesora universitaria y no tiene ni dónde vivir. La universidad la tiene albergada y el título no le ha servido de nada para abrirse paso en la vida. Ahora, para colmo, anda con un profesorcito de la CUJAE, que dicen que fue comecandela en la lucha contra Batista. Si fue así, bien comecaca que es, porque tampoco tiene casa y anda en una cuña Chevrolet que se está cayendo a pedazos. Si se casan, ¡vamos a ver dónde van a vivir ese par! Porque en la casa que les conseguí a los suegros, que ni lo sueñen, y conmigo que no cuenten. El tipo parece que de verdad se «comió un cocodrilo» en la insurrección, porque el otro día se apareció en Villa con el coronel Wong, de quien parece muy amigo, no de ahora, sino de atrás, atrás. Y el chino le pasaba el brazo por el hombro (él, que tiene fama de no ser efusivo ni con su madre si la tuviera). ¡Hay que ver cosas en esta vida! ¡El coronel Wong, segundo jefe de Operaciones de Villa y el profesorcito ese, que no tiene ni dónde caerse muerto, ¡AMIGOS! ¡Amigos de verdad! ¡Su madre el que lo entienda! Yo lo saludé de forma cordial, porque si por casualidad entra en la familia de mi mujer, no sé, a lo mejor su amistad con el chino hijo de puta este me conviene. Vaya, a lo mejor hasta le ayudo a arreglar el cacharro de mierda ese que tiene o le busco una carrocería de las que damos de baja. Y todo quedaría como producto de su amistad con el jefe, no de su parentesco conmigo; y yo le *resolvería* al amigo del jefe. Que en definitiva, podrá llegar a ser cuñado de mi mujer, pero mío no es nada.

Ahora, cuando desocupe de cachivaches la nueva casa asignada al Servicio de Chequeo, le voy a dar a Orestes, el chapista, un jueguito de *bos-sprin* que vi en el cuartico de criados... A Albertico lo toco con un ventilador. Y cuando mande a pintarla, la pintura que sobre se la doy a Luis, el electricista, para que pinte su casa. Así comprometo a estos tres, para hacer el traslado gordo y después pintar completa la mía... Hay que hacer como aquel presidente que hubo, que le decían Tiburón, por aquello de que «se baña pero salpica». Ése sí era un tipo inteligente... Ahora mismo voy a citar a un trabajo voluntario para el domingo. Todo el personal de servicios, conmigo al frente, irá a echarle la placa a la casa de Luis, que tenía techo de tejas... ¡Tejas a estas horas...! Pensando en tejas, las acrílicas hay que mandárselas a El Jimagua, el de Tropas (que el otro está para Angola), para que teche su barcito de la piscina...

JULIOS, ALGUNOS JULIOS

–¡Mire, yo no entiendo su señalamiento! Usted habla de permanencia en el departamento. Y eso en el plan de trabajo nuestro no está. Si de verdad se nos evalúa por nuestros planes de trabajo, yo no me explico dónde radica el problema. –Lo miro con rabia, y aunque mantengo la compostura y no alzo la voz, se me nota a la legua que estoy bien cabrón.

–No, claro, si ustedes los TAD quieren trabajar como si fueran profesores de medio tiempo. ¡Claro que no hay problemas!

–¡Mire, Téllez, acábeme de decir a las claras qué he dejado de hacer, qué trabajo he incumplido! –Ahora sí, casi lo muerdo.

–No se trata de incumplimientos, *compañero* Ortega, se trata de lo que pudo haberse hecho de más y no se hizo por no haber permanencia de técnicos en el departamento.

–¡Y dale con la permanencia! –exclama con naturalidad la gorda Ivelise, la del laboratorio químico, interviniendo en lo que parecía un careo entre Téllez y yo.

–Profesor, yo a Joaquín lo veo siempre aquí. Si él vive en los albergues de becas y a las actividades docentes y a las reuniones que citamos, nunca falta. Ahora, eso no quiere decir que tenga que encerrarse permanentemente aquí, para lograr esa permanencia que usted dice.

–¡Buena defensora se ha buscado el *compañero*! –Remarca el muy remaricón la palabra «compañero»–. ¿O es que la *compañera* representa aquí el sindicato? Pero, miren –ahora hojea su agenda– yo puedo decirles los días de este mes de julio en que el departamento ha permanecido desierto, sin un alma que lo anime…

–¡Ah, lo que usted quiere es animación! ¡Ésa la podemos poner usted y yo en cualquier momento que desee!

Ahora ya sí perdí el control y me levanto, airado, dispuesto a todo. El muy pendejo se da cuenta y grita, casi angustiado:

—¡No es asunto de guaperías, ni nada personal! Esto es estrictamente académico. Parece que el *compañero* Ortega no lo entiende así… Él, además de violento, es de tiempo completo, ¿no?

Antes de meter la pata aún más y darle un trompón, me retiro de esta reunión de evaluación del departamento, donde el hijo de puta de Téllez no ha perdido oportunidad de atacarme situándome sus «fraternales» críticas, con «el único propósito de ayudarme».

Todos los años hay que pasar por esto. Una reunión de *toma de criterios*, para la evaluación anual de cuadros, se convierte tradicionalmente en la oportunidad del *pase de cuentas*, que muchos saben aprovechar a las mil maravillas y que todos temen. Es el momento de opinar sobre los logros y las deficiencias de los demás; y como se hace siempre al final de curso, con todo el cansancio acumulado, es natural que los ánimos no estén muy calmados que digamos. Por suerte, ya estoy terminando la carrera, que cuando coja el título, me parece que no me quedo aquí ni un minuto más. A éste, le jode todo lo que huela a mí. Desde hace tiempo, me tiene una antipatía de las buenas. Y ya no lo soporto. ¿Cuándo acabarán de separar a hidráulica de civil, para así tenerlo lejos?

Ahora, con su pose de superexigente, le ha entrado el culillo de la permanencia en el departamento. Según él, hay que calentar las sillas diariamente. Tener al semestre una buena cantidad de horas-nalga invertidas en no hacer nada, ¡ah!, pero estar aquí, en nuestros cubículos y locales, comiendo mierda, pero estar. Eso, según Téllez, es lo importante.

Si alguien aquí no disfruta de las ventajas del horario libre o abierto, ése soy yo, que como bien dijo Ibelise, vivo aquí mismo y por lo tanto siempre estoy aquí. Ahora, no por ello le quito la razón a los que, después de cumplir sus obligaciones, sea cual sea la hora y el día de la semana, disfrutan de las pocas ventajas de malhadado horario libre, que más parece *horario-esclavo*. En cuanto a la repartición de las tareas, a nosotros, los Técnicos Auxiliares de la Docencia, los TAD, siempre nos toca la peor parte. Ahora mismo, en el cuidado de exámenes, prácticamente participamos en todos, los de cualquier asignatura, aunque no tengamos que ver nada con ella. Y cada examen son por lo menos cuatro horas, ahí, janeadas, de verdad. Los profesores no, ellos cuidan nada más los de sus respectivas materias y a veces ni eso, que bien saben enganchárnoslos a nosotros, los técnicos. Entre los TAD hay especímenes en verdad interesantes. Aquí los hay que de su especialidad saben más que los mismos titulares. Hay gentes, en realidad, valiosas, pero también hay cada uno… ¡Miren el mismo Jiménez! El técnico de bombas y equipos de riego, huele-culo oficial de Téllez, es un ejemplo de lo que digo: es un bicho raro, es notoria su desafección por el baño y la higiene, anda siempre que es una bola de churre; en las prácticas de hidráulica explica las características de las turbinas y demás equipos casi sin respirar, *de carretilla*, como si estuviera leyendo un catálogo de ventas. Es el único tipo que se ha leído completo el *Pequeño Larousse*, como si fuera un libro, página por página, acepción por acepción, empezando por la «A» y terminando por la «Z». Es su libro de cabecera, según propia confesión, y se lo lee noche tras noche con inusitado deleite y fruición. ¡Ah, y cuando está aburrido, se entretiene, APRENDIÉNDOSE DE MEMORIA UNA PÁGINA DE LA GUÍA TELEFÓNICA! Sus excentricidades y su particular manera de recitar las clases son toda una institución en esta CUJAE.

El otro día me tocó cuidar un examen de convocatoria extraordinaria de la asignatura HORMIGÓN. Habían mandado a otro «teadé» de la escuela de mecánica, pues los alumnos a presentarse eran muchos y necesitábamos refuerzos. Y creo que hice un hallazgo. El mecánico en cuestión se llama Jorge Oliva y se enfrenta a similares problemas, muy parecidos a los míos. Simpatizamos enseguida. Y como durante las cuatro horas y media o más que hay que permanecer en el aula el tiempo sobra para conocerse, no tardamos en intimar en animada charla, que prolongamos a la salida, yéndonos, ya fraternal dúo, a tomarnos unas jarras a la Taberna Checa de la calle San Lázaro.

Ya me habían hablado de este nuevo establecimiento y de su sabor especial. Recién abierto en las cercanías de la colina universitaria a los influjos de las nuevas relaciones que establecíamos con los países del campo socialista, no había tardado en ganar la aceptación general, tanto por su ambiente de bodegón europeo, casi medieval, como por la calidad de su cerveza: cerveza checa de barril. Y allá, a sugerencias de Oliva, nos fuimos los dos «a refrescar». Una vez instalados ante la larga mesa de recios tablones de roble, con bancos de igual factura por asientos y enarbolando ambos, sendas jarras de rubia y espumosa fría, no tardo en enterarme de las vicisitudes de mi nuevo amigo, que más parecen las «Aventuras, venturas y desventuras» del libro de Roa:

Graduado de técnico metalúrgico en la URSS, adonde fue con los primeros becarios cubanos, a su regreso lo ubican en la escuela de ingeniería mecánica, donde comenzó impartiendo las clases prácticas y laboratorios de la asignatura metalurgia. Al año, cuando se fue el asesor polaco, de atrevido, se metió a dar las conferencias de la materia, como si fuera todo un profesor. Pero no se limitó a esto, sino que escribió folletos y libros de textos para la asignatura, sin que por ello recibiera el mínimo reconocimiento a que aspira: que le permitan matricular la carrera y hacerse ingeniero mecánico. Es evidente que, entre este Oliva y yo, hay similitudes de situaciones y problemas comunes, que enfrentamos con parecida y escasa fortuna. Los dos somos jóvenes y queremos hacernos ingenieros en nuestras respectivas especialidades. Yo soy un alumno que consiguió trabajo en la universidad; él, en cambio, es un trabajador universitario que desea con toda su alma ser alumno. Ambos soportamos iguales incomprensiones. Él tiene en mecánica sus propios Téllez y Zambranos.

Por aliviarnos del tema universitario, saltamos al menos opresivo y más nostálgico de nuestra experiencia sentimental. No está bien precisada la relación que existe entre la cerveza y las mujeres, pero basta que dos cubanos se pongan a consumir el refrescante y ambarino líquido para que el tema eterno de la mujer aflore, dominándola irremediablemente, en la conversación. Le cuento así, al atento interlocutor, en apretada síntesis mi fracaso con Dulce, mis continuas decepciones y desencantos con varias, mi enigma inquietante con Judith, tan reciente y que sólo duró un curso; y mi vieja ya idealización de Irene, que me asalta, sorprendiéndome de vez en cuando, siempre de forma inesperada. El relato que le hago de mi fantasma recurrente, persiguiéndome desde mi adolescencia, despierta un vivo interés en Oliva, quien reciprocándome me cuenta que él también tuvo una primera novia, idealizada durante mucho tiempo en la memoria. Hasta que volvió a verla, cuando ya los años habían hecho su labor implacable. Entonces la encontró gorda, arrugada y vulgar, llena de hijos, convertida en un ama de casa, más preocupada por el bienestar de la familia que por el cuidado personal. El consejo como colofón, viene esperado, natural:

—¡Ve a verla, Joaquín! Es la única forma de acabar con ella...

1959

En sólo seis meses de establecido el poder revolucionario y aun a contrapelo del gobierno instalado en el Palacio Presidencial, el país se transforma de manera prodigiosa y sorprendente. Los campos son otros. Con sus cooperativas, sus Zonas de Desarrollo Agrario, sus Tiendas del Pueblo, sin latifundios ni intermediarios, insurgen nuestros nuevos campos. Y otro, y ahora de verdad NUESTRO, es el país. Las principales instalaciones militares se convierten en escuelas y los odiosos uniformes caqui y el azul de la policía, desaparecen. La capital también se transforma. Ya los servicentros y estaciones gasolineras no dicen ESSO, ni TEXACO, ni SHELL. El águila del Maine fue abajo, hecha pedazos; desaparecen muchos letreros lumínicos, el teatro Blanquita se llama ahora Chaplin y el cine Rodi, de la calle Línea, se convierte en el Teatro Mella. En la periferia, al igual que en numerosas localidades, comienzan a levantarse los nuevos repartos del INAV, los «Repartos Pastorita», como los bautiza el pueblo, proyectados para que cada cubano llegue a tener una vivienda decorosa. Todo es mutación y cambio. Y como todo cambio, implica crisis: crisis entre lo nuevo pujante, que lucha por realizarse y lo viejo que se resiste a desaparecer, hay crisis y polarización en la sociedad cubana. Polarización radical entre los que lo ven todo bien y los que todo lo ven mal. Sin términos medios. Y crisis latentes, silenciosas y expectantes.

Es evidente que el verdadero poder lo tiene el INRA, la nueva institución creada para garantizar, impulsar y respaldar la Reforma Agraria, punto fundamental del programa revolucionario. Pero para cumplir sus objetivos, el INRA expande sus funciones, las diversifica y llega a convertirse en un Estado dentro del Estado y al margen del Estado. A través de sus distintos departamentos, el INRA suplanta a los ministerios y dependencias del gobierno central; y en provincias, sus delegados y jefes de Zonas de Desarrollo concentran y ejercen más poder que los gobernadores y funcionarios nombrados en los municipios.

No obstante, el gobierno formal no deja de ser un heterogéneo y pesado bloque, que en su resultado final gravita con su estatismo como un mecanismo de freno. Las contradicciones entre el ejecutivo y la dinámica revolucionaria del acontecer, en estos primeros meses, es diáfana y diaria. Las leyes prometidas y exigidas se demoran en ser promulgadas oficialmente. Pero ello no impide que se instrumenten y cumplan en la práctica hechos antijurídicos, que todos aceptan como legales. Que la Revolución es fuente de derecho se pone de manifiesto cada día, cada hora. El presidente civil y el jefe guerrillero devenido primer ministro se tornan factores excluyentes.

La esperada crisis estalla al fin. Sólo la forma es imprevista: el 17 de julio Fidel renuncia. Muy temprano, los periódicos del día traen en primera plana, con grandes cintillos, como estruendoso detonador, la sorprendente noticia. La reacción del pueblo es inmediata: las calles son un hervidero de comentarios. Los alumnos universitarios suben, en manifestación de apoyo al renunciante, la legendaria colina de San Lázaro y L. Los trabajadores, con igual propósito, se reúnen en las fábricas. Al mediodía, el clamor es unánime: ¡el que tiene que renunciar es Urrutia! Antes de que termine el tormentoso día, Fidel, en comparecencia televisiva, explica y argumenta su decisión de no seguir al frente del Consejo de Ministros.

En las últimas semanas el presidente provisional se había sumado de hecho a la campaña anticomunista que, agitando el espectro rojo, trataba de sembrar el temor, la duda y la confusión en la ciudadanía. La técnica empleada por su primer ministro, sin aparecer en la obra de Curzio Malaparte, era un aporte cubano sui géneris a los procedimientos descritos por el italiano, para hacer caer el gobierno de un estado moderno. No, este caso no aparecía en *Técnica del golpe de estado*. Tampoco era la reedición de los tradicionales cuartelazos, tan frecuentes en Latinoamérica. Se daba en esa isla el insólito hecho de que un hombre, con todos los poderes reales y concretos en la mano, en vez de usarlos, se despojaba del cargo oficial y confiaba al enorme respaldo popular de que gozaba la solución del conflicto. Abandonado por el líder verdadero, el gobierno formal se veía asediado por una multitud que se congregaba frente a palacio, exigiendo su dimisión.

Desde la antigua jefatura de policía, Vicen y yo, acompañados por Benito, que extrañamente ha llegado con ropas de civil, nos encaminamos por la avenida del Puerto hacia el cercano palacio. Aunque los acontecimientos del día nos llenan de ansiedad e incertidumbre, no por eso, al sentirnos en grupo, dejamos de comportarnos como lo que somos: tres amigos fraternales, dispuestos siempre a la broma. Comento lo misterioso del Chino, hoy vestido sin el habitual uniforme, y sugiriendo, para colmo, la ruta de rodeo, por la calle Cuba hasta el Parque de las Misiones, para llegar al palacio, cuando lo más lógico sería subir por Chacón recto, aunque ambas rutas son igualmente cortas. A ello, Vicente replica, sumándose a mí, para *coger para el trajín* al tercero:

—Lo que le pasa a éste es que ha engordado tanto del triunfo para acá, que ya ningún uniforme le sirve. Y en cuanto a ir por aquí, debe de ser que le está huyendo a una *perica* que vive Chacón arriba. ¡Tú no lo conoces bien!

Así, bromeando entre nosotros, tratando de parecer alegres y desenfadados, llegamos a la avenida de las Misiones, sobre la que se alza la terraza norte de la mansión ejecutiva. Todo el espacio de parque, calles colindantes, portales y aceras, está abarrotado de público que se congrega enarbolando carteles y coreando consignas contra el presidente provisional. Las hay hasta de corte irrespetuoso, pero llenas de la gracia criolla, como aquélla: ¡QUE SE VAYA CUCHARITA! Clara alusión a un instrumento que, al igual que el insípido presidente, ni pincha ni corta, como servirían el tenedor y el cuchillo, pero que *también* sirve para comer.

Entre la muchedumbre se destaca una enorme cantidad de campesinos que, arribados a La Habana, muchos por primera vez, para la próxima celebración del veintiséis de julio, entrechocan en el aire ruidosamente sus machetes. Doble señal de estos tiempos. La masa hasta entonces irredenta, del campesinado, da su resuelto apoyo al único gobernante que no se quedó en promesas y lo sacó de su secular abandono. Y ahora expresa ese apoyo en esta ciudad que vivió siempre de espaldas al campo, haciendo sonar su tradicional instrumento de trabajo, el mismo que puede convertirse —y lo ha demostrado— en terrible arma de guerra. El ruido que hacen estos machetes suena a advertencia. Con ese metálico fondo, suben hasta los encristalados ventanales las consignas coreadas por miles de gargantas enfebrecidas:

—¡Que se vaya Urrutia! ¡Queremos a Fidel! ¡Abajo Urrutia!

A la terraza sale un grupo de ministros. Hart pide silencio y se dirige a los que abajo gritan:

—Pueblo, el Consejo de Ministros ha recibido la renuncia del doctor Urrutia. Vamos a demostrar que somos civilizados. El Consejo de Ministros está en sesión estudiando la sustitución del doctor Urrutia.

Se produce una algarabía, que le recuerda a Benito la anotación de un jonrón en estadium abarrotado. Lo vemos trepar al pedazo de muralla colonial que se alza frente al palacio, tomar un altoparlante que alguien le da y comenzar a orientar «espontáneamente» al público. Ahora comprendemos su vestimenta; y Vicen y yo nos cruzamos una cómplice mirada de inteligencia. Como hay muchos *Marcos Pérez en Buenavista*, deben de haber muchos *civiles con iniciativas* en esta manifestación. Los exaltados ánimos dan paso a ansiosa expectativa, que torna el clima ya más calmado, menos amenazante y peligroso. Siento que he asistido a una representación magistral, donde el pueblo ha sido el gran protagonista. El director y el guionista, como es habitual, no aparecen en escena. Y deben de estar, como todo el personal de apoyo, entre los que hemos descubierto a nuestro amigo, en algún lugar tras las bambalinas.

Calmados los ánimos, vuelven a salir los ministros al balcón. Hart anuncia que el hasta hoy ministro de Leyes Revolucionarias,

Osvaldo Dorticós Torrado, ha sido designado nuevo presidente de la República. Superada en lo fundamental la crisis, la expectativa habrá de mantenerse unos días; y el 22 de julio, volveremos de nuevo a congregarnos frente a palacio reclamando la vuelta del primer ministro. En apoyo al retorno, la Central de Trabajadores de Cuba decreta un paro nacional de una hora. El espectáculo de La Habana paralizada es impresionante. El nuevo presidente recibe entre aplausos a los manifestantes, se une a su clamor y declara que «el doctor Fidel Castro tiene que escuchar la voz del pueblo que le dice que vuelva». No obstante, el dimitente se mantiene en sus *trece* hasta el mismo día 26, en que el nuevo presidente somete a extraordinario plebiscito la vuelta del líder al gobierno. Ese día, ante la plaza desbordada de impresionante torrente humano, el doctor Dorticós Torrado, al hacer uso de la palabra en la conmemoración de la histórica fecha, plantea una consulta popular y directa:

—¿Desean ustedes o no que siga Fidel Castro al frente del gobierno?

Una nube revoloteante de sombreros de carey lanzados al aire y el estruendo de miles de machetes al entrechocarse, acompañan en gesticulante reiteración un multitudinario ¡Sí!, que llena la plaza como clamor popular y unánime. Están aquí presentes los más de diez mil campesinos que, en evocadora caballería, con el comandante Camilo Cienfuegos al frente, han hecho ayer su entrada en La Habana. Este 26 de julio de 1959 el carismático líder ha consumado otra audaz acción. Y esta vez, la ha coronado con un rotundo éxito. Un nuevo Moncada ha sido tomado...

1968

Como un extenuado caminante tras largo y penoso trayecto. Así me siento. Y ése es mi estado anímico cuando en este mes de julio, al concluir un curso más como trabajador docente, alcanzo también la culminación de mis estudios como ingeniero. No ha sido fácil llegar hasta aquí. Algunos se han ocupado con reiteración de llenarme el camino de obstáculos. La resistencia, encontrada desde que llegué a la escuela de civil, se hizo más sórdida y mezquina después de lo de Fernández y todo lo que el asunto trajo como secuela. Muchas veces el desánimo y el desaliento casi me dominan. Pero ayer hice el examen de estructuras metálicas, última materia que me restaba por examinar, y sé de antemano que lo aprobé por amplio margen. Obtenido mi título, lo más probable es que me vaya de aquí y comience a trabajar como ingeniero civil en cualquier obra. Como he terminado en el Curso Para Trabajadores (CPT) no se me garantiza ubicación como a los egresados del curso regular diurno. Pero estoy seguro de que no me será difícil volver para el Ministerio de la Construcción, y más ahora, como graduado de nivel superior.

Eso sí, antes de irme voy a liquidar algunas cuentecitas que tengo pendientes con aquellos que a lo largo de estos años, se empeñaron en amargarme la existencia… Ahora sólo tengo que esperar mi título. Sí, lo más probable es que no me quede aquí; eso me contraría, porque desde el primer momento la docencia me ha fascinado. Me gusta dar clases, transmitir conocimientos, ver en el aprendizaje de otros un proceso dialéctico, culminación de una primera fase de enseñanza y que es, además, aprendizaje propio. Uno aprende enseñando a otros a aprender. En el caso de las ciencias técnicas, la dinámica misma de la tecnología en su renovación hace imposible la transmisión informativa y escolástica de los conocimientos. Se plantea entonces, ante tal imposibilidad, la necesidad de *enseñar a aprender por sí mismo*, brindar una metodología que garantice la apropiación del saber.

Es una verdad que se me reveló oyendo las clases de los más brillantes profesores. De Fernández mismo, digan lo que digan ahora; de Álvarez Lozano, de clases tan amenas que el timbre lo sorprende a uno, siempre con ganas de oírle más. De Tabío, introduciendo en cada clase elementos y métodos nuevos, dejando en el alumnado la inquietud por ir más allá de lo explicado. De Nodarse, de apariencia tan respetable y profesional, a la vieja estampa, siempre de traje, cuello y corbata; él, el más antiguo de todos y que, por contraste, lee siempre en sus clases lo último en cuanto a novedad técnica ha encontrado en acuciosa búsqueda bibliográfica de lo nuevo. Y todos ellos tan contrastantes con los

Téllez y los Hernández Zambrano. El primero con sus peroratas aburridas, carentes de toda didáctica y metodología, dadas como para salir del paso, con desprecio manifiesto por el alumno, a quien no pierde la oportunidad de humillar en los raros intercambios que se producen en sus clases. Y el otro llenando sus conferencias de temas ajenos al programa, tratando de deslumbrar a todos con el lustre de una cultura pedantesca, del «miren todo lo que yo sé», que ataca lo mismo la música clásica, que los cultos ocultistas y sincréticos, que expone lo mismo de Debussy, que del espiritismo y el ñañiguismo yorubá. No me cabe duda, aquí yo podría aprender a enseñar. Me servirían tanto los buenos como los malísimos ejemplos que no deben ser imitados. Desde el primer intento de hacerme ingeniero, han pasado casi ocho años. De ellos, los últimos cuatro cursos los he realizado como trabajador universitario. Debía y podía haber terminado antes, pero la misma doble condición de estudiante y personal docente, lejos de facilitarme las cosas, como pensaba Álvarez Lozano tan de buena fe, me entorpeció en no pocas oportunidades la marcha de los estudios. En todas esas ocasiones, en que tuve que posponer mis planes de estudiante y priorizar mis deberes de trabajador, la zancadilla y el resentimiento de los intrigantes estuvieron presentes. La última contribución recibida de este grupito despreciable, que sólo aspira a *subir* haciendo daño gratuito a los demás, porque de otra forma no tienen la oportunidad que les niega su mediocridad misma, fue obligarme prácticamente al traslado del curso regular diurno para el vespertino-nocturno, destinado a los trabajadores. El famoso CPT.

El plan de estudios de estos cursos se extiende por un año más que el normal. Y como las asignaturas no guardan un desfasaje uniforme con respecto a aquél, me vi matriculado en el cuarto año, cuando ya había concluido ese nivel en el año precedente. Y todo por la cacareada permanencia en el departamento, «cuyo fortalecimiento no se concebía, teniendo a un compañero que asiste a clases en horas de trabajo». Así, sin mencionarme y de la forma más ruin y cobarde, se me privaba del horario flexible a que tenía derecho como trabajador, enviándoseme al curso nocturno, donde el término de la carrera se me alejaba, cuando menos, un año más. El argumento era, por demás, injusto y carente de justificación el emplearlo. Por cuenta de mis deberes estudiantiles, jamás había yo dejado de cumplir mis obligaciones de trabajador. Se requería tan sólo de compatibilizar los horarios de algunos días de la semana, asignándome en sesiones contrarias a las clases que recibía las prácticas que debía yo impartir. Y eso estaba completamente dentro de las atribuciones del jefe del departamento. Pero éste, sin tener nada contra mí, era pendejo y medio. Y le tenía terror manifiesto a Téllez y su camarilla.

No, no son pocos los buches amargos que me he tenido que tragar. Pero, al fin, este tiempo de estudiante y TAD va a terminar. Hoy, 8 de julio de 1968, «Año del guerrillero heroico», año del centenario del inicio de nuestras gestas independendistas, y a cuatro meses de emprendida nuestra catastrófica «ofensiva revolucionaria», comienza a distribuirse en toda Cuba, de forma gratuita, el *Diario del Ché en Bolivia*. Haciendo uso de mi horario libre, quizá por última vez, salgo a obtener mi ejemplar.

Algunos julios después

La cola frente a la «casa del oro» es numerosa. Los que la hacen presentan un mosaico heterogéneo. Abundan los tipos de funcionarios, todos con guayaberas de colores y mangas cortas, que han dejado los *Ladas* parqueados cerca; también las damas cuyo porte denota buena y más que buena posición, aquella que justifica la tenencia de objetos del preciado metal; pero también abundan las pepillas, que vienen en busca de un vídeo o de unos *poppys* que no sean «cheos» y hombres y mujeres con aspecto de bajos fondos, marginales. Pienso con amargura, frente a este nuevo intento de nuestro gobierno, intento no oficializado, casi clandestino pero público, de obtener divisas, cambiando baratijas (de las que ambiciona una amplia población) por sus pertenencias, quizá reliquias de recuerdos familiares, tal vez objetos de valor traspasados de abuelos a padres y de padres a hijos, con orgullo de heredad. Y bajan de los autos las más disímiles cosas, los más impensados objetos: candelabros, fuentes, juegos de cubiertos, cofres aterciopelados contentivos de sabe Dios, qué preciosas joyas; mientras que otros, aprietan recelosos pequeño envoltorios donde traen las «reliquias» que piensan cambiar por un ventilador o una batidora; aquellas alhajas, quizá testimonio de compromisos o recuerdos familiares, y de las que ahora se desprenden con fines utilitarios; aquellas prendas guardadas celosamente, quién sabe durante cuántos años... Y mi mente, ante este espectáculo que me sabe a feria, a cosa denigrante, a cambalacheo de indios y conquistador despectivo, me lleva a aquellos primeros tiempos del triunfo, tan llenos de fervor; a las donaciones masivas para la Reforma Agraria primero; para armas y aviones después. Cuando el oro, el oro humilde del pueblo, no el oro blanco o el platino, o el de 18 kilates; el oro de diez, el adquirido a plazos, presente en el modesto anillo matrimonial o en los aretes, último regalo de la madre desaparecida, recuerdos queridos todos, se desprendieron de las generosas manos imbuidas de patriótico empeño. Es evidente que aquellos que entregaron desinteresadamente sus objetos de valor, en aquellos tiempos luminosos, no pueden hoy concurrir aquí. Ellos hace años que se despojaron de sus nada ostentosas prendas, sin recibir nada a cambio. Nada que no fuera la satisfacción de haber contribuido, cumpliendo con un deber patriótico y revolucionario. Cuando todos se sentían revolucionarios. Y pienso en aquellas donaciones. En las que las acompañaron con distintas miras, las diferentes, las ostentosas, de los latifundistas y los hacendados. Los que ofrecieron mil novillas y prepotentes preguntaron después de qué color las querían. Suceso que hizo exclamar a Raúl: «con novillas o sin novillas, les partimos la ziquitrilla». De los aviesos, que se quisieron pintar también de patriotas y revolucionarios, y quisieron luego chantajear a la Revolución condicionando su donación. Pienso en los del donativo pregonado, divulgado por la prensa complaciente, testimonio aparatoso de sus opulencias, tan distinto al conmovedor, minúsculo, pero caro para los que de él se desprendían con fervor. De esos que hoy no pueden estar en estas colas porque ya no tienen nada que *cambiar*. La imagen me evoca a Fidelio Ponce, el pintor cubano de la luz tísica, el de los blancos, ocres y amarillos, el que, al recibir un premio en 1938, volvió a su Madruga natal y tiró a los vientos, en magnánimo y loco gesto, sus billetes, para morir después en la más desgarradora miseria. (Ahora el que tenga un cuadro de Ponce, y hay quien de seguro lo tiene, no es rico, sino ¡riquísimo!) ¡Ay, Fidelio Ponce, cómo personificaste en aquella expresión el carácter, la forma de ser, del verdadero pueblo de donde saliste! ¡Ponce, típico cubano!

Estoy tan ensimismado en la contemplación del espectáculo, tan ido en mis pensamientos, que he detenido el carro en pleno centro de la calle. La voz de Sofía me regresa. Estamos en el otrora aristocrático Miramar, cerca de la calle 20, llegando a Tercera. Hemos venido a visitar, y de paso, yo a conocer a su hermana y familia, que viven aquí cerca. Será mi presentación a los suyos, signo inequívoco de que nuestras relaciones se encaminan por el camino de la seriedad. Y no podía ser de otra forma, aparte de la atracción física, me ha ganado la madurez y cordura de esta joven profesora de geografía, su comprensión y serenidad, siempre sonriente y asequible. Machista redomado, he tenido que rendir mis armas ante la capacidad de su intelecto y su bagaje cultural. Sin que hayamos hablado aún de matrimonio, sé que será mi segunda esposa. Con dulzura, en voz baja, como habla siempre, me ha advertido sobre lo que encontraré. No desea guardarme sorpresas y presumo que teme mi reacción ante ellas. Siempre hemos hablado con mutua franqueza, sin ocultarnos nada. En eso sin duda se basa la armonía de este romance sin atolondramientos pasionales, pero lleno de necesidades y comprensión recíprocas. De sus dos hermanas, esta que visitaremos es la que le sigue en edad; la más pequeña continúa viviendo, aunque casada y con hijos, junto a sus padres, allá en un pueblo de provincias. De esta forma, son estos que voy a conocer hoy sus únicos familiares en La Habana.

—No le hagas caso a todo lo que te digan. Te va a parecer a ratos que ellos viven en otro mundo; y no dudes que así sea. Los niños, estoy segura, te encantarán…

Previamente he sido informado de que el esposo de esta hermana es un alto oficial del Ministerio del Interior, un poco raro él –afectado sin duda por el agobiante trabajo– pero, en el fondo, *blando padre, esclavo de sus hijos, a quienes malcría; sin mucha*

294

educación, alternativamente hosco y pródigo. Así que voy preparado...

Una casa separada de la acera por alta cerca «Peerles», cuya verja nos abre un niño de apenas cinco años, es lo primero que veo. Luego un cuidado jardín y una casa, como las que daban ambiente y tono a esta parte de La Habana en otras épocas. Un terrorífico pastor alemán viene a nuestro encuentro. Y para mi tranquilidad observo que mueve en amistoso gesto su cola. Es evidente que reconoce a Sofía y la saluda. Y es una puerta sin seguro que se abre del exterior y un recibidor abigarrado, donde se mezclan en el más completo desorden muebles de estilos incompatibles con cuadros del dorado rococó y costosas lámparas (una con lágrimas de murano; la otra exponente raro del *art-nouveau*), el primer panorama que recibo de la casa de «mis nuevos familiares». Todo en ella huele a ostentación, mal gusto y despilfarro. Vienen en ruidosa algarabía de recepción, dos niñas de unos siete y nueve años y unos gritos casi estentóreos provenientes de la cocina.

Nos llevan, arrastrándonos, hacia el interior. La casa, más allá de esta estancia, parece un almacén abarrotado de trastes y mobiliarios de otras casas, que se amontonan haciendo difícil el paso. Para andar, es preciso el atropello de mecedoras de aluminio que chocan contra la caoba encerada de imponentes mesas y butacas. Desde el fondo, una voz chillona e imperativa ordena:

—¡Sofi, vengan para la cocina!

Y hasta la cocina vamos, vadeando como podemos los escollos de más muebles y juguetes desperdigados por todo el trayecto. Allí, una mujer joven, pero tempranamente canosa, se afana en sacar ropa y cargar de nuevo una reluciente lavadora automática Westinghouse, correspondiente al último modelo entrado en Cuba. La cocina toda está equipada con múltiples efectos electrodomésticos. Y parecería un laboratorio, si no fuera por el reguero tan espantoso que exhibe. Sobre el blanco mostrador hay una docena o más de botellas de refrescos a medio consumir y los fregaderos, amplios y cromados, están colmados por vajilla sin fregar. Apenas interrumpe la atareada su labor, para a modo de bienvenida y presentación, preguntarme, tuteándome desde el principio:

—Así que tú eres Joaquín, ¿no? Yo soy Ana María.

Para de inmediato emitir dos órdenes en ráfaga. Una, hacia mí; la otra dirigida a la hermana:

—¡Siéntate! ¡Sofía, dale algo de tomar!

Con las manos gesticulantes enfatiza la autoritaria invitación. Señala primero una banqueta esmaltada de alto porte, luego uno de los numerosos estantes del bar cercano. Me son chocantes tanto su forma de dirigirse a mí, a quien mi profesión de profesor me ha acostumbrado a recibir el usted como una deferencia, como la que parece habitual que usa al tratar a su hermana mayor. Da la impresión de un sargento impartiendo órdenes a sus subalternos. La miro detenidamente, remarcando mi tratamiento de *usted*:

—Sofía me ha hablado mucho de USTED…

Trata de ser amable y familiar y sólo consigue mostrarse brusca y maleducada. Manipula controles de la lavadora, echándola de nuevo a andar, cuando irrumpen en tropel sus tres hijos, para despejarme la incógnita de tantas botellas destapadas sin acabar de consumir. Los tres van en tumulto de disputa hacia uno de los refrigeradores; sacan en vértigo de ser cada uno el primero, cada uno, un refresco y los destapan para tomar apenas unos sorbos desesperados y de seguido abandonar las botellas sobre el mostrador, sumadas a sus precedentes. Acompañados por los estridentes e inútiles gritos de la madre, los tres diablitos corren hacia el patio… Es evidente que la forma de comunicación imperante entre madre e hijos es el grito. Grito que de tan repetido acaba por no ser escuchado y traer el irrespeto y la desobediencia. Grito que se ha extendido aquí a la forma de hablar, sumándose al ruido ambiente. Así, gritándome casi, exclama angustiada:

—¡Joaquín, estos muchachos me van a volver loca, LOCA!

Sofía regresa del bar. Trae en sus manos un vaso con ron blanco donde tintinean dos cubos de hielo. Lo ha servido como sabe que me gusta tomarlo. Pero apenas llega a alcanzármelo, cuando ya la otra ordena:

—¡PERO COÑO, SOFÍA, DALE DEL BUENO, QUE TÚ SABES QUE AHÍ HAY DE TODO; DE TODO!

La interjección grosera en boca de mujer no la resisto —aun cuando la hallo natural entre varones en intimidad— ni tampoco el torpe intento de ostentación. Y mi compañera nota en mi cara el disgusto. Ella también se muestra como avergonzada por el comportamiento de la otra; y entonces la veo elevarse en su talla, serena pero firme:

–¡Ana María, a él le gusta éste…!

El clima es tenso y procuro distenderlo:

–¿Y… *su* esposo? ¿Podré hoy conocerlo…?

–Ése no tiene hora para llegar; pero ahorita llamó, diciendo que venía para acá. Así que está al caer. Él sabe que ustedes venían…

Sigue trajinando como obstinada. Y mientras saboreo mi ron, trato de imaginarme al personaje. Muy encumbrado debe de ser su rango en el ministerio para vivir como vive. Ni en casa de Benito, que tiene una alta jerarquía, he visto lo que aquí veo. Pienso por contraste en la modesta casa de Josefina y Galgueras; él, ya hace tres años viceministro de la Construcción; ella, jefa de la Dirección Provincial de Arquitectura y Urbanismo y que no tiene ni remotamente la apariencia y el fausto de ésta. ¿Qué cargo, qué poder tendrá quien así vive…? Me hundo en conjeturas. Sofía acude en mi auxilio y me conduce al patio, donde juegan sus inquietos sobrinos. El más chico usa, en ese momento, como martillo una grabadora compacta, como las que cambian las gentes por su oro en las colas que acabamos de ver en las cercanas casas de cambio. Las que me hicieron pensar tanto; tanto como ahora pienso, aquí, en esta casa… de nuevos ricos.

Cuando ya estoy por solicitarle a Sofía que nos retiremos, hace su entrada triunfal el esperado personaje. Hay un claxon insistente que lo anuncia. Los tres niños y el perro corren hacia el portón, que se abre con violencia. Con asombro, con estupor, veo cómo los pilluelos se suben al capó de un pisicorre de los años cincuenta, que parece recién salido de la línea de ensamblaje de la General Motors, por lo nuevo y reluciente. El vehículo, una vez franqueado el paso y con la infantil carga en su exterior, se interna raudo por el cementado y ancho pasillo hasta los garajes del fondo. ¡De milagro no los mata!

Con los tres sobre él, tal un San Cristóbal colectivo, regresa y viene hacia donde estamos Sofía y yo, aguardándolo. Me parece haberlo visto antes, porque su rostro no me es totalmente desconocido. Cuando comienzo a recordar dónde lo he visto, es la presentación y el saludo lacónicos. Al darla, oprime la mano con fuerza excesiva, como si quisiera transmitir un mensaje de fuerza y poder, no de afecto ni naturalidad.

–¿Cómo lo atienden, Joaquín? –pregunta con energía.

Al extender el brazo para darme la mano, lo hace con un alarde de equilibrio contra el que luchan tres cuerpos infantiles, que ahora cuelgan de él y pugnan por inmovilizarlo. Durante el formal acto, no ocultó su enfrascamiento en la lucha desordenada y alegre que entablaba con sus hijos. Y no nos presta más atención. Se retira con sus hijos y con su perro hacia el interior de la casa. He conocido a la familia de Sofía que vive aquí en La Habana. Me falta por conocer a sus padres, que pronto se instalarán también en la capital. Entiendo ahora más la soledad y el desamparo que compartimos y que nos une.

Sofía

Es cierto que es agradable y me atrae, pero no sé, hay algo en él, que le aflora en algunas ocasiones, que me preocupa. Es indudable que este hombre, al parecer culto e interesante, tiene detrás un pasado y hasta yo diría que un presente nada gratos, en cierto modo, preocupantes. Es ese quedarse frecuentemente ensimismado, es ese algo remoto y doloroso, que presiento más que veo, en su mirada. Desde que lo conocí en la actividad aquella de prematrícula, donde participamos profesores de todas las facultades, me cayó simpático por lo atento y educado. Que es un hombre de delicadeza, eso se le ve desde un primer momento. Y desde el primer momento, me mostró un interés muy manifiesto, pero sin precipitaciones; insistente, pero en ningún modo molesto. Yo ya había oído hablar de él. Otras profesoras, jóvenes y solteras como yo, lo habían «enfocado» en las sesiones primeras, a las que no asistí por encontrarme indispuesta y en las que él ya se destacó por la elocuencia de sus intervenciones y lo original y ameno de sus métodos expositivos. Estoy segura de que a mis compañeras lo que les llamó la atención fue su atractivo físico. Llegaron de regreso al albergue, en realidad, revueltas. Todas comentaban del joven profesor de ingeniería, «el de los ojos claros y centelleantes…». Tanto alboroto me dejó interesada por conocer a quien así había destapado aquella olla y desplegado tales expectativas en las muchachitas. Así que, cuando lo vi, la primera impresión que tuve fue casi decepcionante. ¡No es tan buen tipo! Y además, nos lleva a la gente de mi promoción como diez años. El ser un hombre maduro quizá sea lo que más impresionó a quienes ven con horror acercarse la treintena, con la aterradora perspectiva para ellas de convertirse definitivamente en solteronas. Allá ellas, yo no estoy apurada. Que siempre será verdad aquello de que más vale andar sola que mal acompañada. Muy cerca tengo el ejemplo de mis dos hermanas. Las dos casadas y las dos más jóvenes que yo. Yo diría que casadas demasiado tempranamente. Y no es que estén, en un concepto amplio «mal casadas», es que las veo atadas a un destino que las esclaviza, deshumanizándolas, que les niega la posibilidad de todo desarrollo personal. A ver, ¿qué son?, sino amas de casa, hechas unas fregonas al servicio de sus maridos. De las tres, yo que soy la mayor, soy la única que terminó una carrera. Y no fue por desigualdad de oportunidades. Ana María y yo vinimos juntas para La Habana como becadas en Ciudad Libertad. Allí, ella conoció al que después sería su esposo, Arnaldo, un teniente del G-2 con el que se casó con sólo dieciséis añitos. Truncó así sus estudios de pre para llenarse de hijos (ahora tiene tres) y aunque en lo material está muy bien, pues el marido hizo una vertiginosa carrera de ascensos, yo no le envidio la vida que lleva. Mi otra hermana lo mismo. Se casó con un guajirito, muy bueno y trabajador el pobre, pero que se opuso a que ella continuara sus estudios. Y allá se quedó en nuestra Holguín natal, viviendo en casa de nuestros padres, con la que se ha quedado al mudarse ellos para acá. De este modo, cada una a su manera y forma, mis dos hermanas tienen sus casas independientes y sus propias familias creadas, siendo yo la única, según el consenso familiar, que falta por definir su futuro. Yo no entiendo mi futuro así. A mi juicio, ellas son las que no tienen su propio futuro. En cuanto a buscarme pareja, yo no tengo tiempo para casarme ahora, pues mi vida profesional para mí es lo primero. Como si tengo que quedarme toda la vida soltera. Jamás me casaría con un hombre de menos nivel cultural que yo, que después me cobrara esa desigualdad con supeditaciones y desplantes de machismo insoportables. Porque si algo no resisto, es a esos hombres para los que las mujeres somos seres inferiores, artículos de uso personal, no sé... ¡Caramba!, si nos ven tan poco dignas de admiración, ¿por qué no se buscan entonces de pareja a otro hombre?

A mí me va a resultar muy difícil casarme. Pronto voy a cumplir los treinta y la mayoría de los hombres de esa edad ya están casados y muchos hasta divorciados. Lo que es peor, porque entonces vienen amargados, como gatos escaldados, a cobrarle a una sus fracasos anteriores o a rectificar lo que consideran sus errores... Además, está lo de la vivienda, que es algo muy serio en estos tiempos... Con papá y mamá, ahora que están aquí en La Habana, no se me ocurre ir a vivir ni jugando. Yo estoy acostumbrada ya a mi independencia y sería volver a caer bajo la tiranía supervisora, sobre todo de papá; y ya estoy muy vieja para estar dando cuenta de a dónde voy, cuándo y a qué hora vengo. Eso sería como estar casada, pero sin marido. Además, aquella casa se la montó Arnaldo con todo los detalles y yo siento que no es de mis padres, aunque ellos la disfruten. La casa verdadera de ellos, la original, la heredó mi hermana menor, quedándose allá en Holguín. Y yo fui prácticamente desheredada, sin ellos proponérselo, con este cambio y mudada. Pero en fin, prefiero estar sin casa, viviendo en un albergue colectivo de profesoras, que estar como mis dos hermanas: esclavas de esas casas. Yo nunca serviré para ama de casa, supeditada a la voluntad de un marido, siempre pendiente de sus necesidades y exigencias. No, yo no nací para eso.

Mi vida la siento plena y no tengo esa necesidad apremiante de atarme a nadie. Además, los hombres, por lo general, se te acercan y lo primero que quieren es acostarse contigo. Los muy pretenciosos... Y a ver, ¿qué conversación pueden tener con una, de qué tema pueden hablar, aparte de sus intereses o de ellos mismos? Todavía recuerdo a aquel estúpido que se creía el gran conquistador, al que enfrié, preguntándole qué me ofrecería al levantarme de la cama, adonde quería llevarme. El muy cretino pensó que se trataba de una transacción, cuyo precio yo, de interesada, fijaba de antemano. Y salió espantado, como un perro al que le tiran un cubo de agua. Si algo me gusta de este ingeniero, profesor de la CUJAE, es su conversación, donde además de abordar los más variados temas, te hace sentir que para él no eres una presa, sino su igual. Es indudable que lee mucho, tanto o más que yo, a quien mis amigas me califican de «polilla». Hasta ahora hemos hablado de cosas tan distintas como la religión y las orquídeas, las ciencias sociales y las naturales, de literatura y artes plásticas. En todos esos campos, sin pedantería, muestra dominio suficiente. Y lo más llamativo del caso: aún no me ha hablado de ingeniería, su profesión. Y lo más intranquilizante: cuando habla, no importa de qué, trasciende, sin decirlo, su interés por mí...

Hemos salido ya varias veces. Y cada vez que me invita, los lugares que elige, la forma en que me trata, todo, en fin, resulta muy agradable. Hasta las insinuaciones sutilísimas con que luego se despide. Todo en él me intranquiliza y agrada. Yo le he advertido que mi trabajo es lo primero, pues presiento que esta relación va a tomar un giro, no sé, demasiado estable y no quisiera ataduras ni interferencias en mi profesión que lastraran mi desarrollo. Para sorpresa mía, lo ha aceptado y no ha sido remiso a posponer cualquier salida nuestra, o incluso a cancelarla definitivamente, cuando he aducido tareas y responsabilidades a las que debo atender. Es más, lo que hace sin asomo de frustración, con una conformidad que a veces me inclina a creer que no le importa mucho, o que no soy su único interés femenino. Pero no, no parece haber otra mujer en su vida. Por lo menos ahora, que divorciado sí me dijo que es. Pero este aspecto no merece atención. En definitiva, ninguno de los dos contamos con las mínimas condiciones que nos permitan tomar una decisión seria en nuestras vidas. Vive en el albergue de becas de la CUJAE, a pesar de haberse graduado hace rato. Y familia parece que no tiene, pues ya me la hubiera presentado, como ha hecho con sus amigos, por los que muestra verdadera adoración. No, a Joaquín tampoco le alcanza el tiempo para casarse, igual que me pasa a mí...

JUNIOS, ALGUNOS JUNIOS

1969

Ahora es más revolucionaria que nadie, no hay quien entienda a esta Judith, al parecer tan moderna y liberada de prejuicios, menos de aquel... Los que al principio fueron misterios alrededor de su vida, resultaron verdaderas incongruencias, como la de ahora: ¡esto de irse al interior de la isla a fomentar las nuevas comunidades en el campo, con una nueva concepción del urbanismo rural...! Cuando me lo dijo, pensé en mil posibilidades. Pero, no, ella es así: llena de contradicciones. Ahora, cuando mejor estábamos, cuando al fin me había permitido, ante tanta insistencia mía, entrar en su casa y penetrar a la vez en el problema que ella misma se había creado, al no superar un pasado reciente que sin lugar a dudas le ha afectado sobremanera... Ahora resulta que lo nuestro se acaba definitivamente. Y ella se va de La Habana.

Ahora se va, cuando al fin se había esclarecido para mí todo aquel misterio, aquella incomprensible forma de comportarse, tan ilógica. Y todo era así de sencillo. Toda su familia, que estaba muy bien de posición, padres, hermanos y hermanas, los casados con sus respectivas familias, todos decidieron emigrar en masa hacia los Estados Unidos. El proceso revolucionario no se avenía con sus intereses, ya afectados por algunas confiscaciones de comercios y tierras; y menos, la proyección socialista de la economía. Todos decidieron que lo mejor era marcharse. Menos Judith. Su determinación de permanecer en Cuba ella sola no tenía nada que ver con la política, ni con la ideología. Era el amor el que la impulsaba a desgajarse de todos los que formaban su ámbito familiar. Judith decidió quedarse, tremendamente enamorada de un hombre que luego resultó casado. El sentirse defraudada y engañada por quien había sido causa de decisión tan dolorosa, la sumió en un profundo abatimiento.

Quizá entonces, midió la magnitud de su error, sintiendo más vacía aún la enorme casona. Se afectó psíquicamente y empezó a vivir una doble vida en una casa de fantasmas. Recuerdo la primera vez que, forzando su obstinada resistencia a dejarme entrar, me enfrenté a aquel espectáculo desolador y desgarrante. En medio de un total abandono, alfombraba el piso todo de la residencia un colchón de colillas de cigarros, cenizas, desperdicios y toda clase de desechos, con los que se mezclaban, en indiscriminada promiscuidad, las más variadas prendas de vestir. Del techo y las paredes pendían verdaderas cortinas de telarañas. Y un polvo denso, residual, de agobio y desesperanza, cubría la superficie de muebles y objetos. Sólo porque no viera tal escena, se negaba mi amiga a franquearme el acceso a su morada. ¡Y yo que había hecho tantas conjeturas y suposiciones! Ése era el real motivo de su empecinada negativa a dejarme entrar donde vivía. Allí llevaba una vida bien distinta a la de la joven y desenvuelta arquitecta que yo había conocido. Allá dentro se entregaba a una total inercia abúlica, donde todo era contradicción y fuga de lo exterior. Hasta un altar de santería, donde oficiaba los más oscurantistas y retrógrados cultos sincréticos, me encontré en una de las desiertas habitaciones. ¿Cómo entender que la fanática creyente y la joven tan moderna fueran la misma persona? La misma que ahora, en un arranque de desprendimiento y entrega superrevolucionarias, daba por terminada nuestra relación, para acometer «las nuevas tareas que esperaban por ella en este momento histórico». Hasta para hablar, usaba ella los términos del más absurdo e insoportable de los clichés de moda. Sí, era mejor así. Mejor que se fuera. Eran ya demasiadas las concesiones que sus atractivos imponían a mis requerimientos más elementales. Demasiada la paciencia invertida por mí en tratarla de sustraer de aquel clima de dualidades paradójicas. Si «el paso al frente, de vanguardia» que ahora da le llega a ganar la tan ansiada militancia, Judith será el caso excepcional que atesore, con el carnet del partido, su resguardo de santería...

La noticia, no por esperada, nos ha dejado de causar el dolor que compartimos. Vicente Aneiros, aquel gallego fuerte como un toro, noble y refunfuñón, el padre de nuestro amigo Vicen, ha muerto. No se ha rendido a la implacable mansamente. Su resistencia y esfuerzos por ignorarla fueron sencillamente conmovedores. Durante meses se le vio depauperarse, víctima del cruel mal que lo consumía desde dentro. Cuando al fin consintió en ingresar en la Benéfica, ya todos sabíamos lo que se acercaba. Y él, por supuesto, el primero.

Convocados por la triste noticia, como verdaderos hermanos, nos reunimos. Haciendo cada uno un alto en sus tareas y obligaciones, los sobrevivientes de aquel grupo, adolescente hace tan poco, hemos acudido todos a la funeraria de la calle Zanja. Algunos nos encontramos después de meses y hasta años sin vernos. Alrededor de la viuda, que para muchos de nosotros fue una madre más, al lado del féretro, nos reunimos, reencontrándonos con el mismo efecto fraterno que nos identifica. Estamos Benito, Roly, Carlos y yo, con otros muchachos del barrio, amigos no tan cercanos, por cuestión de edad, pero no por eso menos familiares, mezclados con muchos del directorio, con los que Vicen estrechó relaciones. La presencia de Carlos me ha sorprendido particularmente, pues lo hacía por Manzanillo, ya establecido. Al Roly hace bastante que no lo veía. A Benito sólo hace unos meses. A la mayoría no nos es comprensible el que Vicen no pueda estar aquí. ¿Qué importancia puede revestir el tal curso que está pasando que le impida cumplir con el último deber de hijo para con su padre? ¿Puede ser más importante el obtener una calificación militar, prometedora de ascensos, que brindar consuelo y apoyo a su madre en estos momentos? Con mayor o menor discreción, todos hemos mostrado asombro por tal ausencia. En un aparte que hacemos, Carlos, contra la opinión de Benito, que lo justifica, es el que con más dureza califica el vacío que pretendemos suplir.

—Es la deshumanización del sistema —dictamina, categórico—. Lo que coloca por encima del individuo y sus sentimientos al abstracto deber para con el Estado.

El Chino le riposta, enérgico, y le hace alusiones hirientes a su licenciamiento; y pronto se enfrascan los dos en una tirante discusión, en la que trato inútilmente de mediar. Carlos es cáustico:

—¡Qué sociedad, ni qué sociedad! La sociedad somos nosotros. Es el Estado un estado deshumanizante, el que pretende militarizar nuestras vidas.

Cuando Benito le contesta, argumentando la necesidad de prepararnos para enfrentar cualquier agresión, Carlos se burla, haciéndole el saludo militar y exclamando con sorna:

—¡A sus órdenes, jefe! Ya lo dijo el florentino, el inventar un enemigo es el mejor negocio…

—A los americanos no hay que inventarlos, tú… —riposta el Chino, más gago que nunca.

La cosa sube de tono y sabiendo que los dos están al perder los estribos, aunque parezca que sólo Benito se acalora, llamo en mi auxilio a Roly:

—¿Y de tu vida qué, viejo? ¡Mira que hacía rato que no te veía!

Me entero así de que los padres y la hermana de nuestro comediante mayor han abandonado el país. Que él se ha casado y tiene dos hijos, varones los dos, que apenas se llevan los nuevos meses exactos del segundo embarazo. Restándole importancia a la primera, y para él dolorosa noticia, chanceo con lo agradable y reconfortante referida a una nueva familia:

—¡Eso sí que es apuro, mi socio! Usted no esperó ni los cuarenta días de licencia. —Y ya en tono más bajo y picaresco—. No le harías la segunda barriga en la misma sala de recién paridas, ¿no?

Así somos los cubanos, ni en los lugares más solemnes donde nos convoca el dolor dejamos de recurrir al chiste y al disparate. El humor es en nosotros una válvula de escape, siempre presta a funcionar y disminuir, con su hilaridad, la tensión. Como ahora. Eso, en definitiva, no nos hace abandonar la preocupación y la responsabilidad. En verdad, tan triste o más que la ruptura de una continuidad en presencia viviente puede ser el término de una amistad tan entrañable, entre dos de *nosotros*. Esa eventualidad está latente y se ha puesto de manifiesto en esta penosa discusión entre los que nos consideramos hermanos. Es como si la polarización que se advierte en todo nos hubiera alcanzado también a nosotros, los muchachos de entonces, también expuestos a los términos definitorios de este acontecer. De este acontecer raudo y dramático, que muchos comenzamos a llamar «proceso revolucionario». De éste como germen, como levadura que se mete en todo, hinchando haciendo crecer, polarizando, separando, definiendo… Por evitar su efecto ya visible y final entre dos afectos cercanos, Roly y yo, sin ponernos de acuerdo, hemos recurrido al chiste, al bonche cubano disipador de tristezas, sin importarnos lo triste del lugar y el motivo que allí nos congrega.

—¡Qué va, Joaquín, si yo estoy desde el principio, metido en la milicia! Y tú sabes, que los milicianos (según los gusanos) no tenemos tiempo ni para templar. Por cierto, viejo, tú que eres poeta, ¿no has oído por ahí el poema al miliciano arrepentido…?

Ahora habla como una ametralladora, consciente de que su intervención es necesaria, acude en mi ayuda. Vuelve a ser el terrible Roly de entonces, nuestro «hombre show». Casi en la misma puerta de la funeraria, se pone a declamar, exigiendo la atención de los dos que discuten:

—¡Atiendan, señores…!

> … *Hojas del árbol caído*
> *juguetes del viento son*
> *Un miliciano arrepentido*
> *es un pendejo caído*
> *del culo de un maricón…*

Es indudable que la picaresca cubana, heredera de la española del siglo XVII, tiene un nuevo tema de actualidad con el que enriquecerse y reafirmar su presencia bien popular. Y que Roly es uno de sus cultivadores. ¡Rolando Preval, cará, cómo sin dejar de ser el mismo te has transformado! ¡De qué manera, como a todos nosotros, y en general a todos los cubanos, los acontecimientos históricos vividos te han moldeado! ¡Te están, nos están moldeando todavía! ¡Cuántos tabúes y prejuicios has, hemos vencido! Y a ti, en particular, cuán doloroso debe de haberte resultado el desgajamiento familiar. Aquella separación, que ellos mismos quisieron, y que al final te resultó beneficiosa. Porque te libró, al fin, de sus fingimientos, de sus hipócritas escenas familiares donde todo era falsedad: desde la honorabilidad y fidelidad de tu padre, su crédito de abogado prestigioso y próspero, pasando por la respetabilidad acaudalada de la familia de tu madre, hasta la inmaculada virginidad de tu hermana, con sus dos operaciones de apendicitis. En verdad, te hicieron bien con dejarte solito en Cuba.

Mis reflexiones sobre Roly las interrumpe, brusco, Carlos, que se ha sentido aludido por el verso en mal momento traído y se disculpa por no poder ir al cementerio, nos da la espalda y va a despedirse de la viuda, allá al interior del recinto mortuorio.

Efectivamente todo es polarización en estos momentos que vivimos. Es separación de una falsa homogeneidad y unión de otras antes insospechadas. Hay, como las de Roly, infinidad de familias separadas por algo más que el Estrecho de la Florida; viejas amistades rotas y nuevas amistades encontradas en la comunidad de ideas e intereses; familiares que se pierden y familiares que se ganan en un campamento de milicias o en un trabajo voluntario, pues el diario bregar nos proporciona hallazgos afectivos que amplían nuestros círculos con nuevos hermanos encontrados. Nos separamos y nos unimos en un reflujo social que amenaza con no tener temporalidad, con ser definitivo, para siempre. Algunos han enviado solos –¡qué horror!– a sus hijos pequeños al norte, los han separado de sí por temor a que se los quiten, según la pérfida especie echada a rodar: «Van a echar abajo la patria potestá y los hijos los criará el Estado.»

La Iglesia, fundamentalmente la católica, ha pagado anuncios que en vallas y revistas plantea: «¿Este niño será cristiano o ateo? De ti depende. ¡Enséñale el catecismo!» El gobierno ha respondido con anuncios del mismo corte, donde leemos: «¿Este niño será patriota o traidor? De ti depende. ¡Alfabetízalo!»

Desde el púlpito de algunas iglesias se hacen llamados que no tienen nada que ver con la religión. Sin embargo, son numerosos los creyentes que se sienten revolucionarios y apoyan a la Revolución. Y cuando se quiere plantear el enfrentamiento excluyente y salen a relucir unas chapillas circulares litografiadas con la esfera terrestre, donde sobre una cruz se lee, mediante la palabra DIOS, que ocupa el medio, el anagrama «CON- -TODO en los brazos y SIN- -NADA en el ástil», entonces el gobierno imprime y distribuye chapillas idénticas, que dicen «CON LA REVOLUCIÓN TODO, SIN LA REVOLUCIÓN NADA». Y la Dirección Nacional Revolucionaria acude en pleno a ocupar los bancos de primera fila en la clausura del Congreso Nacional Eucarístico. Y no es sólo la religión o la educación, la reforma agraria o el curso que se traza a nuestra economía lo que une o divide a la población, tomando cada cual un partido o posición respecto a ello, es todo, absolutamente todo: cada medida tomada, cada ley que se promulga, cada hecho que ocurre, y sobre los cuales todos tenemos opinión y criterio. Es cada discurso o intervención televisiva de Fidel, es cada consigna que se lanza, ante los cuales nadie permanece indiferente. Unos a favor y otros en contra, pero todos activos y apasionados. Es evidente que este pueblo, apenas unos años atrás apático y descreído, se ha tornado tremendamente politizado. Pienso con amargura en los primeros años de insurrección, recién instaurado el régimen tiránico, cuando éramos cuatro locos y casi todo el mundo nos zafaba el cuerpo, como a apestados. Recuerdo al señor Rodríguez, nuestro vecino amable, pero apartado de todo, que no se metía en «cuestiones de política, porque era una persona decente»; aquel señor Rodríguez que nos calificó de locos, que nos quiso dar consejos y nos negó su ayuda, la única ayuda que entonces nos atrevimos a pedirle: un lugar en su sala donde pasar la noche, una sola noche en su casa, porque no teníamos dónde meternos. Aquel Rodríguez espantado entonces por nuestra petición y que hoy es el mismo Rodríguez militante de las ORI, ciudadano de primera clase y muy comunista él. ¡Cómo me hace daño el recordar! Hay veces que quisiera extirparme, como en dolorosa operación, la cruel memoria. Los recuerdos lacerantes de aquel pasado…

Hay un jeep mal parqueado en la misma puerta de la facultad de tecnología, por donde salgo, tarde en la noche, después de rendir, creo que victorioso, un examen de Hormigón II que se las traía.

Y es Guillermo, con las piernas colgadas, casi afuera del vehículo, el que me espera dándome grata sorpresa.

—¡Flaco! ¡Coño, cómo hay que esperarlo a usted, compadre...!

El cansancio se me quita de pronto ante lo inesperado del encuentro, la exclamación se me torna sonrisa y el andar rápido para ir a abrazarlo.

—¡Guillermo, mi hermano! Te hacía en Oriente, recuperándote y descansando...

—¡Qué descansar ni descansar, Flaco! Quise volver a mi tierra, a lo mío, a trabajar allá en lo que sé; pero parece que voy a tener que volver para La Habana... Pero ¡monta, vamos por ahí a conversar un rato...!

—¿Y este jeep?

—Me lo prestó Manolo por unos días, para ablandarme y que me quede a trabajar con él en lo del municipio, que está embromao...

Ha tomado por la calle Ronda hasta San Lázaro, y al llegar a la esquina de Infanta, se lleva la verde del semáforo y da un aparatoso giro a la izquierda hacia el mar.

—¡Oye, que manejándolo así no te va a durar ni unas horas!

—¡Mira quién habla!

Por suerte, es corto el trayecto y parqueamos en el Malecón, después de cometer otro disparate a la salida de la Rampa: otro izquierdazo más, esta vez con gritos de airada protesta por parte de los choferes, que venían por 23 y con los cuales por poco chocamos. Cuando al fin detiene el vehículo, no me quedan muchas ganas de permanecer en él y salto a la acera, ansioso de sentir mis pies sobre un suelo seguro...

Ya sentados en el muro, frente al Hotel Nacional, se establece el diálogo franco hasta la crudeza, desprovisto de ambages y sutilezas, lleno de entrañable afecto.

—Flaco, tú que eres de los más preparados, ¿qué está pasando aquí? Yo creí que ya más nunca íbamos a necesitar recomendaciones de políticos para trabajar. Y menos, en trabajos duros de verdad. Y resulta que en Oriente, en el mismito Santiago, mi tierra, no me dan una obra si los comunistas no me recomiendan...

Lo noto chocado, lleno de amarga frustración que le da tono nuevo a su forma de hablar, la que conozco tan parca y que la decepción hace locuaz.

–¡Mira, yo no quiero que me den nada por los tiros que tiramos! Yo lo que quiero es trabajo. Trabajo que sé hacer: una obra. Tampoco tengo picazón con los comunistas, ni me importa que estén donde les dé la gana de estar. Pero ahora resulta que son ellos los que nos dan o no el visto bueno y la recomendación. Y si ellos nos tiran la bola prieta, no encontramos dónde meternos… En Oriente, todo Obras Públicas lo tienen copado con ellos o con sus recomendados… Manolo está loco porque me quede con él en El Cotorro, ¡pero qué va, compay! Allí también se le están colando y yo diría que hasta lo están controlando, copando todas las direcciones municipales. ¡Ahora resulta que si no fuiste comunista, no eres de fiar! ¡Te apuesto a que ni el mismo Manolo dura, va…!

–Vine a verte a ver si hablamos con los ingenieros y me dan una pincha en el distrito donde tú trabajas… Digo, si no es que ellos también se han vuelto…

–No, ni Fernández ni Álvarez Lozano se ufanan de tener un pasado rojo. Ni siquiera rosado, Guillermo. Tú los conoces igual que yo, has trabajado con ellos y ellos saben cómo tú trabajas. No creo que haya problema alguno. Trabajo es lo que sobra en el distrito. ¿Qué te parece mañana mismo, temprano? Te espero en la misma puerta, para que no te pierdas entre tantas oficinas. ¿De acuerdo…?

1968

Aquella noche, frente a un mar espejeante y calmado, parecido al de hoy, al susurro del lento y suave oleaje, tenía yo un testimonio más y bien directo de un fenómeno negativo y alarmante, que se venía dando en todas las esferas de nuestra actividad. Un fenómeno que entonces no tenía nombre y que más tarde conoceríamos como SECTARISMO. Una nueva discriminación, que se establecía en la sociedad cubana. Tan cruel y sin embargo tan diferente de la discriminación racial que habíamos echado por la borda, pero tan omnipresente ahora como aquélla en el pasado.

Influidos por nuevas lecturas, que magnificaban la gesta de otros pueblos de culturas bien alejadas de la nuestra y que se nos hacían cercanos al abrazar nosotros la nueva ideología, todos nos sentíamos tentados a perdonarle a los viejos camaradas, a aquellos que habían comprendido primero, y a los que reconocíamos un pasado de privaciones, discriminaciones y sacrificios, cualquier recelo y desconfianza. Habían vivido aislados, repudiados y perseguidos, y se nos hacía comprensible que este pasado reciente, tan lleno de sufrimientos para ellos, los hubiese marcado con sus huellas. Pero he aquí que llamados a compartir el poder, por el cual no combatieron, se tornaban excluyentes y dogmáticos. Esta tendencia nefasta abría brechas en la unidad revolucionaria. Unidad que habíamos defendido a ultranza para permitir la entrada de ellos. De ellos, que ahora sembraban el divisionismo. Por otra parte, avezados en el estudio de la teoría revolucionaria, con más *parque ideológico* y educados en la disciplina partidista, los viejos camaradas nos aventajaban ciertamente en el desempeño de las nuevas tareas. Y esto, que aconsejaba en muchos casos su selección para cargos claves, se había llegado a convertir en una regla exclusivista de prioridad en cuanto a ubicación y confianza. Mirados con recelo y preteridos, muchos militantes del Veintiséis de julio sufrían en carne propia y ahora con mayor rigor en la libertad conquistada, los males que aquejaron en otro tiempo a los recién llegados. Ser un viejo militante del PSP era el salvoconducto imprescindible para acceder a veces, como en el caso de Guillermo, a un simple empleo. Y un nuevo error se sumaba a los anteriores de carácter táctico, que tan caro le había costado al partido marxista en la simpatía popular. El fenómeno sectarista comenzado en el temprano comienzo crecía hasta límites alarmantes, que incluían peligrosamente la esfera de la educación y la cultura. Se llegó a menospreciar nuestra gesta independentista primera, la de 1868, por considerarla «obra de burgueses» y la imagen sagrada del padre de la patria se vistió con ropaje clasista. Carlos Manuel de Céspedes se mostró como dispendioso dueño de central, poseedor de acaudalado patrimonio, minimizando su desprendimiento y desinterés. Sólo, al cumplirse ahora el centenario de aquel comienzo glorioso, se restablecía la justicia, rectificándose la aberrada historia patria. Para ello, hubo que atajar tres años antes el mal que había cobrado tanta fuerza y en espectacular proceso, en 1965 habían sido juzgados algunos miembros de la alta jerarquía del viejo partido marxista, instalados en la dirección de las ORI (la nueva organización política creada) y que fueron conocidos como la «Microfracción». Aníbal Escalante, Ramón Calcines y José Matar, cabezas visibles del fenómeno del sectarismo, pagaban con su separación, expulsión y reclusión domiciliaria sus responsabilidades paternales con el monstruoso cáncer del divisionismo, el dogmatismo y la discriminación.

Hoy, al verme en el mismo lugar de aquella noche, asediado por similar estado anímico y volviendo un poco a sentirme de nuevo perseguido, no puedo menos que recordar mi encuentro con Guillermo aquí mismo, donde tuve uno de los primeros testimonios del peligroso mal, conocido ahora como *sectarismo*. Ahora estoy frente al mar de nuevo, sentado casi en el mismo lugar del muro. Pero hoy estoy solo y con una botella de ron. Triste y solitaria celebración, para mí solo, del término más que accidentado de mis estudios como ingeniero. Punto final de una etapa de mi vida y punto de arranque de una nueva, como profesional, como graduado. Hoy salí temprano para adquirir mi ejemplar del *Diario del Ché en Bolivia*, y aunque llegué antes de que abrieran la librería, ya había un nutrido grupo de ansioso público que esperaba también recibir su ejemplar gratuito. Aquí estoy ahora, habiendo leído gran parte ya del mismo y con la mitad de la botella ya bebida, celebrando mi graduación. Solo, completamente. ¡Cuánto esperé este momento, que para mí se ha repetido en dos años consecutivos! He tenido, en realidad, dos finales de carrera. Mi traslado al curso nocturno pospuso el esperado final del pasado año, cuando pensaba terminar. Pero ahora… ¡Ahora sí se acabó la cabrona dualidad del técnico docente y alumno! Dicotomía que siento termina definitivamente hoy, al despojarme como de incómoda piel, de esta doble condición. Ya no soy alumno. Ni del curso regular ni del nocturno. Tampoco seré ya más técnico docente… ¡Técnico Auxiliar Docente, TAD!

¡Técnico de nivel medio! Técnico medio, de forma abreviada como le dicen todos, menos Hernández Zambrano, que quiso usar la calificación para humillarme reiteradamente, como el que hurga en llaga ajena. Cada vez que me veía, allá iba el saludo burlón:

–¡Buenos días, *ingeniero*!

Remachando con sorna la palabra-profesión por la que tanto yo luchaba. Si se dirigía a mí en medio de sus clases, allá iba también el calificativo: «¿Verdad, *ingeniero*?», o en la pregunta de comprobación que «me tocaba»: «¿Qué opina de esto *ingeniero*?» La verdad, que la repetición de aquella burla me tenía los huevos bien rellenos. No había que ser muy suspicaz para captar la mofa. Y un mal día para él, un día que yo traía negro del Cotorro, donde había ido a comprobar que lo del cuarto era caso perdido y que la Reforma Urbana, que había beneficiado a tantos, a mí me había dejado «en la calle y sin llavín», un día demasiado cargado, se puso fatal y me lo vino a decir a la entrada del edificio de civil, pegadito al parqueo. En cuanto me vio, el muy socarrón, tiró el «¿Qué tal, *ingeniero*?». Recuerdo que, todavía haciendo acopio de un resto de serenidad, pero mirándolo sin cordialidad alguna, como queriéndolo fulminar, le respondí, como mordiendo las palabras:

–Usted sabe, que yo AÚN no soy ingeniero. ¿Por qué no me saluda de otra forma?

Y entonces vino lo peor. El muy pendejo, en su nerviosismo ante mi actitud persistió todavía en redondear, dejándola bien explícita, su chancita ya insoportable:

–No se moleste, Ortega; si yo sé, que usted es SÓLO técnico medio, pero claro…

No lo dejé concluir. Mi voz subió como diez escalas cuando, bien agresivo, la dejé llegar hasta el segundo piso:

–¡TÉCNICO MEDIO, NO! ¡TÉCNICO Y MEDIO! ¿Me oyó? ¡TÉCNICO Y MEDIO. AQUÍ EL ÚNICO QUE ES MEDIA COSA, MEDIO PROFESOR, MEDIO INGENIERO, MEDIO MARICÓN, ES USTED!

Desde entonces, de los que escucharon, que fueron muchos, los que de verdad me quieren, me dicen, recordándome el incidente ya histórico, «Técnico y medio». Él se quedó allí, petrificado de miedo, con su epíteto de «media cosa» ganado para siempre.

Y aquel incidente vuelve a la memoria hoy, en este día que debí haber celebrado el curso pasado, cuando pensé que había terminado ya y salieron a relucir dos asignaturas más, que no se daban en el curso nocturno y que yo debía aprobar, pues aun matriculado en éste provenía del regular diurno. ¡Cuántas cosas desagradables y amargas vienen a oscurecer este momento, que debía ser de alegría, de absoluta victoria ante tanto obstáculo!

Ahora, con el título ya en la mano, se me hace necesario tomar nuevas decisiones y caminos. Álvarez Lozano quiere que me quede como profesor y hay una plaza de instructor graduado, que han dejado vacante después del reparto indiscriminado de categorías docentes que se hiciera el año pasado, durante el asqueroso proceso de categorización. ¡Aquello fue un verdadero asco! Hubo quienes se sirvieron con cuchara grande, cambiando de cuchara luego. Grande para ellos; y bien chica cuando se trataba de los demás. Los titulares, los auxiliares y aun las categorías más modestas, las de asistentes, fueron en muchos casos premios a la profesión de fe, a la actitud política bien manifiesta y, en algunos, a la sumisión más abyecta, como el caso de Jiménez, el huele-culo de Téllez, que cogió de asistente sin tener el título de nivel superior. Hubo quien caricaturizó aquel reparto con estampas de zoológico, dándole a cada nivel la personificación del animal que se le avenía en características externas: así, tuvimos los elefantes titulares, los gallos auxiliares y los monos asistentes, dejando en aquella gradación o degradación la impronta del humorismo cubano. A otros, como a Oliva, mi amigo de mecánica, nos les hizo gracia alguna. Lo de Oliva fue todo un caso, en el que se cebó la inquina personal y yo diría que hasta la envidia. A él no le han dado el mínimo chance de estudiar la carrera. Y a pesar de tener textos publicados y estar dando, desde hace años, conferencias como un graduado más en mecánica, la comisión de Categorización lo recomendó, «teniendo en cuenta su prestigio docente», para el cargo de *técnico de laboratorio*. Y él y yo nos preguntamos, ¿para qué necesita prestigio docente un técnico de laboratorio? Ahora él se traslada con pesar para la escuela de industrial, para así alcanzar la categoría de asistente, que como mínimo, y debido a las funciones que ejercía y al trabajo que ha desplegado, le corresponde con toda justicia. Allá espera, el pobre, encontrar más comprensión y posibilidades de alcanzar la meta; la meta que hoy, al fin, yo celebro. ¡Ojalá que él algún día también lo logre! Aunque en la nueva escuela se tendrá que hacer ingeniero industrial y no mecánico, como era su propósito. Y esto le va a significar una verdadera recalificación y una nueva profesión, en la que tendrá que reorientarse. De ello hablamos, el otro día en la Taberna Checa, lugar que visitamos con frecuencia desde aquel día en que nos conocimos. ¡A mi nuevo socio creo que le ha ido peor que a mí! Por todas estas cosas, me parece que yo no me quedo en la CUJAE, con todo lo que diga Álvarez... A lo mejor me voy de ingeniero para una obra en el interior. ¿Irme con Judith...? No, no, no... ¡Quítate eso de la cabeza! Esa mujer me llena como hembra, me vuelvo loco en la cama, pero siempre me dejará una insatisfacción más profunda que la satisfacción de la carne...

Además, al campo sólo quieren ir los «sacrificados», y no quisiera que me confundiera nadie con ellos, los abanderados del «necesario paso al frente de cada día».

Ya estos campeones del trabajo voluntario los conozco yo desde los primeros tiempos, son los mismos personajes, pero con distintos nombres. Los mismos que vi en el distrito, y que ahora encuentro de nuevo en la CUJAE. Son los que se pintan solos para arreglar y poner al día los murales, para cobrar la cuota sindical, los que no se pierden un fin de semana en la caña, los que no faltan a un trabajo voluntario, aunque sea citado de ahora para luego; los que hacen, en fin, cualquier trabajo con tal de no hacer el suyo propio, aquel por el cual cobran. ¡Son tremendos descarados! Los hay que se pasan el día entero mariposeando, para media hora antes de las cinco ponerse a trabajar desorejadamente, para que los jefes los vean quedarse hasta tarde, «sinceramente consagrados al trabajo». Ahora tienen tremendo campo donde desplegar sus dotes y mañas: el campo. El campo es su nuevo campo. En estos tiempos, que parece que se ha destapado entre nuestros campesinos originales una verdadera urticaria al verde, que hay una oleada enorme de emigración hacia las ciudades, ellos, los campeones, son los abanderados de las movilizaciones al agro, cada vez más necesarias y frecuentes por escasez de los habituales. ¡Le zumba! Ya en Cuba no hay quien quiera cortar caña si no es *voluntariamente*. ¡Hasta los permanentes son voluntarios! Y las brigadas y los contingentes que cortan toda la zafra están formados por trabajadores de otros sectores, de cualquiera, menos del agrario. Nuestras labores agrícolas están reclamando una política de incentivos que motive a la gente a quedarse allá, a laborar allí habitualmente. No bastan los planes de estímulos y premios que instrumentan los sindicatos entregando motocicletas y casas en la playa exclusivamente para los «cañeros», que no son en realidad cañeros. Porque son, desde luego, cañeros voluntarios. Se hace necesaria toda una inteligente estrategia que haga atractivo el verde para muchos. En ese sentido, está muy bien lo de las nuevas comunidades rurales con todas las comodidades, escuela, círculo infantil, policlínico, tiendas, que ahora, quizá un poco tardíamente comienzan a construir. Pero hasta allí han ido con la misma Judith gentes dispuestas a destacarse *voluntariamente*. Se repetirán en nuevos escenarios los campeones de siempre, los consagrados, la vanguardia que, en su terreno verdaderamente propio, no sería ni retaguardia. Ellos se encargarán de amargarle la existencia a los que vayan a trabajar de verdad. ¡Judith, cará, todo un caso para un psiquiatra! Allá vas con tus complejos, con tu hermosura y con unas ganas tremendas y peligrosas de obtener tu carnet del partido. ¡Ojalá te vaya bien…!

1976

Me ha dado una gran satisfacción el saberlo incorporado a todo, de forma sincera y entusiasta; verlo tan transformado, sin dejar de ser el mismo Roly, jodedor y artistazo. Ahora me lo encontraba frecuentemente aquí, en la CUJAE, donde ha matriculado en telecomunicaciones, en el curso para trabajadores. Y aunque da clase en edificio diferente, siempre me busca para saludarme y conversar un rato. Ayer, muy serio, en forma casi solemne, me informó de que se irá de misión a Angola. Y al escarbarlo yo en sus motivaciones verdaderas, me conmovió su verdadero espíritu internacionalista, en una actitud que nos recordó a los dos a su amigo más cercano del grupo: a Vicen. A mí, porque volví a ver a Vicentico, decidido a acudir allí, donde fuera necesario, presto a abandonar a sus seres más queridos con un desprendimiento personal absoluto, convencido de cumplir con el más sagrado de los deberes, sin alardes de ningún tipo. Cuando se lo dije, Roly, volviendo el rostro para que no notara sus ojos aguados, sólo supo responderme:

–Vicen hubiera ido. Y yo creo que, en cierto modo, él irá conmigo.

Roly es quizá el caso típico de muchas transformaciones habidas en la población, de esos cambios en los elementos de una sumatoria, que han contribuido a la polarización y la total renovación de la sociedad cubana en su conjunto. Aficionado a la electrónica barata (había desarmado varios radios y aparatos eléctricos), con el bachillerato concluido y sin ningún interés por continuar estudios superiores, más bien por matar el tiempo y oír la voz de su afición, recibió un curso de reparación de radio y televisión de los que se enviaban por correo. Al irse sus padres, ya se mantenía con las entradas que le daba su pequeño taller de reparaciones, instalado en su propia casa. A pesar de su limitada participación en la lucha, el triunfo revolucionario lo entusiasmó como una revelación, al punto de asumir posiciones diametralmente opuestas a las de su familia. Todo se fue haciendo tirantez entre ellos. Cada paso que daba Roly en su transformación revolucionaria, se convertía en un nuevo conflicto con sus padres y su hermana. Escandalizados, lo vieron integrarse en los primeros batallones de milicias, participar en entrenamientos y movilizaciones; y cuando se fundaron los comités de defensa, aquello fue la hecatombe. ¡Roly quería poner uno en la casa! En tanto, los demás miembros de aquella familia no ocultaban su antipatía por el nuevo gobierno y por todo lo que oliera a revolución. Y si Roly no persistió en su propósito de instalar su CDR en la sala, se debió solamente a que los propios vecinos de la cuadra le señalaron tal inconveniencia, recomendándole el traslado del comité a otra casa, desde donde se pudiera vigilar mejor a los desafectos (elementos entre los cuales se encontraban su padre, madre y hermana). La ida de ellos, fue sólo la materialización física de una ruptura, que venía produciéndose desde hacía años y se profundizaba cada vez más. La decisión de emigrar fue más bien la solución de un conflicto cotidiano e insoportable para todos dentro de aquella casa. Me imagino que, aparte de dolor, sintiera alivio con la partida de los que sentía ya bien distanciados. Por suerte para él, el vacío afectivo lo vino a llenar una muchacha, que llegó a trabajar en la farmacia cercana como técnica y con la cual entabló una total y amorosa identificación. Ella lo ha apoyado en todo, compartiendo sus proyectos y anhelos, sus ideas políticas y su vida, convirtiéndose en su esposa y dándole los dos hijos de los que vive orgulloso. Con ella, Roly fundó una nueva familia, de características muy distintas a la que conoció. Una familia que hoy habita la misma casa que lo viera nacer y que sustituye a la anterior, pero cimentada esta vez sobre la base de la verdad, el amor y el respeto. Una verdadera familia, como quizá nunca la tuvo y de la cual se dispone a alejarse ahora, con la comprensión de todos los que aquí deja. ¡Qué separaciones más distintas! En ésta —me cuenta— no hay recriminaciones ni quejas, y el dolor compartido se acalla para que los demás no sufran, viendo al otro sufrir, y se convierte ese dolor en admiración devota, resuelta adhesión, apoyo infaltable.

¡Y qué distinta también, la voluntariedad revolucionaria de Roly por cumplir la misión internacionalista, de la «voluntariedad» de los voluntarios porque no les queda más remedio! Y temen más al que dirán, si se niegan, y a posibles y reales consecuencias de su negativa. ¡Qué va, en Angola, como en cualquier parte, «no son todos los que están, ni están todos los que son»!

Algunos junios después

Es, en definitiva, una actividad docente más. Será fuera de la universidad, pero no entiendo que por ello deba considerarse una actividad voluntaria. Lo he expuesto así en la reunión sindical, en la que muestro mi desacuerdo con el voluntarismo impregnante de todo. A mi juicio, debe considerarse dentro de nuestros planes de trabajo y ya. Únicamente después de emitir mi criterio, he manifestado mi disposición de ir a los institutos preuniversitarios a hacer labor de captación. Se trata de promocionar entre los alumnos que terminan ese nivel de enseñanza nuestras carreras y las nuevas especialidades que ofertarán la universidad y los otros centros de educación superior para el próximo curso. Evidentemente mis ideas sobre lo voluntario y la voluntariedad son distintas a las de muchos y no coinciden en nada con las que se emiten de forma oficial y que calorizan los sindicatos...

Y como para demostrar que en mí, dicho y hecho son casi la misma cosa, aquí estoy, en este pre de la Víbora, tratando de entusiasmar a los muchachos con los atractivos de la ingeniería civil, sus posibilidades y campos de ejercicio profesional. Un grupo de profesoras jóvenes de las facultades de ciencias llama mi atención. Entre ellas, una geógrafa, que se incorpora tarde y se llama Sofía...

Yo sabía que no podían ir. Pero la consigna se regó por toda Cuba y hasta el pueblo se sintió comprometido a cumplirla. Fui de los que se tomó el trabajo de ir computando las cifras diarias que aparecían en la prensa. Era fácil colegir que haría falta una zafra de tres años para alcanzar los diez millones. Pero se seguía insistiendo en que iban, como decía el eslogan publicitario, «palabra de cubano, de que van, van». Sólo a la altura de mayo, y aprovechando un momento de efervescencia, cuando el rescate de los pescadores secuestrados, Fidel admitió que no se cumpliría la fabulosa zafra de los diez millones. ¡Señores, es que diez millones de toneladas de azúcar, con la capacidad instalada que tenemos, es una cosa que a nadie se le ocurre! No bastan caña y voluntad, son necesarias además facilidades industriales, capacidad de molida, transportación, etc. ¡Y para esto se movilizó el país entero y se paralizaron todas las demás actividades, hasta el punto que las barberías cerraron y no era fácil pelarse en La Habana! ¿De qué van, van? Eso sólo quedó para que Juan Formel formara un grupo musical con este nombre, *Los Van Van*, y para que Silvio sacara una cancioncita, «Cuba va, Cuba vaaaaaa…» Y el que se va soy yo. Aquí no me quedo ni un minuto más. Estoy harto de ver cómo se le pide al pueblo más y más sacrificios, cada vez mayor entrega, mientras que unos cuantos se acomodan y vacilan la dulce vida. Si algo me ha jodido toda la vida, es que me engañen. Y esto ha resultado, como decía Eudocio Ravines, *La Gran Estafa*. Todas las promesas de abundancia y prosperidad se volvieron cuentos de camino. Lo que se nos pide es cada vez más y más sacrificios, y usted puede apretarse el cinto por un tiempo, pero esto pica y se extiende más allá de la vida de uno, comprometiendo el futuro de los hijos y los nietos. Porque este sistema, basado en la voluntad ciega de un hombre, por muy genial que sea, no tiene futuro. Si geniales son sus aciertos, geniales son también sus meteduras de pata. Pero con el futuro de unas cuantas generaciones no se juega. Por eso yo me voy, porque, por otra parte, yo no sirvo para acomodarme y participar en la estafa, como Téllez y otros, o para hacer el papel de estoico, como Álvarez, ahora comunistas los dos, con carnet y todo. Y tampoco sirvo para rebaño fanático, cuya misión es el aplauso y la adhesión ciega. La decisión la tengo tomada bien en firme. Ya les hice llegar una nota a Portuondo y al Ñato, mediante un profesor mejicano invitado. Ellos fueron mis colegas y compañeros de toda la vida y sé que me tirarán un cabo. Ellos sí vieron claro primero que yo, y ya llevan años los dos instalados en Nueva York. Y allá pudiera estar yo con ellos desde entonces, si no hubiera creído los cuentos socialistas de justicia, paz y prosperidad. Pero todavía no es tarde para reunirme con ese par. Fuimos inseparables desde el primer año de la carrera. Y nos tenemos mutuamente un aprecio y un cariño indestructible. Ellos me girarán a México los dólares que me harán falta allá para salir echando y colarme por la frontera, cuando asista a ese congreso a que me invitaron siendo todavía director de la escuela de civil y al que ahora acceden esta gente a dejarme ir como profesor simple, en compensación a haberme sacado del cargo para poner en él a uno de los suyos hace casi dos años. Así que, yo que luché por esa escuela como un bestia, que fui el primer director de la misma después del triunfo y que fui llamado a ese cargo por revolucionario, yo, ahora «no contaba con el aval del partido», que necesitaba poner en el cargo a uno de sus militantes para terminar con los conflictos constantes entre el núcleo y yo. Y esperaban que «yo comprendiera la necesidad de mi remoción». Y yo no comprendí y renuncié y se formó tremendo barullo con mi renuncia. Y ellos, «mis compañeros, no entendían mi actitud y me llamaban a rectificarla». Allí mismo les dejé la escuela en la mano, para que pusieran en el cargo a quien les diera la gana y pudieran manejar. Que quedara claro: ellos no me quitaban, yo me iba. Y me iba del cargo, no de la universidad.

Mis verdaderos amigos y compañeros están allá. Ellos no me

fallarán. Son muchos los años inolvidables, que nos unen desde nuestra juventud, cuando coincidimos en la misma casa de huéspedes para estudiantes, cerca de la universidad, La Casa de Nena. Allí, el Ñato fue consagrado como *Gran Meador* de la Orden de la Vejiga de Oro y rebautizado en culto hermenéutico con el ganado nombre de «Simeón Tolomeo», por haber roto todos los récords establecidos de meadas largas, en olímpicas justas que celebrábamos después de pasarnos un domingo bebiendo cerveza. Álvarez Lozano, solamente un año mayor que nosotros, no entraba en nuestros juegos, siempre muy serio, haciéndose el más cuerdo, pero en realidad divirtiéndose con nuestras locuras. Fuimos una promoción muy buena y unida, la de 1949-1950.

De aquella época de estudiante conservo recuerdos y amigos que han resistido ambos la prueba del tiempo. A través de los años, recuerdos y amigos acuden a reconfortarnos en los momentos que necesitamos de ellos. Los recuerdos gratos hacen el mismo efecto que los amigos verdaderos: lo sacan a uno del hueco. A mí aquellos recuerdos de juventud me han ayudado siempre a pasar los malos ratos. Igual que los amigos de entonces. Ahora me ayudarán una vez más.

Me imagino el revuelo que se va a formar cuando yo vaya al congreso y me quede. Lo voy a sentir por Álvarez, que me llevó a la facultad y me propuso para dirigir la escuela y que ya sufrió bastante cuando renuncié antes de que me quitaran. Pero a él le esperan otras pruebas más duras aún, a pesar de su flexibilidad y estoicismo. La libertad de dirigir se le irá reduciendo cada vez más y aprenderá a sufrirla o explotará al final. Con la Reforma Universitaria, muy bonita por cierto, hemos perdido la autonomía, fruto de las heroicas luchas del estudiantado. Y ahora la universidad es una dependencia del Ministerio de Educación. ¡Tremenda forma de respetar nuestras tradiciones! La vida universitaria ha dejado de ser académica para convertirse en política, pero de la sucia, la de la zancadilla y la argucia, la de los intereses mezquinos y el arribismo, la del reparto de posiciones, no por méritos sino por filiación partidista… ¡Y deja que creen el aparato total del partido dentro de la universidad! Entonces veremos qué atribuciones le van a dejar a un director de escuela, a un decano o al mismo rector. ¡Pobre Álvarez, lo que le espera! Por suerte, yo no veré eso. Los cargos ya los dejé y ahora también les dejaré la universidad. ¡Y que les aproveche!

MAYOS, ALGUNOS MAYOS

Lausana, 9 de mayo 1963

Querido Flaco:
Te preguntarás ante todo qué hago yo en Suiza. No importa, yo también me deshago en preguntas por hacerte. Pero vamos por partes, que hace tiempo que no sé de ti y las noticias que me llegan de allá, tanto por los periódicos de aquí como por los últimos americanos que leí en Tallahasse, eran como para quitarle el sueño a cualquiera. Te diré que, como sabías, yo estaba en EE.UU. bajo el amparo de una organización presbiteriana que me ayudaba, financiando mis estudios, en lo que era casi una beca. Estos religiosos son muy poderosos y tienen ramificaciones tanto en Norteamérica como en Europa. Pues bien, como premio a mi expediente del pasado curso, obtuve una beca de verdad, con todos los gastos pagos, incluido el pasaje, para estudiar en una prestigiosa universidad suiza. Y aquí estoy, viejo. Terminaré de hacerme médico en Europa. ¿Qué te parece?
Flaco, me preocupan las noticias de nuestra Cuba. Y cada vez las entiendo menos. Ya el año pasado, con ese asunto de los cohetes rusos que ustedes instalaron, el mundo entero estuvo al borde de la tercera guerra mundial. ¿Qué está pasando viejo? No puedo entender que todos ustedes se hayan vuelto, así de golpe, comunistas furibundos. ¿Cuba... un nuevo país satélite de Rusia? A pesar de todo lo que me aclaraste, cuando aquella declaración de ustedes del 61 y lo de la invasión, no me cabe en la cabeza tal bandazo. No me creas víctima de prejuicios, ni creyéndome todo lo que por acá cuentan, pero ¿está tan mala la cosa por allá? ¿Es verdad lo del racionamiento estricto de todo? ¿Y la libertad de prensa? Escríbeme a mi nueva dirección, y aclárame todo este revolico de dudas. Infórmame como tú sabes hacerlo, que estoy

seguro serás mi fuente más digna de crédito. Un abrazo de tu hermano de siempre.

JUAN.

Nota:

A Benito le escribí en varias oportunidades y no contesta. De mis viejos y hermanos, como no me escriben, por creerme poco menos que un traidor, tampoco sé nada y me limité a enviarles sólo una tarjeta, no vaya a perjudicarles que yo les escriba. Contigo no tengo esa preocupación. Vale. J.

No, no es fácil de entender esto. Y aunque yo quiera y trate de explicárselo, como ya lo he intentado en cartas que más parecen un periódico dominical, es casi imposible que, sin estar viviendo aquí, él pueda comprender todo este proceso de cambios que ha ocurrido en el país y en la mentalidad de todos. ¡Ay, Juan, cómo quisiera que estuvieras aquí, compartiendo con nosotros estos históricos momentos! Pero yo lo entiendo, la oportunidad de hacerse de un futuro a él se le da allá, lejos de su patria, y sería injusto y hasta egoísta exigirle que volviera ahora, renunciando a lo que ha conseguido con suerte y esfuerzos. Lo que no entiendo es que, ahora, lo enjuicien gentes que se mantenían al margen de cualquier participación cuando él se vio obligado a exiliarse. Y que esos mismos sean ahora los que se cuestionen su no regreso. Por ejemplo, su propio hermano Reynaldo y toda su familia, ahora tremendos revolucionarios, pero en aquel temprano entonces...

¡Tremenda tareíta la que me espera! Pero tengo que sacar tiempo para contestarle esta carta suya tan honesta y tan llena de justas preocupaciones. Vamos a ver si el domingo... no, el domingo tengo que ir al trabajo voluntario con la gente del distrito. ¡Al corte de caña! Mira, eso mismo, ¿cómo explicarle esto de convertirnos todos en macheteros, y todos en soldados y todos en maestros, como en el sesenta y uno, enfrascado todo el mundo en la gran campaña que acabó con el analfabetismo en Cuba? ¡No es fácil! Ya veré cómo me siento con una gran paciencia y una gran falta de tiempo a escribirle con toda la calma que hace falta.

Mayo es mes de transición y cambio tajante al mediodía. Mañanas soleadas y tardes grises y lluviosas. El tiempo cada día se desdobla en dos, de forma abrupta. Término de la estación seca y comienzo de la de lluvias, es verde y a la vez gris. La conversión es rápida y diaria. Así, radicales y dramáticos cambios se están produciendo, como en mayo, en la sociedad cubana. El cambio que venía experimentando la fisonomía arquitectónica de la capital como una sostenida mutación desde años antes, ahora parece completarse. Las calles céntricas ya no presentan el colorama y movimiento que animaban sus noches con festín de neones. Y las construcciones de la periferia avanzan ciudad adentro, trayendo la ventana de anchas tabletas, que aquí llaman *Miami* y el puntal más que bajo, asfixiante para quien nació, creció y vivió bajo el alto enviguetado español, a las cuadras donde antes dominaba el estilo colonial. En una simbiosis de prefabricados, los edificios invaden los otrora tranquilos repartos residenciales de las afueras, expandiendo el entorno citadino. Establecimientos cerrados y garajes se convierten en viviendas y la barbacoa o entresuelo improvisado divide en dos el puntal, duplicando el espacio habitable. Como compensación al retiro de tanto anuncio comercial, emergen los modestos carteles de hojalata, que atestiguan la presencia de un CDR en cada cuadra. Las vallas propagandísticas son sustituidas por otras vallas con un mensaje revolucionario. El desabastecimiento hace tangible su presencia de ausencias evidentes en vidrieras y escaparates, en otro tiempo deslumbrantes y ostentosos. El comercio tradicional de grandes almacenes y tiendas por departamentos languidece y se vuelve más viejo frente a la apertura seriada de pizzerías y Mar Inits, proliferados de acera a acera, barrio a barrio. A su vez, el cubano común, el de la calle, también cambia. Una nueva cultura política brota y prende entre las grandes masas populares. Desde el oficinista, el ama de casa, el profesional, hasta el más rudo jornalero de la construcción, todos hacen gala de los nuevos conocimientos doctrinarios adquiridos. En la esquina, en los comercios, en las abarrotadas guaguas, en todos los centros de trabajo se manejan conceptos de la filosofía y la economía política marxistas. Las obras de Marx, Engels, Lenin y Mao se venden por millares, vuelan de las librerías, al igual que los grandes y enjundiosos manuales impresos por la Academia de Ciencias de la URSS. Es como si una fiebre de saber cuanto antes ignoraba se hubiera apoderado de la población entera, ansiosa ahora de despojarse, cuanto antes, de pasados prejuicios. A esto han contribuido los Círculos de Estudios, que en cada CDR (Comités de Defensa de la Revolución) se llevan a cabo a nivel de cuadra y las EBIR (Escuelas Básicas de Instrucción Revolucionaria), verdaderos centros de adoctrinamiento colectivo, que funcionan en cualquier barriada. Han contribuido también todas las acciones criminales emprendidas por las administraciones yanquis y los episodios del cotidiano acontecer, han jugado un papel fundamental en la aguda politización que experimenta el pueblo. Cualquiera aquí es capaz de explicar las leyes del desarrollo, las relaciones entre las fuerzas productivas y los modos de producción; es difícil encontrar quien no sepa lo que es la plusvalía o la ley del valor. Sin embargo, la calidad de los servicios y de la producción misma, enteca y escasa, no avala esta nueva forma de pensar. Los nuevos dueños se resisten a trabajar o, cuando menos, a trabajar bien. Se manifiesta en todo el abandono de lo que ahora es de todos y el maltrato al antiguo cliente, ahora llamado «usuario» sustituye a la cortesía en el trato comercial, hoy visto como servil, a los ojos de quienes se sienten liberados de humillante servidumbre. Nadie quiere ser maletero ni limpiabotas. Dar propinas es un insulto. Y la gastronomía deja de ser un sutil arte para convertirse en una indeseable imposición de la fatal necesidad.

En los centros de trabajo, todo es pretexto válido para interrumpir la jornada: la capacitación, a la que ahora todos tienen derecho, el mitin político, las movilizaciones tanto productivas como militares o la indisposición por el más pequeño malestar físico, que ahora llaman «enfermedad» y que aparece avalada con un certificado médico, muchas veces expedido por el nuevo consultorio que funciona, como logro revolucionario, en la propia fábrica. Se prefiere trabajar bajo la consigna del «trabajo voluntario» a esforzarse por el que se cobra y se siente *obligatorio* e *impuesto*. Un nuevo personaje, «sutil y tenebroso», aparece en escena: *el ausentismo*. Por el más insignificante motivo, las gentes dejan de ir al trabajo. Y el fenómeno, inconcebible bajo el capitalismo, se torna problema a discutir por el movimiento sindical. Ante el abandono de los más, surge la figura patética del *héroe del trabajo*, capaz de cualquier proeza –innecesaria si todos cumplieran la parte del deber que les corresponde– y de trabajar sin descanso de lunes a lunes, en jornadas muchas veces empatadas unas a otras por un reloj indiferente que sólo tiene 24 horas.

En la agricultura sucede otro tanto, acrecentado esta vez por el éxodo campesino a las ciudades. Los que allí permanecen se limitan ahora a dirigir a los citadinos voluntarios. Una nueva estampa de guajiro vestido de limpio, bien fresquito, agenda en mano, sustituye a la tradicional sudada al sol y que entonces esgrimía en sus rudas manos analfabetas, el machete y el azadón incansables. Ahora sabe escribir y empuña el lápiz desmañadamente en anotaciones sin fin, que van llenando los incontables modelos impuestos por una burocracia disparatada. Todo ello es percibido como manifestaciones distorsionadas bajo la nueva libertad de quienes, sorprendidos por el nuevo entorno sociopolítico, no han tomado aún la conciencia que el cambio de la sociedad impone.

En la esfera ideológica, por otra parte, una mística nueva en el culto a los héroes de nuestra recién gesta liberadora se une, en lecturas de biografías, novelas y relatos, a nuevas lecturas, que magnifican otras epopeyas acaecidas allende el océano. El soldado soviético emerge de una épica sentida más contemporánea que Peralejo o Las Guásimas. Es un soldado más cercano y usó las mismas armas, que ahora empuñamos gracias a la solidaria ayuda de sus descendientes. Quizá por ello, el miliciano cubano se siente más émulo de *Los hombres de Panfilov*, que de Gómez o Maceo. Sin dejar de ser patriotas, nos hacemos más universales. En nuestros actos públicos, al final, cantamos *La Internacional* y no el himno de Bayamo. Allá, al otro lado del planeta la Revolución de octubre del 17 nos ilumina con nueva luz. Y donde antes veíamos la tenebrosa cortina de hierro, vemos ahora el país cuyo modelo queremos calcar: el paraíso terrenal de los trabajadores. Miles de cubanos parten como becarios a estudiar las más variadas carreras a la URSS. Y ser comunista se ha convertido en un reconocimiento social, por el que muchos luchan y se sacrifican y al que otros aspiran sin luchar tanto.

1968

Estoy en la recta final. Este año termino la carrera de todas todas. ¡Cinco exámenes y ya! Un empujoncito más y llego. Lo que me falta es una última ofensiva… Última ofensiva… Ofensiva, esa palabra me trae memorias recientes. Ofensiva, ¡coño, pero que no sea como la *Ofensiva Revolucionaria* que emprendimos en marzo pasado! Después del discurso tradicional de Fidel el 13 de marzo en la escalinata, cuando hizo talco al que se le ocurrió mutilar el testamento político de José Antonio, en la parte aquella que mencionaba a Dios… ¡Como si ahora, para ser héroe reverenciable, haya que haber sido ateo! Y si creíste, pues entonces hay que ocultarlo. ¡No señor!, hizo muy bien Fidel en salirle al paso a tanto pensamiento sietemesino, capaz de abochornarse de «los pecadillos de fe» de los que todo lo dieron para que ahora los teóricos puedan hablar y teorizar.

En ese discurso también arremetió contra los negociantes y timbiricheros. Y ese día fue el inicio de la famosa *Ofensiva Revolucionaria*. ¡Qué clase de ofensiva! No quedó caficola, ni puesto de fritas, que no fuera nacionalizado. Se acabaron los churreros y maniseros, los timbiriches de todo tipo pasaron a manos estatales. ¡Los carritos de granizado a constituir una empresa estatal! ¡Las bodegas, aunque sean las más pequeñas, a nacionalizarlas! Y el bodeguero, hasta ahora dueño, si quiere, que se convierta en empleado. De todo este furor estatalizante, en esta ofensiva delirante, de frenesí, sólo una cosa me llevó al clímax de la incomprensión. Ya me había estudiado el *Manifiesto Comunista*, lo entendí y comulgo con sus enunciados, pero… hay algo que se resiste a toda comprensión: ¿nacionalizar la bodega de los padres de Vicentico…? ¿De qué va a vivir esa gran mujer, a quien llamo mamá y que me dice hijo? ¿Cómo explicarle que yo esté de acuerdo con que le quiten la bodega? La bodega, que es lo único que le queda, después de perder al marido y al hijo. Que se la quiten a ella, el último sobreviviente de aquella familia cubana modelo. ¿Qué voy a decirle, cuando vaya a felicitarla por el día de las madres...?

¿Ofensiva? Esto parece sí una ofensiva, pero contra nosotros mismos. Hace apenas dos meses que la iniciamos, y ya empiezan a verse los catastróficos resultados. La cafetería de Pedro, un kiosquito apenas, donde merendaba y compraba mis cigarros, la cerraron. Se acabaron las fritas en La Habana. No hay donde tomarse un vaso de guarapo y los establecimientos estatales sustitutivos están mal atendidos y, en general, desabastecidos.

No, de esta forma no entiendo la ofensiva. Y si quiero concluir, al fin, mis estudios, no puedo emprender una ofensiva así. Tengo que terminar de graduarme e irme de esta CUJAE. Aunque, si me voy, ¿adónde voy a vivir? Aquí, permanezco albergado en el bloque de becas, pero, ya Téllez dejó caer el otro día que esas edificaciones eran sólo para los estudiantes becados. Y aunque no soy el único del personal docente que vive allí, está claro que la alusión era conmigo. Y ese hijo de puta tiene cada día más poder. Como que ahora es militante del partido.

1969

Este año pinta tremendo en nuestra escuela de ingeniería civil. Los hidráulicos se han agrupado y forman ya casi una tienda aparte. Una nueva especialización, la de ingeniería sanitaria, se perfila aparte de la del constructor hidráulico. Ellos, con Téllez a la cabeza, esperan la apertura de una nueva escuela para esa especialidad, o cuando menos, una nueva estructura que los independice. En el folleo que le han armado a Fernández, ni Téllez ni este asunto han quedado fuera. Y aunque se ha tratado con discreción, todo el mundo sabe que a nuestro director lo tienen en la mirilla. Ya Álvarez no es el decano, y su sustituto es un fantoche uniformado siempre de verde olivo y con un no muy claro pasado guerrero, a quien nadie tributa respeto. ¡Qué distinto a su antecesor! El prestigio, la autoridad y el reconocimiento a que siempre fue y es acreedor Álvarez, son muy difíciles de igualar. Son muchas las virtudes que adornan a este profesional, verdadero maestro mío y de muchos aquí. Tantas, que hacen resaltar más las diferencias con el actual. Todos sabemos que Fernández y Álvarez son amigos de hace muchos años. Así que no es de extrañar que una vez sustituido el primero de su cargo al frente del decanato, no tarden en quitar al segundo de la dirección de la escuela. Solamente ellos dos con la ascendencia que les reconozco sobre mí, han logrado convencerme de que me quedara en la CUJAE, una vez graduado. Han invocado la próxima zafra y todo lo que se espera de nuestra escuela. Este año y el que viene, aparte de continuar como profesor, tendré oportunidad de probarme como profesional de la ingeniería civil, participando en la enorme cantidad de proyectos y ejecuciones de obra que nos esperan. Será, desde ya, la contribución universitaria a la *gran zafra de los diez millones.*

A este año le han puesto «AÑO DEL ESFUERZO DECISIVO», pero los jodedores de siempre le dicen «Año del esfuerzo de si vivo». Y no es para menos, la tensión es indescriptible, todo es preparativos para la gran zafra del año que viene, donde haremos diez millones de toneladas de azúcar. La mayoría de nosotros ha renunciado a sus vacaciones y nos enfrascamos en la revisión de proyectos y en la ejecución de algunas obras de infraestructura que requiere la magna empresa en que nos veremos envueltos el año próximo. Haciendo gala de su modestia de siempre, nuestro antiguo decano ha puesto su mesa en nuestro cubículo, aprestándose a trabajar hombro con hombro con nosotros, sus antiguos subordinados, como uno más del departamento. Nadie escatima esfuerzos. Nos apretamos el cinturón y pa'lante; Cuba entera repite, «palabra de cubano, de que van, van». Y todos saben que nos referimos a los diez millones. ¡Ni una librita menos! Por otra parte, el logro de esa meta significará en el plano económico nuestro verdadero despegue. El país podrá contar con los recursos necesarios y suficientes para dejar esta época atrás. Esta época de escaseces nunca vista, donde nos falta hasta lo más elemental. Todo lo tenemos racionado. Los en otro tiempo lujosos restauranes sólo ofertan puré de chícharos, que ahora llamamos pomposamente «Puré San Germán», y pastas italianas. Y ante la falta de ropa, el profesorado universitario se uniforma de gris y se calza con botas de trabajo, de las conocidas como «cañeras». Como no hay nada que adquirir, el dinero nos sobra. La fuma del mes nos las entrega, gratuita, el administrador de la escuela, así como las mudas de ropa y el calzado, dados con una prodigalidad que impide el desgaste o deterioro entre entrega y entrega. Muchos centros de trabajo dan servicio de comedor gratis y los teléfonos públicos funcionan sin necesidad de insertar en ellos moneda alguna. Lujosos Alpha Romeo, como taxis, están al alcance de cualquiera. El otro día, comentando este derroche con Benito, el Chino me contestó que era una cuestión política, para que el pueblo pudiera viajar en el mismo tipo de automóvil usado por sus dirigentes. Le respondí con una de las mías al Narra, que sé que no le gustó: le dije que sí, que era una política, pero política de despilfarro. La falta de transporte colectivo se trata de remediar con una numerosa flotilla de estos autos, que en Europa sólo ruedan los ricos y con pequeños autobuses, propiedad de las fábricas y que transportan sólo a los trabajadores del centro en cuestión, asegurando así la asistencia y puntualidad de los mismos. Éstos no son tiempos de pasear, y el transporte y el combustible lo reservamos para el trabajo.

Hoy es día de cobro y cuando regreso a mi albergue de becas y guardo lo cobrado en mi armario, el sobre sin abrir con mi salario del mes va a reunirse con idénticos de dos meses anteriores, igualmente vírgenes, intocados. Desde que Judith me dio acceso a su casa, ni en posada gastamos. Me baño rápido y salgo en su busca, prometiéndome una noche de excesos. En el semáforo de 100 y Boyeros, un gran letrero lumínico dictamina: «CONSTRUIREMOS EL COMUNISMO PARALELAMENTE CON EL SOCIALISMO.»

1970

¡Le roncan los cojones! Después de tanto esfuerzo invertido, después que el país entero se volcó nada más que para la gran zafra, que nos quedemos en siete millones y medio y no consigamos los diez que nos proponíamos, le ronca, caballo. Habíamos cifrado tanta esperanza en esta cabrona zafra que, convencidos de lograrla, decíamos: «Después del setenta estaremos hablando del milagro cubano o no estaremos.» Aquí prácticamente todo se paralizó. La universidad se mudó para los centrales, profesores, alumnos y todo. El nuevo director de la escuela de civil nos planteó la necesidad de trabajar en el riego y drenaje de los campos cañeros, de su remodelación, de las obras de civil y viales urgentes para esta descomunal zafra. Y aunque ya no teníamos a Fernández dirigiendo, todos contábamos con su entusiasmo y conocimientos. Es verdad que el sustituto no contaba con mucha simpatía dentro del claustro. Menos aún, cuando se dio el bateo que lo presentó a nuestros ojos como impuesto. Impuesto desde arriba. No obstante, nadie titubeó y nos dimos a la nueva tarea con fervor revolucionario. La CUJAE tomó a su cargo varios centrales azucareros de las provincias de Camagüey y Oriente, y allá nos fuimos. Sí nos resultó extraño que en medio de tal tensión de esfuerzos se nos dijera que Fernández haría un viaje a México para participar en un evento internacional de su especialidad. ¡Y ahora, *esto*! Que Fernández se quedó, desertando, es el escándalo mayúsculo que nadie esperaba. Cuesta trabajo creer que un hombre tan íntegro, como demostró serlo siempre, haya hecho esto. La gente lo achaca al resentimiento que le produjo su remoción del cargo de director. Pero son los que no lo conocen, ni lo han tratado tanto tiempo como yo. Fernández me demostró siempre ser un hombre cabal. Y él obedeció a otros motivos, que no puedo explicarme ni justificar, o yo no soy capaz de conocer a los hombres.

Cuando me enteré de que iba a México, extrañado como todos de esa licencia en medio de tanto esfuerzo, hice todavía el papelazo de ingenuo y lo visité en su casa, para enviar con él algunos artículos técnicos cuya publicación me habían ofrecido colegas de la UNAM. Habían transcurrido sólo unos días del frustrante anuncio hecho por Fidel sobre la imposibilidad de alcanzar la meta fijada para esta zafra. Y es casi seguro que ya Fernández tuviera tomada su decisión, pues a pesar de haberme recibido con el afecto de siempre, lo noté en extremo raro y como chocado. En efecto, era extraño encontrar tenso, cáustico y mordaz a quien reconocíamos como ejemplo de serenidad, reflexión y mesura. Fue la última vez que nos vimos. Y creo que nunca ol-

vidaré los detalles de nuestra conversación. Conversación abarca-
dora de tantos temas y que ahora se me revela en detalles, entonces incomprendidos o a los que no presté una especial atención.
Me parece estar oyendo sus palabras, en aquel diálogo inolvidable tan lleno de agudezas y suspicacias:

—Estimado Ortega, usted es tan idealista, que muchas veces
puede caer en la ingenuidad… Si aspira a ser un materialista acorde a la nueva era y la nueva fe, debe rectificar…

—Profesor, recuerde que «árbol que nace torcido jamás su
tronco endereza». Si lo mío es de nacimiento…

—No, no amigo mío, yo no le estoy diciendo que cambie, sino
que *rectifique*. El idealismo es un virus que puede dañar hasta
nuestras concepciones en el trabajo puramente profesional. No
sólo en nuestra vida política…

—¿Usted cree, entonces, que estos artículos míos sobre viaductos puedan estar lastrados de idealismo?

—No he tenido oportunidad de volver a revisar sus artículos.
Recuerde que sólo los leí cuando los tenía en borrador… No, no
es a eso a lo que me refería.

»Mire, esta propia zafra tan gigante, nunca alcanzada antes y
que nos iba a sacar de una vez y por todas del subdesarrollo… Su
concepción misma ha sido absurdamente idealista. Habría que ser
muy ciego para no ver desde el comienzo mismo que la meta era
inalcanzable. Tan inalcanzable como muchos otros proyectos.
Como algunos viaductos mismos. Por ejemplo, el que enlazaría
Batabanó con Isla de Pinos. O la también innecesaria *Ocho Vías*
que sustituirá la ya ineficiente carretera Central…

—Pero, profesor, en mis artículos, sin usar el adjetivo superfluo
y tratando de ser lo más objetivo que pude, precisamente trato de
demostrar la inviabilidad y la inutilidad de esas dos obras tan
descomunales.

—Sí, tan descomunales como esta no lograda zafra. Pero es que
oponerse a los mismos con los criterios (muy respetables) suyos,
sin otro apoyo, también es *idealismo*. ¡Usted verá cómo, muy a
su pesar, pronto comenzarán a construirse!

—Pero es que en ellos yo me baso en la razón, argumentada
con criterios puramente profesionales…

–No basta tener la razón; tampoco ser un buen profesional, Ortega. Hay que elegir la oportunidad… y contar con un decisivo respaldo. ¿No ha aprendido usted de Fidel? ¡Mire usted bien! ¿Cree que nuestro *máximo líder* ignoraba que los DIEZ FAMOSOS MILLONES no iban a lograrse? Borrego mismo, que era el ministro del Azúcar, lo había advertido. Y le costó el cargo. Pero ¿cuándo lo proclama el comandante en jefe? ¡Sólo en el momento preciso, oportuno! Ahora, hace apenas unas horas, cuando en un momento de efervescencia y fervor revolucionarios, el pueblo airado demuestra su apoyo irrestricto. Allí, solamente allí, frente a la antigua embajada norteamericana, con los recién rescatados pescadores, víctimas de una nueva agresión piratesca. Ha logrado una nueva victoria político-diplomática y sólo entonces anuncia el fracaso, perdón, el *revés* económico. El *revés* que todo el pueblo está dispuesto a convertir en victoria con nuevos sacrificios y entrega. ¿No ha escuchado usted la nueva consigna? *¡Convertiremos el revés en victoria!* Usted, amigo Ortega, tiene que aprender mucho de Fidel…

–Fernández, yo no me pierdo una sola de sus intervenciones. Es más, me estudio todos sus discursos. Creo que ése es el deber de todos los que nos sentimos revolucionarios…

–No se trata de eso, mi buen Ortega. Más que sus dichos, enseñan sus hechos. ¡Sea materialista! ¿Usted no ve que siempre él ha actuado así? Escogiendo muy bien el momento y el lugar. ¿Cuándo se declaró *socialista*? ¿Usted no lo recuerda? En el momento y lugar precisos. Cuando las masas, el pueblo todo, dijera lo que dijera (así se hubiera declarado musulmán), lo seguiría sin vacilación.

–¡Pero eso sería calificarlo de oportunista! Profesor, recuerde que el paso al socialismo en Cuba fue una necesidad histórica…

–*¡Oportunismo, necesidad histórica…!* Veo, Ortega, que ni usted se salva de los conceptos y clichés tan en boga. ¡Qué necesidad histórica ni ocho cuartos! Sin unos yanquis tan prepotentes, Cuba jamás hubiera pensado en el socialismo. Estados Unidos, con una política torpe, nos empujó en esa dirección. La alianza con la URSS fue una opción no oportunista, sino *oportuna* *y estratégica*, necesaria para equilibrar y contrarrestar el formidable poderío de nuestros ambiciosos vecinos. El aislamiento dictado por el tío Sam en nuestra contra nos dejaba en América (solos frente al Imperio) como una reedición de la Guatemala de Arbenz, con una sola disyuntiva: el holocausto heroico. Era preciso entonces sobrepasar los presupuestos iniciales del proyecto revolucionario. Y el programa del Moncada, influido por el ideario guiterista, daba posibilidades de transformación y ampliación a los objetivos primariamente declarados. El ideario marxista, desprestigiado en Cuba por las torpezas e incapacidad de sus cuadros políticos tradicionales, tenía entonces la oportunidad de realización. Frente a un enemigo descomunal, que se alzaba sin ambages cerrándonos el camino, el pueblo apoyaría el viraje a la izquierda. La Unión Soviética era el clavo ardiente al que aferrarse, cuando las horas que nos separaban de la invasión se acortaban amenazantes...

−Profesor −lo interrumpo con respeto−, lo he escuchado asombrado. Lamentablemente, y creo que por primera vez, no estamos de acuerdo usted y yo...

−¿Por qué asombrado? No tema, Ortega, ¡discrepe, discrepe!

−Fernández, cuando mencioné la necesidad histórica, no estaba empleando ningún cliché de moda...

−No tuve intención alguna de ofenderle, usted lo sabe, amigo mío.

−No es eso. Es que yo usaba de un análisis verdaderamente *histórico* y dialéctico para explicar un hecho *histórico*.

−Veo que le molestó mi referencia a la necesidad histórica por usted aludida. Considere retirado lo dicho.

−No, profesor. Es que yo busco en nuestra propia historia la explicación de hechos posteriores, que después son continuidad de esa misma historia. ¡Permítame exponerle mis ideas!

»Mire, dentro del capitalismo había sido imposible alcanzar la verdadera independencia nacional, libre de todo tutelaje y la plena justicia social. Esta revolución nuestra *tenía* que declararse socialista o repetirse en un espejo de frustraciones, como todos los procesos revolucionarios que le antecedieron. Para sostenerse y avanzar, debía trascender los marcos de una revolución democrático-burguesa y de liberación nacional. El agrarismo en sí, sin otra teoría dirigente, tampoco prometía continuidad transformadora. El socialismo constituyó para nosotros marcado y necesario derrotero desde 1868. Por eso dije *necesidad histórica*. Necesidad, que en 1961 encontraba su posibilidad.

-Sí, ya veo. *Necesidad y posibilidad.* Dos categorías filosóficas, que usted parece manejar bien… Pero no se preocupe, querido amigo. Tenemos, usted ya lo ha dicho, opiniones diferentes. Por eso no vamos a dejar de querernos, ¿no es verdad? Recuerde a Juan Jacobo Rousseau: «no pienso como tú, pero por defender tu derecho a pensar así, soy capaz de dar la vida».

»¡Sea rousseauniano y sea materialista, Ortega! Y sobre todo, huya del idealismo debilitante. Por ahí comenzó nuestra conversación. ¡Cambiemos de tema!

Y con la misma, pasó a tratar otros asuntos. Como hacía en clases, de forma dinámica y amena, arrastrando nuestro interés por los nuevos temas que expone. Sin dejar lugar a una marcha atrás de reconsideración a lo dicho por él… No, jamás podré olvidar aquella última conversación nuestra. Tan expositiva. Como una de sus mejores clases.

1980

Me dijeron que por Novena, antes de llegar a 70, vive el chapista que me puede arreglar el cacharro, rápido y barato. Y tengo que meterle mano, porque ya como está no aguanta más y de seguro no pasa la próxima inspección. La verdad que me ha salido bueno el chevrolecito este. Y lleva conmigo un chorro de años. Me ha aguantado más y ha estado conmigo más tiempo que ninguna de las mujeres que hasta ahora he tenido… Once, novena… ¡Coño, eso es por la embajada del Perú! Y por allí no se puede entrar. Está todo acordonado por la policía, desde Quinta hasta bien arriba. No es para menos, como que dentro de la embajada todavía quedan unos cuantos miles. Y eso, después de todos los que ya se han ido por El Mariel. Esto no tiene precedentes. Emigraciones, así de masivas, nunca se habían dado. Lo de Camarioca, en el sesenta y cinco, fue un juego de muchachos comparado con esto. Creo que me voy a tener que buscar otro lugar donde chapistear el carro.

Todo empezó cuando una guagua arremetió contra la cerca de la embajada y los que iban dentro pidieron asilo. En la embestida del vehículo mataron a un custodio y, no obstante, la protección diplomática les fue otorgada. Cuba protestó ante lo que consideró una práctica atentatoria contra la seguridad de las representaciones extranjeras. Y cuando Fidel ordenó el cese de la vigilancia ante la embajada, aquello se llenó de gentes de todas clases. Lo interesante es que ninguno quería viajar a Perú, sino a Estados Unidos. El presidente James Carter declaró que los recibiría con los brazos abiertos. A lo que el gobierno cubano respondió que no era necesario asaltar ninguna embajada, por cuanto permitiría el arribo de cualquier embarcación que de rumbo norte viniera a buscarlos. Se exceptuaba, claro está, a los tripulantes de la guagua, autores del asalto.

El cercano puerto de El Mariel fue habilitado para recibir lo que en sólo unos días se convirtió en una verdadera flota. Cualquier cubano residente en EE.UU. podía venir a buscar sus familiares en Cuba. Y los más pudientes no tardaron en llegar en sus yates. Muchos otros alquilaron los servicios de emprendedores habitantes de Miami, convertidos de la noche al día en taxistas marítimos. Para algunos, como siempre, aquello se convirtió en un jugoso negocio. Cuba aprovechó la ocasión para librarse de una buena cantidad de elementos indeseables que también querían emigrar. En los espacios vacíos de cualquier embarcación, que llegara a buscar a los reclamados desde allá, debían tener cabida los agregados de acá, que nadie reclamaba. A éstos comenzó a llamárseles «escoria» y el término pronto fue extendido para el éxodo todo. ¡Y mira que era heterogénea aquella multitud!

Una flor de pantano comenzó a abrir su corola maloliente en nuestras calles: EL MITIN DE REPUDIO. Todo aquel que hiciera patente su decisión de emigrar debía recibir, por *escoria*, el rechazo de sus vecinos y de los que hasta ese momento fueron sus compañeros. Era un acto público el que se organizaba para hacer patente el desprecio popular a quienes habían elegido el camino de la deserción. Los pioneros fueron sacados de las escuelas y llevados por sus maestros a participar en tales actos. En nuestra CUJAE, convertida desde hace cuatro años en un centro independiente de la universidad –el Instituto Superior Politécnico José Antonio Echeverría– se interrumpían las clases cada vez que algún joven entregaba su bochornosa carta de renuncia, donde exponía el motivo que lo llevaba a hacerlo, para que el estudiantado en pleno le diera la respuesta merecida al hipócrita, que hasta ayer fingía ser un estudiante revolucionario más. Se multiplicaron los casos, en los que el tono de los mítines alcanzó ribetes grotescos. Las fachadas de las viviendas habitadas por los futuros emigrantes se colmaron de letreros ofensivos y recibieron la acción airada de turbas incontrolables, que las apedreaban y llenaban de inmundicias. En ocasiones se pasaba del insulto a la agresión. Esto sucedía fundamentalmente con aquellos que habían hecho ostentación de una insospechable militancia revolucionaria. Los que habían ejercido cargos y poderes, desde los cuales hostigaron a otros, recibían ahora de éstos un merecido pase de cuentas. Pero también se daba el hecho de que hoy recibiera su mitin aquel que ayer se destacó más en el mitin de ayer.

La palabra fascismo me subía, de lo más profundo, a los labios cobardes. Y cuando me negué a interrumpir mi clase por uno de esos famosos mítines me vi llamado al decanato para «aclarar» mi situación. Por suerte, al lado del decano, en representación del partido, no estaba Téllez, sino Álvarez Lozano...

–Sí, «esta gran humanidad ha dicho basta y ha echado a andar...» por El Mariel.

Lo ha dicho como habla siempre, irónico y desfachatado; haciendo alardes de su valentía, que es más bien cinismo. Está en medio de la cola del comedor de nuestra CUJAE. Y goza de su impunidad. Cercanos a él, algunos militantes del partido se hacen de oídos sordos. Me cae tan mal, me es tan chocante su postura de siempre, que no puedo evitar salirle al paso y convertirle el comentario de monólogo en diálogo.

–Perdone, profe, pero todos no se han ido. Es sólo la escoria;

340

y aun así... *no toda se ha marchado.* –Lo miro, ceñudo, para hacer más evidente mi indirecta: y mastico más que hablo–: *Aún queda gente* que debe irse...

–Oye, Ortega... –Me tutea molestamente, ignorando el trato distante que le otorgo y como si no se percatara de mi alusión–. Si todos son escorias, chico, ¡cómo ha producido escoria la Revolución! Se habla por emisoras extranjeras que ya son cerca de cien mil o más...

–Yo no puedo decirle cuántos miles son, porque nada más oigo la radio nacional...

–Pues haces mal, Ortega. ¡Hay que estar informado! Es como con la bibliografía de nuestras clases. Tú no revisas una sola fuente, ¿no es cierto? ¿O es que eres de los que sólo leen autores soviéticos?

No puedo dejar que se me escape, debo controlarme, este hijo de la gran puta no va a sacarme de mis casillas. Por lo menos, hoy no... ¡Vamos, Joaquín, haz un esfuerzo!

–Hablando de actualizarnos en nuestra información... *Usted* estará de seguro informado, que ya el mes pasado, el 19 de abril, coincidiendo con *nuestra* victoria de Girón, tuvo lugar LA MARCHA DEL PUEBLO COMBATIENTE, donde desfilaron muchos, pero muchos más de los que se fueron y de los que quieren irse. Allí se vio que hay otro pueblo. El verdadero, que no se marcha. Y que es mayor que «esa gran humanidad» a que *usted* se refería.

–Oye, colega, yo no soy el autor de la frasecita. Yo solamente la completaba... Y a esa manifestación lamentablemente no pude ir por encontrarme indispuesto. De veras, siento habérmela perdido.

–¡Pues no se aflija, profesor! Que para el próximo día 17 de este mismo mes, ya se está organizando otra marcha combatiente, en la que si lo desea, podrá participar. Digo... si se encuentra ya mejor.

Y no digo más. Hemos llegado a la entrada del comedor y tomamos cada uno nuestra bandeja. He hecho un descomunal esfuerzo por mantenerme sereno y el almuerzo, de seguro, que me caerá mal. Pero a este Hernández Zambrano alguien tenía que contestarle.

Viene hacia mí con su más provocadora sonrisa de puta. Se inclina frente a mi buró para mostrar —si yo quisiera mirar— en toda la profundidad del escote, hasta el ombligo. Y me dice, como secreteando una complicidad:

—¡Profe, está acabando! La misma compañera lo ha llamado como diez veces entre ayer y hoy. Mire, aquí están todos sus recados. Se llama Leticia y dice tener urgencia que usted le llame.

Me mira insinuante, mientras me extiende las pequeñas hojitas donde ha anotado las llamadas, dibujando en la primera un corazón. Le pongo mi cara de tranca más seca. A esta loquita hay que pararla. Desde que llegó a trabajar como secretaria del departamento, se ha templado a la mitad de los profesores. Y yo no entro en ese bebedero de patos. Pero… ¡contra, qué buena está! Usted verá, que un día de éstos le voy a tener que meter mano… Está puesta para mí y debe de ser tremendo palo… Eso no se puede negar. ¡Está riquísima! Pero no, la putería y el trabajo no ligan. Eso siempre termina por desprestigiarlo a uno. Ya lo dijo aquel: «donde comas, no cagues y donde cagues, no comas». Así que me le muestro condescendientemente paternal:

—Carmita, esa compañera es la esposa de un gran amigo mío y deben de tener algún problema grave cuando ha insistido tanto. Muchas gracias, por guardarme los recados…

—Ay, profe, no se ponga bravo. Yo todas las notas que son para usted siempre se las guardo en su casillero, pero como ayer usted no vino…

—No se preocupe, Carmita, muchas gracias…

Me levanto y voy hacia la oficina del decano, donde está el único teléfono que comunica desde nuestra facultad para la calle, pues los demás reciben pero no tienen salida. Es preocupante que Leticia, la mujer de Manolo, me llame con tanta insistencia. Hace rato que no sé de ellos. ¿Qué habrá ocurrido?

Cuando al fin logro establecer comunicación, es la voz bien turbada de Leticia, la que me responde:

—No, Joaquín, por teléfono no es conveniente que te cuente. Me hace falta que vengas lo más pronto que puedas.

—Pero ¿es tan grave la cosa?

—Más de lo que puedes imaginar. ¡Por favor ven!

Y es así que, horas más tarde, en rumbo hacia la dirección que me ha dado; pues desde que se mudaron del Cotorro, yo sabía que era en el Nuevo Vedado, pero jamás los había visitado. Sube trabajosamente mi cacharro la loma frente al zoológico y me adentro en las curvilíneas calles de este reparto, ahora copado por altos dirigentes. Parqueo frente a los amplios garajes, extrañado de la ausencia de escoltas para la residencia de alguien tan importante como Manolo.

Es la misma Leticia quien me abre. Está demacrada y muestra los ojos irritados, como por llanto reciente. En mi mente se cruzan las variantes más dramáticas y fatales cuando inquiero, grave, lleno de ansiedad:

—¿Qué pasa?

—Yo no me iba, Joaquín… Yo sólo fui a verlos…

Y no puede decir más, se ahoga en llanto y se me abraza, sollozante.

Cuando logro calmarla, me entero con asombro de que Manolo ha recogido sus cosas y se ha marchado, abandonándola; que los padres de ella han sido de los primeros en alquilar un yate y venir al Mariel con pretensiones de buscarla; que al arribar dieron su nombre, con lo que Manolo se enteró; y que, aun manteniendo su firme decisión al lado de quien escogió por esposo para toda la vida, Leticia acudió al puerto, convertido en feria de embarque, con la intención de verlos y hacerles patente personalmente su decisión de quedarse. La misma del cincuenta y nueve, inalterable.

Pero lo hizo contra la opinión del que cuidaba con celo su imagen personal y quizá su cargo político y usando para ello su carro estatal. El propio chofer de Manolo la llevó. Y éste es el motivo que, como traición, ha alegado mi antiguo compañero para dejarla y dar por terminado un matrimonio tan bello y unido. Una unión que se forjó saltando sobre la lucha de clases antagónicas y que ha perdurado durante tanto tiempo.

Anonadado por la familiar tragedia, que en ningún modo siento ajena, y sin saber todavía qué podré hacer por ellos, abandono el deshecho hogar de mis amigos. Leticia me ha pedido que hable con Manolo. Y yo no sé si podré hacerlo, ni si será conveniente, que lo haga…

343

Termino de hacer las conclusiones. Ahora, siguiendo la nueva metodología, haré preguntas de comprobación. ¡Qué camisa de fuerza impuesta a una clase! Una clase universitaria que debía ser toda creatividad. No dejan nada a lo espontáneo. El diseño uniforme de la actividad está concebido para que den clases los mediocres. Aquellos que, por no servir para profesores, ahora copan los cargos jefaturescos. Aquí se cumple aquello amargo de: «el que sabe, trabaja; el que no, manda». Pero, bueno, en un centro de educación superior, esto es más peligroso. Pues aun los que no saben enseñar, con esta tipificación tan estricta, dan clases. Otra cosa no podía esperarse cuando, la universidad y ahora todos los CES del país, y nuestro instituto entre ellos, están sometidos a un ministerio; y el ministerio dirigido por un ahora ministro, que fue director de un centro de enseñanza militar. El adocenamiento de la alta docencia, la militarización del aula, con su disciplina fría y formalista, carente de esencia... ¡Esto de pedirle a los alumnos que se pongan de pie al oír el timbre de comienzo me recuerda a Pavlov! A los alumnos también debe hacérsele insoportable oír clases todas iguales, con pase de lista, rememoración del tema anterior, preguntas de control al inicio, introducción, desarrollo y conclusiones con preguntas de comprobación al final. Todo cronometrado: diez minutos para la introducción, treinta para el desarrollo y diez para las conclusiones. Desde que yo estoy dando clases, y ya llevo veinte años en ello, sé y lo aprendí oyendo aquí mismo, lo mismo clases brillantes, magistrales, que farfullos tediosos o alardes de pedantería, que una clase nunca podrá ser igual a otra, aun cuando se aborden en ambas el mismo tema. Que una clase es un ejercicio donde participa no sólo el profesor, sino el alumnado entero, que no debe quedar como mero espectador pasivo. De esta forma el aula universitaria debe ser un taller del pensamiento y no una jaula, donde queden aprisionados la iniciativa y la creación espontánea. Pero los metodólogos imponen otra cosa.

Al fin, concluyo. ¡Qué tedio! Recojo mis tizas y el borrador, los echo juntos en la bolsita de polietileno que me hizo Sofía y como un postrer gesto de rebeldía no borro la pizarra. ¡Que se enteren al leerla que me salí del contenido señalado! ¡Al carajo! Tomo mi maletín y salgo, y en el pasillo es Guillermo avejentado y gordo, que viene a mi encuentro, sonriente.

—Si Mahoma no va a la montaña, la montaña viene a Mahoma...

—Oye, viejo, no me preocupa que te creas la montaña, me voy a preocupar cuando yo empiece a creérmelo...

Y es la risa que nos envuelve a ambos, un lazo de cordialidad y afecto fraterno, lo que nos hace caminar abrazados, intercambiando frases, rumbo a la salida, ante las miradas asombradas de alumnos que no alcanzan a entender tal efusividad entre un viejo y quisquilloso profesor y este visitante, a las claras tremendo dirigentazo. Porque la estampa de mi amigo, su vestuario y el Lada laqueado con chofer y antena de micro, que le aguarda en el parqueo, no dejan lugar a dudas acerca de su jerarquía. Secuestrado de esta forma por el cariño, me introduce en el reluciente automóvil, mientras ordena acostumbrado:

—¡A casa, Mario!

Extrañado por el destino, lo observo con detenimiento. ¿Me verá él a mí tan cambiado como lo noto yo a él? Seguro que sí. Lo que pasa es que uno se mira todos los días y no nota el cambio. A Guillermo no lo veía desde su regreso de Granada, en el ochenta y tres. Entonces, él estaba de director de una poderosa empresa constructora. Ahora mi viejo camarada es dirigente de la UNECA, una corporación cubana especializada en la contratación de obras en el extranjero. Su historial, tanto revolucionario como profesional, más el conocerlo compañeros como Quintín y Manolo, ahora ambos en el comité central, le valieron una justa promoción al cargo que, por sus proyecciones internacionales y por ser fuente de pingües ingresos para la economía del país, reviste importancia jerárquica de ministro. Como tal, en varias oportunidades había recibido solicitudes suyas, referidas a la ubicación de un par de alumnos del quinto año, a los cuales prometía adjudicar trabajos de diploma en su nueva empresa. La verdad es que no había tenido tiempo de atender a su petición y no me atraía la idea de fungir de tutor en proyectos a ejecutar en el exterior, alrededor de los cuales se movían tantos intereses. Dejando para luego el telefonearle, siempre me disuadía de hacerlo el convencimiento de que tendría que hablar con su secretaria, por encontrarse él ausente o muy ocupado. Además, el segundo semestre se encontraba ya muy avanzado y todos los diplomantes tenían sus trabajos de tesis asignados. De ahí su queja y referencia a Mahoma y la montaña.

Lo observo en su transformación, para mí a saltos: capataz de obra, conspirador fogueado, luchador clandestino, hombre valioso por calificado en la construcción, discriminado por el sectarismo, amparado de sus victimarios por Galgueras cuando éste era viceministro, haciendo valer sus dotes, primero en el distrito y más tarde en obras diseminadas por toda la isla, ascendiendo a fuerza de merecimiento hasta llegar a director de empresa, enviado a Granada como tal, combatiente allá de nuevo, prisionero de los yanquis, repatriado a través de la Cruz Roja Internacional, regresa hosco y callado como cuando lo conocí... Joven y enjuto entonces, grueso, canoso y viejo ahora... ayer un pobre emigrado oriental, hoy un poderoso empresario con tremendos poderes y recursos...

—¡La verdad, Loco, que te das tremenda lija! E independientemente del trabajo, nosotros nos conocemos y queremos *de atrás*, ¿no es cierto? Sí, sí, ya sé que tú a los dirigentes los quieres bien lejos de ti. Pero yo soy tu socio de toda la vida, ¿no? Además, te tengo una sorpresa.

—¡Mira quién habla! Si para verlo a usted, compadre...

—Pues mira, que hoy he dejado todos los rollos de la empresa para tomarnos el día juntos, como en los buenos tiempos. Y cuando veas la sorpresa que te tengo, te vas a tener que tragar toda la mierda esa que piensas. ¡Deja que lo veas...!

Así, entre muestras de afecto inmutable y cariñosas recriminaciones, hemos llegado al otrora Country, ahora reparto Siboney. En una de sus antiguas mansiones, ahora restaurada como nueva, tiene su residencia mi viejo y querido Guillermo. Su mujer, la China, mote que algunas veces nos hace difícil recordar su nombre, no tarda en venir a darnos la más familiar bienvenida, al igual que sus tres hijos, que por la falta de costumbre en el trato se muestran un poco cortados.

346

—Están grandísimos. ¡Cómo pasa el tiempo, señores!

Exclamo, sorprendido ante la prole que me contempla como a bicho extraño. Pero Guillermo no me da tiempo a ensayar otros comentarios, gastados por usuales en momentos como éstos.

—¡China, tráele al llorón que éste no conoce! ¿Está despierto?

—¡Ah! ¿Conque ésta es la sorpresa? Un nuevo miembro de la dinastía.

Y no me da tiempo a sorprenderme la aludida y ya vuelve trayendo en brazos a una criatura como de ocho meses, que berrea grandilocuentemente.

—¡Dile, dile al Loco cómo se llama el gritón este!

Ella sonríe, cómplice y complacida, mientras trata de acallar con mecimiento tierno al escandaloso.

—Le pusimos Joaquín... ¡Adivina por quién! —me dice.

—¡Ojalá no tengamos que arrepentirnos! —agrega Guillermo, orondo.

Me enmudecen la emoción y la sorpresa. Ahora sí me han conmovido. Esto no lo esperaba. Me han tocado hondo. Sólo atino a exclamar:

—¡Ustedes están locos!

Y estremecido por esta muestra de un afecto raíz, que no necesita ser alimentado por el trato frecuente y continuado, que yace allá en el fondo, protegido del tiempo, inmutable, me lleva, brazo sobre el hombro, el dueño orgulloso de la casa a la terraza posterior alzada sobre el patio. Allí está instalado un bar íntimo y amable, desde el cual se divisa la piscina de un azul indescriptible. Y allí, instalados en mullidas y altas banquetas, frente a la barra espectacular, con pecera empotrada, continuamos nuestro diálogo.

—Hace rato que quería tener esta oportunidad, cacho de sinvergüenza. Pero la lucha diaria, verdad que no nos deja hacer lo que más deseamos...

—¡Déjate de excusas, mi hermano! Pero lo que no te perdono es lo que le has hecho a ese niño poniéndole mi nombre. ¿Cómo se te pudo ocurrir semejante desatino?

—Vamos, vamos, que te has puesto de lo más orgulloso. A ti lo que sientes se te ve por afuera. Ése siempre ha sido uno de tus grandes defectos, Loco. Pero por el mismo, muchos te queremos. Y tú, de ingrato y loco como siempre, desgaritao. Sin querer verlo a uno...

—Yo podría decir lo mismo de ti. Que desde lo de Granada... Que yo sí fui a verte, en cuanto llegaste. Y que si no fui al propio aeropuerto, fue porque no lo permitían, ya que estaba Fidel y toda la plana mayor recibiéndolos a todos ustedes, uno por uno.

—¡No me recuerdes aquello, compay! Si lo viste, aunque sea por televisión, te pudiste dar cuenta que no todos llegamos iguales. Hubo compañeros que venían heridos, otros casi desnudos. Pero también venían los que parecían llegados de un viaje turístico, con bolsas y jabas repletas de sus últimas compras... A mí aquello, con todas las cosas que se publicaron y dijeron, me avergonzó mucho. ¡Mira que comparar a Tortoló con Maceo! Por suerte, la verdad es como el sol, que siempre sale, aunque demore por la nublazón. ¡Hablemos de otras cosas!

»¡Mira! Este negocio en que estoy, es en grande. ¡Dame a dos alumnos tuyos, de los buenos, y no te arrepentirás! Yo me encargo de todo. Tú nada más dámelos y asesoras el diploma.

—Guillermo, ya están entregados todos los trabajos de diploma, al curso le quedan dos meses por concluir. Tendría que ser para el año que viene...

—¡Que año que viene ni año que nieve, coño! Lo de nosotros es ahora. ¿O es que de tanto dar clases ya se te olvidó lo que es una obra? Las obras no pueden esperar, Joaquín.

—Tú no entiendes, viejo...

—El que no entiende eres tú. Parece mentira, con lo estudiado que siempre fuiste. Mira, te hiciste ingeniero, ¿y qué? Parece que dando clases y clases se te ha secado el seso. Debías venir para acá conmigo, hermano. ¡Aquí sí hay plata! Esto es el futuro... ¿O es que tú no piensas en tu futuro? Oye, ¡despierta! El futuro es la empresa mixta tipo capitalista. Única capaz de traer lo que más necesita el país: DIVISAS. Lo demás, es secundario... ¡Mándame los dos puñeteros estudiantes y después vienes tú, que yo resuelvo tu traslado...!

No, mi amigo no entendía de aquellas cosas de la docencia, ni de mi vocación por ella. Como quizá no podía entender otros problemas de nuestro acontecer, aunque siguiera siendo el mismo. Pero ahora, viviendo en aquella mansión, con tantos recursos a su disposición, tanto en su vida privada como en el trabajo, Guillermo sentía que todo lo podía. Su trabajo seguía siendo la construcción, pero en realidad era otro. Ya no era el capataz. ¿O seguía siéndolo, aunque en otro nivel superior? ¿Qué tipo de nuevo empresario encarnaba mi amigo?

Pasamos así, no obstante, una tarde inolvidable en la que conversamos de todo. Una tarde en que sacamos, jocosos, un poco de memorias empolvadas. En la que le hablé de Sofía y de nuestros destinos. Ya tarde, cuando nos despedimos y ordena a su chofer que me lleve de regreso, sabiendo ambos que era un vano propósito, nos prometimos vernos, de ahora en adelante, más frecuentemente...

Un segundo domingo de mayo, de cualquier año en este segundo tiempo tormentoso

En Cuba el segundo domingo de mayo está dedicado a las madres. De esta forma, no es un día fijo del mes. No es una fecha, no es un guarismo, un número que llegáramos a aborrecer o adorar. Puede ser lo mismo el 8 que el 14. En definitiva, el amor a la que nos dio la vida no puede encerrarse en cantidad. Es cualidad viva. No hace falta un día para sentirlo. Yo aborrezco este segundo domingo. No me es necesario para hacerme evidente la ausencia que tanto siento, para recordar la triste vida de quien, todo sacrificio y entrega, fue mi regazo tierno y consuelo pronto, justificación de mis faltas, apoyo incondicional y desvelo permanente.

Todos los días de todos los años, sé que un mal día, como para hacerme más hombre en mi soledad, se me murió. Y que ya no la tengo. Antonia Espasande llenó con su certificado de defunción el último documento de un grueso y sudoroso expediente laboral. Los tíos, a cuyo abrigo nos acogimos su otra hermana y yo, en Arroyo Apolo, se encargaron de hacerme sentir aún más su ausencia con sus incomprensiones y frialdad. No eran en realidad mi familia. La mía, la única que tuve en realidad, la enterramos un inolvidable y triste día, en una losa alquilada que no he vuelto a visitar. ¿Para qué? Ella, viva, laboriosa siempre, la tengo enterrada aquí, en mi corazón, donde le brindo tierno tributo cada día, todos los días. Por eso no resisto este segundo domingo de mayo, declarado homenaje anual a las madres, donde parece que todos se sienten obligados a recordar. Yo recuerdo siempre. Y como cada deplorable segundo domingo de mayo, me impongo visitar a las madres de más compañeros que ya no están. Hoy, sin falta, iré a ver a la madre de Vicen y a la de Papito. Yo sé que ellas me esperan…

Picardía

Me llamo Elpidio Picard Díaz, el Pillo para mis familiares y amigos, pero todo El Cotorro me conoce como Picardía, juntándome los dos apellidos. Los apodos, tanto el de andar por casa como el más popular, me cayeron por aquello de «cría fama y...». La verdad es que desde chiquito yo siempre estuve a la viva y fui un bicho desde que era así, de este tamaño. La humanidad no te da otro chance: o eres vivo o eres bobo. Y el vivo vive del bobo. Esto es tan así, que basta que se reúnan dos personas para que una de las dos siempre joda a la otra. Y en esta vida no hay que dejarse joder. Nací aquí y conozco a todo el mundo en este pueblo y todos me conocen a mí. Claro que la fama me la han aumentado. Yo soy un hombre luchador y mis frijoles siempre me los he buscado. ¿Que para agenciarme dos pesetas le haya hecho una maraña a alguien...? ¿Qué culpa tengo yo de que en el mundo existan gentes loquitas por creer lo que cualquiera les diga? Bobos que nacieron para que alguien más bicho les diera. Yo nunca he engañado a un infeliz. Ni a nadie que viva «despierto», porque ya lo dice el dicho: «perro no come perro».

Con los muchachos me metí en la conspiradera porque los jamo bien desde que éramos chamas y porque si va y tumban a Batista y agarran el gobierno, entonces vamos a ver a cómo tocamos y habrá que tocar, bien tocao, al Pillo Picardía, «que es nuestro socio y estuvo de lleno con nosotros». Es verdad que han caído pejes extraños en el jamo, como esos que vinieron del campo a trabajar en la obra de Antillana de Acero, y andan midiendo la finca y eso con sus aparaticos de telescopio y una pila de palos rojos y blancos. Pero Guido les tiene confianza y les abrió el banderín, a pesar de que, para ser del campo, bien habaneros parecen, menos el que le dicen Guillermo, que ése sí se ve que es un guajiro macho cogío con ariques. ¡Vaya usted a saber! Yo a ellos les tengo mi respeto y no me les acerco mucho ni les doy confianza. Por eso la maraña que tengo en el coco se la conté a Guido solito. Porque es un bisne para efectuar entre dos y más nadie se tiene que enterar.

Cuando vayamos a Calabazar, a la casa del viejo Callejas, que es retirado de la Marina y tiene el peo de la cacería y por eso mismo varias escopetas, que es lo que le interesa al Movimiento, de paso, el Guido y yo podemos dar el palo y hacernos de un chorro de billetes que el viejuco tiene en un cofrecito, arriba de la chimenea de la sala. Por eso le dije a Guido que a la casa debíamos entrar él y yo y nadie más. Que los otros esperaran en el carro afuera, porque para transportar tres o cuatro escopetas y algunas cajas de cartuchos no hacía falta más nadie. Yo, porque el viejo me conoce desde que le arreglaba el jardín y le hacía algunos mandados y él, porque era el jefe de nosotros. Así, los demás no tendrían que enterarse del palo de los billetones, que quedarían para nosotros dos, en el más estricto subuso. Guido al principio pareció sorprenderse, pero no, enseguida me preguntó si yo estaba seguro y que, si la cosa quedaba entre él y yo, contara con él para la operación. Es bobería, a todo el mundo le gusta el guaniquiqui y más cuando es fácil.

Pensándolo bien, ahí el único que se quema soy yo, que el viejo me conoce y aunque no sabe dónde vivo, sí me puede denunciar. Pero no, según parece, cuando tengamos las armas, ya no va a importar, pues se va a formar la gorda, que algo bien grande se viene preparando para este mismo mes de abril. Y todo el mundo está esperando la gran huelga, que no se han cansado de anunciarla bien. Mientras espero la operación, voy a ver si le vendo al gallego Arsenio unas papeletas para la rifa de un televisor y le digo que es para el Movimiento. Ese gaito está loquito por cooperar con algo y plata le sobra, que por algo es el dueño de la bodega más grande de todo el reparto Lotería. Las papeletas me las imprimió Fernan en su imprentica y me salieron de gratín, porque le dejé caer que era un asunto de recaudadera de fondos para la Revolución. Y del televisor ni me preguntes, porque ¿tú eres bobo? ¿De dónde voy a sacar un televisor yo?

ABRILES, ALGUNOS ABRILES

1986

–¡Me cago en los siboneyes!

La exclamación me sale de lo más angustiado de la desesperación, de este desespero de ser fumador y amanecer sin un solo cigarrillo y con todos los ceniceros ya esquilmados de colillas aún aprovechables. Aquellas que, al aumentar mi ansiedad, disminuyeron con mi exigencia su longitud, para resultar siendo aprovechables todas, hasta la más diminuta y aplastada. De esta forma, me alcanza la maldición de los que vieron, en la barbarie de la conquista, exterminar su raza y que, como justa venganza, maldijeron, generación tras generación, a los descendientes del genocida hispano. Y entre ellos, a mí, que soy un fumador impenitente.

La verdad que en quien debería cagarme es en mi lejano antepasado español y no en sus víctimas, que bien hicieron en dejarle y por ende, dejarnos, la terrible maldición del tabaco. Me parece estar viendo a un gran behíque ante la hoguera ritual, invocando a Mabuya bajo una gran luna antillana:

«¡Señor de las tinieblas! ¡Haz que éstos, que se dicen cristianos, tomen tal afición al cohiba, que los hijos de los hijos de los hijos de todos sus hijos y durante miles de lunas, suelten el resuello y mueran entre terribles dolores, causados por el azul humo! Que ya no haya aire que les alcance para respirar y que sus entrañas desgarren en vómitos de sangre. Sólo así, pagará el hombre pálido el crimen cometido contra los míos.»

Y hay, casi quinientos años después, un crimen que se me antoja parecido: el del que especula ahora con la escasez de cigarros y tabacos en nuestro mercado, como aquel que ayer me pidió treinta pesos por una cajetilla. ¡Treinta pesos! Casi el ocho por ciento de mi salario mensual. Pero bueno, éste se aprovecha de mi vicio. Y es tal esta carencia entre tanta carestía de todo, que aun sufriendo las demás, llega a ser, el no tener qué fumar, la que más me afecta; así que, mirándolo con ganas de matarlo, le di los treinta pesos. Al que no perdono es al que se le ocurrió fijar la cuota mensual per cápita en tres cajetillas de fuertes y una de rubios (que no tolero por recordarme a los *americanos*) y que le dio el derecho de adquisición a todo el mundo, fumara o no. Resultado: los no fumadores concurren con la codiciada mercancía al cada día más nutrido mercado negro. Y así es con todo. Como todo está normado o racionado a través de una libreta igualitaria e igualadora, no hay producto que «nos toque» que alguien rechace. Todo el mundo *saca lo que estén dando*, así sean tibores sin asa. Hasta la simple terminología del comercio se ha modificado. Ya no decimos: «¿qué están vendiendo?», y al llegar a la cola preguntamos: «¿Qué están dando?» La red estatal, de comercializadora ha pasado a distribuidora. Esto es en cuanto a la canasta básica. Pues una cadena de mercados y mercaditos, encabezada por el GRAN SUPERMERCADO CENTRO, sí comercializa, a precios mucho más altos, productos que no se *dan por la libreta*. Y a este mercado, llamado «paralelo», sólo tienen acceso los de altos ingresos, limitándose el resto de la población a acudir a los mismos de forma eventual, para reforzar la magra ración diaria en ocasiones de especial significado y relevancia. Muchos son los que, con el producto de sus ventas de lo normado y no consumido, se unen a la fila de compradores en el mercado paralelo. Y muchos también los revendedores que copan los primeros turnos con fines especulativos. Sofía y yo, a pesar de estar viviendo juntos en la casa, que al fin *le dieron* (ni yo me salvo de la nueva semántica) en Fontanar, hemos conservado cada cual su libreta de abastecimientos de solitarios. De esta forma, cada uno de nosotros es considerado un *núcleo familiar* de una sola persona; y los productos, que son distribuidos por núcleo, nos benefician en forma doble. Somos un matrimonio –aunque no oficializado– con dos libretas. Situación en extremo ventajosa y privilegiada en esta época de estrecheces. A ella, como profesora, le han hecho un contrato de arriendo de una de las tantas casas abandonadas por sus antiguos dueños. Ha sido tanto el éxodo de las clases altas y medias, que repartos como Miramar, Nuevo Vedado y Fontanar han quedado prácticamente vacíos. En ellos se han organizado las llamadas *zonas congeladas* encargadas de administrar estos inmuebles, muchos de los cuales han sido cedidos a la universidad, para su distribución entre el personal docente necesitado de vivienda.

¡Sofía y yo viviendo juntos! Todavía me cuesta trabajo convencerme, a despecho de las dos libretas de abastecimientos, testimoniantes de lo contrario, que ella y yo somos un núcleo familiar, amparado por el mismo techo. ¿Cómo pudo ocurrir esto? ¿De qué manera fue practicándose esta unión tan sólida y estable, que dio muestras de solidez y estabilidad desde los primeros momentos y que terminó con mi condición de albergado en la CUJAE...?

Primero se fueron los destornilladores, el martillo, un serrucho y la trincha para carpintear ventanas y puertas desgoznadas. Herramientas para trabajos simples de plomería, junto a zapatillas para llaves, les siguieron en el desfile. La ropa fue quedándose poco a poco, para lavarse por sucia primero, y después ya no regresó. Libros que me acompañaron en una que otra visita permanecieron allá y no quisieron volver. El torrente de mis cosas, en un flujo indetenible hacia la nueva casa de Sofía, fue constante, hasta que sólo quedé yo por quedarme allá definitivamente. Y es que esta unión de nosotros ha sido natural y madura, como toda cosa necesaria, exenta de precipitaciones ni premuras, sin forzar cada paso, donde todo cae por su propio peso. ¿Serán los años? No por gusto pronto voy a cumplir cincuenta... ¡Yo, Joaquín Ortega, cincuentón! ¡Me es difícil creerlo! Más me inclino a pensar que en Sofía he encontrado, al fin, la compañera que compensara todas mis locuras y precipitaciones, mi necesaria contraparte y equilibrio, mi ideal pastilla de meprobamato. Lo maravilloso es que ella dice, para mi extrañeza, lo mismo de mí. Sea por lo que fuera, en la mayoría de las cosas gustosamente le doy la razón y la complazco, comportándome como ella espera que lo haga. Aunque en muy contadas ocasiones me suceda como en el caso aquel del medalleo y las condecoraciones...

A regañadientes, más por complacerla que por convencimiento propio, he accedido a tramitar mi *Medalla de la Clandestinidad*. Forzándome, redacté la autobiografía solicitada y les pedí a Manolo y a Guillermo los dos avales necesarios para efectuar los trámites. Hasta me retraté como se establecía en los requisitos, para llevar dos fotos tipo pasaporte y dos pequeñas de una por una. Y con todos estos documentos he acudido, muy a mi pesar, a la Casa del Combatiente situada en el reparto Mulgoba. Una serie de prejuicios se había ido acumulando en mi mente contra estas distinciones, con las que la Revolución pretendía distinguir a los que por ella pelearon. Primero fue la respetable cantidad de *combatientes clandestinos* que, por municipios, según el periódico *Granma*, habían obtenido la condecoración. Que si en La Habana Vieja, quinientos; que si en Playa trescientos; que si fueron cuatrocientos los que en El Cerro la recibieron. Y señores, uno se preguntaba, ¿de dónde han salido tantos combatientes? ¿Cómo fue posible que Batista durara siete años con tanta gente peleando en su contra? La oreja del oportunismo, como una respuesta a tanto reclamante, se me hizo evidente cuando, en secreto a voces, se decía que los honrados con la presea recibirían a la hora del retiro un sustancioso aumento en sus pensiones de jubilados. Y aquí estoy, por complacer a Sofía, en espera de la entrevista que, tras larga cola, me hará un oficial de nuestro ejército, nombrado como jefe municipal de la Casa del Combatiente, entidad responsabilizada con dichos trámites.

Primero ha sido en la antesala, torturarme los oídos con tanta historia de increíbles hazañas contadas por sus protagonistas. Aquí todos fueron aguerridos luchadores, ajusticiaron esbirros y pusieron bombas. Bombas… ni contando con las cien de la noche famosa organizada por el inolvidable Sergio, me cuadra la cifra aquí reclamada como obra propia. La Habana hubiera sabido de un tiroteo continuo de siete años de duración, de ser ciertos los tiros que todos éstos dicen haber tirado. Con gran esfuerzo me he mantenido callado ante tanto palique en la espera. Así que, cuando me llega mi turno y me hacen pasar a una oficina pequeña y sin ventanas, voy supertenso y bien cabrón.

Un mayor en traje de campaña me da cordial bienvenida y me convida a tomar asiento frente al buró que ocupa. Es un hombre más o menos de mi edad, fornido de constitución, más ancho que alto, con ese tinte en la piel y esas facciones típicas del serrano oriental: medio indio, medio mulato, de ojos achinados y pelo negrísimo. Recibe mi documentación, le echa un vistazo y a modo de preámbulo, comienza:

—Así que… Ortega Espasande, Joaquín… ¡mmm! Y dice haber peleado… a ver, desde el mismo 1952 hasta el cincuenta y nueve, que se licenció… Mire, compañero Joaquín, ¿está bien? Usted no ignora que para recibir la correspondiente medalla de COMBATIENTE —ha remarcado significativamente la palabra— es necesario haber *combatido de verdad*. Porque hay que establecer la diferencia entre el verdadero combatiente y el colaborador; muy meritorio por cierto, pero que, en definitiva, hizo sólo eso: colaborar de alguna forma con la Revolución. Para ellos existe otra medalla. Porque combatir es haber participado en combates como en el monte. Aunque yo sé que en las ciudades, y eso es histórico, también los hubo, pero muy contados… por ejemplo, el Moncada, lo de Cienfuegos…

No lo dejo terminar, ya sé por dónde viene éste y lo atajo con toda la energía acumulada durante la espera:

—¡Mire, no se moleste en explicarme! Ni comience ningún trámite para expedientarme. Yo, lamentablemente, ni combatí en el Moncada ni en Cienfuegos. Pero una cosa sí quiero aclararle…

Trata de interrumpirme, como excusándose, aunque muy torpemente:

—Usted es el que no debe molestarse, Joaquín, yo solamente quería…

Pero ya no lo dejo seguir. Este empachao pretende ignorarnos a los que nos batimos en las aceras y el asfalto, sin ver la lomita protectora. Ahora resulta que los únicos que combatieron fueron ellos y la pila de descarados que están allá afuera contándose mentiras. Con ellos no me va a confundir, ¡no señor! Así que le replico, violento:

—¡Déjeme aclararle! ¡Y que le quede bien claro, *compañero mayor*! Yo sí que maté hijos de puta, sí me batí con uniformados vistiendo yo de civil. Y lo hice al pegao, como estamos usted y yo ahora, y no desde una montaña a doscientos metros y con mirilla telescópica. Ahora, si a usted le parece que eso fue cosas de *colaborador*, ¡allá usted!

–¡Usted no puede hablarme así...!

El insulto contenido en mis palabras le ha llegado hondo. Tan hondo como a mí sus intolerables suspicacias. Se levanta, brusco, de su asiento. Pero yo también me he levantado, por delgado, mucho más ágil:

–¡Usted es el que no puede equivocarse así conmigo!

Rápido, recojo el sobre con mis papeles, que había colocado sobre la mesa; y con ellos hecho un amasijo en la mano, que se me crispa colérica, lo miro rabioso, le doy la espalda y abandono el local. Bufando, atravieso el portal lleno de «combatientes» aspirantes a la medalla.

Mientras me alejo del, en otro tiempo, exclusivo reparto Mulgoba, me voy convenciendo de que, por esta vez y en el asunto de las medallas, no podré complacer a Sofía. Estoy seguro de que ella comprenderá. Voy tan ofuscado, que no reparo al pasar frente a una mal conservada finquita de recreo, que allí estuve yo hace, lo que parece ahora, una enormidad de años...

1976

Con la institucionalización del país todo, dotados de una nueva constitución, que en plebiscito todos aprobamos, los órganos de la administración central del Estado también se han reestructurado. Acorde a ello, un nuevo ministerio ha sido creado: el Ministerio de Educación Superior. Al mismo se supeditan la universidad bicentenaria, la de Santiago y Las Villas, y los nuevos Centros de Educación Superior (CES), que tuvieron su origen en aquélla y que ahora se separan como planteles independientes. Surge de esta forma, con vida propia, el INSTITUTO SUPERIOR POLITÉCNICO JOSÉ ANTONIO ECHEVERRÍA. Y lo que fuera facultad de tecnología de aquella universidad de tan glorioso pasado, pasa a ser el ISPJAE de dificultosa pronunciación. Ahora, según la nueva estructura, tenemos un rector donde ayer hubo un decano. Las antiguas escuelas de ingeniería y arquitectura, al convertirse en facultades, en lugar de un director poseen ahora un decano. Y con el decano de la facultad de ingeniería civil, no tardo yo, Joaquín Ortega, en tener el primer encontronazo. Aunque, pensándolo bien, el primero fue por lo de las categorías docentes y las comisiones de categorización, que este mismo sujeto presidía. Allí, el muy... quiso evaluarme como asistente y no para profesor auxiliar, como mi expediente merecía. Y cuando Álvarez, que estaba en la comisión también, hizo valer su opinión, trató de implantar conmigo aquello de: «te toca, pero no hay. Hay, pero no te toca». Pero bueno, yo había acumulado méritos suficientes, tenía docencia impartida de sobra y resultados de investigación publicados como para no dejar dudas de mi derecho a ocupar una de las plazas disputadas, y que el flamante decano de la estrenada facultad pretendía otorgar a un favorecido suyo. Ahora, con los automóviles que les venden a los profesores, ha visto la oportunidad de joderme y aplicarme la salomónica fórmula. En el primer lote asignado, se disculpó de no ofrecerme uno, «porque Ortega, aunque viejo, ya tiene su cacharrito». Cuando volvieron a vender, entonces eran los reservados para titulares y dirigentes. Y ahora, cuando la historia se repite, me dice muy paladinamente que éstos son para trabajadores de más baja categoría que la mía. ¿Y en definitiva, a mí cuándo me toca? Hasta ese momento, era potestad del decano otorgar los carros. Pero cuando le orquesté una de mis broncas, el asunto pasó a manos de una comisión de adjudicación, creada con el sindicato y el partido, en la cual, él, el pobrecito e inocente decano, era sólo uno de los factores. No en balde este tipo es amiguísimo de Téllez. Había que ver la cara que puso cuando le solté aquello de las «C» que él tenía y de las cuales ninguna era la «C» de cojones, pues todas se las habían dado: C de cargo, C de categoría docente, C de candidatura a doctorado, C de casa, C de carnet y C de carro. ¡Tiene seis C nuestro decano! ¡Y le falta la fundamental!

Sí, aquí hay muchos desesperados por alcanzar unas cuantas C que no tienen. Yo tengo la mía y nadie me la dio, pues nací con ella.

Hoy es 16 de abril. Día del Miliciano. Hoy, hasta los locutores de la TV aparecen frente a las cámaras con el uniforme de las milicias y como veo a tanta gente diferente igualándose con el, para mí, tan respetable atuendo, prefiero no sacar el mío. Hoy se cumplen quince años de la proclamación del carácter socialista de nuestra Revolución.

1961

Desde diciembre estamos prácticamente en zafarrancho de combate, esperando la agresión que, con toda certeza, sabemos que viene. Solamente atrincherada, sin contar con los entrenamientos, mi batería del batallón universitario lleva casi tres meses. Dulce está que trina, pero ya me importa un comino sus refunfuños, ni siquiera sus gritos y escandaleras de recibimiento, las pocas veces que, de pase, puedo llegarme por la casa. Ayer han bombardeado el aeropuerto de Ciudad Libertad, la antigua Columbia. Y el de la base de San Antonio y el de Santiago han recibido igual castigo. Pintados con las insignias de nuestra fuerza aérea, escuadrillas de B-26 han consumado la agresión, que a todas luces se pinta como el preludio de la esperada invasión. Estoy en el multitudinario entierro de las víctimas del bombardeo. Con toda mi unidad y miles de milicianos más, ocupamos varias cuadras de la calle 23. Nosotros, por haber salido de la Colina, hemos quedado encabezando casi el desfile fúnebre, pegados a la tribuna en la esquina de 23 con 12, apenas a una cuadra de la entrada del cementerio. Fidel despide el duelo. Y proclama enardecido ante estos nuevos mártires de la patria lo que ya todos sabemos y todavía para algunos era incertidumbre, a veces pintada de chiste. Ya no hay tal melón verde por fuera y rojo por dentro. Ya es hora de sacar al exterior la verdadera naturaleza aún no proclamada, pero no por callada evidente, de nuestra Revolución. ¡Que salga ya a la luz nuestra entraña roja! ¡Somos SOCIALISTAS! Y esto que estamos haciendo y que seguiremos haciendo es una REVOLUCIÓN SOCIALISTA. Y estas armas que empuñan nuestras manos decididas están prestas a defender «la Revolución de los humildes, por los humildes y para los humildes». El sentimiento de la muchedumbre se torna del dolor a la más enfebrecida resolución. Ya no es tristeza ante la pérdida irreparable. Ya no es el dolor compartido que se resuelve en llanto. Es ira, cólera presta al cobro justiciero. De repente, este entierro, con toda su significación política, me retrotrae a otro doloroso suceso, en el cual también acompañábamos a su última morada a un compañero en otro abril. Hace tres años...

Es ira. Justa ira. La que cierra los puños, crispa las mandíbulas y borra las lágrimas. La calle es nuestra. Los comercios espontáneamente cierran. Es un coro gigante el que ahora entona *La Marcha del 26*. Guido, después de muerto, ha tomado El Cotorro y la carretera que conduce al cementerio...

«... que sirva de ejemplo a esos que no tienen compasión... Pues somos... soldados que vamos a la patria a liberar... Limpiando con fuego, que arrase con esa plaga infernal...».

El jefe de las milicias del 26 en este pueblo ha sido brutalmente asesinado, al igual que otros tres compañeros nuestros, apresados todos durante la huelga. Las bestias se han ensañado con él. Cuando le pusimos encima al féretro, en la funeraria misma, la bandera rojinegra de nuestro Movimiento, los esbirros, que vestidos de civil aún se pavoneaban en la acera y el portal, desaparecieron. Allí estábamos un grupo compacto decidido a lo que fuera. A la inmolación colectiva misma. Estábamos dispuestos a *todo*. ¡A todo! Y las hienas y los chacales comprendieron. No era lo mismo asesinar a mansalva que enfrentar a una multitud airada, que nos respaldaba, y a un grupo temerario, dispuesto a pelear y hacer justicia... Todo el pueblo del Cotorro está en la calle, colmándola desde el frente mismo del establecimiento mortuorio, a dos cuadras de las Cuatro Esquinas, adonde aún llega en masa compacta de solidaria adhesión. Todo nuestro grupo está dentro del salón y de la capilla, rodeando el ataúd. Los ojos lucen irritados, pero secos. La expresión de los rostros en que se borró el llanto es unánimemente dura y decidida. Hemos venido al entierro armados.

Sí, habíamos salido a la calle a enterrar a nuestros muertos, pero habíamos salido no inermes, sino armados y dispuestos a dar combate. Como hemos salido hoy. Listos a enfrentar a sus asesinos, abandonábamos la clandestinidad y surgíamos temerariamente a la luz, sin temor a nada, dispuestos a todo. Como hoy, en este otro entierro, en que también asomamos a la luz pública, como lo que en realidad somos: *¡socialistas!*

1960

Es una costumbre que se me ha quedado. Una costumbre desagradable, estamos de acuerdo, pero no puedo evitarla. Se me ha convertido en una molesta necesidad interior, que me exige satisfacción en acciones ejecutadas mecánicamente. Así, cada vez que llego a un lugar –y sobre todo si es por primera vez–, lo reviso en busca de salidas laterales o traseras. Esto me hace aparecer como impertinente y poco respetuoso con una privacidad a la que no se me ha brindado acceso. Otra manifestación de este resabio es que no puedo, no, de ninguna manera resisto sentarme de espaldas a la calle o entrada. Y estas dos cosas se conjugaron, para mi desdicha, el mal día que Dulce se empeñó que fuéramos a visitar a unas amistades suyas, recién mudadas para La Habana. ¡Aquello fue el desastre! La casa en cuestión estaba como encajonada por otras construcciones, que parecían asfixiarla; y mostraba, para colmos de remate, en todas sus puertas y ventanas recios enrejados. La sensación de cárcel se hacía evidente desde la primera ojeada. Fue por ello, más que por parecer gentil y espléndido, que hice la invitación «a comer fuera». ¡Nunca lo hiciera! Al llegar al modesto restorantico al que, con decoro, podía limitar mi convite, todo se convirtió en catástrofe: primero fue arrebatarle, contra toda cortesía, la silla a la amiga de Dulce, pues la mía, la que me iba a tocar, estaba precisamente de espaldas a la entrada. Luego vino el que la comida italiana, especialidad del establecimiento, no fue del agrado –más bien no la resistían– de nuestros invitados; esto se sumó a la imposibilidad de entablar una conversación de compartido interés con ellos, a la forma escandalosa con

362

que absorbían los espaguetis y a los insoportables esfuerzos de mi esposa por hacerme aparecer como un héroe de novela radial –única cosa que ella conoce– y pintarme como un legendario personaje ante los ojos de la pareja agasajada. Todo fueron nubes de tormenta acumulándose para, al fin, estallar con la violencia del trueno, a nuestro regreso al Cotorro…

No esperas a llegar para comenzar el escándalo. Tiras con violencia la cartera sobre la cama y te vuelves, llena de agresividad hacia mí, que no he acabado todavía de cerrar la puerta. Gritas, gesticulas, la voz ronca y la cara congestionada:

–¿Por qué, por qué tienes que hacerme esto? ¿No concibes, aunque sea un día, comportarte como una persona normal? ¿O es que tienes que humillarme y hacer siempre el ridículo? Que bien se ve que te gusta tu fama de loco. ¡Qué pena me has hecho pasar con esta gente! Para eso tenías que convidarlos, ¿verdad?

Y es tu voz en sordina, que ya no escucho, la que me acompaña en una estampida que me hace volver a la calle, a su frescor y quietud. La noche está estrellada y pienso en aquel que dijo que las estrellas sólo existen para los que miran hacia el cielo. Dulce, por contraposición, sólo existe para el que quiera escucharla y yo no deseo oír más. Me largo buscando aire fresco. Agarro la Monumental en busca de kilómetros de carretera limpia de tráfico. Me va serenando el tranquilo paisaje, por nocturno, más solitario. De pronto, es el monumento de tarja blanca a la orilla derecha, tan blanca que me deslumbra y es el dardo doloroso que clava en mi cerebro su significado. Me desgarran recuerdos imborrables. Este triste monumento lo inauguramos apenas hace un año. Aquí tiraron los cadáveres destrozados de Guido y Picardía, después de apresarlos aquel 9 de abril del cincuenta y ocho, cuando lo de la huelga… Detengo el auto y me bajo. He dejado encendidos los faros y bajo su luz contemplo el lugar, que se me torna más tétrico y tenebroso. Este entorno solitario es lo último que se llevaron en sus pupilas mis desdichados compañeros. Ya no miro al cielo en busca de los luminosos astros. Temo contemplar un cielo lóbrego y fantasmal, un cielo de espanto. Sin darme cuenta, comienzo a sentir el terror de locura que debieron de sentir las infelices víctimas, mis hermanos inolvidables en sus últimos momentos de agonía, frente a un fin macabro. Imagino sus miradas de odio clavadas en los inmisericordes y diabólicos verdugos, las postreras miradas de condena a sus cobardes asesinos, incapaces de enfrentarlos en igualdad de condiciones. ¡Hienas carniceras, no hombres, que con la muerte no pueden pagar sus crímenes inefables! ¡Bestias, bestias, asquerosas alimañas! ¡Y ahora gritan allá, en el norte, orquestando una campaña, pidiendo clemencia, los mismos que callaron ante tanto crimen…! Ahora nos tildan de inhumanos cuando aún somos benévolos y llaman venganza a nuestra justicia. Ahora, con desvergüenza, gritan.

Huyo enloquecido, por segunda vez en esta noche. Evocar el hecho en el propio lugar del crimen, a solas y de noche, ha sido quizá demasiado. Siento que he compartido con ellos, reconstruyéndolos, sus últimos momentos. Queriendo sólo alejarme del sitio, conduzco sin prestar atención ni al vehículo ni al paisaje. Me pierdo en las continuas e iguales rotondas y desvíos de este tramo de la Monumental, para desembocar sin quererlo en la carretera Cojimar-Regla. Entro en las tranquilas calles de este pueblo marinero. Y es un bar bien marinero, un bar pegado al agua, sobre el agua misma, en el mismísimo embarcadero de Regla, de donde parten las lanchas que la enlazan con la capitalina orilla, un bar casi despoblado de clientes, en el que me refugio a buscar en el alcohol la evasión de todo… Tiene sabor especial y es pintoresco este bar. Es un piso de tablones, muelle más bien, levantado sobre el agua por recios y ennegrecidos pilotes; todo embarandado, abierto al paisaje de la bahía y guarnecido sólo por un techo de cinc, alumbrado por pequeños foquitos de colores y por el vistoso neón de la infaltable victrola. Ocupo la más apartada mesa y al tercer trago, se me torna romántico y nostálgico el ambiente, acompasado por el suave chapotear del agua que, en ondas desfallecidas, viene a chocar contra los pilotes. En el traganíquel musical, comienza a oírse una vieja canción muy a tono con el lugar y cuya letra me trae figuraciones que me vienen que ni pintadas:

> *Turbio fondeadero*
> *donde van a recalar*

barcos que en el muelle
para siempre han de quedar.
Puentes y cordajes
donde el viento viene a aullar
barcos carboneros
sin amarras que soltar.
Triste cementerio
de las naves que al morir
sueñan sin embargo
que hacia el mar han de partir...
amarrado a un recuerdo
yo sigo esperando.
Niebla de riachuelo
de este amor para siempre
me vas alejando...
en la noche del dolor
náufragos del mundo
que han perdido la ilusión.
¡Niebla de riachuelo...!

Todo es un cúmulo de imágenes golpeantes, que brotan por encantamiento de una unión fantasmal de la canción con el lugar...

Nunca más la vi
nunca su voz nombró
mi nombre junto a mí.
Ésa, esa misma voz
que dijo Adiós...

La evocación marinera a la orilla misma de este embarcadero, con pequeñas barcas meciéndose ancladas, tan cercanas que casi puedo tocarlas, el acompasado movimiento del agua espejeante de luna, agua sobre la que flotan negras manchas de petróleo, maderos podridos, residuos... todo te hace sumergirte en tu interior. No, no es Dulce de la que te vas alejando para siempre. Es de otra mujer, una niña más bien, cuya imagen supervive en el tiempo. La que nunca más has vuelto a ver, la que nunca más volvió… la que surge cuando tú no lo esperas, como fantasma que rompe el sepulcro del olvido. ¡Es Irene, que emerge del embarcadero atormentado y triste de la memoria, del turbio fondeadero donde tú sigues anclado! Anclado para siempre, amarrado al recuerdo, como esas naves… ¡Ay, niebla de riachuelo!

1958

Su rostro luce afilado y los rasgos más duros. Juraría que está más pálido que de costumbre. Nos habla grave. Esta citación temeraria que nos ha cursado, para que acudamos a su propia casa, es algo preocupante. Hemos llegado de dos en dos, a intervalos. Como fui de los primeros en arribar, me siento tenso por la espera. Cuando al fin llegan los demás y comienza a hablar, un sentimiento de culpa me invade. Creo haber provocado la inusual citación. Temo haber sido descubierto por mi desobediencia. Éste es capaz de pasarme la cuenta aun cuando haya pasado el tiempo. Mil cosas cruzan por mi cabeza. No recuerdo haberme sentido antes más cagado. No me atrevo a mirar a nadie. ¿Como se habrá enterado Guido de que yo traté de alzarme? ¿Habrá hablado con Dulce?

—Muchachos, el motivo que nos reúne hoy aquí es muy grave. Es el más doloroso motivo. Se trata de uno de nosotros, con el cual hay que tomar la más severa de las medidas. Pero la pureza de nuestra causa y la vida misma de nuestra organización así lo exigen.

¡Ay, mi madre! Ya no me cabe duda, es conmigo…

—Como todos ustedes conocen, tenemos preparada la operación 3c. La misma, no hemos podido hacerla aún, por cuenta de un maldito automóvil, que el Fino no ha conseguido todavía…

¡Ahhh, qué alivio! Parece que la cosa es con el Fino…

—Las armas que obtendremos en esa operación son de enorme importancia y con ellas aseguraremos nuestra participación en la huelga general, que se ordenará en estos días.

No entiendo… La cosa no es tan grave, sólo un retraso que habrá que superar…

–Ustedes notarán que aquí el único que falta es Picardía. No le he citado a propósito, porque lamentablemente es sobre él que quiero hablarles...

¡Guido hablando a espaldas de un compañero!

–Como les decía, la operación planeada en casa de Callejas, la 3c, es imprescindible e irrenunciable, a los efectos de asegurar lo de la huelga, que todo el país sabe que se prepara para este mismo mes... Esa operación tiene que ir y no se puede cancelar. Picardía la propuso y nosotros la aprobamos, porque él conoce al tal Callejas y tiene acceso a su casa. Además, que es la variante menos arriesgada que se nos presenta de conseguir algunas armas.

»También es del dominio de todos ustedes que para la incorporación de Picardía no hemos tenido en cuenta su mala fama... Pero, siempre velando porque no vaya a hacer una de las suyas, hemos procurado mantenerlo bajo control. El caso es que él tiene otras miras en esa operación y sus pretensiones amenazan con convertir la misma en un acto bandidesco, de verdadero carácter delictivo. ¡Imagínense que me propuso que, cuando estuviéramos llevando a cabo la operación, nos apropiáramos de un dinero que ese viejo tiene! ¡Como se los estoy contando! ¡Con tremendo descaro! A estas alturas, ni podemos cancelar la operación ni tampoco podemos dejar fuera de ella a Picardía. Ya el caso de este muchacho pone en serio trance al Movimiento. Y es necesario tomar con él una acción ejemplarizante...

»El Movimiento Veintiséis de julio no puede, de ninguna forma, contemporizar con la deshonestidad ni tolerar la delincuencia en sus filas. A Picardía hay que llevarlo de todas formas cuando vayamos a la casa de Callejas. Así que la dirección de nuestro grupo ha decidido darle una última oportunidad de rectificación a quien es, hasta el momento, uno más de nosotros. De esta forma, lo llevaremos y si en el mismo lugar de los hechos persiste en su deshonesta intención, allí mismo y en nombre de nuestra organización... lo ejecutaremos...

Un murmullo de asombro y estupor interrumpe a nuestro jefe y rompe el silencio en que le escuchábamos. Creo no haber entendido ni papa o no haber escuchado bien. Guido nos mira a todos, uno por uno, y su autoridad restablece la callada atención del grupo.

«Yo sé que esto es tremendamente doloroso. Se trata de alguien por el que más y el que menos, siente alguna simpatía. Sí, es muy doloroso. Pero absolutamente necesario. Más que necesario. No hay otra solución...»

–Guido, pero se le puede expulsar de nuestras filas y ya...

Es Manolo el que interviene, proponiendo una alternativa más aceptable para todos. Pero por algo Guido es el jefe indiscutible.

–Eso no evitaría que siguiera haciendo daño a nombre del Movimiento. Por otra parte, su expulsión ahora echaría a perder la operación 3c que él ya conoce. Nos obligaría a cancelarla y eso no puede ser a estas alturas. Tampoco nos garantizaría que él no la efectuara por su cuenta, como si fuéramos nosotros. A la casa de Callejas, por último, no tendríamos acceso sin él. ¿Ves, Manolo, que todas las opciones han sido estudiadas? Que lo hemos meditado bien antes de citar a esta reunión.

Esta última pregunta, dirigida personalmente a Manolo, a quien ahora mira con firmeza, desarma a mi viejo amigo y lo hace titubear como nunca lo he visto. Le ha respondido lleno de autoridad, firme pero muy sereno. A mi juicio, demasiado sereno. Manolo recula, como angustiado por lo que pueda pensar de él:

–No, yo... lo que decía es...

La reunión todavía se prolonga durante un tiempo que se me hace insoportable. Nadie más que Manolo osa intervenir. Todos deben de estar tan atónitos como yo, que no logro salir del estupor y me remuevo en mi silla más inquieto que nunca, preso de una ansiedad incontrolable. Cuando al fin abandonamos la modesta vivienda de Guido, atardece sobre El Cotorro y la suerte de Picardía está decidida. Una noche de grillos, avanzando desde el horizonte, se echa sobre nosotros y pronto nos envuelve. Las sombras se perfilan donde los colores, difuminándose, desaparecen. En lo alto, las estrellas empiezan a encenderse. Manolo, Guillermo y yo, que salimos juntos, no hacemos ni el más mínimo comentario. Contemplando al primero, que camina delante de nosotros, con las manos elocuentemente metidas en sus bolsillos, Guillermo y yo nos miramos, intercambiando nuestros pensamientos en una mirada mutua también elocuente...

La tensión en estos días ha ido en aumento. Es una carrera contrarreloj la que establecen, en torturante competencia, las dos esperas: que el Fino acabe de conseguir el automóvil para la 3c y que llegue la orden de la huelga. ¿Qué sucederá primero?

Al fin, el día 9 las emisoras de radio transmiten para toda Cuba la orden que todos esperan. Hasta la dictadura. Esta idea de una huelga tan anunciada no me convence completamente. Es como desnudarnos. Para apoyarla, todos tendremos que abandonar la clandestinidad o el anonimato. Quedar al descubierto. Descartarnos. Además, ha sido tan pregonada, que para lo único que ha servido hasta ahora es para arreciar la represión contra el movimiento obrero. Pero bueno, ¡al fin llegó la hora! Y aun no estando totalmente de acuerdo, yo me alegro, porque esta huelga pone fin a tanta incertidumbre y frustra definitivamente la operación 3c (Confiscación de armas en Casa de Callejas) y el terrible suceso que inevitablemente ocurriría de darse la misma. ¡Picardía se ha salvado en tablitas!

Son como las once de la mañana y las sirenas de todas las fábricas del Cotorro anuncian que ha comenzado la huelga general revolucionaria. Acorde a los planes previamente trazados y sin contar con el armamento que esperábamos, un grupo de nosotros parte a situarse a la altura del reparto Paraíso, en la entrada del pueblo. Es la posición más comprometida y Guido se sitúa al frente. Van con él, Manuel Blanco, Pulmón y Picardía, al que Guido quiere tener siempre cerca. Manolo, Guillermo y yo, después de sacar a los timoratos y rezagados de la obra de Antillana, partimos hacia las Cuatro Esquinas. En el trayecto nos encontramos con el Fino, que viene en nuestra busca. Ya la FACUTE y la cervecería Modelo están paradas, nos informa. Manolo parte hacia la Clínica Modelo donde se ha instalado el puesto médico y nosotros tres debemos interrumpir el tráfico frente a la iglesia, a unos cientos de metros del cuartel. Guillermo y yo vamos completamente desarmados, sólo el Fino tiene un 38. Dice algo de esperar un camión de armas, que vendrá de La Habana y que, en medio del aturdimiento general, no le entendemos.

El trayecto desde la obra hasta la Central es un hervidero de jornaleros que corren hacia sus casas después de abandonar el trabajo. Los más decididos y comprometidos gritan consignas, pero la mayoría huye, como despavorida, al contemplar por primera vez a los *militantes del 26* en plena calle. A todos nos identifican, más que los brazaletes rojinegros, ahora expuestos en nuestros brazos y las pocas armas que algunos empuñan, nuestra actitud y proceder temerariamente resueltos. ¡Estamos actuando al descubierto! Se escuchan algunos disparos no muy cercanos. Marchamos a contracorriente dentro de un verdadero río humano. Cuando al fin alcanzamos los portales de La Reguladora, la balacera arrecia y su origen se hace evidente. Es a la entrada, por El Paraíso o El Vedado del Cotorro. Guillermo para un auto, saca al estupefacto chofer del asiento, atraviesa el carro en la calle y se guarda las llaves, que aquél no se atreve ni a reclamar. Por un momento, me hace gracia la expresión de perplejidad con que el tipo lo mira.

–¡Piérdete, hermano, piérdete!

Le recomienda paternalmente el cachazudo Guillermo, a quien la operación apenas le ha tomado segundos. El aludido no se hace de rogar. El Fino empuña su arma y sin dejar de mirar para el cuartel, se baja de la acera y avanza hacia la calle. Se oyen también tiros en dirección contraria, hacia el reparto Lotería. Un camión pipa, que viene de allá, evitando el automóvil atravesado, por poco lo arrolla. El asustado chofer apenas consigue detenerse frente al Fino, que le apunta, sorprendido, a la cabina. Ya son dos vehículos los que taponean este tramo de la Central, en el mismísimo centro del Cotorro. ¡Y si esa pipa fuera de gasolina y no de agua!

Le digo a Guillermo de la conveniencia de que vaya él a buscar algunos cocteles de los que tenemos en su cuarto. Con ellos, por lo menos podríamos hacer algo. Incendiar nuestra improvisada barricada, no sé... Y aquí, estamos inermes. Pero mi amigo se niega:

–Qué va, Flaco. A ti yo no te dejo solo en esta esquina ni a matao. Si quieres, ve tú a buscarlos.

No puedo menos que reciprocarlo, negándome yo también a

ir. De esta forma, quedamos los tres con una sola arma, bajo una tensión terrible y un tiempo que parece que no pasa.

¡Esto así no funciona! Ahorita aparecerán los guardias y obligarán a abrir los cerrados establecimientos. Y nosotros, que se suponía diéramos apoyo armado a la huelga, estamos aquí completamente indefensos, esperando un camión de armas que dice el Fino que viene. Somos tres en plena *Cuatro Esquinas* con un solo revólver. No es la primera vez que experimento esta situación. También, hace ya algunos años, Benito, Juan y yo... ¿Cómo puedo distraer mi pensamiento en estos momentos? ¡No es la hora de evocaciones, coño, que esto está al joderse! Ahorita se aparecen aquí los hijos de puta esos. Los tiroteos han cesado y ahora sólo se oye el ulular de lejanas perseguidoras. Nuestra tensión aumenta. De pronto divisamos a Manolo, que viene por medio de la calle, corriendo pistola en mano y gritándonos algo que no entendemos. Algo que tiene que repetirnos cuando llega a nuestro lado, desfallecido, sin aliento, y jadeante, nos informa:

—¡A perderse todos! ¡Esto se jodió! A la clínica acaban de llevar a Efraín herido de gravedad... Se le fue un tiro a la salida de su casa. A Guido y los otros los agarraron y los han metido al cuartel, todo golpeados. Los que los vieron fueron allá a contármelo... Al pobre Efraín ahora lo están operando, sin muchas esperanzas de salvarlo. ¡Tenemos que salir echando de aquí, rápido...!

Apenas dos horas después, el ingeniero nos saca en su jeep, por el callejón de Charco Jito, rumbo a la calle 100 en construcción y nos deja donde Manolo le indica en La Habana. Somos la comisión de estudios, que se aleja indiferente del Cotorro convulso, al parecer ajenos y serenos, como nuestro salvador. Como si en realidad, igual que él, no tuviéramos nada que ver con lo que allá pasa.

Han pasado sólo 72 horas y tras el hallazgo macabro de los cadáveres, horriblemente destrozados por la tortura y su rápida identificación, nos hemos vuelto a reunir, sin ponernos de acuerdo. Aquí estamos todos, dentro de la funeraria, ante las miradas atónitas de las gentes que se asombran de nuestra osadía y la vigilante y siniestra de los esbirros que, vestidos de civil, acordonan el lugar. Nada en realidad nos importa. Ya hemos trocado el dolor en furia cuando contemplamos el cadáver de Guido, casi irreconocible, lleno de punzonazos y quemaduras, con una sola herida mortal: un balazo a quemarropa en la sien. Su rostro está desfigurado. Le han arrancado los dientes; los ojos, rodeados de negros hematomas, aparecen expulsados de las órbitas. Y la frente muestra un surco esquimótico, testimonio elocuente de otro horrible suplicio: *el turbante*. Nos ha conmovido más la dolorosa escena de la madre, que en un ataque de locura ante la pérdida del hijo amado nos increpa y acusa por nuestros nombres, responsabilizándonos por su muerte. Lo ha hecho desesperada, fuera de sí, ante ojos y oídos demasiado atentos, que acechan la desgarradora escena en busca de nuevas víctimas. Con la vil provocación de su presencia, los principales esbirros del pueblo se jactaban en su desfachatez, con insolencia cruel e innecesaria, del abominable crimen. Pero cuando nosotros formamos un grupo cerrado de indignación y resuelto coraje y le pusimos arriba del féretro nuestra enseña de combate, sus rostros cambiaron la altivez sañuda y prepotente por el verdadero signo de sus actos: la cobardía. La cobardía que demudaba sus semblantes, hasta ese momento desafiantes e irrespetuosos. Que los tornaba pasmados de asombro, sorprendidos por nuestra decisión, intercambiándose miradas interrogantes, para terminar retrocediendo aterrados y abandonar la casa de la muerte en presurosa retirada. En hombros de sus compañeros, haciendo retroceder la despreciable gavilla, va nuestro jefe. Es un muerto lleno de luz, victorioso en su muerte. La calle se estremece, con los marciales y proféticos versos de nuestro himno de combate, la marcha del Veintiséis de julio:

> *... sabiendo que hemos de triunfar.*
> *Pues somos soldados, que vamos a la patria* A LIBERAR
> *limpiando con fuego, que arrase con esta plaga infernal...*

Es un canto enérgico y viril, que los hace refugiarse, temerosos, en sus cuarteles. Mientras tanto, todo el pueblo retumba lleno de justa ira. La ira que cierra los puños, crispa las mandíbulas y borra las lágrimas. La calle es nuestra. Los comercios cierran espontáneamente. Es un coro gigante el que ahora entona la marcha del Veintiséis. Guido, después de muerto, ha tomado El Cotorro y la carretera que conduce al cementerio de Santa María del Rosario.

1961

Cuando Fidel termina su emocionante despedida de duelo, ordena a cada uno regresar a su puesto de combate. Me escurro en el tumulto desordenado al término del desfile y en vez de volver con mi unidad, bajo por la calle 12 y me escapo para llegar a mi casa en un brinquito. Añoro un baño y dormir por lo menos un rato en mi propia cama. Aunque Dulce me reciba como siempre, con peleas...

Un amanecer de gallos irrumpe por el horizonte todavía lejano. Empalidecen las sombras y el día se despereza. En el pueblo, apenas unos minutos atrás dormido, comienzan a encenderse, tímidas todavía, como sustituyendo a las estrellas que se apagan, las primeras luces. Los primeros olores, el del café que Dulce cuela y el de la panadería, cercana, mezclándose agradablemente, llenan nuestra habitación. Los primeros ruidos del quehacer cotidiano rompen la solitaria paz de la noche que expira. Primera noche en mucho tiempo que duermo en mi cama, con mi mujer... Mi mujer, que me pelea para que no remolonee más y acabe de levantarme. Yo, que estaba tan rico, aquí en mi cama, ya despierto, pero disfrutando de este fresco amanecer de abril. Y de pronto:

«Varios puntos del territorio nacional al sur de la provincia de Las Villas apoyadas por aviones y barcos de guerra...»

No termino de oír la noticia que transmite la radio. Me levanto a millón. ¡Qué suerte la mía! La invasión ha llegado y yo fugado de mi unidad. ¡Verdad que soy un tipo fatal! Apenas llegué a mi casa anoche y mira esto... Casi ni me visto, me meto en los pantalones, calzo las botas sin amarrármelas; sobre la camisa abierta, cuelgo el pesado arnés con los peines, que no abrocho y le echo mano a mi Fal. Salgo y vuelvo a entrar, pues se me quedaba la boina. Dulce no tiene tiempo a reaccionar. Sólo cuando vuelvo por mi guerrero tocado, comienza:

–¡Adónde vas, Joaquín? ¡Joaquín, tú estás loco! ¡Joaquín…!

Pero ya no le escucho, salgo corriendo rumbo a la carretera, pensando en las consecuencias de mi deserción. No, a mi unidad no me da tiempo a volver. Una caravana de transportes militares se acerca. Sin pensarlo dos veces, le hago señas al primer camión y cuando el conductor para lo abordo como si lo hubiera estado esperando. Con esta nueva unidad, sin saberlo aún, marcho hacia playa Girón.

ÁLVAREZ LOZANO

Nunca había visto a Téllez tan irritado, tan fuera de sus casillas. Entró en mi despacho y casi gritando me tiró este papelito mecanografiado, mientras me decía, casi vociferando:

—¡A Ortega hay que pararlo ya, esto es obra de él! ¡Mira, lee!

Y de verdad que estaba ocurrente el versito; que si Téllez no está delante y tan fuera de sí, me hubiera reído. No, no pude leerlo por segunda vez, porque me hubiera sacado la risa. Lo guardé rápido en mi gaveta. Déjame disfrutarlo ahora, ahora que estoy solo, porque no tiene desperdicio; está escrito en bien estructurados versos, es en verdad un soneto con todas las reglas de la preceptiva ¡Déjame leerlo de nuevo! A ver, ¿dónde está? Ah, aquí, aquí, y dice:

SONETO METODOLÓGICO

Pitágoras no hacía plan de clases.
Sócrates nunca elaboró un P-1.
Y lo peor, que de los dos, ninguno
dividía sus charlas en tres partes.
Cuando Erasmo ejercía la docencia
no usaba la retroalimentación.
Y es poco probable que Platón
diera una baja por inasistencia.
¡Oh, metodólogo, en tu magnificencia,
perdona a los maestros del pasado,
que anduvieron los pobres tan errados!
Metodólogo, ¡ten benevolencia!

*¡Comprende que se hallaban enfrascados
en las superfluas cosas de la Ciencia!*

Él aducía haberlo encontrado pegado en el mural de nuestra facultad. Pero nada puede probar que Ortega sea el autor. Es verdad que todos conocemos sus ideas sobre las nuevas disposiciones metodológicas y acerca de las normas que se han establecido para las clases, y ellas son las mismas que dicen los versos del papelito, pero no sé, no me imagino a Ortega pegándolo furtivamente en el mural. Él es más inmediato, sus pensamientos los expone sin ambages, como lo hizo en el último claustro. De ahí que todos sepamos cómo piensa (y hasta yo, que, cará, comparto en algo sus ideas. Que esto de uniformar las clases en toda la educación superior, huele a escuela primaria). No, no puedo creer que Ortega sea el autor del ocurrente Soneto Metodológico, muy bien escrito en verdad. Lo que pasa es que dice en versos todas las verdades que él nos soltó crudamente en el claustro, cuando la emprendió contra esta plaga mediocre de metodólogos que nos ha mandado el ministerio. Y como Téllez es defensor a ultranza de las nuevas metodologías y enemigo acérrimo de Ortega, es lógico que lo acuse de haberlo escrito. De todas formas, sin dar por sentado que lo haya compuesto, voy a hablar con Ortega sobre el poemita en cuestión. Que en definitiva, yo sé que él es medio poeta, medio poeta y medio loco también. Pero ya se sabe que «de músicos, poetas y locos, todos tenemos un poco...». Sí, voy a hablar en la primera oportunidad con él, porque parece que no madurara y siguiera siendo el mismo muchacho loco que conocí en Santa Clara. Y los años han pasado sin remedio, pero aún tengo que ayudarlo, porque sigue teniendo los mismos prontos explosivos de entonces, los mismos arranques violentos. Si no lo supiera tan valioso y tan verdaderamente revolucionario, tan honesto, ya hace rato que le hubiera pedido que se fuera, cuando yo era el decano y podía hacerlo. Pero gentes como Ortega, que tienen verdadera vocación para la docencia, dueños de un gran profesionalismo y que, por añadidura, tienen esa rectitud de carácter, no abundan y hay que protegerlos. ¡Mira que decirle maricón con todas sus letras a Hernández Zambrano en medio del parqueo, donde todo el mundo lo oyó! No, y sus choques con Téllez ya son antológicos. Se tienen una antipatía tan recíproca, que si fuera amor, sería el amor perfecto. ¡Y ahora, esta actitud temeraria, enfrentándose al partido y a las orientaciones que nos baja el ministerio! Así, más nunca, pese a todo su bello historial, va a llegar a militante. Y es una lástima, porque se lo merece.

Es indudable que Ortega le llegó a tomar un gran aprecio a Fernández, lo admiraba igual que a mí. Ambos, Fernández y yo, reconocimos que el muchacho nos tenía verdadero fervor, confiaba y creía en nosotros. Pero ahora Fernández se ha ido, en un acto considerado oficialmente como bochornosa deserción. Y Ortega sigue haciendo pública su lealtad y admiración por el desertor. Yo le reconozco su pureza, pero ya le he dicho que con ella no beneficia a nadie, ni al propio Fernández; y que, muy por el contrario, se perjudica a sí mismo. No obstante, él se empeña en expresarla como un desafío al criterio oficial. Su actitud retadora es realmente temeraria. Y aunque ya están cobrándole el precio de la misma, Ortega se empeña en mantenerse en sus trece.

Yo, cada vez que tengo una oportunidad, aprovechándome del ascendiente que gozo sobre él, lo llamo a conversar conmigo. Y aunque me escucha con el respeto de siempre, tal parece que no me hace caso. Más de una vez le he dicho que los sentimientos y las intenciones no son para llevarlas por fuera de la ropa; que los problemas que no podamos resolver es mejor no atormentarnos con ellos; que nuestras opiniones, cuando sabemos que no van a ser escuchadas, es mejor no expresarlas; y que lo que vayamos a decir es mejor pensarlo primero dos veces. Pero él parece no entender estas cosas.

¿Habrá alguien que no sepa que Fernández y yo fuimos verdaderos amigos? ¿Que fui yo, como decano, el que lo nombró director de la escuela? ¿Ignorará alguno que le tuve verdadero aprecio, que me dolió su acción? Pero ¿qué sacaría yo con estar, a estas alturas, exaltando los valores innegables que tuvo o que tiene Fernández? Ahora Fernández y sus virtudes, sean ciertas o no, están en México. Y yo estoy aquí, y voy a seguir aquí.

Es cierto que ya no soy decano, pero sigo siendo respetado y considerado por todos (por los de arriba y por los de abajo). Parte de este reconocimiento se me ha dado al elegírseme militante del Partido Comunista.

Y eso fue en una asamblea, donde la masa en pleno me propuso. A Ortega también lo propusieron. ¿Y él qué hizo? Algo incomprensible: pararse y decir que tenía que pensarlo antes de aceptar. ¿Pensarlo él, que es tan espontáneo? Todos comprendimos que pugnaba consigo mismo por no dispararse, y que lo que se reservaba, con gran esfuerzo, era algo explosivo. Cuando en privado le pregunté el motivo de su actitud en la asamblea, con tremenda sinceridad me sacó el símil de Hatuey en la hoguera, cuando le vinieron a ofrecer el paraíso de los cristianos a cambio de que se convirtiera a la fe. Y el gran cacique contestó, diciendo que si aquellos que lo quemaban iban al cielo, entonces él no quería ir, para no encontrarse allá con ellos... Y esto que me dijo a mí es muy capaz de repetírselo a cualquier militante que se lo pregunte a tono personal. Si lo llaman aparte, estoy seguro de que les va a decir lo mismo. Y quizá con menos respeto y de forma más explosiva.

A Ortega lo procesaron, como a todos nosotros, cuando se creó el partido en la universidad por un dúo del nivel provincial, que nos entrevistó a cada profesor como cantera o prospecto a posible militante. Aquel dúo, en el proceso de construcción del partido, otorgó la militancia a un grupo grande. En aquel entonces a mí no me la dieron, por haber votado en las elecciones del cincuenta y ocho. Eso lo entendí y tuve que esperar ahora, que la masa me propusiera en una asamblea de crecimiento. Pero ¿qué no eligieran a Ortega, con todo su historial? Eso sólo es explicable por alguna barbaridad muy de las suyas, que haya cometido en la entrevista. Porque él se especializa en soltar las cosas más tremendas en los lugares más inapropiados y en los momentos más inesperados. Cuántas veces le he hecho la observación que los planteamientos hay que hacerlos en la forma procedente, en el lugar adecuado y en el momento preciso; me ha replicado que no entiende que la potestad de decidir el cómo, el dónde y el cuándo, siempre sea de otro. Y esas apreciaciones suyas le van a costar caro. De seguro ya le han costado, pero él no escarmienta. No le bastó con que entonces no lo hicieran militante; ahora, cuando en la asamblea lo proponen, viene a salir con esto de que «tiene que pensarlo». En cuanto si fue él o no el autor del irónico soneto, eso no importa. Está muy bien escrito, que lo importante de una clase es el contenido, al que hay que prestarle la mayor atención, no la forma externa, como pretenden los dichosos metodólogos.

MARZOS, ALGUNOS MARZOS

Y creo, yo sí creo; pero vive
tan lejana y tan alta mi creencia
¡que dejo peregrino,
más sangre en el camino
que luz en mi conciencia!

JOSÉ MARTÍ

1953

Cabrerita me ha convidado a ir hasta el Calixto. Debe ver en la clínica del estudiante a un amigo que está ingresado allí. Y como todo lo que esté cerca de la universidad me entusiasma, accedo a acompañarlo. Además, muy mal debe de estar ese amigo cuando lo han ingresado en aquel lugar. La clínica del estudiante del Hospital Calixto García, bajo la dirección del doctor Argudín se ha convertido, desde que Batista tomó el poder, en un albergue de estudiantes entregados a la lucha contra el tirano. Allí tienen cuartos reservados Juan Pedro Carbó y Machadito. También está hospedado allí el Moro Saud, además de otros que no conozco. Aquello es un continuo entra y sale de gentes, que van a comer o a dormir, sin estar ninguno enfermo. Es ya más un hotel que una clínica. Y para allá, por acercarnos algo al ambiente universitario, como en peregrinaje subversivo, nos vamos. Contribuye a aumentar el atractivo del convite el que hoy, y por excepción, Cabrerita cuenta con el automóvil de su hermano, quien por un inexplicable error ha consentido en prestárselo por todo el día. Así que la ocasión es como para no desperdiciarla.

Visitado el enfermo y queriéndonos lucir con nuestro carro —un desvencijado Ford del 40—, nos hemos llegado hasta el pabellón Margarita Núñez, el de las enfermeras. Allí abundan las alumnas de enfermería más bellas que haya sobre la tierra. Parqueamos justamente a la puerta del pabellón y nos disponemos a la caza. Todavía no llegan a cinco las piropeadas cuando, detenido en la próxima esquina, reparamos en un pequeño y atribulado grupo en el que reconocemos a Riveiro, el del tercer año, nuestro condiscípulo, muy popular en todo nuestro plantel por su destacada participación en el campeonato escolar de básket. Aun desde lejos, se le nota muy afectado, tiene los ojos enrojecidos como por llanto. Cabrerita, que estaba en la acera, se le acerca e indaga. Lo veo desde el auto conversar con el muchacho y yo también me bajo del vehículo, al observar que mi socio adopta pose de circunstancias. Debe de ser algo serio.

—La mamá de Riveirito, está muy grave en este pabellón. Los médicos la han desahuciado y la pobre quiere que le traigan un cura que la confiese. Ella era… es católica —me informa todo compungido mi socio, a vista y oídos del principal doliente, que se ahoga en un desgarrador sollozo.

Cabrerita jamás ha tenido vocación de diplomático. Ya está dando el pésame adelantado. Es evidente que no sirve para estas cosas. Sin embargo, su sensibilidad está de acuerdo con la mía en que hay que hacer algo. Ambos nos solidarizamos con el dolor de nuestro común compañero de colegio y sin decirnos nada, como puestos de acuerdo, abordamos de nuevo nuestro vehículo y salimos en busca de una sotana. Nervioso, mi socio logra arrancar el artefacto, que con el escape roto sale del Calixto, toma por Ronda hasta San Rafael y baja buscando la calle Infanta. Al llegar a ésta, da un izquierdazo no permitido por el semáforo, cruza como una exhalación Neptuno, se arrima a la acera y dando marcha atrás dobla y parquea frente a la sacristía de la iglesia del Carmen. Secundando su aspaviento, me bajo presuroso y toco a la puerta, que se abre casi de inmediato. Alrededor de nosotros, por el alboroto formado, los transeúntes nos miran con expectación.

Y es el cura que no quiere atender nuestra solicitud y alega que el lugar donde se produce el reclamo de sus servicios, no está en el área de su demarcación o parroquia y que debemos dirigirnos a la iglesia del Carmelo. Y es mi paciencia que estalla ante tamaña indiferencia la que hace que dos jóvenes, esgrimiendo uno de ellos tremenda pistola, secuestren a un sacerdote, a plena luz del día, en lo más céntrico de la capital.

Esa pobre señora a quien no conocemos no morirá sin el consuelo que le da su creencia. Eso lo garantizan Israel Cabrera y Joaquín Ortega. Dos locos de atar.

1958

Este marzo es trágico como ninguno. En La Habana la lucha toma un carácter de feroz cacería humana. Vivimos bajo un acoso continuo y angustioso, sin saber si veremos el sol de mañana. Ningún sitio es seguro y vamos de un lado para el otro, en repetidos sobresaltos. El crimen enseña su rostro despiadado en los cuerpos llenos de juventud ayer y que cada día aparecen horriblemente ametrallados en cualquier calle de la ciudad. Todos muestran las huellas de monstruosas torturas previas, que delatan claramente la falsedad de sus muertes «en combate» o «en enfrentamientos con la fuerza del orden público», como refiere la amordazada prensa.

Ayer día 20, frente al Coney Island, acorralaron la máquina donde iban tres compañeros: Mingolo, Elpidio y Pedro Gutiérrez. Los dos primeros combatieron hasta el final. Tuvieron tremenda suerte: murieron peleando, eso los salvó de las torturas. Pedro pudo escapar. Lo conocimos hoy, al coincidir con él en uno de los pocos lugares de refugio con que aún contamos. Él nos ha relatado la acción –verdadera batalla campal– donde cayeron sus dos valiosos camaradas. A ninguno de los dos caídos los conocíamos personalmente. Aunque Arístides Viera, más conocido por Mingolo, era ya demasiado «popular» entre los clandestinos. Al punto de convertirse en casi una leyenda. De carácter temerario, no parecía conocer el miedo. A los mismos esbirros los amenazaba cuando caía preso. Era uno de los compañeros más buscados por la jauría batistiana. Sobre todo, después de que se le coló en el apartamento a la querida de Ventura y se acostó con ella en su propia cama, pistola en mano, en espera de la llegada habitual del sádico asesino, que ese día, por una casualidad, no concurrió al lugar como tenía costumbre. Mingolo dejó dicho que allí había estado él. Y eso quizá apresuró su caída.

Todavía chocado por el encuentro, hemos conocido al único sobreviviente de la acción. Es muy joven y se encuentra en un estado de alteración rayano en la locura. No es para menos. La coincidencia de nosotros con él aquí, nos alerta que ya son contados los lugares de La Habana donde podemos permanecer. Manolo decide volver al Cotorro y hablar con el ingeniero, para que nos vuelva a colocar en la obra, muy adelantada ya, de Antillana. Ya nuestros trabajos como comisión de estudios habían concluido. Sin una razón válida para permanecer allá, los problemas con Guido, quien siempre nos vio como un subgrupo casi independiente, no tardaron en manifestarse. Esto nos hizo seguir a Benito, que bajo las órdenes de Sergio (el Curita) actuaba en pleno corazón de la gran Habana. Pero Sergio fue capturado al entrar a una casa del Vedado y su cadáver, cribado de balazos, apareció hace tan sólo unos días en el reparto Altahabana. Así que todos coincidimos que es mejor replegarnos al Cotorro, donde nadie ha extrañado nuestra breve ausencia y donde aún tenemos una buena cobertura de trabajadores eventuales. Además, para nadie es un secreto que se acerca la gran huelga. Y nosotros tres, Manolo, Guillermo y yo, seríamos muy útiles en El Cotorro. Todo depende ahora de que el ingeniero, como siempre, se porte bien con nosotros y nos consiga cualquier pinchita en la obra. Allá todavía tenemos alquilados nuestros cuartos. Allá está también la pobre Dulce…

1960

Es agradable y muy discreto este lugar. El bar Celimar, a la orilla misma del mar, con mesitas bajo grandes parasoles de lona pintados de vivos colores. Cerca y a la vez alejado de La Habana, Benito es el único que parece conocerlo bien. Él es el que nos ha traído a conocer este amable escondite cerca de Bacuranao, donde al parecer opera sus fechorías con las nenas. Este chino es un fiera para las mujeres. Lo hacía antes, en plena lucha clandestina, donde no desperdiciaba la ocasión para andar con alguna novia a retortero. Así que ahora, que nos vemos vencedores, convertidos de perseguidos en perseguidores, con nuestros atuendos guerreros que nos dan una aureola de leyenda, el Narra no pierde oportunidad y cosecha goloso en la grey femenina, que naturalmente atraída nos dispensa entusiasta admiración. Se lo hago saber así, en medio de bromas recíprocas, al ocupar una de las mesitas:

—Así que este escondite es uno de tus «misteriosos operativos», donde a cada rato te pierdes, ¿no? ¿O es que aquí concurres a cazar esbirros fugados?

—No seas jodedor, Flaco. Que el tiempo alcanza siempre. ¡Allá usted, que es casado y no tiene tiempo para nada!

—A mí el tiempo sí me alcanza, pero lo uso para estudiar, no para andar en puterías…

Vicen interviene salvando al Chino de una nueva andanada mía:

—Señores, que todavía no hemos almorzado. ¡Aprovechemos y comamos algo!

—No se te ocurra pedir el arroz con mariscos, que entonces nos vamos a meter toda la tarde esperando —contesta el Chino, que ya se vira para el camarero—. Oye socio, pon tres cervecitas aquí. Y mira ver qué hay ahí para comer rápido.

No hay duda de que éste conoce a Benito como parroquiano frecuente. Eso se ve en el trato deferente que le dispensa; casi familiarmente y como cómplice, contesta:

—Enseguida le traigo la carta, capitán.

Y casi instantáneamente, aparecen frente a nosotros tres botellas bien frías y tres vasos, sobre los cuales nos lanzamos en sediento alboroto; el Chino, claro está, el primero.

—¡Qué rica es la fría, caballeros! Vamos a ver si hay chicharrones.

Y no hay tiempo para más. Una explosión lejana, como un sordo estruendo, estremece todo el lugar. Sobre la mesa, los vasos tintinean. Hacia La Habana, siguiendo la línea de la costa, vemos alzarse una extraña nube en forma de hongo. La sorpresa y lo siniestro de tal visión nos llena de consternación. Muy potente tiene que haber sido lo que ha explotado, para que hayamos podido sentirlo aquí. Presos de igual inquietud, los tres nos levantamos bruscamente y se interrogan nuestros rostros con alarma. En mi interior, no descarto la salvajada de que seamos víctimas de un ataque nuclear. Pero no atino a decir nada. Benito, muy alterado, exclama:

—¡San Ambrosio, caballeros, los polvorines de San Ambrosio! O... los muelles. Eso fue por los muelles. ¡Vamos!

Y es un Oldsmobile verdeolivo, con las luces encendidas y el acelerador pegado al piso, el que devora la Vía Blanca, toma el paso superior y rodeando la loma de Atarés, penetra en La Habana tripulado por tres amigos llenos de ansiedad. El Chino conduce. Lo hace diestramente, pero tenso. A su lado, Vicentico, «tira» por la planta, pidiendo información. Encimado sobre el respaldar de ellos, yo ocupo el asiento trasero. Por nuestro lado cruza aullando, como una roja exhalación, un carro de bomberos, cuando una segunda explosión casi nos levanta el carro en peso. Benito reacciona rápido, volviendo a tomar el control del auto, que endereza ahora por la calle Fábrica, rumbo a los muelles envueltos en una densa y negra humareda. El barco *La Coubre*, cargado de armas y explosivos ha sido volado en plena labor de descarga. Un nuevo y criminal sabotaje ha sido perpetrado por nuestros enemigos. El almanaque dice que hoy es el 3 de marzo de 1960.

1966

Llevo horas frente a estos dos. Ha sido un interrogatorio con todas las de la ley. ¿Qué ley? Hace rato que estoy como un muelle comprimido pronto a dispararse. No ha sido difícil darme cuenta de que están siguiendo un formulario predeterminado burocráticamente, en otro nivel superior. Pero lo que no ha sido fácil para mí es dominarme cuando a mi juicio se extreman. ¿Seré un caso raro para ellos? De todas formas, lo que se me hace claro es que todo esto es puro teatro y ya está decidido de antemano quiénes entrarán y quiénes no. Y yo, al parecer, estoy en el segundo grupo. Hicimos un receso y trajeron una merienda de sueño en estos momentos: helados Copelia, bocaditos de jamón y queso, yogur de sabores y café bien hecho. Después, en finas bandejas plateadas, servicio protocolar del rectorado, ofrecieron cigarros de exportación a nivel de cajetillas y tabacos ídem, pero por unidades claro está... Bueno, parece que el receso se acabó y comienza de nuevo la tortura, digo la entrevista. Me llaman de nuevo a ocupar mi asiento, frente a ellos dos. Y se reanuda la «fiesta».

–Nosotros tenemos entendido, profesor, que usted participó en la lucha insurreccional. Eso está muy bien. Lo hizo usted muy temprano, siendo casi un niño. Pero también tenemos antecedentes que ya desde aquel entonces... ¿cómo decirlo...? que ya desde entonces, usted tenía serias discrepancias con compañeros del PSP... Vaya, que... diciéndolo crudamente, usted se manifestaba ya, no vamos a decir prejuiciado... pero, vaya, sí con determinados prejuicios contra ellos. Eso realmente no tendría ninguna importancia... Sin embargo, hoy por hoy, sus choques con actuales militantes nos hacen recordar aquello...

¿No serán rezagos de aquel pasado los que ahora le hacen adoptar una actitud casi hostil contra muchos de nuestros compañeros?

–Mire, con todo respeto, yo no admito que usted juzgue así mi conducta de joven ignorante. Y menos, que la relacione con ciertas fricciones que, no lo niego, he tenido con algunos compañeros de trabajo, sean militantes o no.

–Le ruego que no se altere... Recuerde que, está usted ante el *dúo de constitución del partido*. Y que de esta entrevista depende que usted sea procesado o no como futuro militante...

–Es que yo no considero que entrar en el partido, cosa por demás muy honrosa, deba considerarse una meta. Porque, mire, ése no ha sido un objetivo en mi vida ni mucho menos...

–Entonces, ¿usted no desearía entrar a formar parte del mismo?

–Vamos, compañero, ustedes han investigado todo con relación a mi vida. Así que no pueden ignorar que es claro que me agradaría. Pero lo que quiero decir es que no es un objetivo por el cual entiendo que haya que luchar.

–Bien, bien, dejemos eso. Pasemos a otro asunto. ¿Qué piensa usted de los estímulos? ¿Cuáles deben prevalecer, los morales o los materiales?

–Mire, he estado al tanto de las discusiones que sobre el tema se han divulgado. He estudiado con seriedad las intervenciones del comandante en jefe y me parece muy bien aquello que dijo de que «no podemos crear conciencia con dinero...».

–¡Ah, entonces usted es partidario de los estímulos morales. ¿No es cierto...?

–¡Déjeme terminar! Ya le dije que estoy de acuerdo con lo expresado por Fidel. Pero mientras haya en La Habana una tienda que se llama Primor, que vende zapatos a cien pesos el par, y mientras exista un restorant de muy *alta* cocina con muy *altos* precios también, yo aspiraré a comprar zapatos en aquella tienda y comer en ese restorant. Y para ello necesito dinero. Pues con diplomas y gallardetes, o cualquier otro estímulo moral, no puedo disfrutar de esos bienes, que están reservados para los que tengan dinero.

–Bien, bien, ya veo... Y con relación a las misiones internacionalistas... Ésta es una pregunta casi innecesaria, pero está en el formulario. Así que usted disculpe. Usted no titubearía, claro está, en brindarse para ir a combatir a cualquier parte del mundo, ¿no es cierto? Así que vamos a poner aquí que sí...

–No, no ponga sí...

–¿Cómo?

–Ponga usted que esa pregunta yo no la acepto por parecerme irrespetuosa. Y que sugiero que la quiten del formulario...

–Realmente, Ortega, no le entiendo.

–Sí, ya veo. Es que usted y yo parece que hablamos distintos idiomas. Esa última pregunta yo la considero una puerta abierta al oportunismo. Y por esa puerta yo no entro. ¿Qué quiere que le diga? A cualquiera que se le pregunte dirá que sí. Es muy cómodo decir que sí aquí. En un despacho climatizado, donde nos han servido una apetitosa merienda, y sobre todo, sabiendo que de la respuesta que demos va a depender algo que muchos ansían... ¡Pero yo no, ya se lo dije...!

—Usted tiene un carácter muy violento, compañero. Si no aprende a controlarse...

—¡Ni una amenaza más! Ya sé muy bien cuál va a ser el resultado de esta entrevista. Pero de todas formas, déjeme usted terminar: yo sí tuve una predisposición con los viejos camaradas del antiguo partido, aquel que se llamaba Socialista Popular. La misma que tuvo la mayoría de nuestro pueblo para quienes fueron siempre poco simpáticos y mucho menos populares. Fueron prejuicios sembrados en la ignorancia. Propaganda no faltó para alimentarlos, lo admito. Pero también ellos contribuyeron a su impopularidad, oponiéndose desde temprano a nuestra lucha. Eso es histórico. Y caramba, uno se pregunta, ¿por qué no hicieron ellos la revolución? ¿Por qué no tomaron el poder, si sabían mucho más que nosotros de condiciones objetivas y situaciones revolucionarias? ¿Por qué cuando los llamamos generosamente a compartir el poder por el cual no lucharon, se tornaron soberbios, prepotentes y discriminantes con los que no habíamos pertenecido a *su partido* y no podíamos exhibir un pasado rojo? En cuanto a si arrastro o no aquellos resabios antipartido y en la actualidad hago blanco de los mismos a los nuevos compañeros, le voy a decir lo que pienso: no creo que todos los militantes actuales sean unos hijos de puta. Lo que sí vivo convencido es que todos los hijos de puta que conozco son ahora militantes. Eso deben de saberlo ustedes. ¡Buenas tardes!

Dando un escandaloso portazo, he abandonado el refrigerado salón y salgo fuera del edificio a diluir mi alteración. Todavía ofuscado, busco aire fresco con la desesperación de un pez que se ahoga fuera del agua. Apoyado sobre los codos, me inclino sobre la balaustrada de piedra y aspiro fuertemente el aire de la Colina.

Estoy por tercera vez en el mismo lugar, sin ser totalmente el mismo que estuvo las dos veces anteriores; y vuelvo a aquellos dos momentos, en busca de aquel muchacho que fui yo. Son dos etapas con idénticos saltos rememorativos, que me lanzan cada una a días diferentes de marzos separados por años... Es el recuerdo del recuerdo lo que viene a la memoria, implacable. Recuerdo que aquí yo estaba recordando... unos metros más allá o unos metros más acá, estoy pisando el mismo cemento de la gran terraza escalonada, que asciende desde la calle San Lázaro por la monumental e histórica escalinata… A mis espaldas, el altivo edificio del rectorado, que acabo de abandonar; solemne, con su pórtico encolumnado y su frontis de puro estilo heleno, donde un búho, heráldico de la sabiduría, parece dormir. Y de espaldas a mí, un poco más abajo, la bella estatua abierta de brazos del alma máter. Aquélla cuyo gesto increpé como un reclamo de la matrícula impagable. En esta posición, que se repite por tercera vez y en la que me conjugo con los elementos tradicionales del paisaje universitario, hay una obstinada permanencia de la voluntad de ignorarnos, universidad y yo. Estoy de espaldas al rectorado y el alma máter, a su vez de espaldas a mí, me desconoce y parece ignorar mi triple presencia en dos ayeres y un hoy que se entretejen de historias.

Dejo de ser el docente universitario, que como todo el personal considerado «cantera» ha venido a someterse a la entrevista con el *dúo de construcción del partido*; del partido que pronto se constituirá en la Universidad de La Habana. Vuelvo a ser el joven impetuoso y alocado que fui, el mismo que vino aquí en el cincuenta y dos, un 10 de marzo no a estudiar, sino a enfrentarse a una dictadura, el mismo que, una vez derrocado el tirano, volvió a subir esta histórica escalinata para reiniciar sus estudios truncados, creyéndose cándidamente que la lucha había terminado, que se podía ser estudiante de nuevo… No, nunca volvemos a ser los mismos. Ahora sólo puedo recordar. Pero los recuerdos me vuelven filtrados por una conciencia que los remodela y ordena.

Me veo de nuevo, yo más joven, en la colina universitaria. En este mismo lugar en que estoy ahora. En este recinto que tantos recuerdos me trae y que despierta siempre mi vieja nostalgia de estudiante frustrado. Aquí vine por primera vez la mañana del 10, de aquel otro marzo de 1952. La mañana del golpe de estado. Vine a buscar armas para pelear, no a estudiar. Estaba lleno de indignación contra la dictadura que se estrenaba ese día. Tan lleno de indignación, tan rebelde y tan bocón como hoy. Vine a otro asunto que entendí más importante, no vine como alumno. Igual que ahora… ¿Cómo llegué yo aquí, aquella mañana por primera vez…? ¿Qué cúmulo de hechos se conjugaron en sucesión propiciatoria y determinaron que me hallara aquí aquel día, arrebatado por juvenil, ingenuo y bélico entusiasmo…? Solamente ahora, que el tiempo ha transcurrido, creo que puedo analizar y explicar mi presencia aquí. Hoy, que los años han pasado, se hace más completa la visión de aquellos hechos:

La sociedad cubana estaba madura para su descomposición. En ella existían latentes y esperaban ya los gérmenes de su futura transformación. Además de los síntomas económicos, políticos y sociales que se habían agudizado en esos años y que no escapaban al ojo menos avisado, no digo ya al teórico estudioso, existían otros bien evidentes a nivel de calle, que asaltaban al menos observador, haciéndolo reflexionar. Después vino la represión bestial y desaforada; el crimen impune, sin tapujos, esperaba al más ligero asomo de rebeldía. Pero antes fue el abandono del pudor, de todo pudor en la elite gobernante, su desprecio por los gobernados. El entrar a saco en el tesoro público como regla de gobierno y la arbitrariedad erigida en suprema ley; el descrédito general de todos los partidos tradicionales, que se tragaron la fe de un pueblo que, de confiado y olvidadizo, llegó a no creer en nadie y que tiró todo a relajo y se refugió en el humor chusco y burlón para no morirse de abatimiento y repugnancia. Todavía recuerdo la guaracha que el trío de Servando Díaz popularizó a los pocos días del golpe siniestro y artero de Batista. Era la voz de aquel pueblo relajón y descreído:

la otra noche, la noche del golpe
yo estaba durmiendo muy tranquilito
cuando sentí que mi mima me dijo bajito:
«Levántate Chicho, que dicen que el Hombre
se metió en Columbia…»

Ay, compay, que susto pasé
Enseguida yo pensé
se me cae el altarito
Y fui corriendo al cola de pato
a cambiarle la chapita
la chapita que decía
«Pa presidente Fulanito…»

Se formó la cambiadera
en la República entera
y yo también me cambié.
Porque si sigo comiendo bolita
Y no digo que viva...
—¿Que viva quién?
Que viva, que viva...
Me tumban el rabo, figúrese usted.

Ay, compay.
Me levanté temprano
Yo también madrugué...

La voz se volvía cínica y aceptaba la corrupción y el arribismo como cosas naturales, ya que abundaban tanto; la cambiadera de bandos, todo, con tal de seguir pegado al jamón; la proclamación de adhesión al nuevo régimen para no perder la botella en cualquier ministerio. Estaba todo eso. Pero ya mucho antes, empedrada de frustraciones, subyacía la república de «generales y doctores». Estaba también la subversión de valores, que mezclaba y dividía. La prostituta de abolengo compartía en los salones de la «alta sociedad», si iba del brazo del politiquero convertido en nuevo millonario, mientras que el hombre y la mujer honrados, pero pobres, eran considerados ciudadanos de segunda categoría. Sin acceso al reconocimiento, el mérito se pisoteaba como una flor olvidada, que el viento cruel hacía rodar por el suelo. Y estaba, en aquel loco avatar de confusiones y mezclas, el andar juntos del muchacho de familia marginada con el de vivir desahogado. Hijos de familias bien diferentes, de medios de vida bien diferentes y de diferentes posibilidades, pero que juegan juntos, se visitan y aprenden uno del otro, no sólo en el medio particular de cada cual —escuela para el otro— sino en el común de la calle, del parque y de la escuela privada de medio pelo, donde concurren por igual, pero con disímil esfuerzo de sus padres, el hijo del próspero abogado y el de la lavandera. Donde la hija mimada del profesional con casa propia en la calle San Mariano puede flechar para siempre el corazón del pobre estudiante de La Habana Vieja. Y estaba la humilde conformidad, que predica una religión enseñada desde la cuna y jamás practicada, como una costumbre familiar e inútil, que se arrastra con pesimista fatalidad: «Dios creó ricos y pobres y nació pobre él mismo.» Y una cultura, ávidamente bebida en desordenadas fuentes, que nos conducía a declararnos ateos, quizá por esnobismo. Hay polarización y mezcla. Los elementos de toda contradicción a punto de resolverse. Estaban todas esas cosas que ahora analizo, quizá más profundamente, quizá con óptica distinta. Pero estaba también, y sobre todo, la tradición mambisa y rebelde de una estirpe hidalga muchas veces burlada, pero jamás vencida por las frustraciones al punto de renegar de su historia, de la que hizo culto. Una estirpe de la que nos reconocíamos con orgullo herederos indiscutibles. Por todas esas cosas estábamos aquí, en esta colina universitaria, aquel 10 de marzo de 1952.

Y ahora estos dos camaradas quieren exigirme un análisis teórico de mis primeros pasos insurreccionales y locos; y por añadidura que estos análisis sean marxistas, como si tuviera que justificar ahora que fui anticomunista sin saber a ciencia cierta qué cosa era el comunismo; que tuviera que negar que hice lo que hice, con el cerebro lleno de mierdas; que mis héroes de entonces fueran los de las películas norteamericanas, que mascaban chicle y tomaban coca-cola, aunque yo tomara Materva; que actué por entusiasmo con idealizadas concepciones, de las que hoy no me avergüenzo, pero orgulloso de toda la historia de mi islita querida; y que estimo que así fuimos la mayoría de nosotros. Que nos lanzamos a la acción, sin tener ideología formada alguna. Que la maduración vino después, con los hechos mismos. Como si disminuyera en la consideración de nuestros pobres méritos el que no fuéramos entonces marxistas...

El debilitado brisote de marzo me va calmando y diluye mi berrinche en la contemplación de dos paisajes diferentes: uno exterior, el perceptible para todos, el otro interior, el que yo sólo veo en mis recuerdos, el de superposiciones de muchos ayeres y distintos yo, sobre este mismo lugar. Afuera, la arteria de San Lázaro con su tráfico y las gentes que caminan por ambas aceras. La intersección con Infanta y un poco antes, el cuchillo de Basarrate, donde descargué mi furia, volándole a tiros el parabrisas a aquella perseguidora. Una muchachada más de las mías. Puro arrebato, válvula de escape al encabronamiento con que bajé estos mismos escalones, ante la falta de acción universitaria, y con el cual sorprendí a todos por lo inesperado y absolutamente innecesario de mi acción. Y este paisaje externo se funde con el de mis vivencias; mientras que en el otro, el interno, descubro que hay una doble concatenación de imágenes que se superponen en mi cerebro y dominan en este momento mis sentimientos. Mi estado anímico es el mismo de entonces. La contemplación de esta parte de la ciudad, para mí tan familiar, la llevo asociada a hechos que viví aquí mismo. Su sola imagen me hace vivir de nuevo aquellos momentos. Por otra parte, el sentirme así de irritado me retrotrae a berrinches y furias que sentí aquí mismo, cuando me enfrenté a ideas y posiciones que me eran incomprensibles... igual que ahora. No los entiendo. Y siento un distanciamiento, una incapacidad de comunicación que nos aísla. Entonces, con el mal humor me aflora la vieja violencia, que me nubla el resto del entendimiento y me hace ver menos de lo que veo y cometer las barbaridades de las que luego me arrepiento.

1968

Vuelve a marcar el calendario el día 13. Y ya hace once años de aquel otro 13 de marzo, el del asalto al palacio. Como en toda conmemoración, la colina hierve de manifestantes: alumnos, profesores y pueblo en general. Usa primero de la palabra, por la dirigencia del nuevo estudiantado, el compañero Ravelo. Lee el testamento de José Antonio, documento rubricado con su sangre y escrito el mismo día de aquellos hechos. Le sucede en la tribuna Fidel. Y la arremete contra Ravelo por haberse saltado la referencia a Dios, reveladora de la creencia religiosa del mártir glorioso de la FEU y la Revolución. El comandante en jefe sazona bien al nuevo y melindroso dirigente. De lo menos que lo acusa es de irrespetuoso y de pobreza de espíritu. Los muertos sagrados de la patria fueron hombres, no seres superiores. Si alguna superioridad tuvieron, les nació del sacrificio de su entrega y su voluntad de darlo todo por lo que estimaron justo y necesario. Para las generaciones sucesoras deben ser el ejemplo inmediato y alcanzable, no Dioses ubicados más allá del error y de lo humano. Que fueran creyentes o no, no disminuye un ápice su estatura de héroes. ¿O es que ahora, por considerarnos nosotros marxistas, debemos abochornarnos de su cristiandad? Una vez más, Fidel, hurgándonos hondo, nos arranca el entusiasmo y nos hace sentir ratificados en el camino. Es un aplauso de delirio unánime lo que hace brotar de la multitud, que aprueba la zurra merecida al orador anterior, a quien observo en la tribuna encogido y mohíno, sin saber dónde meterse. ¡El pobre, no quisiera estar en su pellejo! En su discurso, como siempre, pasa el líder a tocar asuntos de la más inmediata actualidad. La figura del comerciante se pinta en sus palabras como forma incongruente en la nueva sociedad. Un nuevo término, el de «timbirichero», es acuñado y nos llega desde su boca para popularizarse en nuestras bocas, que lo repetirán de ahora en adelante. Timbirichero, dueño de un timbiriche. Nos parece bien la arremetida contra quienes encarnan el afán de lucro y los proyectos trasnochados de capitalismo en una patria oronda de mostrarse cada día más socialista. En una sociedad que soñamos pronto transformada en comunista, no tienen cabida los que sueñan con ser capitalistas. Una nueva operación, de envergadura nacional, es diseñada ante nosotros para su pronta puesta en práctica. Él la titula «ofensiva revolucionaria». Ofensiva general a lo remanente de un pasado capitalista, que se empeña en sobrevivir. Nos parece natural que el Estado no permanezca indiferente ante los que se esfuerzan en mantener los gérmenes de la explotación, mientras los trabajadores se sacrifican y lo dan todo. No puede haber comerciantes en un sociedad de proletarios. Está bien que nadie pueda enriquecerse con el sudor de otros. En lo teórico, de la teoría recién aprendida y de la que todos nos sentimos ufanos, entendemos que cuanto más abarque el sector estatal de nuestra economía, más rápido será el advenimiento de la nueva sociedad. Cuanto más estatalicemos, más corto será el período de tránsito. Desde la tribuna, conmemorando este día, Fidel deja inaugurada LA OFENSIVA REVOLUCIONARIA. Y todos lo apoyamos: ¡Abajo los timbiricheros! se decretará, de hecho se ha hecho ya, la estatalización de todos los negocios privados. Nadie podrá acumular riquezas para su único y personal disfrute. Todos contribuirán al beneficio colectivo. Se afianza el carácter socialista de nuestra economía. Ya no hay sector privado.

1977

Lo veo entrar a mi oficina apesadumbrado, como agobiado por una preocupación aplastante. Así no lo he visto nunca. Este muchacho a punto de graduarse, aparte de haberse ganado mi simpatía por las cualidades mostradas en el aula, siempre se ha destacado por jovial y entusiasta. Debido a su buen expediente académico y a estas características, le había ofrecido ser su tutor en el trabajo de diploma que, ya bastante adelantado, debe defender como tesis de grado en los primeros días del próximo mes de julio.

En todos los chequeos que hemos hecho de su trabajo, me ha maravillado con las soluciones que aporta y con la soltura con que se desenvuelve, no importa la dificultad que presente el problema. Por eso hoy me sorprende su estado de ánimo y aún más el mensaje pesimista que trae a mi mesa:

—Profe, creo que voy a quedar mal con usted. Pero no podré defender mi trabajo en julio. A mí me da mucha pena con usted, por todo el tiempo que me ha dedicado… Sin embargo, es muy probable que no me gradúe…

A pesar de lo inesperado de sus palabras, no lo dejo concluir. Sospecho de algún problema personal e intrascendente, perfectamente salvable, que su juventud magnifica. No lo concibo acobardado por el término de un trabajo cuyos pormenores sé muy bien que este buen alumno domina.

—¡Déjese de chiquilladas, González! ¿Cómo va a decir usted eso? ¡A ver, ¿en qué puedo ayudarlo?

—No, profesor. Esto no depende de usted. Usted ha hecho ya bastante. Tampoco depende de mí…

Lo veo a punto de echarse a llorar. Esto me turba y aumenta

mi desconcierto. Pero me reserva una carga de nuevas y desagradables sorpresas.

—Mire, es por mis creencias religiosas…

—¿Cómo…?

—Sí, hasta ahora he mentido. Y en todas las planillas, desde la de primer año y en cada ratificación de matrícula, he puesto que no era creyente. Pero esto no es cierto y yo no debo continuar mintiendo. Ahora, cuando se organiza nuestra graduación, cumpliendo con mi conciencia, he puesto la verdad. Y debido a ello, la FEU y la Juventud de mi año discuten mi caso, por lo que es probable que…

Me quedo estupefacto. Esto es insólito, inconcebible. Pero es cierto. Yo sabía, las había visto; en todas las planillas se preguntaba sobre las creencias… Eran las que se llenaban lo mismo para optar por una plaza de limpiapisos, para solicitar cualquier trabajo que para estudiar una carrera. Pero creí siempre que eran excesos burocráticos del planilleo… ¿Cómo ha sido posible esta discriminación? ¿Qué mecanismos hemos echado a andar en el seno de la juventud, obligándolos a mentir, como única forma de evitar una persecución que nada tiene que envidiarle a la inquisición? ¿Hasta qué punto, ignorando esta barbaridad, he sido yo cómplice de ello? ¿Cómo justificar por mi dedicación total a la docencia, el desconocimiento de estos hechos? La sorpresa da paso a una tristeza que me deprime y comprime. Que hace saltar allá en el fondo, como límite de esa compresión, la violencia que dilata mi interior en verdadera explosión:

—¡Esto no se puede quedar así! Ahora mismo voy al partido, ¡a ver a Álvarez Lozano!

1987

Están en verdad entusiasmados. Hay un grupo de instructores jóvenes, de nueva promoción, en los que la *Perestroika* ha causado verdadero arrebato. Se pasan los ejemplares de *Novedades de Moscú*, los coleccionan, se los beben y los discuten como si contuvieran el mensaje sagrado de un Nuevo Testamento. Muchos de ellos son egresados de centros de estudios soviéticos adonde los mandó a estudiar esta revolución, que permanece extrañamente callada ante la algarabía de renovación iconoclasta que conmueve al gran país de los Soviets. Algunos se me han acercado con «la nueva verdad» en la mano, en busca de mis criterios al respecto. Pero yo quizá los haya desencantado al mostrarme escéptico y hasta hermético con relación a cambios y reformas, que califico de ajenos a nuestra realidad. Nuestros males, aunque parecidos, son otros. Y si los errores que hemos cometido nacen de haber copiado lo que ahora se renueva, me parece un nuevo error volver a copiar, esta vez la renovación.

Así se lo hice ver a Domínguez, que es, de la nueva hornada, el más entusiasmado por el quehacer de Gorbachov. El muchacho promete, porque en verdad tiene madera de profesor y como ingeniero es brillante. Desde que lo pusieron a trabajar conmigo he estado preparándolo como mi auxiliar de cátedra, ya que se ha destacado por encima de los demás, tanto por su dedicación al trabajo como por su papel de líder, que desempeña de lo más bien, nucleando alrededor de él a los otros instructores que han ido llegando al departamento después de él. En todo este tiempo le he tomado verdadero afecto, que el joven reciproca ganándose mi confianza. Ahí viene a que le revise sus notas para la clase práctica que dará mañana.

—Profe, ¿ya leyó esto? —me dice, mientras me extiende el último número de la revista *Sputnik*.

—Domínguez, ni en mi tiempo leía yo *Selecciones* y esa revista es una copia, la versión rusa del *Reader's Digest*.

—Parece mentira, maestro, que usted no esté al tanto…

—¿Y quién te dijo que no estoy al tanto? Lo que pasa es que no me gustan las imitaciones. Mira, vamos a lo nuestro. A ver, dame esas notas acá y veamos cómo te has preparado… Mañana es tu gran día y pienso dejarte solo…

—No me haga eso, profe. Mire que el tema tiene su complejidad, no me abandone. Por si me trabo…

—¡Qué te vas a trabar, ni ocho cuartos! Confío plenamente en tu capacidad. Además, mañana tengo un compromiso con la familia de Sofía y no tengo más remedio que ir. Recuerda que nos hemos preparado durante todo un semestre. Y ya te he visto impartir otras prácticas.

—Pero no es lo mismo con usted al lado…

—¡Ya es hora de *solear*, como dicen los pilotos, joven! Así que, ¡prepárese a volar solo!

Quizá el muchacho piense que hago remilgos con las publicaciones que, en número creciente, inundan los estanquillos ocupando un gran espacio en el abanico informativo cubano; con esas mismas publicaciones soviéticas, que él compra sistemáticamente, que lee con avidez y luego apila ordenadamente sobre su mesa, para que los demás las lean. Lo que pasa es, que tal avalancha de prensa me da picazón. Además, el otro día decidí resolver de forma simplista mis dudas. Tomé una hoja de papel con una línea al medio y puse a un lado de la línea los que las defendían frente a los que estaban en contra de las dichosas reformas. Resultado: había tantos hijos de puta de un lado como del otro. Y a favor estaba… ¡hasta Ronald Reagan! ¡Que se preocupen los soviéticos por sus problemas y nosotros a preocuparnos por los nuestros! Estoy en la cocina de la casa de la hermana de Sofía y me abstraigo, ausentándome del ambiente, pensando que a estas horas ya Domínguez debe de haber comenzado su primera clase práctica solo. Sí, pensar en mi futuro sustituto me ayuda a soportar esta reunión «familiar» a la que hemos sido invitados y donde estamos segregados y nadie parece prestarnos atención (ni los sobrinos de Sofía, que escandalizan en el patio con una verdadera pandilla de niños, hijos de las otras parejas de invitados). Aunque Sofía me dio la opción de no venir, consentí en ello, pensando que quizá significaría el inicio de un vínculo familiar hasta ahora inexistente y que nuestra presencia pudiera favorecer. Es el cumpleaños de Ana María y lo que me habían anunciado como pequeño motivo, exclusivo para la familia y algunos allegados muy contados de Arnaldo, ha resultado ser una reunión de un grupo de altos oficiales de la seguridad del Estado que hacen un coro, vasos en mano, en el comedor, donde entablan una conversación impenetrable y que cortan abruptamente cuando alguien ajeno se acerca; mientras sus esposas, en grupo tan cerrado como el de ellos, conversan con animación en la sala. Ante los repetidos y fallidos intentos por alternar, que hemos hecho tanto juntos como separados, Sofía y yo hemos acabado por refugiarnos en la cocina, donde su hermana se afana preparando bandejas con entremeses, mientras da los toques finales a la comida de gala que han preparado. Mi compañera trata en vano de ayudar a su hermana que parece, asfixiada de trabajo, más una criada superatareada, que la homenajeada. Pero todo es en balde en esta tarde aciaga. Ana María sólo sabe regañar a la otra y dar bufidos de escape a un mal humor que suelta en la cocina, para volver a sonreír al salir de la misma y brindar atención a *sus invitados*. Miro a mi mujer, comprensivo, y recibo su mirada de comprensión recíproca.

—Ahora no podemos irnos, Joaquín. Ten paciencia, te prometo que tan pronto sirvan la mesa, nos vamos. Ya falta poco. ¡Anda, tómate un trago!

—Es que cada vez que he tratado de conversar con ellos, me miran como un bicho raro y se les sellan los labios como si hubieran bebido cola de pegar... Tú lo has visto. Y Arnaldo ni me los ha presentado.

—A mí me ha pasado lo mismo con las esposas. Perdóname, yo no sabía que esto iba a ser así...

No hace falta responder a quien me entiende sin necesidad de hablar, a la que cualquier motivo de pesar mío lo hace suyo y que trata continuamente de evitarme la menor contrariedad. Pero es evidente que aquí ella y yo estamos de más. Ni siquiera han tenido la delicadeza de presentarnos y nadie sabe quién carajo somos. De pronto, pasa frente a la puerta de la cocina, rumbo al baño, una figura que me parece conocida. Cuando Ana María vuelve en busca de más bocaditos, la interrogo lleno de esperanza:

—Ese oficial que pasó para el baño... ¿por casualidad es de apellido Riveiro?

—Sí, ¿por qué? Ése es el mayor Rolando Riveiro, el médico de Villa Marista. ¿Tú lo conoces, Joaquín?

—Pues ahora, que hasta el nombre me dices, no me cabe duda. Es él. Ese compañero estudió en mi mismo colegio. Fuimos alumnos de la misma escuela. Claro, no de la misma clase. Yo estaba en el último año de bachillerato y él llevaba el tercero. ¡Caramba, lo que son las cosas de la vida!

—Espera, que ahora te lo llamo. ¡Riveiro! —Ha gritado de forma estentórea mi *delicada* cuñada, cuando presto la atajo.

—Deja Ana María, yo voy a verlo.

La maravilla de encontrar un viejo conocido me da fuerzas para acercarme de nuevo al hermético grupo. Me dirijo directamente a quien puede significar la providencial salida a la incómoda situación en que nos hallamos. Olvido que en anteriores ocasiones me han rechazado y esperanzado por el inesperado encuentro, vuelvo a retomar toda mi afabilidad:

—¡Doctor Riveiro, cará!

El aludido me mira con cierta expresión de asombro. Se había separado apenas dos pasos de sus camaradas de armas, al escuchar el grito de mi cuñada al llamarle. Y, respondiendo a mi gesto, me tiende la mano dubitativamente.

—A la verdad, que sé que te conozco de algún lugar...

—¡Caramba, viejo, si hasta estudiamos en el mismo colegio! ¿No te acuerdas?

—Perdóname, pero de mi año tú no eres.

Los demás miembros del grupo, incluido Arnaldo, nos miran con no reprimida expresión de desagradable sorpresa. La situación se me hace engorrosa. Y hago un último ensayo:

—Claro, han pasado muchos años. Y quizá yo he cambiado algo. Pero tú te conservas muy bien. Enseguida te reconocí. Además, efectivamente yo estaba en el último año. Mi apellido es Ortega. Joaquín Ortega. ¿No te dice nada mi nombre...?

—¡Oye, ahora sí! Pero tú no me digas... que tú eres el loco aquel de quinto año. ¡Cómo ha pasado el tiempo, chico!

Se vira para sus amigos y, para aumentar mi desconcierto, anuncia:

—¡Oigan! Éste era un *arrebatao*. Se tuvo que ir de la escuela por tiratiros. De los primeros que empezaron a conspirar contra Batista. —Y volviéndose de nuevo para mí, interroga—: Fue en el mismo cincuenta y dos o el cincuenta y tres... ¿eh, Ortega? Desde entonces no te veía...

—Realmente fue a principios del cincuenta y tres la última vez que nos vimos. Comprendo que no debe de ser muy agradable para ti recordar aquella oportunidad… Fue el día que murió tu mamá. ¿Recuerdas que Cabrerita y yo te encontramos en el Calixto y le llevamos el sacerdote que la pobre pedía en sus últimos momentos?

–Oye, viejo, tú debes de estar confundido. Mi mamá murió en el Calixto en esa fecha, sí, pero ella jamás fue creyente. Debe de ser otro caso. Otra *acción* de las muchas en que seguro has participado.

Ahora soy yo el perplejo. La figura de pullover blanco, que descubre un vientre prominente brotado de unos pantalones militares en los que no parece caber, me resulta ahora totalmente extraña. Este es otro Rolando Riveiro. Ni por asomo puede ser el mismo que yo conocí. Por mucho tiempo que haya pasado, ¿cómo es posible que este hombre no recuerde aquello? La muerte de la madre no puede olvidarse. Es un suceso tan duro en la vida de cualquiera, que es imposible olvidar cualquier detalle con que se relacione. Sin embargo, no demoro en reaccionar y comprender. El ambiente no permite esos recuerdos. Aquí pueden perjudicar. Así que me apresuro en rectificar:

–Tienes razón, compadre. Debe de ser la madre de otro compañero, disculpa mi confusión. ¡Te he adjudicado la madre que no tenías!

Y no digo más. Vuelvo a la cocina, pero con tal cara, que Sofía no dice nada, entiende y, recogiendo su cartera, se marcha conmigo de aquella casa.

CABRERITA

Desde que tu secretaria me abre la puerta, cediéndome el paso, me impacta el sobrio pero lujoso empaque de tu oficina, que conserva el ambiente del alto ejecutivo a quien perteneció. Todo está impregnado de una discreta ostentación de sobria elegancia, de *cosas buenas*; desde la mullida silla reclinable, de alto respaldo y tapizada toda de cuero, hasta la impresionante mesa de trabajo, sobre la que señorean los teléfonos, dictáfonos e intercomunicadores, que testifican tus múltiples responsabilidades –y tu poder–; desde el cenicero de pie, de barroca base y en cuya cápsula se descubre el reluciente jade, hasta los absorbentes y grandes butacones, destinados a engullir y empequeñecer visitantes. Todo tu despacho está recubierto interiormente con maderas barnizadas, cuyas vetas alternan tonos en fantasmales dibujos; y el aire climatizado ha sido odorizado con tenue fragancia de Lavanda. Me extiendes la fraternal mano de siempre, echando para atrás tu silla, que rueda suave, silenciosamente, y sonríes, dándome la bienvenida. Es calor y fraternidad lo que me transmite el apretón de tu mano. Tu mano, en que descubro, al tú adelantarla, dos relojes –por si uno falla–, un Seiko y un Rolex. Tú, comandante de la Revolución, tú, jefazo de una corporación omnipotente, con tu uniforme verde olivo y las metálicas estrellas en el cuello de tu camisa. Tú, tratándome como siempre cariñoso y afable, regalándome tu afecto de toda una vida y *aconsejándome*. Tú, corrupto y desfachatado, hablando conmigo «en confianza»: «¡Hay que saber vivir; mano!» Y yo, asombrado de tu impúdico descaro; tan asombrado, que no soy capaz de reaccionar, rebelarme y mandarte al carajo. Tú, brindándome la gran oportunidad de *hacerme*, «porque para eso nos jodimos y nos quemamos y fuimos de los que estuvimos desde el principio al final, para *esto*, por *esto*», mientras sirves en dos finos vasos de cristal tallado Chivas Regal y me señalas la caja de tabacos…

Así te cuento, Cabrerita, mi pesadilla recurrente, la que me tortura dos y hasta tres veces a la semana, desde que me enteré de tu destino y en la que te me apareces como personaje principal: lleno de poder, embriagado del mismo, podrido hasta la médula, completamente cambiado. Y tú te ríes, te ríes de mis ocurrencias –como lo hiciste siempre– y me perdonas lo que te achaco en mis malos sueños. Y me miras a los ojos, fijo, directo y atenúas tu sonrisa en expresión que no llega a ser severa, cuando me preguntas:

–Pero ¿tú no sabes que yo morí en el primer combate…?

–No, de eso me enteré después del triunfo. Todos te creíamos en Matanzas, por un pueblo de ésos, de maestro rural…

–Sí, y como hablaron mierdas de mí, ¿eh…?

Trato de disculparme, pero ni me sale ni hace falta. Tú entiendes. Comprensivo, alivias mi embarazo:

–¡Si hasta en sueños y después de muerto, piensas mierdas de mí! ¡Tu aprecio por mí, le ronca, viejo.

Tu exclamación jocosa me saca del atoro. Ahora soy yo el que inquiere:

–¿Y cómo fue, Israel? ¿Fue en Alegría de Pío, no…?

–De alegría, aquello no tenía nada, mano. Las botas nuevas, el mareo de los siete días de viaje, la caminata terrible sobre los mangles y la zozobra y el temor de ser descubiertos en cualquier instante. ¿Alegría…? ¡Vaya alegría! Tú sabes que nos habíamos detenido a comer algo y que acababan de repartir chorizos con galletas. Medio chorizo con dos galletas, como lo contó el Ché. Muchos nos habíamos quitado las asesinas botas, que nuevas no sirven para caminatas; entonces, cuando menos lo esperábamos, empezó *aquello*. Fue el infierno. Yo me equivoqué y corrí hacia las cañas. Creí que allá, dentro del cañaveral, me salvaba. Pero fue al revés. Los que cruzaron la guardarraya y corrieron en dirección contraria tuvieron más chance. Luego los guardias le prendieron candela a la caña y yo perdí el sentido. No sé si morí de bala o asfixiado y quemado después. No sé. En eso, estoy igual que tú de ignorante. Sencillamente no sé cómo morí…

—¿Y Ñico? Él sí cruzó la guardarraya y se internó en el monte. Ñico se salvó de la Alegría…

—Sí, Ñico pudo salir, pero para embarcarse después y coger la ruta de la costa, por los farallones, sobre el diente de perro. Lo de él fue peor, porque él sí la vio venir y yo ni me enteré. Es mejor no ver nunca venir la muerte. No verla venir, es como si te durmieras. Lo de él fue terrible; para colmo tuvo que peregrinar tres días más de vía crucis (que eso eran aquellas caminatas al desespero), una verdadera tortura, por aquellos despeñaderos, sin agua ni alimentos. Y ser chivateados por Manolo Capitán, aquel guajiro que parecía tan bueno y preguntarle a Laurent: «Pero ¿usted me va a matar?» Y oír la afirmación cínica y después las detonaciones de la pistola asesina. Él no murió en combate como yo, a él lo asesinaron a sangre fría…

»Pero ¡le zumba, Joaquín! Así que… ¿ésa es la pesadilla que tenías conmigo? ¿Y de dónde sacaste tú que yo me podía corromper, vamos a ver…?

Otra vez tartamudeo, tratando de excusarme:

—Fue todo ese lío de la causa uno, en el ochenta y nueve. ¡Comprende! Y al fin y al cabo, fueron sólo eso, pesadillas, y sobre todo, pesadillas mías…

—Sí, OK, pero tuyas y todo, en ellas bien feo que me pintas, mano…

—¡Cómo se te pegó en México el *mano*!

—¿Qué quieres? «Andas con lobos y aprendes a aullar.» ¿No te ha pasado a ti mismo con el comunismo? ¡Aunque eso ya yo lo veía venir desde que discutías tanto con Kino! Además, parece que eso ahora está de moda y todo el mundo en Cuba es comunista hoy. ¡Menos mal que yo estoy muerto! Porque si no, hasta yo entraría en la bachita esa que ustedes se traen.

—Esa bachita que tú dices, no sabes que ha sido un largo proceso de concientización colectiva, Israel. ¿Sabes que les he hablado a mis hijos de ti, que hasta una biblioteca abrí en una fábrica y le puse tu nombre: BIBLIOTECA OBRERA CARLOS ISRAEL CABRERA?

—Sí, lo sé. Pero, cabrón, pusiste en un cuadro la fotografía mía con el grupo, donde aparecen tú, Miguelito, Fontán, Benito y toda la cuadrilla… ¡Qué balijú te diste a mi costa, cuate! Porque a todo el mundo le decías: «Éste del medio, en la fila de abajo, soy yo.» Y efectivamente fue la foto aquella que nos sacamos con un fotógrafo ambulante, de cajón y trípode al hombro, en la playa Viriato. Aquella foto en que Fontán se ve a un lado, fuera del grupo, excluido, discriminado, por tus complejos, por nuestros complejos y prejuicios...

—No, a Gerardo yo no lo discriminaba por negro. Tú lo sabes, yo nunca fui racista... era porque parecía, así, amanerado, con las uñas largas, la pasa planchada, los pantaloncitos vaqueros aquellos, muy apretados, a lo James Dean...

—Sí, ¡dilo, no seas pendejo! Nos parecía medio maricón, ¿no? Y resultó más hombre y más macho que todos nosotros juntos. Porque hay que ver las torturas que le hicieron y lo que aguantó sin delatar a nadie...

»Bueno, hablemos de otra cosa... Veo que se te pasó ya lo de «la perla aquella», porque te casaste, te divorciaste y has tenido una pila de mujeres, que no dudo que sean cosechas también de tu pasado. De *nuestro* pasado. Y ahora andas de nuevo pensando en compromisos serios... ¿Quién fue aquella primera infeliz que te aguantó, Joaquín? ¿Y quién es la de ahora?

—La primera fue Dulce, un desatino mío, guajirita ella, de Placetas. Allá me escondieron en su casa a fines del cincuenta y cinco...

—Y tú le agradeciste el amparo a la casa aquella seduciendo a la muchachita, ¿eh?

—No, no digas eso, fueron las circunstancias...

—¡Las circunstancias! ¡Vaya suerte que le depararon las *circunstancias* a la pobre! Mira, mejor suerte tuvo tu «Irene-Perla», tu princesita de los cerezos... ¿no es así como le pusiste? Se casó con uno de nosotros que sobrevivió y llegó a comandante, y que después...

—¡JOAQUÍN! ¡Despiértate, que vas a llegar tarde al trabajo!

Es la voz de Sofía, que me conmina a levantarme en otro amanecer idéntico, sin esperanzas de salvación, de estos días monótonos e iguales. No he descansado nada. Lo poco que he conseguido dormir se me ha llenado de estos sueños... Malos sueños... Sueños en que cuento un sueño, un mal sueño que estaba soñando...

FEBREROS, ALGUNOS FEBREROS

Yo pisaré las calles nuevamente
de lo que fue Santiago ensangrentada.
Y en una bella plaza liberada
me sentaré a llorar por los ausentes.

PABLO MILANÉS

Primero de febrero, 1959, 3.00 p.m.

De exaltación, emociones y premuras lleno se ha ido enero. Sin apenas darme cuenta ha concluido este primer mes de amanecer revolucionario. Ya estamos hoy iniciando febrero y sin descansar apenas, el tiempo no me ha alcanzado para las necesidades más elementales. Como pelarme, por ejemplo. La verdad que estar melenudo en estos momentos es moda. Moda que han traído los soldados rebeldes. Pero yo no subí a la sierra. Estoy muy orgulloso de haber combatido aquí, sobre el asfalto. Y no tengo por qué exhibir cabelleras, que nada tienen que ver con mi participación en la lucha. Además, no quiero que se me confunda con aquellos que se han dejado barbas y pelos crecer del primero de enero para acá. Así que esta tarde, haciendo maravillas del tiempo, estoy temprano aquí, en la vieja barbería del barrio en la que nos pelábamos todos y donde ha causado conmoción mi llegada. Cuando me acerco a la puerta aún cerrada, en espera de la hora de apertura vespertina, ya hay varios clientes, que en orden aguardan al fígaro. Pepe, nuestro cordial barbero, a quien en verdad he dispensado una gran sorpresa, me saluda todo alborotado:

—¡Muchacho! Pensé que te habían matado. Con lo loco que

tú eres, te creí perdido. No pensaba volver a verte… ¡Cómo tendrás cosas que contar! ¡A ver, vamos a pelarte! Hoy el pelado va por mí…

Y violando el orden de su clientela que espera y que admite con beneplácito el privilegio, me sienta en el sillón. Pepe no es la excepción de los barberos. Como todos ellos, es dicharachero y conversador. Le da sin parar lo mismo a las tijeras, que a la lengua. Ahora, que cuenta entre sus antiguos clientes con más de una figura convertida en historia, su anecdotario se ha crecido y su orgullo también.

Con el blanco paño atado ya al cuello, lo oigo entregarse a su cháchara incansable, informándome de otros compañeros, con los cuales él presupone no me he encontrado; trasladándome noticias que sólo él conoce; hablándome en fin, de mil cosas a la vez, mientras da los primeros cortes e innecesariamente interroga:

—Como siempre, ¿verdad?

Al no recibir la inútil respuesta, detiene su tarea. Va hasta un revistero, toma de allí algo y me lo extiende:

—Mira a ver si ahí conoces a alguno… —me dice, mientras apunta con las puntas de sus tijeras hacia la carátula con yate, portada de un álbum que tiene las fotos de los 82 expedicionarios del Granma y que fuera publicado con prontitud en los primeros días del triunfo.

Abro sobre mis piernas el bello álbum y comienzo a pasar las páginas. Y es la quinta o sexta que he hojeado la que me paraliza con aplastante conmoción. A través de unas lágrimas que no acaban de brotar y que nublan mi visión, contemplo la sonrisa como burlona de Cabrerita y la escueta línea de imprenta que me envía al cerebro un mensaje sorprendente, inesperado: «Carlos Israel Cabrera Rodríguez, caído en Alegría de Pío, el 5 de diciembre de 1956.»

¡Cabrerita expedicionario del Granma, Cabrerita muerto en el primer combate a tres días del desembarco! Como mazazo brutal, el golpe ha sido demasiado violento. ¿Cómo he podido ignorar esto? ¿Por qué no pude enterarme antes? Sin poderme controlar, me levanto electrizado del sillón, que me quema, logro a duras penas zafarme el paño y salgo corriendo de la barbería, dejando en suspenso, a la altura en que estaba mi cabeza, las cromadas tijeras de un Pepe nuevamente pasmado por otro arranque de los míos. Voy con una parte de la cabeza pelada y la otra por comenzar, acentuándome el aspecto de lo que en realidad me estoy volviendo: un verdadero loco.

Fontanar, 14 de febrero de 1990
Año 32 de la Revolución

Querido Juan:
De tristes noticias se llenó la prensa el verano pasado. De estupor e indignación el pueblo que lee y se sorprende y se irrita y no llega a entender cómo ocurren estas cosas y cómo caen, pendiente abajo, los que hasta ayer merecían –o debían merecerlo– respeto.

A mí me da más fuerte. Veo consecuencias. Consecuencias por todos lados. E imprevisiones.

Me quedo esperando la enumeración de las causas que nadie me enuncia y ataca para su erradicación. Y, amargamente, es de esperar con mucha certeza que los hechos dolorosos se repitan en lo futuro con otros nombres y parecidos detalles. De vergüenza y rabia se llenan los corazones de los revolucionarios. ¿Hasta cuándo contemplaremos el desfile de traidores y defraudadores de confianza? ¿Hasta cuándo esta orfandad de control que debe alcanzar a todos? ¿Hasta cuándo los intocables? El rosario es aleccionador: Landi, ex primer secretario de la Unión de Jóvenes Comunistas, bien extremista él; ahora diletante derrochador y rico-esnob; Del Pino, general de la Aviación, vuela, robándose un avión, a Miami; Sánchez Pérez y Pérez Cott, vices de presidentes de organismos y ministerios, trocados en comentaristas de la radio enemiga; Aspillaga con su saco de información regalándoselo a la CIA; Diocles, ministro corrupto; Ochoa, el héroe, dedicado al narcotráfico a escala intercontinental y La Guardia, general del MININT, jefe de grupo mafioso. ¿Quién los exoneró de los chequeos y controles saludables y necesarios? Dos condiciones son suficientes para el delito: la oportunidad y la certeza de impunidad. Olvidamos la máxima del argentino epónimo: «Desconfianza constante.»

Hoy por hoy, ¿cuántos de nuestros ministros pueden repetir

el bello párrafo de su despedida: «No dejo a mis hijos nada material...?» Ahora podremos condenar, encarcelar, fusilar, y mataremos con dolor y rabia la consecuencia y no la causa. De nada servirá amputar del árbol la rama podrida, si no le curamos la raíz que lo enferma. Si el remedio no es profiláctico, otras ramas se enfermarán en el futuro.

Mientras, seguimos repitiendo ya viejos errores:

–Se aúpa y paternaliza la mediocridad a cambio de incondicionalidad.

–Se «perdonan pecadillos» que pasan a una cuenta damoclesana, que en cualquier momento puede actualizarse.

–El control está condicionado al nivel que tenga el sujeto a controlar. Así, nadie sabe el límite de lo que le está permitido.

Esta vez emponzoñaron a uno de nuestros mejores guerreros y lo convirtieron en un mercachifle y en aprendiz de narcotraficante. Vivimos días muy duros para todo revolucionario. Días de honda indignación, a la vez que consternación. Días que nos deben obligar a reflexionar seriamente. ¿Cuándo empezamos a dejar de ser quien somos? ¿Cómo comienza el proceso de descomposición? ¿En qué momento? ¿Qué mecanismos interiores desatan un proceso de involución? ¿Cuánta responsabilidad tenemos, en primer lugar sobre nosotros mismos y después sobre todos los que amamos y estimamos, que son, en definitiva, la patria? ¿Cuánta crítica y autocrítica, solapada, cobarde? ¿Por qué callamos en el momento oportuno? ¿Qué derechos nos arrogamos para ser jueces, siempre absolutorios de nuestra conducta?

Apartándonos del teoricismo vacuo, me parece que hay un momento especialmente importante, y es aquel en que empezamos a sentirnos distintos a los demás y por encima de ellos. Es entonces que dejamos de ser parte de esa masa y perdemos nuestra identidad.

No es fácil ver ahora corrompido y vacilante a quien ayer admiramos como paradigma de honor y heroicidades. Decíamos tener generales de verdad. Y él era uno de ellos. ¿Cuál fue el camino de su transformación? ¿Debo creer en el cuento del doctor Jekyll y míster Hyde? ¿Subsisten en nosotros las dos mitades del yo? ¿Hasta dónde cada uno de nosotros está propenso a caer en igual abismo?

No puedo dormir desde que se fusiló a un compañero que valía tanto y que podía o pudo haberse salvado. Lo valioso que había en él afloró en su viril aunque tardía autocrítica ante el tribunal. Debajo de tanto estiércol, rascado por el dolor, se advirtió el sustrato de su ayer, lleno de valores. He ahí a un hombre perdido. Pero lo doloroso, es que perdimos a un hombre. Los del gang no merecen el mismo análisis. Ésos eran cuatreros disfrazados de oficiales del MININT. Gentes con una sola mira: el vivir bien. Claro que *bien* según el criterio de ellos: rodearse de objetos y comodidades, vivir fastuosamente, por encima de las condiciones en que vive el pueblo; no tener límites y permitirse todo tipo de excesos, a partir de la confianza y la fe de miles de miles de ciudadanos en la mística del MININT; llenarse bien el intestino y poner las nalgas en el asiento de un automóvil lujoso; y mirar con indiferencia, a través de los oscurecidos cristales de esos autos, las paradas de guaguas abarrotadas de la «plebe» desesperada, que se afana por no llegar tarde a sus trabajos. Desde hace algún tiempo, esa elite militar venía burlándose de todos los valores y principios que Fidel proclama a pleno pulmón y el pueblo cree. Pero desde antes, había en ellos el germen propicio de su desintegración moral, de la depravación. Ésos siempre se sintieron por encima del pueblo. Determinados mecanismos, que lamentablemente se han puesto en marcha en nombre de la sacrosanta patria y la seguridad del país, permitieron la ausencia de controles y la omnipotencia del MININT, lo que les hace sentirse por encima de los demás. Y a esos mecanismos y a esa falta de control y a esa prepotencia hay que enfilar nuestros cañones de justicia y de verdadera rectificación. Serán cañones airados, de indignación legítima que arranca del amor que profesamos a NUESTRA REVOLUCIÓN.

> *Madre, que tu nostalgia se vuelva el odio más feroz...*
> *Madre, recuerda que todo lo haremos por tu amor...*

Y esa madre es la Revolución. Es la madre-patria concreta, que no abstracta, materializada en todo cuanto amamos. Y a la que antes de traicionar, estamos obligados a ofrendarle la existencia. Dejar de ser primero, antes que dejar de ser quien somos: hijos agradecidos y verdaderos, proclives al error, pero nunca a la canallesca traición. Primero cadáveres gloriosos que fantasmas vivientes, como grotescos simulacros de lo que fuimos. Nuestra identidad verdadera vale más que la vida, porque es realmente nuestra forma de vivir.

Te incluyo los periódicos de aquellas fechas en que me sentí morir, al ver tan herida la patria. También un libro, *La causa uno,* que aquí se ha publicado. Tus cartas llegan con un retraso inexplicable, de ahí que tan tarde te conteste. Para evitar que con mi respuesta ocurra lo mismo, Sofía te enviará la presente desde México, hacia donde parte mañana. Espero haber completado la información, bien extensa por cierto, que para mi sorpresa tienes de asunto tan traumático.

Un fuerte abrazo. Hasta la próxima. Tu hermano de siempre,

JOAQUÍN.

No me ha sido fácil escribirle a Juan. Han transcurrido meses, casi un año desde que se destapó aquella olla podrida. Pero él ha estado al tanto de los pormenores. Eso se desprende de su carta, que me ha llegado apenas la semana pasada, aun cuando la fecha y los matasellos son de octubre del ochenta y nueve. ¡Cuatro meses en llegar una carta de Suiza a La Habana! ¿Cómo explicarle que eso no es una deficiencia del correo, sino un burocratismo de la seguridad? La seguridad que vigila celosamente lo más elemental e inocente y no se ocupa de vigilar donde debe. En el antiguo supermercado de Altahabana funciona un centro titulado eufemísticamente de «Clasificación Postal» y todo el mundo sabe que ahí van a parar las cartas que van y vienen del extranjero, para ser leídas por vaya usted a saber qué clase de lector. Esto de la extrema censura a toda correspondencia que venga o vaya al exterior es una de las pocas cosas que no le he explicado en nuestra sistemática y ya vieja comunicación epistolar. No lo he hecho, por pudor. A pesar de que, con Juan, no obstante, la distancia física, me siento más cercano que con otros compañeros que permanecen en Cuba. Y es que desde que recibí sus primeras cartas, llenas de honesta curiosidad y preocupación sobre lo que acontecía en nuestra patria, me he dedicado a mantenerlo lo más informado posible en su lejanía. Paradójicamente esta comunicación a distancia, sostenida a través de los años, nos ha unido más de lo que alguna vez estuvimos en nuestra ya lejana adolescencia. Él me contesta puntualmente mis largas cartas. Y así me he mantenido al tanto de sus progresos y de cuanto incidente importante ha ocurrido en su vida. Sé que se graduó de médico, que más tarde se casó con una bella enfermera suiza, con la cual tiene ya tres hijos, y que es dueño de un próspero consultorio clínico, que goza de extensa y acomodada concurrencia. A lo largo de todos estos años nuestro intercambio no se ha interrumpido. Largas epístolas, muchas veces acompañadas de fotos, han cruzado en un sentido y otro el Atlántico. Y no es de dudar que hayamos mantenido ocupado, dándole voluminoso contenido de trabajo, a alguno de los desvelados lectores de Altahabana. Es por ello que a Juan, allá en Suiza, lo siento más inmediato a mí que Manolo o Guillermo, al lado de los cuales viví más tiempo y con quienes compartí un trayecto más largo e inolvidable de la lucha. Con Juan fue el temprano inicio... mis primeros pasos de rebeldía, mi amigo de la adolescencia. Uno de los dos que me acompañó en aquel episodio, que tan profunda huella ha dejado en mi psiquis.

Por una curiosa coincidencia, reparo que hoy, que le escribo esta carta desgarrante y sincera, hoy, día 14 de febrero, es un día de San Valentín, día de los enamorados, como aquel de 1953, cuando nos llevaron presos, por primera vez, a él y a mí. Y nos dieron nuestra primera paliza en el Buró...

14 de febrero, 1953

Geordano, el de la joyería de los altos del Payret, que nos ha introducido en el círculo conspirativo de la TRIPLE A, nos ha asegurado que hoy es el gran día, el día D, que el entierro del primer mártir de la dictadura (Rubén Batista Rubio, aquel estudiante de arquitectura que hirieron en la manifestación de desagravio a Mella) era la ocasión elegida, por oportuna, para lanzar el golpe decisivo contra el déspota. A la salida del cementerio y una vez concluidas las honras fúnebres, debíamos esperar los camiones cargados de armas con los que nos apertrecharíamos y saldríamos a tomar las estaciones de policía y otros baluartes de la dictadura. «Las armas sobran y los timbales también», nos había dicho Geordano la última vez que fuimos Juan y yo a verlo en su establecimiento para ricos, en un entrepiso —llamado mesanine— del edificio de Prado y San José.

Y aquí, en la puerta de la gran necrópolis de Colón, estamos un nutrido grupo de jóvenes esperando la señal convenida y los dichosos camiones. A estas horas debía estar visitando a Irene; con más razón hoy, día de los enamorados. Pero el deber está primero. Si esto no se da y termina en otra posposición, todavía me dará tiempo para llegarme a Santos Suárez. Juan, Benito y yo estamos parados frente a las oficinas de la ciudad mortuoria, del lado de adentro del gran pórtico. Diseminados por los alrededores, veo a Vicentico, al negro Papito y Cabrerita; a Carlos, que ha venido con saco a pesar de hacer calor, y a dos o tres más del barrio. También están otros compañeros que conozco de las prácticas de armas que hemos realizado en la universidad, como Manolito Carbonell, el moro Saud y algunos más. Miro alrededor y hay demasiados transeúntes parados en actitud expectante. Todos tienen dos cosas en común: su juventud y la tensión que malamente tratan de disimular. Y en eso llegan los patrulleros en flotilla escandalosa. Les siguen varios carros jaulas que bloquean las intersecciones de Zapata. Hay un verdadero cordón policial que no podemos evadir. A empellones somos subidos a los carros celulares. A Juan y a mí nos agarran primero y nos introducen en un gran Oldsmobile negro que ha frenado junto a nosotros. Benito echa a correr hacia el interior del cementerio, seguido por esbirros que empuñan en alto sus garrotes. Hay una redada total contra todos los que estamos en la entrada y todavía el grueso del cortejo fúnebre se halla dentro. A través de puños y brazos, que nos empujan y golpean en el reducido espacio interior del automóvil, vemos a Vicentico enredado a piñazos con agentes de civil que lo rodean. Carlos está a su lado, agachado, sosteniéndose con ambas manos la cabeza, de la que sangra abundantemente. Nuestro carro arranca por Zapata a la izquierda en busca del puente de 23... Hoy vamos a conocer el tenebroso Buró de Investigaciones y el tratamiento que allí le dan a los detenidos. En el bolsillo derecho de mi pantalón llevo la tarjeta con dos corazones enlazados que, por este día, había comprado para Irene...

Como exhalación parte el bólido negro. Dentro todo es apretazón grotesca, más insultos y más golpes, esta vez a «lo cortico» propinados con bestial furia en el estrecho espacio del asiento trasero. Son agentes vestidos de civil y por eso sabemos que nos llevarán al tenebroso BURÓ DE INVESTIGACIONES, catedral del horror donde oficia el sádico Orlando Piedra Negueruela. En un extremo del puente de 23, sobre una elevación que marca la entrada del Vedado viniendo de Marianao, se alza amenazante un edificio de típico corte militar, a cuya entrada principal se llega por una escalinata que desciende hacia la calle y que nosotros subimos a puro empujón y repetidas caídas, de las que nos levantan con desmedida violencia. Juan sangra no sé de dónde y tiene toda manchada de sangre la camisa. Yo tengo la boca rota, me lo dice un sabor caliente y salado que aprecio entre los labios entumecidos. En una de las levantadas del piso en que hacen chocar nuestras cabezas, reparo en que mi amigo tiene abierto el arco superciliar. Nuestras ropas son colgajos y nuestro aspecto es ya lastimoso. Pero extrañamente ellos son los excitados y nosotros, a pesar de nuestra respiración agitada, permanecemos tranquilos, serenos, expectantes, como asombrados ante el espectáculo de tan inútil e irracional barbarie. Cuando al fin coronamos la elevación y nos entran al edificio, nos vacían los bolsillos. Al encontrar el carnet de la FEU en poder de Juan, arrecian los golpes. A él le tocan en el reparto la mayoría, pero hay un esbirro al que parezco caerle simpático:

—¿Y tú, mojón, no eres de la FEU también? —Y el puño que me embiste y se clava en mis costillas, con una falta de aire que me dobla las rodillas...

—¡Ah, pero mira, qué tiernecito, enamorado, el muy maricón...! —Dice un negro enorme, de guayabera empapada en sudor, que es el que más me ha dado, mientras estruja la tarjeta postal con corazones en la portada. La misma que, hecha un amasijo de cartulina, me lastima los labios hinchados cuando este salvaje me la restriega en la boca, tratando de hacérmela comer...

Yo no era estudiante universitario todavía. Aspiraba a serlo en el próximo curso. Pero para eso tenía que terminar aún el bachillerato, cuyas tres últimas asignaturas repetía. Juan sí cursaba ya el primer año de medicina, y con él y Carlos y los demás muchachos del barrio yo frecuentaba hacía casi un año la universidad, el Hospital Calixto García y los locales de la FEU, con una ansiedad de anticipo entusiasta y ciega, culpable en no poca medida de mi repitencia. Allí nos habíamos conectado tempranamente con gentes de la TRIPLE A, organización fantoche que nos tomaba el pelo, deslumbrándonos con fabulosos cargamentos de armas, que extrañamente siempre caían en manos de la policía y nunca llegaban a las nuestras. Preparándonos con seriedad para participar en anunciadísimas y espectaculares acciones, que repetidamente eran pospuestas por «el alto mando», esperábamos, esperábamos... Irene y yo apenas comenzábamos nuestro efímero noviazgo, pues solamente el 17 de enero de aquel año, dos días después de la manifestación en que hirieran al primer mártir a quien enterrábamos, había ella puesto fin a mi prolongado e insistente asedio con un dulce y travieso «sí». Desde hacía casi un mes, yo la visitaba cada sábado y sólo los sábados. Pero todas las noches la telefoneaba y a través de la línea, que amenazábamos derretir con empalagosa y alargada conversación, como ensoñados, «pasábamos un rato juntos». Después, borracho de amor y con sus palabras cosquilleándome en los oídos, me iba a refrescar al parque. A reunirme en el banco que Carlos llamaba EL HEMICICLO con un grupo de amigos, tan jóvenes e idealistas como yo.

Sí... aquel 14 de febrero del cincuenta y tres en que, en el entierro del primer mártir, nos llevaron presos y golpearon por primera vez, cayó sábado. Ahora lo recuerdo perfectamente porque aquel día era día de visitar a mi noviecita...

15 de febrero, 1990

Acabo de despedir en el aeropuerto a Sofía y como hoy no tengo nada que hacer, remoloneo por las instalaciones y subo a la terraza para contemplar el despegue de su avión. Lleva mi compañera el abultado sobre con recortes de periódicos y libros, donde incluí mi larga carta a Juan, que ella debe echar al correo llegando al DF. Esto de los viajes de Sofía desde hace casi dos años se nos está convirtiendo en rutina y en un medio de vivir mejor. Promovida por sus indiscutibles méritos científicos a la presidencia de una organización no gubernamental con homólogas diseminadas por el mundo, la mujer con la cual compartía casa y vida se veía obligada a viajar al exterior con harta frecuencia, trayendo en cada oportunidad pequeñas cantidades de moneda extranjera con la que holgar nuestro presupuesto, pero dándome también la oportunidad frecuente de sentirme solo. Solo en esta Habana de la que huyo con reclusiones voluntarias en casa, de donde solamente salgo para dar mis clases en la CUJAE. Como Fontanar no dista mucho de la Ciudad Universitaria, el reducido círculo de seis o siete kilómetros que media entre mi casa y mi trabajo se ha convertido en un área de circulación mía de la que no me aparto en meses. Las pocas veces que, obligado por alguna gestión, he incursionado hacia el centro he regresado a casa deprimido por el espectáculo ruinoso que muestra lo que fuera nuestra bella capital. Pero hoy no quiero volver a Fontanar y encerrarme en aquellas cuatro paredes, almacén de mis libros y papeles y de tanto recuerdo que acumulo. Hoy no, porque hoy precisamente mi sensación de soledad se acrecienta y me haría imposible cualquier lectura, llevándome de forma irremediable a hurgar en mis archivos en busca de papeles que el tiempo ha amarillado. Hoy de seguro que la casa se me haría más grande e insoportable. La imagen de aquel guitarrista solitario, contemplado desde un escondite clandestino en mi época de luchas y desatinos juveniles, se me hace presente y como el desconocido ejecutante, lleno de imágenes mi propia soledad. Él la llenaba de acordes sacados de una guitarra en la que oí por primera vez ejecutar a Vivaldi. Hoy yo pueblo la mía con las evocaciones de aquel entonces que, como llagas sangrantes de la memoria, se aumentan ahora con nuevos recuerdos y terribles desengaños.

Un enero pasado y nunca vivido condensa el cúmulo de mis recuerdos. En busca de ese enero he logrado ignorar el presente y acabo sumido, como siempre, en un viaje carpenteriano a la semilla. Voy hacia un principio ignorado. Vengo de donde todo se acaba, desde finales carcomidos, fijos en la memoria de múltiples desastres, como esta Habana llena de edificios apuntalados, de escombros y derrumbes, falta de la más pobre iluminación, atiborrada de basuras sin recoger, maloliente, con sus fachadas que piden a gritos pintura. Tan distinta de La Habana de mi juventud, hoy ya borrada por esta otra de ruinas que denuncian la falta continuada de un mantenimiento, ignorado ya por más de treinta años con indiferente abandono. Voy urgido de encontrar un inicio diferente, un enero de empezares, ingenuo por desconocimiento de lo que sobrevendrá; un comenzar de auroras que borre tanto crepúsculo vivido. De esta forma, me proyecto de un interior pasado a un exterior presente que me devuelve a lo que no quiero recordar. Quedarme en casa es quedarme solo conmigo mismo y ello no me hace ningún bien. Allí no me alarman, saliéndome al encuentro, los años vividos; sino la inutilidad vertiginosa de su transcurso. Recorriendo las calles de este fantasma de la ciudad, las imágenes deprimentes actuales se me borran al superponerles las que yo conservo en la memoria implacable… las imágenes de cómo yo la recuerdo.

Así voy caminando por una calle que ya no existe, deteniéndome en la contemplación de unas fachadas pertenecientes a edificios hace tiempo demolidos o admirando vidrieras, que llevan tiempo tapiadas, cuando choco violentamente con alguien que caminaba en sentido contrario al mío. Y cuando, regresado, voy a intentar una difícil disculpa bien válida y creíble, es la sorpresa de la voz conocida, que en lugar de incomodarse, como justamente debía, se admira con afecto de mi distracción:

–¡Profesor, venía usted como en otro mundo!

Y es mi alumna del cuarto año, la de las siempre brillantes respuestas, la de siempre atenta asistencia a mis clases, cuyo encuentro, casual en esta tarde, me ha rescatado de mi ensimismamiento con una exclamación que ni ella misma puede adivinar lo certera que ha sido.

–¡No sabe usted la verdad que ha dicho! En serio que venía yo en otro mundo. Perdóneme. A ver… ¿Le he hecho daño?

Y es la conversación que, turbado, intento hacer breve y que ella gratamente prolonga, la que me trae inesperadas y nuevas noticias de… ¡Irene!

–¡Lo que son las cosas de la vida, profesor! En la casa de al lado de la mía hace algún tiempo se mudó una señora, que al saber que estudiaba yo ingeniería civil me ha preguntado por usted, pues dice haber sido su condiscípula de estudios secundarios... Ella se llama Irene, Irene Valverde...

Por ocultar mi alteración, intento dármelas de documentado en la situación de su vecina y le afirmo, como restándole importancia:

—¡Ah, sí, cómo no! Ella es la esposa del ministro tal...

—Qué va, profe. Se acaban de divorciar... Ella vive sola con su hija, que tiene más o menos mi edad... Y se ve que lo recuerda con mucho cariño. ¿Por qué no va a verla y así me visita a mí también de paso? Mire, mi dirección es...

Y es así, como sin esperarlo, en medio de un recorrido de fuga de mis recuerdos, me asaltan noticias de la mujer que creí sepultada bajo los mismos. Sin proponérmelo, ahora sé su situación actual y el lugar dónde encontrarla. Si me decidiera a ir... Ahora, que pregunta por mí.

Chocado en mi soledad por el inesperado encuentro, apenas puedo andar trastabillando dos cuadras más y me siento en un parque providencial, que aparece en mi camino. No sé qué parque será éste, ni dónde estoy. Sé que miro alrededor como asustado de todo este presente y lo que veo me vuelca de nuevo al pasado. Al pasado insistente que no quiero recordar. En un banco próximo, al lado de Papito todo ensangrentado, se sienta Miguelito igualmente destrozado. Al lado de Guido sin ojos, está Picardía con el cuerpo lleno de balazos. Héroes auténticos, mártires verdaderos mezclados hoy con los apócrifos. Y todos muertos, sus cuerpos irreconocibles, hechos despojos a lo largo de este tiempo cruel, que ahora todo lo mezcla como en una novela donde se alternan la realidad histórica y la fantasía de una realidad creada. ¡Cuánta historia y cuánto mito!

1958

Mario Gil, que estaba con él, me lo ha contado. Esperaban los dos, en La Esquina de Tejas, la llegada de la guagua para la que

419

tenían transferencia. Otras rutas, que pudieron haber abordado para alejarse del lugar, pasaron primero. Pero Gerardo no quiso cogerlas para no gastar ocho centavos más de pasaje. Él tomaría sólo aquélla para la que fuera válido el trasbordo. Y eso que tenía en sus bolsillos una suma gruesa de dinero del Movimiento. Así era de estricto con la plata ajena nuestro *Papito*. La espera prolongada dio ocasión a que cruzara por el lugar el carro perseguidor con los esbirros, que lo identificaron allí, inerme, esperando en la parada. Les bastó dar vuelta a la manzana y saltar sobre ellos. Mario empujó a uno y se lanzó a correr Calzada de Jesús del Monte abajo. Así se salvó. Pero Gerardo se trabó en una lucha con el sicario, que concluyó con su captura. Ahora, su cuerpo destrozado, sin dientes, sin testículos, con las articulaciones rotas e innumerables quemaduras, hematomas y desgarraduras, ha amanecido abandonado junto al Palacio de Justicia –¡qué ironía!– en la plaza Cívica. Es evidente que resistió con entereza inigualable todos los suplicios y que la tortura no pudo arrancar de sus labios, que recuerdo siempre sonrientes, ni una sola delación. Nadie de su grupo ha sido detenido, ni ninguno de los lugares por él conocido ha sido asaltado por las hordas batistianas. ¡Qué terrible debió de ser su agonía!

¡Y todo por ocho centavos! Por su escrúpulo sin par para los fondos de la causa. Tamaño ejemplo de probidad nunca debe ser olvidado. Prácticamente se ha dejado matar por no gastar ocho centavos de más.

1988

La noticia me ha llegado a través de la secretaria de Manolo: Benito, nuestro inefable chino, ha sufrido un infarto y ya fuera de peligro, se recupera en el CIMEQ. Después de rigurosos trámites, he logrado que me permitan visitarlo allí.

El CIMEQ, siglas por las que es conocido el Centro de Investigaciones Médico Quirúrgicas, es una grandiosa instalación construida en la profundidad del reparto Siboney. Estrictas medidas de seguridad y alto y recio cercado protegen el lugar a semejanza de un objetivo militar. Una vez provisto del pase correspondiente y verificada toda mi documentación, comienza mi asombro. Esto es un lugar de maravillas, construido con sobriedad y elegancia. Hermosos y amplios jardines rodean la moderna y soberbia edificación. Los pasillos son amplios corredores donde el mármol, el cristal y el aluminio se engarzan en una armonía que adornan aquí y allá macizos de verdor. Las amplias e iluminadas habitaciones, con aire acondicionado individual, cada una con su baño. Dentro todo es confort y modernidad. Televisión en color, teléfono e intercomunicador, son algunas de las facilidades que puedo observar. Los pacientes comen a la carta, eligiendo entre varias opciones el menú indicado por el médico a cada cual. Los familiares acompañantes tienen derecho a un menú dirigido, pero apetitoso y balanceado. La institución ha sido dotada de los últimos adelantos que la tecnología de avanzada ha brindado a la ciencia médica y en ella prestan sus servicios los más reputados especialistas del país, que aun trabajando en otros hospitales vienen aquí a dispensar atención a especiales pacientes. Porque aquí no ingresa todo el mundo. Esto está reservado para las más altas jerarquías del Estado, el partido, las fuerzas armadas y el MININT.

El Chino mismo en pijama se ha adelantado a recibirme a la salida de uno de los amplios corredores que se abren hacia el jardín. Es el Narra de mis correrías adolescentes, el Benito con el que crecí, asomándome a una vida jalonada de locuras. El Gordo de nuestro trío mosquetero; el mismo que volví a encontrar, de forma sorprendente para mí, cuando volví a La Habana trayendo a Dulce; el compañero de armas de toda la lucha clandestina que vivimos y sobrevivimos juntos; el Benito de antes, el hoy coronel Wong, uno de los jefes más importantes de la contra inteligencia cubana. Él, es este corpachón fraterno que abrazo con efusión, al saberlo una vez más escapado de la muerte.

Por diluir la emoción que me embarga, lo mortifico como antes, como siempre:

—¡Carajo, Chino, así da gusto enfermarse!

—No jodas, Flaco, no seas tan sarcástico, que yo sé por dónde vienes. No quieras ver tú el susto que toda mi gente ha pasado…

—Ah, ¿y tú no, super valiente? Mira que ante *la Pelona* todos nos apendejamos…

–Si tú supieras… que morirse de *la bomba*, ya que de todas formas hay que morirse, debe de ser una de las mejores maneras de irse de este cabrón mundo… Te da un dolor fuerte, es verdad, pero luego no sientes nada. Te vas y eso es todo. ¡Allá los que se quedan! Mira si es así, que estoy embullado y en la próxima *función* que me dé, puedes jugártela, que me voy.

–No te pongas dramático, viejo. ¡Que hay Narra pa'rato! Lo que tiene usted, *coronel*, es que cuidarse la boca y adelgazar un poco. A nuestros años no se puede ser tan tragón. Que ya lo dice el dicho: «Por la boca muere el pez.»

–¡Flaco loco, cará…! Lo que me trajo aquí y por poco me lleva para allá, son las preocupaciones y la tensión, que en la jodida pincha mía son inevitables, viejo.

–Pues entonces, es hora de dejar ese trabajo, socio. Que trabajos hay muchos, pero vida una sola. Y mira que si fuéramos gatos, que dicen que tienen siete vidas, ya a nosotros no nos quedaría ni una…

–Esto no se puede soltar a voluntad de uno, Flaco… No sé si después de esto, el mando me retire por baja médica.

–Pero a ti la jodienda esta te ha gustado de lleno, mi socio. Y «sarna con gusto no pica», ¿eh?

Caminando lentamente, sin dejar de conversar, con mi brazo sobre sus hombros, hemos llegado a la habitación que ocupa. Él sabe que todo lo estoy, más que observando, escudriñando. Y se adelanta a mostrarme las comodidades con que cuenta, antes de que yo las descubra:

–Mira, teléfono, televisor, intercomunicador… Nada más me falta servicio de bar en la habitación, pero un poco de té sí puedo brindarte. ¡Mira debajo de la cama! Verás que no tengo tibor de oro ni de plata. ¡Ah, el servicio de putas lo tengo suspendido!

Y así, me arranca la risa este entrañable amigo que amo más que a mí mismo. Y que admiro, porque entre otras cosas, ha sido siempre franco conmigo. Franco y honesto hasta la brutalidad.

Acomodado en un butacón, me mira sonriente y mientras se rasca la cabeza, ya bastante cana, indaga:

–¿Y cómo va tu universidad, Flaco?

—No me puedo quejar, Benito. A mí, como a ti el tuyo, me gusta mi trabajo. En eso hemos tenido pareja suerte.

—Sí, es verdad. Pero ni casa te han podido resolver. Si no fuera por esa compañera con la que ahora te has empatado, estarías viviendo aún en becas… ¿Y tu cacharro todavía funciona?

—Ese carro es un héroe. No en balde es un Chevrolet, «el orgullo de la General Motors». Conmigo desde el cincuenta y nueve, ¡fíjate en eso! Me ha aguantado más que ninguna de las mujeres que han tenido que soportarme.

—Hablando de mujeres, socio, su noviecita de aquel entonces, la primera que le conocí, compadre… ¡Pica alto la niña! Ya se divorció del comandante y ahora recién se empató con un ministro. Ésa no sale de las altas esferas…

—Hay mujeres destinadas a los dioses y no importa que entre ellos caigan los crueles y se eleven los nuevos dioses joviales. Ellas siempre estarán oficiando ante el altar del dios vigente.

—Ya te salió el poeta que llevas dentro. ¡Coño, tú no cambias! ¡Qué dioses ni que niño muerto! El poder, mi hermano, EL PODER. Amor al poder y, por extensión, a los poderosos. Ésa, si Batista hubiera durado unos años más, hubiera terminado casándose con algún millonario o algún dueño de central. ¡Parece mentira que hayas llegado a viejo, cojones! ¡Coño! Pero ¿tú no entiendes?

—No exageres, socio. No la lleves tan recio. Aquella muchacha sufrió como muchas un deslumbramiento. Yo creo que no sólo las mujeres, sino todo el pueblo se deslumbró en un principio con nosotros. Aquí el que más y el que menos recogió de esa cosecha. ¿O usted no se acuerda, compadre? Nunca en la vida se le dieron más fáciles las nenas. Fueron una serie de valores innegables muy enlazados al color verde-olivo: era la honestidad, la valentía, el desinterés por las cosas materiales, todo lo que representaba nuestra causa hacía que se nos viera como dioses. Eso es lo que quise decir cuando dije dioses. Si te molestó la alusión religiosa, recuerda que yo soy tan ateo como tú…

—Flaco, es que para decir algo, tú todo lo complicas y cuando vengo a ver, me tienes enredado. Ahora mismo, ¿tú ves? Cambias de carrilera, hablas de religión y no me entiendes.

—Pero, Gordo del alma, si es lo mismo que dije, pero ampliado. Eres tú el que no me entiendes. Acuérdate que tú y yo pensamos igual, pero lo expresamos distinto, ya que tú, por tu trabajo, te has acostumbrado a hablar poco; y yo, por el mío, a hablar mucho.

–¡Qué trabajo mío, ni tuyo, ni un carajo! Si tú supieras, Flaco, cómo pienso en ti a cada rato… Yo creo que cada uno de nosotros eligió bien su camino. De todas formas, ahora casi estoy pensando que hubiera sido mejor haber hecho como tú: venderle al uniforme desde los primeros momentos, compadre. Pero, tú tienes razón: me gustó esto y punto. Nadie me obligó. Pero aquí hay que lidiar con cada peje, que le ronca, viejo. Ahora, por tu nueva compañera, tienes a uno de ellos en la familia y vas a tener oportunidad de conocerlo. Tú verás.

–Ya lo he visto, Narra, ya lo he visto…

Y no digo más. Un índice del Chino, llevado a sus labios, me hace callar. Con la otra mano me hace señas que entiendo, mientras se incorpora y me invita a seguirlo hacia los jardines:

–¡Vamos a caminar un poco! Que me lo han indicado. ¡Vamos!

Y tomándome del brazo me lleva afuera, al exterior del edificio, donde podamos hablar libremente…

Aquella tarde me deparaba sorpresas. Las cosas que me contara en aquellos jardines mi entrañable amigo, orígenes de sus amarguras y desengaños, eran más sorprendentes que aquella maravillosa instalación médica. Aun siendo lo que me reveló –cosa que dudo– todo cuanto tuviera dentro el Narra, no era de extrañar que con esa carga interior le hubiera dado un infarto.

Ya bastante chocado me iba yo al comparar el CIMEQ con el resto de los hospitales cubanos. Algún tiempo atrás, Roly, recién llegado de Angola con una extraña dolencia, había sido remitido al Calixto García, cuna de los médicos cubanos. Allí por poco se muere por falta de recursos e higiene. A la deprimente impresión que causaba el comprobar que el CIMEQ y el Calixto García eran hospitales de dos mundos distintos, se sobreponía la quizá más amarga de saber, por alguien de «adentro», que en los órganos de la seguridad sobrevivían muchos *Picardías* que no tuvieron la oportunidad de morirse como héroes; que muchos Téllez, muchos Mandys y muchos Elpidios Picard hay en el Ministerio del Interior. Y que allí, tienen tremendo poder. Eso es un barril de pólvora y en algún momento va a estallar...

1985

–Pero ¿qué coño pasa aquí...?

La exclamación me la arranca el resumen de noticias, donde el monótono tictac de Radio Reloj se reafirma y agranda con la temática informativa, para mí espeluznante: todo se vuelve justificaciones, enumeración de incumplimientos, reiteración de más excusas y baldíos propósitos y heroicos e inútiles esfuerzos. ¡Oye eso! Que si llovió mucho y por eso hay demasiada hierba... que si no llovió y por eso no hay viandas... que si los muelles están abarrotados porque no hay camiones... que no son los camiones, sino el arribo simultáneo de barcos que se aglomeran en la rada... que los trabajadores están dispuestos, que si ahora van a trabajar diez, doce, dieciséis horas diarias... que si la obra tal tiene tremendo atraso por falta de tal o mas cual material... que el encargado de suministrarlo alega la falta de piezas de repuesto, pero que con trabajo voluntario AHORA SÍ se cumplirá el plan. Y por encima de toda esta maraña de desastres nunca aparece un culpable tangible y castigable. Todo lo que emerge y resuda de este gran nudo gordiano es un triunfalismo que acaba por exigir nuevos esfuerzos. Un triunfalismo que no sé a quién va a engañar. Como aquella valla en que leo con roña:

«¡AHORA SÍ VAMOS BIEN! ¡TRABAJAREMOS MÁS Y MEJOR!»

¿Con que bien, eh? Sí, BIEN, PERO BIEN JODIDOS, ¡COÑO! Y en cuanto a trabajar más y mejor, eso irá con otro, porque yo lo estoy dando TODO, TODO.

Lo he dicho en voz alta, con furia, a la vez que bruscamente apago el radio del auto y aplico los frenos ante la luz roja del semáforo de Capdevila.

No sé qué me pasa últimamente, cada vez me revuelvo más

enfurecido y contrariado, ya casi estoy constantemente de mal humor. Parezco una vieja histérica, frustrada e inconforme. ¿Será la edad? ¿Será que me estoy volviendo conservador y que estoy dejando de ser revolucionario...?

No, ¡qué va! El que deja de ser algo, es porque nunca fue ese algo. Uno es lo que es desde que nace hasta que muere. El que nace comemierda lo es toda la vida y el que nace hijo de puta, ni una revolución tan linda como era ésta lo hace cambiar. Lo que pasa es que jode, jode mucho y muy adentro ver a tanto cabrón acomodado, a tanto incompetente e incapaz dirigiendo y decidiendo; y vernos todos nadando en un mar de negligencias. Este proceso costó mucho y sigue costando, para ahora no verlo crecer más rápido y más eficiente. Porque aquí la cosa es de «E- FI- CIEN- CIA». Y no dudo que su contrario, INEFICIENCIA, muy bien pueda ser cosa de la última sílaba: CIA... (coño, ya pusieron la verde y el estúpido de atrás agitándome con el claxon. Parece que tiene ganas de tocar pito). Salgo con una primera agresiva, doy un izquierdazo y sigo por la derecha... Eso, eso que estoy haciendo con la máquina, ¿no será lo que realmente estoy haciendo en los últimos tiempos: un izquierdazo y después una alineación a la extrema derecha?

¿Será de *izquierdismo* de lo que estoy padeciendo? Qué va, Lenin dijo que todo extremista es en el fondo y en esencia un oportunista. Y yo de oportunista no tengo nada. De comemierda si... La verdad es que desde que tronaron a Humberto Pérez y comenzó el *Proceso de rectificación de errores y tendencias negativas*, cada día entiendo menos lo que está pasando. ¿Será que en las altas esferas del gobierno no saben nada de marxismo? ¿O será verdad lo que dijo aquel de que el marxismo muere cuando logra su finalidad, que es el poder? De todas formas estoy notando un divorcio entre el pensamiento y la acción de muchas gentes con nivel de decisión. Ése es uno de los grandes problemas que hoy enfrentamos. Es en la práctica donde el hombre debe demostrar la verdad, hacer que los actos concuerden con lo dicho. Desde que se me reveló esta gran verdad de la doctrina marxista, he sido un convencido consecuente. Lo que es lo mismo, un buen comemierda. He estudiado la teoría concienzudamente y he procurado llevarla siempre a la práctica de mis actos. Pero muchos *de arriba* no sólo parecen ignorar la teoría, sino que sus actos mismos contradicen las nuevas verdades descubiertas. Muchos desengaños y abandonos se los achaco a aplicaciones defectuosas de la doctrina. Para mí, sólo hubo un hombre que representó la unidad teoría-práctica en su más alta expresión. Ese hombre fue el Ché. De nada vale que ahora cambien al presidente de la Junta de Planificación, autor por añadidura de los textos de economía política que se estudian en todo el país, si no respetamos las leyes económicas, las que estudiamos como ciegas y objetivas, independientes de la voluntad de los hombres. Cuando el gobierno se ha visto abrumado por una continua retahíla de problemas técnicos, con tremenda facilidad confunde su tarea con la suma de soluciones y decisiones que aquellos requieren. La sustitución de una figura por otra no pasa de ser un juego de permutas y de idas y vueltas. ¡Por eso no entiendo este PROCESO DE RECTIFICACIÓN! Y menos que me digan, que «¡Ahora sí vamos a construir el socialismo!» Porque entonces, ¿qué cosa hemos estado construyendo hasta ahora?

Desde que me dieron a diseñar el programa de la asignatura «Administración de obras» que ahora por primera vez imparto, me he hundido de lleno en los temas económicos que embargan la cotidianidad actual. Y esto me ha hecho sufrir aún más los problemas de este hoy, para mí, tan incomprensible.

No se me escapa que la temática que desarrollo en el aula me puede acarrear, no por su naturaleza, sino por los enfoques que le doy, grandes dificultades. Sobre todo con el partido del departamento y de la facultad. Pero ayer, en una comparecencia televisada, Fidel arremetió contra «las obras comenzadas y nunca terminadas» y sin ir a la raíz económica del asunto, dejó a un culpable sin nombre. Por lo menos a un culpable aún no *rectificado*. Porque ahora todas las culpas actuales parecen caerle arriba a Humberto Pérez y a él ya lo *rectificaron*.

Por todo ello, decidí en esta clase de hoy que no era hora de ser cobarde. Y me salí del plan de la conferencia para dejar bien aclarado a mis alumnos que el costo de los objetos de obra en terminación es alto, que a igualdad de precio en etapas constructivas, son las de cimentación, acondicionamiento de suelos y movimiento de tierras, las más rentables, pues el costo real de las mismas es bajísimo y la diferencia con los plazos a cobrar o al declarar «valores de producción ejecutados» son mayores. De ahí que, obligados a ser *productivos*, los encargados de obra den preferencia a los objetos que le aportarán mayores rendimientos económicos y desprecien los de terminación y acabado como grandes consumidores de tiempo y recursos.

–Ahí –señalé a un auditorio atento y sorprendido– está la razón de tantos metros de material movido, de tanto hueco de cimentación hecho y de tanta obra no terminada. Al final, es la política estatal de precios y finanzas, implantada por el propio gobierno que señala el mal y no la causa, lo que provoca el desastre económico que ahora *descubre* y ataca como si fuera obra ajena.

En mi tajante conclusión eran clarísimas las alusiones al discurso difundido la noche anterior y mi desacuerdo con el mismo. Yo sabía lo que me podía traer esto, pero estaba satisfecho de haber cumplido con mi deber de profesor. Con verdades a medias no se forman verdaderos ingenieros y el aula universitaria no debe ser tribuna de disimulos y complacencias.

Primero de febrero de 1959, 2.00 p.m.

Estoy dando vueltas por mi antiguo barrio en espera de las tres de la tarde, hora en que vuelven a abrir sus puertas las barberías. Hoy he decidido pelarme de todas, todas. Y quiero hacerlo con mi viejo barbero, el que me pelaba desde muchacho. Me han dicho que sigue allí, en su misma barbería de Refugios casi esquina a Consulado, pero si no está, me pelaré con el primero que encuentre. Ni un día más estoy con este pelo que ya se me monta en las orejas. Miro el reloj y como parece que no camina, camino yo por Consulado abajo, hacia los parques. Atravieso el Prado y ya estoy en el «Parque de los Enamorados», nuestro parque, el del *Hemiciclo*. La tarde, en sus primeras horas, alcanza para viejas nostalgias y evocaciones sentimentales, las que me asaltan en aceras y calles que conozco tan bien, que me son tan familiares. Me voy acercando al viejo banco donde nos reuníamos. Está allí, parece no haber envejecido. Es el mismo. El que Carlos bautizó con el nombre que todos aceptamos: nuestro hemiciclo. El sol le da de plano a esta hora y por eso está desierto, envidioso de otros bancos que, con sombra, muestran la más variada gama de ocupantes: parejas que se enamoran, viejos que matan el tiempo antes que el tiempo acabe de matarlos, amigos que conversan. Ya llego frente a este viejo conocido nuestro que parece saludarme en su soledad soleada. Ya me siento sobre sus maderas como antes, aun cuando el sol de las dos de la tarde comience a achicharrarme. Y entonces, antes de que un mundo de recuerdos me caiga encima y me aplaste, reparo en un grupo de jóvenes que, disfrutando un espacio sombreado, ocupan otro banco más afortunado que el mío. Son, a todas luces, un grupo de amigos, muchachos de la nueva promoción del barrio. Los miro con detenimiento. Las semejanzas se me hacen evidentes: aquel flaco y largo puedo ser yo; el que está sentado a su lado y presumido, se pasa el peine por la cuidada mota, puede ser Juan; el más bajito y gordo, sin ser chino, me recuerda a Benito; este otro que cruza los brazos disciplicentes sobre el pecho, bien pudiera ser, por su aire de suficiencia, Carlos; el mulatico, claro y fuertecito, es sin dudas Vicen. Son como éramos nosotros y deben de tener todos la misma edad que teníamos entonces, cuando nos reuníamos aquí, donde yo permanezco sentado solo, al sol, aterrillándome como un idiota. Antes de que vayan a reparar en mí y me crean loco, y se extrañen de que los mire tanto, luchando con mis recuerdos, me levanto y me voy en busca de aquella barbería...

Ibáñez

La sorpresa ha sido grande y mutua, y hemos mostrado igual alegría al volvernos a encontrar. Por el físico y por su pensamiento, es otro; sin embargo, es el mismo: su misma pasión y desafuero al defender lo que cree sinceramente justo y correcto; sigue igual de apasionado y violento, como el adolescente agresivo que conocí. No hay dudas, es él, lo tengo ante mí como antes y se me muestra, como siempre, polémico. Lo menos que esperaba, además de volver a verlo, era tener que, como ayer, enfrascarme con él en una continuación de nuestras controversias. Parece que, aunque pase el tiempo, no podemos conversar sin que las posiciones que defendamos sean contrarias. Por ello, me apuro en advertirle:

—No, no, no, querido Joaquín, del marxismo le hablaré a los muchachos en las clases. Va a ser mi trabajo. Una asignatura más, para eso ha quedado. Vamos, no me vas a obligar a llevarla a cuestas siempre, ¿no es verdad?

—Pero es lo que defendiste siempre… lo que comprendiste y aprendiste primero que todos nosotros.

—Mira, al socialismo no se le puede defender como lo hice yo; tampoco se le puede atacar, como, por ignorancia, en un principio hacían ustedes. Lo que hay es que aprender a vivir de él.

—En ese caso, todo nuestro pueblo vive hoy de él, pues toda la riqueza ha vuelto a sus manos.

—Ay, amigo, veo que sigues igual de ingenuo. Aquí no se ha repartido la riqueza de los menos, sino la pobreza de los más. Ahora, todos somos pobres y miserables, casi unos pordioseros. ¡A ver!, ¿qué tienes tú?

—Tengo mi dignidad y un pasado del cual no reniego como tú…

—De la dignidad (y es una lástima) no se come. Y en cuanto a renegar del pasado, no lo haces, porque efectivamente tú no tienes el mío, tienes el tuyo. Y, caramba chico, te lo envidio. Además yo no reniego, apenas me arrepiento, achacándolo a errores de juventud.

—Pero ¡es asombroso! Tú, con más razón que nadie, debías contemplar con satisfacción no sólo tu pasado, sino también este presente. Este hoy, que es el triunfo de aquellas ideas instauradas, al fin, como sistema de gobierno...

—¿Qué sistema, hermano?

—El nuestro. El que hace que hoy cada cubano no sea una mercancía. El que no permite que haya niños mendigos, ni ancianos desamparados. Que no haya nadie sin protección social, donde la educación y la salud son enteramente gratuitas...

—Sí, sí, sí... La educación y la salud. Las conquistas emblemáticas del socialismo. Mira, tú hablas de medicina y educación gratuitas. Todo el mundo tiene que estar de acuerdo que esto es bueno. Pero yo lo analizo a fondo. ¿De dónde sale esa gratuidad? Ningún gobierno puede dar nada gratis. De algún lugar tiene que sacarlo. Todo es resultado del trabajo. Ha salido de los trabajadores que lo sudaron. Si el Estado, dueño del comercio, me vende una caja de cigarros que me pudiera costar centavos, en un precio que, por paradoja, es en la tierra del mejor tabaco del mundo el más caro también, entonces yo estoy pagando ya en esa compra las famosas gratuidades. Las pago yo con mi vicio... igual pasa con el ron, la cerveza y otros productos, considerados no fundamentales...

—Pero los que no fuman ni beben reciben, y son los más, la educación y los servicios médicos socialistas, que bajo el capitalismo sólo tienen los que pueden pagarlos.

—Es que el capitalismo es más desembozado. Te da salarios y nada gratis. Con tu salario, tú pagas por la educación y la asistencia médica. Aquí, en cambio, te dan un salario muy inferior, ínfimo, de miseria; y entonces te dicen que aquellos servicios los recibes gratis. ¡Caramba! Si te los están cobrando con el salario que dejan de pagarte.

»Mira, viejo: patrón y proveedor, productor y comercializador en una sola pieza, es demasiado dueño para tan poca cosa. Como ayer la compañía azucarera, que pagaba en vales los salarios para que con esos vales compraras en su tienda. Todo es ganancia para el poderoso. Ayer el capitalista, hoy el Estado. Ganancia en la plusvalía de tu trabajo, de la cual se apropia, ganancias en el precio de lo que te vende y no puedes comprarle a otro. Seguimos igual de explotados.

—Tú olvidas los fines. Ahora no se destina a los bolsillos de alguien en particular. Todo eso, efectivamente, va a un fondo común de donde nos beneficiamos TODOS. Omites el destino de la utilidad o ganancia…

—Oye, yo analizo el hecho concreto. La intención la ponen los hombres. Y los hombres no son ni inmutables ni infalibles. Se equivocan y cambian.

—Eso no me lo tienes que decir. Basta mirarte… Pero ¿cómo es posible que hayas cambiado tanto? Te estás negando totalmente.

—Quizá soy la personificación de aquella ley… ¿Cómo se llamaba? La negación de la negación, ¿no?

—A la verdad, que no te conozco. ¡Hasta cínico te has vuelto!

—Es que es muy jodido haber sido marxista…

—¡Más jodido que haber sido marxista, es haber dejado de serlo! Tú podrás estar ahora en desacuerdo con nuestra política económica. Y eso, en algunos aspectos. Pero en el plano político, no podrás negar que nuestro país ha sido, por primera vez en su historia, independiente. Ya no somos una neocolonia yanqui. Hemos recobrado nuestra soberanía mil veces ultrajada y vendida.

—Joaquín, tú no pareces recordar que para ser antiyanqui no había que ser comunista, ¿lo has olvidado?

—No, no se me olvida que el único de nosotros que se atrevía ya entonces a llamarse comunista eras tú. Por eso mismo, ahora, con tu experiencia, podías contribuir mucho en estos momentos, más que ningún otro…

—Pero es que, con tantos cambios, la experiencia me estorba. Además, como ves, tengo muchas cosas en mente y como nadie me ha preguntado, creo que me voy a morir con ellas… Y por otra parte, todo es un asunto de definiciones, de conceptos. Y los conceptos igual que las intenciones, los elaboran los hombres.

–¿Conceptos, definiciones? ¿Y los hechos…? Mira, creo que estás bromeando. No puedes decir eso en serio.

–Definiciones, Joaquín. Mira si es así, que ahora en nuestra Cubita la bella no hay inflación, lo que hay es *exceso de circulante*. No hay desempleo, lo que hay es *trabajadores disponibles*. Tampoco prostitución, sino *jineterismo* y mucho menos existen desfalcos y malversación, lo que hay es *faltantes y desvío de recursos*. Los hechos son los que me han hecho ver claro, no cambiar como tú dices. En realidad, no he cambiado; lo que ahora, la vida con sus nuevas definiciones, me ha abierto los ojos. ¡Escucha!: desde niño me enseñaron que el origen de todo enriquecimiento era ilícito e inmoral. Aprendí a abominar del capitalismo y a ver en él el mal. A reconocer en cada capitalista (despiadado explotador de hombres) a un malvado. Y ahora resulta que en Cuba socialista, donde se grita «SOCIALISMO O MUERTE», es lícito ser capitalista. Lícito y deseable. Lo puede ser cualquier extranjero. Hasta un cubano, de los que llamábamos ayer traidor y apátrida por haberse marchado del país, ahora puede venir a invertir en Cuba. ¿Iremos al rescate de una burguesía nacional? (No estaría mal el lema: «¡A recuperar nuestra burguesía!») Como la recuperación cañera, la de la voluntad hidráulica y tantas cosas que recuperamos, sin habernos enterado antes de su pérdida. Porque sólo se puede recuperar lo que se tuvo una vez y se perdió, ¿no? ¡Pues ojalá fuera eso! Una recuperación más. Pero únicamente al cubano que ha permanecido en su patria, fiel junto a su revolución, únicamente a ésos, no se les permite convertirse en capitalistas y se les preserva de caer en esa deplorable categoría de hombres. Para ellos no hay esa definición. Si lo hace, y eso en pequeña escala, tiene que ser de forma clandestina y bajo la amenaza de ser acusado del delito de enriquecimiento ilícito o indebido. (Que ahora son dos definiciones distintas, según el nuevo código penal.) Yo me siento en verdad traicionado. No me queda nada en que creer. Me restan sólo las palabras y, con ellas, construir sistemas y definiciones.

–No te entiendo, tocayo. ¿Acaso no es tu partido el que está en el poder? ¿O es que no crees en sus postulados y en los de la constitución socialista que hoy nos rige? La misma que plantea que el partido es la fuerza dirigente de la sociedad. El partido, profesor Ibáñez. ¿O es que has cambiado, ahora que se llama comunista, de partido?

–¿El partido? Mira, por muy cambiado que me notes y que en realidad estoy, sigo convencido hasta la médula de que el capitalismo es basura y que no puede ser el destino de la humanidad. Pero eso no me puede obligar a sufrir resignadamente humillaciones ni a entregar mi cerebro, mis opiniones y libertad, mi vida y mi destino. El hecho de tener mi enemigo (el yanqui) no me obliga a echarme en brazos de otros para los que mis opiniones, necesidades y voz no valen más que para apoyarlos. Y que cuando mi opinión, acertada o desacertada, no se ajusta a la de ellos, me clasifican automáticamente como sospechoso, inseguro ideológicamente y me tienden hipócritas trampas; me juzgan sin mi conocimiento y me condenan sin que yo me entere, para hacerme creer que lo que me ocurre sólo es consecuencia de mi mala suerte, mi mal trabajo, mi mala cabeza, mi horóscopo negativo o mi biorritmo crítico. Y hasta pretenden que me autocritique... ¿Cómo voy a aceptar un Dios, aunque se llame partido, si soy ateo? ¿Por qué se me pide creer ciegamente en lo que piensa otro cerebro y debo, contra natura, renunciar a que el mío tome decisiones y actúe en consecuencia? Tu partido, Ortega, se ha convertido en el tribunal del Santo Oficio. ¡Mira, ya bastantes golpes me han dado dondequiera que he ido a contribuir con mis ideas! Así que ahora me refugiaré en mis clasecitas de marxismo. Perdóname, pero es cómodo ser profesor. En el aula sólo tenemos que definir, dar conceptos.

–¡Pero es que ésos son argumentos contrarrevolucionarios!

–¿Ves? Aquí se establece, hasta tú lo acabas de hacer, una aberrada extensión de identidades entre gobierno-revolución-patria. Basta no estar de acuerdo con el primero para que te encasillen en contra de la segunda y conviertan en el «anti» de la tercera, como para hacer más absurdo este carácter transitivo. A igual a B. B igual C. Por lo tanto, A es igual a C.

–No, no, es casi increíble. Han quitado al que fuiste y han puesto en su lugar a otro. ¡De verdad, que no te conozco! Tú lo que estás es despechado; parece que aspirabas a más de lo que has recibido… ¡Tú, tú no puedes ser el mismo!

No dice más y, ahogado por una indignación que le impide seguir hablando, me da la espalda y da por terminada esta discusión inaugural de nuestro reencuentro. ¡Mira que echarme en cara, como él dice, el haber cambiado tanto! ¡Como si él fuera todavía el mismo! ¡Decirme a mí, a Joaquín Ibáñez, que he cambiado hasta hacerme irreconocible! ¡Reprocharme que no sea ya el mismo Kino que él conoció! ¿Y él, eh? ¿Es acaso el mismo Joaquín el Loco de antes?

ENEROS, POCOS... ALGUNOS ENEROS

Acaba de dar su primera clase de filosofía y viene muy ufano, todavía con bríos para discutir. Se me acerca sonriente, al parecer amistoso, con las manos aún embarradas de la tiza que ha usado en clase. Nos hemos encontrado en el parque que los muchachos han bautizado como PARQUE DEL AMPERE. Porque dicen, que, al igual que en esa unidad eléctrica, por este sitio también pasa un *culón* por segundo. No espera a sentarse en el banco que ocupo para comenzar.

—¿Y qué Ortega, ya has pensado por qué se cayó el campo socialista?

Y yo que le contesto sin muchas ganas, dejo abierto el grifo de su verborrea:

—Sí, ya sé, los errores que se cometieron por la dirección y que dieron al traste con el socialismo. O sea, socialismo mal hecho y peor dirigido. ¿Y nosotros? ¿No hemos cometido acaso iguales o peores errores? ¡A ver! Enumeremos: hemos estatalizado y no socializado la propiedad. De esta forma, el patrimonio de todos es un bien enajenado que nadie reconoce como propio, a no ser para apropiarse de él mediante el robo. Perdón, debí haber dicho: *el desvío de recursos*. Hay una ausencia generalizada de estímulos, que frena el desarrollo de las fuerzas productivas. La producción y la productividad del trabajo decaen en flecha indetenible, porque nadie está interesado en trabajar. Total, trabaje o no trabaje, vivo igual. Así, el país prospere o vaya de cabeza a la ruina, yo no lo siento en mi minúscula economía personal; la que no puede estar peor. Como me dijo un guajiro: «de jodío pa'lante no hay más pueblo». Y a todo este desastre hemos llegado después de más de tres décadas de experimentos absurdos y disparatados, donde hemos tanteado muchos caminos, que trágicamente nos han conducido todos a un mismo e igual atolladero.

»¿Recuerdas, Joaquín? En los años setenta, cuando íbamos a hacer el comunismo de forma paralela al socialismo, nos desestimulaba el exceso de dinero, con el cual nada podíamos comprar, porque nada había. Hoy nos quita el ánimo el que no nos alcance ni para mal vivir, pues no tiene ningún poder adquisitivo.

»Ahora ensayamos tímidamente y con recelos la apertura al capital extranjero, y la economía estatal queremos convertirla en mixta. Lo que parece corroborar aquello de que "el socialismo es el camino más largo para llegar al capitalismo".

–Ibáñez, pero éstos son pasos que damos en el perfeccionamiento de nuestro sistema, que se renueva. No estoy de acuerdo contigo. La esencia de nuestro proceso sigue siendo socialista.

–No jorobes, Joaquín; mira que el socialismo, al parecer, no admite remozamientos. ¡Remember Perestroika! Dondequiera que han tratado de perfeccionarlo, ha desaparecido.

No lo resisto más. Por lo menos, por hoy. Me excuso –tengo una reunión del departamento– y lo dejo con sus ganas de polemizar y de autoescucharse...

Mi encuentro con el que una vez fuera Kino me ha dejado desconcertado. Viene de la escuela nacional del partido, nada menos que a dar clases de marxismo en la cátedra de filosofía de nuestro instituto. Y trae una acomodaticia idea de lo que es ser profesor universitario. Lamentablemente se unirá a los que no suponen diferencias entre dar clases y ser de verdad un profesor.

Es verdad que nada más hicimos vernos y ya empezamos a discutir irreconciliablemente. Pero ya no somos los mismos. Ni éstas de ahora pueden ser nuestras viejas polémicas de juventud. ¡Ahora resulta que el marxista soy yo! Y él, que podría jactarse hoy de su temprana militancia y cultura política, está hecho todo un renegado. Me recuerda, de mis lecturas, a Barrere, quien dijo: «El que con veinte años no haya sido socialista, es que no tiene corazón; el que lo es con cuarenta, es que no tiene cabeza.» Este pensador partía de la idea que el hombre de cuarenta años ya no es el mismo de veinte, pero presuponía que el mundo no había cambiado gran cosa en esos veinte años. Si es verdad que el hombre no es el mismo, el mundo de ese hombre cuarentón se diferencia todavía más del que conoció en su juventud. Ahora Kino parece afiliarse a Barrere y es capaz de dar forma dentro de su experiencia, sirviéndose de toda su cabeza, a ese afán de mutación que el hombre sin experiencia halla, en forma romántica, en el tumulto de su corazón. Pienso que, hoy por hoy, nada impide que un hombre que a los veinte años no era socialista pase a serlo a los treinta o incluso más tarde, como me ocurrió a mí. De igual modo, puede ocurrir al revés. Y entonces, el caso de Kino es el mejor ejemplo. Ni cuando yo era un idealista y un utópico, albergué el sistema de ideas que ahora dice tener.

No salgo de mi asombro. Propone cambiar las cosas, los fenómenos, por los conceptos de las cosas y los fenómenos. Saltar así del conocimiento por el objeto, al dominio del concepto del objeto. La realidad por su idealidad. La existencia por su definición. Y toda la ciencia y la experiencia, reducidas de esta forma a un ejercicio lingüístico del pensamiento. Han quitado al marxista ufano de sus doctrinas que conocí y han colocado en su lugar a un amargado agnóstico. No admito todas sus opiniones, ni considero que haya que rechazarlas todas. Sean como sean, proceden de un afán de análisis que las coloca en el ámbito de las inquietudes, como aquellas que nos golpearon más vivamente en la juventud. Una ansiedad de explicitar sus ideas une a los dos personajes antagónicos que encarna a través del tiempo. Un afán por hacerse oír, por sentar cátedra, que ahora como profesor de marxismo hallará su paradoja inexplicable al transmitir, no ya la fe que no posee, sino el edificio vacío de un sistema de ideas abandonado. La dialéctica materialista, que en un tiempo dominó, la «hegeliana puesta al derecho» que pretendía inculcarnos, será sustituida de seguro en sus clases por el conceptualismo del cual hace igual gala de dominio, tal como ayer hizo de aquélla. De todas formas, su capacidad de exposición le servirá. En definitiva, no ha dejado de ser nunca un teórico. De todas formas, es difícil de aceptar que este Ibáñez sea, haya sido el mismo Joaquín Ibáñez, mi tocayo, el Kino doctrinero y ñángara, con quien polemicé tanto en nuestra ida juventud. ¡Ibáñez, quien te oiga ahora, puede imaginar que fuiste Kino alguna vez! ¡Tremendo profesor de filosofía van a tener los muchachos!

Y no es que yo me oponga a que los ingenieros reciban en su plan de estudios el componente filosófico adecuado que redondee su cultura. Al contrario, es en el propio recinto universitario donde hay que reunir a los estudiantes para analizar aquellos temas sociales que les impactan. No darles clases teóricas, sino hacerlos participar en debates sobre la actualidad. Es un grave error dejar que los estudiantes cursen estudios puramente teóricos, aunque sean complementarios de su formación humanística, y oigan exposiciones como las que va a dar Ibáñez.

1991

Se va un año y entra otro y el tedio me corroe como un ácido destructivo. Cada mañana es una sorpresa de asombro, el estar de nuevo vivo, aquí, sobreviviéndome. Rebusco, por entretenerme, hurgando en mi vieja papelería que amarillea con los años. Y encuentro sin buscarlas unas hojas arrancadas de una carpeta, con sus agujeros desgarrados al desprenderse de las argollas que en un tiempo las sujetaran. Son versos del yo adolescente firmados muchos con mi falso nombre de Rafael, copiados por una letra palmer que no es la mía. Muchos tienen fecha del cincuenta y tres y no recuerdo de qué manera pude haberlos conservado, para que ahora me acompañen, con su carga de recuerdos, en mi soledad. Sofía está otra vez de viaje, esta vez a España. Y yo me siento cada día más solitario. Su cargo hace que se ausente del país con harta frecuencia, pero los tiempos que permanece aquí está igual de ausente. Entonces, son las reuniones y los congresos, la atención debida a visitantes o la preparación de algún importante proyecto internacional, los que hacen un vacío a mi lado. Vacío que trato inútilmente de llenar con una entrega cada vez más total a la docencia. Ya el año pasado di a imprenta mi primer libro de texto para la asignatura «Redes viales», para las otras que he impartido, ya había escrito con anterioridad los actuales textos vigentes. A este paso, y gracias a las ausencias de Sofía, voy a ser el profesor de ingeniería civil más prolífico en la literatura técnica, pero sólo en civil, porque en industrial, y creo que en toda la CUJAE, mi socio Oliva me gana, al tener escritos ya más textos que nadie. Al parecer, en eso le ha salido una verdadera aunque tardía vocación. Ése, ya es más escritor que profesor. Tan es así, que el otro día hasta me amenazó con escribir una novela sobre la historia de mi vida, la que le he ido contando en todos estos años. Ojalá no lo haga, pues no va resultar publicable; además, que lo consideraría una traición, algo que no se le hace a los amigos. Y él se ha convertido en uno de mis pocos amigos de ahora, de los encontrados después, porque los de antes… ¿Por qué sigo, aún en el terreno de mis afectos, haciendo esa cruel división del antes, el ahora y el después? ¿Por qué discrimino y sólo pienso en los de antes como mis amigos de siempre? A aquellos de siempre, hace tiempo no los veo: con Juan me carteo con cierta regularidad desde la lejana Suiza. Después del escándalo del MININT –donde hasta el ministro, una semana antes alabado en la prensa, fue detenido, acusado, juzgado y condenado a veinte años de prisión–, Benito se retiró o lo retiraron, pero limpio de máculas, en medio de toda aquella podredumbre. El Chino estaba asqueado de todo aquello y una vez obtenida la jubilación con los honores que merecía, marchó al extranjero como representante de una firma exportadora cubana. A Guillermo, convertido en un gran empresario de nuevo tipo, pensando solamente en cómo obtener divisas y más divisas, es mejor no verlo. Y de Manolo, ni hablar. Su cargo en el comité central, que cuida con extremo celo, como ha cuidado todos los que ha desempeñado, lo hace incapturable. Tantas son las veces que he procurado verlo infructuosamente, tantas las que he visitado inútilmente el comité central, que ya mi verdadera amiga allí es su secretaria, una vieja con cara de Señorita Secante, que cada vez que iba por allí se deshacía en atenciones y en «qué pena que usted no pueda verlo hoy, con las veces que ha venido; y el interés que yo sé que tiene mi jefe de verlo a usted». Y después me brindaba café. Café del comité central, que allí sí lo hacen bueno. Tantas veces fui que, cansado de buscarlo, le dejé una nota dura, pero jodedora, que rezaba así:

A UNA COSA:

El tiempo que pierdo
buscando «cosas perdidas»
es el más perdido tiempo
que he perdido en mi vida.

Lo cierto es que el versito no se lo había hecho a él precisamente, pero desde que me salió en casa, buscando no sé qué que no encontraba, se me pegó. Y así, cuando por lo que estimé última vez fui a verlo, sabiendo que no lo vería, pedí papel a la Señorita Secante y le dejé rimado mi adiós con la recomendación de dárselo urgentemente.

Ni aún entregándome a mi trabajo como lo hago, dejo de sentir la nostalgia del pasado que nos unió. Eso es un mal en mí; no puedo dejar de recordar. Quizá si este presente fuera otro, no sentiría la angustia de añorar lo que fue y ya no es. Pero que se me entienda: no añoro el pasado sangriento de aquella dictadura que nos hizo crecer para luchar contra ella, sino el anterior, el más remoto de nuestros pasados, cuando aún éramos casi niños y creíamos... creíamos en tantas cosas. En el amor y la amistad sobre todo. Creíamos con candor no lastrado por desengaños ni experiencias, con inmaculada ignorancia; inocente ignorancia de todo. Con aquella ignorancia que sobre cuestiones políticas teníamos creíamos también en nuestra democracia, achacando todos sus males a los hombres. Cuando aún no habíamos oído hablar de explotación y lucha de clases.

El marxismo, como toda gran corriente ideológica, nos llegó con retraso. Cuando al fin la aceptamos, la aplicamos con una gran dosis de ingenuidad. Esta ideología no había progresado antes por la mediocridad política y la incapacidad organizativa de quienes trataron de inculcarla a las masas antes que nosotros. Incapaces de hacer la insurrección, los líderes del partido marxista de entonces se opusieron a ella, cometiendo una nueva torpeza. Más tarde, a la hora del triunfo, llamados a compartir el poder por el cual no lucharon, trajeron al seno de la dirección sus incapacidades, resquemores y una visión distorsionada, fuente de posteriores errores. Y si a esto unimos los errores cometidos por los nuevos conversos y por algún que otro fariseo que se arrimó al carro, ya podemos ver el resultado en nuestras actuales y difíciles circunstancias.

Pero enero, como junio, tiene dos caras. Una de comienzo y otra que mira hacia atrás. Quizá de ello le venga el nombre a este mes de empezares y recapitulaciones. Quizá tengamos necesidad de una nueva cara, un nuevo enfoque para enfrentar los nuevos problemas. Y por otra parte, han sobrevenido cambios muy grandes a lo largo de estos últimos años. Cambios nunca esperados. Ellos nos llevan a considerar de forma distinta determinados problemas antiguos.

Que la URSS desapareciera, no se lo podía imaginar ni Fidel, a pesar de que en su discurso del 26 de julio hablara de esa posibilidad. Él la contemplaba, aunque muchos pensábamos que hiperbolizaba. Así, todos esperaban que la crisis fuera superada y el trastazo, además de patético, sorprendió a todos. Yo creo que hasta los mismos americanos y su CIA fueron sorprendidos, con todo lo que habían ya hecho y seguían haciendo para destruirla. Y a Gorbachov, ni se diga. A ése le dieron un golpe de estado sui géneris, nunca antes contemplado en la historia. Porque a él no le quitaron el cargo de presidente, le quitaron el Estado que mandaba y ya, que el cargo se lo dejaron. Y bien que podía limpiarse el culo con él.

Es evidente que algo falla en la ejecución del proyecto socialista. Por lo menos en la forma en que se ha puesto en práctica hasta ahora. Polonia, Checoslovaquia, Hungría, Rumanía (donde hasta fusilaron a Ceaucescu), Bulgaria, la Alemania segregada de la otra, hasta los superortodoxos de Albania y los heterodoxos yugoslavos, todos; todos han ido abajo. Ya no existe el «Campo Socialista», ni el CAME, ni toda la unión que dividía al mundo en dos mundos antagónicos. Mientras la Europa capitalista se unifica, una fiebre separatista de un nacionalismo extremo, casi localista, inflama de conflictos lo que antes se mostraba como un todo homogéneo. Falsamente homogéneo. Lo comprendemos ahora. Como comprendemos ahora también muchas cosas que resultaban inexplicables. Cuba se encuentra una vez más sola. Sola frente al imperio.

El comercio exterior, que creíamos diversificado, resultó ser tan o más monopolizado que cuando los americanos mandaban aquí. Si ellos antes controlaban un 80 por ciento de nuestras importaciones, ahora resulta que la que manteníamos con el derrumbado campo socialista nos despoja, al desaparecer, de un 85 por ciento de nuestras importaciones y exportaciones. Privados de mercado para nuestros productos y de fuentes de abastecimientos, el futuro de los cubanos no puede ser más sombrío. A esto viene a unirse los resultados de un férreo bloqueo que los yanquis mantienen casi a escala internacional, y del cual podíamos remediarnos hasta ahora, gracias a la ayuda que recibíamos de los que hasta ayer fueron hermanos y que hoy nos abandonan.

Todos estos hechos sorprendentes nos han traído una situación agobiante que denominamos «Período Especial», caracterizado por una agudización de nuestras ya habituales escaseces. Ahora ni energía hay suficiente para iluminar nuestras ciudades y los apagones son diarios y tétricos, con toda La Habana con enormes parches a oscuras. Esta falta de combustibles, que en otro tiempo despilfarrábamos, se hace sentir igualmente en el transporte y ayer consumí dos buenas horas para llegar de la CUJAE a Fontanar (apenas siete kilómetros), pues sólo había una guagua trabajando. La gente empieza a moverse en bicicletas, que los organismos y las empresas del Estado comienzan a vender masivamente, pero yo ya me siento muy viejo para pedalear.

Con tanto ejercicio y tan poca comida, la estampa de los cubanos ha comenzado a cambiar. La gente se ve depauperada a ojos vista, casi todos han adelgazado de forma evidente, y una extraña epidemia de polineuritis obliga al gobierno a comenzar el reparto gratuito de pastillas polivitamínicas.

Es verdaderamente trágico que Cuba, un país con cosechas todo el año, dotada de fértiles suelos, padezca hambre. Pero la agricultura, después de mil ensayos, no produce apenas. Y el Estado prueba la militarización y la privatización como últimos recursos para rescatar la productividad de nuestras tierras, que ahora tendrán que ser cultivadas con bueyes, pues no hay petróleo para los tractores. Aquellos tractores, que por miles nos enviaba la URSS.

Las tiendas están vacías y los restoranes y cafeterías cerrados, en cruel contraste con las diplotiendas y los establecimientos destinados al turismo. Una vasta red de comercios, que sólo venden en dólares, parece burlarse del nativo excluido de su disfrute, si no tiene dólares. Dólares, cuya tenencia ayer prohibida el gobierno ha legalizado y que hoy es la moneda que marca el valor real de cambio de cualquier mercancía, hasta la humana. El mercado negro hace su contribución a este cuadro tétrico y la moneda cubana alcanza un valor despreciable. Mi salario de profesor universitario, aumentado con un plus de antigüedad, no me alcanza para nada. Y si no fuera por los pocos dólares que Sofía trae de sus viajes no sé cómo podríamos vivir.

Como ayer decíamos «Con la revolución todo, sin la revolución nada», hoy parece una fea realidad lo que dijo un alumno mío en clases: «Con dólares todo, sin dólares nada.» Y ni el secretario de la Juventud le salió al paso. Porque se ha establecido una doble moral, donde como junio y su mes enero, todos tenemos dos caras. Una, de reafirmación categórica y de incondicional apoyo al gobierno y a todas las medidas nada populares que últimamente ha adoptado; y otra, la real, la de la práctica diaria, que maldice la hora en que se quedó en Cuba. Así oigo a los estudiantes corear: «Socialismo o muerte» y correr, en cuanto se gradúan, desaforadamente tras una plaza en alguna corporación de capital mixto o cualquier otra que conlleve viajes al extranjero. Cualquier cosa que garantice un puñado de dólares. Y si es radicar legalmente en el exterior, mejor. Porque aquí hay muchos dispuestos a dar la vida por su patria, pero no a vivir en ella en estos momentos. Si no, que lo digan las deserciones masivas de miles de cubanos, muy revolucionarios hasta el momento de su partida del aeropuerto de Rancho Boyeros…

1994

Traviesos brisotes de nuestra caricatura de invierno hacen restallar de espumas el viejo malecón habanero. Son los primeros nortes, fríos, retozones. Y allá vamos, escapados del colegio, de pura muchachada, a jugar con las olas que, impetuosas como la juventud misma que las reta saltan a gritos el bajo muro. Es alegre y enconada la querella: ellas, por mojarnos y nosotros, por evadirlas, raudos, carcajeantes, bulliciosos. Soy un loco estudiante de bachillerato y he venido al malecón con mi novia…

–Mister, eh, mister. ¿Madam?

Primero se ha dirigido a mí en inglés; luego, al ver que tú manejarás, reclama tu atención, quizá con la única palabra que conoce del francés. Es un negrito parqueador, que haciéndose que cuida tu carro, se dirige a nosotros tomándonos por extranjeros. No es para menos, las ropas que vestimos y el restorant que acabamos de abandonar frente al malecón, donde sólo se aceptan pagos con dólares, no están al alcance de la mayoría de los cubanos. Sí, tu ropa no es el uniforme escolar que vestías hace un momento. La mía tampoco. De pronto, contemplo tu rostro grave y veo canas que no tenías hasta hace unos instantes. No estamos en 1953, las olas no saltan sobre el muro y no somos novios estudiantes escapados del colegio. Es un mar en calma el que contemplamos cuarentiún años después, nosotros los mismos, ahora viejos, pero iguales en el tiempo. Increíblemente solos tú y yo; tú y yo en el mismo lugar; tú y yo, y este algo inmutable que nos une.

1990

Roly acaba de ser electo delegado a la Asamblea Municipal del Poder Popular por su circunscripción. Me lo ha venido a decir como una nueva justificación, que él se cree con la obligación de darme, por no concluir sus estudios como ingeniero eléctrico en el curso para trabajadores. Estudios que interrumpió para marchar a Angola. Hemos conversado largo rato junto a una de las otrora bellas fuentes de la CUJAE, hoy seca y falta de mantenimiento.

Cuando se marcha, pienso en este amigo viejo que nunca consideré de los más inmediatos y que me ha demostrado siempre profundas lealtad y devoción. Él es sin duda el más consecuente sobreviviente de aquel grupo, el más constante en su desarrollo, sin bandazos como todos nosotros. Partiendo de una tibia incorporación a la lucha insurreccional, Rolando Preval creció en ella; y cuando apenas alcanzamos el triunfo, se incorporó de lleno, rompiendo con toda su familia, creando una nueva, y participando en primera línea de todas las tareas que el proceso revolucionario nos planteó. Para él fue un violento desafío, un romper de amarras y el verdadero despertar a una vida nueva. ¡Y mira que la vida le ha puesto pruebas! Pruebas en verdad terribles. Como la que, lleno de pesar, me contó. Toda una tragedia personal: sus dos hijos se han ido en balsa para el norte. Y todavía él no sabe si han llegado allá o no...

Primero de enero, 1959

Anoche apenas dormí. Dulce se quedó conmigo, traída por Manolo y Benito, quienes me visitaron, trayéndome el «regalo de fin de año con el cual ponerme al día», como crudamente y delante de ella dijo el Chino. Y la verdad que la obligada abstinencia de estos últimos meses me mantenía lleno de deseos y, por ello, aún más tenso. Es como si ante el peligro inminente de la muerte, el hombre o la porción más animal del mismo se alebrestara y nos exigiera el placer de la carne cuando nos aprestamos a abandonar «la cárcel del cuerpo». Parece que, previendo su posible final, ese mismo cuerpo se pusiera más exigente.

Lo cierto es que más que satisface los reclamos de una esposa joven y bonita de quien me mantenía alejado por las circunstancias. Sin embargo, la fatiga que debía acompañar al inefable goce no llega. Falta al cuerpo el dulce cansancio psíquico que corona la plenitud emocional. Por ello, quizá el sueño no llega para consolar a los rendidos miembros. Falta algún tiempo para que llegue el amanecer y ahora la observo: dormida semidesnuda a mi lado, en una pose de inocente abandono, ajena a todo lo que estoy pensando, bien lejana de mi pensamiento mismo. En este amanecer de un nuevo año, en esta casa deshabitada que sólo yo ocupo desde que Guillermo fue trasladado para la Clínica Modelo del Cotorro. La casa a la que nos trajeron después de las acciones del 3 de noviembre, donde por mi culpa lo hirieron al pobre.

De pronto, sube desde la calle y penetra por la cerrada puerta del balcón –aquel balcón al que me asomé imprudentemente de forma inconsciente cuando mi alteración era máxima– una voz que adivino gangosa de alcohol y que grita, estentórea:

—¡ABAJO BATISTA! Estoy pensando en el infeliz pasado de tragos, a quien la exclamación va a costar tan cara, cuando a la primera se suman más voces y sube de tono, como un rugir enardecido de consignas, el coro de toda una multitud que grita:

—¡ABAJO BATISTA! ¡VIVA LA REVOLUCIÓN! ¡ABAJO LA DICTADURA! ¡VIVA FIDEL CASTRO!

Ya la algarabía ha despertado hasta a Dulce, que se levanta alarmada, envuelta en la sábana, con tremenda expresión de terror en los ojos. No pueden haber tantos borrachos insensatos juntos, puestos de acuerdo en plena calle, en el mismo lugar. Me visto más que deprisa y, pistola en mano, bajo de dos en dos los peldaños de la escalera y salgo a la calle. Una verdadera multitud llena la cuadra. ¡Batista ha huido! Lo dicen las emisoras de radio. La dictadura se ha desplomado. La gente, al fin, está de verdadera fiesta. Todos se felicitan, muchos se besan y abrazan. En medio de toda esta confusión, la calle es nuestra. Pero nosotros, los perseguidos hasta este momento, no tenemos tiempo de festejar. Ha llegado nuestra hora. La hora de que actuemos al descubierto. En el tiempo que nos tocó vivir, ha comenzado EL SEGUNDO TIEMPO.

EPÍLOGO

> Todo se desmorona, cambia, perece. Sólo los
> recuerdos se conservan intactos.

Hace frío. Ha vuelto enero. Otro enero, pero no el que soñé y esperé. Enero ha sido como el amor. Siempre tomado por otro, equivocadamente, frustrante. Siempre enero, pero otro enero distinto al esperado. Enero se parece a ti, Irene, que regresas siempre para nunca estar...

Forzando mi decisión y mi indecisión, camino hacia tu casa... No es la de San Mariano en Santos Suárez. Ahora es una residencia de doble planta, protegida por recia y alta cerca de mallas. Me abre una muchacha apenas salida de la adolescencia, cuyos rasgos me recuerdan algo... Me hace pasar. Amablemente me ofrece asiento en elegante recibidor. Me siento y espero. Diluyo la tensión, pensando que ahora, frente a tu hija, cuatro años mayor que tú entonces, encarno a un Melquíades recurrente, que de otra generación, salta inmutablemente inmortal al presente de los CIEN AÑOS... Pero no los de Soledad de García Márquez, sino a los de lucha. Me río de mi ocurrencia, burlón como siempre...

Al fin de mi espera, llegas tú misma, impregnada de todo el tiempo que nos tocó vivir. Oliendo aún a aquel tiempo feliz de truncada primavera. Me recibes, amable y divertida. He puesto, patético, entre los dos, con los versos maduros de un AHORA, los que conservaba de aquel entonces, copiados por tu mano. A éstos los envolví en una hoja donde, con desgarrador esfuerzo, copié dos de Lorca, a quien ahora familiarizo con un Federico. Así, «El encuentro» de su Cante Jondo se avecinda en la misma página con la «Gacela del Recuerdo del Amor» de su *Diván del Tamarit*; y ambas, juntas, envuelven mis primeros versos y mis finales intenciones. Versos de Federico, versos de aquel Rafael e intenciones mías, de este yo de ahora, que son negadas rotundamente con mi presencia aquí. Y si las poesías lorquianas conservan aún su vigencia, mis intenciones de ahora claudican por caducas, por haberlas guardado tanto… «que ni tú ni yo estamos / en disposición / de encontrarnos…».

Insisto no obstante en mis locas proposiciones. Y aunque logro llevarte a sentimentales evocaciones, has dicho que no. Lo afirmas meditativa, ensimismada en una negación profunda, llena de convicción, que enfatizas con un movimiento de tu cabeza. Y nos viene a la boca otra obra del famoso colombiano: *Amor en los tiempos del cólera*. Sí, Fermina-Irene, aunque aún no somos ancianos, nos está pasando lo mismo. Y yo soy un poco Joaquín-Florentino. En nuestra adolescencia no pudimos lograr la supervivencia de aquel idilio tan bello, el mismo que ahora vanamente trato de continuar, de rescatar, de hacer que trascienda al *tiempo que nos tocó vivir*… Este idilio que, en mi interior, ha perdurado tanto tiempo y que tú rechazas, más práctica que yo o más orgullosa, por demasiado tardío…

No sé si he sido lo suficientemente cobarde para no poder seguir guardando recuerdos. O si es que he reunido el necesario coraje para matar un sueño… Si es que he logrado venir, forzándome, por valiente o por cobarde. Verte ahora para rescatarte del tiempo o para enfrentar la realidad de saber que aquella chiquilla de la calle San Mariano ya no existe. Es cierto que he tenido que beber más de un poco para poder venir, que estoy ebrio de alcohol y de emociones. No obstante, te puedo dar aún de mí la misma imagen. Quizá un poco deteriorada, como una vieja foto mal conservada: desmesurado y loco, exageradamente sentimental, ingenuo y absurdo, burlándome de todo. Y en primer lugar, de mí mismo. Con esa superficial alegría sin motivos y esta aparente eterna primavera, que niega canas a mis sienes. Mi inalterable y verdadera dimensión, la que se esconde abajo, es lo que puedo todavía brindarte. ¿Ves? Si hasta sigo haciendo versos. ¿Ya ves cómo no era un ataque de adolescencia…? Como tu amor

tampoco, aunque tú fueras entonces muy niña para haberlo podido comprender... Lo cierto es que he venido. Y estoy absurdamente aquí. Pienso que malamente puedo superar a un Almeida,
que se negó a ver a su Lupita, veinte años después, para seguir
conservando su imagen, intacta en el recuerdo. Que es válido,
Federico, y para nosotros muy vigente cuando clama en los versos que ahora te recito:

> *... deja tu recuerdo*
> *déjalo solo en mi pecho...*
>
> *No te lleves tu recuerdo*
> *déjalo solo en mi pecho,*
>
> *temblor de blanco cerezo*
> *en el martirio de enero.*
>
> *Me separa de los muertos*
> *un muro de malos sueños.*
>
> *Doy pena de lirio fresco*
> *para un corazón de yeso.*
>
> *Toda la noche, en el huerto*
> *mis ojos, como dos perros.*
>
> *Toda la noche, corriendo*
> *los membrillos del veneno.*
>
> *Algunas veces el viento*
> *es un tulipán de miedo,*
>
> *es un tulipán enfermo*
> *la madrugada de invierno.*
>
> *Un muro de malos sueños*
> *me separa de los muertos.*

La niebla cubre en silencio
el valle gris de tu cuerpo.

Por el arco del encuentro
la cicuta está creciendo.

Pero deja tu recuerdo
déjalo solo en mi pecho.

Él quiso quedarse solo con el recuerdo de la amada para siempre. Pero yo estoy hablando contigo aquí. Igual que lo he hecho con tu fantasma durante todo este tiempo, presumiendo que tú eres la misma. ¡No te burles, no! ¡Tampoco llores! Mi vida ha sido una búsqueda constante de ti, en otras mujeres, un monólogo continuado por estos casi cuarenta años con tu imagen inalterable. Es cierto que hemos envejecido. Que como confiesa Neruda, «nosotros los de antes, ya no somos los mismos…». Sin embargo, estoy aquí, a tu lado, en esta noche de enero, dándote mi imagen. Otra vez leyéndote versos y con una caricia niña, muy tímida, en la yema de mis dedos. Una tierna caricia que se quiere enredar en tu pelo; que te sorprende y que rechazas para, sin tú saberlo, herirme.

De pronto, al verte, he comprendido mi error. El error de mis amores y de todos mis eneros. He vivido esperando algo que fue y ya no es, negándome a ver lo que me rodea en continuos cambios, de espaldas al presente, de frente a un pasado, que en la torturante memoria parece inalterable. Al pasado que ya no existe, y que sobrevive sólo dentro de mí, como una dolorosa herida del recuerdo. Recuerdos, vivencias, presente y pasado, solamente son pedazos rotos del tiempo, que como piedras de un derrumbe se amontonan en mi cerebro, que al fin comprende por qué he venido: he venido para decirte que te amo, que te amaré siempre, que te esperé y que aún te estoy esperando… como esperé a enero. Mi enero que nunca llegó, aunque llegaran otros… Brusco, me levanto, me voy… salgo a la calle oscura, al frío, al presente… afuera, es enero para siempre…

POST-SCRIPTUM

Muchos años después, Irene y Joaquín volvieron a verse con frecuencia. Y hay quienes afirman que una tarde –a la hora que caía el sol sobre un apacible mar de otoño– fueron vistos, tomados de la mano, paseando por el viejo malecón habanero. Nadie lo supo; como en La Habana no se había reportado ningún caso de cólera, algunos transeúntes, asombrados al verlos, pensaron que se trataba de Fermina Daza y Florentino Ariza. Y hasta un negrito parqueador, confundido con sus apariencias de extranjeros, les habló, buscando una propina, en los «idiomas de afuera» que él «conocía».

ESTE LIBRO HA SIDO IMPRESO
EN LOS TALLERES DE
HUROPE, S. L.
LIMA, 3 BIS. BARCELONA